明詞話全編

鄧子勉 編

鳳凰出版社

楊慎詞話

楊慎（一四八八——一五五九），字用修，號升庵，新都（今四川）人。武宗正德六年進士第一，授翰林修撰。世宗嘉靖初任經筵講官，三年因議大禮案，詔獄廷杖之，謫戍雲南永昌衛（今屬大理）。投荒多暇，於書無所不覽，著詩文雜著至一百餘種，並行於世。然所著明代有多人編本，書名雖不同，其間互有重見，文字或有出入。本編所據楊氏諸書有：内閣文庫藏明嘉靖珥江書屋校刻本《辭品》、明吴興閔氏刊朱墨套印本楊氏批點《草堂詩餘》、嘉靖刊藍印本《丹鉛總録》和明萬曆刊《升庵先生文集》，上海古籍出版社影印《明詞彙刊》本《百琲明珠》，東洋文化研究所藏清同治藏修書屋刊《麈談拾雅》本《江花品藻》，日本汲古書院影印《和刻本類書集成》本《秇林伐山》，臺灣學生書局出版《雜著祕笈叢刊》影印明萬曆四十四年刊《升庵外集》，《四庫全書存目叢書補編》影印明天啟刻本《古今翰苑瓊琚》，齊魯書社出版《全明詩話》本《千里面譚》。以上共録詞話八百四十二則。

一　辭品叙：詩辭同工而異曲，共源而分派。在六朝，若陶弘景之《寒夜怨》，梁武帝之《江南弄》，陸瓊之《飲酒樂》，隋煬帝之《望江南》，填辭之體已具矣。若唐人之七言律，即填辭之《瑞鷓鴣》也。七言律之仄韻，即填辭之《玉樓春》也。若韋應物之《三臺曲》、《調笑令》，劉禹錫之《竹枝辭》、《浪淘沙》，新聲迭出。孟蜀之《花間》，南唐之《蘭畹》，則其體大備矣，豈非共源同工乎？然詩聖如杜子美，而填辭若太白之《憶秦娥》、《菩薩鬘》者，集中絶無。宋人如秦少游、辛稼軒，辭極工矣，而詩殊不強人意，疑若獨蓺然者，豈非異曲分派之説乎？昔宋人選填辭曰《草堂詩餘》，其曰草堂者，太白詩名《草堂集》，見鄭樵書目。太白本蜀人，而草堂在蜀，懷故國之意也。曰詩餘者，《憶秦娥》、《菩薩鬘》二首為詩之餘，而百代辭曲之祖也。今士林多傳其書，而昧其名。故於余所著《辭品》首著之云。嘉靖辛亥仲春花朝，洞天真逸楊慎叙。（《辭品》）

二　陶弘景《寒夜怨》：陶弘景《寒夜怨》云：「夜雲生，夜鴻驚，悽切嘹唳傷夜情。」後世填辭《梅花引》格韻似之，後换頭微異。（同前書卷一）

三　陸瓊《飲酒樂》：陳陸瓊《飲酒樂》云：「蒲桃四時芳醇，琉璃千鍾舊賓。夜飲舞遲銷燭，朝醒絃促催人。春風秋月長好，歡醉日月言新。」唐人之《破陣樂》、《何滿子》皆祖之。（同前）

四　梁武帝《江南弄》：梁武帝《江南弄》云：「衆花雜色滿上林，舒芳耀彩垂輕陰。連手躞蹀舞春心。舞春心，臨歲腴。中人望，獨踟躕。」此辭絶妙。填辭起於唐人，而六朝已濫觴矣。其餘若《美人聯錦》、《江南稚女》諸篇皆是，樂府具載，不盡録也。（同前）

五　徐勉《迎客》、《送客曲》：古者宴客有《迎客》、《送客曲》，亦猶祭祀有《迎神》、《送神》也，梁徐勉《迎客曲》云：「絲管列，舞曲陳，含聲未奏待嘉賓。羅絲管，陳舞席，斂袖嘿唇迎上客。」《送客曲》云：「袖繽紛，聲委咽，餘曲未終高駕别。爵無筭，景已流，空紆長袖君不留。」徐勉在梁為賢臣，其為吏部日，宴客酒酣，有求詹事者，勉曰：「今宵且可談風月。」其嚴正而又蘊藉如此。江左風流宰相，豈獨謝安、王儉邪？（同前）

六　僧法雲《三洲歌》：梁僧法雲《三洲歌》云：「三洲，斷江口，水從窈窕河傍流。啼將别共來，長相思。」又云：「三洲，斷江口，水從窈窕河傍流。歡將樂共來，長相思。」江左辭人多風致，而僧亦如此，不獨惠休之碧雲也。（同前）

七　隋煬帝辭：隋煬帝《夜飲朝眠曲》云：「憶睡時，待來剛不來。卸粧仍索伴，解珮更相催。博山思結夢，沉水未成灰。」其二云：「憶起時，投籤初報曉。被惹香黛殘，枕隱金釵裊。笑動林中鳥，除却司晨鳥。」二辭風致婉麗。其餘如《春江花月夜》、《江都樂》、《紀遼東》，並載樂府，其《金釵兩股垂》、《龍舟五更轉》名存而辭亡。《鐵圍山叢話（當談）》云：「寒鴉飛數點，流水繞孤村。」乃煬帝辭，而全篇不傳。又傳奇有煬帝《望江南》數首，不類六朝人語，傳疑可也。（同前）

八　煬帝曲名：《玉女行觴》、《神仙留客》，皆煬帝曲名。（同前）

九　王褒《高句麗曲》：王褒《高句麗曲》云：「蕭蕭易水生波，燕趙佳人自多。傾盃覆椀漼漼，垂手奮袖娑娑。不惜黄金散盡，惟畏白日蹉跎。」與陳陸瓊《飲酒樂》同調，蓋疆場限隔而聲調元通也。王褒，宇文周時人，字子深，非漢王褒也。是時亦有蘇子卿，有《梅花落》一首，方回遂以為漢之蘇武，何不考之過乎？（同前）

一〇　《穆護砂》：樂府有《穆護砂》，隋朝曲也。與《水調》、《河傳》同時，皆隋開汴河時，辭人所製勞歌也。其聲犯角，其後至今訛「砂」為「煞」云。予嘗有詩云：「桃根桃葉最夭斜，《水調》《河傳》《穆護砂》。無限江南新樂府，陳朝獨賞《後庭花》。」（同前）

一一　《回紇》：《回紇》，商調曲也，其辭云：「陰山瀚海信難通，幽閨少婦罷裁縫。緬想邊庭征戰苦，誰能對鏡冶愁容。久戍人將老，須臾變作白頭翁。」其辭纏綿含蓄，有長歌之哀過於痛哭之意。惜不見作者名氏，必陳、隋、初唐之作也。又有《石州辭》云：「自從君去遠巡邊，終日羅帷獨自眠。看花情轉切，攬涕淚如泉。一自離君後，啼多雙臉（一作眼）穿。何時狂虜滅，免得更留連。」併附於此。（同前）

一二　沈約《六憶辭》：沈約《六憶辭》，其一云：「憶來時，灼灼上堦墀。勤勤叙離別，慊慊道相思。相看常不足，相見乃忘饑。」其二云：「憶坐時，黯黯羅帳前。或歌四五曲，或弄兩三絃。笑時應莫比，嗔時更可憐。」其三云：「憶眠時，人眠強未眠。解羅不待勸，就枕更須牽。復恐傍人見，嬌羞在

燭前。」逸其三首。(同前)

一三 梁簡文《春情曲》:梁簡文帝《春情曲》云:「蝶黄花紫燕相追,楊低柳合路塵飛。已見垂鈎掛緑樹,誠知淇水霑羅衣。兩童夾車問不已,五馬城南猶未歸。鶯啼春欲駛,無為空掩扉。」此詩似七言律,而末句又用五言。王無功亦有此體,又唐律之祖。而唐辭《瑞鷓鴣》格韻似之。(同前)

一四 《長相思》:徐陵《長相思》云:「長相思,好春節,夢裏恒啼悲不洩。帳中起,窗前咽。柳絮飛還聚,遊絲斷復結。欲見洛陽花,如君隴頭雪。」蕭淳和之云:「長相思,久離别,新燕參差條可結。狐關遠,鴈書絶。對雲恒憶陣,看花復愁雪。猶有望歸心,流黄未剪截。」二辭可謂勍敵。(同前)

一五 王筠《楚妃吟》:王筠《楚妃吟》句法極異,其辭云:「窗中曙句,花早飛句。林中明句,鳥早歸句。庭中日句,暖春閨句。香氣亦霏霏句,香氣飄句,當軒清唱調句。獨顧慕句,含怨復含嬌句。蝶飛蘭復熏句,裊裊輕風入翠裙句。春可遊句,歌聲梁上浮句。春遊方有樂句,沉沉下羅幕。」大率六朝人詩,風華情致,若作長短句,即是辭也。宋人長短句雖盛,而其下者有曲詩、曲論之弊,終非辭之本色。予論填辭必泝六朝,亦昔人窮探黄河源之意也。(同前)

一六 宋武帝《丁都護歌》:宋武帝《丁都護歌》云:「都護北征時,儂亦惡聞許。願作石尤風,四面斷行旅。」又云:「都護北征去,相送落星墟。帆檣如芒檉,都護今何渠。」唐人用丁都護及石尤風事皆本此,二辭絶妙。宋武帝征伐武略,一代英雄,而復風致如此,其殆全才乎?(同前)

一七 《白團扇歌》:晉中書令王珉與嫂婢謝芳姿有情愛,捉白團扇與之。樂府遂有《白團扇歌》

云：「白團扇，憔悴無復理，羞與郎相見。」其本辭云：「犢車薄不乘，步行耀玉顏。逢儂都共語，起欲著夜半。」其二云：「團扇薄不搖，窈窕搖蒲葵。相憐中道罷，定是阿誰非。」其三云：「御路薄不行，窈窕穿迴塘。團扇障白日，面作芙蓉光。」其四云：「白錦薄不著，趣行著練衣。異色都言好，清白為誰施。」薄，如《唐書》「薄天子不為」之「薄」。芳姿之才如此，而屈為人婢，信乎佳人薄命矣。元關漢卿嘗見一從嫁媵婢，作一小令云：「鬢鴉，臉霞，屈殺了、將陪嫁。規摹全似大人家，不在紅娘下。巧笑迎人，文談回話，真如解語花。若咱得他，倒了蒲桃架。」事亦相類而可笑，併附此。（同前）

一八　《五更轉》：陳伏《知道從軍五更轉》云：「一更刁斗鳴，校尉逴連城。懸聞射鵰騎，遥憚將軍名。二更愁未央，高城寒夜長。試將弓學月，聊持劍比霜。三更夜警新，横吹獨吟春。强聽梅花落，誤憶柳園人。四更星漢低，落月與山齊。依稀北風裏，胡笳襍馬嘶。五更催送籌，曉色映山頭。城烏初起堞，更人悄下樓。」其後隋煬帝效之，作《龍舟五更轉》，見《文中子》。（同前）

一九　長孫無忌新曲：長孫無忌新曲云：「家住朝歌下句，早傳名句。結伴來遊淇水上句，舊時情句。玉佩金鈿隨步動，雲羅霧縠逐風輕。轉目機心懸自許，何須更待聽琴聲。」又一曲云：「迴雪凌波遊洛浦句，遇陳王句。婉約娉婷工語笑句，侍蘭房句。芙蓉綺帳開還掩，翡翠珠被爛齊光。長願今宵奉顏色，不愛聞簫逐鳳皇。」（同前）

二〇　崔液《踏歌行》：唐崔液《踏歌辭》二首，體製藻思俱新。其辭云：「綵女迎金屋，仙姬出畫堂。鴛鴦裁錦袖，悲翠帖花黄。歌響舞行分豔色句，動流光句。」其二云：「庭際花微落，樓前漢已横。金

壺催夜盡，羅袖舞寒輕。調笑暢歡情未半句，著天明句。」近刻唐詩不得其句讀，而妄改，特為分注之。（同前）

二一　太白《清平樂》辭：李太白應制《清平樂》辭云：「禁庭春晝，鶯羽披新繡。百草巧求花下鬬，只賭珠璣滿斗。　日晚却理殘妝，御前閒舞《霓裳》。誰道腰支窈窕，折旋消得君王。」其二云：「禁幃秋夜，月探金窗罅。玉帳鴛鴦噴蘭麝，時落銀燈香灺。　女伴莫話孤眠，六宮羅綺三千。一笑皆生百媚，宸遊教在誰邊。」此辭見呂鵬《遏雲集》，載四首。黄玉林以其二首無清逸氣韻，止選二首。愼嘗補作二首，其一云：「君王未起，玉漏穿花底。永巷脱簪妝黛洗，衣溼露華似水。　六宮鸞鳳鴛央，九重羅綺笙簧。但願君恩似日，從教妾鬢如霜。」其二云：「傾城豔質，本自神仙匹。二八承恩初選入，身是三千第一。　月明花落黄昏，人間天上銷魂。且共題詩團扇，笑他買賦《長門》。」永昌張愈光見而深愛之，以為遠不忘諫，歸命不怨，填辭中有風雅也，荒淺敢望前人，然亦不孤愈光之賞爾。（同前）

二二　白樂天《花非花》辭：白樂天之辭，《望江南》三首在樂府，《長相思》二首見《花庵辭選》。予獨愛其《花非花》一首云：「花非花，霧非霧。夜半來，天明去。來如春夢不多時，去似朝雲無覓處。」蓋其自度之曲，因情生文者也。「花非花，霧非霧」，雖《高唐》、《洛神》，奇麗不及也。張子野衍之為《御街行》，亦有出藍之色，今附於此：「天非花豔輕非霧，夜半來，天明去。來如春夢不多時，去似朝雲無覓處。　乳鷄新燕，落月沉星，紞紞城頭鼓。　參差漸辨西池樹，朱閣斜欹户。　緑苔深徑少人行，

苔上屐痕無數。殘香餘粉，閒衾剩枕，天把多情付。」（同前）

二三　辭名多取詩句：辭名多取詩句，如《蝶戀花》則取梁元帝「翻堦蛺蝶戀花情」，《滿庭芳》則取吴融「滿庭芳草易黄昏」，《點絳唇》則取江淹「白雪凝瓊貌，明珠點絳唇」，《鷓鴣天》則取鄭嵎「春遊鷄鹿塞，家在鷓鴣天」，《惜餘春》則取太白賦語，《浣溪沙》則取少陵詩意，《青玉案》則取《四愁詩》語。《菩薩鬘》，西域婦髻也。《蘇幕遮》，西域婦帽也。《尉遲盃》，尉遲敬德飲酒必用大盃，故以名曲。《蘭陵王》，每入陣必先，故歌其勇。《生查子》，「查」，古「槎」字。張騫（當作騫）乘槎事也。《西江月》，衛萬詩「只今惟有西江月，曾照吴王宫裏人」之句也。《瀟湘逢故人》，柳渾詩句也。《粉蝶兒》，毛澤民辭「粉蝶兒共花同活」句也，餘可類推，不能悉載。（同前）

二四　《踏莎行》：韓翃詩：「踏莎行草過春谿。」辭名《踏莎行》本此。（同前）

二五　《上江虹》、《紅牕影》：唐人小説《冥音録》載曲名有《上江虹》，即《滿江紅》，《紅牕影》，即《紅牕迴》也。（同前）

二六　《菩薩鬘》、《蘇幕遮》：西域諸國婦女編髮垂髻，飾以褓華，如中國塑佛像瓔珞之飾，曰菩薩鬘，曲名取此。《唐書》：吕元濟上書，比見方邑，相率為渾脱隊，駿馬胡服，名曰蘇幕遮，曲名亦取此，李太白詩「公孫大娘渾脱舞」，即此際之事也。（同前）

二七　夜夜、昔昔：梁樂府《夜夜曲》，或名《昔昔鹽》，昔即夜也，列子「昔昔夢為君」，鹽，亦曲之别名。（同前）

二八 《阿辨迴》：太白詩「羌笛横吹《阿辨迴》」，番曲名，張祐集有《阿濫堆》，即此也。番人無字，止以聲傳，故隨中國所書，人各不同爾，難以意求也。

二九 《阿濫堆》：張祐詩：「紅樹蕭蕭閣半開，玉皇曾幸此宫來。至今風俗驪山下，村笛猶吹《阿濫堆》。」宋賀方回長短句云：「待月上潮平波灔，塞管孤吹新《阿濫》。」《中朝故事》云：「驪山多飛鳥，名阿濫堆，明皇採其聲為曲子，又作鶡爛堆。」《酉陽雜俎》云：「鶡爛堆黄，一變之鴒，色如鶩鷺。鴒轉之後，乃至累變。橫理細，臆前漸漸微白。」（同前）

三〇 《烏鹽角》：曲名有《烏鹽角》，《江鄰幾雜志》云：「始教坊家人市鹽，得一曲譜於角子中，翻之，遂以名焉。」戴石屏有《烏鹽角行》，元人《月泉吟社》詩：「山歌聒耳《烏鹽角》，村酒柔情玉練搥。」（同前）

三一 《小梁州》：賈逵曰：梁米出於蜀漢，香美逾於諸梁，號曰竹根黄，梁州得名以此。秦地之西，燉煌之間，亦產梁米，土沃類蜀，故號小梁州，曲名有《小梁州》，為西音也。（同前）

三二 《六州歌頭》：《六州歌頭》，本鼓吹曲也，音調悲壯。又以古興亡事實之，聞之使人慷慨，良不與豔辭同科，誠可喜也。六州得名，蓋唐人西邊之州：伊州、梁州、甘州、石州、渭州、氏州也。此辭宋人大祀大卹，皆用此調。○國朝大卹，則用《應天長》云。《伊》、《梁》、《甘》、《石》，唐人樂府多有之，《胡渭州》，見張祐詩。《氐州第一》，見周美成辭。（同前）

三三 《法曲獻仙音》：《望江南》，即唐《法曲獻仙音》也，但《法曲》凡三疊，《望江南》止兩疊爾。○

白樂天改《法曲》為《憶江南》，其辭曰：「江南好，風景舊曾諳。」二疊云：「江南憶，最憶是杭州。」三疊云：「江南憶，其次憶吳宫。」見樂府。南宋紹興中，杭都酒肆中有道人携烏衣椎髻女子，買斗酒獨飲，女子歌以侑之。歌辭非人世語，或記之，以問一道士，道士曰：「此赤城韓夫人作《法駕導引》也，烏衣女子蓋龍云。」其辭曰：「朝元路，朝元路，同駕玉華君。千乘載花紅一色，人間遥指是祥雲，廻望海光新。」二疊云：「東風起，東風起，海上百花摇。十八風鬟雲半動，飛花和雨著輕綃，歸路碧迢迢。」三疊云：「簾漠漠，簾漠漠，天淡一簾秋。自洗玉舟斟白酒，月華微映是空舟，歌罷海西流。」此辭即《法曲》之腔。文士好奇，故神其事以傳爾，豈有天仙而反取開元人間之腔乎？（同前）

三四　《小秦王》：唐人絶句多作樂府歌，而七言絶句隨名變腔，如《水調歌頭》、《春鶯轉》、《胡渭州》、《小秦王》、《三臺》、《清平調》、《陽關》、《雨淋鈴》，皆是七言絶句而異其名，其腔調不可考矣。予愛《小秦王》三首，其一云：「鴈門山上鴈初飛，馬邑闌中馬正肥。陌上朝來逢驛騎，殷勤南北送征衣。」其二云：「柳條金嫩不勝鵶，青粉墻頭道韞家。燕子不來春寂寞，小窗和雨夢梨花。」其三云：「十指纖纖玉笋紅，鴈行輕度翠絃中。分明自説長城苦，水咽雲寒一夜風。」第一首妓女盛小叢作，後二首無名氏。（同前）

三五　仄韻絶句：仄韻絶句，唐人以入樂府，唐人謂之《阿那曲》，宋人謂之《鷄叫子》。唐詩：「春草萋萋春水緑，野棠開盡飄香玉。繡嶺宫前鶴髮翁，猶唱開元太平曲。」乃無名氏聞鬼仙之謠，非李洞作也。李洞詩集具在，詩體大與此不同，可驗。女郎姚月華二首：「春草萋萋春水緑，對此思君淚相續。羞將離恨附東風，理盡秦箏不成曲。」又云：「與君形影分胡越，玉枕經年對離別。登臺北望煙雨深，回身泣身寥天月。」宋張仲宗辭云：「西樓月落鷄聲急，夜浸疎香寒淅瀝。玉人醉渴嚼春冰，曉色入簾橫寶瑟。」張文潛詠荷花一首云：「平池碧玉秋波瑩，綠雲擁扇青搖柄。水宮仙子鬬紅妝，輕步凌波踏明鏡。」杜祁公詠雨中荷花一首云：「翠蓋佳人臨水立，檀粉不勻香汗溼。一陣風來碧浪翻，真珠零落難收拾。」三首皆佳。宋人作詩與唐遠，而作辭不愧唐人，亦不可曉。○《太平廣記》載妖女一辭云：「五原分袂真胡越，燕拆鶯離芳草歇。年少煙花處處春，北邙空恨清秋月。」其辭亦佳。坡辭「春事闌珊芳草歇」，亦用其語。或疑歇字似趂韻，非也。唐劉瑶詩「瑶草歇芳心耿耿」，皆有出處，一字不苟如此。（同前）

三六 《阿那》、《紇那曲》名：李郢《上元日寄湖杭二從事詩》曰：「戀別山登憶水登，山光水焰百千層。謝公留賞山公喚，知入笙歌阿那朋。」劉禹錫夔州《竹枝辭》云：「楚水巴山烟雨多，巴人能唱本鄉歌。今朝北客思歸去，回入紇羅披綫（當作緑）蘿。」《阿那》、《紇那》，皆當時曲名。李郢詩言變梵唄為豔歌，劉禹錫詩言翻南調為北曲也。《阿那》皆叶上聲，《紇那》皆叶平聲，此又隨方音而轉也。（同前）

三七 《醉公子》：唐人《醉公子》辭云：「門外猧兒吠，知是蕭郎至。剗襪下香堦，冤家今夜醉。扶得入羅帷，不肯脱羅衣。醉則從他醉，還勝獨睡時。」唐辭多緣題所賦，《臨江仙》則言水仙，《女冠子》則述道情，《河瀆神》則詠祠廟，《巫山一段雲》則狀巫峽，如此辭題曰《醉公子》，即詠公子醉也。爾後漸變，與題遠矣。此辭又名《四换頭》，因其詞意四换也，前輩謂此可以悟詩法。或以問韓子蒼，子蒼曰：「只是轉折多，且如剗韈下堦是一轉矣，而苦其今夜醉又是一轉，喜其入羅帷又是一轉，不肯脱衣又是一轉，後兩句自開釋又是一轉。」其後製四换韻一調，亦名《醉公子》云。今附録之，蓋孟蜀顧夐辭也：「河漢秋雲澹，紅藕香侵檻。枕倚小山屏，金鋪向晚扃。睡起横波慢，獨坐情何限。衰柳數聲蟬。魂銷似去年。」（同前）

三八　《如夢令》：唐莊宗辭云：「曾宴桃源深洞，一曲舞鸞歌鳳。長記别伊時，和淚出門相送。如夢，如夢，殘月落花煙重。」此莊宗自度曲也。樂府取辭中「如夢」二字名曲，今誤傳爲吕洞賓，非也。（同前）

三九　《搗練子》：李後主《搗練子》云：「深院静，小庭空，斷續寒砧斷續風。無奈夜長人不寐，數聲和月到簾櫳。」辭名《搗練子》，即詠搗練，乃唐辭本體也。（同前）

四〇　《人月圓》：宋駙馬王晉卿元宵辭云：「小桃枝上春來早，初試羅衣。年年此夜，華燈盛照，人月圓時。　禁街簫鼓，寒輕夜永，纖手同携。更闌人静，千門笑語，聲在簾幃。」此曲晉卿自製，名《人月圓》，即詠元宵，猶是唐人之意。（同前）

四一　《後庭宴》：宋宣和中，掘地得石刻一辭，唐人作也，本無題，後人名之曰《後庭宴》，其辭云：「千里故鄉，十年華屋，亂魂飛過屏山簇。眼重眉褪不勝春，菱花知我銷香玉。　雙雙燕子歸來，應解笑人幽獨。斷歌零舞，遺恨清江曲。萬樹緑低迷，一庭紅撲蔌。」（同前）

四二 《朝天紫》：《朝天紫》，本蜀牡丹花名，其色正紫，如金紫大夫之服色，故名，後人以為曲名。今以「紫」作「子」，非也，見陸游《牡丹譜》。（同前）

四三 《乾荷葉》：元太保劉秉忠《乾荷葉》曲云：「乾荷葉，色蒼蒼。老柄風摇蕩，減了清香越添黄。都因昨夜一場霜，寂寞秋江上。」此秉忠自度曲，曲名《乾荷葉》，即詠乾荷葉，猶是唐辭之意也。又一首吊宋云：「南高峰，北高峰，慘淡煙霞洞。宋高宗，一場空。吴山依舊酒旗風，兩度江南夢。」此借腔別詠，後世辭例也。然其曲悽惻感慨，千古之寡和也。或云非秉忠作，秉忠助元亡宋，惟恐不早，而復為弔惜之辭，其俗所謂斧子斫了手摩挲之類也。（同前）

四四 樂曲名解：《古今樂録》曰：「傖歌以一句為一解，中國以一章為一解。」王僧虔啓曰：「古曰章，今曰解，解有多少，當是先詩而後聲。詩叙事，聲成文，必使志盡於詩，音盡於曲。是以作詩有豐約，制解有多少。」又：「諸曲調皆有辭有聲，而大曲又有豔、有趍、有亂。辭者，其歌詩也。聲者，若羊吾夷、伊那何之類也。豔在曲之前，趍與亂在曲之後，亦猶吴聲西曲前有和後有送也。」慎按：豔在曲之前，與吴聲之和，若今之引子。趍與亂在曲之後，與吴聲之送，若今之尾聲。羊吾夷、伊那何，皆聲之餘音嫋嫋，有聲無字。雖借字作譜而無義，若今之哩囉嗹唵唵吽也。知此，可以讀古樂府矣。（同前）

四五 鼓吹、騎吹、雲吹：樂府有鼓吹曲，其昉於黄帝記里鼓之制乎？後世有鼓吹、騎吹、雲吹之名。《建初録》云：「列於殿廷者名鼓吹，列於行駕者名騎吹。」又曰：「鼓吹，陸則樓車，水則樓船，其在廷則以簨簴為樓也，水行則謂之雲吹。《朱鷺》、《臨高臺》諸篇，則鼓吹曲也。《務成》、《黄雀》，則騎吹曲也。《水調》、《河傳》，則雲吹曲也。」宋之問詩：「稍看朱鷺轉，尚識紫騮驕。」此言鼓吹也。謝朓詩：「鳴笳翼高蓋，疊鼓送華輈。」此言騎吹也。梁簡文詩：「廣水浮雲吹，江風引夜衣。」此言雲吹也。（同前）

四六　唐辭多無换頭：張泌，南唐人，有《江城子》二闋，其一云：「碧闌干外小中庭，雨初晴，曉鶯聲。飛絮落花，時節近清明。睡起捲簾無一事，匀面了，没心情。」其二云：「浣花溪上見卿卿，眼波明，黛眉輕。高綰緑雲，低簇小蜻蜓。好是問他得來麽，和笑道，莫多情。」黄叔暘云：「唐辭多無换頭，如此辭自是兩首，故重押兩『情』字，兩『明』字，今人不知，合為一首，則誤矣。」（同前）

四七　填辭句參差不同：填詞平仄及斷句皆定數，而辭人語意所到，時有參差。如秦少游《水龍吟》前段歇拍句云：「紅成陣，飛鴛甃。」换頭落句云：「念多情，但有當時皓月，照人依舊。」以辭意言，「當時皓月」作一句，「照人依舊」作一句。以辭調拍眼，「但有當時」作一拍，「皓月照」作一拍，「人依舊」作一拍，為是也。維揚張世文云：陸放翁《水龍吟》首句本是六字，第二句本是七字。若「摩訶池上追遊路」則七字，下云「紅緑參差春晚」却是六字。又如後篇《瑞鶴仙》「冰輪桂花滿溢」為句，以「滿」字叶，而以「溢」字帶在下句，别如二句分作三句、三句合作二句者尤多，然句法雖不同，而字數不少，妙在歌者上下縱横取協爾。古詩亦有此法，如王介甫「一續（當作讀）亦使我，慨然想遺風」是也。（同前）

四八 填辭用韻宜諧俗：沈約之韻未必悉合聲律，而今詩人守之如金科玉條。此無他，今之詩學李、杜，李、杜學六朝，往往用沈韻，故相襲不能革也。若作填辭，自可通變。如「朋」字與「蒸」同押，「打」字與「等」同押，「卦」字、「畫」字與「怪」、「壞」同押，乃是鴂舌之病，豈可以為法耶？元人周德清著《中原音韻》，一以中原之音為正，偉矣。然予觀宋人填辭，亦已有開先者，蓋真見在人心目，有不約而同者。俗見之膠固，豈能眯豪傑之目哉？試舉數辭於右，東坡《一斛珠》云：「洛城春曉，垂楊亂掩紅樓半。小池輕浪紋如篆。燭下花前，曾醉離歌宴。　自惜風流雲雨散，關山有限情無限。待君重見尋芳伴。為説相思，目斷西樓燕。」篆字沈韻在上韻，本屬鴂舌，坡特正之也。蔣捷「元夕」《女冠子》云：「蕙花香也，雪晴池館如畫。春風飛到，寶釵樓上，一片笙簫，琉璃光射。而今燈謾挂，不是暗塵明月，那時元夜。况年來心懶意怯，羞與鬧蛾兒争耍。　江城人悄初更打，問繁華誰解，再向天公借。剔殘紅灺，但夢裏隱隱，鈿車羅帕。吴牋銀粉，待把舊家風景，寫成閒話。笑緑鬟鄰女，倚窗猶唱，夕陽下。」是駁正沈韻「畫」及「挂」、「話」及「打」字之謬也。吕聖求《惜分釵》云：「重簾下，微燈挂，背闌同説春風話。」用韻亦與蔣捷同意。晁叔用《感皇恩》云：「寒食不多時，牡丹初賣。小院重簾燕飛礙。昨宵風雨，尚有一分春在。今朝猶自得，陰晴快。　熟睡起來，宿酲微帶。不惜羅襟揾眉黛。日長梳洗，看看花影移改。笑拈雙杏子，連枝帶。」此辭連用數韻，酌古斟今，尤妙。國初高季迪《石州慢》云：「落了辛夷，風雨頓催，庭院瀟灑。春來長，恁樂章懶按，酒籌慵把。辭鶯謝燕，十年夢斷青樓，情隨柳絮猶縈惹。難覓舊知音，把琴心重寫。　天冶。憶曾攜手，鬭草闌邊，買花簾下。看轆轤低轉，秋千高打。如今何處，摠有團扇輕衫，與誰共走章臺馬。回首暮山青，又離愁來也。」諸公數辭可為用韻之式，不獨綺語之工而已。（同前）

四九　燕昕鶯轉：《禽經》：「燕以狂昕，鶯以喜轉。」昕，視也。《夏小正》：「來降燕乃睇。」轉，曲名，鶯聲似歌曲，故曰轉。（同前）

五〇　哀曼：晉鈕滔母孫氏《空侯（當作「箜篌」）賦》曰：「樂操則寒條反榮，哀曼則晨華朝滅。」「曼」與「慢」通，亦曲名，如《石州慢》、《聲聲慢》之類。（同前）

五一　北曲：《南史》：蔡仲熊曰：「五音本在中土，故氣韻調平，東南土氣偏詖，故不能感動木石。」斯誠公言也。近世北曲雖皆鄭、衛之音，然猶古者總章北里之韻，梨園教坊之調是可證也。近日多尚海鹽南曲，士夫稟心房之精，從婉孌之習者，風靡如一，甚者北土亦移而躭之，更數十年，北曲亦失傳矣。白樂天詩：「吴越聲邪無法用，莫教偷入管絃中。」東坡詩：「好把鶯黄記宫樣，莫教絃管作蠻聲。」（同前）

五二　歐、蘇辭用《選》語：歐陽公辭「草熏風暖摇征轡」，乃用江淹《别賦》「閨中風暖，陌上草熏」之語也。蘇公辭「照野瀰瀰淺浪，横空曖曖微霄」，乃用陶淵明「山滌餘靄，宇曖微霄」之語也。填辭雖於文為末，而非自選詩樂府來，亦不能入妙。李易安辭「清露晨流，新桐初引」，乃全用《世説》語，女流有此，在男子亦秦、周之流也。（同前）

五三　草熏：佛經云：「奇草芳花能逆風聞熏。」江淹《别賦》：「閨中風暖，陌上草熏。」正用佛經語。

六一辭云「草熏風暖摇征轡」，又用江淹語。今《草堂》辭改「熏」作「芳」，蓋未見《文選》者也。○《弘明集》：「地芝候月，天華逆風。」（同前）

五四 南雲：晏元獻公《清商怨》云：「關河愁思望處滿，漸素秋向晚。鴈過南雲，行人回淚眼。雙鸞衾裯悔展，夜又永，枕孤人遠。夢未成歸，梅花聞塞管。」此辭誤入歐公集中。按《詩話》：或問晏同叔辭「鴈過南雲」何所本，庚溪以江淹詩「心逐南雲去，身隨北鴈來」答之，不知陸機《思親賦》有「指南雲以寄欽」之句，陸雲《九愍》云：「眷南雲以興悲。」「南雲」字當是用陸公語也。（同前）

五五 辭用晉帖語：「天氣殊未佳，汝定成行否？寒食近，且住為佳爾。」此晉無名氏帖中語也。辛稼軒融化作《霜天曉角》辭云：「吴頭楚尾，一棹人千里。休説舊愁新恨，長亭樹，今如此。宦遊吾倦矣，玉人留我醉。明日落花寒食，得且住，為佳爾。」晉人語本入妙，而辭又融化之如此，可謂珠璧相照矣。（同前）

五六 屯雲：中山王文木賦：「奔雷屯雲，薄霧濃雰。」皆形容木之文理也，杜詩「屯雲對古城」，實用其字。李易安九日辭「薄霧濃雰愁永晝」，今俗本改「雰」作「雲」。（同前）

五七 樂府用取月字：《子夜歌》：「開窗取月光」，又「籠窗取涼風」，妙在「取」字。（同前）

五八 齊己詩：僧齊己詩：「重城不鎖夢，每夜自歸山。」宋人小辭：「金門不鎖夢，隨意繞天涯。」（同前）

五九 歐辭石詩：歐陽公辭：「平蕪盡處是春山，行人更在春山外。」石曼卿詩：「水盡天不盡，人在

天盡頭。」歐與石同時，且為文字友，其偶同乎？抑相取乎？（同前）

六〇　側寒：呂聖求《望海潮》辭云：「側寒斜雨，微燈薄霧，匆匆過了元宵。簾影護風，盆池見日，青青柳葉柔條。碧草皺裙腰，正晝長煙暖，蜂困鶯嬌。望處淒迷，半篙綠水斜橋。　孫郎病酒無聊，記烏絲醉語，碧玉風標。新燕又雙，蘭心漸吐，佳期趂取花朝。心事轉迢迢，但夢隨人遠，心與山遥。誤了芳音，小窗斜日到芭蕉。」其用「側寒」字甚新，唐詩「春寒側側掩重門」，韓偓詩「側側輕寒翦翦風」，又無名氏辭「玉樓十二春寒側」，與此「側寒斜雨」相襲用之，不知所出。大意「側」，不正也，猶云峭寒爾。聖求在宋人不甚著名，而辭甚工。如《醉蓬萊》、《撲胡蝶近》、《惜分釵》、《薄倖》、《選冠子》、《百宜嬌》、《豆葉黄》、《鼓笛慢》，佳處不減秦少游，見予所集《辭林萬選》及《填辭選格》。（同前）

六一　聞笛辭：南渡後，有題聞笛《玉樓春》辭於杭京者，其辭云：「玉樓十二春寒側，樓角暮寒吹玉笛。天津橋上舊曾聽，三十六宫秋草碧。　昭華人去無消息，江上青山空晚色。一聲落盡短亭花，無數行人歸未得。」其辭悲感悽惻，在陳去非「憶昔午橋」之上，而不知名，或以為張子野，非也，子野卒於南渡之前，何得云「三十六宫秋草碧」乎？（同前）

六二　等身金：宋賈黄中，幼日聰悟過人。父取書與其身相等，令誦之，謂之等身書。張子野《歸朝懽》辭云：「聲轉轆轤聞露井，曉汲銀瓶牽素綆。西園人語夜來風，叢英飄墜紅成逕，寶猊煙未冷。蓮臺香燭殘痕凝音佞。等身金，誰能得意，買此好光景。　粉落輕粧紅玉瑩，月枕横釵雲墜領。有情無物不雙棲，文禽只合長交頸。晝長懽豈定，争如翻做春宵永。日曈曨，嬌柔嬾起，簾押捲花

影。」此辭極工，全録之。〇不觀賈黄中傳，知等身金為何語乎？（同前）

六三 闗山一點：杜詩「闗山同一點」，「點」字絶妙，東坡亦極愛之，作《洞仙歌》云「一點明月窺人」，用其語也，《赤壁賦》云「山高月小」，用其意也。今書坊本改「點」作「照」，語意索然。且「闗山同一照」，小兒亦能之，何必杜公也？幸《草堂詩餘》注可證。（同前）

六四 楊柳索春饒：張小山《小桃紅》辭云：「一汀煙柳索春饒，添得楊花鬧。盼殺歸舟木蘭棹，水迢迢，畫樓明月空相照。今番瘦了，多情知道，寬褪了翠裙腰。」〇「蔞蒿穿雪動，楊柳索春饒」，山谷詩也，此辭用之。今刻本不知，改「饒」為「愁」，不惟無韻，且無味矣。（同前）

六五 秋盡江南葉未彫：賀方回作《太平時》一辭，衍杜牧之詩也。其辭云：「秋盡江南葉未彫，晚雲高。青山隱隱水迢迢，接亭臯。二十四橋明月夜，弭蘭橈。玉人何處教吹簫，可憐宵。」按此則牧之詩本作「葉未彫」，今妄改作「草木彫」，與上下意不相接矣，幸有此可正其誤。（同前）

六六 玉舩風動酒鱗紅：何晉之《小重山》辭云：「緑樹啼鶯春正濃，枝頭青杏小，緑成叢。玉舩風動酒鱗紅，歌聲咽，相見幾時重。車馬去匆匆，路遥芳草遠，恨無窮。相思只在夢魂中，今宵月，偏照小樓東。」臨邛高□□（當作「恥庵」）云：「玉舩風動酒鱗紅」之句，譬如雲錦月鈎，造化之巧，非人琢也，此等句在天地間有限。（同前）

六七 泥人嬌：俗謂柔言索物曰泥，乃計切，諺所謂軟纏也。杜子美詩：「忽忽窮愁泥殺人。」元微之《憶内》詩：「顧我無衣搜畫匣，泥他沽酒拔金釵。」杜牧之《登九華樓》詩：「為郡異鄉徒泥酒。」皇甫《非煙傳》詩曰：「郎心應似琴心怨，脉脉春情更泥誰。」楊乘詩：「晝泥琹聲夜泥書。」元鄧文原贈妓詩：「銀燈影裏泥人嬌。」柳耆卿辭：「泥懽邀寵最難禁。」字又作昵，《花間集》顧夐辭：「黄鶯嬌轉昵芳妍。」又「記得昵人微斂黛」，字又作妮，王通叟辭：「十三妮子緑窗中。」今山東目婢曰小妮子，其語亦古矣。（同前）

六八　凝音佞：詩：「膚如凝脂。」凝音佞。唐詩：「日照凝紅香。」白樂天詩：「落絮無風凝不飛。」又：「舞繁紅袖凝，歌切翠眉愁。」又：「舞急紅腰凝，歌遲翠黛低。」徐幹臣辭：「重省，别時淚漬，羅巾猶凝。」張子野辭：「蓮臺香燭殘痕凝。」高賓王辭：「想蕁汀，水雲愁凝，閒蕙帳，猿鶴悲吟。」柳耆卿辭：「愛把歌喉當筵逞，遏天邊，亂雲愁凝。」今多作平音，失之，音律亦不協也。（同前）

六九　詞人用黦字：黦，黑而有文也，字一作黫，於勿、於月二切。周處《風土記》：「梅雨霑衣服，皆敗黦。」此字文人罕用，惟《花間集》韋莊、毛熙震辭中見之，韋莊《應天長》辭云：「别來半歲音書絶，一寸離腸千萬結。難相見，易相别，又見玉樓花似雪。暗想思，無處説，惆悵夜來煙月。想得此時情更切，淚霑紅袖黦。」毛熙震《後庭花》辭曰：「鶯啼燕語芳菲節，後庭花發。昔時懽宴歌聲揭，管絃清越。自從陵谷追遊歇，畫梁塵黦。傷心一片如珪月，閒瑣宫闕。」此二辭皆工，全録之。（同前）

七〇　真丹：王半山和俞秀老禪思辭曰：「茫然不肯住林間，有處即追攀。將他死語圖度，怎得離真丹。漿水價，匹如閒，也須還。何如直截，踢倒軍持，贏取溈山。」此辭意勸秀老純歸於禪，住山不出遊也。真丹，即震旦也。軍持，取水瓶也，行脚之具。踢倒軍持，勸其勿事行脚也。溈山和尚欲謀住山，曰：「此山名骨山，和尚是肉人，骨肉不相離。」言人不當離山也，皆用佛書語。「漿水價」，「也須還」，則用《列子》五漿先饋事。（同前書卷二）

七一　《金荃》：元好問詩：「《金荃》怨曲《蘭畹》辭。」《金荃》，温飛卿辭名《金荃集》，荃，即蘭蓀也，音筌。《蘭畹》，唐人辭曲集名，與《花間集》出入，而中有杜牧之辭。（同前）

七二　鞋韈稱兩：高文惠妻與夫書曰：「今奉織成韈一量，願着之，動與福並。」「量」當作「兩」，詩「葛屨五兩」是也。無名氏《踏莎行》辭末云：「夜深着輛小鞋兒，靠着屏風立地。」輛、兩，蓋古今字也。小辭用毛詩字，亦奇。（同前）

七三　麝月：蔡松年小辭：「銀屏小語，私分麝月，春心一點。」麝月，茶名，麝言香，月言圓月也。或説麝月是眉，畫眉香煤，亦通。但下不得「分」字。又黨懷英茶辭：「紅莎緑蒻春風餅，趂梅驛，來雲嶺。」金國明昌、大定時，文物已埒中國，而製茶之精如此，胡雛亦風味也。非見元宵燈，以為妖星下地之日比也。（同前）

七四　檀色：畫家七十二色，有檀色，淺赭所合，辭所謂「檀畫荔枝紅」也，而婦女暈眉色似之。唐人詩辭多用之，試舉其略，徐凝《宫中曲》云：「檀妝惟約數條霞。」《花間》辭云：「背人匀檀注。」又「鈿昏檀粉淚縱横」，又「臂留檀印齒痕香」，又「斜分八字淺檀蛾」是也。又云：「卓女燒春醲美，小檀霞。」則言酒色似檀色。又云「檀畫荔枝紅，金蔓蜻蜓軟」，又「香檀細畫侵桃臉」，又「淺眉微斂注檀輕」，又「何處惱佳人，檀痕衣上新」，又「脩蛾慢臉，不語檀心一點。歌聲慢發開檀點，笑拈金靨」，又「錦檀偏，翹鬌重，翠雲欹」，又「翠鈿檀注助容光」，又「粉檀珠淚和」。伊孟昌《黄蜀葵》詩：「檀點佳人噴異香。」杜衍《雨中荷花》詩：「檀粉不勻香汗溼。」則又指花色似檀色也。〇東坡梅詩：「鮫綃剪碎玉簪輕，檀暈粧成雪月明。肯伴老人春一醉，懸知欲落更多情。」唐、宋婦女閨妝，面注檀痕，猶漢、魏婦女之注玄的也。稽（當作嵇）含《南方草木狀》：「蒟緣子，漬以蜂蜜，點以燕檀。」（同前）

七五　黄額：　後周天元帝令宫人黄眉黑妝，其風流於後世。虞世基《詠袁寶兒》云：「學畫鴉黄半未成。」此煬帝時事也，至唐猶然。駱賓王詩：「寫月圖黄罷，凌波拾翠通。」又盧照鄰詩：「纖纖初月上鴉黄。」「鴉黄粉白車中出。」王翰詩：「中有一人金作面。」裴慶餘詩：「滿額鵝黄金縷衣。」温庭筠辭：「小山重疊金明滅。」又：「蕊黄無限當山額。」又：「撲蕊添黄子，呵花滿翠鬟。」又：「臉上金霞細，眉間翠鈿深。」牛嶠辭：「額黄侵膩髮，臂釧透紅紗。」張泌辭：「蕊黄香畫帖金蟬。」宋陳去非《蠟梅》詩：「智瓊額黄且勿誇，眼明見此風前葩。」智瓊，晉代魚山神女也。額黄事不見所出，當時必有傳記，而黄粧實自智瓊始乎？今黄妝久廢，汴蜀妓女以金箔飛額上，亦其遺意也。（同前）

七六　靨餙：《説文》：「靨，頰輔也。」《洛神賦》：「明眉（當作眸）善睞，靨輔承權。」自吴宫有獺髓補痕之事，唐韋固妻少時為盜刃所刺，以翠掩之，女妝遂有靨餙。其字二音，一音琰，一音葉。温飛卿辭：「繡衫遮笑靨，煙草粘飛蝶。」此音葉。又云：「粉心黄蕊花靨，黛眉山兩點。」此音琰。《花間》辭：「淺笑含雙靨。」又云：「翠靨眉心小。」又：「膩粉半粘金靨子，殘香猶暖舊薰籠。」又：「一雙笑靨嚬香蕋。」又：「濃蛾淡靨不勝情。」又：「笑靨嫩疑花拆，愁眉翠斂山橫。」宋辭：「杏靨夭斜，梅鈿輕薄。」又：「小唇秀靨，團鳳眉心倩郎貼。」則知此飾，五代、宋初為盛。（同前）

七七　花翹：韋莊《訴衷情》辭云：「碧沼紅芳煙雨，静倚蘭橈。重玉珮句，交帶裊纖腰句。鴛夢隔星橋，迢迢句。越羅香暗銷，墜花翹。」按此辭在成都作也。蜀之妓女至今有花翹之飾，名曰翹兒花云。（同前）

七八　眼重眉褪：唐辭：「眼重眉褪不勝春。」李後主辭：「多少淚，斷臉復横頤。」元樂府：「眼餘眉剩。」皆祖唐辭之語。（同前）

七九　角妓垂螺：張子野《減字木蘭花》云：「垂螺近額，走上紅裀初趂拍。只恐驚飛，擬倩遊絲惹住伊。　文鴛繡履，去似風流塵不起。舞徹《梁州》，頭上宫花顫未休。」又晏小山辭云：「垂螺拂黛青樓女。」又云：「雙螺未學同心綰，已占歌名。月白風清，長倚昭華笛裏聲。」又云：「紅窗碧玉新名舊，猶綰雙螺。一寸秋波，千斛明珠覺未多。」垂螺、雙螺，蓋當時角妓未破瓜時髮飾之名，今秦中妓及搬演旦色，猶有此制。（同前）

八〇　銀蒜：歐陽六一放（當作倣）玉臺體詩：「銀蒜鉤簾宛地垂。」東坡《哨遍》辭：「睡起畫堂，銀蒜珠幙雲垂地。」蔣捷《白紵》辭：「早是東風作惡，旋安排，一雙銀蒜鎮羅幙。」銀蒜，蓋鑄銀為蒜形，以押簾也。宋元親王納妃，公主下降，皆有銀蒜簾押幾百雙。（同前）

八一　鬧裝：京師有鬧裝帶，其名始於唐，白樂天詩：「貴主冠浮動，親王帶鬧裝。」薛田詩：「九苞

綰就佳人髻，三鬧裝成子弟韉。」辭曲有「角帶鬧黄鞓」，今作「傲黄鞓」，非也。（同前）

八二　椒圖：元人樂府：「户列八椒圖。」又貝瓊《未央瓦硯歌》：「長楊昨夜西風早，錦縵椒圖跡如掃。」竟不知椒圖為何物。近閲陸文量《菽園雜記》云：「《博物志·逸篇》曰：龍生九子，不成龍，各有所好，鴟吻虮蝮之類也。椒圖：其形似螺，性好閉，故立於門上，即詩人所謂金鋪也。」司馬温公《明妃曲》云：「宫門金環雙獸面，回首何時復來見。」梁簡文《烏棲曲》云：「織成屏風金屈戌。」李賀詩：「屈戌銅鋪鎖阿甄。」皆指此也。又按《尸子》云：「法螺蚌而閉户。」《後漢書·禮儀志》：「殷人以水德王，故以螺著門户。」則椒圖之似螺形，其説信矣。（同前）

八三　鞑靼：鞑靼，國名，古肅慎地也。其地產寶石，大如巨栗，中國謂之鞑靼。文與可《朱櫻歌》云：「金衣珍禽弄深樾，禁籞朱櫻班若纈。上幸離宫促薦新，藤籃寶籠貂璫發。凝霞作丸珠尚軟，油露成津蜜初割。君王午坐鼓猗蘭，翡翠一盤紅鞑靼。」葛魯卿《西江月》辭云：「鞑靼斜紅帶柳，琉璃漲緑平橋。人間花月正新妖，不數江南蘇小。恨寄飛花簌簌，情隨流水迢迢。鯉魚風送木蘭橈，廻棹荒鷄報曉。」二公詩辭皆用鞑靼事，人罕知者，故詳疎之。（同前）

八四　秋千旗：陸放翁詩云：「秋千旗下一春忙。」歐陽公《漁家傲》云：「隔墻遥見秋千侣，緑索紅旗雙彩柱。」李元膺《鷓鴣天》云：「寂寞秋千兩繡旗。」予嘗命畫工作《寒食仕女圖》，秋千架作兩繡旗，人多駭之，蓋未見三公之詩辭也。（同前）

八五　三絃所始：今之三絃始於元時，小山辭云：「三絃玉指，雙鈎草字，題贈玉娥兒。」（同前）

八六　十二樓十三樓十四樓：《漢書》：「五城十二樓，仙人居也。」詩家多用之，東坡辭：「遊人都上十三樓，不羨竹西歌吹古揚州。」用杜牧詩「婷婷嫋嫋十三餘」之句也。永樂中，晏振之《金陵春夕》詩：「花月春江十四樓。」人多不知其事。蓋洪武中，建來賓、重譯、清江、石城、鶴鳴、醉仙、樂民、集賢、謳歌、鼓腹、輕煙、淡粉、梅妍、柳翠十四樓於南京，以處官妓，蓋時未禁縉紳用妓也。（同前）

八七　五代僭主能辭：五代僭偽十國之主，蜀之王衍、孟昶，南唐之李璟、李煜，吴越之錢俶，皆能文，而小辭尤工。如王衍之「月明如水浸宫殿」，元人用之為傳奇曲子。孟昶之《洞仙歌》，東坡亟稱之。錢俶「金鳳欲飛遭掣搦，情脉脉，行即玉樓雲雨隔」，為宋藝祖所賞，惜不見其全篇。（同前）

八八　花蕊夫人：花蕋夫人，宫辭之外，尤工樂府。蜀亡入汴，書葭萌驛壁云：「初離蜀道心將碎，離恨綿綿。春日如年，馬上時時聞杜鵑。」書未畢，為軍騎催行。後人續之云：「三千宫女皆花貌，妾最嬋娟。此去朝天，只恐君王寵愛偏。」花蕋見宋祖，猶作「更無一個是男兒」之詩，焉有隨昶行而書此敗節之語乎？續之者不惟虚空架橋，而辭之鄙，亦狗尾續貂矣。（同前）

八九　女郎王麗真：女郎王麗真有辭名《字字雙》：「牀頭錦衾斑復斑，架上朱衣殷復殷。空庭明月閒復閒，夜長路遠山復山。」（同前）

九〇　李易安辭：宋人中填辭，李易安亦稱冠絶。使在衣冠，當與秦七、黄九争雄，不獨雄於閨閣也。其辭名《漱玉集》，尋之未得。《聲聲慢》一辭最為婉妙，其辭云：「尋尋覓覓，冷冷清清，悽悽慘慘戚戚。乍暖還寒時候,最難將息。三盃兩醆淡酒,怎敵他、晚來風急。鴈過也,正傷心,却是舊時相識。　滿地黄花堆積,憔悴損,如今有誰忺摘。守着窗兒,獨自怎生得黑。梧桐更兼細雨,到黄昏,點點滴滴。這次第,怎一個愁字了得。」荃翁張端義《貴耳集》云:此辭首下十四個疊字,乃公孫大娘舞劒手。本朝非無能辭之士,未曾有下十四個疊字者,乃用《文選》諸賦格。「守着窗兒,獨自怎生得黑」,此「黑」字不許第二人押。又「梧桐更兼細雨,到黄昏點點滴滴」,四疊字又無斧痕,婦人中有此,殆間氣也。晚年自南渡後,懷京洛舊事,賦元宵《永遇樂》辭云:「落日鎔金,暮雲合璧。」已自工緻,至於「染柳煙輕,吹梅笛怨,春意知幾許」,氣象更好,後疊云:「于今憔悴,風鬟霜鬢,怕見夜間出去。」皆以尋常言語度入音律。煉句精巧則易,平淡入妙者難。山谷所謂以故為新,以俗為雅者,易安先得之矣。(同前)

九一　辛稼軒用李易安辭語:辛稼軒辭「泛菊盃深,吹梅角暖」,蓋用易安「染柳煙輕,吹梅笛怨」也。然稼軒改數字更工,不妨襲用,不然,豈盜狐白裘手邪?(同前)

九二　朱淑真元夕辭:朱淑貞元夕《生查子》云:「去年元夜時,花市燈如晝。月上柳梢頭,人約黄昏後。　今年元夜時,月與燈依舊。不見去年人,淚溼春衫袖。」辭則佳矣,豈良人家婦所宜邪?又其元夕詩云:「火樹銀花觸目紅,極天歌吹暖春風。新懽入手愁忙裏,舊事經心憶夢中。但願暫成人繾綣,不妨長任月朦朧。賞燈那得工夫醉,未必明年此會同。」與其辭意相合,則其行可知矣。(同前)

九三　鍾離權：仙家稱鍾離先生者，唐人鍾離權也，與吕嵓同時。韓澗泉選唐詩絶句，卷末有鍾離一首，可證也。近世俗人稱漢鍾離，蓋因杜子美《元日》詩有「近聞韋氏妹，遠在漢鍾離」，流傳之誤，遂傳會以鍾離權為漢將鍾離昧矣，可發一笑也。説神仙者，大率多欺世誑愚，如世傳《沁園春》及《解紅》二辭為吕洞賓作，按：《沁園春》辭，宋駙馬王晉卿初製此腔。解紅兒，則五代和凝歌童，凝為製《解紅》一曲，初止五句，見陳氏《樂書》，後乃衍為《解紅兒慢》。豈有吕洞賓在唐預知其腔而填為此曲乎？元俞琰又注《沁園春》，琰雖博學，亦惑於長生之説而隨俗爾耳也。琰子仲温序其父《陰符經》，云先君七十而逝。由此言之，琰之篤意養生，壽止于此。世有村夫，目不識《參同契》一字，而年踰百歲，又何必勞心於不可知之術哉！達人君子可以意悟。（同前）

九四　《解紅》：名有《解紅》者，今俗傳為吕洞賓作，見《物外清音》，其名未曉。近閲和凝集，有《解紅歌》云：「百戲罷，五音清，解紅一曲新教成。兩個瑶池小仙子，此時奪却《柘枝》名。」《樂書》云：「優童解紅舞，衣紫緋繡襦，銀帶花鳳冠。」蓋五代時人也，焉有吕洞賓在唐世預填此腔邪？（同前）

九五　白玉蟾武昌懷古：白玉蟾武昌懷古辭云：「漢江北瀉，下長淮，洗盡胸中今古。樓櫓横波征鴈遠，誰見魚龍夜舞。鸚鵡洲雲，鳳皇池月，付與沙頭鷺。功名何處。年年惟見春暮。非不豪似周瑜，壯如黄祖，亦隨秋風度。野草閒花無限數，渺在西山南浦。黄鶴樓人，赤烏年事，江漢庭前路。浮萍無據，水天幾度朝莫。」此辭亦雄壯，有意效坡仙乎？辭名《念奴嬌》，因坡公辭尾三字，遂名《酹江月》，又恰百字，又名《百字令》。玉蟾辭，他如「一葉飛何處，天地起西風」、「鱗鱗波上，煙寒

水冷剪丹楓」，皆佳句。詠燕子有「秋千節後初相見，祓禊人歸有所思」，亦有思致，不愧辭人云。（同前）

九六 邱長春梨花辭：邱長春詠梨花《無俗念》云：「春遊浩蕩，是年年寒食，梨花時節。白錦無紋香爛熳，玉樹瓊苞堆雪。静夜沉沉，浮光靄靄，冷浸溶溶月。人間天上，爛銀霞照通徹。渾似姑射真人，天姿靈秀，意氣殊高潔。萬化參差，誰信道，不與羣芳同列。浩氣清英，仙材卓犖，下土難分别。瑶臺歸去，洞天方看清絶。」長春，世之所謂仙人也，而辭之清拔如此。予嘗問好事者曰：「神仙惜氣養真，何故讀書史作詩辭？」答曰：「天上無不識字神仙。」予因語吾黨曰：「天上無不識字神仙，世間寧有不讀書道學耶？今之講道者，束書不看，號曰忘言觀妙，豈不反為異端所笑耶？」（同前）

九七 鬼仙辭：「曉星明滅，白露點，秋風落葉。故址頽垣，冷煙衰草，前朝宫闕。長安道上行客，依舊名深利切。改變容顔，銷磨今古，隴頭殘月。」此《五代新説》載鬼仙辭也，非太白、長吉之流，豈能及此？（同前）

九八 郝仙女廟辭：博陵縣有郝仙女廟，仙女，魏青龍中□（當作山）人，年及笄，姿色姝麗。採蘋水中，蒼煙白霧，俄失所在。其母哀求水濱，願言一見。良久，異香襲人，隱約於波渚間，曰：「兒以靈契，託蹟綃宫，陰主是水府。世緣已斷，毋用悲悒。而今而後，使鄉社田蠶歲宜，有感而通，乃為吾驗。」後人立廟焉。後有題《喜遷鶯》辭於壁云：「汀洲蘋滿，記翠籠采采，相將鄰媛。蒼渚煙生，金支光爛，人在霧綃鮫館。小鬟頓成雲散，羅韈凌波，不見翠鸞遠。但清溪如鏡，野花留靨。情睠，驚變現。身後神功，緣就吴蠶繭。漢女菱歌，湘妃瑶瑟，春動倚雲層殿。彤車載花一色，醉盡碧桃清宴。故山晚，嘆流年一笑，人間飛電。」（同前）

九九　《鵲橋仙》三辭：《齊東野語》載鷟箕《鵲橋仙》辭詠七夕，以八煞為韻。其辭曰：「鸞輿初駕，牛車齊發。聽隱隱、鵲橋伊軋。尤雲殢雨正懽濃，但只怕、來朝初八。霞垂彩幔，月明銀蠟。更馥鬱、香焚金鴨。年年此際一相逢，未審是、甚時結煞。」方秋崖除夜小盡生日辭曰：「今朝二十九，明朝初一。怎欠個、秋崖生日。客中情緒老天知，道這月、不消三十。春盤縷翠，春缸摇碧。便泥做、梅花消息。雪邊試問是耶非，今夕不知何夕。」近時東莞方彦卿俊正月六日於俞君玉席上，擘糟蟹薦酒，壽其友人黄瑜，亦依此調，其辭云：「草頭八足，一團大腹。持螯笑向俞君玉。花燈預賞為先生，生日是、新正初六。今宵過了，七人八穀。又七日天官賜福。福如東海壽如山，願歲歲、春盤盈緑。」瑜字廷美，香山人。其孫才伯佐，與予同官，嘗為予誦之。（同前）

一〇〇　衲子填辭：唐、宋衲子詩儘有佳句，而填辭可傳者僅數首。其一報恩和尚《漁家傲》云：「此事《楞嚴》嘗布露，梅花雪月交光處。一笑寥寥空萬古，風甌語，迥然銀漢横天宇。蝶夢《南華》方栩栩，班班誰跨豐干虎。而今忘却來時路，江山暮，天涯目送飛鴻去。」其二壽涯禪師詠魚籃觀音云：「深願弘慈無縫罅，乘時走入衆生界。窈窕豐姿都没賽，提魚賣，堪笑馬郎來納敗。清泠露溼金襴壞，茜裙不把珠瓔蓋。特地掀來呈捏怪，牽人愛，還盡許多菩薩債。」（同前）

一〇一　《菩薩蠻》：「牡丹帶露真珠顆，佳人折向庭前過。含笑問檀郎，花強妾貌強。　檀郎故相惱，只道花枝好。一向發嬌嗔，碎挼花打人。」此辭無名氏，唐宣宗嘗稱之，蓋又在《花間》之先也。（同前）

一〇二　徐昌圖：徐昌圖，唐人。冬景《木蘭花》一辭縟麗可愛，今入《草堂》之選，然莫知其為唐人也。（同前）

一〇三　《小重山》：韋莊《小重山》前段，今本「羅衣溼」下遺「新搵舊啼痕」五字。（同前）

一〇四　牛嶠：牛嶠，蜀之成都人，為孟蜀學士。其《酒泉子》云：「紫陌青門，三十六宮春色。御溝輦路暗相通，杏園風。　咸陽沽酒寶釵空，笑指未央歸。　插花走馬落紅，月明中。」其《楊柳枝》辭數首尤工，見《樂府詩集》。（同前）

一〇五　日蕎：《南史》王晞詩：「日蕎當歸去，魚鳥見留連。」俗本改「蕎」為「暮」，淺矣。孟蜀牛嶠辭：「日蕎天空波浪急」，正用晞語。（同前）

一〇六　孫光憲：孫光憲，蜀之資州人。事荆南高氏，為從事，有文學名，著《北夢瑣言》。其辭見《花間集》，「一庭疎雨溼春愁」，秀句也。（同前）

一〇七　李珣：李珣，蜀之梓州人，事王宗衍。《浣溪沙》辭有「早為不逢巫峽夜，那堪虚度錦江春」之句，辭名《瓊瑶集》。其妹事王衍，為昭儀，亦有辭藻，有「鴛央瓦上忽然聲」辭一首，誤入花蕋夫人集，蓋一百一首，本羨此首也。（同前）

一〇八　毛文錫：毛文錫、鹿虔扆、歐陽炯、韓琮、閻選，皆蜀人。事孟後主，有五鬼之號，俱工小辭，並見《花間集》。此集久不傳，正德初，予得之於昭覺僧寺，乃孟氏宣華宫故址也，後傳刻於南方云。（同前）

一〇九　潘祐：潘祐，南唐人。事後主，與徐鉉、湯悅、張泌，俱有文名。而祐好直諫。嘗應後主令作小辭，有「樓上春寒山四面，桃李不須誇爛熳，已失了東風一半」，蓋諷其地漸侵削也，可謂得諷諭之旨。（同前）

一一〇　盧絳：盧絳，南唐人，夢一人歌《菩薩蠻》云：「玉京人去秋蕭索，畫簷鵲起梧桐落。欹枕悄無言，月和清夢圓。背燈惟暗泣，甚處砧聲急。眉黛小山攢，芭蕉生暮寒。」其名不著，辭頗清潤，特録之。（同前）

一一一　花深深：《草堂》辭「花深深」，按玉林辭選，乃李嬰之作。今以為孫夫人，非也。（同前）

一一二　坊曲：唐制，妓女所居曰坊曲，《北里志》有南曲、北曲，如今之南院、北院也。宋陳敬叟辭：「窈窕青門紫曲。」周美成辭：「小曲幽坊月暗。」又：「愔愔坊曲人家。」近刻《草堂詩餘》改作「坊陌」，非也。謝皐羽《天地間集》載孟鯁南京詩云：「愔愔坊曲傍深春，活活河流過雨渾。花鳥幾時充貢賦，牛羊今日上丘原。猶傳柳七工辭翰，不見朱三有子孫。我亦前生梁楚士，獨持心事過夷門。」（同前）

一一三　簷花：杜詩「燈前細雨簷花落」，注謂簷下之花，恐非。蓋謂簷前雨映燈花如花爾，後人不知，或改作「簷前細雨燈花落」，則直置（一作致）無味矣。宋人小辭多用「簷花」字，周美成云：「浮萍破處，簷花簾影顛倒。」又云：「簷花紅雨照方塘。」多不悉記。（同前）

一一四 《十六字令》：周美成《十六字令》云：「明（當作眠），月影穿窗白玉錢。無人弄，移過枕函邊。」辭簡思深，佳辭也，其《片玉集》中不載，見《天機餘錦》。（同前）

一一五 《應天長》：周美成寒食《應天長》辭：「條風布暖，霏霧弄晴，池塘徧滿春色。正是夜堂無月，沉沉暗寒食。」今本遺「條風」至「正是」二十字。（同前）

一一六 《過秦樓》：周美成《過秦樓》首句是「水浴清蟾」，今刻本誤作「京（當作凉）浴」。（同前）

一一七 李冠辭：《草堂詩餘》「朦朧澹月雲來去」，齊人李冠之辭，今傳其辭而隱其名矣。冠又有《六州歌頭》道劉、項事，慷慨悲壯，今亦不傳。（同前）

一一八 《魚遊春水》：尾句：「雲山萬重，寸心千里。」今刻誤作「雲山萬里」，以前段「鶯轉上林」，「林」字平聲，例之可知。又注引李詩「雲山萬重隔」，為重字無疑。（同前）

一一九 《春霽》、《秋霽》：《草堂》辭選《春霽》、《秋霽》二首相連，皆胡浩然作也。格韻如一，尾句皆是「有誰知得」，而不知何等妄人於《秋霽》下添入陳後主名，不知六朝焉知此等慢調？況其中有「孤鶩」「落霞」語，乃襲用王勃之序，陳後主豈能預知勃文而倒用之邪？（同前）

一二〇 岸草平沙：《草堂》辭《柳梢青》「岸草平沙」一首，僧仲殊作也。今刻本往往失其名，故特著之。宋人小辭，僧徒惟二人最佳，覺範之作類山谷，仲殊之作似《花間》，祖可、如晦俱不及也。

（同前）

一二二　周晉仙《浪淘沙》：周晉仙，名文璞，宋淳熙間人，其字曰晉仙者，因名璞，義取郭璞，故曰晉仙也。能詩辭，好奇怪。有《灌口二郎歌》，為時所稱，以為不減李賀。又《題鍾山》云：「往在秦淮問六朝，江頭只有女吹簫。昭陽太極無行路，幾歲鵝黄上柳條。」嘗云：《花間集》只有五字佳：「絲雨溼流光。」語意俱微妙。又有題酒家壁《浪淘沙》一辭云：「還了酒家錢，便好安眠。大槐宫裏着貂蟬。行到江南知是夢，雪壓漁舡。　磐薄古梅邊，也是前緣。鵝黄雪白又醒然。一事最奇君記取，明日新年。」其辭飄逸似方外塵表。又因字晉仙，相傳以為仙也，誤矣。晉有徐仙民，唐有牛仙客、王仙芝，豈皆仙乎？甚矣，人之好奇而不察也。然觀此，則世之所傳仙跡，不幾類是哉？

（同前）

一二三　閒適之辭：宋傅公謀《水調歌頭》曰：「草草三間屋，愛竹旋添栽。碧紗窗户，眼前都是翠雲堆。一月山翁高卧，踏雪水村清冷，木落遠山開。惟有平安竹，留得伴寒梅。　喚家僮，開門看，有誰來。客來一笑清話，煮茗更傳盃。有酒只愁無客，有客又愁無月，月下且徘徊。明日人間事，天自有安排。」黄玉林《酹江月》云：「吾廬何有，有一灣蓮蕩，數間茅宇。斷塹疎籬聊補葺，那得粉墻朱户。禾黍西風，鷄豚曉日，活脱田家趣。客來茶罷，自挑野菜同煮。　多少甲第連雲，十眉環座，人醉黄金塢。回首邯鄲春夢破，零落珠歌翠舞。得似衰翁，蕭然陋巷，長作溪山主。紫芝可採，更尋巖谷深處。」又劉静脩《風中柳》云：「我本漁樵，不是白駒空谷。對西山、悠然自足。北窗疎竹，南窗叢菊，愛村居、數間茅屋。　風煙草履，滿意一川平緑。問前溪、今朝酒熟。幽泉歌曲，清泉琴築，欲歸來、故人留宿。」並吕居仁「東里先生家何在」四辭，每獨行吟歌之，不惟有隱士出塵之想，兼如仙客御風之遊矣。昔人謂「詩情不似曲情多」，信然。（同前）

一二三　驪山辭：昔於臨潼驪山之温湯，見石刻元人一辭曰：「三郎年少客，風流夢、繡嶺蠱瑶環。漸浴酒發春，海棠睡暖。咲波生媚，荔子漿寒。況此際、曲江人不見，偃月事無端。羯鼓三聲，打開蜀道，《霓裳》一曲，舞破潼關。馬嵬西去路，愁來無會處，但淚滿關山。空有香囊遺恨，錦韤傳看。玉笛聲沉，樓頭月下，金釵信杳，天上人間。幾度秋風渭水，落葉長安。」再過之，石已磨為别刻矣。（同前）

一二四　石次仲西湖辭：石次仲西湖《多麗》一曲云：「晚山青，一川雲樹冥冥。正參差煙凝紫翠，斜陽畫出南屏，館娃歸、吴臺遊鹿，銅仙去、漢苑飛螢。懷古情多，憑高望極，且將樽酒慰漂零。自湖上愛梅仙遠，鶴夢幾時醒。空留在、六橋疎柳，孤嶼危亭。　待蘇堤、歌聲散盡，更須携妓西泠。藕花深、雨凉翡翠，菰浦軟、風弄蜻蜓。澄碧生秋，鬧紅駐景，采菱新唱最堪聽。一片水天無際，漁火兩三星。多情月，為人留照，未過前汀。」次仲辭在宋未著名，而清奇宕麗如此。宋之填辭為一代獨藝，亦猶晉之字、唐之詩，不必名家而皆奇也。然奇而不傳者何限，而傳者未必皆奇。如唐之胡曾，宋之杜默，識者知笑之，而不能靳其傳，蓋亦有幸不幸乎？（同前）

一二五　梅辭：吕聖求《東風第一枝》辭云：「老樹渾苔，横枝未葉，青春肯誤芳約。背陰未返冰魂，陽稍（當作梢）已含紅蕚。佳人寒怯，誰驚起，曉來梳掠。是月斜窗外棲禽，霜冷竹間幽鶴。雲淡淡，粉痕漸薄。風細細，凍香又落。叩門喜伴金樽，倚闌怕聽畫角。依稀夢裏，半面淺窺珠箔。甚時重寫鸞牋，去訪舊遊東閣。」古今梅辭，以坡仙「緑毛么鳳」為第一，此亦在魁選矣。（同前）

一二六 《折紅梅》：宋人《折紅梅》辭云：「喜輕澌初綻，微和漸入，郊原時節。春消息，夜來陡覺，紅梅數枝争發。玉溪珍館，不似個，尋常標格。化工别與，一種風情，似匀點燕脂，染成香雪。重吟細閲，比繁杏夭桃，品流終别。可惜彩雲易散，冷落謝池風月。憑誰向説，三弄處，龍吟休咽。大家留取倚闌干，聞有花堪折，勸君須折。」此辭見杜安世集。《中吴記聞》又作吴應之，未知孰是？（同前）

一二七 洪覺範梅辭：洪覺範詠梅《點絳唇》辭云：「流水泠泠（當作『泠泠』），斷橋斜路梅枝亞。雪花飛下，渾似江南畫。白璧青錢，欲買春無價。春歸也，風吹平野，一點香隨馬。」梅辭如此清俊，亦僅有者，惜未入《草堂》之選。（同前）

一二八 曹元寵梅辭：曹元寵梅辭：「竹外一枝斜，想佳人天寒日暮。」用東坡「竹外一枝斜更好」之句也。徽宗時禁蘇學，元寵又近幸之臣，而暗用蘇句，其所謂掩耳盗鈴者。噫！姦臣醜正惡直，徒為勞爾。（同前）

一二九 李漢老：李漢老名邴，號雲龕居士。父昭玘，元祐名士，東坡門生。漢老才學，世其家者也。其《漢宫春》梅辭入選最佳，曹元寵梅辭：「竹外一枝斜，想佳人天寒日暮。黄昏院落，無處著清香，風細細，雪融融，何况江頭路。」甚工，而結句落韻，殊不强人意，曹葢富於才而貧於學也。漢老詠美人寫字云：「雲情散亂未成篇，花骨欹斜終帶軟。」亦新美可喜。（同前）

一三〇　蔣捷《一剪梅》：蔣捷《一剪梅》辭云：「一片春愁帶酒澆，江上舟摇，樓上簾招。秋娘容與泰娘嬌，風又飄飄，雨又瀟瀟。　何日雲帆卸浦橋，銀字箏調，心字香燒。流光容易把人抛，紅了櫻桃，緑了芭蕉。」（同前）

一三一　心字香：辭家多用心字香，蔣捷辭云：「銀字箏調，心字香燒。」張于湖辭：「心字夜香清。」晏小山辭：「記得年時初見，兩重心字羅衣。」范石湖《驂鸞録》云：「番禺人作心字香，用素馨茉莉半開者，著净器中。以沉香薄劈，層層相間，蜜（當作密）封之。日一易，不待花蔫，花過香成。」所謂心字香者，以香末縈篆成「心」字也。「心字羅衣」，則謂心字香薰之爾。或謂女人衣曲領如「心」字，又與此别。（同前）

一三二　招落梅魂：蔣捷有效稼軒體招落梅魂《水龍吟》一首云：「醉兮瓊瀣浮觴些，招兮遣巫陽些。君勿去此，颶風將起，天微黄些。野馬塵埃，污君楚楚，白霓裳些。駕空兮雲浪，茫洋東下，流往他方些。　月滿兮方塘些，呌雲兮笛凄凉些。歸來兮為我，重倚蛟背，寒鱗蒼些。俯視春浩然一笑，吐出香些。翠禽兮弄晚，招君未至，我心傷些。」其辭幽秀古豔，逈出纖冶穠華之外，可愛也。稼軒之辭曰《醉翁操》，併録於此：「長松，之風，如公。肯予從，山中，人心與吾兮誰同。湛千里之江，上有楓。噫，送子（脱『於』字）東，望君，君之門兮九重。女無悦己，誰適為容。不龜手藥，或一朝取封。昔與遊兮皆童，我獨窮兮今翁。一魚兮一龍，勞心兮沖沖。噫，命與時逢，子取之兮食萬鍾。」小辭中《離騷》僅見此二首也。（同前）

一三三　《柳枝辭》：唐人《柳枝辭》，劉禹錫、白樂天而下凡數十首，予獨愛無名氏云：「萬里長江一帶開，岸邊楊柳是誰栽。錦帆落盡西風起，惆悵龍舟更不回。」此辭詠史詠物，兩極其妙。首句見隋開汴通江，次句「是誰栽」三字作問辭，尤含蓄。不言煬帝，而譏弔之意在其中。末二句俯仰今古，悲感溢於言外。若情致則：「清江一曲柳千條，十五年前舊板橋。曾與情人橋上别，更無消息到今朝。」此辭小説以為劉采春女周德華之作，又云劉禹錫，然劉集中不載也，柳辭當以二首為冠。（同前）

一三四　《竹枝辭》：元楊廉夫《竹枝辭》，一時和者五十餘人，詩百十餘首。予獨愛徐延徽一首云：「盡説盧家好莫愁，不知天上有牽牛。膩拋萬斛臙脂水，瀉向銀河一色秋。」（同前）

一三五　蓮辭第一：歐陽公詠蓮花《漁家傲》云：「葉重如將青玉亞，花輕疑是紅綃掛。顔色清新香脱灑，堪長價，牡丹怎得稱王者。　雨筆露牋吟彩畫，日鑪風炭薰蘭麝。天與多情絲一把，誰廝惹，千條萬縷縈心下。」又云：「楚國纖腰元自瘦，文君膩臉誰描就。日夜鼓聲催箭漏，昏復晝，紅顔豈得長如舊。　醉折嫩房紅蕊嗅，天絲不斷清香透。却倚小闌凝望久，風滿袖，西池月上人歸後。」前首工緻，後首情思兩極，古今蓮辭第一也。（同前）

一三六　蘇易簡：蘇易簡，梓州人，宋太宗朝狀元。所著有文集及《文房四譜》行於世，宋世蜀之大魁自蘇始。其後閬州三人，簡州四人，夔州一人，終宋三百年，得十六人，而陳氏、許氏皆兄弟，可謂盛矣。蘇之辭，惟《越江吟》應制一首，見予所選《百琲明珠》。（同前書卷三）

一三七　韓、范二公辭：韓魏公《點絳唇》辭云：「病起懨懨，庭前花樹添憔悴。亂紅飄砌，滴盡真珠淚。　惆悵前春，誰向花前醉。愁無際，武陵凝睇，人遠波空翠。」范文正公《御街行》云：「紛紛墜葉飄香砌，夜寂静，寒聲碎。珎珠簾捲玉樓空，天澹銀河垂地。年年今夜，月華如練，長是人千里。　愁腸已斷無由醉，酒未到，先是淚。殘燈明滅枕頭攲，諳盡孤眠滋味。都來此事，眉間心上，無計相廻避。」二公一時動德重望，而辭亦情致如此。大抵人自情中生，焉能無情？但不過甚而已。宋儒云：「禪家有為絶欲之説者，欲之所以益熾也。道家有為忘情之説者，情之所以益蕩也。聖賢但云寡慾養心，約情合中而已。」予友朱良矩嘗云：「天之風月，地之花柳，與人之歌舞，無此不成三才。」雖戲語，亦有理也。（同前）

一三八　《滿江紅》：范文正公謫睦州，過嚴陵祠下，會吴俗歲祀，里巫迎神，但歌《滿江紅》，有「湘江好，洲漠漠。波似染，山如削。遶嚴陵灘畔，鷺飛魚躍」之句。公云：「吾不善音律，撰一絶送神。」曰：「漢包六合網英豪，一個冥鴻惜羽毛。世祖功臣三十六，雲臺争似釣臺高。」吴俗至今歌之。《湘山野録》（同前）

一三九　温公辭：世傳司馬温公有席上所賦《西江月》辭云：「寶髻鬆鬆綰就，鉛華淡淡妝成。紅顔翠霧罩輕盈，飛絮遊絲無定。　相見争如不見，有情還似無情。笙歌散後酒微醒，深院月明人

静。」仁和姜明叔云：「此辭决非温公作。宣和間，耻温公獨為君子作此誣之，不待識者而後能辨也。」（同前）

一四〇　夏英公辭：姚子敬嘗手選《古今樂府》一帙，以夏英公竦《喜遷鶯》宫辭為冠，其辭云：「霞散綺，月沉鈎，簾捲未央樓。夜凉河漢接天流，宫闕鎖清秋。　瑶瑎（當作堦）樹，金莖露，玉輦香和雲霧。三千珠翠擁宸遊，水殿按《凉州》。」富豔精工，誠為絶唱。（同前）

一四一　林和靖：林君復惜别《長相思》辭云：「吴山青，越山青。兩岸青山相送迎，誰知離别情。　君淚盈，妾淚盈。羅帶同心結未成，江頭潮已平。」甚有情致。《宋史》謂其不娶，非也。林洪著《家山（當作「山家」）清供》，其中言先人和靖先生云云，即先生之子也，蓋喪偶後，遂不娶爾。（同前）

一四二　康伯可辭：康伯可西湖《長相思》辭云：「南高峰，北高峰。一片湖光煙靄中，春來愁殺儂。　郎意濃，妾意濃。油壁車輕郎馬驄，相逢九里松。」蓋效和靖「吴山青」之調也，二辭可謂敵手。（同前）

一四三　東坡《賀新郎》辭：東坡《賀新郎》辭「乳燕飛華屋」云云，後段「石榴半吐紅巾蹙」以下皆詠榴。《卜算子》「缺月掛疎桐」云云，「縹緲孤鴻影」以下皆説鴻。别一格也。（同前）

一四四　東坡詠吹笛：嶺南太守閭丘公顯致仕，居姑蘇，東坡每過，必留連。坡嘗言：「過姑蘇，不遊虎丘，不謁閭丘，乃二欠事。」其重之如此。一日，出其後房佐酒，有懿卿者善吹笛，坡作《水龍吟》

贈之，「楚山脩竹如雲」是也，辭見《草堂詩餘》，而不知其事，故著之。（同前）

一四五　蜜雲龍：蜜雲龍，茶名，極為甘馨。宋廖正一，字明略，晚登蘇東坡之門，公大奇之。時黄、秦、晁、張，號蘇門四學士，東坡待之厚。每來，必令侍妾朝雲取蜜雲龍，家人以此知之。一日，又命取蜜雲龍，家人謂是四學士，窺之，乃廖明略也。東坡詠茶《行香子》云：「綺席才終，歡意猶濃。酒闌時、高興無窮。共捧君賜，初拆臣封。看分月餅，黄金縷，蜜雲龍。　鬬贏一水，功敵千鍾。覺凉生、兩腋清風。暫留紅袖，少却紗籠。放笙歌散，庭館静，略從容。」（同前）

一四六　《瑞鷓鴣》：苕溪漁隱曰：「唐初歌辭，多是五言詩，或七言詩，初無長短句。中葉以後至五代，漸變成長短句，及本朝，則盡為此體。今所存者，止《瑞鷓鴣》、《小秦王》二闋，是七言八句詩並七言絶句詩而已。《瑞鷓鴣》猶依字易歌，若《小秦王》必須襯以虚聲，乃可歌爾。」其辭云：「碧山影裏小紅旗，儂是江南踏浪兒。　拍手欲嘲山簡醉，齊聲争唱浪婆辭。　西興渡口帆初落，漁浦山頭日未欹。　儂送潮回歌底曲，樽前還唱使君詩。」此《瑞鷓鴣》也。「濟南春好雪初晴，行到龍山馬足輕。使君莫忘霅溪女，時作《陽關》腸斷聲。」此《小秦王》也，皆東坡所作。（同前）

一四七　陳季常：苕溪漁隱曰：「東坡云：龍山（當作丘）子自洛之蜀，載二侍女，戎裝駿馬，至溪山佳處，輒留數日，見者以為異人。後十年，築室黄岡之北，號静庵居士。作《臨江仙》贈之云：『細馬遠馱雙侍女，青巾玉帶紅靴。　溪山好處便為家。　誰知巴峽路，却見洛城花。　面旋落英飛玉蕊，人間春日初斜。　十年不見紫雲車。　龍丘新洞府，鉛鼎養丹砂。』」龍丘子即陳季常也。　秦太虚寄之以詩,亦云:「侍童雙擢玉,鬢髮光可照。駿馬錦障泥,相隨窮海嶠。暮年更折節,學佛得心要。鬻馬放阿樊,幅巾對沉燎。」故東坡作詩戲之,有「忽聞河東獅子吼,拄杖落手心茫然」之句。觀此,則知季常載侍女以遠遊,及暮年,甘於枯寂,蓋有所制而然,亦可憫笑也哉。(同前)

一四八 六客辭:東坡云:「吾昔自杭移高密,與楊元素同舟,而陳令舉、張子野皆從予過李公擇於湖,遂與劉孝叔俱至松江。夜半月出,置酒垂虹亭上。子野年八十五,以歌辭聞於天下,作《定風波令》,其略云:『見説賢人聚吳興,試問,也應傍有老人星。』坐客歡甚,有醉倒者,此樂未嘗忘也。今七年爾,子野、孝叔、令舉,皆為異物。而松江橋亭,今歲七月九日,海風駕潮,平地丈餘,蕩盡無復孑遺矣。追思曩時,真一夢爾。」苕溪漁隱曰:「吳興都(當作郡)圃今有六客亭,即公擇、子瞻、元素、子野、令舉、孝叔,時公擇守吳興也。」東坡又云:「余昔與張子野、劉孝叔、李公擇、陳令舉、楊元素會於吳興,時子野作六客辭,其卒章:『盡道賢人聚吳興,試問,也應傍有老人星。』凡十五年,再過吳興,而五人皆已亡矣。時張仲謀與曹子方、劉景文、蘇伯固、張秉道為坐客,仲謀請作後六客辭。」云:「月滿苕溪照野堂,五星一老鬬光芒。十五年間真夢裏,何事,長庚對月獨凄涼。 緑髮蒼顏同一醉,還是,六人吟笑水雲鄉。賓主談鋒誰得似,看取,曹劉今對兩蘇張。」(同前)

一四九 東坡中秋辭:《古今辭話》云:「東坡在黄州,中秋夜,對月獨酌,作《西江月》辭云:『世事一場大夢,人生幾度新凉。夜來風葉已鳴廊,看取眉間鬢上。 酒賤常愁客少,月明多被雲妨。中秋誰與共孤光,把盞凄然北望。』坡以讒言謫居黄州,鬱鬱不得志,凡賦詩綴辭,必寫其所懷。然一日不負朝廷，其懷君之心，末句可見矣。」苕溪漁隱曰：「《聚蘭集》載此辭，注云寄子由，故後句云：『中秋誰與共孤光，把酒凄然北望。』則兄弟之情見於句意之間矣。疑是倅錢塘時作，子由時為濉陽幕客。」若(脱「辭」字)話所云，則非也。(同前)

一五〇 晁次膺中秋辭：苕溪漁隱曰：「中秋辭，自東坡《水調歌頭》一出，餘辭盡廢。然其後亦豈無佳辭？如晁次膺《綠頭鴨》一辭，殊清婉，但樽俎間歌喉以其篇長憚唱，故湮没無聞焉。其辭云：『晚雲收，淡天一片琉璃。爛銀盤來從海底，皓色千里澄暉。瑩無塵、素娥淡佇，净可數、丹桂參差。玉露初零，金風未凛，一年無似此佳時。向坐久、疎星時度，烏鵲正南飛。瑶臺冷，欄杆憑煖，欲下遲遲。　念佳人，音塵隔後，對此應解相思。最關情、漏聲正永，暗斷腸、花影潛移。料得來宵，清光未減，陰晴天氣又爭知。共凝戀，如今别後，還是隔年期，人縱健，清樽素月，長願相隨。』」(同前)

一五一 蘇養直：蘇養直，名伯固，與東坡為同族，坡集中有《送伯固兄》詩是也。詩有《清江曲》「屬玉雙飛水滿塘」，當時盛傳，辭亦佳，「醉眠小塢黄茅店，夢倚高城赤葉樓」，《鷓鴣天》之佳句也。(同前)

一五二 蘇叔黨辭：叔黨名過，東坡少子，《草堂》辭所載《點絳唇》二首「高柳蟬嘶」及「新月娟娟」，皆叔黨作也。是時方禁坡文，故隱其名，相傳之久，或以為汪彦章，非也。(同前)

一五三 程正伯：程正伯，號書舟，眉山人，東坡之中表也。其《酷相思》辭云：「月掛霜林寒欲墜，正門外，催人起。奈别離、如今真個是。欲住也，無留計。欲去也，來無計。　馬上離情衣上淚，

各自供憔悴。問江路，梅花開也未。春到也，須頻寄。人到也，須頻寄。」其四代好《折紅英》，皆佳，見本集。（同前）

一五四 李邦直：李邦直與東坡同時人，小辭有：「楊花落，燕子横穿朱閣。苦恨春醪如水薄，閒愁無處着。緑野帶江山落角，桃杏參差殘萼。歷歷危檣沙外泊，東風晚來惡。」為坡所稱。（同前）

一五五 柳辭為東坡所賞：東坡云：「人皆言柳耆卿辭俗，如『霜風凄緊，關河冷落，殘照當樓』，唐人佳處不過如此。」按其全篇云：「對瀟瀟暮雨灑江天，一番洗清秋。漸霜風凄緊，關河冷落，殘照當樓。是處紅衰緑减，冉冉物華休。惟有長江水，無語東流。不忍登高臨遠，望故鄉渺渺，歸思悠悠。歎年來踪跡，何事苦淹留。想佳人妝樓凝望，誤幾回、天際識歸舟。争知我、倚闌處，正恁凝眸。」蓋《八聲甘州》也。《草堂詩餘》不選此，而選其如「願奶奶蘭心蕙性」之鄙俗，及「以文會友」、「寡信輕諾」之酸文，不知何見也？（同前）

一五六 《木蘭花慢》：《木蘭花慢》柳耆卿清明辭，得音調之正，蓋「傾城，盈盈歡情」，於第二字中有韻。近見吴彦高中秋辭，亦不失此體，餘人皆不能。然元遺山集中凡九首，内五首兩處用韻，亦未為全知者。今載二辭於後。柳辭：柳辭云：「拆桐花爛熳，乍疎雨，洗清明。正豔杏燒林，湘桃繡野，芳景如屏。傾城，盡尋勝去，驟雕鞍、紺幰出郊坰。風暖繁絃脆管，萬家齊奏新聲。盈盈，鬭草踏青。人豔冶，遞逢迎。向路傍，往往遺簪墮珥，珠翠縱横。懽情，對佳麗地，任金罍竭，玉山傾。拚却明朝永日，畫堂一枕春酲。」中秋辭：吴辭云：「敞千門萬户，瞰蒼海，爛銀盤。對沆瀣樓高，儲胥鴈過，墜露生寒。闌干，眺河漢外，送浮雲、盡出衆星乾。丹桂霓裳縹緲，似聞褋珮珊珊。長安，底處高城，人不見，路漫漫。歎舊日心情，如今容鬢，瘦沈愁潘。幽歡，縱容易得，（脱「數佳期」）動是隔年看。歸去江湖一葉，浩然對影垂竿。」然吴辭後段起句又異常體，柳為正。（同前）

一五七　潘逍遥：潘閬，字逍遥，其人狂逸不檢，而詩句往往有出塵之語。辭曲亦佳，有憶西湖《虞美人》一闋云：「長憶西湖湖水上，盡日憑闌樓上望。三三兩兩釣魚舟，島嶼正清秋。笛聲依約蘆花裏，白鳥成行忽飛起。别來閒想整綸竿，思入水雲寒。」此辭一時盛傳，東坡公愛之，書於玉堂屏風。（同前）

一五八　斜陽暮：秦少游《踏莎行》「杜鵑聲裏斜陽暮」，極為東坡所賞。而後人病其「斜陽暮」似重復，非也。見斜陽而知日暮，非復也。猶韋應物詩「須臾風暖朝日暾」，既曰朝日，又曰暾，當亦為宋人所譏矣。此非知詩者，古詩「明月皎夜光」，明，皎，光，非復乎？李商隱詩「日向花間留返照」，皆然。又唐詩「青山萬里一孤舟」，又「滄溟千萬里，日夜一孤舟」，宋人亦言「一孤舟」為復，而唐人累用之，不以為復也。（同前）

一五九　秦少游贈樓東玉：秦少游《水龍吟》，贈營妓樓東玉者，其中「小樓連苑」及換頭「玉佩丁東」隱「樓東玉」三字。又贈陶心兒「一鈎殘月帶三星」，亦隱「心」字，山谷贈妓辭「你共人女邊著子，争知我門裏添心」，亦隱「好悶」二字云。（同前）

一六〇　鶯花亭：秦少游謫處州日作《千秋歲》辭，有「花影亂，鶯聲碎」之句，後人慕之，建鶯花亭。

陸放翁有詩云：「沙上春風柳十圍，緑陰依舊語黄鸝。故應留與行人恨，不見秦郎半醉時。」（同前）

一六一 少游嶺南辭：少游謫藤州，一日醉野人家，有辭云：「喚起一聲人悄，衾冷夢寒窗曉。瘴雨過，海棠開，春色又添多少。社甕釀成微笑，半缺椰瓢共舀。覺傾倒，急投牀，醉鄉廣大人間小。」此辭本集不收，見於地志。而脩一統志者不識舀字，妄改可笑，聊著之。（同前）

一六二 《滿庭芳》：秦少游《滿庭芳》「晚色雲開」，今本誤作「晚兔雲開」，不通。維揚張綖刻《詩餘圖譜》，以意改「兔」作「見」，亦非。按《花庵辭選》作「晚色雲開」，當從之。（同前）

一六三 明珠濺雨：秦淮海《望海潮》辭云：「紋錦製帆，明珠濺雨，寧論爵馬魚龍。」按《隋遺録》，煬帝命宫女灑明珠於龍舟上，以擬雨雹之聲，此辭所謂「明珠濺雨」也。（同前）

一六四 天粘衰草：秦少游《滿庭芳》：「山抹微雲，天粘衰草。」今本改「粘」作「連」，非也。韓文「洞庭漫汗，粘天無壁」，張祐詩「草色粘天鶗鴂恨」，山谷詩「遠水粘天吞釣舟」，邵博詩「老灘聲殷地，平浪勢粘天」，趙文鼎辭「玉關芳草粘天碧」，嚴次山辭「粘雲江影傷千古」，葉夢得辭「浪粘天、蒲桃漲緑」，劉行簡辭「山翠欲粘天」，劉叔安辭「暮煙細草粘天遠」，「粘」字極工，且有出處，又見《避暑録話》可證。若作「連天」，是小兒之語也。（同前）

一六五 「山抹微雲」女婿：范元實，范祖禹之子，秦少游婿也。學詩於山谷，作《詩眼》一書。為人凝重，嘗在歌舞之席，終日不言，妓有問之云：「公亦解辭曲否？」笑答云：「吾乃『山抹微雲』女婿也。」可見當時盛唱此辭，《草堂詩餘》亦有范元實辭。（同前）

一六六　晴鴿試鈴：張子野《滿江紅》：「晴鴿試鈴風力軟，雛鶯弄舌春寒薄。」清新，自來無人道。（同前）

一六七　初寮辭：王初寮，字安中，名履道。初為東坡門下士，詩文頗得膏腴。其辭有「椽燭垂珠清漏長，遲留春筍緩催觴」之句，又：「天與麟符行樂分，緩帶輕裘，雅宴催雲髻。翠霧縈紆銷篆印，箏聲恰度秋鴻陣。」為時所稱。其後附蔡京，遂叛東坡，其人不足道也。（同前）

一六八　王元澤：王雱，字元澤，半山之子。或議其不能作小辭，乃援筆作《倦尋芳》辭一首，《草堂》辭所載「露晞向曉」是也，自此絶不作。（同前）

一六九　宋子京：宋子京小辭有「春睡騰騰，困入嬌波慢。隱隱枕痕留一線，膩雲斜溜釵頭燕」，分明寫出春睡美人也。（同前）

一七〇　韓子蒼：韓駒，字子蒼，蜀之仙井人，今井研縣也。其中秋《念奴嬌》「海天向晚」一首亞於東坡之作，《草堂》已選。雪辭《昭君怨》云：「昨日樵村漁浦，今日瓊川銀渚。山色捲簾看，老峰巒。錦帳美人貪睡，不覺天花剪水。驚問是楊花，是蘆花。」（同前）

一七一　俞秀老弄水亭辭：俞紫芝秀老，弟澹清老，名字見王介甫、黄魯直集中。詩辭傳世雖少，亦間見《文鑑》等篇，葉石林《詩話》誤以為揚州人。魯直答清老寒夜三詩，其一引牧羊金華山黄初平事言之，蓋黄上世亦出金華也。近覽《清溪圖》，有秀老手題《臨江仙》辭一闋，後書俞紫芝，此辭世少知之，録於後：「弄水亭前千萬景，登臨不忍空廻。水輕墨澹寫蓬萊，莫教世眼，容易洗塵埃。收

去雨昏都不見，展時還似雲開。先生高趣更多才，人人盡道，小杜却重來。」（同前）

一七二　孫巨源：孫洙，字巨源，嘗注杜詩，注中「洙曰」是也。元豐間為翰林學士，與李端原（當作愿）太尉往來尤數。會一日鎖院，宣召者至其家，則出十餘輩蹤跡，得之於李氏。時李新納妾，能琵琶，公飲，不肯去，而迫於宣命入院，幾二鼓矣。草三制罷，作此辭，遲明遣示李，其辭云：「樓頭尚有三通鼓，何須抵死催人去。上馬苦匆匆，琵琶曲未終。　回頭凝望處，那更廉纖雨。漫道玉為堂，玉堂今夜長。」或傳以為孫覿，非也。（同前）

一七三　陳後山：陳後山為人極清苦，詩文皆高古，而辭特纖豔。如《一落索》換頭云：「一顧教人微俏，那堪親見。不辭紫袖拂清塵，也要識春風面。」又有席上贈妓辭云：「不愁歌裏斷人腸，只怕有腸無處斷。」所謂彼亦直寄焉，以為不知己者詬厲也。（同前）

一七四　雙魚洗：張仲宗《夜遊宮》辭云：「半吐寒梅未拆，雙魚洗、冰澌初結。户外明簾風任揭，擁紅鑪，灑窗間稷雪。　此日去年時節，這心事有人忺說。斗帳重熏鴛被疊，酒微醺，管燈花，今夜別。」雙魚洗，盥手之器，見《博古圖》。稷雪，霰也，形如米粒，能穿瓦透窗，見《毛詩疏》。（同前）

一七五　《石州慢》：張仲宗《石州慢》：「寒水依痕，春意漸回，沙際煙闊。」為一句。今刻本於「沙際」之下截為句，非也。下文「煙闊溪梅」，成何語乎？（同前）

一七六　張仲宗辭用唐詩語：張仲宗，號蘆川，填辭最工。其《踏莎行》云：「芳草平沙，斜陽遠樹。無情桃葉江頭渡。醉來扶上木蘭舟，將愁不去將人去。　薄劣東風，天斜落絮。明朝重覓吹笙路。碧雲香雨小樓空，春光已到銷魂處。」唐李端詩：「江上晴樓翠靄間，滿闌春水滿窗山。青楓綠草將愁去，遠入吳雲暝不還。」此辭「將愁不去將人去」一句反用之。「天斜」音歪斜，白樂天詩：「錢塘蘇小小，人道最夭斜。」自注：「天音歪。」若不知其出處，不見其工。辭雖一小技，然非胸中有萬卷，筆下無一塵，亦不能臻其妙也。（同前）

一七七　張仲宗送胡澹庵辭：張仲宗送胡澹庵赴貶所《賀新郎》一闋云：「夢繞神州路，恨西風，連營畫角，故宮禾黍。底事崑崙傾砥柱，九地黃流亂注。聚萬落千村狐兔。天意從來高難問，况人情易老悲難訴。更南浦，送君去。凉生岸柳催殘暑，耿斜河、疎星澹月，淡雲微度。萬里江山知何處，回首對牀夜雨。鴈不到、書成誰與。目盡青天懷今古，肯兒曹恩怨相爾汝。舉太白，聽《金縷》。」秦檜知之，亦與作詩王庭珪同貶責。此辭雖不工，亦當傳，况工緻悲憤如此，宜表出之。（同前）

一七八　張仲宗：張仲宗三山以送胡澹庵及寄李綱辭得罪，忠義流也。其辭最工，《草堂詩餘》選其「春水連天」及「卷珠箔」二首，膾炙人口。他如「簾旌翠波颭，窗影殘紅一線」及「溪邊雪靄藏雲樹，小艇風斜沙觜露」，皆秀句也。辭中多以「否」呼為「府」，與主字、舞（當脱「字」字）同押，蓋閩音也。如林外以「鎖」為「掃」，俞克成以「我」為「襖」，與「好」同押，皆鴂舌之音，可删，不可取也。○曹元寵亦以否「呼」為「府」。（同前）

一七九　林外：林外字豈塵，有《洞仙歌》書於垂虹橋，作道裝，不告姓名，飲醉而去，人疑為吕洞賓。傳入宮中，孝宗笑曰：「『雲屋洞天無鎖』，『鎖』與『老』叶韻，則鎖音掃，乃閩音也。」偵問之，果閩人林

外也。此詞亦不工，不當入選。（同前）

一八〇　韓世忠詞：韓世忠以元樞就第，絶口不言兵。杜門謝却酬酢，時乘小騾放浪西湖泉石間。一日，至香林園，蘇仲虎尚書方宴客，王徑造之。賓主歡甚，盡醉而歸。明日王餉以羊羔，且手書二詞以遺之，《臨江仙》云：「冬日青山瀟灑静，春來山暖花濃。少年衰老與花同。世間名利客，富貴與貧窮。　榮華不是長生藥，清閒不是死門風。勸君識取主人翁。單方只一味，盡在不言中。」《南鄉子》云：「人有幾多般，富貴榮華總是閒。自古英雄都是夢，為官，寶玉妻兒宿業纏。　年事已衰殘，鬢髮蒼蒼骨髓乾。不道山林多好處，貪懽，只恐癡迷誤了賢。」王生長兵間，未嘗知書，晚歲忽若有悟，能作字及小詞，皆有意趣，信乎非常之才也。（同前）

一八一　趙元鎮：趙鼎，字元鎮，宋中興名相。小詞婉媚，不減《花間》、《蘭畹》。「慘結秋陰」一首，世皆傳誦之矣。《點絳脣》一首云：「香冷金猊，夢回鴛帳餘香嫩。更無人問，一枕江南恨。　消瘦休文，頓覺春衫褪。清明近，杏花吹盡，薄暮寒成陣。」（同前書卷四）

一八二　賀方回：賀方回《浣溪沙》云：「鶯外紅銷一縷霞，淡黄楊柳帶棲鴉，玉人和月折梅花。　笑撚粉香歸繡户，半垂羅幙護窗紗，東風寒似夜來些。」此詞句句綺麗，字字清新，當時賞之，以為《花間》、《蘭畹》不及，信然。近見玉林《詞選》，首句二字作「樓角」，非也，「樓角」與「鶯外」相去何啻天壤。（同前）

一八三　孫浩然：「一帶江山如畫，風物向秋瀟灑。水浸碧天何處斷，霽色冷光相射。蓼嶼荻花洲，掩映竹籬茅舍。雲際客帆高掛，煙外酒旗底亞。多少六朝興廢事，盡入漁樵閒話。悵望倚層樓，寒日無言西下。」此孫浩然《離亭煞（當作宴）》辭也，悲壯可傳。（同前）

一八四　查荎《透碧霄》：「艤蘭舟，十分端是載離愁。練波送遠，屏山遮斷，此去難留。相從争奈，心期久要，屢變霜秋。歎人生、杳似萍浮。又翻成輕别，都將深恨，付與東流。想斜陽影裏，寥煙明處，雙槳去悠悠。愛渚梅幽香動，須採擷，倩纖柔。豔歌粲發，誰傳餘韻，來説仙遊。念故人留此遐州。但春風老去，秋月圓時，獨倚江樓。」此查荎《透碧霄》辭也，所謂一不為少。（同前）

一八五　陳子高：陳子高名克，天台人。有《赤城辭》一卷，甚工緻流麗。《草堂》辭「愁脉脉」一篇，子高辭也，今刻失其名。（同前）

一八六　陳去非：陳去非，蜀之青神人，陳季常之孫也，徙居河南。宋南渡後，又居建業。詩為高宗所簡注，而辭亦佳。語意超絶，筆力排奡，識者謂其可摩坡仙之壘，非溢美云。《草堂》辭惟載「憶昔午橋」一首，其閩中《漁家傲》云：「今日山頭雲欲舉，青蛟翠鳳移時舞。行到石橋聞細雨，聽還住，風吹却過溪西去。我欲尋詩寬久旅，桃花落盡春無數。渺渺籃輿穿翠楚，悠然處，高林忽送黄鸝語。」又《虞美人》云：「吟詩日日待春風，及至桃花開後却匆匆。」又《點絳唇》云：「愁無那，短歌誰和，風動梨花朵。」又《南柯子》云：「闌干三面看晴空，背插浮圖，千尺冷煙中。」皆絶似坡仙語。（同前）

一八七　陳去非桂花辭：苕溪漁隱曰：木犀，閩中最多，路傍往往有參天合抱者，土人以其多而不貴之。漕宇門前兩徑自有一二百株，至秋花盛開，籃輿行清香中，殊可愛也。古人賦詠，惟東坡倅錢塘，八月十七日天竺送桂花分贈元素詩云：「月缺霜濃細蕊乾，此花元屬桂堂仙。鷲峰子落驚前夜，蟾窟枝空記昔年。破裓山僧憐耿介，練裙溪女鬬清妍。願公採擷（當作擷）紉幽佩，莫遣孤芳老澗邊。」陳去非有辭云：「黄衫相倚，翠葆層層底。八月江南風日美，弄影山腰水尾。楚人未識孤妍，《離騷》遺恨千年。無住庵中新夢，一枝喚起幽禪。」万俟雅言有辭云：「芳菲葉底，誰會秋工意。深緑護輕黄，怕青女、霜侵憔悴。開分早晚，都占九秋天，花四出，香七里，獨步珠宫裏。佳名巖桂，却因是遺子。不自月中來，又那得蕭蕭風味。《霓裳》舊曲，休問廣寒人，飛太白，酹仙蕊，香外無香比。」《文昌襍録》云：京師貴家多以酴醾漬酒，獨有芬香而已。近年方以榠樝花懸酒中，不惟馥郁可愛，又能使酒味辛冽。始於戚里，外人蓋所未知也。（同前）

一八八 葉少藴：葉少藴名夢得，號石林居士。妙齡秀發，有文章盛名，《石林辭》一卷，傳於世。《賀新郎》「睡起流鶯語」，《虞美人》「落花已作風前舞」，皆其辭之入選者也。中秋宴客《念奴嬌》末句云：「廣寒宫殿，為余聊借瓊林。」英英獨照者。（同前）

一八九 曾空青：曾紆，字公衮，號空青先生，子宣之子。《清樾軒》一詩名世，辭亦佳。其《臨江仙》云：「後院短墻臨緑水，春風急管繁絃。向誰親按小嬋娟。玉堂天上客，琳館地行仙。安得此身長是健，徘徊夜飲朝眠。江南刺史漫垂涎。安排腸已斷，何況到樽前。」又《菩薩蠻》：「山光冷浸清江底，江光只到柴門裏。卧對白蘋洲，攲眠數釣舟。」亦佳，惜全篇未稱。（同前）

一九〇 曾純甫：曾覿，字純甫，號海野。東都故老，見汴都之盛，故辭多感慨，《金人捧露盤》是也，《採桑子》云：「花裏游蜂，宿粉栖香錦繡中。」為當時傳歌。（同前）

一九一 曾覿、張掄進辭：曾覿進辭賦，遂進《阮郎歸》云：「柳陰庭院占風光，呢喃春晝長。碧波新漲小池塘，雙雙蹴水忙。　萍散漫，絮飛揚，輕盈體態狂。為憐流水落花香，銜將歸畫梁。」既登舟，知閣張掄進《柳梢青》云：「柳色初濃，餘寒似水，纖雨如塵。一陣東風，縠紋微皺，碧沼鱗鱗。　僊娥花月精神，奏鳳筦、鸞絃鬬新。萬歲聲中，九霞盃内，長醉芳春。」曾覿和進云：「桃靨紅勻，梨腮粉薄，鴛徑無塵。鳳閣凌虚，龍池澄碧，芳意鱗鱗。　清時酒聖花神，看内苑、風光又新。一部僊韶，九重鸞仗，天上長春。」（同前）

一九二 雪辭：「紫皇高宴僊臺，雙成戲擊瓊苞碎。何人為把，銀河水剪，甲兵都洗。玉樣乾坤，八荒同色，了無塵翳。喜冰消太液，煖融鳷鵲，端門曉，班初退。　聖主憂民深意，轉鴻鈞、滿天和氣。太平有象，三宫二聖，萬年千歲。雙玉盃深，五雲樓迥，不妨頻醉。看來不是飛花，片片是、豐年瑞。」太上大喜，賜鍍金酒器三百兩。（同前）

一九三 月辭：曾覿進《壺中天》辭云：「素飈漾碧，看天衢穩送，一輪明月。翠水瀛壺人不到，比似世間秋別。玉手瑶笙，一時同色，小按《霓裳》疊。天津橋上，有人偷記新闋。　當日誰幻銀橋，阿瞞兒戲，一笑成癡絶。肯信羣僊高宴處，移下水晶宫闕。雲海塵清，山河影滿，桂冷吹香雪。何勞玉斧，金甌千古無缺。」上皇大喜，曰：「從來月辭不曾用金甌事，可謂新奇。」賜金束帶、紫番羅、水晶

盌，上亦賜寶戔，至一更五點還宮。是夜，西興亦聞天樂焉。（同前）

一九四　潮辭：江潮亦天下所獨，宣諭侍官各賦《酹江月》一曲，至晚呈上，以吳琚為第一。其辭曰：「玉虹遥掛，望青山隱隱，恍如一抹。忽覺天風吹海立，好似春霆初發。白馬凌空，瓊鼇駕水，日夜朝天闕。飛龍舞鳳，鬱葱環拱吳越。　此景天下應無，東南形勝，偉觀真奇絶。好是吳兒飛綵幟，蹙起一江秋雪。黄屋天臨，水犀雲擁，看擊中流楫。晚來波静，海門飛上明月。」兩宮賞賜無限，至月上始還。（同前）

一九五　張材甫：張材甫，名掄，南渡故老。辭多應制，元夕「雙闕中天」一首，繁華感慨，已入選矣。詠瑞香花《西江月》：「剪就碧雲團葉，刻成紫玉芳心。淺春不怕嫩寒侵，暖徹薰籠瑞錦。　花裏清芬獨步，樽前勝韻難禁。飛香直到玉盃深，消得厭厭夜飲。」又《柳梢青》前段云：「柳色初匀，輕寒如水，纖雨如塵。一陣東風，縠紋微皺，碧沼鱗鱗。」亦佳。足稱辭人。（同前）

一九六　朱希真：朱希真，名敦儒，博物洽聞，東都名士也。天資曠遠，有神仙風致。其《西江月》二首，辭淺意深，可以警世之役役於非望之福者，《草堂》入選矣。其《相見懽》云：「東風吹又江梅，揉（當作橘）花開。舊日吳王宮殿長青苔。　今古事，英雄淚，老相催。常恨夕陽西下晚潮回。」《鷓鴣天》云：「檢盡曆頭冬又殘，愛他風雪耐他寒。拖條竹杖家家酒，上個籃輿處處山。　添老大，轉癡頑，謝天教我老年閒。道人還了鴛鴦債，紙帳梅花醉夢間。」其《水龍吟》末云：「奇謀報國，可憐無用，塵昏白羽。鐵鎖横江，錦帆衝浪，孫郎良苦。」亦可知其為人矣。（同前）

一九七 李似之：李似之，名彌遜，仙井監人，自號筠翁，宋南渡名士。不附秦檜，坐貶。有別友《菩薩蠻》一首云：「江城烽火連三月，不堪對酒長亭別。休作斷腸聲，老來無淚傾。　風高帆影疾，目送舟痕碧。錦字幾時來，薰風無鴈回。」（同前）

一九八 張安國：張孝祥，字安國，蜀之簡州人，四狀元之一也。後卜居歷陽。平昔為辭，未嘗著稿，筆酣興健，頃刻即成，無一字無來處。如《歌頭》、《凱歌》諸曲，駿發蹈厲，寓以詩人句法者也。有《于湖紫微雅辭》一卷，湯衡為序云云。其詠物之工，如「羅帕分柑霜落齒，冰盤剥芡珠盈掬」；寫景之妙，如「秋净明霞乍吐，曙凉宿靄初消」；麗情之句，如「佩解湘腰，釵孤楚鬢」，不可勝載。（同前）

一九九 于湖辭：于湖玩鞭亭，晋明帝覘王敦營壘處。自温庭筠賦詩後，張文潛又賦《于湖曲》，以正湖陰之誤。辭皆奇麗警拔，膾炙人口。徐竇之、韓南澗亦發新意，張安國賦《滿江紅》云：「千古凄凉，興亡事，但悲陳跡。凝望眼，吴波不動，楚山空碧。巴滇緑駿追風遠，武昌雲旆連天赤。笑老姦遺臭到如今，留空壁。　邊書静，烽煙息。通軺傳，銷鋒鏑。仰太平天子，聖明無敵。蹙踏揚州開帝里，渡江天馬龍為匹。看東南佳氣鬱葱葱，傳千億。」雖間采温、張語，而辭氣亦不在其下。嘗見安國大書此辭，後題云：「乾道元年正月十日。」筆勢奇偉可愛。○《建康實録》，唐許嵩所著者，亦稱湖陰云云，庭筠之誤，有自來矣。（同前）

二〇〇 《醉落魄》：張于湖《醉落魄》辭云：「輕寒澹緑，可人風韻閒梳束。多情早是眉峰蹙。一點秋波，閒裏覷人毒。　桃花庭院閒妝束，銅鞮誰唱大堤曲。歸來想是櫻桃熟。不道秋千，誰伴那

人蹴。」此辭「毒」、「蹴」二字難下。〇《醉落魄》，元曲訛為《醉羅歌》。（同前）

二〇一　史邦卿：史邦卿，名達祖，號梅溪。今録其《萬年歡》一首，亦鼎之一臠也。「兩袖梅風，謝橋邊猶帶陰雪。過了匆匆燈市，草根青發。燕子春愁未醒，誤幾處芳音遼絶。煙谿上，採緑人歸，定應愁沁花骨。　非干厚情易歇，奈燕臺句老，難道離別。小徑吹衣，曾記故里風物。多少驚心舊事，第一是、侵階羅韈。如今但柳髪稀春，夜來和露梳月。」春雪辭云：「行天入鏡，都做出、輕鬆纖軟。寒爐重暖，便放慢春衫針線。恐鳳鞋挑菜歸來，萬一灞橋相見。」此句尤為姜堯章拈出。「輕鬆纖軟」，元人小令借以詠美人足云。又元夕辭：「羞醉玉，少年豐度。懷豔雪，舊家伴侶。」「醉玉生春」，出《蘭畹》辭；「豔雪」，出韋詩。語精字煉，豈易及耶？（同前）

二〇二　《杏花天》：史邦卿《杏花天》辭云：「軟波拖碧蒲芽短，畫樓外、花晴柳暖。今年自是清明晚，便覺芳情較懶。　春衫瘦，東風剪剪。過花塢、香吹醉面。歸來立馬斜陽岸，隔水歌聲一片。」姜堯章云：「史邦卿之辭奇秀清逸，有李長吉之韻，蓋能融情景於一家，會句意於兩得。」姜亦當時辭手，而服之如此。（同前）

二〇三　姜堯章：姜夔，字堯章，號白石道人，南渡詩家名流。辭極精妙，不減清真樂府，其間高處有周美成所不能及者。善吹簫，自製曲，初則率意為長短句，然後協以音律云。其詠蟋蟀《齊天樂》一辭最勝，其辭曰：「庾郎先自吟愁賦，凄凄更聞私語。露溼銅鋪，苔侵石井，都是曾聽伊處。哀音似訴，正思婦無眠，起尋機杼。曲曲屏山，夜凉獨自甚情緒。　西窗又吹暗雨，為誰頻斷續，相和砧杵。候館吟秋，離宫吊月，别有傷心無數。邠詩漫與，笑籬落呼燈，世間兒女。寫入琴絲，一聲聲更苦。」其過苕霅云：「拂雪金鞭，欺寒茸帽，不記章臺走馬。鴈磧沙平，漁汀人散，老去不堪遊冶。」人日辭云：「池面冰膠，墻頭雪老，雲意還又沉沉。朱户粘鷄，金盤簇燕，空歎時序侵尋。」《湘月》辭云：「歸禽時度，月上汀洲冷。中流容與，畫橈不點清鏡。」從柳子厚「緑净不可唾」之語翻出。戲張平甫納妾云：「别母情懷，隨郎滋味，桃葉渡江時。」《翠樓吟》云：「檻曲縈紅，簷牙飛翠。酒破清愁，花銷英氣。」《法曲獻仙音》云：「過秋風未成歸計，重見冷楓紅舞。」《玲瓏四犯》云：「輕盈唤馬，端正窺户。酒醒明月下，夢逐潮聲去。」其腔皆自度者，傳至今，不得其調，難入管絃，秪愛其句之奇麗耳。（同前）

二〇四　高賓王：高觀國，字賓王，號竹屋。辭名《竹屋癡語》，陳造為序，稱其與史邦卿皆秦、周之辭，所作要是不經人道語，其妙處，少游、美成亦未及也。舊本《草堂詩餘》選其《玉胡蝶》一首，書坊翻刻欲省費，潛去之。予家藏有舊本，今録於此，以補遺略焉：「唤起一襟凉思，未成晚雨，先做秋陰。楚客悲殘，誰解此意登臨。古臺荒，斷霞斜照，新夢黯，微月疎砧。摠難禁，盡將幽恨，分付孤斟。　從今，倦看青鏡，既遲勳業，可負煙林。斷梗無憑，歲華摇落又驚心。想蓴汀，水雲愁凝，閒蕙帳，猿鶴悲吟。信沉沉，故園歸計，休更侵尋。」又詠轎《御街行》云：「藤筠巧織花紋細，稱穩步，如流水。踏青陌上雨初晴，嫌怕溼文鴛雙履。要人送上，逢花須住。纔過處，香風起。　裙兒掛在簾兒裏。更不把窗兒閉。紅紅白白簇花枝，恰稱得、尋春芳意。歸來時晚，紗籠引道，扶下人

微醉。」他如秋懷《喜遷鶯》，吊青樓《永遇樂》，皆佳作也。（同前）

二〇五 盧申之：盧申之，名祖皐，邛州人。有《蒲江辭》一卷，樂章甚工，字字可入律吕。彭師於吴江作釣雪亭，擅漁人之窟宅，以供詩境也。約趙子野、翁靈舒諸人賦之，惟申之擅場：「江涵鴈影梅花瘦，四（脱『望』字）無塵，雪飛風起，夜窗如晝。」其警句也。《水龍吟》詠荼蘼云：「蕩紅流水無聲，暮煙細草粘天遠。低回倦蝶，往來忙燕，芳期頓懶。緑霧迷墻，翠虬騰架，雪明香暖。笑依依欲挽，春風教住，還疑是、相逢晚。　不似梅妝瘦減，占人間、丰神蕭散。攀條弄蕋，天涯猶記，曲闌小院。老去情懷，酒邊風味，有時重見。對枕幃空想，東牀舊夢，帶將離怨。」《洞仙歌》詠茉莉云：「玉肌翠袖，較似酴醿瘦。幾度熏醒夜窗酒。問炎州何許清凉，塵不到、冰喜剪就。　晚來庭户悄，暗數流光，細拾芳英黯回首。念日暮江東，偏為魂銷人易老，幽韻清標似舊。正簟紋如水帳如煙，更奈問，月明露濃時候。」（同前）

二〇六 劉改之辭：「新來塞北，傳到真消息。赤地居民無一粒，更五單于争立。　維師尚父鷹揚，熊羆百萬堂堂。看取黄金假鉞，歸來異姓真王。」又云：「堂上謀臣樽俎，邊頭將士干戈。天時地利與人和，燕可伐與曰可。今日樓臺鼎鼐，明年帶礪山河。大家齊唱大風歌，不日四方來賀。」世傳辛幼安壽韓侂胄辭也。又一首，小陶韻聲，多俚談，不録。近讀謝疊山文，論李氏《繫年録》、《朝野襍記》之非，謂乾道間，幼安以金有必亡之勢，願召大臣預修邊備，為倉卒應變之計，此憂國遠猷也。今摘數語，而曰贊開邊，借劉過小辭，曰此幼安作也，忠魂得無寃乎？故今特為拈出。（同前）

二〇七　《天仙子》：劉改之赴試别妾《天仙子》云：「别酒醺醺渾易醉，回過頭來三十里。馬兒不住去如飛，行一憩，來一憩，斷送殺人山共水。　是則是，功名終可喜。不道恩情拋得未。梅村雪店酒旗斜，去也是，住也是，煩惱自家煩惱你。」辭俗意佳，世多傳之。又小説載曹東畋赴試步行，戲作《紅窗迥》慰其足云：「春闈期近也，望帝鄉迢迢，猶在天際。懊恨這一雙脚底，一日廝趕上，五六十里。　爭氣，扶持我上（當作去）。轉得官歸時，賞你穿對朝靴，安排你在轎兒裏。更選對宫様鞋兒，夜間伴你睡。」其辭雖相似，而不及改之遠甚。曹東畋名豳，字西士。（同前）

二〇八　嚴次山：嚴仁，字次山，辭名《清江款乃》。其佳處有「粘雲江影傷千古，流不去斷魂處」之句，又長於慶壽贈行，灑然脱俗。如壽蕭禹平云：「雲表金莖珠璀璨，當日投懷驚玉燕。文章議論壓西崑，風流姓字翔東觀。」贈歐太守云：「坐嘯清香畫戟。聽丁丁，滴花晴漏，棠陰晝寂。」賡賓客竹枝楊柳送别云：「相逢斜柳絆輕舟，渚香不斷蘋花老。」又：「窗兒上，幾條殘月，斜界羅幃。」皆是當時膾炙。（同前）

二〇九　吴大年：吴億，字大年，南渡初人。元夕「樓雪初消」一首入選，予愛其《南鄉子》一首云：「江上雪初消，暖日晴煙弄柳條。認得裙腰芳草緑，魂銷，曾折梅花過斷橋。　蟬鬢為誰凋，長恨含嬌那處嬌。遥想晚妝呵手罷，無聊，更傍朱唇暖玉簫。」（同前）

二一〇　張功甫：張功甫，名鎡，有《玉照堂辭》一卷。玉照堂以種梅得名，其辭多賞梅之作，其佳句如：「光摇動，一川銀浪，九霄珂月。」又：「宿雨初乾，舞梢煙瘦金絲裊。粉圍香陣擁詩仙，戰退春寒

峭。」皆詠梅之作，雖不驚人，而風味殊可喜。（同前）

二一一　《賀新郎》：張功甫，名鎡，善填辭。嘗即席作《賀新郎·送陳退翁分教衡湘》云：「桂隱傳盃處，有風流千巖勝韻，太丘遺譜。玉季金昆霄漢侶，平步鸞坡揮麈。莫便駕、飛驅煙渚。雲動精神衡岳去，向君山帝野鏘韶濩。蘭藝畹，吊湘楚。　南湖老矣無襟度，但樽前，跟蹡醉影，帽花顛仆。只恐清時專文教，猶貸陰山狂虜。卧玉帳、貔貅鉦鼓。忠烈前勳賫萬恨，望神都魏闕奔狐兔。呼翠袖，為君舞。」此辭首尾變化，送教官而及陰山狂虜，非善轉換不及此。末句「呼翠袖，為君舞」六字又能換回結煞，非千鈞筆力未易到此。辛稼軒有「憑誰換（當作喚）取，盈盈翠袖，揾英雄淚」，此末句似之。（同前）

二一二　吴子和：吴子和，名禮之，錢塘人。有閏元宵《喜遷鶯》一辭入選。（同前）

二一三　鄭中卿：鄭中卿，名域，三山人，號松窗。使虜回，有《燕谷剽聞》二卷，紀虜事甚詳。《昭君怨·詠梅》一辭云：「道是花來春未，道是雪來香異。水外一枝斜，野人家。　冷淡竹籬茅舍，富貴玉堂瓊榭。兩地不同栽，一般開。」興比甚佳。麗情云：「合是一釵雙燕，却成兩鏡孤鸞。」樂府多傳之。（同前）

二一四　謝勉仲：謝勉仲，名懋，號静寄居士。吴伯明稱其片言隻字，戛玉鏘金，醖藉風流，為世所貴云。其七夕《鵲橋仙》一辭入選，「鈎簾借月」是也。若「餘酲未解扶頭懶，屏裏瀟湘夢遠」，亦的的佳句。（同前）

二一五　趙文鼎：趙文鼎，名善扛，號解林居士。其春遊《重疊金》云：「楚宫楊柳依依碧，遥山翠隱横波溢。絶豔照穠春，春光欲醉人。纖纖芳草嫩，微步輕羅襯。花戴滿頭歸，遊蜂花上飛。」其二：「玉關芳草粘天碧，春風萬里思行客。驕馬向風嘶，道歸猶未歸。南雲新有鴈，望眼愁邊斷。膏沐為誰容，日高花影重。」《重疊金》即《菩薩蠻》也。又《十拍子》一闋亦佳。（同前）

二一六　趙德莊：趙德莊，名彦端，有《介庵辭》一卷。《清平樂》一首云：「桃根桃葉，一樹芳相接。春到江南三二月，迷損東家蝴蝶。殷勤踏取春陽，風前花正低昂。與我同心梔子，報君百結丁香。」為集中之冠。（同前）

二一七　易彦祥：易祓，字彦祥，長沙人，寧宗朝解褐狀元。《草堂》辭《驀山溪》：「海棠枝上，留取嬌鶯語。」其所作也。（同前）

二一八　李知幾：李石，字知幾，號方舟，蜀之井研人。文章盛傳，有《續博物志》。辭亦風致，《草堂》選「煙柳疎疎人悄悄」，其夏夜辭也。贈官妓辭有：「暖玉倚香愁黛翠，勸人須要人先醉。問道明朝行也未，猶自記，燈前背立偷垂淚。」好事者或改「偷」為「佯」。（同前）

二一九　危逢吉：危逢吉，名禎（一作稹），有《巽齋辭》一卷。其詠箜篌《漁家傲》云：「老去諸餘情味淺，詩情不上閒釵釧。寶幌有人紅兩靨，簾間見，紫雲元在深深院。十四條絃音調遠，柳絲不隔芙蓉面。秋入西窗風露晚，歸去懶，酒酣一任烏巾岸。」按箜篌本二十三絃，十四絃，蓋後世從省，非古制矣。（同前）

二二〇　劉巨濟：劉涇，字巨濟，簡州人。文曰《前溪集》。其《夏初臨》辭「小橋飛蓋入横塘」，今刻本「飛」下落一「蓋」字。（同前）

二二一　劉巨濟、僧仲殊：張樞言龍圖守杭，一日，湖上開宴，劉涇巨濟、僧仲殊在焉。樞言命即席作填辭，巨濟先倡曰：「憑誰好筆，横掃素縑三百尺。天下應無，此是錢塘湖上圖。」仲殊應聲曰：「一般奇絶，雲淡天高秋夜月。費盡丹青，只這些兒畫不成。」樞言又出梅花，邀二人同賦，仲殊曰：「江南二月，猶有枝頭千點雪。邀上芳樽，却占東君一半春。」巨濟曰：「樽前眼底，南國風光都在此。移過江來，從此江南不復開。」乃《减字木蘭花》調也。（同前）

二二二　劉叔儗：劉叔儗，名仙倫，廬陵人，號招山。樂章為人所膾炙。其賞牡丹《賀新郎》：「誰把天香和曉露，倩東風、特地匀芳臉。隔花聽取提壺勸，道此花過了春歸，蝶愁鶯怨。」最佳，而結句意俗。秋日《念奴嬌》云：「西風何事，為行人、掃蕩煩襟如洗。垂漲蒸瀾都捲盡，一片瀟湘清泚。酒病驚秋，詩愁入鬢，對景人千里。楚宫故事，一時分付流水。　江上買取扁舟，排雲湧浪，直過金沙尾。歸去江南丘壑處，不用重尋月姊。風露盃深，芙蓉裳冷，笑傲煙霞裏。草廬如舊，卧龍知為誰起。」此首絶佳。又有《繫裙腰》一辭云：「山兒矗矗水兒清，舩兒似葉兒輕。風兒更没人情。月兒明，廝合湊送人行。　眼兒蔌蔌淚兒傾，燈兒更冷清清。遭逢鴈兒，又没前程。一聲聲，怎生得夢兒成。」此詩（此字當為衍文）辭儇薄而意優柔，亦柳永之流也。（同前）

二二三　洪叔璵：洪叔璵，名茶（當作瑹），自號空同辭客。其《瑞鶴仙》云：「聽梅花吹動，凉夜何其，明星有爛。相看淚如霰，問而今去也，何時會面。匆匆聚散，便作秋鴻社燕。最傷心，夜來枕上，斷雲零雨何限。　因念，人生萬事，回首悲涼，都成夢幻。芳心繾綣，空惆悵，巫陽館。況船頭一轉，三千餘里，隱隱高城不見。恨無情，春水連天，片帆似箭。」詠新月《南柯子》云：「柳浪摇晴沼，荷風度晚簷。碧天如水印新蟾，一罅清光，斜露玉纖纖。　寶鏡微開匣，金鈎未押簾。西樓今夜有人恹，應傍莊臺，低照畫眉尖。」水宿《菩薩蠻》云：「斷虹遠飲横江水，萬山紫翠斜陽裏。繫馬短亭西，丹楓明酒旗。　浮生長客路，事逐孤鴻去。又是月黄昏，寒燈人閉門。」其餘如「笑捐瓊珮遺交甫，肯把文梭擲幼輿。花上蝶，水中鳬，芳心密意兩相於。」用事用韻皆妙。又：「合數松兒，分香栢子，揔是牽情處。」用唐詩「樓頭擊鼓轉花枝，席上藏鬮握松子」事也。全篇如《月華清》、《水龍吟》、《蔦山溪》、《齊天樂》，皆不減周美成，不盡録也。（同前）

二二四　馮偉壽：馮偉壽，名文子（一作字「艾子」），號雲目（當作月），辭多自製腔。《草堂》辭選其「春風惡劣，把數枝香錦，和鶯吹折」一首。又《春風裊柳》，其自度曲也：「被梁間雙燕，話盡春愁。朝粉謝，午花柔。倚紅闌故與，蝶圍蜂繞，柳緜無數，飛上搔頭。鳳管聲圓，蠶房香暖，笑挽羅衫須少留。　隔院蘭馨趂風遠，鄰墻桃影伴煙收。　些子風情未減，眉頭眼尾，萬千事、欲説還休。薔薇刺，牡丹毬。殷勤記省，前度綢繆。夢裏飛紅，覺來無覓，望中新緑，别後空稠。相思難偶，歎無情明月，今年已見，三度如鈎。」殊有前宋秦、晁風豔，比之晚宋酸餡味、教督氣不侔矣。餘句如「笑呼銀漢入金鯨」，臨邛高耻庵列為麗句圖云。（同前）

二二五 吴夢窗：吴夢窗，名文英，字君特，四明人。陰（當作尹）君煥序其辭云：「求辭於吾宋，前有清真，後有夢窗，此非煥之言，四海之公言也。」其《聲聲慢》一辭云：「檀欒金碧，婀娜蓬萊，遊雲不蘸芳洲。露柳霜蓮，十分點綴殘秋。新彎畫眉未穩，似含羞、低度墻頭。愁送遠，駐西臺車馬，共惜臨流。　知道池亭多宴，掩庭花，長是驚落秦謳。膩粉闌干，猶聞憑袖香留。輸他翠漣拍甃，瞰新妝、終日凝眸。簾半捲，戴黄花，人在小樓。」蓋九日宴侯家園作也。（同前）

二二六 《玉樓春》：吴夢窗《玉樓春》云：「茸茸狸帽遮梅額，金蟬羅剪胡衫窄。肩輿争看小腰身，倦態強隨閒鼓笛。　問稱家在城東陌，欲買千金應不惜。歸來困頓滯春眠，猶夢婆娑斜趁拍。」深其意態者也。（同前）

二二七 王實之：王邁，字實之，號臞庵，莆陽人，丁丑第四人及第。劉後村贈之辭云：「天壤王郎，數人物、方今第一。談笑裏，風霆驚坐，雲煙生筆。落落元龍湖海氣，琅琅董相天人策。」其重之如此。余又見《翰苑新書》，劉後村與王實之四六啓云：「聲名早著，不數黄香之無雙；科目小低，猶壓杜牧之第五。元化孕此五百年之間氣，同輩立於九萬里之下風。」又云：「朱雲折檻，諸公慙請劍之言；陽子哭庭，千載壯裂麻之語。一葉身輕，何去之勇。六丁力盡，而挽不回。有謫仙人駿馬名姬之風，無杜少陵冷炙殘盃之態。麗人歌陶秀實郵亭之曲，好事繪韓熙載夜宴之圖。擁通德而著書，命便了以沽酒」云云，觀此，實之蓋進則忠鯁，退則豪俠，元龍、太白一流人也，可以補史氏之遺。（同前）

二二八　馬莊父：馬莊父，字子嚴，號古洲，建安人。有經學，多論著，填辭其餘事也。《草堂》辭選其春遊《歸朝懽》一首，餘如《月華清》云：「悵望月中仙桂，問竊藥佳人，與誰同歲。」《賀聖朝》云：「遊人拾翠不知遠，被子規呼轉。」《阮郎歸》結句云：「三三兩兩呌船兒，人歸春也歸。」元夕辭云：「玉梅對妝雪柳，鬧蛾兒象生嬌顫。」可考見杭都節物。（同前）

二二九　万俟雅言：万俟雅言精於音律，自號辭隱。崇寧中，充大晟府製撰，按月用律進辭，故多新聲。《草堂》選載其《三臺》及《梅花引》二首而已，其《大聲集》多佳者，山谷稱之為一代辭人。黄玉林云：「雅言之辭，發妙音於律吕之中，運巧思於斧鑿之外，蓋辭之聖也。」今約載其二篇，《昭君怨》云：「春到南樓雪盡，驚動燈期花信。小雨一番寒，倚闌干。莫把闌干倚，一望幾重煙水。何處是京華，暮雲遮。」《卓牌兒》云：「東風緑楊天，如畫出清明院宇。玉豔淡泊，梨花帶月，燕支零落，海棠經雨。單衣怯黄昏，人正在、珠簾笑語。相並戲蹴秋千，共攜手，同倚闌干，暗香時度。翠窗繡户，路繚繞、潛通幽處。斷魂凝佇，嗟不似飛絮。閒悶閒愁，難消遣，此日年年意緒。無據，奈酒醒春去。」（同前）

二三〇　黄玉林：黄玉林，名昇，字叔暘，有散花庵，人止稱花庵云。嘗選唐宋辭，名曰《絶妙辭選》，與《草堂詩餘》相出入。今《草堂》辭刻本多誤字及失名氏者，賴此可證。此本世亦罕傳，予得録於王吏部相山子名嘉賓。玉林之辭附録卷尾，凡四十首。《草堂》辭選其二：「南山未解松梢雪」及「枕鐵稜稜近五更」是也，然非其佳者。其《月照梨花》一首云：「晝景方永，重簾花影。好夢猶酣，鶯聲喚醒。門外風絮交飛，送春歸。脩蛾畫了無人問，幾多別恨，淚洗殘粉。不知郎馬何處嘶，煙草萋迷鶺鴒啼。」此首有《花間》遺意。又《賀新郎·梅辭》云：「自掃梅花下，問梢頭、冷蕋疎疎，幾時開也。問者闊焉今久矣，多少幽懷欲寫。有誰是，孤山流亞。香月一聯真絕唱，與詩人千載為嘉話。餘興味，付來者。」「笑」清癯不戀雕闌樹，待與君，白髮相懽，竹籬茅舍。幸甚今年無酒禁，溜溜小漕壓蔗。已準擬，霜天雪夜。自醉自吟仍自笑，任解冠落珮從嘲罵。書此意，寄同社。」此辭用文句入音律而不酸，宋辭之體也。其餘若九日辭「蘭佩秋風冷，茱囊曉露新」、秋懷辭「月印金樞曉未收」、夜涼辭「冰雪襟懷，琉璃世界，夜氣清如許」、暮春辭「戲臨小草書團扇，自揀殘花插浄瓶」，又「夜來能有幾多寒，已瘦了梨花一半」，贈丁南鄰云：「待踞龜食蛤，相期汗漫，與煙霞會。」用盧敖事也，見《淮南子》。（同前）

二三一 評稼軒辭：廬陵陳子宏云：蔡光工於辭，靖康中陷虜庭。辛幼安嘗以詩辭謁之，蔡曰：「子之詩則未也，他日當以辭名家。」故稼軒歸宋，晚年辭筆尤高。嘗作《賀新郎》云：「綠樹聽啼鴂，更那堪杜鵑聲住，鷓鴣聲切。啼到春歸無啼處，苦恨芳菲都歇。筭未抵、人間離別。馬上琵琶關塞黑，更長門翠輦辭金闕。看燕燕，送歸妾。將軍百戰身名裂，向河梁回頭萬里，故人長絕。易水蕭蕭西風冷，滿座衣冠似雪。正壯士、悲歌未徹。啼鳥還知如此恨，料不啼清淚空啼血。誰伴我，醉明月。」此辭盡集許多怨事，全與李太白《擬恨賦》手段相似。又止酒《沁園春》云：「盃汝前來，老子今朝，點檢形骸。甚長年抱渴，咽如焦釜，於今喜溢，氣似奔雷。漫説劉伶，古今達者，醉後何妨死便埋。(脱『渾』字)如此，歎汝於知己，真少恩哉。　更憑歌舞為媒，筭合作、平居鴆毒猜。况怨無大小，生於所愛，物無美惡，過則為災。與汝成言，勿留亟去，吾力猶能肆汝盃。盃再拜，道麾之即去，招則須來。」此又如《賓戲》、《解嘲》等作，乃是把做古人(當作文)手段寓之於辭。賦築偃湖云：「疊嶂西馳，萬馬回旋，衆山欲東。正驚湍直下，跳珠倒濺，小橋横截，新月初弓。老合投閒，天教多事，檢校長身十萬松。吾廬小、在龍蛇影外，風雨聲中。　争先見面重重，看爽氣朝來三四峰。似謝家子弟，衣冠磊落，相如庭户，車騎從容。我覺其間，雄深雅健，如對文章太史公。新堤路，問偃湖何日，煙水濛濛。」且説松而及謝家、相如、太史公，自非脱落故常者，未易闖其堂奥。劉改之所作《沁園春》雖頗似其豪，而未免於粗。近日作辭者惟説周美成、姜堯章，而以東坡為詩辭(當作『辭詩』)，稼軒為辭論，此説固當，蓋曲者，曲也，固當以委曲為體。然徒狃於風情婉孌，則亦易厭。回視稼軒所作，豈非萬古一清風哉？或云周、姜曉音律，自能撰辭調，故人尤服之。(同前)

二三二　虞美人草：《賈氏談録》云：「褒斜谷中有虞美人草，狀如鷄冠，花葉相對。」《益州草木記》云：「雅州名山縣出虞美人草，唱《虞美人》曲，應拍而舞。」《酉陽襍俎》云：「舞草出雅州。」《益州方物圓贊》：「虞」作「娱」。唐人舊曲云：「帳中草草軍情變，月下旌旗亂。攬衣推枕愴離情，遠風吹下楚歌聲，正三更。　烏騅欲上重相顧，豔態花無主。手中蓮鍔凜秋霜，九泉歸去是仙鄉，恨茫茫。」宋黄載萬和云：「世間離恨何時了，不為英雄少。楚歌聲起霸圖休。(按：此後脱『玉帳佳人血泪滿東流』一句)　野葛荒葵老，吴城暮，玉貌知何處。至今芳草解婆娑，只有當時魂魄未消磨。」(同前

書卷五)

二三三 《並蒂芙蓉》辭:宋政和癸巳,大晟樂成。嘉瑞既生,蔡元長以晁端禮次膺薦於徽宗,詔乘驛赴闕。次膺至都下,會禁中嘉蓮生,異苞合趺,夐出天造,人意有不能形容者。次膺效樂府體屬辭以進,名《並蒂芙蓉》,上覽之,稱善,除大晟樂府協律郎,不克受而卒。其辭云:「太液波澄,向鑑中照影,芙蓉同蒂。千柄緑荷深,並丹臉争媚。天心眷臨聖日,殿宇分明敞嘉瑞。弄香嗅蕋,願君王,壽與南山齊比。池邊屢回翠輦,擁羣仙醉賞,憑闌凝思。萼緑攬飛瓊,共波上遊戲。西風又看露下,更結雙雙新蓮子。鬬妝競美,問兜央(即『鴛鴦』二字),向誰留意。」不惟造語工緻,而曲名亦新,故録於此。然大臣諛,小臣佞,不亡,何俟乎?(同前)

二三四 宋徽宗辭:宋徽宗北隨金虜後,見杏花,作《燕山亭》一辭云:「裁剪冰綃,輕疊數重,冷淡燕脂(當脱『凝』字)注。新樣靚妝,豔溢香融,羞殺蕋珠宫女。易得凋零,更多少無情風雨。愁苦,閒院落凄凉,幾番春暮。憑寄離恨重重,這雙燕,何曾會人言語。天遥地遠,萬水千山,知他故宫何處。怎不思量,除夢裏有時曾去。無據,和夢也,有時不做。」辭極凄惋,亦可憐矣。又在北遇清明日詩曰:「茸母初生認禁煙草名,無家對景倍凄然。帝城春色誰為主,遥指鄉關涕淚連。」又戲作小辭云:「孟婆,孟婆,你做些方便,吹個舩兒倒轉。」孟婆,宋汴京勾闌語,謂風也。茸母,孟婆,正是的對。(同前)

二三五 孟婆:俗謂風曰孟婆,蔣捷辭云:「春雨如絲,繡出花枝紅裊。怎禁他孟婆合皂(當作早)。」宋徽宗辭云:「孟婆,好做些方便,吹個船兒倒轉。」江南七月間有大風,甚於舶䑲,野人相傳以為孟婆發怒。按北齊李騊駼聘陳,問陸士秀:「江南有孟婆,是何神也?」士秀曰:「《山海經》:帝之二女遊於江中,出入必以風雨自隨。以帝女,故曰孟婆,猶《郊祀志》以地神為泰媪。」此言雖鄙俚,亦有自來矣。(同前)

二三六 《憶君王》:徽宗被虜北行,謝克家作《憶君王》辭云:「依依宫柳拂宫墻,宫殿無人春晝長。燕子歸來依舊忙。憶君王,月照黄昏人斷腸。」忠憤之氣,寓於聲律,宜表出之,其調即《憶王孫》也。(同前)

二三七 陳敬叟:陳敬叟,名以莊,號月溪。有《水龍吟》一首,自注:「記錢塘之恨。」蓋謝太后隨北虜去事也,其辭曰:「晚來江闊潮平,越船吴榜催人去。稽山滴翠,胥濤濺恨,一襟離緒。訪柳章臺,問桃仙囿,物華如故。向秋娘渡口,泰娘橋畔,依稀是,相逢處。窈窕青門紫曲,舊羅衣、新番金縷。仙音恍記,輕攏慢撚,哀絃危柱。金屋難成,阿嬌已遠,不堪春暮。聽一聲杜宇,紅殷緑老,雨花風絮。」是時謝太后年七十餘,故有「金屋阿嬌,不堪春暮」之句,又以秋娘、泰娘比之,蓋惜其不能死也,有愧於苻登之毛氏、竇建德之曹氏多矣。同時孟鯁有《折花怨》云:「匆匆盃酒又天涯,晴日墻東叫賣花。可惜同生不同死,漫隨春色去誰家。」鮑輗亦有詩云:「生死雙飛亦可憐,若為白髮上征船。未應分手江南去,更有春光七十年。」噫,婦人不足責,誤國至此者,秦檜、賈似道,可勝誅哉!(同前)

二三八　陳剛中辭：天台陳剛中孚在燕，端陽日，當母誕，作《太常引》二章云：「綵絲堂上簇蘭翹，記生母、在今朝。無地捧金蕉，奈煙水、龍沙路遥。　碧天迢遞，白雲何處，急雨蕭蕭。萬里夢魂消，待飛逐、錢塘夜潮。」其二：「短衣孤劍客乾坤，奈無策、報親恩。三載隔晨昏，更疎雨、寒燈斷魂。　赤城霞外，西風鶴髮，猶想倚柴門。蒲醑漫盈樽，倩誰寫、青山（當作衫）淚痕。」時爲編脩云。（同前）

二三九　《惜分釵》：吕聖求《惜分釵》一辭云：「春將半，鶯聲亂，柳絲拂馬花迎面。小堂風，暮樓鍾。草色連雲，暝色連空，重重。　秋千畔，何人見，寶釵斜照春妝淺。酒霞紅，與誰同。試問别來，近日情悰。忡忡。」此辭妙在促韻。（同前）

二四〇　鄒志完、陳瑩中辭：《復齋漫録》云：鄒志完徙昭，陳瑩中貶廉，間以長短句相諧樂：「有個胡兒模樣别，滿頷髭須，生得渾如漆。見説近來頭也白，髭須那得長長黑。　逸一句。籲子摘來，須有千莖雪。莫向細君容易説，恐他嫌你將伊摘。」此瑩中語，謂志完之長髭也。「有個頭陀脩苦行，頭上頭髮毿毿。身披一副黲裙衫，緊纏雙脚，苦要遊南。　聞説度牒朝夕到，並除頷下髭髯。鉢中無粥住無庵，摩登伽處，只恐却重參。」此志完語，謂瑩中之多慾也。廣陵馬推官往來二公間，亦嘗以詩辭贈之：「有才何事老青衫，十載低回北斗南。肯伴雪髯千日醉，此心真與古人參。」「今（當作不）見故人今幾年，年來風物尚依然。遥知閒望登臨處，極目江湖萬里天。」志完語也。「一樽薄酒，滿酌勸君君舉手。不是朋親，誰肯相從寂寞濱。　人生似夢，夢裏惺惺何處用。酩倒休辭，醉後全勝未醉時。」瑩

中語也。初，志完自元符間貶新州，徽宗即位，以中書舍人召。未幾，謫零陵別駕，龍水安置。未幾，徙昭焉。（同前）

二四一　辭讖：《復齋漫録》云：鄧肅謂余曰：宣和五年，初復九州，天下共慶，而識者憂之也，都下盛唱小辭云：「喜則喜、得入手。愁則愁、不長久。忺則忺、我兩個廝守。怕則怕、人來破鬬。」雖三尺之童皆歌之，不知何謂也。七年，九州復陷，豈非不長久也？郭藥師，契丹之帥也，我用以守疆，啓敵國禍者，郭爾，非破鬬之驗耶？（同前）

二四二　無名氏《撲蝴蝶》辭：苕溪漁隱曰：舊辭高雅，非近世所及，如《撲蝴蝶》一辭，不知誰作，非惟藻麗可喜，其腔調亦自婉美。辭云：「煙條雨葉，緑遍江南岸。思歸倦客，尋芳來較晚。岫邊紅日初斜，陌上花飛正滿。凄凉數聲羌管，怨春短。　玉人應在，明月樓中畫眉懶。鸞牋錦字，多時魚鴈斷。恨隨去水東流，事與行雲共遠，羅衾舊香猶煖。」（同前）

二四三　曹元寵辭：苕溪漁隱曰：曹元寵本善作辭，特以《紅窗迥》戲辭盛行於世，遂掩其名，如望月《婆羅門》一辭亦豈不佳？辭云：「漲雲暮卷，漏聲不到小簾櫳。銀河淡掃澄空，皓月當軒高掛，秋入廣寒宮。正金波不動，桂影朦朧。　佳人未逢，歎此夕與誰同。望遠傷懷對景，霜滿秋紅。南樓何處，想人在長笛一聲中。凝淚眼、立盡西風。」此辭語病在「霜滿秋紅」之句，時太早爾。曾端伯編《雅辭》，乃以此為楊如晦作，非也。（同前）

二四四　王采《漁家傲》辭：《復齋漫録》云：王采輔道，觀文韶子也。徽宗朝，安奏天神降於家，卒以此受禍，人以其父熙河妄殺之報爾。嘗為《漁家傲》辭云：「日月無根天不老，浮生揔被消磨了。陌上紅塵常擾擾，昏復曉，一場大夢誰先覺。　洛水東流山四遶，路傍幾個新華表。見説在時官職好，争信道，冷煙寒雨埋荒草。」（同前）

二四五　洪覺範《浪淘沙》：《冷齋夜話》云：予留南昌，久而忘歸，獨行無侣，意緒蕭然。偶登秋屏閣望西山，於是浩然有歸志，作長短句寄意，其辭曰：「城裏久偷閒，塵涴雲衫。此身已是再眠蠶，隔岸有山歸去好，萬壑千岩。　霜晚更憑欄，滅盡晴嵐。微雲生處是茅庵，試問此生誰作伴，彌勒同龕。」（同前）

二四六　洪覺範禪師贈女真辭：《復齋漫録》云：臨川距城南一里，有觀曰魏壇，蓋魏夫人經遊之地，具諸顔魯公之碑。以故諸女真嗣續不絶，然而守戒者鮮矣。陳虚中崇寧間守臨川，為詩曰：「夫人在兮若冰雪，夫人去兮仙蹤滅。可惜如今學道人，羅裙帶上同心結。」洪覺範嘗以長短句贈一女真云：「十指嫩抽春筍，纖纖玉軟紅柔。人前欲展强嬌羞，微露雲衣霓袖。　最好洞天春晚，《黄庭》卷罷清幽。凡心無計奈閒愁，試撚花枝頻嗅。」（同前）

二四七　錢思公辭：《侍兒小名録》云：錢思公謫漢東日，撰《玉樓春》辭曰：「城上風光鶯語亂，城下煙波春拍岸。緑楊芳草幾時休，淚眼愁腸先已斷。　情懷漸變成衰晚，鸞鏡朱顔驚暗换。往年多病厭芳樽，今日芳樽惟恐淺。」每酒闌歌之，則泣下。後閣有白髮姬，乃鄧王歌鬟驚鴻也，遽言：「先王將薨，預戒挽鐸中歌《木蘭花》引紼為送，今相公亦將亡乎？」果薨於隨州。鄧王舊曲亦嘗有

「帝鄉煙雨鎖春愁，故國山川空淚眼」之句。（同前）

二四八　劉後村：劉克莊，字潛夫，號後村。有《後村别調》一卷，大抵直致近俗，效稼軒而不及也。夢方孚若《沁園春》云：「何處相逢，登寶釵樓，訪銅雀臺。唤廚人斫就，東溟鯨鱠，圉人呈罷，西極龍媒。天下英雄，使君與操，餘子誰堪共酒盃。車千乘，載燕南代北，劍客奇才。　飲酣畫鼓如雷，誰信被、晨鷄催唤回。歎年光過盡，功名未立，書生老去，機會方來。使李將軍，遇高皇帝，萬户侯、何足道哉。推衣起，但凄凉感舊，慷慨生哀。」舉一以例，他辭類是。其詠菊《念奴嬌》後段云：「當試銓次羣芳，梅花差可，伯仲之間爾。佛説諸天金色界，未必莊嚴如此。尚友靈均，定交元亮，結好天隨子。籬邊坡下，一盃聊泛霜蕋。」亦奇甚。送陳子華帥真州云：「記得太行兵百萬，曾入宗爺駕御。今把做、握蛇騎虎。堪笑書生心膽怯，（脱『向』字）車中閉置如新娘。空目送，孤鴻去。」莊語亦可起懦。旅中《浪淘沙》云：「紙帳素屏遮，全似僧家。無端霜月闖窗紗。驚起玉關征戍夢，幾疊寒笳。　歲晚客天涯，鬢髮蒼華。今年衰似去年些。詩酒近來都減價，孤負梅花。」見《天機餘錦》。（同前）

二四九　劉伯寵：劉伯寵，名褒，一字春卿，其辭多俊語。元夕云：「金猊戲掣星橋鎖，絳紗萬炬，玉梅千朵。羯鼓喧空，鵾絃沸曉，櫻梢微破。」春日旅况云：「遺策誰家，蕩子唾花，何處新妝。流紅有恨，拾翠無心，往事凄凉。紅淚不勝閨怨，白雲應老他鄉。」送别云：「紅枕臂香痕未落，舟横岸、作計匆匆。愁如織，斷腸啼鴂，饒舌訴東風。」（同前）

二五〇　劉叔安：劉叔安，名鎮，號隨如。元夕《慶春澤》一首入《草堂》選，又有《阮郎歸》云：「寒陰漠漠夜來霜，階庭風葉黃。歸鴉數點帶斜陽，誰家砧杵忙。　燈弄幌，月侵廊，熏籠添寶香。小屏低枕怯更長，和雲入醉鄉。」亦清麗可誦。其詠茉莉云：「月浸闌干天似水，誰伴秋娘窗户。」評者以為不言茉莉，而想像可得，他花不能承當也。又春宴云：「庭花弄影，一簾香月娟娟。」有富貴蘊藉之味。餞元宵、餞春二辭皆奇，南渡填辭鉅工也。（同前）

二五一　施乘之：施乘之，號楓溪。野外元夕云：「休言冷落山家，山翁本厭繁華。試問蓮燈千炬，何如月上梅花。」高情可想也。（同前）

二五二　戴石屏：戴石屏，名復古，字式之，能詩，江湖四靈之一也。辭一卷，惟赤壁懷古《滿江紅》一首，句有「萬炬臨江貔虎噪，千艘烈炬魚龍舞。幾度東風吹世換，千年往事隨潮去」，而全篇不稱。《臨江仙》一首差可，見予所選《百琲明珠》，餘無可取者。方虛谷議其胸中無百字成，誦書故也。（同前）

二五三　張宗瑞：張宗瑞，鄱陽人，號東澤，辭一卷，名《東澤綺語債》。其辭皆倚舊腔，而别立新名，亦好奇之過也。《草堂》辭選其《疎簾淡月》一篇，即《桂枝香》也。予愛其《垂楊碧》一篇，即《謁金門》，其辭云：「花半溼，睡起一窗晴色。千里江南空咫尺，醉中歸夢直。　前度蘭舟送客，雙鯉沉沉消息。樓外垂楊如此碧，問春來幾日。」（同前）

二五四　李公昴：李公昴，名昴英，號文溪，資州磐石人。送太守辭「有脚豔陽難駐」一辭得名，然其佳處不在此。《文溪全集》予家有之，其《蘭陵王》一首絶妙，可並秦、周，其辭云：「燕穿幙，春在深深院落。單衣試，龍沫旋熏，又怕東風曉寒薄。別來情緒惡，瘦得腰圍柳弱。清明近，正似海棠怯雨，芳疎任飄泊。　釵留去年約，恨易老嬌鶯，多誤靈鵲。碧雲杳杳天涯各。望不斷芳草，又迷香絮，迴文強寫字屢錯，淚欲注還閣。　孤酌，住春脚。更彩局誰佽，寶軫慵學。階除拾取飛花嚼，是多少春恨，等閒吞却。猛拍闌干，歎命薄，悔舊諾。」（同前）

二五五　陸放翁：放翁辭纖麗處似淮海，雄慨處似東坡。其感舊《鵲橋仙》一首：「華燈縱博，雕鞍馳射，誰記當年豪舉。酒徒一半取封侯，獨去作、江邊漁父。　輕舟八尺，低篷三扇，占斷蘋洲煙雨。鏡湖元自屬閒人，又何必、官家賜與。」英氣可掬，流落亦可惜矣。其「墜鞭京洛，解珮瀟湘。欲歸時，司空笑問，漸近處，丞相嗔狂」，真不減少游。（同前）

二五六　張東父：張震，字東父，號無隱居士，蜀之遂寧人也。孝宗朝為諫官，有直聲。孝宗稱其知無不言，言無不當。光宗朝以數直言去位。時稱：「王十朋去，省為之空。張震去，臺為之空。」一代名臣也。而其辭婉媚風流，乃知賦梅花者不獨宋廣平也。其《蓦山溪》「青梅如豆」一首，《草堂》入選而失其名氏。（同前）

二五七　天風海濤：趙汝愚題鼓山寺云：「幾年奔走厭塵埃，此日登臨亦快哉。江月不隨流水去，天風常送海濤來。」朱晦翁摘詩中「天風海濤」字題扁，人不知其為趙公詩也。嚴次山有《水龍吟》題於壁云：「飇車飛上蓬萊，不須更跨琴高鯉。剨然長嘯，天風澒洞，雲濤無際。我欲乘桴，從兹浮海，約任翁起。辨虹竿千丈，轄鈎五十，親點對、連鼇餌。　誰榜佳名空翠，紫陽仙去騎箕尾。銀鈎鐵畫，龍拏鳳翥，留人間世。更憶東山，一曲霑襟淚。到而今，幸有高亭遺愛，寓甘棠意。」此辭前段言江山景，後段「紫陽仙去」指朱文公，「東山」、「甘棠」指趙公也。趙詩、朱字、嚴辭，可謂三絶，特記於此。（同前）

二五八　劉篁嶸：劉圻父，字子寰，號篁嶸。早登朱文公之門，居麻沙，有文集行世。其《玉樓春》云：「今來古往長安道，歲歲榮枯原上草。行人幾度到江濵，不覺身隨楓樹老。　蒲花易晚蘆花早，客裏光陰如過鳥。一般垂柳短長亭，去路不如歸路好。」頗有驚悟。觀泉一句云：「静坐時看松鼠飲，醉眠不礙山禽浴。」亦新。（同前）

二五九　劉德修：劉光祖，字德脩，號後溪，蜀之簡州人。有《鶴林文集》，小辭附焉。其《醉落魄》云：「春風開者，一時還共春風謝。柳條送我今槐夏，不飲香醪，孤負人生也。　曲塘泉細幽琴寫，胡牀滑簟應無價。日遲睡起簾鈎掛，何不歸與，花竹秀而野。」（同前）

二六〇　潘庭堅：潘昉，字庭堅，號紫巖。乙未何粛榜及第第三人。美姿容，時有諺云：「狀元真何郎，榜眼真郭郎，探花真潘郎也。」庭堅以氣節聞於時，辭止《南鄉子》一首，《草堂》所選是也，首句「生怕倚闌干」，今本「生」誤作「伐」。（同前）

二六一　魏了翁：魏了翁，字華父，號鶴山，邛州人。慶元己未第二人及第，與真西山齊名。道學宗派，辭不作豔語。長短句一卷，皆壽辭也。《菩薩蠻·壽范靖倅》云：「東窗五老峰前月，南窗九疊坡前雪。推出侍郎山，着君窗户間。《離騷》鄉裏住，怯記庚寅度。挹取芷蘭芳，酌君千歲觴。」又《鷓鴣天·壽范靖州》云：「誰把璇璣運化工，參旗又掛玉梅東。三三律管聲餘亥，九九玄經卦起中。」又《水調換頭》云：「玉圍腰，金繫肘，繡籠鞍。」宋代壽辭無有過之者。（同前）

二六二　吴毅甫：吴毅甫，名潛，號履齋，嘉定丁丑狀元。為賈似道所陷，南遷。有《履齋詩餘》行世，有送李御帶祺一辭：「報國無門空自怨，濟時有策從誰吐。」亦自道也。李祺號竹湖，亦當時名士，所著有《春秋王霸列國分紀》，予得之於市肆故書中，乃為傳之，亦奇事也，並附見此。（同前）

二六三　履齋贈妓辭：吴履齋有贈建寧妓女《賀新郎》辭，集中不載，見於小説，今録於此：「可意人如玉，小簾櫳，輕匀淡佇，道家粧束。長恨春歸無尋處，全在波明黛緑。看冶葉倡條渾俗，比似江梅清有韻，更臨風對月斜依竹。看不足，詠不足。　曲屏半掩青山簇，正輕寒，夜永花睡，半欹殘燭。縹渺九霞光裏夢，香在衣裳勝馥。又只恐、銅壺聲促。試問送人歸去後，對一奩、花影垂金粟。腸易斷，恨難續。」（同前）

二六四　向豐之：向豐之，號樂齋。有《如夢令》一辭云：「誰伴明窗獨坐，我和影兒兩個。燈盡欲眠時，影也把人拋躲。無那，無那，好個恓惶的我。」辭似俚而意深，亦佳作也。（同前）

二六五　毛幵：毛幵小辭一卷，惟予家有之。其《滿江紅》云：「潑火初收，鞦韆外，輕煙漠漠。春漸遠，緑楊芳草，燕飛池閣。已著單衣寒食後，夜來還是東風惡。對空山寂寂杜鵑啼，梨花落。　傷别恨，閒情作。十載事，驚如昨。向花前月下，共誰行樂。飛蓋低迷南苑路，湔裙悵望東城約。但老

來、憔悴惜春心，年年覺。」此作亦佳，聊記於此。（同前）

二六六　《蓦山溪》：葛魯卿有《蓦山溪》一曲，詠天穿節，郊射也，宋以前以正月二十三日為天穿節，相傳云女媧氏以是日補天，俗以煎餅置屋上，名曰補天穿，今其俗廢久矣。辭云：「春風野外，卵色天如水。魚戲舞綃紋，似出聽、新聲北里。追風駿足，千騎卷高門。一箭過，萬人呼，鴈落寒空裏。天穿過了，此日名穿地。横石俯清波，競追隨、新年樂事。誰憐老子，使得縱遨遊，争捧手，乍憑肩，夾路遊人醉。」辭不甚工，而事奇，故拈出之。「卵色天」用唐詩「殘霞蹙水魚鱗浪，薄日烘雲卵色天」之句，東坡詩亦云：「笑把鴟夷一樽酒，相逢卵色五湖天。」今刻蘇詩不知出處，改「卵色」為「柳色」，非也。《花間》辭「一方卵色楚南天」，注以「卵」為「泖」，亦非。（同前）

二六七　張即之書莫崙辭：「聽春教燕鞲鶯訴，朝朝花困風雨。六橋忘却清明後，碧盡柳絲千縷。蜂蝶侶，正閒覓，閒花閒草閒歌舞。最憐西子，尚薄薄雲情，盈盈波淚，點點舊眉嫵。　流紅記，空泛秋宫怨句。才色何處嬌妒，落紅無限隨風絮。詩恨有誰曾遇，堪恨處，恨前度、花信催花去。東君暗苦，更多囑多情多愁，杜宇多訴斷腸語。」〇此宋人莫崙之辭，張即之書，孫生顯祖家藏，墨跡如新，而字極怪，録其辭於此。即之號樗寥，莫崙號若山。（同前）

二六八　寫辭述懷：扶風馬大夫作辭述懷，聲寄《滿庭芳》云：「雪點疎髯，霜侵衰鬢，去年猶勝今年。一廻老矣，堪歎又堪憐。思昔青春美景，無非是、月下花前。誰知道，金章紫綬，多少事憂煎。　侵晨，騎馬出，風初暴横，雨又凄然。想山翁野叟，正爾高眠。更有紅塵赤日，也不到、松下

林邊。如何好，吴淞江上，閒了釣魚舩。」大夫名晉，字孟昭，嘗為官仕。（同前）

二六九　岳珂《祝英臺近》辭：岳珂北固亭《祝英臺近》填辭云：「澹煙横、層霧斂，勝概分雄占。月下鳴榔，風急怒濤颭。闗河無限清愁，不堪臨檻。正雙髩，秋風塵染。漫登覽，極目萬里沙場，事業頻看劍。古往今來，南北限天塹。倚樓誰弄新聲，重城正掩。歷歷數、西州更點。」此辭感慨忠憤，與辛幼安「千古江山」一辭相伯仲。（同前）

二七〇　蘇雪坡贈楊直夫辭：蘇雪坡贈楊直夫名楝，青神人辭云：「允文事業從容了，要岷峨人物，後先相照。見説君王曾有問，似此人才多少。況蜀珍、先已登廊廟。但側耳，聽新詔。」按小説，高宗曾問馬騏曰：「蜀中人才如虞允文者有幾？」騏對曰：「未試，焉知？允文亦試而後知也。」蘇與楊、馬皆蜀人，楊在眉山為甲族。直夫之妹通經學，比於曹大家，嫁虞氏，生虞集，為鉅儒，其學無師，傳於母氏也。此事蜀人亦罕知，故著之。〇馬騏，南部人，涓之孫。（同前）

二七一　慶樂園辭：慶樂園，韓侂胄之南園也。張叔夏著《高陽臺》辭云：「古木迷雅（當作鴉），虚堂起燕，歡遊轉眼驚心。南圃東窗，酸風掃盡芳塵。髩貂飛入平原草，最可憐、渾是秋陰。夜沉沉，不信歸魂，不到花深。吹簫踏葉幽尋去，任舩依斷石，袖裹寒雲。老桂懸香，珊瑚碎擊無音。故園已是愁如許，撫殘碑、又却傷今。更闗情，秋水人家，斜照西林。」（同前）

二七二　詠雲辭譏史彌遠：彌遠之比周於楊后也，出入宫禁，外議甚譁。有人作詠雲辭譏之云：「往來與月為儔，舒卷和天也蔽。」宋人言其本朝家法最正，母后最賢，至楊后蕩然矣。（同前）

二七三 趙從槖壽賈似道《陂塘柳》：趙從槖《陂塘柳》云：「指庭前翠雲金(當作含)雨，霏霏香滿仙宇。一清透徹渾無底，秋水也無流處。君試數，此樣襟懷，頓得乾坤住。閒情半許，聽萬物氤氲，從來形色，每向静中覷。琪花路，相接西池壽母。年年紘月時序，荷衣菊佩尋常事，分付兩山容與。天證取，此老平生，可向青天語。瑶巵緩舉。要見我何心，西湖萬頃，來去自鷗鷺。」(同前)

二七四 賈似道壁辭：似道遭貶，時人題壁云：「去年秋，今年秋，湖上人家樂復憂。西湖依舊流。吴循州，賈循州，十五年間一轉頭。人生放下休。」此語視雷州寇司户之句尤警。吴循州謂履齋之貶，乃賈擠之也。(同前)

二七五 劉須溪：須溪劉辰翁元宵雨辭云：「角動寒譙，看雨中燈市，寒意蕭蕭。星毬明戲馬，歌管雜鳴刁。泥没膝，舞停腰。燄蠟任風飄。更可憐，紅啼桃臉，緑顰楊橋。當年樂事朝朝，曾錦鞍呼妓，金屋藏嬌。圍香春醉酒，坐月夜吹簫。今老去，倦歌謡，嫌殺杜家喬。漫三盃、擁爐覓句，斷送春宵。」以《意難忘》按之，可歌也。(同前)

二七六 詹天游：詹天游以豔辭得名，見諸小説。其「送童甕天兵後歸杭」《齊天樂》云：「相逢唤醒京華夢，吴塵暗斑吟髮。倚擔評花，認旗沽酒，歷歷行歌奇跡。吹香弄碧，有坡柳風情，逋梅月色。畫鼓江舩，滿湖春水斷橋客。當時何限怪侣，甚花天月地，人被雲隔。却載蒼煙招白鷺，一醉脩江又别。今回記得，再折柳穿魚，賞梅催雪。如此湖山，忍教人更説。」此伯顔破杭州之後也，觀其辭，全無黍離之感，桑梓之悲，而止以遊樂言。宋末之習，上下如此，其亡不亦宜乎？童甕天，失其名氏，有《甕天脞語》一卷傳於今云。天游又有《清平調》云：「醉紅宿翠，髻嚲烏雲墜。管是夜來不睡，那更今朝早起。　東風滿搦腰支，階前小立多時。恰恨一番新雨，想應溼透鞋兒。」蓋詠妓訴狀立廳下也，又見石次仲集。（同前）

二七七　鄧千江：金人樂府，稱鄧千江《望海潮》為第一，其辭云：「雲雷天塹，金湯地險，名藩自古皐蘭。營屯繡錯，山形米聚，喉襟百二秦關。鏖戰血猶殷，見陣雲冷落，時有鵰盤。靜塞樓頭，曉月依舊玉弓彎。　看看定遠西還，有元戎閫令，上將齋壇。區脱晝空，兜零夕舉，甘泉又報平安。吹笛虎牙閒，且宴陪珠履，歌按雲鬟。來招英靈醉魄，長繞賀蘭山。」此辭全步驟沈公述上王君貺一首，今録於此：「山光凝翠，川容如畫，名都自古并州。簫鼓沸天，弓刀似水，連營百萬貔貅。金騎走長楸，少年人，一一錦帶吴鉤。路入榆關，鴈飛汾水正宜秋。　近思昔日風流，有儒將醉吟，才子狂遊。松偃舊亭，城高故國，空留舞榭歌樓。方面倚賢侯，便恐為霖去難留。好向恣擕絃管，宴蘭舟。」然千江之辭繁縟雄壯，何啻十倍過之，不止出藍而已。（同前）

二七八　王予可：王予可，金明昌時人。或傳其仙去，事不可知。其《生查子》云：「夜色明河净，好風來千里。水殿謫仙人，皓齒清歌起。　前聲金弩中，後聲銀河底。一夜嶺頭雲，繞徧樓前水。」辭之飄逸高妙如此，固謫仙之流亞也。（同前）

二七九　滕玉霄：元人工於小令套數，而宋辭又微，惟滕玉霄集中填辭不減宋人之工。今略記其《百字令》一首云：「柳顰花困，把人間恩怨，樽前傾盡。何處飛來雙比翼，直是同聲相應。寒玉嘶風，香雲捲雪，一串驪珠引。元（當作阮）郎去後，有誰著意題品。誰料濁羽清商，繁絃急管，猶自餘風韻。莫是紫鸞天上曲，兩兩玉童相並。白髮梨園，青衿老傳，試與留連聽。可人何處，滿庭霜月清冷。」玉霄又有贈歌童阿珍《瑞鷓鴣》云：「分桃斷袖絶嫌猜，翠被紅裩興不乖。洛浦乍陽新燕爾，巫山行雨左風懷。手攜襄野便娟合，背抱齊宮婉孌懷。玉樹庭花千載曲，隔江唱罷月籠階。」蓋鄭櫻桃、解紅兒之流也，用事甚工，予同年吴學士仁甫喜誦之。（同前）

二八〇　牧庵辭：姚牧庵《醉高歌》辭云：「十年燕月歌聲，幾點吴霜鬢影。西風吹起鱸魚興，已在桑榆暮景。榮枯枕上三更，傀儡場中四並。人生幻化如泡影，幾個臨危自省。」○牧庵一代文章巨公，此辭高古，不減東坡、稼軒也。（同前）

二八一　元將填辭：元將紇石烈子仁《上平南》辭云：「蠆鋒搖，螳臂振，舊盟寒。恃洞庭彭蠡狂瀾。天兵小試，萬蹄一飲楚江乾。捷書飛上九重天，春滿長安。舜山川，周禮樂，唐日月，漢衣冠。洗五州妖氣關山。已平全蜀，風行何用一泥丸。有人傳喜，日邊都護先還。」此亦黠虜也，天欲戕我中國人，乃生此種，反指中國為妖氣耶？非我皇明一汛掃之，天柱折而地維陷矣。（同前）

二八二　江西烈女辭：戴石屏薄遊江西，有富翁以女妻之，留三年，思歸，自言曾娶婦。翁怒，女宛曲解之，盡以嫁奩贈行，仍餞以辭，自投江而死。其辭曰：「惜多才，憐薄命，無計可留汝。揉碎花牋，忍寫斷腸句。道傍楊柳依依，千絲萬縷，抵不住、一分愁緒。捉月盟言，不是夢中語。後回君若重來，不相忘處，把盃酒、澆奴墳上土。」嗚呼！女則烈矣。戴尚得為人類也乎？世俗有謔辭云：

「孫飛虎好色，柳盜跖貪財，這賊牛兩般都愛。」石屏之謂與？出《桂苑叢談》，馮翊子伏著。（同前）

二八三　八詠樓：沈休文《八詠詩》語麗而思深，後人遂以名樓，照暎千古。近時趙子昂、鮮于伯機詩辭頗勝，趙詩云：「山城秋色静朝暉，極目登臨未擬歸。羽士曾聞遼鶴語，征人又見塞鴻飛。西流二水玻瓈合，南去千峰紫翠圍。如此溪山良不惡，休文何事不勝衣。」鮮于《百字令》云：「長溪西注，似延平雙劍，千年初合。溪上千峰明紫翠，放出羣龍頭角。瀟灑雲林，微茫煙草，極目春洲闊。城高樓迥，恍然身在寥廓。我來陰雨兼旬，灘聲怒，日日東風惡。須待青天明月夜，一試嚴維佳作。風景不殊，溪山信美，處處堪行樂。休文何似，年年多病如削。」二作結句略同，稍含微意，不專為詠景發，予故取而著之。（同前書卷六）

二八四　杜伯高三辭：杜旟，字伯高，《蘭亭》詩為世所稱，樂府亦佳。《酹江月·賦石頭城》云：「江山如此，是天開萬古，東南王氣。一自髯孫横短策，坐使英雄鵲起。玉樹聲消，金蓮影散，多少傷心事。千年遼鶴，併疑城郭非是。當日萬駟雲屯，潮生潮落處，石頭孤峙。人笑褚淵今齒冷，只有袁公不死。斜日荒煙，神州何在，欲墮新亭淚。元龍老矣，世間何限餘子。」《摸魚兒·湖上賦》云：「放扁舟，萬山環處，平鋪碧浪千頃。仙人憐我征塵久，借與夢遊清枕。風乍静，望兩岸羣峰，倒浸玻瓈影。樓臺相暎，更日薄煙輕，荷花似醉，飛鳥墮寒鏡。中都内，羅綺千街萬井。天教此地幽勝。仇池仙伯今何在，隄柳幾眠還醒。君試問，此意只今，更有誰人領。功名未竟，待學取鴟夷，仍攜西子，來動五湖興。」《蓦山溪·賦春》云：「春風如客，可是繁華主。紅紫未全開，早緑遍江南千樹。一番新火，多少倦遊人。纖腰柳，不知愁，猶作風前舞。小闌干外，兩兩幽禽語。問我不歸家，有佳人、天寒日暮。老來心事，唯只有春知。江頭路，帶春來，更帶春歸去。」（同前）

二八五 徐一初登高辭：徐一初登高《摸魚兒》辭：「對茱萸、一年一度。龍山今在何處，參軍莫道無勳業，消得從容尊俎。君看取，便破帽飄零，也傳名千古。當年幕府，知多少時流，等閒收拾，有個客如許。追往事，滿目山河晉土。征鴻又過邊羽，登臨莫苦。高層望，怕見故宮禾黍。觴綠醑，澆萬斛牢愁，淚閣新亭雨。黃花無語，畢竟是西風披拂，猶識舊時主。」亦感慨之作也。（同前）

二八六 南澗辭：韓南澗題采石蛾眉亭辭云：「倚天絶壁，直下江千尺。天際兩蛾横黛，愁與恨，幾時極。暮潮風正急，酒闌聞塞笛。試問謫仙何處，青山外，遠煙碧。」此《霜天曉角》調也，未有能繼之者。（同前）

二八七 高竹屋蘇堤芙蓉辭：高竹屋詠蘇堤芙蓉《菩薩蠻》辭：「紅雲半脲秋波急，豔粧泣露啼嬌色。幽夢入僊城，風流石曼卿。宫袍呼醉醒，休捲西風錦。明日粉香殘，六橋煙水寒。」（同前）

二八八 《念怒嬌》、《祝英臺近》：德祐乙亥，太學生作《念奴嬌》云：「半堤花雨，對芳辰消遣，無奈情緒。春色尚堪描畫在，萬紫千紅塵土。鵑促歸期，鶯收佞舌，燕作留人語。遶闌紅藥，韶華留此孤主。真個恨殺東風，幾番過了，不似今番苦。樂事賞心磨滅盡，忽見飛書傳羽。湖水湖煙，峰南峰北，總是堪傷處。新塘楊柳，小橋猶自歌舞。」又《祝英臺近》云：「倚危欄，斜日暮，驀驀甚情緒。稚柳嬌黃，全未禁風雨。春江萬里雲濤，扁舟飛渡，那更塞鴻無數。嘆離阻，有恨落天涯，誰念

孤旅。滿目風塵，冉冉如飛霧。是何人惹愁來，那人何處，怎知道、愁來又去。」（同前）

二八九　文山和王昭儀《滿江紅》辭：王昭儀之辭，傳播中原，文天祥讀至末句，歎曰：「惜也，夫人於此少商量矣。」為之代作一篇云：「試問琵琶，湖沙外、怎生風色。最苦是，姚黄一朵，移根仙闕。王母歡闌瑤宴罷，仙人淚滿金盤側。聽行宫、半夜雨淋鈴，聲聲歇。彩雲散，香塵滅。銅駝恨，那堪説。想男兒慷慨，嚼穿齦血。回首昭陽離落日，傷心銅雀迎新月。算妾身不願似天家，金甌缺。」又和云：「燕子樓中，又捱過、幾番秋色。相思處，青年如夢，乘鸞仙闕。肌玉暗銷衣帶緩，淚珠斜透花鈿側。最無端、蕉影上窗紗，青燈歇。　曲池合，高臺滅。人間事，何堪説。向南陽阡上，滿襟清血。世態便如翻覆雨，妾身元是分明月。笑樂昌一段好風流，菱花缺。」　附王昭儀辭：「太液芙蓉，渾不似、舊時顔色。曾記得，恩承雨露，玉樓金闕。名播蘭簪妃后裏，暈潮蓮臉君王側。急（當作忽）一朝鼙鼓揭天來，繁華歇。　龍虎散，風雲滅。千古恨，憑誰説。對山河百二，淚霑襟血。驛館夜驚塵土夢，宫車晚碾關山月。願嫦娥、相顧肯相容，隨圓缺。」（同前）

二九〇　徐君寶妻辭：岳州徐君寶妻某氏，被虜來杭，居韓蘄王府。自岳至杭，相從數千里，其主者數欲犯之，而終以巧計脱。蓋某氏有令姿，主者弗忍殺之也。一日，主者怒甚，將即强焉。因告曰：「俟妾祭謝先夫，然後乃為君婦不遲也，君奚怒為？」主者喜諾，某氏乃焚香再拜默祝，南向飲泣，題《滿庭芳》辭一闋於壁上，書已，投大池中以死，辭云：「漢上繁華，江南人物，尚遺宣政風流。綠窗朱户，十里爛銀鈎。一旦刀兵齊舉，旌旗擁、百萬貔貅。長驅入、歌樓舞榭，風捲落花愁。清平三百載，典章文物，掃地都休。幸此身未北，猶客南州。破鑑徐郎何在，空惆悵、相見無由。從今後，斷魂千里，夜夜岳陽樓。」（同前）

二九一 傅按察《鴨頭緑》：元時有傅按察者，嘗作《鴨頭緑》一辭悼宋云：「静中看，記昔日淮山隱隱，宛若虎踞龍盤。下樊襄，指揮湘漢，鞭雲騎、圍繞三千。勢不成三，時當混一，過唐之數不為難。陳橋驛，孤兒寡婦，久假當還。 掛征帆，龍舟催發，紫宸初卷朝班。禁庭空，土花暈碧，輦路悄，訶喝聲乾。縱餘得、西湖風景，花柳亦凋殘。去國三千，游仙一夢，依然天淡夕陽間。昨宵也，一輪明月，還照臨安。」（同前）

二九二 楊復初南山辭：楊復初築室南山，以村居為號。凌彦翀以《漁家傲》辭壽之云：「采芝步入南山道，山深宛似蓬萊島。聞説村居詩思好，還被惱，蒼苔滿地無人掃。 載酒亭前松合抱，客來便許同傾倒。玉兔已將靈藥擣，秋意早，月華長似人難老。」復初和辭云：「當時承望求仙道，那知薄命如郊島。留得殘生猶自好，多懊惱，塵緣俗慮何時掃。 孺子已成童無用抱，醉眠任使和衣倒。今歲砧聲秋未擣，凉風早，看來只恐中年老。」瞿宗吉和辭云：「喜來不涉邯鄲道，愁來不竄沙門島。惟有村居閒最好，無事惱，苔階竹徑頻頻掃。 有酒可斟琴可抱，長年擬看三松倒。臼内靈砂親自擣，歸隱早，朝廷未放玄真老。」宗吉既和此辭，而復序云：舊譜皆以仄聲起，歐公呼范文正為「窮塞主」，首句所謂「塞上秋來」者，正此格也。他如王荆公之「平岸小橋千嶂抱」，周清真之「幾日春陰寒惻惻」，謝無逸之「秋水無痕清見底」，張仲宗之「釣笠披雲青嶂遶」，亦皆如是。今二公皆以平聲易

之，特著此，以俟知音爾。（同前）

二九三　凌彦翀《無俗念》：凌彦翀作《無俗念》辭云：「等閒屈指，筭今來古往，誰為英傑。耳目聰明天賦予，怎肯虛生虛滅。去燕來鴻，飛烏走兔，世事何時歇。風波境界，大川不用頻涉。　空踏遍、萬户千門，五湖四海，一樣中秋月。正面相看君記取，全體本來無缺。空裏非空，夢中是夢，莫向癡人説。須騎鶴，夜深朝禮金闕。」又《蝶戀花》辭云：「一色杏花三百樹，茆屋無多，更在花深處。旋壓小槽留客住，舉盃忽聽黄鸝語。　醉眼看花花亦舞，風妒殘紅，飛過鄰墻去。恰似牧童遥指處，清明時節紛紛雨。」辭格清逸，一洗鉛華，非駢金儷玉者比也。（同前）

二九四　瞿宗吉西湖秋泛：宗吉西湖秋泛《滿庭芳》辭：「露葦催黄，煙蒲駐緑，水光山色相連。紅衣落盡，辜負採蓮舩。點檢六橋楊柳，但幾個、抱葉殘蟬。秋容晚，雲寒鴈背，風冷鷺鷥肩。　華筵，容易散。愁添酒量，病減詩顛。況情懷沖淡，漸入中年。掃退舞裙歌扇，盡付與、一枕高眠。清閒好，脱巾露髮，仰面看青天。」又西湖四時《望江南》辭：「西湖景，春日最宜晴。花底管絃公子宴，水邊羅綺麗人行，十里按歌聲。」「西湖景，夏日正堪遊。金勒馬嘶垂柳岸，紅粧人泛採蓮舟，驚起水中鷗。」「西湖景，秋日更宜觀。桂子岡巒金粟富，芙蓉洲渚綵雲間，爽氣滿山前。」「西湖景，冬日轉清奇。賞雪樓臺評酒價，觀梅園圃定春期，共醉太平時。」（同前）

二九五　瞿宗吉鞋盃辭：楊廉夫嘗訪瞿士衡，以鞋盃行酒，命其姪孫宗吉詠之，宗吉作《沁園春》以呈，廉夫大喜，即命侍妓歌以侑觴。辭云：「一掬嬌春，弓様新裁，蓮步未移。笑書生量窄，愛渠儘小，主人情重，酌我休遲。醞釀朝雲，斟量暮雨，能使麯生風味奇。何須去，向花塵留蹟，月地偷期。　風流到處便宜，便豪吸雄吞不用辭。任淩波南浦，惟誇羅襪，賞花上苑，秖勸金巵。羅帕高擎，銀瓶低注，絶勝翠裙深掩時。華筵散，奈此心先醉，此恨誰知。」（同前）

二九六　馬浩瀾著《花影集》：馬浩瀾著《花影集》，自序云：「予始學為南辭，漫不知其要領。偶閲《吹劍録》中載東坡在玉堂日，有幕士善歌，坡問曰：『吾辭何如柳耆卿？』對曰：柳郎中辭宜十七八女孩兒按紅牙拍歌『楊柳岸、曉風殘月』，學士辭須關西大漢執鐵板唱『大江東去』。緣是求二公辭而讀之，下筆略知蹊徑。然四十餘年，僅得百篇，亦不可謂不難矣。法雲道人嘗勸山谷勿作小辭，山谷云：『空中語爾。』予欲以空中語名其集，或曰不文，改稱《花影集》。花影者，月下燈前，無中生有，以為假則真，謂為實猶涉虛也。」今漫摘數首，以便展玩云，其《商調·少年遊》云：「弄粉調脂，梳雲掠月，次第曉妝成。鸚鵡籠邊，鞦韆墻裏，半晌不聞聲。　元來却在瑤堦下，獨自踏花行。笑摘朱櫻，微揎翠袖，枝上打流鶯。」《行香子》云：「紅遍櫻桃，緑暗芭蕉。鎖窗深、春思無聊。雙飛燕懶，百囀鶯嬌。正漏聲遲，簾影静，篆香飄。　惜月前宵，病酒今朝。有誰知、臂玉微銷。封題錦字，寄與蘭翹。恨樹重重，雲渺渺，水迢迢。」春夜《生查子》云：「燒罷夜香時，獨立簾兒下。真個可憐宵，一刻千金價。　啼痕不記行，暗滿（當作溼）鮫綃帕。蝶宿牡丹叢，月轉鞦韆架。」春日《海棠春》云：「越羅衣薄輕寒透，正晝閣、風簾飄繡。無語小鶯慵，有恨垂楊瘦。　桃花人面應依舊，憶那日、擎漿時候。添得暮愁牽，只為秋波溜。」《鳳皇臺上憶吹簫》云：「淡淡秋容，澄澄夜景，娟娟月掛梧桐。愛簫聲縹緲，簾影玲瓏。彩鳳銜書未至，玉宇静、香霧空濛。涼如水，翠苔凝露，琪樹吟風。　匆匆，年華暗換，嗟舊歡成夢，芳髩飛蓬。想清江泛鷁，紫陌遊驄。應念佳期虚負，瞻素彩、感慨相同。凝情久，誰家搗衣，砧杵丁東。」《青玉案》云：「平川渺渺花無數，明鏡裏，孤舟度。花下美人和笑顧，問郎莫似，乞漿崔護，别久來何暮。　盈盈羅襪凌波步，眉月連娟髩如霧。人世光陰花上露，勸郎休去，再來須誤，個是桃源路。」中秋《鵲橋仙》云：「不寒不暑，無風無雨，秋色平分佳節。桂花香散夜涼生，小樓上、簾兒高揭。　多愁多病，閒憂閒悶，緑髩紛紛成雪。平生不作負恩人，惟負了、今宵明月。」九日《金菊對芙蓉》云：「過鴈行低，鳴蛩韻急，紛紛葉下亭皋。向霜庭看菊，颸館題糕。依然賓主東南美，勝龍山，迢遞登高。繡屏孔雀，金橙螃蟹，銀甕葡萄。　痛飲鯨卷波濤，笑百年春夢，萬事秋毫。問臺前戲馬，海上連鼇。當時二子今安在，乾坤大、容我麄豪。四絃裂帛，雙鬟舞雪，左手持螯。」梅花《東風第一枝》云：「餌玉餐香，夢雲情月，花中無此清瑩。儼然姑射僊人，華珮明璫新整。五銖衣薄，應怯瑶臺凄冷。自驂鸞來下人間，幾度雪深煙暝。　孤絶處，江波流影。顛頽也，春風銷粉。相思千種閒愁，聲聲翠禽啼醒。西湖東閣，休説當時風景。但留取、一點芳心，他日調羹金鼎。」落花《滿庭芳》云：「春老園林，雨餘庭院，偏惹蝶駭鶯猜。蔫紅皺白，狼藉滿蒼苔。正是愁腸欲斷，朱箔外、點點飄來。分明似，身輕飛燕，扶下避風臺。　當初珍重意，金錢競買，玉砌新栽。更翠屏遮護，羯鼓催開。誰道天機繡錦，都化作、紫陌塵埃。紗窗裏，有人憐惜，無語托香腮。」（同前）

二九七　馬浩瀾辭：馬浩瀾洪，仁和人，號鶴牕。善詩詠，而辭調尤工。皓首韋布，而含吐珠玉，錦繡胸腸，褎然若貴介王孫也。嘗題許應和松竹雙清扇景辭云：「剪蒿萊，曾將雙翠親裁。旋添成、園林佳勝，依稀嶰谷徂徠。鳳飛過，文章燦爛，蛟騰攫，鱗甲毰毸。㓺節題詩，收花釀酒，髻粘香粉袖粘苔。無人識，棟梁之具，管籥之才。　蔭亭臺，儘多風月，清無半點塵埃。竿期截，六鼇連舉，巢堪托，孤鶴時來。色瑩琅玕，脂凝琥珀，笑他門柳與庭槐。蕭郎去，畢宏已老，誰富寫生才。君看取，歲寒三友，只欠梅開。」蓋《多麗》辭也，許東溟以為可追蹤康伯可，可謂信然。又題梅花《江城引》云：「雪晴閒覽瘦笻扶，過西湖，訪林逋。湖上天寒，草樹盡凋枯。忽見瓊葩光照眼，儷格調，玉肌膚。　夜空雲静月輪孤，巧相摹，海濤圖。時聽枝頭，啁哳翠禽呼。縱有明珠三百琲，知似得，此花無。」清氣逸發，瑩無塵想。又題許東溟小景《昭君怨》云：「路遠危峰斜照，瘦馬塵風衣帽。此去向蕭關，向長安。　便坐紫薇花底，只似黄粱夢裏。三徑易生苔，早歸來。」言有盡而意無窮，方是作者。徐伯齡言：鶴牕與陸清溪偕出菊莊之門，而清溪得詩律，鶴牕得辭調，異體齊名，可謂盛矣。

（同前）

二九八　馬浩瀾《念奴嬌》：馬浩瀾《念奴嬌》辭云：「東風輕軟，把緑波吹作，縠紋微皺。彩舫亭亭寬似屋，載得玉壺芳酒。勝景天開，佳朋雲集，樂繼蘭亭後。珍禽兩兩，驚飛猶自回首。　學士港口桃花，南屏松色，蘇小門前柳。冷翠柔金紅綺幔，掩映水明山秀。閒試評量，總宜圖畫，無此丹青手。掃時侵夜，香街華月如畫。」（同前）

二九九　聶大年辭附馬浩瀾和：聶大年嘗賦《卜筭子》二首，蓋自況也。辭云：「楊柳小蠻腰，慣逐東風舞。學得琵琶出教坊，不是商人婦。　忙整玉搔頭，春笋纖纖露。老却江南杜牧之，懶為秋娘賦。」「粉淚溼鮫綃，只恐郎情薄。夢到巫山第幾峰，酒醒燈花落。　數日尚春寒，未把羅衣著。眉黛含顰為阿誰，但悔從前錯。」馬浩瀾和云：「歌得雪兒歌，舞得《霓裳》舞。料想前身跨鳳僊，合作蕭郎婦。　顔色雪中梅，淚點花梢露。雲雨巫山十二峰，未數《高唐賦》。」「花壓髩雲低，風透羅衫薄。殘夢瞢騰下翠樓，不覺金釵落。　幾許別離愁，獨自思量著。欲寄蕭郎一紙書，又怕歸鴻錯。」（同前）

三〇〇　《一枝春》守歲辭：守歲之辭雖多，極難其選，獨楊守齋《一枝春》最為近世所稱。辭云：「竹爆驚春，競喧闐夜起，千門簫鼓。流蘇帳暖，翠鼎緩騰香霧。停盃未舉，奈剛要、送年新句。應自賞、歌清字圓，未誇上林鶯語。　從他歲窮日暮，縱閒愁，怎減劉郎風度。屠蘇辦了，迤邐柳忻梅妬。宫壺未晚，早驕馬繡車盈路。還又把，月夕花朝，自今細數。」（同前）

三〇一　鬬草辭：春日，婦女喜為鬬草之戲。黄子常《綺羅香》辭云：「綃帕藏春，羅裙點露，相約鶯花叢裏。翠袖拈芳，香沁笱芽纖指。偷摘遍、綠逕煙霏，悄攀下，畫闌紅紫。掃花堦，褥展芙蓉，瑤臺十二降僊子。　芳園清晝乍永，亭上吟吟笑語，妬穠誇麗。奪取籌多，贏得玉瑺瑜珥。凝素靨，香粉添嬌，映黛眉，淡黄生喜。綰胸帶，空繫宜男，情郎歸也未。」（同前）

三〇二　《賣花聲》：黄子常《賣花聲》辭云：「人過天街，曉色擔頭紅紫。滿筠筐、浮花浪蕊。畫樓睡醒，正眼橫秋水。聽新腔，一回催起。吟紅叫白，報得蜂兒知未。隔東西，餘音軟美。迎門争買，早斜簪雲髻。助春嬌，粉香簾底。」喬夢符和辭云：「侵曉園丁，叫道嫩紅嬌紫。巧工夫、攢枝餖蕋。行歌佇立，酒洗粧新水。捲香風，看街簾起。深深巷陌，有個重門開未。忽驚他、尋春夢美。穿窗透閣，便憑伊喚取。惜花人、在誰根底。」（同前）

三〇三　梁貢父《木蘭花慢》：梁貢父曾，燕京人。大德初，為杭州路總管，政事文學，皆有可觀。嘗作西湖送春《木蘭花慢》辭云：「問花花不語，為誰落，為誰開。筭春色三分，半隨流水，半入塵埃。人生能幾歡笑，但相逢、樽酒莫相推。千古幕天席地，一春翠繞珠圍。　彩雲回首暗高臺，煙樹渺吟懷。拚一醉留春，留春不住，醉裏春歸。西樓半簾斜日，怪銜春、燕子却飛來。一枕青樓好夢，又教風雨驚回。」此辭格調俊雅，不讓宋人也。（同前）

三〇四　花倫太史辭：杭州花倫，年十八，黄觀榜及第三人。初讀卷官進卷，以花倫第一，練子寧第二，黄觀第三，御筆改定以黄第一，練第二，花第三，南京諺有「花練黄、黄練花」之語，故後人猶以花狀元稱之。其題科名記及登科録，皆以黄、練二公死革除之難剗毁，故相傳多誤。花有辭藻，其後謫戍雲南，有題楊太真畫圖《水仙子》一闋云：「海棠風，梧桐月，荔枝塵。《霓裳》舞，翠盤嬌，繡嶺春。錦襁嬉，金釵信，香囊恨。癡三郎，泥太真。馬嵬坡，血污遊魂。楊柳眉，侵鬢黛損。芙蓉面，零脂落粉。牡丹芽，剪草除根。」其風致不減元人小山、甜齋輩，滇人傳唱，多訛其字，余為訂之。（同前）

三〇五　鎖懋堅辭：鎖懋堅，西域人，扈宋南渡，遂為杭人。代有詩名，懋堅尤善吟寫。成化間，遊苕城朱文理座間，索賦其家假山，懋堅賦《沉醉東風》一闋云：「風過處，香生院宇。雨收時，翠溼琴書。移來小朵峰，幻出天然趣。倚闌干，盡日披圖。謾説蓬萊本是虚，只此是、神僊洞府。」為一時所稱。（同前）

三〇六 卓稼翁辭：三山卓用（當作田），字稼翁，能賦馳聲。嘗作辭云：「丈夫執手把吴鈎，欲斷萬人頭。因何鐵石，打成心性，却為花柔。君看項籍並劉季，一怒使人愁。只因撞虞姬、戚氏，豪傑都休。」其為人溺志可想。（同前書「拾遺」）

三〇七 王昂催妝辭：探花王昂榜下擇壻時，作催妝辭云：「喜氣滿門闌，光動綺羅香陌。行到紫薇花下，悟身非凡客。不須脂粉污太真，嫌怕太紅白。留取黛眉淺處，共畫章臺春色。」（同前）

三〇八 蕭軫娶再婚：三山蕭軫登第，榜下娶再婚之婦，同舍張任國以《柳梢青》辭戲之曰：「掛起招牌，一聲喝采，舊店新開。熟事孩兒，家懷老子，畢竟招財。當初合下安排，又不豪門買獃。自古道，正身替代，見任添差。」（同前）

三〇九 平韻《憶秦娥》：太學服膺齋上舍鄭文，秀州人，其妻寄以《憶秦娥》云：「花深深，一鈎羅襪行花陰。行花陰，閒將梅帶，試結同心。日邊消息空沉沉，畫眉樓上愁登臨。愁登臨，海棠開後，望到如今。」此辭為同舍者傳播，酒樓妓館皆歌之，以為歐陽永叔辭，非也。（同前）

三一〇 劉鼎臣妻辭：婺州劉鼎臣赴省試，臨行，妻作辭名《鷓鴣天》云：「金屋無人夜剪繒，寶釵翻過齒痕輕。臨行執手殷勤送，襯取蕭郎兩鬢青。聽祝付，好看成，千金不抵此時情。明年宴罷

瓊林晚，酒面微紅相映明。」（同前）

三一一　易祓妻辭：易祓，字彦章，潭州人。以優校為前廊，久不歸。其妻作《一翦梅》辭寄云：「染淚脩書寄彦章，貪作前廊，忘却回廊。功名成遂不還鄉，石做心腸，鐵做心腸。　紅日三竿懶畫妝，虚度韶光，瘦損容光。相思何日得成雙，羞對鴛鴦，懶對鴛鴦。」（同前）

三一二　柔奴：《東皋雜録》云：王定國嶺外歸，出歌者勸東坡酒，坡作《定風波》，序云：「王定國歌兒曰柔奴，姓宇文氏，眉目娟麗，善應對，家世住京師。定國南遷歸，余問柔：『廣南風土，應是不好？』柔對曰：『此心安處，便是吾鄉。』因為綴此辭云。」「常羨人間琢玉郎，天教分付點酥娘。自作清歌傳皓齒，風起，雪飛炎海變清凉。　萬里歸來年愈少，微笑，笑時猶帶嶺梅香。試問嶺南應不好，却道，此心安處是吾鄉。」（同前）

三一三　美奴：苕溪漁隱曰：陸敦禮藻有侍兒名美奴，善綴辭。出侑樽俎，每丐韻於坐客，頃刻成章。《卜筭子》云：「送我出東門，乍别長安道。兩岸垂楊鎖暮煙，正是秋光老。　一曲《古陽關》，莫惜金樽倒。君向瀟湘我向秦，魚鴈何時到。」《如夢令》云：「日暮馬嘶人去，舩逐清波東注。後夜最高樓，還肯思量人否。無緒，無緒，生怕黄昏疎雨。」（同前）

三一四　李師師：李師師，汴京名妓。張子野為製新辭，名《師師令》，略云：「蜀綵衣長勝未起，縱亂雲垂地。正值殘英和月墜，寄此情千里。」秦小游亦贈之辭云：「看徧潁川花，不似師師好。」後徽宗微行幸之，見《宣和遺事》。《甕天脞語》又載宋江潛至李師師家，題一辭於壁云：「天南地北，問乾坤何處，可容狂客。借得山東煙水寨，來買鳳城春色。翠袖圍香，鮫綃籠玉，一笑千金值。神仙體態，薄倖如何銷得。　想蘆葉灘頭，蓼花汀畔，皓月空凝碧。六六鴈行連八九，只待金鷄消息。義膽包天，忠肝蓋地，四海無人識。閒愁萬種，醉鄉一夜頭白。」小辭盛於宋，而劇賊亦工如此。（同前）

三一五　武寧貞女（按：此條已見前，但文字有出入）：石屏少時薄遊武寧，有富翁愛其才，妻以女。留三年，思歸，詢其所以，告以曾娶妻。以白其父，父怒，妻宛曲解之，盡以嫁奩贈之，仍餞以詞云：「惜多才，憐薄命，無計可留汝。揉碎花牋，仍寫斷腸句。道傍楊柳依依，千絲萬縷，抵不住、一分愁緒。　捉月盟言，不是夢中語。後回君若來，不相忘處，把杯酒澆奴墳土。」是日，投江而死。嗚呼！女則貞矣。石屏尚得比于人數哉！　始誑之，終棄之，又受其奩具，而甘視其死，俗有謔詞云：「孫飛虎好色，柳盜跖貪財，這賊因兩般兒都愛。」石屏似之，余編《詞品》成，特列比（當作此）事於宋江之後。（同前）

三一六　于湖《南鄉子》：張于湖送朱元晦行，與張欽夫、邢少連同集，作《南鄉子》一辭云：「江上送歸舩，風雨排空浪拍天。賴有清樽澆別恨，凄然，寶燭燒花看吸川。　楚舞對湘絃，暖響圍春錦帳氈。坐上定知無俗客，俱賢，便是朱張與少連。」此辭見《蘭畹集》，觀「楚舞湘絃」之句及朱文公《雲谷寄友》絶句云：「日暮天寒無酒飲，不須空喚莫愁來。」則晦翁於宴席未嘗不用妓，廣平之賦梅花，又司馬公亦有豔辭，亦何傷於清介乎？（同前）

三一七　珠簾秀：姓朱氏，行第四，雜劇為當今獨步。駕頭、花旦、軟末泥等悉造其妙。胡紫山宣尉嘗以《沉醉東風》曲贈云：「錦織江邊翠竹，絨穿海上明珠。月淡時，風清處，都隔斷，落紅塵土。一片閒情任卷舒，掛盡朝雲暮雨。」馮海粟待制亦贈以《鷓鴣天》云：「憑倚東風遠映樓，流鶯窺面燕低頭。蝦鬚瘦影纖纖織，龜背香紋細細浮。　紅霧斂，彩雲收，海霞為帶月為鈎。夜來捲盡西山雨，不著人間半點愁。」蓋朱背微僂，馮故以簾鈎寓意。至今後輩以朱娘娘稱之者。（同前）

三一八　趙真真、楊玉娥：趙真真、楊玉娥善唱諸宫調，楊立齋見其謳張五牛、商正叔所編《雙漸小卿怨》，因作《鷓鴣天》、《哨遍》、《耍孩兒煞》以詠之，後曲多不録，今録前曲云：「烟柳風花錦作園，霜芽露葉玉裝船。誰知皓齒纖腰會，只在輕衫短帽邊。　啼玉靨，咽冰絃，五牛身去更無傳。詞人老筆佳人口，再唤春風在眼前。」（同前）

三一九　劉燕歌：劉燕歌善歌舞，齊參議還山東，劉賦《太常引》以餞□（墨丁，當作云）：「故人别我出陽關，無計鎖雕鞍。今古别離難，□□□（三字墨丁，當作『况隔斷』）、蛾眉遠山。　一尊别酒，一聲杜宇，寂寞又春殘。明月小樓閒，第一夜、相思淚彈。」至今膾炙人口。（同前）

三二〇　杜妙隆：杜妙隆，金陵佳麗人也。盧疎齋欲見之，行李匆匆，不果所願。因題《踏莎行》於壁云：「雪暗山明，溪深花早，行人馬上詩成了。歸來聞説妙隆歌，金陵却比蓬萊渺。　寶鏡慵窺，玉容空好，梁塵不動歌聲悄。無人知我此時（脱『情』字），春風一枕松窗曉。」（同前）

三二一　宋六嫂：宋六嫂，小字同壽。元遺山有贈觱栗工張觜兒辭，即其父也。宋與其夫合樂，妙入神品，蓋宋善謳，其夫能傳其父之藝。滕玉霄待制嘗賦《念奴嬌》以贈，云「柳顰花困」云云，辭見第

五卷。《念奴嬌》一名《百字令》。（同前）

三二二　一分兒：一分兒，姓王氏，京師角妓也。歌舞絶倫，聰慧無比。一日，丁指揮會才人劉士昌、程繼善等於江鄉園小飲，王氏佐樽。時有小姬歌菊花會南吕曲云：「紅葉落，火龍褪甲。青松枯，恠蟒張牙。」丁曰：「此《沉醉東風》首句也，王氏可足成之。」王應聲曰：「紅葉落，火龍褪甲。青松枯，恠蟒張牙。可詠題，堪描畫。喜觥籌，席上交雜。答剌蘇頻斟入，禮廝麻。不醉呵，休扶上馬。」一座歎賞，由是聲價愈重焉。（同前）

三二三　《轉應曲》：《轉應曲》與宫中《調笑》平仄相合，予常擬之。（《升庵外集》卷八十一「詞品」）

三二四　鼓子詞：宋歐陽六一作十二月鼓子詞，即今之《漁家傲》也。元歐陽圭齋亦擬為之，專詠元世燕風物。（同前）

三二五　劉會孟：劉須溪丁酉元夕《寶鼎兒（當作現）》詞云：「紅粧春騎，踏月花影，牙旗穿市。望不盡、歌樓舞榭，香塵蓮步底。簫聲斷，約彩鸞歸去，未怕金吾呵醉。甚輦路、喧闐且止。聽得念奴歌起。　父老猶記宣和，抱銅仙，清淚如水。還轉盼，沙河多麗。漾明光連邸第，簾影凍（當作動），散紅光成綺。月浸蒲桃十里。看往來神仙才子，肯把菱花撲碎。　腸斷竹馬兒童，空見説，三千樂指。等多時、春不歸來，到春時欲睡。又説向、燈前擁髻，暗滴鮫珠墜。便當日、親見《霓裳》，天上人間夢裏。」此詞題云丁酉，蓋元成宗大德元年，亦淵明書甲子之意也。詞意凄婉，與「麥秀」歌何殊。○尹濟翁壽須溪《風入松》詞云：「曾聞幾度説京華，愁壓帽簷斜。朝衣熨貼天香在，如今但、彈指蘭闍。不是柴桑心遠，等閒過了元嘉。　長生休説棗如瓜，壺日自無涯。　河傾南紀明奎璧，長教見、壽氣成霞。　但得重攜溪上，年年人共梅花。」（同前書卷八十四「詞品」）

三二六　鏡聽：　李廓、王建皆有鏡聽詞。　鏡聽，今之響卜也。（同前）

三二七　《草堂詞選叙》：　詩詞同工而異曲，共源而分派。　在六朝，若陶宏景之《寒夜怨》，梁武帝之《江南弄》，陸瓊之《飲酒樂》，隋煬帝之《望江南》，填辭之體已具矣。　若唐人之七言律，即填辭之《瑞鷓鴣》也，七言之以韻，即填辭之《玉樓春》也。　若韋應物之《三臺曲》、《調笑令》，劉禹錫之《竹枝辭》《浪淘沙》，新聲迭出。　孟蜀之《花間》，南唐之《蘭畹》，則其體大備矣。　豈非共源同工乎？　然詩聖如杜子美，而填辭若不聞之，《憶秦娥》、《菩薩鬘》者，集中絶無。　宋人如秦少游、辛稼軒辭極工矣，而詩殊不強人意，疑若獨藝然者，豈非異曲分派之説乎？　宋人選填辭曰《草堂詩餘》，其曰草堂者，太白詩名《草堂集》，見鄭樵書目。　太白，本蜀人，而草堂在蜀，懷故國之意也。　曰詩餘者，《憶秦娥》、《菩薩鬘》二首為詩之餘，而百代辭曲之祖也。　今士林多傳其書而昧其名，余故為之批騭，而首著之云。洞天真逸升庵楊慎撰。（《草堂詩餘》）

三二八　秦少游《搗練子》「心耿耿」：　李後主有《搗練子》詞，即詠搗練，乃唐詞本體也。　又：　緊獨無語，誰與共語？（人去秋來宫漏永，夜深無語對銀缸。）（同前書卷一「小令」）

三二九　秦少游《憶王孫》「萋萋芳草憶王孫」：　空閉門，望不到也，無聊之豪思。（欲黄昏，雨打梨花深閉門。）（同前）

三三〇　六一居士《憶王孫》「同雲風掃雪初晴」：孤寂。　又：韻甚。（月籠明牕外，梅花影瘦横。）（同前）

三三一　秦少游《如夢令》「門外緑陰千頃」：此詞創自唐莊宗自度曲，詞中有「如夢」二字，即以名詞。唐詞多緣題所賦，爾後漸變，與題遠矣。　又：只有風弄影，正模出静景。（睡起不勝情，行到碧梧金井。人静，人静，風弄一枝花影。）（同前）

三三二　秦少游《如夢令》「鶯嘴啄花紅溜」：意想妙甚，然春柳恐未必瘦。（依舊，依舊，人與緑楊俱瘦。）　又：翻李後主「小樓吹徹玉笙寒」句。（冷玉笙寒，吹徹小梅春透。）（同前）

三三三　周美成《如夢令》「池上春歸何處」：孤館聽雨，較洞房雨聲，自是不勝情之詞，一喜一悲。（同前）

三三四　李易安《如夢令》「昨夜雨踈風驟」：此詞較周詞更婉媚。　又：甚新。（緑肥紅瘦）（同前）

三三五　白居易《長相思》「汴水流」：閨怨。　又：「點點」字下得妙。（同前）

三三六　万俟雅言《長相思》「短長亭」：景真語，近勝鏤琢者多矣。（同前）

三三七　晏叔原《生查子》「金鞍美少年」：查，古槎字，即張騫乘槎事。　又：可憐人度可憐宵。（牽繫玉樓人，翠被春寒夜。）（同前）

三三八　張子野《生查子》「含羞整翠鬟」：「樹」似宜作「謝」，言消息未來梨花謝，尚未至。　又：

蕉雨最不可聽。（深院鎖黄昏，陣陣芭蕉雨。）（同前）

三三九 賀方回《點絳脣》「紅杏飄香」：江淹詞「明珠點絳脣」，詞名本此。（同前）

三四〇 何籀《點絳脣》「鶯踏花翻」：可憐，可憐。（門掩青春老）（同前）

三四一 汪彦章《點絳脣》「高柳蟬嘶」：以下二詞，乃東坡次子蘇叔黨過所作，是時方禁坡文，故隱其名。又：奇。（採菱歌斷秋風起，晚雲如髻，湖上山横翠。）（同前）

三四二 汪彦章《點絳脣》「新月娟娟」：冬月最幽，「夜寒」句景真。（夜寒江静山銜斗）（同前）

三四三 林君復《點絳脣》「金谷年年」：妙在通篇不見一艸字，且甚感慨。（同前）

三四四 周美成《浣溪沙》「小院閒牕春色深」：景語麗語。（遠岫出雲催薄暮，細風吹雨弄輕陰。）（同前）

三四五 周美成《浣溪沙》「鶯外紅綃一縷霞」：句句綺麗，字字清新。又：玉林詞選作「樓角」者，非。

三四六 歐陽永叔《浣溪沙》「湖上朱橋響畫輪」：「奈何春」三字新而遠。又：此是永叔麗語。又：媚甚。（笑撚粉香歸繡户）（同前）

三四七 李景《浣溪沙》「風壓輕雲貼水飛」：自與人知不得。（此情惟有落花知）（同前）

（當路遊絲縈醉客，隔花啼鳥唤行人，日斜歸去奈何春。）（同前）

三四八 李景《浣溪沙》「一曲新詞酒一盃」：「無可奈何」二語工麗，天然奇偶。（同前）

三四九 秦少游《浣溪沙》「青杏園林煮酒香」：「乍雨乍晴」二語，見道不獨情景之真。（同前）

三五〇　張子野《浣溪沙》「樓倚江邊百尺高」：所謂屈指歸期尚早。（同前）

三五一　張子野《浣溪沙》「水滿池塘花滿枝」：秦少游詞：「整頓著殘棊，沈吟應劫遲。」與此句若翻出。（同前）

三五二　李後主《浣溪沙》「菡萏香銷翠葉殘」：綺麗委宛，後主詞此為第一。（同前）

三五三　黄魯直《浣溪沙》「新婦磯頭眉黛愁」：黄魯直兩漁父詞，俱見道語，可以警世。　又：新婦磯，女兒浦，天然絶對。　又：達人之言。（青篛笠前無限事，緑簑衣底一時休，斜風細雨轉船頭。）（同前）

三五四　歐陽永叔《浣溪沙》「堤上遊人逐畫船」：不惟調句宛藻，而造理甚微，足唤醒人。（同前）

三五五　何籀《菩薩蠻》「南園滿地堆輕絮」：西域婦人編髮垂髻如中國佛像瓔珞，曰菩薩鬘，詞名本此。　又：寒食詞。（原作春閨）（同前）

三五六　李太白《菩薩蠻》「平林漠漠煙如織」：太白《清平調》為世所傳，此較勝之。（同前）

三五七　黄叔暘《菩薩蠻》「南山未解松梢雪」：此詞絶不染些子煙火。（同前）

三五八　孫巨源《菩薩蠻》「樓頭尚有三通鼓」：煞甚留戀。（樓頭尚有三通鼓，何須抵死催人去。）（同前）

三五九　張子野《菩薩蠻》「哀箏一弄湘江曲」：子野詠箏二詞，《生查子》差勝，此亦不妨並美。（同前）

三六〇　康伯可《奴兒令》「馮夷剪碎澄溪練」：句句是雪，絶不露一「雪」字，與林君復詠艸詞同一局。（同前）

三六一　徐師川《卜算子》「胸中千種愁」：戲下一轉語：「門外重重疊疊山，盼不到，愁來路。」（同前）

三六二　僧皎如晦《卜算子》「有意送春歸」：老禿也自傷春，故作情語。（同前）

三六三　蘇子瞻《卜算子》「缺月掛疎桐」：以下皆説鴻，詞家別是一格。（同前）

三六四　蔣子雲《好事近》「葉暗乳鵶啼」：「老紅猶落」、「不隨春去」，似初夏。（同前）

三六五　孫夫人《憶秦娥》「花深深」：情自脉脉。　又：玉林詞選云李嬰之作，今以為孫夫人，非。（同前）

三六六　周美成《憶秦娥》「香馥馥」：怨之極，舉目皆是。（一聲聲是，怨紅愁緑）（同前）

三六七　俞克成《謁金門》「愁脈脈」：工致流麗。　又：此詞乃陳克字子高所作，非俞克成也。（同前）

三六八　秦處度《謁金門》「鴛鴦浦」：既云「載取愁歸去」，又云「愁來無著處」，到底愁難解也。用意婉轉，頓挫之妙。（同前）

三六九　韋莊《謁金門》「春雨足」：麗語。（春雨足，染就一溪新緑。）　又：景真如畫。（雲淡水平烟樹簇，寸心千里目。）（同前）

三七〇 馮延巳《謁金門》「風乍起」：二詞（筆者按：另一詞指前韋莊詞）起語，同一意調。（同前）

三七一 温庭筠《更漏子》「玉鑪香」：飛卿此詞亦佳，揔不若張子野「深院鎖黄昏，陣陣芭蕉雨」更妙。（同前）

三七二 秦少游《阮郎歸》「春風吹雨遶殘枝」：眉不掩愁，棋不消愁，愁來何處著？又：寫想深慧。（諱愁無奈眉） 又：愁人之致，極宛極真。（翻身整頓著殘棋，沈吟應刧遲） 又：此等情景，匪夷所思。（同前）

三七三 蘇養直《阮郎歸》「西園風煖落花時」：不如秦詞「諱愁無奈眉」更婉轉。（同前）

三七四 蘇東坡《阮郎歸》「緑槐高柳咽新蟬」：「咽」字下得妙。（同前）

三七五 曾純甫《阮郎歸》「柳陰庭館占風光」：豔麗。（為憐流去落紅香，銜將歸畫梁。）（同前）

三七六 秦少游《阮郎歸》「滿天風雨破初寒」：此等情緒，煞甚傷心，秦八（當作七）太深刻矣。（同前）

三七七 徐師川《畫堂春》「落紅鋪徑水平池」：不知心恨誰。（放花無語對斜暉，此恨誰知。）（同前）

三七八 秦少游《畫堂春》「東風吹柳日初長」：情景兼至。（同前）

三七九 李易安《武陵春》「風住塵香花已盡」：秦處度《謁金門》詞云「載取暮愁歸去」、「愁來無著處」，從此翻出。（只恐雙谿舴艋舟，載不動、許多愁。）（同前）

三八〇 吴彦高《青衫濕》「南朝千古傷心地」：黍離之思，與李後主《浪淘沙》詞相似。（同前）

三八一　李後主《浪淘沙》「簾外雨潺潺」：後主《玉樓春》宫詞忒富貴，此極凄慘，醒亦夢耳。（同前）

三八二　趙德麟《錦堂春》「樓上風和玉漏遲」：沈休文詩：「夢中不識路，何以慰相思？」意反而合，致各自佳。（同前）

三八三　歐陽修《朝中措》「平山闌檻倚晴空」：東坡結語似勝。（同前）

三八四　王元澤《眼兒媚》「楊柳絲絲弄輕柔」：元澤詞不多，此其得意者。　又：到底愁來無著處。（相思只在，丁香枝上，豆蔻梢頭。）（同前）

三八五　秦少游《柳梢青》「岸草平沙」：此詞僧仲殊作，誤作少游，非。（同前）

三八六　柳耆卿《西江月》「鳳額繡簾」：衛萬詩：「只今惟有西江月，曾照吴王宫裏人。」　又：怨甚，可惜。（下片）（同前）

三八七　蘇東坡《西江月》「點點樓前細雨」：翻杜老案，便自超達。（酒闌不必看茱萸，俯仰人間今古。）（同前）

三八八　朱希真《西江月》「世事短如春夢」：言近而指遠，不必求其深宛。（同前）

三八九　黄山谷《西江月》「斷送一生惟有」：如此，豈得不飲？元亮諸人有見。　又：古人謂與其有身後名，不如生前一杯酒。柳耆卿詞：「明朝酒醒歸何處，楊柳畔，曉風殘月。」與此意同。　又：歇後語，工而奇。　又：名理之談。（斷送一生唯有，破除萬事無過。）（同前）

三九〇　蘇子瞻《西江月》「玉骨那愁瘴霧」：古今梅花詞，此為第一。　又：么鳳，似鸚鵡而小，

其矢亦青，俗人蓄之帳中。（同前）

三九一　秦少游《桃源憶故人》「玉樓深鎖薄情種」：自是淒冷。（同前）

三九二　周美成《少年遊》「并刀如水」：豈不夙夜畏行多露？（下片）（同前）

三九三　林少瞻《少年遊》「霽霞散曉月猶明」：如畫。（同前）

三九四　李易安《醉花陰》「薄霧濃雲愁永晝」：淒語。怨而不怒。（同前）

三九五　蘇子瞻《南柯子》「山與歌眉斂」：端午詞多汨羅事，此獨絶不涉，所謂善脱套者。又：有無限感慨，坡公此詞必有所為而作。（同前）

三九六　僧仲殊《南柯子》「十里青山遠潮平」：直是初唐律句。（白露收殘月，清風散曉霞。）（同前）

三九七　李易安《怨王孫》「帝里春晚」：至情。（多情自是多沾惹）（同前書卷二「小令」）

三九八　向伯恭《鷓鴣天》「紫禁烟花一萬重」：鄭嵎詩：「春游雞鹿塞，家在鷓鴣天。」今詞名本此。（同前）

三九九　辛幼安《鷓鴣天》「著意尋春懶便回」：絶似唐律。（山纔好處行還倦，詩未成時雨早催。）又：景事俱真。（誰家寒食歸寧女，笑語柔桑陌上來。）（同前）

四〇〇　秦少游《鷓鴣天》「枝上流鶯和淚聞」：無限含愁，説不得。（同前）

四〇一　黄山谷《鷓鴣天》「黄菊枝頭破曉寒」：此詞全把老杜詩翻出，自妙。（同前）

四〇二　朱希真《鷓鴣天》「檢盡歷頭冬又殘」：惟其愛，不得不耐。（愛他風雪耐他寒）又：鴛

鴦債，不須還。（道人還了鴛鴦債）（同前）

四〇三 黄魯直《鷓鴣天》「西塞山邊白鷺飛」：即以張志和詞敉點幾句，便是出藍。又：末句見破世情語。（同前）

四〇四 晏叔原《鷓鴣天》「綵袖慇懃捧玉鍾」：唐詩：「乍見翻疑夢，相悲各問年。」即此意。（今宵剩把銀釭照，猶恐相逢是夢中。）又：工而豔，不讓六朝。（舞低楊葉樓心月，歌盡桃花扇影風。）（同前）

四〇五 晏同叔《玉樓春》「緑楊芳草長亭路」：末二句與秦少游《阮郎歸》詞「衡陽猶有雁傳書，郴陽和雁無」同一結想。（同前）

四〇六 謝無逸《玉樓春》「弄晴數點梨梢雨」：詞中如「飛破」、「惹殘」，用字之妙，如「露桃嗔」、「風柳妬」對仗之工。（同前）

四〇七 温飛卿《玉樓春》「家臨長信往來道」：即何籀春閨詞「門掩青春老」，有無限感慨。（同前）

四〇八 錢思公《玉樓春》「城上風光鶯語亂」：不如宋子京「為君持酒勸斜陽，且向花間留晚照」更委婉。（同前）

四〇九 李後主《玉樓春》「晚妝初了明肌雪」：何等富麗侈縱，觀此，那得不失江山？ 其《浪淘沙》懷舊一詞又極悽楚，宜其有此也。（同前）

四一〇 周美成《玉樓春》「桃溪不作從容住」：「風後入江」，雲散難聚，「雨餘黏地」，絮牢不解。此

等模擬極真切。　又：雖用劉、阮事，極藴藉，一語大有惺悟。（上片）

四一一　歐陽永叔《玉樓春》「妖冶風情天與措」：白樂天詞云：「門前冷落車馬稀，老大嫁作商人婦。」此是翻案。（同前）

四一二　周美成《虞美人》「落花已作風前舞」：酒是消愁物，能消幾箇時。（同前）

四一三　李後主《虞美人》「春花秋月何時了」：比《浪淘沙》詞較宛轉藴藉。　又：此詞想亦是歸朝後所作。（同前）

四一四　蘇東坡《南鄉子》「霜降水痕收」：東坡重陽詞《柳梢青》詞則云「酒闌不必看茱萸」，此詞則云「破帽多情却戀頭」，俱反前人之案，用來妙，是脱胎手。（同前）

四一五　孫夫人《南鄉子》「曉日壓重簷」：多情怕逐楊花絮，滿院飄飄不捲簾。（同前）

四一六　潘庭堅《南鄉子》「生怕倚欄干」：正是「高情已逐曉雲空」。（惟有舊時山共水，依然，暮雨朝雲去不還。）　又：佇望之至，不顧更闌霜下。（月又漸低霜又下，更闌，折得梅花獨自看。）又：梅花自看，太無聊矣。此詞有許多轉摺，委宛情思。（同前）

四一七　王逐客《雨中花》「百尺清泉聲陸續」：清韻映骨，冷色侵肌。（同前）

四一八　黄魯直《醉落魄》「紅牙板歇」：單説茶用水乞乳妖等事，便堆垛，此獨借醉後清波轉入，何等游衍流暢。（同前）

四一九　張子野《醉落魄》「雲輕柳弱」：古人詩詞詠吹笛多用梅花落事，如此用法，便新警。（同前）

四二〇　万俟雅言《梅花引》「曉風酸」：野店寒雞，凍梅殘雪，妝點旅思。　又：雅言精於音律，自號詞隱，觀此可見。（同前）

四二一　黄魯直《踏莎行》「臨水夭桃」：山谷詞每多名理之言，令人惺悟。（同前）

四二二　秦少游《踏莎行》「霧失樓臺」：古人有謂「斜陽暮」三字重出，然因斜陽而知日暮，豈得為重出乎？末二句與「衡陽猶有雁傳書，郴江和雁無」同意。（同前）

四二三　寇平仲《踏莎行》「春色將闌」和「小徑紅稀」：二詞皆春詞之婉媚藻麗者。（同前）

四二四　歐陽永叔《踏莎行》「候館梅殘」：正是盼不見來時路。（同前）

四二五　李漢老《小重山》「誰勸東風臘裏來」：句句是立春時景，更不轉一閑意，不著一套語，自是老手。（同前）

四二六　和凝《小重山》「春入神京萬木芳」：藻麗，有富貴氣。（同前）

四二七　韋莊《小重山》「一閉昭陽春又春」：「長門一步地，不肯暫回車」，此詞可為善於番（當作翻）案。　又：一作「新搵舊啼痕」。（紅袂有啼痕）（同前）

四二八　宋豐之《小重山》「花樣妖嬈柳樣柔」：描寫欲盡。　又：思怨之極，翻覺月照東樓為無情矣。（同前）

四二九　李易安《一剪梅》「紅藕香殘玉簟秋」：離情欲淚。　讀此始知高則誠、關漢卿諸人又是効顰。（同前書卷三「中調」）

四三〇　賀方回《臨江仙》「巧剪合歡羅勝子」：此等句在天地間有限。（人歸落鴈後，思發在花前。）（同前）

四三一　晁無咎《臨江仙》「緑暗汀洲三月暮」：倩語。（半篙春水滑，一段夕陽愁。）（同前）

四三二　鹿虔扆《臨江仙》「金鏁重門荒苑静」：故宫黍離之思，令人黯然。此詞比李後主《浪淘沙》詞更勝。（同前）

四三三　陳去非《臨江仙》「憶昔午橋橋上飲」：語意超，筆力排奡，可摩坡仙之壘。又：巧句。（長溝流月去無聲）又：結語以東坡九日詞「酒闌不必看茱萸，俯仰人間今古」同意。（同前）

四三四　辛幼安《蝶戀花》「誰向椒盤簪綵勝」：梁元帝詩「翻階蛺蝶戀花情」，故名。（同前）

四三五　蘇子瞻《蝶戀花》「花褪殘紅青杏小」：「曉」字勝於「遶」字，「曉」字有味，「遶」字呆，可悟字法。（同前）

四三六　晏同叔《蝶戀花》「簾幙風輕雙語燕」：景真。（早晚斜陽，只送平波遠。）（同前）

四三七　歐陽永叔《蝶戀花》「庭院深深深幾許」：疊，用字法，妙。（庭院深深深幾許）（同前）

四三八　周美成《蝶戀花》「月皎驚烏棲不定」：旅行曉景，狀得曲盡。（同前）

四三九　俞克成《蝶戀花》「海燕雙來歸畫棟」：句調自豔。又：為海棠寫照。（海棠春睡重，緑鬟堆枕香雲擁。）（同前）

四四〇　秦少游《蝶戀花》「鍾送黄昏鷄報曉」：語多有點醒人處。（同前）

四四一　范希文《蘇幙遮》「碧雲天」：酒是消愁，如何反作愁？　又：《唐書》：吕元濟上書：比見方邑相率為渾脱隊舞，駿馬胡服，名曰蘇幙遮，詞名本此。（同前）

四四二　王介甫《漁家傲》「平岸小橋千嶂抱」：大有警悟。　又：達人。（同前）

四四三　周美成《漁家傲》「幾日輕陰寒惻惻」：懷舊之思，讀之凄然。（同前）

四四四　范希文《漁家傲》「塞下秋來風景異」：此是塞上曲，少悲壯，似未善。（同前）

四四五　謝無逸《漁家傲》「秋水無痕清見底」：漁家樂，形容曲盡。（同前）

四四六　張仲宗《漁家傲》「釣笠披雲青嶂繞」：瀟灑超達，與山谷《鷓鴣天》漁父詞相伯仲。　又：繞，一作晚，更妙。（釣笠披雲青嶂繞）（同前）

四四七　趙德仁《醉春風》「陌上清明近」：致幽。（惟有牕前，過來明月，照人方寸。）（同前）

四四八　黄魯直《品令》「鳳舞團團餅」：山谷詠茶詞俱説到酒後景事，乃知杜康、陸羽作，不得兩種人。　又：下此轉語，「影」出更奇。（恰如燈下故人，萬里歸來對影，口不能言，心下快活自省。）（同前）

四四九　蘇子瞻《行香子》「北望平川」：景界高曠孤渺，無人狀得出。（同前）

四五〇　俞克成《聲聲令》「簾移碎影」：豔而媚，可方李易安。　又：最是没擺佈處。（花飛水遠，便從今，莫追尋，又怎禁驀地上心。）（同前）

四五一　宋子京《錦纏道》「燕子呢喃」：句倩甚。　又：翻舊話，更醒。（同前）

四五二　孫夫人《風中柳》「銷減芳容」：秦少游《阮郎歸》詞云：「諱愁無奈眉翻身，整頓著殘棊，沉吟應劫遲。」與此詞同一結想，深婉之極。（同前）

四五三　歐陽永叔《青玉案》「一年春事都來幾」：離思黯然，道學人亦作此情語。（同前）

四五四　賀方回《青玉案》「凌波不過横塘路」：情景欲絶。（同前）

四五五　陳瑩中《青玉案》「碧空黯淡同雲繞」：「一夜青山老」，五字妙。（同前）

四五六　吴彦高《青玉案》「人生南北如岐路」：道學語，足以警世。（同前）

四五七　張子野《天仙子》「水調數聲持酒聽」：「雲破月來花弄影」，景物如畫，畫亦不能至此，絶倒，絶倒。（同前）

四五八　沈會宗《天仙子》「景物因人成勝槩」：人中影，影中人，翩翩欲仙。　又：胸中無半點塵，方狀得此等景界。（同前）

四五九　蘇子瞻《江城子》「天涯流落思無窮」：結句從李後主「恰似一江春水向東流」轉出，更進一步。（同前）

四六〇　秦少游《江城子》「西城楊柳弄春柔」：此結語又從坡公結語轉出，更進一步。（同前）

四六一　秦少游《千秋歲》「柳邊沙外」：此詞少游謫虔時作，後人慕「花影亂，鶯聲碎」之句，建鶯花亭。（同前）

四六二　謝無逸《千秋歲》「楝花飄砌」：結句清曠，令人心地生凉。（人散後，一鈎淡月天如水。）

(同前)

四六三 辛幼安《千秋歲》「塞垣秋草」:獻壽詞,不妨富貴。(同前)

四六四 孫巨源《河滿子》「悵望浮生秋怨」:「天若有情天亦老」,此等語,誰人敢道?(同前)

四六五 柳耆卿《訴衷情近》「景闌晝永」:寫景真,有感慨。(同前)

四六六 辛幼安《祝英臺近》「寶釵分」:無可埋怨處。(是他春帶愁來,春歸何處,又不解帶將愁去。)(同前)

四六七 周美成《側犯》「暮霞霽雨」:此數語,絶似《選》詩。(同前)

四六八 柳耆卿《過澗歇》「淮楚曠望極千里」:揮汗冒暑,魚魚鹿鹿,可鄙可鄙。季鷹蓴膾之思,自是達者。此詞大有點醒人處。(同前)

四六九 周美成《紅林檎近》「高柳春纔軟」:可比雪賦。(同前)

四七〇 僧仲殊《新荷葉》「雨過回塘」:「若耶溪頭採蓮女,笑隔荷花共人語」,此詞全從此詩翻案。(同前)

四七一 柳耆卿《爪茉莉》「每到秋來」:情至詞。(同前)

四七二 宋謙父《蓦山溪》「壺山居士」:自是快活人,説得快活話。(同前)

四七三 曹元龍《蓦山溪》「洗粧真態」:「竹外一枝斜」,乃用東坡「竹外一枝斜更好」之句,徽宗時禁蘇學,元寵近幸之臣,暗用蘇,所謂掩耳盗鈴者。噫!奸臣醜正直,徒為勞耳。(同前)

四七四　王介甫《千秋歲引》「別館寒砧」：荆公此詞大有感慨，大是見道語，既勘破乃爾，何執拗新法、鏟滅正人哉？　又：夢闌酒醒，正是鷄鳴平旦時。　又：思量甚麽？（同前）

四七五　周美成《滿路花》「金花落燼燈」：相思之極，設身結想，真道人意中事。（同前）

四七六　朱希真《滿路花》「簾烘淚雨乾」：何等恨。（下片）　又：教人那得不飲？（酒壓愁城破）（同前）

四七七　周美成《華胥引》「川源澄映」：轉思轉愁，此際實難為情。（愁剪燈花，夜來和淚雙疊。）（同前）

四七八　李元膺《洞仙歌》「雪雲散盡放曉晴」：人生行樂須及時，可悟此意。（同前）

四七九　蘇子瞻《洞仙歌》「冰肌玉骨」：「點」字妙，從「樹點千家小」，點字用法，「山高月小」，即「一點明月窺人」。（同前）

四八〇　林外《洞仙歌》「飛梁壓水」：此詞傳入宫中，誤謂吕洞賓作。孝宗笑曰：「洞天無鎖」，與「老」叶韻，則鎖字（當作音）掃，乃閩音也。問之，果閩人林外也。（同前）

四八一　康伯可《江城梅花引》「娟娟霜月冷侵門」：語語悽婉，字字嬌豔。　又：所謂可憐人度可憐宵。（怕黄昏又黄昏）　又：此數語俗。（斷魂斷魂不堪聞）（同前）

四八二　秦少游《八六子》「倚危亭」：周美成詞「愁如春後絮，來相接」與「恨如芳草，剗盡還生」，可謂極善形容。（同前）

四八三　阮逸女《魚遊春水》「秦樓東風裏」：前説景，後説情，一一兼至。（同前）

四八四　柳耆卿《夏雲峰》「宴堂深軒檻」：泥欋亦作泥擢，俗謂柔言索物曰泥，猶輭纏也。（同前）

四八五　周美成《法曲獻仙音》「蟬咽涼柯」：即《望江南》，白樂天改《法曲》為《憶江南》，但《法曲》作三疊，《望江南》作兩疊耳。（同前書卷四「長調」）

四八六　周美成《意難忘》「衣染鶯黄」：媚豔。（低鬟蟬影動，私語口脂香。）　又：孫夫人詞「別離情緒，待歸來，都告怕傷郎。又還休道」，即用此意，何等愛惜，何等深婉體貼。（同前）

四八七　張仲宗《滿江紅》「春水連天桃花浪」：極婉轉藻麗，膾炙媚豔。　又：孫夫人詞「別離情緒，待歸來，都告怕傷郎。又還休道」，即用此意，何等愛惜，何等深婉體貼。

四八八　晁無咎《滿江紅》「東武南城新堤固」：感慨。（到如今，修竹滿山陰，空陳迹。）（同前）

四八九　周美成《滿江紅》「晝日移陰攬衣起」：「悄無言，尋棋局」，與秦少游詞「整頓著殘棋，沈吟應劫遲」同意，而用法各妙。　又：宜作「渾退了」，「過」字非。（都過了）　又：「無心撲蝴蝶，假意尋棋局」，此何等情緒。（同前）

四九〇　趙元稹《滿江紅》「慘結秋陰」：一幅李營丘秋景。　又：阮籍詩：胸中磊磈，須以酒澆之。（同前）

四九一　宋子京《玉漏遲》「杏香飄禁苑」：「亂峰鎖，一竿斜照」，景語也。「東風淚零多少」，情語也。

（同前）

四九二　周美成《六么令》「快風收雨」：杜老重陽詩，後來作者俱用其語，總不如東坡詞「酒闌不必看茱萸，俯仰人間今古」二語絶倒。（同前）

四九三　王充《天香》「霜瓦鴛鴦」：一派俗俚之談，全不成調。（同前）

四九四　劉方叔《天香》「漠漠江皐」：學究口氣。（待到和羹，纔明底藴。）（同前）

四九五　張子野《燕臺春》「麗日千門」：以楚腰宫面形容美人，亦以花喻之，見人間富貴行樂，文見於言外。（同前）

四九六　秦少游《滿庭芳》「晚兔雲開」：景勝於情。　又：《花庵詞選》作「色」，極是，今人作「兔」，不通。　又：吴融詩「滿庭芳草易黄昏」，詞本此。（同前）

四九七　秦少遊《滿庭芳》「山抹微雲」：宜作「天黏衰艸」，即「暮煙細艸黏天遠」之景，「黏」字極工，且有出處，今「天連衰艸」，「連」字誤甚。（同前）

四九八　蘇東坡《滿庭芳》「蝸角虚名」：先生此詞專為唤醒世上夢人，故不作一深語。（同前）

四九九　胡浩然《滿庭芳》「瀟灑佳人」：俗而陋。（同前）

五〇〇　李易安《鳳皇臺上憶吹簫》「香冷金猊」：欲説還休，與「怕傷郎，又還休道」同意。　又：端的為着甚的。（新來瘦，非干病酒，不是悲秋。）（同前）

五〇一　黄山谷《水調歌頭》「瑶草一何碧」：首二句直是古詩。（瑶草一何碧，春入武陵溪。）

又：「紅露濕人衣」，倩語也。「明月逐人歸」，韻語也。（同前）

五〇二 東坡《水調歌頭》「明月幾時有」：此等詞，翩翩羽化而仙，豈是煙火人道得隻字？

又：中秋詞古今絶唱。（同前）

五〇三 韓子蒼《水調歌頭》「江山自雄麗」：景奇曠。（上片）。又：「高寒」二字新。（同前）

五〇四 蘇子瞻《水調歌頭》「落日繡簾捲」：結句雄奇，無人敢道。（一點浩然氣，千里快哉風。）（同前）

五〇五 張林甫《燭影摇紅》「雙闕中天」：結句甚有感慨。（滿懷幽恨，數點寒燈，幾聲歸雁。）

又：材甫名掄，南渡故老，詞多應制。有黍離之思，特甚悲感。（同前）

五〇六 吴大年《燭影摇紅》「梅雪初消」：張詞感舊，吴詞歡新，各有所指。（同前）

五〇七 王晉卿《燭影摇紅》「香臉輕匀」：相見不相親，何如不相見。（見了還休，争如不見。）

又：正是不勝情時候。（海棠開後，燕子來時，黄昏庭院。）（同前）

五〇八 孫夫人《燭影摇紅》「乳燕穿簾」：謂道漢宫人未老。（同前）

五〇九 周美成《塞垣春》「暮色分平野」：結句不成語。（瘦來無一把）（同前）

五一〇 蘇養直《倦尋芳》「獸鐶半掩」：景語。（夢草池塘青漸滿，海棠軒檻紅相亞。） 又：情語。（香滅羞回空帳裏，月高猶在重簾下。）（同前）

五一一 康伯可《漢宫春》「雲海沉沉」：《霓裳羽衣》，中秋曲也，用之上元，似未妥。（同前）

五一二　京仲遠《漢宫春》「煖律初回」：上元前一日，立春光景，狀不像。（同前）

五一三　蘇東坡《八聲甘州》「有情風萬里捲潮來」：此《六州歌頭》之一，本鼓吹曲也，音悲壯，使人慷慨。唐人西邊六州，故名，宋人大祀大䘏，皆用此。（同前）

五一四　王通叟《慶清朝慢》「調雨為酥」：一鈎羅襪破香塵。（同前）

五一五　史邦卿《雙雙燕》「過春社了」：史邦卿詞奇秀清逸，有李長吉之韻，能融情景於一家，會句意於兩得者。　又：形容想像，極是輕婉纖軟。（同前）

五一六　李（當作朱）希真《孤鸞》「天然標格」：未見爽人處。（同前）

五一七　辛幼安《金菊對芙蓉》「遠水生光」：與其有身後名，不如生前一杯酒。若必如此，便是黨太尉羊羔美酒行徑，豈不將軍負此腹耶？　又：此等情況便陋，豈堪入選？（除非腰佩黄金印，座中擁紅粉嬌容。）　又：更陋而俾。（座中擁紅粉嬌容，此時方稱情懷，盡拚一飲千鍾。）（同前）

五一八　僧仲殊《金菊對芙蓉》「花則一名」：此等三家村學究話，如何入詞選？（同前）

五一九　柳耆卿《玉蝴蝶》「望處雲收雨斷」：景中情語。（下片）（同前）

五二〇　高賓王《玉蝴蝶》「喚起一襟凉思」：語多不經人道。　又：「凝」，去聲。（同前）

五二一　丁仙現《絳都春》「融和又報」：天家燈夜，自是富貴。（同前）

五二二　李易安《念奴嬌》「蕭條庭院」：情景兼至，名媛中自是第一。　又：二語絶似六朝。（被冷香銷新夢覺，不許愁人不起。）（同前）

五二三　沈公述《念奴嬌》「杏花過雨」：情脈脈，有誰語？（同前）

五二四　辛幼安《念奴嬌》「野棠花落」：纖麗語，膾口之極。（舊恨春江流不盡，新恨雲山千疊。）（同前）

五二五　僧仲殊《念奴嬌》「故園避暑」：凄然，與「陽臺人去」句相應。（争知好景，為君長是蕭索。）（同前）

五二六　蘇東坡《念奴嬌》「憑高眺遠」：東坡中秋詞《水調歌頭》第一，此詞第二。（同前）

五二七　葉少藴《念奴嬌》「洞庭波冷」：英英獨照。（醉倒清樽，嫦娥應笑，猶有向來心。廣寒宫殿，為余聊借瓊林。）（同前）

五二八　黄魯直《念奴嬌》「斷虹霽雨」：詠月詞，惟此詞與韓子蒼詞可伯仲，餘皆効顰而已。（同前）

五二九　朱希真《念奴嬌》「插天翠柳」：不成語。（插天翠柳，被何人推上，一輪明月。）（同前）

五三〇　韓子蒼《念奴嬌》「海天向晚」：此詞亞於東坡中秋詞，餘詞皆未之及。（同前）

五三一　蘇子瞻《念奴嬌》「大江東去」：古今詞多脂軟纖媚取勝，獨東坡此詞感慨悲壯，雄偉高卓，詞中之史也。　又：銅將軍、鐵拍板唱公此詞，雖優人謔語，亦是狀其雄卓奇偉處。　又：固一世之雄也，而今安有哉？（同前）

五三二　張于湖《念奴嬌》「洞庭青草」：淼杳曠忽，殊有仙氣。　又：煞甚冷心腸。（孤光自照，肝肺皆冰雪。）（同前）

五三三　鄭中卿《念奴嬌》「嗟來咄去」：亦自適語，無佳處。（同前）

五三四　僧仲殊《念奴嬌》「水楓葉下」：亦自適語，無佳處。（同前）

五三五　胡浩然《萬年歡》「燈月交光」：結語韻。（休迷戀，野草閒花，鳳簫人在金谷。）（同前）

五三六　周美成《玉燭新》「溪源新臘後」：一語為梅花傳神。（終不似，照水一枝清瘦。）（同前）

五三七　京仲遠《木蘭花慢》「算秋來景物皆勝賞」：用事庸，出語俗，何以為詞入選？　又：句法劣而俚。（蜀人從來好事）（同前）

五三八　張宗瑞《桂枝香》「梧桐雨細」：「歲月天涯醉」與「吹老幾番塵世」，皆名理語。（同前）

五三九　秦少游《水龍吟》「小樓連苑横空」：首句與换頭一句，俱隱妓名「樓東玉」三字，甚巧。

又：情極之語，纖輭特甚。（天還知道，和天也瘦。）（同前）

五四〇　辛幼安《水龍吟》「渡江天馬南來」：所謂直抵黄龍府，與諸君痛飲耳。（同前）

五四一　章質夫《水龍吟》「燕忙鶯懶芳殘」：質夫詞，工手；坡老詞，仙手。　又：好形容。（垂垂欲下，依前被，風扶起。）（同前）

五四二　蘇東坡《水龍吟》「似花還似非花」：坡公詞瀟灑出塵，勝質夫千倍。（同前）

五四三　歐陽永叔《瑞鶴仙》「臉霞紅印枕」：人謂永叔不能作情語，此詞煞甚情至。（同前書卷五「長調」）

五四四　黄山谷《瑞鶴仙》「環滁皆山也」：泊然無味。（同前）

五四五　周美成《拜星月慢》「夜色催更」：慢，古曼字。因晉鈕滔母孫氏《空矦賦》曰：「樂操則寒條反榮，哀曼則晨華朝滅。」凡詞名有「慢」字，同此義。（同前）

五四六　張仲宗《石州慢》「寒水依痕」：石州，唐西邊六州之一，故以名詞。（同前）

五四七　康伯可《喜遷鶯》「臘殘春早」：臘殘。此詞乃壽秦檜者，陋哉！（同前）

五四八　馮偉壽《春雲怨》「春風惡劣」：末句無限感慨。（往事暮雲萬葉）（同前）

五四九　吴彦高《春從天上來》「海角飄零」：悲壯。（同前）

五五〇　史邦卿《綺羅香》「做冷欺花」：此情別人狀不出。（臨斷岸，新緑生時，是落紅帶愁流處。）（同前）

五五一　柳耆卿《雨霖鈴》「寒蟬凄切」：此詞只是「酒醒何處」二句千古膾炙人口，柳詞遂為第一，與少游詞「酒醒處，殘陽亂鴉」同一景事，而柳猶勝。（同前）

五五二　解方叔《永遇樂》「風暖鶯嬌」：不如秦少游詞，但「有當時皓月，照人依舊」，更悽婉。（同前）

五五三　胡浩然《送入我門來》「荼壘安扉」：只此二句好，前後俱惡。（今嵗今宵盡，似頓覺，明年明日催。）（同前）

五五四　馬莊父《歸朝歡》「聽得提壺沽美酒」：纖麗中又甚瀟灑。（同前）

五五五　張子野《歸朝歡》「聲轉轆轤聞露井」：宋賈黄中幼聰慧，父日取書與其身等，使讀之，「等身金」，即此義也。又：叶去聲，毛詩：「膚如凝脂」，凝叶，作佞，同此。（蓮臺香蠟殘痕凝，等身金，誰能得意，買此好光景。）（同前）

五五六　阮逸女《花心動》「仙苑春濃」：最是可憐時。（舌斷魂遠，閒尋翠徑，頓成愁結。）（同前）

五五七　王和甫《瀟湘逢故人慢》「薰風微動」：柳渾詩「瀟湘逢故人」，詞名本此。（同前）

五五八　周美成《應天長》「條風布暖」：國朝大卹，樂府用此。（同前）

五五九　周美成《尉遲盃》「隋堤路」：尉遲敬德飲酒，只用大杯，故以名曲。（同前）

五六〇　周美成《西河》「佳麗地」：前半寫景如畫，後段感慨如訴。（同前）

五六一　陳後主《秋霽》「虹影侵堦」：此亦胡浩然作也，何等妄人將此詞添入陳後主名，六朝安得有此慢調？況孤鶩落霞，乃王勃序，後主豈預知而倒用之耶？（同前）

五六二　朱希真《秋霽》「壬戌之秋」：此與山谷醉翁亭詞一格，何意味之有？（同前）

五六三　周美成《解連環》「怨懷難託」：泠然泫然。（同前）

五六四　柳耆卿《二郎神》「炎光初謝過」：不作十分豔語，自是清纖可喜。（同前）

五六五　柳耆卿《望梅》「小寒時節」：八字已足盡梅花矣。（有幽光照水，疎影籠月。）（同前）

五六六　柳耆卿《傾盃樂》「禁漏花深」：此當是應制詞。（同前）

五六七　賀方回《望湘人》「厭鶯聲到枕」：婉戀可喜。（同前）

五六八　柳耆卿《望海潮》「東南形勝」：西湖之勝，歷歷如畫。（同前）

五六九　秦少游《風流子》「東風吹碧草」：以下四詞，俱堪伯仲。（另三詞：張文潛「亭皐木葉下」、周美成「楓林凋晚葉」、周美成「新綠小池塘」）（同前）

五七〇　周美成《風流子》「楓林凋晚葉」：麗。（酒醒後，淚花銷鳳蠟。風幕捲金泥，砧杵韻高，喚回殘夢。綺羅香減，牽起餘悲。）（同前）

五七一　周美成《風流子》「新綠小池塘」：一字一血。（上片）　又：可憐。（天便教人，霎時厮見何妨。）（同前）

五七二　魯逸仲《惜餘春慢》「弄月餘花」：「天若知，和天也瘦」，即此意。（同前）

五七三　周美成《丹鳳吟》「迤邐春光」：古詞云「最是酒闌時」，即此意。（痛引澆愁酒，奈愁濃如酒，無計銷鑠。）（同前）

五七四　劉潛夫《賀新郎》「深院榴花吐」：此一段議論當為三閭千古知己。（下片）（同前）

五七五　宋謙父《賀新郎》「靈鵲橋初就」：此詞與劉潛夫端午詞並看。　又：足破千古。（巧拙豈關今夕事，奈癡兒騃女流傳，謬添話柄柳州柳。）

五七六　宋謙父《賀新郎》「步自雪堂去」：《醉翁亭》、《前》《後赤壁詞》俱未見佳，當時重此三篇文字，演為詞，以便入詞。（同前）　又：達者之意。（下片）（同前）

五七七　劉改之《賀新郎》「睡覺啼鶯曉」：達。　又：末句大有意。（心未愜，鬢先老。）（同前）

五七八　辛幼安《賀新郎》「瑞氣籠清曉」：此等詞，直須付贊禮人一唱蓮花落。（同前）

五七九 柳耆卿《白苧》「繡簾垂」：不十分堆隳（當作垛）雪事，亦好。（同前）

五八〇 柳耆卿《十二時》「晚晴初淡烟籠月」：秋夜長，寫得出。（第二段）（同前）

五八一 張仲宗《蘭陵王》「捲珠箔」：蘭陵王每入陣必先，故歌其勇。（同前）

五八二 柳耆卿《玉女摇仙佩》「飛瓊伴侣」：「問郎花好奴顔好，郎道不如花窈窕。將花揉碎擲郎前，請郎今夜伴花眠。」（同前）

五八三 万俟雅言《三臺》「見梨花初帶」：首二句纖媚可愛。（同前）

五八四 蘇東坡《哨遍》「為米折腰」，《醉翁亭》、《赤壁前、後賦》，當時俱括為詞，俱泊然無味，獨此東坡歸去詞特勝，不特其音律之諧也。（同前）

五八五 周美成《西平樂》「稺柳蘇晴」：致語。（事逐孤鴻去盡，身與塘蒲共晚。）（同前）

五八六 梁武帝《江南弄》「衆花雜色滿上林」：填詞起於唐人，然六朝已濫觴矣，特録梁武帝一首為始，其餘如徐勉之《迎客》、《送客曲》，及「美人聯綿」、「江南稚女」諸篇皆是，樂府具載，不盡録也。（《百琲明珠》卷一）

五八七 隋煬帝《夜飲朝眠曲》「憶睡時」、「憶起時」：煬帝之詞，如《春江花月夜》、《江都樂》、《紀遼東》，並載樂府。其《金釵兩股垂》、《龍舟五更轉》，名存而亡其詞。《鐵圍山叢話》云：「寒鴉飛數點，流水繞孤村。」乃煬帝詞，然全篇不傳。又傳奇有煬帝《望江南》數首，然不類六朝人語，今不取。（同前）

五八八　李太白《清平樂令》「禁庭春晝」、「禁幃秋夜」：花庵詞客黄叔暘云：按唐吕鵬《遏雲集》載太白應製《清平樂令》詞四首，以後二首無清逸氣韻，疑非太白所作，只選此二首云。又：太白，詩之聖，詞之祖也。《憶秦娥》、《菩薩蠻》二首，久已膾炙人口，而此二詞本集不載，特表出之。（同前）

五八九　白樂天《花非花》「花非花」：白樂天此詞，蓋自度之曲，因情生文者也。「花非花，霧非霧」，雖《高唐》、《洛神》，奇麗不是過矣。張子野衍之為《御街行》：「天非花豔輕非霧。夜半來，天明去。來如春夢不多時，去似朝雲無覓處。乳雞新燕，落月沉星，紞紞城頭鼓。參差漸辨西池樹，朱閣欹斜户。緑苔深徑少人行，苔上屐痕無數。殘香餘粉，閒衾賸枕，天把多情賦。」雖襲用白語，而不及多矣。（同前）

五九〇　周德華《楊柳枝》「清江一曲柳千條」：唐詞多緣題，如《楊柳枝》詠柳，至今不改。惟和凝《柳枝詞》云云，自賦豔情，與古意異矣。（同前）

五九一　無名氏《小秦王》「柳條金嫩不勝鴉」、「十指纖纖玉筍紅」：唐人絶句即是詞調，但隨聲轉腔，以别宫商，如《陽關》、《伊州》、《梁州》、《水調》皆是，以上録其罕傳者三四首，餘不盡録。（同前）

五九二　無名氏《後庭宴》「千里故鄉」：此詞唐人石刻，宣和中掘地得之，與宋初《魚遊春水》事同，其詞語迴絶，當表出之。（同前）

五九三　唐無名氏《醉公子》「門外猧兒吠」：花庵云：唐詞多緣題所賦，《臨江仙》則言仙事，《女冠子》則述道情,《河瀆神》則詠祠廟,《巫山一段雲》則狀巫峽,如此詠題曰《醉公子》,即詠公子醉也。爾後漸變,失題遠矣。此詞又名《四換頭》,因其詞意凡四換也。其後製《四換韻》一調,亦名《醉公子》云。(同前)

五九四　唐莊宗《如夢令》「曾宴桃源深洞」:此詞唐莊宗自度曲,樂府取詞中「如夢」二字名曲,今誤傳為吕洞賓。(同前)

五九五　張泌《江城子》「碧闌干外小中庭」、「浣花溪上見卿卿」:花庵云:唐詞多無換頭,如此詞,兩段兩押「情」字,自是兩首,故兩押「情」字,今人不知,合為一首,誤矣。(同前)

五九六　孟蜀毛文錫《醉花間》「深相憶」:李義山詩:「本來銀漢是紅牆,只隔盧家白玉堂。」(同前)

五九七　李後主《一斛珠》「曉妝初過」:用韻鮮脆,的是詞手,詞名《一斛珠》,真一斛珠也。(同前)

五九八　《搗練子》「深院静」:詞名《搗練子》,即詠搗練,乃唐詞本體也。五代僭僞之主例能作小詞,如王宗衍「月明如水浸宫殿」,元人用之為傳奇曲子,吴越王錢俶「金鳳欲飛遭掣搦,情脉脉,行即玉樓雲雨隔」為宋藝祖所賞,然惜不見全篇。(同前)

五九九　南唐馮延巳《舞春風》「嚴粧纔罷怨春風」:此即七言律,而音節婉麗,又名《瑞鷓鴣》,見後賀方回《東山詞》,又名《鷓鴣曲》。(同前)

六〇〇　李元膺《鷓鴣天》「寂寞秋千兩繡旗」:秋千「緑索紅旗」及「兩繡旗」,可為秋千畫譜。(同前書卷二)

六〇一 晏同叔《清商怨》「關河愁思望處滿」：此乃晏元獻公詞，誤入歐公集。按詩話，或問晏同叔詞：「雁過南雲，行人回淚眼。」「南雲」字何所本？劉貢父以江總詩「心逐南雲去，身隨北雁來」答之，不知陸機《思親賦》有「指南雲以寄欽」之句矣。（同前）

六〇二 《人月圓》「小桃枝上春來早」：此曲王晉卿製，詞名《人月圓》，即詠元宵也，猶是唐人之意。（同前）

六〇三 顔持約《西江月》「草草書傳錦字」：花庵云：詞簡意高，佳作也。（同前）

六〇四 王通叟《慶清朝慢》「調雨為酥」：花庵云：風流楚楚，詞林中之佳公子也。世謂柳耆卿工為浮艷之詞，方之此作，蔑矣，詞名冠柳，豈偶然哉？（同前）

六〇五 史邦卿《换巢鸞鳳》「人若梅嬌」：史邦卿在宋宣和中，與晁次膺、万俟雅言齊名，皆工樂府。此詞换頭處换韻，故名《换巢鸞鳳》，諸家詞中無此調，蓋邦卿所自度曲也。（同前）

六〇六 秦少游《望海潮》「星分牛斗」：《隋遺録》云：「隋煬帝命宫女灑明珠於龍舟上，以擬雨雹之聲。」此詞所謂「明珠濺雨」是也。（同前書卷四）

六〇七 史邦卿《杏花天》「軟波拖碧蒲芽短」：姜堯章云：史邦卿之詞，奇秀清逸，有李長吉之韻。蓋能融情景於一家，會句意於兩得者。（同前）

六〇八 蔡伯堅《大江東去》「倦游老眼」：元裕之云：金世吴彦高、蔡伯堅工於樂府，世號吴蔡體，此詞在蔡集中第一。（同前書卷五）

六〇九　劉秉忠《乾荷葉》「乾荷葉，色蒼蒼」、「乾荷葉，映著枯蒲」、「根摧折」、「乾荷葉，色無多」：此詞曲秉忠自度之腔，四首專詠乾荷葉，猶有唐詞之意也。（同前）

六一〇　劉秉忠《乾荷葉》「南高峰」：此借腔别詠，後世之詞例也，然其曲悽惻感慨，千載之寡和也。（同前）

六一一　《滇南月節詞》《升庵長短句》《長短句續集》《陶情樂府》《續陶情樂府》《詞林萬選》《百琲明珠》《填詞選格》《古今詞英》《詞選增奇》《填詞玉屑》《詞苑增奇》《草堂詩餘補遺》《詞品》《詞品拾遺》。（節録自《升庵外集》「列書目」）

六一二　雲名：《吕氏春秋》：雲狀有若犬，若馬，若白鵠，若衆車。今按：有其狀□人蒼衣赤首，不□□□□□衡。有其狀若懸釜而赤，其名曰雲旍。旍，旗也。兵書：韓雲如布，趙雲如牛，楚雲如日，宋雲如車，魯雲如馬，衛雲如犬，周雲如輪，秦雲如行人，一作佳人，又作美人。魏雲如鼠，齊雲如絳衣，越雲如龍，蜀雲如囷。冬至，初陽雲出箕，如樹之狀。立春，少陽雲出房，如積水。春分，正陽雲出軫，如白鵠，一作鶴，謝朓詩「鶴雲旦起」。穀雨，太陽雲出張，如車蓋。立夏，初陰雲出觜，赤如珠，一云赤如繒。夏至，少陰雲出參，如水波。寒露，正陰雲出井，如冠纓。霜降，太陰雲出鬼，上如羊，下如蟠石。出《易》。通卦：驗八節，占雲也。吹雲，陳思王有《吹雲贊》，言雲如吹綸絮也。婀羅雲，雲如羅也；妙鬘雲，雲如美人髮；樓閣雲，如其狀。俱《華嚴經》，又虞邵庵《畫蘭》詩。蕭雲，《宋書·瑞符志》。藺雲，《南齊書》：「日於藺雲中薄半暈。」雕雲，《符瑞志》：「雕雲自成五色，儀鳳暗合八音。」

又云：「雕雲素靈，發祥漢氏。」散髼雲，《漢·五行志》有「雲如焱風散長髼」，髼，如亂髮也。粉雲，蔣捷詞：「粉雲天末起。」鱗雲，山谷詞：「練靄鱗雲。」凉雲，李賀詩：「雨過飛凉雲。」覆車雲，京房《易占》云：「黄雲如覆車，為大豐。」矞雲，《太玄》：「矞雲，紫蜺旁圍日雲，三色為矞。」赤繒雲，《緯書》：「立秋，濁陰，雲出如赤繒。」蒼雲，《春秋》：「文曜鈎云：楚有蒼雲如霓，向軫七獦中有。荷斧之人向軫而蹲。」庾信《哀江南賦》：「蒼雲則重圍軫。」皂雲，東方朔《占雨候》。含峰雲，唐太宗詩。泄雲，《蜀都賦》：「窮岫泄雲，日月恒翳。」杜詩：「泄雲行清曉。」油雲，《孟子》。山雲草莽，水雲魚鱗，旱雲煙火，涔雲波水。涔雲，雨雲也。《吕覽》。寶光雲，元好問詩：「兆羅綿界寶光雲。」（同前書卷二「天文部」）

六一三 雯華：金國仙人王予可詩詞多用雯華字，見《中州集》，元好問詩「剥裂雯華漬月秋」，又寶宫寺聯云：「七重寶樹圍金界，十色雯華擁畫梁」。○雯，文也。又石文似雲亦曰雯華，《古三墳》書：「日雲赤曇，月雲素雯。」劉因《登寺閣》詩：「雯華寶樹忽當眼。」（同前）

六一四 凹字三音：凹與物同，本古文凸字，又音與蛙同。元吴西逸詞：「懶雲凹，按行松菊訊桑麻。」此音行於北方。又蛙，去聲。盛弘之《荆州記》：「山脊漫衍無垤凹，湖面平滿無高下。」此音行於楚蜀。（同前書卷四「地理部」）

六一五 椒圖：龍生九子不成龍，各有所好，贔屓、鴟吻之類也。椒圖，其形似螺螄，性好閉，故立於門上。詞曲：「門迎駟馬車，户列八椒圖。」人皆不能曉，今觀椒圖之名，亦有出也。見《菽園雜記》。

又按《尸子》云：「法螺蚌而閉户。」《後漢書·禮儀志》：「殷以水德王，故以螺著門户。」則椒圖之似螺形信矣。（同前書卷八「宫室部」）

六一六　銀蒜：歐陽六一放（當倣）玉臺體詩：「銀蒜鈎簾宛地垂。」東坡《哨遍》詞：「睡起畫堂，銀蒜珠幙雲垂地。」蔣捷《白苧》詞：「早是東風作惡，旋安排、一雙（脱銀字）蒜鎮羅幙。」銀蒜蓋鑄銀為蒜形，以押簾也。元經世大典，親王納妃，公主下降，皆有銀蒜簾押幾百雙。（同前）

六一七　四海亭：花名有海字者，皆從海外來，海棠、海榴是也。海紅花，即山茶也。海桐花，即七里香也。陸子淵欲以四花名為四詞，然不知海紅花即山茶也。（同前書卷九「宫室部」）

六一八　鬧裝：京師有鬧裝帶，其名始於唐，白樂天詩：「貴主冠浮動，親王帶鬧裝。」薛田詩：「九苞綰就佳人髻，三鬧裝成子弟韉。」辭曲有「角帶鬧黄鞓」，今作「傲黄鞓」，非也。（同前書卷十五「器用部」）

六一九　樂曲名解：《古今樂録》云：「傖歌以一句為一解，中國以一章為一解。」王僧虔啓曰：「古曰章，今曰解，解有多少，當是先詩而後聲。詩叙事，聲成文，必使志盡於詩，音盡於曲。是以作詩有豐約，制解有多少。」又：「諸曲調皆有辭有聲，而大曲又有豔、有趨，而亂辭者，其歌詩也。聲者，若羊吾夷、伊那何之類也。豔在曲之前，趨與亂在曲之後，亦猶吴聲西曲，前有和，後有送也。」慎按：豔在曲之前，與吴聲之和，若今之引子。趨與亂在曲之後，與吴聲之送，若今之尾聲。羊吾夷、伊那何，皆聲之餘音嫋嫋，有聲無字。雖借字作譜而無義，若今之哩囉嗹唵吽也。知此，可以讀古樂府矣。齊歌曰歐（當作謳），吳歌曰歈，楚歌曰些，巴歌曰燿。（同前書卷六十七「詩品」）

六二〇 掘柘詞掘音担：《樂苑》云：羽調有《柘枝曲》，商調有《掘柘枝》。此舞因曲為名，用二女童，帽施金鈴，抃轉有聲。其來也，於二蓮花中藏之，花拆而後見，對舞相呈，實舞中雅妙者也。段成式《寄温庭筠雲藍紙詩》曰：「三十六鱗充使時，數番猶得寄相思。待將袍襖重抄了，寫盡襄陽《掘柘詞》。」《掘柘詞》，温集中亦有。（同前）

六二一 白苧舞：《韻語陽秋》曰《宋書·樂志》有《白苧舞》。《樂府解題》釁《白苧》曰：「質如輕雲色如銀，製以為袍餘作巾，袍以光軀巾拂塵。」王建云：「新縫白苧舞衣成，來遲要得吳王迎。」元稹云：「西施自舞王自管，《白苧》翩翩鶴翎散。」則白苧，舞衣也。王建云：「新換霓裳月色裙。」豈《霓裳羽衣舞》亦用白邪？《柘枝舞》起於南蠻諸國，而盛於李唐，傳於今者，尚其遺制也。章孝標云：「柘枝初出鼓聲招，花鈿羅裙聳細腰。」言當招之以鼓。張承云：「《白雪》慢回拋舊曲，黄鶯嬌囀唱新詞。」言當雜之以歌，今制亦爾。而鄭在德詩云：「三敲畫鼓聲催急，一朵紅蓮出水遲。」則所用者，一人而已。法振詩云：「畫鼓催來錦臂攘，小娥雙起整霓裳。」則所用又二人。按《樂苑》用一女童，帽施金鈴，抃轉有聲，其來也，於蓮花中藏，花拆而後見，則當以一人為正，今或用五人，與古小異矣。（同前）

六二二 慢字為樂曲名：陳後山詩：「吳吟未至慢，楚語不假些。」任淵註云：「慢謂南朝慢體，如徐庾之作。」余謂此解是也，但未原其始。《樂記》云：「宫、商、角、徵、羽，五者皆亂，迭相陵，謂之慢。」

又曰：「鄭、衛之音，亂世之音也，比於慢矣。」宋詞有《聲聲慢》、《石州慢》、《惜餘春慢》、《木蘭花慢》、《拜星月慢》、《瀟湘逢故人慢》，皆雜比成調，古謂之嘖曲。「嘖」與「賾」同，雜亂也。琴曲有名散，元曲有名犯，又曲終入破，義亦如此。（同前）

六二三　哀曼：晉鉦滔母孫氏《箜篌賦》曰：「樂操則寒條反榮，哀曼則晨華朝滅。」「曼」與「慢」通，亦曲名。（同前）

六二四　粘天：庚闡《揚都賦》：「濤聲動地，浪勢沾天。」本自奇語。昌黎祖之曰：「洞庭漫汗，粘天無壁。」張祐詩「草色粘天鶗鴂恨」，黄山谷「遠山粘天吞釣舟」，秦少游小詞「山抹微雲，天粘衰草」，正用此字為奇。今俗本作「天連」，非矣。（同前書卷六十八「詩品」）

六二五　《昔昔鹽》：梁樂府《夜夜曲》，或名《昔昔鹽》，「昔」即「夜」也。《列子》：「昔昔夢為君。」鹽亦曲之别名。（同前書卷六十九「詩品」）

六二六　江淹詠美人春遊：「江南二月春，東風轉緑蘋。不知誰家子，看花桃李津。白雪凝瓊貌，明珠點絳唇。行人咸歎息，争擬洛川神。」此詩見《文通外集》。點絳唇，後人以為曲名，以此知是詩膾炙人口久矣。（同前）

六二七　隋煬帝《野望》詩：「寒鴉飛數點，流水繞孤村。斜陽欲落處，一望黯銷魂。」此詩見《鐵圍（脱「山」字）叢譚》，秦少游改為小詞。（同前）

六二八　煬帝曲名：《玉女行觴》、《仙人留客》，皆煬帝曲名。（同前）

六二九　松下：古人詩句不知其用意用事，妄改一字，便不佳。孟蜀牛嶠《楊柳枝詞》：「吴王宫裏色偏深，一簇煙條萬縷金。不分錢唐蘇小小，引郎松下結同心。」按古樂府《小小歌》有云：「妾乘油壁車，郎乘青驄馬。何處結同心，西陵松柏下。」牛詩用此意詠柳而貶松，唐人所謂尊題格也。後人改「松下」作「枝下」，語意索然矣。（同前書卷七十一「詩品」）

六三〇　書貴舊本：觀樂生愛收古書，嘗言古書有一種古香可愛。余謂此言未矣，古書無訛字，轉刻轉訛，莫可考證。余於滇南見故家收《唐詩紀事》抄本甚多，近見杭州刻本，則十分去其九矣。刻《陶淵明集》，遺《季札贊》。《草堂詩餘》舊本，書坊射利，欲速售，減去九十餘首，兼多訛字，余抄為《拾遺辯誤》一卷。先太師收唐百家詩，皆全集，近蘇州刻則每本減去十之一，如《張籍集》本十二卷，今只三四卷，又傍取他人之作入之。王維詩取王涯絶句一卷入之，詫於人曰此維之全集，以圖速售，今王涯絶句一卷，在《三舍人集》之中，將誰欺乎？此其大關繫者。若一句一字之誤尤多，略舉數條，如王涣《李夫人歌》「修嫮穠華銷歇盡」，「修嫮」訛作「德所」；武元衡詩「劉琨坐嘯風清塞」，訛作「生苑」，現在邊城，則「清塞」字為是，焉得有苑乎？杜牧詩「長空澹澹没孤鴻」，今妄改作「孤鳥没」，平仄亦拗矣；杜詩「七月六日苦炎蒸」，俗本「蒸」作「熱」；「紛紛戲蝶過閑幔」，俗本「閑」作「閒」，不知子美父名閒，詩中無「閒」字；「邀歡上夜關」，今俗本作「卜夜閒」；「曾閃硃旗北斗殷」，妄改「殷」作「閒」，成何文理？前人已辯之矣。劉巨濟收許渾詩「湘潭雲盡暮煙出」，今俗本「煙」作「山」，亦是淺人妄改。湘水多煙，唐詩「中流欲暮見湘煙」是也，「煙」字大勝「山」字。李義山詩：「瑶池宴罷留王母，金屋妝成貯阿嬌。」俗本作「玉桃偷得憐方朔」，直似小兒語耳。陸龜蒙《宫人斜》詩「章着愁煙似不春」，俗本作「草樹如煙似不春」，尤謬。小詞如周美成「愔愔坊曲人家」，坊曲，妓女所居，俗改「曲」作「陌」。張仲宗詞「東風如許惡」，俗改「如許」作「妬花」，平仄亦失貼。孫夫人詞「日邊消息空沉沉」，俗改「日」作「耳」。東坡「玉如纖手嗅梅花」，俗改「玉如」作「玉奴」，其餘不可勝數也。書所以貴舊本者，可以訂訛，不獨古香可愛而已。（同前）

六三一 屏風牒：梁蕭子雲上飛白書屏風十二牒，李白詩「山屏六曲郎歸夜」，宋詞「屏風疊疊開紅牙」，今改「疊」作「曲」，非。（同前）

六三二 側寒：唐詩「春寒側側掩重門」，王介甫「側側輕寒剪剪風」，許奕小詞「玉樓十二春寒側」，吕聖求詞「側寒斜雨」，「側寒」字，詞人相承用之，不知所出，大意側不正也。側寒字甚新，特拈出之。（同前）

六三三 凝音佞：《詩》：「膚如凝脂。」「凝」音「佞」。唐詩：「日照凝紅香。」白樂天詩：「落絮無風凝不飛。」又：「舞繁紅袖凝，歌切翠眉愁。」又：「舞急紅腰凝，歌遲翠黛低。」徐幹臣詞：「重省别時，淚漬羅巾猶凝。」張子野詞：「蓮臺香燭殘痕凝。」高賓王詞：「想蕁汀水雲愁凝，閒蕙帳、猿鶴悲吟。」柳耆卿詞：「愛把歌喉當筵逞，遏天邊亂雲愁凝。」今多作平音，失之，音律亦不協也。（同前）

六三四 文選生煙字：宋人小説謂劉禹錫《竹枝詞》「瀼西春水縠文生」，乃生熟之生，信是。《文選》謝朓詩：「遠樹曖芊芊，生煙紛漠漠。」亦然，小謝之句實本靈運，靈運撰《征賦》云：「披宿莽以迷徑，

覩生煙而知墟。」（同前）

六三五 《韻語陽秋》：《後庭花》，陳後主之所作也，主與倖臣各製歌詞，極於輕蕩，男女唱和，其音甚哀。故杜牧之詩云：「煙籠寒水月籠沙，夜泊秦淮近酒家。商女不知亡國恨，隔江猶唱《後庭花》。」《阿濫堆》，唐明皇之所作也，驪山有禽名阿濫堆，明皇御玉笛，將其聲翻為曲，左右皆能傳唱。故張祜詩曰：「紅葉蕭蕭閣半開，玉皇曾幸此宮來。至今風俗驪山下，村笛猶吹《阿濫堆》。」二君驕淫侈靡，躭嗜歌曲，以至於亡亂。世代雖異，聲音猶存。故詩人懷古，皆有「猶唱」、「猶吹」之句。嗚呼！聲音之入人深矣。（同前書卷七十二「詩品」）

六三六 岑參《蔟拍六州歌頭》：「西去輪臺萬里餘，也知音信日應疎。隴山鸚鵡能言語，為報家人數寄書。」伊州、渭州、梁州、氐州、甘州、涼州謂之六州。宋時大喪，以《六州歌頭》引之，本朝用《應天長》。（同前）

六三七 阿辮迴：太白詩「羌笛橫吹《阿辮迴》」，番曲名。張祜集有《阿濫堆》，蓋飛禽名，明皇御玉笛采其聲，翻為曲子，即此也。番人無字，止以聲傳，故隨中國所書，人各不同耳，難以意求也。（同前書卷七十三「詩品」）

六三八 子美《贈花卿》：「錦城絲管日紛紛，半入江風半入雲。此曲只應天上有，人間能得幾回聞。」〇花卿名敬定，丹稜人，蜀之勇將也，恃功驕恣。杜公此詩譏其僭用天子禮樂也，而含蓄不露，有風人言之無罪，聞之者足以戒之旨。公之絶句百餘首，此為之冠。〇唐世樂府多取當時名人之詩唱之，而音調名題各異。杜公此詩在樂府為入破第二疊，王維「秦川一半夕陽開」，在樂府名《相府蓮》，訛為《想夫憐》。「秋風明月獨離居」為《伊州歌》，岑參「四去輪臺萬里餘」為《蔟拍六州》，盛小叢「鴈門山上鴈初飛」為《突厥三臺》，王昌齡「秦時明月漢時關」為《蓋羅縫》，張仲素「亭亭孤月照行舟」為《湖渭州》，王之奐（當作渙）「黄河遠上白雲間」為《梁州歌》，張祜「十指纖纖似筍紅」為《氐州第一》，苻載「月裏嫦娥不畫眉」為《甘州歌》，無名氏「千年一遇聖明朝」為《水調歌》，「雕弓白羽獵初回」為《水鼓子》，後轉為《漁家傲》云。其餘有詩而無名氏者尚多，不盡書焉。○唐人樂府多唱詩人絶句，王少伯、李太白為多。杜子美七言絶近百，錦城妓女獨唱其《贈花卿》一首，蓋花卿在蜀頗僭，子美作此諷之，當時妓女獨以此詩入歌，亦有見哉！杜子美詩諸體皆有絶妙者，獨絶句本無所解。而近世乃效之而廢諸家，是其真識冥契猶在唐世妓人之下乎？（同前書卷七十四「詩品」）

六三九　泥人嬌：俗謂柔言索物曰泥，乃計切，諺所謂軟纏也。杜子美詩「忽忽窮愁泥殺人」，元微之《憶内》詩「顧我無衣搜畫匣，泥他沽酒拔金釵」，《非煙傳》詩曰：「郎心應以琴心怨，脈脈春情更泥誰。」楊乘詩「晝泥琴聲夜泥書」，元鄧文原《贈妓》詩「銀燈影裏泥人嬌」，柳耆卿詞「泥歡邀寵最難禁」。字又作詎，《花間集》「黄鶯嬌囀詎芳妍」，又「記得泥人微斂黛」。字又作妮，王通叟詩「十三妮子緑窗中」，今山東目婢曰小妮子，其語亦古矣。（同前）

六四〇　江平不流：杜詩「江平不肯流」，意求工而語反拙，所謂鑿混沌而畫蛇足，必天性命而失巵酒也。不若李群玉樂府云「人老自多愁，水深難急流」也，又不若巴渝《竹枝詞》云：「大河水長漫悠悠，小河水長似箭流。」詞愈俗愈工，意愈淺愈深。（同前書卷七十五「詩品」）

六四一　關山一點：杜詩：「關山同一點。」「點」字絶妙，東坡亦極愛之，作《洞仙歌》云「一點明月窺人」，用其語也；《赤壁賦》云「山高月小」，用其意也。今書坊本改「點」作「照」，語意索然，且「關山同一照」，小兒亦能之，何必杜公也？幸《草堂詩餘》註可證。（同前）

六四二　張説《蘇摩遮》：「蠟月凝寒積帝臺，齊歌急鼓送寒來。油囊取得天河水，上壽將添萬歲杯。」○《蘇摩遮》，當時曲名，宋詞作《蘇幕遮》。説詩凡四首，第一首云：「《摩遮》本出海西胡，琉璃寶眼紫髯須。」以此考之，即今之《舞回回》也。（同前）

六四三　唐詩人鄭仲賢：余弟姚安太守未庵慥，字用能，酒邊誦一絶句云：「亭亭畫舸繫春潭，只待行人酒半酣。不管煙波與風雨，載將主恨過江南。」兄以為何人詩？余曰：按《宋文鑑》，則張文潛詩也。未庵取《草堂詩餘》周美成《尉遲杯》註云唐鄭仲賢詩。余因歎唐之詩人姓名隱而不傳者何限，或張文潛愛而書之，遂以為文潛之作耳。（同前書卷七十七「詩品」）

六四四　寄明州于駙馬：「平陽音樂隨都尉，留滯三年在浙東。吳越聲邪無法曲，莫教偷入管弦中。」南方歌詞不入管弦，亦無腔調，如今之弋陽腔也。蓋自唐、宋已如此，謬音相傳，不可詰也。東坡《贈王定國歌姬》云：「好把鸞黄記宫様，莫教弦管作蠻聲。」亦是此意。（同前）

六四五　卯色天：唐詩：「殘霞蹙水魚鱗浪，薄日烘雲卯色天。」東坡詩：「笑把鴟夷一樽酒，相逢卯色五湖天。」正用其語。《花間》詞「一方卯色楚南天」，註以卯為泖，非也。註東坡詩者，亦改「卯色」

為柳色，王龜齡亦不及此邪？（同前）

六四六　無名氏《水鼓子》：「彫弓白羽獵初回，薄夜牛羊復下來。青塚路邊荒草合，黑山峰外陣雲開。」《水鼓子》，後轉為《漁家傲》。（同前）

六四七　無名氏《水調歌》：「千年一遇聖明朝，願對君王舞細腰。乍可當熊任生死，誰能伴鳳上雲霄。」此詩借宫詞以諷。盧照鄰詩：「得成比目何辭死，願作鴛鴦不羡仙。」許棠詩：「導引何如鸜鵒舞，步虚争似鷓鴣詞。」高季迪詩：「酒醒金屋曙河流，願賜銅盤一滴秋。他日君王上仙去，瑶池猶幸得同遊。」妙得此意。（同前）

六四八　無名氏《楊柳枝》：「萬里長江一帶開，岸邊楊柳是誰栽？錦帆未落西風起，惆悵龍舟更不回。」此弔隋煬帝也，俯仰感慨，蓋初唐之詩，後世《柳枝詞》皆祖之。（同前）

六四九　《楊柳枝》壽杯詞：「曉晴樓上捲珠簾，往往長條拂枕函。恰直小蠻初學舞，擬偷金縷押春衫。」「池邊影動散鴛鴦，更引微風亂繡牀。只待玉窓塵不起，始應金鴈得成行。」此無名氏《柳枝詞》也，郭茂倩《樂府》所遺。今以未盡者，並為録之。姚合《柳枝詞》云：「黄金絲掛粉牆頭，動似顛狂静似愁。遊客見時心自醉，無因得見玉搔頭。」「勾踐初迎西子年，琉璃為帚掃溪煙。至今不改當時色，留與王孫繫酒船。」羅隱《柳枝詞》云：「灞岸晴來送别頻，相偎相倚不勝春。自家飛絮猶無定，争解垂絲絆路人。」「一簇青煙鎖玉樓，半垂欄畔半垂鈎。明年更有新條在，惱亂春風卒未休。」（同前）

六五〇　盛小叢《突厥三臺》：「雁門山上鴈初飛，馬邑闌中馬正肥。昨夜陰山逢驛使，殷勤南北寄征衣。」○盛小叢，鴈門妓女也。此詩甚佳，樂府歌之。○《三臺》，曲名，自漢有之，而調之長短，隨時變易。韋應物集有《上皇三臺》，元曲有《鬼三臺》，訛為《三臺》云。(同前)

六五一 《柳枝詞》：《麗情集》載：湖州妓周德華者，劉采春女也，唱劉禹錫《柳枝詞》云：「春江一曲柳千條，二十年前舊板橋。曾與美人橋上別，恨無消息到今朝。」此詩甚佳，而劉集不載，然此詩隱括白香山古詩為一絕，而其妙如此。(同前)

六五二 月黄昏：林和靖《梅》詩：「疎影横斜水清淺，暗香浮動月黄昏。」《葦航紀談》云：「黄昏」以對「清淺」，乃兩字，非一字也。「月黄昏」謂夜深香動，月為之黄而昏，非謂人定時也。蓋晝午後，陰氣用事，花房斂藏；夜半後，陽氣用事，而花敷蕋散香。凡花皆然，不獨梅也。坡詩：「只恐夜深花睡去，高燒銀燭照紅粧。」宋人梔子花詞「惱人惟是夜深時」，是此理。余嘗有詩云：「曉屏睡夢暖香中，花氣薰人怯曉風。」亦與此意同，蓋物理然耳。(同前書卷七十八「詩品」)

六五三 晁詩：晁元忠詩：「安得龍湖潮，駕回安河水。水從樓前來，中有美人淚。人生高唐觀，有情何能已。」晏小山《留春令》云：「别浦高樓，曾漫倚、對江南千里。樓下分流水，聲中有，當日憑高淚。」全用其語。(同前)

六五四 蕃馬胡兒：宋柳如京《塞上》詩：「鳴骹直上一千丈，天静無風聲正乾。碧眼胡兒三百騎，盡提金勒向雲看。」其詩宋人盛稱之，好事者多圖於屏障，今猶有其稿本。唐人好畫蕃馬於屏，《花間》詞云「細草平沙，蕃馬小屏風」是也。又曲有《伊州》、《凉州》、《氐州》，後卒有禄山吐蕃之變。宋

人愛圖嗚骹胡兒，卒有金、元之禍。元人曲有入破、急煞之名，未幾而亂。（同前）

六五五 駷與涴同：韋莊《應天長》詞云：「想得此時情切，淚沾紅袖駷駷。」字義與涴同，而字則讀如涴字入聲，始得其叶，然《説文》、《玉篇》俱無駷字，惟元詞中：「馬騾駷，人語喧。」北音作平聲，四轉作入聲，正叶。（同前書卷九十一「字説」）

六五六 楊補之：楊補之，子雲之後，自蜀而移家清江，善畫梅，秦檜求之，竟不與也。有《逃禪老人詞》一卷，余嘗題其畫梅譜一詩云：「逃禪老人楊補之，清江世業錦江移。承家不愧草玄後，藝苑豈獨梅花師。神交早與逋仙素，清節不受檜賦緇。請看麝煤鼠尾外，更有玉珮瓊琚詞。」（同前書卷九十四「畫品」）

六五七 《朝野僉載》：劍南彭蜀間有鳥大如指，五色畢具，有冠似鳳，食桐花，每桐結花即來，花落即去，不知何之，俗謂之桐花鳳。極馴善，止於婦人釵上，客終席不飛，人愛之，無所害也。《寰宇記》云：桐花色白，至春，有小鳥，色蕉紅，翠碧相間，生花中，惟飲其汁，不食他物，花落遂死。人以密水飲之，或得三四日，性多跳擲，抵觸便死。土人畫桐花鳳扇，即此也。按桐花鳳扇，唐李衛公有賦矣。《瑯嬛記》云：桐花鳳小于玄鳥，春暮來，集桐花，一名收香倒掛，又名探花使。性馴好，集美人釵上，出成都，疑即東坡詞所謂「緑毛么鳳」名倒掛耶？唐僧隱巒詩：「五色毛成比鳳雛，深藏花裏只如無。美人買得偏憐惜，移向金釵重幾銖。」劉言史《題蜀客楊生亭》云：「垂絲蜀客涕沾衣，歲盡長沙未得歸。腸斷錦城風日好，可憐桐鳥出花飛。」李之儀《阮郎歸》詞詠倒掛云：「朱唇玉羽下蓬萊，佳時近早梅。探花情味久安排，枝頭開未開。　魂欲斷，恨難裁，香心休見猜。果知何遜是仙才，何妨入夢來。」宋祁贊云：「金花之露，俗曰鳳類，緑羽纖爪，藻背翠尾，花落則隱，以是見貴。」（同前書卷九十七「動物」）

六五八　草薰：佛經云：「奇草芳花，能逆風開（當作聞）薰。」江淹《别賦》：「閨中風暖，陌上草薰。」正用佛經語。《六一詞》云：「草薰風暖摇征轡。」又用江淹語，今《草堂》詞改薰作芳，蓋未見《文選》者也。《弘明集》：「地芝候月，天華逆風。」（同前書卷九十八「植物」）

六五九　屯雲：中山王文木賦：「𡚱音冉電屯雲，薄霧濃雰音分。」皆形容木之文理也。杜詩：「屯雲對古城。」實用其字。李易安九日詞：「薄霧濃雰愁永晝。」今俗本改雰作雲。（《𥟖林伐山》卷一「天文類」）

六六〇　日蕎音默：《南史》王晞音希詩：「日蕎當歸去，魚鳥見留連。」今俗本改蕎作暮，淺矣。　孟蜀牛嶠音喬詞曰：「日蕎天空波浪急。」正用晞語。（同前）

六六一　真丹：王半山和俞秀老禪思詞曰：「茫然不肯住林間，有處即追攀。將他死語圖度，怎得離真丹。　漿水價，匹如閑，也須還。何如直截，踢倒軍持，贏取溈音魏山。」此詞意勸秀老純歸於禪，住山不出遊也。真丹，即震旦也。軍持，取水瓶也，行脚之具。踢倒軍持，勸其勿事行脚也。溈山和尚欲謀住山，曰：此山名骨山，和尚是肉人，骨肉不相離，言人不當離山也。皆用佛書語。漿，水價也。須還，則用列子五漿先饋事。（同前書卷一「地理類」）

六六二 四海亭：花名有海字者，皆從海外來，海棠、海榴是也。海紅花，即山茶也。海桐花，即七里香也。陸子淵欲以四花名為四詞，然不知海紅花即山茶也。（同前）

六六三 紫梨：左思《蜀都賦》有「紫梨津潤」之語，注不言其狀。按蜀有梨樹花，以秋日其花紅色。唐李遵有《進紫梨表》，元王秋澗有秋日詠紅梨花詞可證。（同前書卷一「草木類」）

六六四 草薰：佛經云：「奇草芳花，能逆風開（當作聞）薰。」江淹《別賦》：「閨中風暖，陌上草薰。」正用佛經語。《六一詞》云：「草薰風暖摇征轡。」又用江淹語，今《草堂》詞改薰作芳，蓋未見《文選》者也。《弘明集》：「地芝候月，天華逆風。」（同前）

六六五 荔枝：白樂天唐人《荔枝圖》曰：荔枝生巴峽間，形狀團團如帷蓋，葉如桂，冬青花如橘，春榮寔如丹，夏熟朵如蒲桃，核如琴軫，殼如紅繒，膜如紫綃，瓤肉潔白如冰雪，漿液甘如醴酪，大略如彼，其寔過之。如離本枝，一日色變，二日香變，三日味變，四五日外香色味盡去矣。此文可歌，可詠，可圖，可畫。歐陽公詠荔枝詞曰：「絳紗囊裡水晶丸。」亦妙。（同前）

六六六 椒圖：龍生九子不成龍，各有所好，贔屓，鴟吻之類也。椒圖，其形似螺螄，性好閉，故立於門上。詞曲：「門迎駟馬車，户列八椒圖。」人皆不能曉。今觀椒圖之名，亦有出也，見《菽園雜記》。又按《尸子》云：「法螺蚌而閉户。」《後漢書・禮儀志》：「殷以水德王，故以螺注門户。」則椒圖之似螺，誠信者矣。（同前書卷二「宫室類」）

六六七 螺首：《通典》：夏后氏今行初作葦茭，言氣所交也。殷以（當作人）水德，以螺首，謹其閉塞，使如螺也。周人木德，以桃為梗。葦茭，今京師人家歲除插芝蔴稭于門，是葦茭之遺螺，人門上銅環獸面，一名椒圖也。元詞所謂「户列八椒圖」也。桃梗，今之桃符。（同前）

六六八　江罛：《淮南子》：張天下以為之籠（當作籠），因江海以為之罛。宋人有以江罛漁歌名其詞者。（同前書卷二「器用類」）

六六九　趙師睪：趙師睪，字從善，號牆東，趙千里姪也。嘗學犬吠，以媚侂胄，其後侂胄敗，有贈之謔詞：「侍郎自號東牆，曾學犬吠村莊，今日不須摇尾，且尋土洞深藏。」睪，即古擇字，觀其字曰從善，蓋取擇其善者而從之義也，俗士多訛其音。趙從善尹京，有政聲，戮杭州姦僧，尤奇。（同前書卷二「人物類」）

六七〇　鬧裝：京師有鬧裝帶，其名始於唐。白樂天詩：「貴主冠浮動，親王帶鬧裝。」薛田詩：「九包綰就佳人髻，三鬧裝成子弟鞓。」詞曲有「角帶鬧黄鞓」，今作「傲黄鞓」，非也。（同前書卷二「衣服類」）

六七一　吹綸：《漢書》注：齋服官有吹綸方空之目。梁費昶詩：「金輝起遥步，紅彩發吹綸。」按吹綸，不知何物。據詩意，想是媍女所執之物，如煖扇之類。沈約詩：「畫扇迎初暑，紅綸映早寒。」庾肩吾詩：「粉白映輪紅。」元歐陽玄詞：「十月都人供暖箑。」可以互證。梁簡文《柳》詩：「枝間通粉色，葉裏映吹綸。」（同前）

六七二　金荃：元好問詩：「金荃怨曲蘭畹詞。」温飛卿詞名《金荃集》，荃即蘭孫也，音荃。《蘭畹》，唐人詞曲集名，與《花間集》出入，而中有杜牧之詞。（同前書卷三「詩謠類」）

六七三　小粱州：賈逵曰粱米，出于蜀漢，香美逾于諸粱，號曰竹根黄，粱州得名以此。秦地之西，燉煌之間，亦産粱米，土沃類蜀，故號小粱州。曲名有《小粱州》，爲西音。（同前）

六七四　鷓鴣天：唐鄭嵎詩：「春遊雞鹿塞，家在鷓鴣天。」詞名《鷓鴣天》本此。（同前書卷三「詞賦類」）

六七五　齊己詩：和尚，名齊己，言其無一不齊肅。僧齊己詩：「重城不鎖夢，每夜自歸山。」宋人小詞：「重門不鎖夢，隨意繞天涯。」（同前）

六七六　楊柳索春饒：張小山《小桃紅》詞云：「一汀烟柳索春饒，添得楊花鬧。盼殺歸舟木蘭棹，水迢迢。畫樓明月空相照，今番瘦了。多情知道，寬褪翠裙腰。」「蔞蒿穿雪動，楊柳索春饒。」山谷詩也，此詞用之，今刻本不知，改饒爲愁，不惟無韻，且無味矣。（同前）

六七七　凹字三音：凹與物同，本古文凸字，又音與蛙同。元吴西逸詞：「懶雲凹，按行松菊訊桑麻。」此音行於北方。又蛙，去聲。盛弘之《荆州記》：「山脅漫衍無垤凹，湖面平滿無高下。」此音行於楚蜀。（同前）

六七八　上江虹、紅牕影：曲名，不同。唐人小説《冥音録》載曲名，有《上江虹》，即《滿江紅》。《紅牕影》，即今《紅牕迥》也。（同前書卷四「曲名類」）

六七九　阿濫堆：張祜詩：「紅樹蕭蕭閣半開，玉皇曾幸此宫來。」至今風俗，驪山上村笛猶吹《阿濫堆》。

賀方回長短句云：「待月上，潮平波灔，塞管孤吹新《阿濫》。」《中朝故事》云：「驪山多飛禽，名《阿濫堆》，明皇採其聲為曲子。」（同前）

六八〇 煬帝曲名：《玉女行觴》、《神僊留客》。皆煬帝曲名。（同前）

六八一 點紅（當作絳，下同）唇：江淹《詠美人春遊》詩：「白雪凝瓊貌，明珠點紅唇。」後世詞名本此。（同前）

六八二 三絃所始今之三絃始于元時：《小山詞》云：「三絃玉指雙鉤，草字題贈玉娥兒。」（同前）

六八三 牧庵詞：姚牧庵《醉高歌》詞云：「十年燕月，歌聲幾點，吴霜鬢影，西風吹起鱸魚興，已在桑榆暮景。榮枯枕上三更，傀儡場中四并。人（後脱『生』字）幻化如泡影，幾個臨危自省。」牧庵，一代文章巨公，此詞高古不減東坡、稼軒也。（同前）

六八四 踏莎行：韓翃詩：「踏莎行草過春谿。」詞名《踏莎行》本此。（同前）

六八五 阿那、紇那曲名：李郢《上元日寄胡杭二從事》詩曰：「戀別山登憶水登，山光水焰百千層。謝公留賞山公喚，知入笙歌《阿那》朋。」劉禹錫夔州《竹枝詞》云：「楚水巴山煙雨多，巴人能唱本鄉歌。今朝北客思歸去，回入《紇那》披緑蘿。」《阿那》、《紇那》，皆當時曲名。李郢詩言變梵唄為艶歌，劉禹錫詩言翻南調為北曲也。《阿那》皆叶上聲，《紇那》皆叶平聲，此又隨方音而轉也。（同前）

六八六 舞妓着靴：舒元輿《贈妓女從良》詩曰：「湘江舞罷忽成悲，便脱鸞靴出鳳幃。誰是蔡邕琴酒客，曹公懷舊嫁文姬。」古者舞妓皆着靴。按《説文》：鞮，四夷舞人所着屨也。《周禮》：鞮鞻氏掌四夷之舞。盧肇《柘枝舞賦》：靴瑞錦以雪匝，袍蹙金而鴈歌。杜牧之《贈妓》詩曰：舞妓一人傍人看，咲臉還須待我開。毛澤民詩：「錦靴玉帶舞回雪。」宋時猶有此制，其後着靴如良人矣。（筆者按：此句見毛氏《調笑令》）（同前）

六八七　朝天紫：朝天紫，本蜀牡丹花名。其色正紫，如金紫大夫之服色，故名。後以為曲名，今以紫作子，非也。見陸游《牡丹譜》。（同前）

六八八　泥人嬌：俗所謂柔言索物曰泥，乃計切，諺所謂軟纏也。杜子美詩：「忽忽窮愁泥殺人。」元微之《憶内》詩：「顧我無衣搜畫匣，泥他沽酒拔金釵。」《非煙傳》詩曰：「郎心應似琴心怨，脉脉春情更泥誰。」楊乘詩：「晝泥琴聲夜泥書。」元鄧文原贈妓詩：「銀燈影裏泥人嬌。」柳耆（脱「卿」字）：「泥歡邀寵最難禁。」泥又作詎，《花間集》顧敻：「黄鶯嬌轉詎芳妍。」又：「記得微人泥歛黛。」字又作妮，王通叟（當作叟）詞：「十三妮子緑窓中。」今山東目婢曰小妮子，其語亦古矣。（同前）

六八九　哀曼：晉鉏滔母孫氏《箜篌賦》曰：「樂操則寒條反榮，哀曼則晨華朝滅。」「曼」與「慢」通，亦曲名，如《石州慢》、《聲聲慢》之類也。（同前）

六九〇　同能不如獨勝：孫位畫水，張南本畫火，吴道士畫，楊繪塑，陳簡齋詩，辛稼軒詞，同能不如獨勝也。太白見崔顥《黄鶴樓》詩，去而賦《金陵鳳凰臺》。（同前書卷四「古詩類」）

六九一　孟婆：俗謂風曰孟婆，蔣捷詞云：「春雨如絲，繡出花枝紅裊，怎禁他，孟婆合皂。」宋徽宗詞云：「孟婆好做些方便，吹個船兒倒轉。」江南七月間有大風，甚於舶艎，野人相傳以為孟婆發怒。

按北齊李騊駼聘陳，問陸士秀江南有孟婆，是何神也？士秀曰：「《山海經》：帝之女遊於江中，出入必以風雨自隨，以帝女，故曰孟婆，猶《郊祀志》以地神為泰媪。」此言雖鄙俚，亦有自來矣。（《丹鉛總録》卷一「天文類」）

六九二 月窟日域：揚子雲《長楊賦》：「西壓月䶅古窟字，東震日域。」服虔注以為月所生，恐非。李太白詩「天馬來出月氏窟」，月窟即指月氏之國，日域指日逐單于也，蓋借日月字以形容威服四夷之遠耳。太白妙得其解矣。月氏一作氏，又作月支，唐人僑置羈縻曰氏州，氏音支，樂府有《氏州第一》、《氏州第二》，即此地也，併附著之。（同前書卷二「地理類」）

六九三 朐忍辨：庚闡《揚都賦》：「濤聲動地，浪勢粘天。」本自奇語。昌黎祖之曰：「洞庭漫汗，粘天無壁。」張祐詩：「草色粘天鶗鴂恨。」黄山谷：「遠山粘天吞釣舟。」秦少游小詞：「山抹微雲，天粘衰草。」正用此字為奇，今俗本作「天連」，非矣。（同前）

六九四 《阿濫堆》：張祐詩：「紅樹蕭蕭閣半開，玉皇曾幸此宫來。至今風俗驪山下，村笛猶吹《阿濫堆》。」宋賀方回曲子云：「待月上潮平波灔，塞管孤吹新《阿濫》。」《中朝故事》云：驪山多飛鳥，名阿濫堆，明皇採其聲為曲子，又作鷃爛堆。《西陽雜俎》云：鷃爛堆黄，一變之鴇，色如鶖鶬（一作鶖），鴇轉之後，乃至累變，横理細，臆前漸漸微白。（同前書卷五「鳥獸類」）

六九五 《菩薩鬘》、《蘇幕遮》：西域諸國婦女編髮垂髻，飾以雜華，如中國塑佛像，瓔珞之飾曰菩薩鬘，曲名取此。《唐書》：吕元濟上書：比見坊邑相率為渾脱隊，駿馬胡服，名曰蘇莫遮，曲名亦取此。李太白詩《公孫大娘渾脱舞》，即此際之事也。（同前書卷七「冠服類」）

六九六　偏髾髻：北齊后宫之服制，女官八品，偏髾髻，注云：髾，所交切，髮覆目也。蓋夷中少女之餙，其四垂短髮，僅覆眉目，而頂心長髮繞為卧髻。宋詞所謂「鬟𩬊偏荷葉」也，今世猶有之。髾字《玉篇》不收，而獨出此，佛書亦有之，玄應、贊寧不識，而强以為鬖字之省，非也。（同前）

六九七　銀蒜：歐陽六一放（當倣）玉臺體詩：「銀蒜鉤簾宛地垂。」東坡《哨遍》詞：「睡起畫堂，銀蒜珠幙雲垂地。」蔣捷《白苧》詞：「早是東風作惡，旋安排、一雙（脱『銀』字）蒜鎮羅幙。」銀蒜，蓋鑄銀為蒜形，以押簾也。元經世大典，親王納妃，公主下降，皆有銀蒜簾押幾百雙。（同前書卷八「物用類」）

六九八　鍾離權：仙家稱鍾離先生者，唐人鍾離權也，與吕喦同時。韓澗泉選唐詩絶句，卷末有鍾離一首可證也。近世俗人稱漢鍾離，蓋因杜子美《元日》詩有「近聞韋氏妹，遠在漢鍾離」，流傳之誤，遂附會以鍾離權為漢將鍾離昧矣，可發一笑也。説神仙者大率多欺世誑愚，如世傳《沁園春》及《解紅》二詞為吕洞賓作，按《沁園春》詞，宋駙馬王晉卿初製此腔。解紅兒，則五代和凝歌童，凝為製《解紅》一曲，初止五句，見陳氏《樂書》，後乃衍為《解紅兒慢》焉，有吕洞賓在唐預知其腔而真（當作填）為此曲乎？　元俞琰又註《沁園春》，琰雖博學，亦惑于長生之説而隨俗耳。　厥後琰子仲温序其父《陰符經》，云先君七十而逝，由此言之，琰之篤好養生，壽止于此。世有村夫目不識《參同契》一字而年踰百歲，又何必勞心于不可知之術哉？　達人君子可以意悟。（同前書卷十「人品類」）

六九九 蕃馬胡兒：宋柳如京《塞上》詩：「鳴骹直上一千丈，天静無風聲正乾。碧眼胡兒三百騎，盡提金勒向雲看。」其詩宋人盛稱之，好事者多圖于屏障，今猶有其稿本。○唐人好畫蕃馬于屏，《花間》詞云「細草平沙，蕃馬小屏風」是也，又曲名《伊州》、《梁州》、《氐州》，其後卒有禄山吐蕃之變。宋人愛圖鳴骹胡兒，卒有金、元之禍。元人曲有入破、急煞之名，未幾而亂。（同前書卷十二「史籍類」）

七〇〇 古詩後人妄改：古人詩句，不知其用意用事，妄改一字，便不佳，孟蜀牛嶠《楊柳枝》詞：「吴王宫裏色偏深，一簇烟條萬縷金。不忿錢唐蘇小小，引郎松下結同心。」按古樂府《小小歌》有云：「妾乘油壁車，郎乘青驄馬。何處結同心，西陵松栢下。」牛詩用此意詠柳而貶松，唐人所謂尊題格也，後人改「松下」作「枝下」，語意索然矣。（同前書卷十三「訂訛類」）

七〇一 北曲：《南史》：蔡仲熊曰：「五音本在中土，故氣韻調平，東南土氣偏詖，故不能感動木石。」斯誠公言也。近世北曲雖皆鄭、衛之音，然猶古者，總章北里之韻，梨園教坊之調，是可證也。近日多尚海鹽南曲，士夫稟心房之精，從婉孌之習者，風靡如一，甚者北土亦移而耽之，更數十（一本後有「百年」二字），北曲亦失傳矣。（同前書卷十四「訂訛類」）

七〇二 淫聲：《論語》：「鄭聲淫。」淫者，聲之過也，水溢於平地曰淫水，雨過於節曰淫雨，聲濫於樂曰淫聲，一也。鄭聲淫者，鄭國作樂之聲過於淫，非謂鄭詩皆淫也。後世失之，解鄭風皆為淫詩，謬矣。《樂記》曰：「流辟邪散、狄成滌濫之音作而民淫亂。」狄與逖同，逖成言樂之一終甚長，淫泆之意也，逖成者，若古之曼聲，後世之花字，今俗所謂勞病腔之類耳。《考工記》：善坊者水淫。《左傳》：星

在歲紀，而淫於玄栝。（同前）

七〇三　欸乃：《説文》：欸乃，譍也。《集韻》作唉，或從口或從欠，如嘯之作歗、歎之作嘆，字雖殊，義一也。《史·項羽紀》：「亞父拔劍擊玉斗而破之，曰唉。」《揚子法言》：「始皇方獵六國而翦牙欸。」注：「欸，絶語歎聲。」《楚辭》：「欸秋冬之緒風。」《楚辭》用之於句首，揚子用之於句終，蓋噫嘻嗚呼之類也。朱子辨證云：欸乃，棹船相應聲。元結有《欸乃曲》，柳宗元詩：「欸乃一聲山水緑。」注：「欸乃，一本作襖靄。」按欸音靄，乃音襖，近日倒讀之誤矣。《項氏家説》云劉蜕文集有「汨（當作湖）中靄迺歌」，劉言史《瀟湘》詩有「閑歌曖迺深峽裡」，靄，迺也；曖，迺也；欸，乃也，皆一事，但用字異爾。欸本音哀，亦轉作上聲，後人因柳集中有注字云一本作襖靄，遂欲音欸為襖、音乃為靄，不知彼注自謂別本作襖靄，非謂欸乃當音襖靄也。靄迺、欸乃，不妨兩本並行，何必比而同之乎？慎按：欸乃，歌聲，本無定字。劉蜕、劉言史詩流惟寫方言，元結、柳宗元通儒略依字義。唉者，應聲，如噫、嘻之類；乃者，曳詞之難，如詞賦中若乃、乃若之例，此雖字音之微，而襖靄當作靄襖，自朱子始正世俗倒讀之誤。靄迺、欸乃自欸乃，自項平庵始正前人混淆之失。古人文理密察如此，後學其可以鹵莽觀之乎？（同前）

七〇四　王楷（後文作鍇）藏書：前蜀王氏朝，僞相王鍇字鱣祥，家藏書數千卷，一一皆親札，并寫藏經。每趨朝，於白藤擔子内寫書，書法尤謹。至後蜀孟昶又立石經於成都，宋世書傳蜀本最善。以此，五代僭僞諸君，惟吳、蜀二主有文學，然李昪不過作小詞、工畫竹而已。孟昶乃表章《五經》，纂集

《本草》，有功於經學矣。今之《戒石銘》亦昶之所作，又作《書林韻會》，宋（一作元）儒黄公紹《韻會舉要》實祖之，然博洽不及也。故以《舉要》為名，余及見之於京師，惜未暇抄也。（同前書卷十五「字學類」）

七〇五 文用韻：《文心雕龍·聲律篇》云：「異音相從謂之和，同聲相應謂之韻。韻氣一定，故餘聲易遣；和體抑揚，故遺響難契。」宋詞、元曲皆於仄韻用和音以叶平韻，蓋以平聲為一類而上去入三聲附之，如東、董是和，東、中是韻也。（同前）

七〇六 窋咤：俗語急疾頃刻曰窋咤，字一作咄嗟，《晉書》咄嗟而辦，《集韻》作咋唶，古樂府作咄唶，今俗書詞曲作[illegible]趨。（同前）

七〇七 梁樂府《夜夜曲》或名《昔昔鹽》，「昔」即「夜」也，《列子》：「昔昔夢為君」，鹽亦曲之别名。（同前）

七〇八 段善本琵琶：唐真（當作貞）元中，長安大旱，詔移兩地祈雨。街東有康崑崙，琵琶號為第（脱「一」字）手，謂街西必無己敵也，遂登樓彈一曲新翻調《緑腰》。街西亦建一樓，東市大誚之，及崑崙度曲，西樓出一女郎，抱樂器亦彈此曲，移在楓香調中，妙絶入神。崑崙驚駭，請以為師，女郎遂更衣出，乃裝（當作莊）嚴寺段師善本也。翌日，德宗召之，加奬異常。乃令崑崙彈一曲，段師曰：「本領何雜，兼帶邪聲。」崑崙驚曰：「段師，神人也。」德宗令授崑崙，段師奏曰：「且待崑崙不近樂器十數年，忘其本領，然後可教。」詔許之，後果窮段師之藝矣。朱子《答人論詩書》曰：「來書謂漱六藝之芳潤，良是，但恐舊習不除，渣穢在胷，芳潤無由入也。」近日有一雅謔可證此事，有一新進欲學詩，華容孫世其戲謂之曰：「君欲學詩乎？必須先服巴豆雷丸，下盡胷中程文策套，然後以《楚辭》、《文選》為冷粥補之，始可語詩也。」士林相傳以為笑。蓋亦段善僧忘本領，朱子除渣穢之意。（同前書卷十六「禮樂類」）

七〇九　檀色：畫家七十二色有檀色，淺赭所合，古詩所謂「檀畫荔枝紅」也。而婦女暈眉色似之，唐人詩詞多用之，試舉其略：徐凝《宮中曲》云「檀粧惟約數條霞」，《花間詞》云「背人勻檀注」，又「鈿昏檀粉淚縱橫」、又「臂留檀印齒痕香」、又「斜分八字淺檀蛾」是也。又云：「卓女燒春，醲美小檀霞。」則言酒色似檀色，伊孟《昌黃蜀葵》詩「檀點佳人噴異香」，杜衍《雨中荷花》詩「檀粉不勻香汗濕」，則又指花色似檀色也。（同前書卷十七「身體類」）

七一〇　等身書：宋賈黃中幼日聰悟過人，父師取書與其身相等，令讀之，謂之等身書。張子野詞：「等身金，誰能（脱『得』字）意，買此好光景。」（同前）

七一一　卵色天：唐詩：「殘霞蹙水魚鱗浪，薄日烘雲卵色天。」東坡詩：「笑把鴟夷一樽酒，相逢卵色五湖天。」正用其語。《花間詞》：「一方卵色楚南天。」註以「卵」為「泖」，非也，注東坡詩者亦改「卵色」為「柳色」，王龜齡亦不及此邪？（同前書卷十八「詩話類」）

七一二　解紅：曲名有《解紅》者，今俗傳為吕洞賓作，見《物外清音》，其名未曉。近閲和凝集有《解紅歌》云：「百戲罷，五音清，解紅一曲新教成。兩箇瑶池小仙子，此時奪却柘枝名。」《樂書》云：「優

童解紅舞，衣紫緋繡襦，銀帶花鳳冠。」蓋五代時人也，焉有吕洞賓在唐世預填此腔耶？（同前）

七一三 荀子解詩：予嘗愛荀子解詩《卷耳》云：「卷耳易得也，頃筐易盈也，而不可貳以周行。」深得詩人之心矣。小序以為求賢審官，似戾於荀旨。朱子直以為文王朝會征伐而后妃思之，是也。但「陟彼崔嵬」下三章以為托言，亦有病婦人思夫而却陟岡飲酒，攜僕望岨，雖托言之，亦傷於大義矣。原詩人之旨，以后妃思文王之行役而云也。陟岡者，文王陟之也；馬玄黄者，文王之馬也；僕痡者，文王之僕也；金罍兕觥者，冀文王酌以消憂也。蓋身在閨門而思在道途，若後世詩詞所謂「計程應説到梁州」、「計程應説到常山」之意耳，曾與何仲默説及此，仲默大稱賞，以為千古之奇。又語予曰：「宋人尚不能解唐人詩，以之解三百篇，真是枉事，不若直從毛、鄭可也。」（同前）

七一四 詩用熨字：《説文》：熨，持火申繒也，一曰火斗，柳文所謂鈷鉧也。古音鬱，今轉音暈。杜工部詩「美人細意熨貼平」，白樂天詩「金斗熨波刀剪文」，温庭筠詩「緑波如熨割愁腸」，陸魯望詩「波平熨不如」，又「天如重熨皺」，王君玉詞「金斗熨秋江」，晁次膺詞：「去日玉刀封斷恨，見時金斗熨愁眉。」（同前）

七一五 角妓垂螺：張子野詞：「垂螺近額，走上紅裀初趂拍。」晏小山詞：「雙螺未學同心綰，已占歌名，月白風清，長倚昭華笛裏聲。」又云：「紅窗碧玉新名舊，猶綰雙螺。一寸秋波，千斛明珠覺未多。」垂螺、雙螺，蓋當時角妓未破瓜時額飾，今搬演淡色，猶有此制。（同前書卷十九「詩話類」）

七一六 諺語有文理：諺語云：「三九二十七，籬頭吹觱栗。」言冬至後寒風吹籬落，有聲如觱栗也，合於《莊子》萬竅怒號之説，而可以為《豳風》「一之日觱發」之解矣。賈人之鐸可以諧黃鍾，田夫之諺而契周公之詩，信乎六律之音出于天籟，五性之文發於天章，有不待思索勉强者，此非自然之詩乎？余嘗戲集諺語為古人詩詞中所引者數條，今附于此：「月如彎弓，少雨多風」、「月如仰瓦，不求自下」，羅景綸詩用之。「朝霞不出市，暮霞走千里」，范石湖詩用之。「乾星照濕土，來日依舊雨」，王建詩用之。「照泥星出依然黑，爛漫庭花不肯休。」礮車雲，東坡詩用之。「今日江頭風勢惡，礮車雲起雨欲作。」風花雲，起下散四野如烟霧也，晁無咎詩用之。「明日揚帆應復駛，蒸雲散亂作風花。」「日没胭脂紅，無雨也有風」，梅聖俞詩用之。「日脚射空金縷直，西望千山萬山赤。野老先知雨又風，明日望比重雲黑。」「東鱟晴，西鱟雨」，則詩所謂「朝隮于西，崇朝其雨」也。「日暈主雨，月暈主風」，則梅聖俞所謂月暈每多風。「霜淞打雪淞，貧兒備飯甕」，則東坡詩所謂「敢怨行役勞，助爾歌飯瓮」也。「燈花先作喜，明日掛歸帆」，春湖能幾里也。天河中有黑雲，謂之黑猪渡河，主雨，則蕭冰崖所謂「黑猪渡河天不風，蒼龍啣燭不敢紅」也。「秋雨甲子，禾頭生耳」，則杜工部所謂「禾頭生耳禾穗黑」也。他如「雨灑上元燈，雲掩中秋月」，又「黃梅寒，井底乾」，又云「河射角，好夜作」、「犂星没，水生骨」，又云「春寒四十五，貧兒市上舞」、「貧兒且莫誇，且過桐子花」，又云「黃梅雨未過，冬青花未破」、「冬青花已開，黃梅再不來」，又云「舶𦨴風雲起，旱魃深歡喜」，又云「商陸子熟，杜鵑不哭」，皆為唐、宋詩人引用。若陸璣詩疏引諺云「黃栗留看我，麥黃椹黑否」，詩疏引「蜻蛚鳴，衣裘成」、「蟋蟀鳴，懶婦驚」，《夏小正》註引「天河東西，漿洗寒衣」，《國語》注引古語上長冒橛「陳根可拔，耕者急發」，《四民月令》引農謡「三月昏，參星夕」、「杏葉盛，桑葉白」，又云「杏子開花，可耕白沙」，又「貸我東蘠，償我白粱」，先儒皆以解經，不但詩詞之資而已，詩：「詢芻蕘舜，察邇言良。」有以哉！（同前）

七一七　音韻之原：或問余音韻之原，余曰唐虞之世已有之矣，《舜典》曰「聲依永，律和聲」是也。「元首喜哉，股肱起哉。百工熙哉，元首明哉。股肱良哉，庶事康哉。」熙之叶喜，起、明之叶良、康，即吴才老韻之祖也。「日出而作，日入而息。鑿井而飲，耕田而食。帝於我有何力哉。」即沈約韻之祖也。王充《論衡》作「帝於我有何力哉」，力與上文息、食為韻，《列子》作「帝力於我何有哉」，恐是傳寫之倒。大凡作古文賦頌當用吴才老古韻，作近代詩詞當用沈約韻。近世有倔强好異者，既不用古韻，又不屑用今韻，惟取口吻之便、鄉音之叶而著之詩焉，良為後人一咲資爾。（同前）

七一八　張仲舉詞用唐詩語：張仲舉《踏莎行》云：「芳草平沙，斜陽遠樹，無情桃葉江頭渡。醉來扶上木蘭舟，將愁不去將人去。」唐李端詩：「江上晴樓翠藹間，滿闌春水滿窗山。青楓緑草將愁去，遠入吴雲暝不還。」張詞全用李詩語，若不知其出處，亦不見其工緻也。（同前）

七一九　曲名有《烏鹽角》《江鄰幾雜志》云：始教坊家人市鹽得一曲譜於子角中，翻之，遂以名焉。戴石屏有《烏鹽角行》，元人《月泉吟社》詩：「山歌聒耳《烏鹽角》，村酒柔情玉練槌。」（同前）

七二〇　予往年過劍門關，絶壁上見有唐明皇詩云：「劍閣横空峻，鑾輿出狩回。翠屏千仞合，丹嶂五丁開。灌木縈旗轉，仙雲拂馬來。乘時方在德，嗟爾勒銘才。」是詩《英華》及諸唐詩皆不載，故記于此。又於臨潼驪山之温湯見石刻元人一詞曰：「三郎年少客，風流夢、繡嶺蠱瑶環。漸浴酒發春，海棠睡暖。咲波生媚，荔子漿寒。况此際、曲終人不見，偃月事無端。羯鼓三聲，打開蜀道，《霓裳》一曲，舞破潼關。馬嵬西去路，愁來無會處，但淚滿關山。空有香囊遺恨，錦襪傳看。玉笛聲沉，樓頭月下，金釵信杳，天上人間。幾度秋風渭水，落葉長安。」再過之，石已磨為別刻矣。（同前）

七二一　關山一點：杜詩「關山同一點」，「點」字絶妙，東坡亦極愛之，作《洞僊歌》云「一點明月窺人」，用其語也。《赤壁賦》云「山高月小」，用其意也，今書坊本改「點」作「照」，語意索然，且「關山同一照」，小兒亦能之，何必杜公也？幸《草堂詩餘》註可証。（同前書卷二十「詩話類」）

七二二　凝音佞：詩：「膚如凝脂。」凝，音佞。唐詩：「日照凝紅香。」白樂天詩：「落絮無風凝不飛。」又：「舞繁紅袖凝，歌切翠眉愁。」又：「舞急紅腰凝，歌遲翠黛低。」徐幹臣詞：「重省別時，淚漬羅巾猶凝。」張子野詞：「蓮臺香燭殘痕凝。」高賓王詞：「想蕁汀、水雲愁凝，閑蕙帳、猿鶴悲吟。」柳耆卿詞：「愛把歌喉當筵逞，遏天邊、亂雲愁凝。」今多作平音，失之，音律亦不恊也。（同前）

七二三　劉言史詩：劉言史《瀟湘舟中聽夷女唱暧迺歌》云：「夷女採山蕉，緝紗浸江水。野花滿髻粧粉紅，閒歌《暧迺》深峽裏。《暧迺》知從何處生，當年泣舜斷腸聲。翠華寂寞嬋娟没，緑篠空餘紅淚情。青煙冥冥覆杉桂，崕壁凌天風雨細。昔人怨恨此地遺，碧杜緗蕤含怨姿。清猿未盡鼯鼠切，汨水流到湘妃祠。北人莫作瀟湘遊，九疑雲入蒼梧愁。」《暧迺》，楚人歌也，元結集作「欵乃」，字不同而義一，此詩世亦罕傳，且録之。（同前）

七二四　掘柘語：《樂苑》云：羽調有《柘枝曲》，商調有《掘柘枝》，此舞因曲為名，用二女童，帽施金鈴，抃轉有聲，其來也，於二蓮花中藏之，花折而後見，對舞相呈，實舞中雅妙者也。段成式《寄温庭筠雲藍紙詩》曰：「三十六鱗充使時，數番猶得寄相思。待將袍襖重抄了，寫盡襄陽掘柘詞。」今温集中有《掘柘詞》，掘音扭。（同前）

七二五　菩薩鬘：唐詞有《菩薩蠻》，不知其義，按小説：開元中南詔入貢，危髻金冠，瓔珞被體，故號菩薩鬘，因以製曲。佛經戒律云「香油塗身，華鬘被首」是也。白樂天《蠻子朝》詩曰「花鬘抖擻龍蛇動」，是其證也。今曲名「鬘」作「蠻」，非也。（同前）

七二六　郝僊女廟詞：博陵縣有郝僊女廟，僊女，魏青龍中山人，年及笄，姿色姝麗，採蘋水中，蒼煙白霧，俄失其所在，母哀求水濱，願言一見。良久，異香襲人，隱約於波渚間，曰：「兒以靈契，托蹟綃宫陰主，是水府，世緣已斷，毋用悲悒。而今而後，使鄉梓田蠶歲宜，有感而通，乃爲吾驗。」後人立廟焉。而有題《喜遷鶯》詞于壁云：「汀洲蘋滿，記翠籠采采，相將隣媛。蒼渚煙生，金支光爛，人在霧綃鮫舘。小鬟頓成，雲散羅襪，凌波不見。翠鸞遠，但清溪如鏡，野花留靨。情晩，驚變現。身後神功，緣就吴蠶繭。漢女菱歌，湘妃瑶瑟，春動倚雲層殿。彤車載花一色醉，盡碧桃清宴。故山晩，嘆流年一笑，人間飛電。」（同前）

七二七　揭調：樂府家謂揭調者，高調也，高駢詩：「公子邀歡月滿樓，佳人揭調唱《伊州》，便從席上西風起，直到蕭關水盡頭。」（同前）

七二八　香毬金縷：白樂天詩：「《柘枝》隨畫鼓，《調笑》從香毬。」又云：「香毬趂拍廻環匝，花醆抛巡取次飛。」皆紀管絃酒席中事，但不知香毬何用，如今人詞中用金縷字，亦竟不知金縷于歌何關？（同前書卷二十一「詩話類」）

七二九　屏風牒：梁蕭子雲上飛白書屏風十二牒，李白詩「屏風九疊雲錦張」，「牒」即疊也，唐詩「山屏六曲郎歸夜」，宋詞「屏風疊疊聞紅牙」，今改「疊」作「曲」，非。（同前）

七三〇　茸母孟婆：宋徽宗在北虜清明日詩曰：「茸母初生認禁烟，茸母，草名，北地寒食茸母生。無家對景倍凄然。帝城春色誰為主，遥指鄉關涕淚連。」又戲作小詞云：「孟婆，孟婆，你做些方便，吹箇船兒倒轉。」孟婆，宋汴京勾欄語，謂風也。茸母、孟婆，正是的對。邵桂子《瓮天解語》引《天會録》（同前）

七三一　騌與涴同：韋莊《應天長》詞云：「想得此時情切，淚沾紅袖騌騌。」字義與涴同，而字則讀如涴，字入聲，始得其叶。然《説文》、《玉篇》俱無騌字，惟元詞中「馬驟騌，人語喧」，北音作平聲，四轉作入聲正叶。（同前）

七三二　靺鞨：靺鞨，國名，古肅慎地也，其地産寶石，大如巨栗，中國謂之靺鞨。文與可《朱櫻歌》云：「金衣珍禽弄深樾，禁籞朱櫻斑若纈。上幸離宫促薦新，籐籃寶籠貂璫發。凝霞作丸珠尚軟，油露成津蜜初割。君王午坐鼓《猗蘭》，翡翠一盤紅靺鞨。」葛魯卿《西江月》詞云：「靺鞨斜紅帶柳，琉璃漲緑平橋。人間花月見新妖，不數江南蘇小。　恨寄飛花蔌蔌，情隨流水迢迢。鯉魚風送木蘭橈，廻棹荒鷄報曉。」二公詩詞皆用靺鞨事，人罕知者，故特疏之。（同前）

七三三　文，道也；詩，言也。語録出而文與道判矣，詩話出而詩與言離矣。楚騷、漢賦、晉字、唐詩、宋詞、元曲。（同前書卷二十三「璅語類」）

七三四 唐宋務光諫疏云：「比見坊邑相率為渾脱隊，駿馬胡服，名曰蘇莫遮渾脱隊。」即所謂公孫大娘渾脱舞也，蘇莫遮，胡帽，今曲名有之。（同前書卷二十四「璅語類」）

七三五 唐詩：「春寒側側掩重門。」王介甫：「側側輕寒剪剪風。」許奕小詞：「玉樓十二春寒側。」呂聖求詞：「寒側斜雨。」側寒字，詞人相承用之，不知所出，大意側不正也。側寒字甚新，特拈出之。（同前）

七三六 《墨莊漫録》載婦人弓足始于五代李後主，非也。予觀六朝樂府有《雙行纏》，其辭云：「新羅綉行纏，足趺如春妍。他人不言好，獨我知可憐。」唐杜牧詩云：「鈿尺裁良减四分，碧琉璃滑裹春雲。五陵年少欺他醉，笑把花前出畫裙。」段成式詩云：「醉袂幾侵魚子纈，彯纓長戞鳳皇釵。知君欲作閑情賦，應願將身作錦鞋。」《花間集》詞云：「慢移弓底綉羅鞋。」則此飾不始于五代也。或謂起于妲己，乃瞽史以欺閭巷者，士夫或信以為真，亦可笑哉！（同前書卷二十五「璅語類」）

七三七 《草堂詩餘》「花深深」詩（當作詞），鄭文妻孫夫人作。（同前書卷二十六「瑣語類」）

七三八 江淹《詠美人春遊》「江南二月春」：此詩見文通外集，「點絳唇」，後人以為曲名，以此知是詩膾炙人口久矣。（《千里面譚》卷下）

七三九 隋煬帝《野望詩》「寒鴉飛數點」：此詩見《鐵圍山叢譚》，秦少游改為小詞。（同前）

七四〇 第一名雷逢兒，字驚鴻：品云洛浦神仙，梅花。詞曰：「翩若驚鴻來洛浦，風流正遇陳王。

凌波羅襪步生香。不言惟有笑，多媚總無妝。　回首高城人不見，一川烟樹微茫。最難言處最難忘。歸程須及早，一擲買春芳。」右調《臨江仙》，奉首席巨杯。　第二名陳滿堂，字賽西：品云樂昌餘韻，水仙。詞曰：「東望碧雲開，喜佳人，日暮來。苧蘿堪把西施賽。　露沾繡鞋，霜封翠釵，燈前兩兩深深拜。惜多才，幽歡美愛，説甚楚陽臺。」右調《黄鶯兒》，奉素衣一杯。　第三名李愛兒，字玉池：品云多情多愛，山茶。詞曰：「翠幃深處暢春情，綉被紅翻錦浪生。銀燈背壁羞嬌影，罵玉郎，且暫停，喘吁吁，小語低聲。　堪描畫，鴛鴦顛倒，軟厮禁鸞鳳和鳴。願今宵長打三更。」右調《水仙子》，奉主人一杯。　第四名王暗香，字芳卿：品云月林清影，枇杷。詞曰：「疎影暗香芳徑裏，風流更遇逋仙。垂鬟接黛破瓜年。素娥同皎潔，青女鬬嬋娟。　言笑不分凝睇久，離情指下能傳。鴛衾翠被冷無眠，後期重會日，約定早春天。」右調《臨江仙》，奉右席一杯。　第五名吴春山，字麗春：品云京兆畫眉，瑞香。詞曰：「倒暈分梢十樣新，不逢京兆為誰顰。春山添入秋嵐翠，捧出蛾眉月半輪。　秦樓明月隱花汀，煙淡春山曉黛青。一百八聲鐘吼罷，夢回七十五長亭。」右調《小秦王》，多寵者一杯。　第六名李秋亭：品云徐娘丰韻，款冬花。詞曰：「泛新波有女同舟，山映蛾眉，水寫明眸。小雪晴天，早梅時候，杜若芳洲。　整巾帶，纖腰似柳。蕩湘裙，羅襪如鈎，掌上温柔，懷裏風流。笑吟罷韓渥香奩，醉題在杜牧青樓。」右調《折桂令》，奉左席一杯。　第七名梅藏春：品云高燒銀燭，迎春。詞曰：「南枝向暖北枝寒，一種春風有兩般。大家留取凴闌看。畫樓高，翠袖單，懶雲窩香夢初殘。歌白雪，聲聲慢，飲流霞，滴滴乾，謫仙人笑坐金鞍。」右調《水仙子》，杯有餘瀝者一杯。

第八名吴鞋山：品云錦步成蓮，簷錦。詞曰：「桃葉横波急，蓮花襯步輕。梨渦笑處襪塵生，皎皎復盈盈。洛浦人常見，陽臺夢未成。蕊珠樓上彩雲迎，醉聽囀春鶯。」右調《巫山一段雲》，隨意送一杯。第九名梅粉西：品云妙語如弦，虀菜。詞曰：「試燈之夕粉西來，燈下佳人對上才。更聽翠樓歌曲妙，風流何必楚陽臺。」右調《小秦王》，言席外事者飲。第十名吴遠山：品云鼓琴招鳳，芷花。詞曰：「彭澤春深柳絮狂，大姑昨夜嫁彭郎。峰頭五老休饒舌，惹得鞋山枉斷腸。」右調《小秦王》，善琴者飲。第十一名董蘭亭：品云響遏行雲，杏花。詞曰：「永和九年時分，暮春三月山陰。管弦絲竹少清音。論文藻，休誇往古，説風流，不似如今，二難並稱了芳心。」右調《紅綉鞋》，善歌者飲。第十二名董翠亭：品云前度劉郎，桃花。詞曰：「武陵溪上春風徧，花映玉樓妝面。暗逐錦雲仙艷，夢繞襄王殿。二喬二趙今重見，丰韻一家堪羨。不到劉郎腸斷，凝睇横波慢。」右調《桃源憶故人》，奉色衣者一杯。第十三名吴雲山：品云宋玉牆東，李花。詞曰：「巫峽雲雙朵，籃田玉一鈎。鳳凰臺上鳳凰遊，難比這風流。纖手鬆羅襪，香肩上玉樓。牙牀一夜櫓聲揉，人在鵲橋頭。」右調《巫山一段雲》，有外遇者巨杯。第十四名王霞卿：品云酒暈紅潮，梨花。詞曰：「寂寂花時閉院門，凄凄芳草憶王孫。醉逢青瑣窺韓壽，笑擲金梭惱謝鯤。不夜珠光連玉匣，避寒釵影落瑶樽。欲知明惠多情態，役盡江淹別後魂。」右調《瑞鷓鴣》，酡顔者飲。第十五名王艷香：品云春月初圓，蘭花。詞曰：「楚峽雲嬌宋玉愁，汀花海藻繫蘭舟，暈燈熒淚五更頭。桃葉桃根雙姊妹，江南江北兩風流，佳期好在月明樓。」右調《浣溪沙》，奉對席各一杯。第十六名李十兒，字小眠：品名流鶯過牆，櫻桃花。詞曰：「風兒疎刺刺吹動，雨兒淅零零風送。雨兒淒楚風兒橫，翠幕中燈兒一點紅。燈兒照破人兒夢，夢繞巫山若個峰。朦朧，徘徊兩意濃。匆匆，歡娛一霎空。」右調《山坡羊》，離席者巨杯。　第十七名劉七兒，字采春：品云玉局争先，桐子花。詞曰：「紅袖烏絲罷寫詩，翠娥銀燭笑彈碁。雁行布陣當齊壘，虎穴臨衝拔趙旗。　烽火劫，羽書馳，東山樽俎捲淮淝。紫囊兒輩元能辦，況有嬋娟出六奇。」右調《鷓鴣天》，善奕者飲。　第十八名陳洞清，字香雪：品云南樹棲鴉，陽雀兒。詞曰：「浣溪沙，一枝花。喬木查，攪箏琶，平康巷裏那人家。虎山下，盆兒瓦。真兒掛，玉郎罵，相思顛倒風流話。」右調《渾不似》，奉遠客一杯。　第十九名董菊亭：品云一笑生春，楊花。詞曰：「平陸成江水接天，烟籠桃葉渡頭船。　杅醒愈病憐風伯，玉骨冰肌詠洞仙。　花作陣，酒如泉。停雲靄靄北牕眠，殷勤莫負東君意，纖手琵琶四十弦。」右調《於中好》，奉笑者一杯。　第二十名陳宦兒：品云芳林藏秀，海棠。詞曰：「江花江草滿汀洲，江雨江雲憶舊遊。江風江月添新瘦。　望長江，江自流，清宵夢，獨上江樓。換秋色，江頭柳，倚斜陽，江上舟。琵琶行，重賦江州。」右調《水仙子》，後至者巨杯。　第二十一名董銀哥：品云小桃破萼，牡丹。詞曰：「十年燕月歌聲，幾點吳霜鬢影。　西風吹老鱸魚興，又落在桑榆暮景。」右調《醉高歌》，奉年長者一杯。　第二十二名梅半分，字碧峰：品云增之一分，芍藥。詞曰：「金釘兒釘來剛半折，泥水全不怕。巫山雲雨仙，洛浦凌波襪，護定金蓮兒牀上要。」右調《清江引》，年最少者一杯。　第二十三名陳梅兒，字素娥：品云有脚青陽，楸花。詞曰：「曲巷銀燈先馬去，凝光門外餘甘渡。娥月彎彎籠遠樹。雙棹舉，倚門紅袖迎人覷。　羅襪凌波衣濕霧，燭花垂燼燈銷炷。淺笑微嗔佯不語，情縷縷，金雞三唱催天曙。」右調《鳳棲梧》，欲先行者巨杯。第二十四名劉賽紅：品云草薰風暖，楝花。詞曰：「水邊楊柳路傍花，也照污泥也照沙。相逢且叙知音話，説情雜，一半兒囂人一半兒耍。」右調《一半兒》，諠譁者巨杯。詩：「散花樓上早梅芳，選妓徵歌出洞房。百指管弦齊和曲，十眉圖畫儼分行。可憐金谷繁華地，兼是蘭亭翰墨場。樂闋酒闌賓散後，歸途猶自有餘香。」嘉靖丙辰冬十二月十三日用修題。（筆者按：末有潘之恒題識，録於此：蜀之江陽，邊隅重地，舟車雲集，商賈星繁，故狹邪之間，居多妖美。太史南征，逆旅於兹。宴酣興劇，人填一詞，以成煙花之月旦云。天都潘之恒。）（《江花品藻》）

七四一《風雅逸篇序》：《風雅逸篇》，録中古先秦歌詩也。楚鳳魯麟，風之逸也。堯衢舜薫，雅之逸也。載在方册矣，曷以名之逸？外三百篇，皆逸也。粵稽魯論，兩引逸詩，侈止兩韵，約僅五言。後素昭文，何遠興仁，聖咨賢焉，賢啓聖焉。於是乎取之以此，其存槩彼，其餘豈必無主文譎諫之旨、民彝物理之訓哉？嗟夫世遠籍湮，不能舉其全也。然其餘句散見諸書，若《大戴禮》，若《春秋内外傳》，若汲冢沉文，若諸子璅語，網羅放失，綴合皵殘，尚多有之。吐珠於澤，誰能不含聖喆所遺，而後人拾以為己寶，兹類之謂乎？孔子曰詩三百，又曰誦詩三百，墨子曰誦詩三百、絃詩三百、歌詩三百、舞詩三百，司馬遷曰古詩三千餘篇，孔子删之為三百篇，由前言之，則太師所職數止此，由後言之，則今所存十一千百耳。自逸詩外，若因事造歌，異裁别體，若貍首鷺誦、蠶蟹龍蛇，後代詞人刻意莫追，其宛轉附物，怡悵切情，蓋不啻驚心動魄，一字千金而已。若是者，雖多所軼没，而謹其遺者稡之，亦奚啻足為更僕（當作僕）之誦哉？故録首黄帝《彈歌》，至伯夷《薇歌》為第一卷；録琴操、歌謡、詞曲三十一篇為第二卷；録《石鼓詩》十章為第三卷；録逸詩篇名斷章存者十篇，有句亡篇名者四十四條為第四卷；録經傳所載孔子歌辭，及諸執事涉孔子者廿二篇為五卷；録魯、衛、齊、晉、鄭、宋、吴、趙、成、徐、秦、楚君臣民庶、婦女胥靡、俳優雜歌、謳、操、曲、誦、祝、相、曲為第六卷、第七卷；録古諺、古語、古言、鄙諺、鄙語、野語、俗語、故語、民語、不恭之語百五十條為第八卷；録荀卿《成相雜辭》三章、《佹詩》一章，附蘇秦《上秦王詩》為九卷；録葛天氏八闋，訖於詩延滌角，有篇目逸其詞，存其名義，為《風雅逸篇》十卷終焉。録成，有過而問者誚之曰：「子知富翁好古者乎？筭鼎匜鼒，珎厥穿穴，圖籍繪障，貨彼罅裂，罄已懷資，受市魁嗤，子所為嗜古辭者，將無類兹。吹吷之吟，則穿穴也；糟粕之拾，則罅裂也；心力之玩，則罄而資；依託之售，則受若嗤。請刊落之，其尚有盈辭？」予投筆而起，負序以謝，曰：然業已成，予不忍廢也，子之言，予不敢忘，則書之以終筴。

七四二《五言律祖序》：夫仰觀星階，則兩兩相比，頫玩卦畫，則八八相聯。蓋太極判而兩儀分，六律出而四聲具，豈伊人力？寔由天成。驗厥物情，可識詩律矣。五言肇於風雅，儷律起於漢京。遊女《行露》，已見半章，孺子《滄浪》，亦有全曲。是五言起於成周也。北風南枝，方隅不惑，紅粉素手，彩色相宣。是儷律本於西漢也。豈得云切響浮聲興於梁代、平頭上尾創自唐年乎？近日雕龍名

（《升庵先生文集》卷二）

家，凌雲鴻筆，尋濫觴於景雲垂拱之上，着先鞭於延清必簡之前，遠取宋、齊、梁、陳，徑造陰、何、沈、范，顧於先律，未有别編。慎犀渠歲暇，隃麋日親，乃取六朝儷篇，題爲《五言律祖》，泝龍舟於落葉，遵鳳輅以椎輪，華琱極摯，本質亘踰矣。今之論詞曲者曰套數小令各有體，套數可以倣小令之嚴，小令不可入套數之諢。論字學者曰分隸篆籀各有師，分隸可以從篆籀之古，篆籀不可雜分隸之波。例之詩律，曷云異旃？如曰不然，請俟來哲。（同前）

七四三《送卞蘇溪歸叙州序》：瀾滄兵備憲副叙州蘇溪卞公，黑髮辭榮，急流解印，臺省諸公力挽苦留，不得也。或曰公年未踰耳順，而遽願高卧，無乃非古人七十致仕之禮乎？公曰古人四十始仕，今則先廿年而已，牽絲頰弁矣，既先禮而仕，今先禮而休，不亦可乎？莊子有云：身在江海之上，心在魏闕之下，則從神無惡乎？此爲心乎？仕者言也。若予者身纓紱而心林壑久矣，亦從神無惡乎？强予不從，必有飲冰内熱之患矣。留者無以解也，乃聽其馳疏焉。予既惜高賢之去，而又喜勇退之有人也，因怪唐僧贈韋丹詩謂「相逢盡道休官、而林下未見一人」，噫！吾黨穠於世味，乃爲緇流所嗤詠乎？然如公者，飄然絶塵於千載後，始知不可輕訾古今而淺測賢達也。近者綿州瓦屋高公、富順右溪謝公、遂寧梓谷黄公、成都玉林許公，一一皆未老引去，見於《邸報》，士林傳馨，以爲蜀之盛事。及公而五矣。故知范長生、勾台符、張白雲、蘇雲卿之流，山水所鍾，風氣所自，固應爾耶？嗚呼！吾求之古人稱楚子文之美，爲其去令尹而弗憂；言鄧仲華之賢，亦曰褫龍章而無愠。然其仕止在君，非恬退由己也。求之古人且難，而况今人乎？東坡先生有云：山林之士猶有降志乎？垂老鍾鼎之貴豈能辭榮於當年？有其言而無其心，有其心而無其決，愚智共敝，古今一途。是以孔門行藏，夫子獨許於顔氏。《周易》進退，文言不及於賢人。由是論之，公之茲歸，不獨褆身，可以振俗矣。敬書其事，庶續傳益部耆舊者有考焉。末綴以長短句一闋，用代驪駒之什，云：「歸去來兮，羡公高致，栗里堪齊。記繡斧行邊，風生貴竹，青油開府，月朗雕題。黑髮功名，丹心事業，卿棘公槐行可躋。問何事，急流勇退，力挽難稽。　公言某豈栖栖，奔走紅塵早歲迷。況夜鶴帳中，滇雲直北，春鵑花底，蜀日平西。布襪青鞋，水邊林下，尋壑經丘一杖藜。喜吾鄉，散仙多侶，勝日招携。」（同前書卷三）

七四四《跋趙文敏公書巫山詞》：巫山十二峰，在楚蜀之交，余嘗過之，行舟迂疾，不及登覽。近巫山王尹於峰端摹得趙松雪石刻小詞十二首，以樂府《巫山一段雲》按之可歌。古傳記稱帝之季女曰瑶姬，精魂化草，實為靈芝，宋玉本此以托諷，後世詞人轉加緣飾，重葩累藻，不越此意。余獨愛袁崧之語，謂秀峰疊崿，奇構異形，林木蕭森，離離蔚蔚，乃在霞氣之表。仰矚俯睇，不覺忘返，自所履歷，未始有也。山水有靈，亦當驚知己於古矣。尋此語意，使人神遊八極，而爽然自失於嶧花温瑩之外，欲以袁意和趙辭，以洗茲丘之黷，未暇也。乃臨松雪墨妙一紙，邀曹太狂作圖，藏之行笥，為他日遊仙輿端云。（同前卷十）

七四五《跋七姬帖》：國朝真行書，當以宋克為第一，所書《七姬帖》文，其冠絶也。然其事則可疑，七姬之死，蓋出於潘之逼之，謂不幸則可，非狥節也。平居則獲雜子女而漁聚之，一旦有變，恐樂他人之少年，而雉經之，潘之惡甚矣。宋之書，人多珎之，故其帖盛傳，適以播潘惡耳。元末士風類如此，上下荒淫，載胥及溺，欲不亡，得乎？余舊料其情若此，近觀高季迪吊七姬《多麗》詞云：「倩娥，呼天試問如何。向人間、生成尤物，等閒又把消磨。揉羣花、亂飄塵土，毁聯璧、碎擲煙波。漫説無雙，傾城曾數，八人少箇六人多。一般樣、細腰裊裊，高髻峩峩。奈干戈，筵上艷曲，翻做帳中歌。忍教受、項纏素帛，渾忘記臂結紅羅。翠被都閑，玉鈿盡落，魂遊應去馬嵬坡。誰能發，香囊解看，怕肉尚温和。堪腸斷，空樓月落，廢院春過。」其事情信無疑矣，吁！可憐哉。（同前）

七四六　《昆明酈尹陞萬州守歌障詞》：瓊瑄南滇，帝稱奇甸。銅符左篆，天假德星。既妙簡於鴻恩，宜特申於燕賀。恭惟某官：丹山瑞族，赤水名駒。南嶽岣嶁之奇英，北斗尚書之家世。箕裘軒冕，合有聞人。衣鉢文章，克紹前烈。難兄難弟，麟儀儀而鳳師師；大馮小馮，印纍纍而綬若若。緬兹昆明望邑，寔惟滇雲具瞻。牛鼎烹鷄，置器固難於適用；蟻封試馬，未久已見於非常。宰號神明，政成卓異。生明作肅，百務不留。治劇剸煩，一訊如響。扼武夫之吭而奪之氣，懾豪右之膽而服其心。衆謂空谷足音，人擬中臺首召。京洛雲山外，方佇來儀；乾坤日夜浮，暫勞坐鎮。摶風以上眷然，瀟湘之故人；遵海而南行矣，澄清之岳牧。慎殊方倚玉，逆旅斷金。魯擊柝之聞邾，幸邇仁里；楚餘波之及晉，久庇德隣。琴羽未張，轓騑已駕。何以報之《青玉案》，庸假填詞；我姑酌彼黄金罍，聊申雅餞：「昆明春水盈盈渡，咫尺又，銷魂路。金馬碧鷄遺愛處，卧轍攀轅，留綦解珮，望望仙塵去。　鵬海鯨波天一柱，紞紞皷聲催欲曙。金紫重來還肯許，帝加三錫，民歌五袴，蚤沛清時雨。」

（同前詞卷十一）

七四七　《亨衢陟明歌障詞》：巫岫鍾靈，巴月遥輝。葉澤吴輿，嫓嫰滇雲。迥化蘋洲岳牧，詞人名流堪讃。循良君子，信史宜書。恭惟雲南大邦伯鶴峰柳先生：神峰瑶峻，學海珠澄。夙蜚曄花温瑩之聲，蚤膺蘗榜蘭臺之選。雲端首郡，天徼名區。襟帶禺同，咽喉庸濮。控南詔西垂之險，先東洱北勝之雄。帝謂殊藩，人推奥府。官當方面，任切股肱。咻民於懷，協留老蔚宗之謳；束吏若濕，咲成瑁宗資之謡。鹿逐熊以隨幡，馬如羊而却廄。清崇蘗節，威服卉裳。鈴閣晝閑，地有春臺之樂；銗銗，音后，受書器。階星閒，家無夜户之虞。粥茲雨塊風條，兩岐興漁陽之詠；𧳜𧳜，音肖。彼苗螟葉蟘，蟘，音得。三秀繼宣房之歌。政成不待三年，歸猶就水；德流已匪一日，速比置郵。亨衢届期，陟明行覲。蝸髻鮐叟，曷形容於舞之蹈之；鳳驛蛟衢，難挽留於攀者送者。假麗藻以展采，揚馨芳於聲詩。調《歸朝歡》為祖道贈：「秋盡汀洲蘋未歇，掩映荻花相向折。一枝好贈朝天人，還如鴂鶗樓前雪。瓊凹連玉凸，五城邊銀為宮闕。墀聲寒，非煙叢裏，卿靄瑞雲纈。五馬驕嘶虬漏徹，鞘靜珮鳴鴛篷列。朱衣引隊奏彤幃，天言清問堯階切。俞音傳袞鷩，賜金增秩干旄孑。把勳名，昭回青簡，身許稷和契。」（同前）

七四八　《賀薛曲泉撫臺旌獎帳詞》：寇恂再借，敷青陽百舍之春；黃霸重臨，沾靈河九里之潤。政首支郡，績最中臺。民瘴下蘇，譽命上逮。恭惟某官：政賜也達，守夷之清。治所臨而有聲，課每上而輒最。處煩不擾，在劇能剸。勞以身先，風行草偃。雷在天上，雲行雨施。消周雅之蘊蟲，斥岑瑜之泥鶴。七戒三齋既禱，千倉萬寶可期。況才識疏通，兼政事練達。佐郡而譽望洽，署濾而廢墜興。上上之考特旌，元元之論允協。慎也卜兹榆社，實庇棠陰。徐孺子下榻於陳蕃，既輝蓬蓽；陸敬輿傾蓋於姜輔，實仰帡幪。居邦事大夫之賢，猥從皁趨之後；原田聽輿人之頌，敢為燕賀之先：「青陽有脚，喜五馬重臨，江陽城郭。南定雲開，西岷波静，簾捲風清幕。旱魃化為甘雨露，禱不須泥鶴，兆萬寶，詠千箱四野，豐年如約。　斟酌，曾見説，老手劇郡，利器無盤錯。犬吠花村，魚遊春水，桴鼓長閒却。佇聞考績薇垣，復報薦名荷橐。計晨夕，鶯遷燕賀，金明紫渥。」右調《喜遷鶯》。（同前）

七四九《送薛曲泉之鎮雄勘夷手卷詞》名治：澄清德水，天開龍馬之湖；洋溢恩波，春滿魚皁之國。在民嵒而堪誦，葉公論以無踰。緬惟馬湖少邦伯曲泉薛公：洲水奇才，鄞城甲族。鈎河擿洛，擬竹箭之頴資；騰茂蜚英，呈天球之秘寶。升從赤縣，出守朱方。西陵有召父杜母之謡，南巴分九里八鴻之潤。自公覆露，菹兹江陽。在昔歌廉，薄言觀朞月之仁政；於今借寇，奚必分刺史之真符。北山賢勞，欲息踴躍用兵之策；東臺板命，須仗填寬迴駕之行。昂昂千里駒，笑鄙夫畏首畏尾；蔚蔚九變豹，俾小人革面革心。惠我無私，式遄其歸。是祝贈公不拜，未占有孚則然。聊申蚓竅下里之歌，用代驪駒在門之什：「借寇歌廉春有脚，皁蓋朱幡，輝映江陽郭。一啗清泉斟且酌，候人無事閒鈴閣。　瘴域嵐方勞鎖鑰，静柝沉烽，虎兕成鸞鶴。風颭歸旌詩滿橐，休遲竹馬兒童約。」右調《鳳棲梧》。（同前）

七五〇《寶慶相》：詠史彌遠也，楊鐵崖有此篇，余讀之，恨其深文隱語不足以誅姦諛，且捨彌遠而傍罪余天錫，梁成大與趙葵諺，所謂「無奈冬瓜何，捉著瓠子磨」也，重賦此首：「寶慶相臣大商賈，不販海貨販宋主。晝化飛燕啄皇孫，夜駕老蟾嬪月母。彌遠表裏楊后，遂有三思之寵，有作樂府詠雲以譏之云：『往來與月為儔，舒卷和天也蔽。』四十一年富且融，格天偃月將無同。老死牖下猶未艾，生魂歸來稱鬼雄。君不見井研諫臣鄧若水，一疏彈姦澹庵比。拾星漏曦非良史，續宋綱目者誰子。」（同前書卷二十五）

七五一《聽歌》：彩雲天外駐行盃，明月樓前引上才。紅頰綻時銀燭爛，翠眉低處玉山頹。飄飄俠客遊燕市，窈窕仙娥下楚臺。千載王郎風韵在，倩君重唱夕陽開。王右丞《温泉寓目》詩，唐人入樂府，名《相府蓮》，訛為《想夫憐》。白樂天云：「秦川一半夕陽開。」此句尤妙。（同前書卷二十八）

七五二《詠風扇寄珥江》：颸輪木羽引凉多，金伏朱炎奈爾何。姑射冰姿堪作對，山陰雪興可能過。婆娑影裏懷瓊樹，蹀躞聲中想玉珂。便擬千觴河朔飲，仍聽一曲《洞仙歌》。（同前）

七五三《三閣詞》（其二）：桃根桃葉鬭春葩，《水調》《河傳》《穆護砂》。無限江南新樂府，君王獨賞《後庭花》。（同前書卷三十六）

七五四《陽關圖引》：行行重行行，送客安西征。可憐《渭城》曲，已作《陽關》聲。陽關去渭城，四千五百里。纔聞征馬嘶，初見行塵起。行塵征馬短亭前，弱柳垂楊古道邊。已憐柳葉青如線，更愛楊花白似綿。柳葉楊花春正好，輶車且駐長安道。玉壺清酒競芬芳，金谷艷歌殊窈窕。徘徊共勸少留連，泯默相看兩傾倒。别鶴離鸞曲易終，百鷯飛燕互西東。摇摇翠幰城隅日，獵獵紅旗野渡風。

斷歌零舞情難寫，分手回頭淚盈把。安閒堪羡采薪人，瀟灑誰如釣魚者。天涯風物異方身，争似在家相對貧。鄉夢三更懸馬首，迴腸九折繞車輪。銷磨歲月緣名利，鴻飛不至人偏至。我所思兮明月同，君之出矣浮雲異。龍眠古刻昏莓苔，蕭郎彩筆生綃開。銷魂莫續江淹賦，好畫陶潛歸去來。《西域志》：婼羌去陽關千八百里，長安六千三百里，約之，去長安當是四千五百里也。（同前書卷三十七）

七五五　《卷耳》：予嘗愛荀子解詩《卷耳》云：「卷耳，易得也，頃筐易盈也，而不可貳以周行。」深得詩人之心矣。小序以為求賢審官，似戾於荀旨。朱子直以為文王朝會征伐而后妃思之，是也。但「陟彼崔嵬」下三章以為托言，亦有病婦人思夫，而卻陟岡飲酒、攜僕望砠，雖曰言之，亦傷於大義矣。原詩人之旨，以后妃思文王之行役而云也。陟岡者，文王陟之也；馬玄黄者，文王之馬也；僕痡者，文王之僕也；金罍兕觥者，冀文王酌以消憂也。蓋身在閨門而思在道途，若後世詩詞所謂「計程應説到梁州」、「計程應説到常山」之意耳。曾與何仲默説及此，仲默大稱賞，以為千古之奇，又語予曰：「宋人尚不能解唐人詩，以之解三百篇，真是枉事，不若直從毛、鄭可也。」（同前書卷四十二）

七五六　淫聲：《論語》：「鄭聲淫。」淫者，聲之過也。水溢於平曰淫水，雨過於節曰淫雨，聲濫於樂曰淫聲，一也。鄭聲淫者，鄭國作樂之聲過於淫，非謂鄭詩皆淫也。後世失之，解鄭風皆為淫詩，謬矣。《樂記》曰：「流辟邪散，狄成滌濫之音作，而民淫亂。」狄與逖同，逖成，言樂之一終甚長，淫泆之意也。逖成者，若古之曼聲，後世之花字，今俗所謂勞病腔之類耳。《考工記》：善坊者水淫。《左傳》：星在歲紀，而淫于玄枵。（同前書卷四十四）

七五七　三絃所始：今之三絃始于元時，小山詞云：「三絃玉指，雙鈎草字，題贈玉娥兒。」（同前）

七五八　段善本琵琶：唐貞元中，長安大旱，詔移兩地祈雨。街東有康崑崙，琵琶號為第一手，謂街西必無己敵也，遂登樓彈一曲新翻調《緑腰》。街西亦建一樓，東市大誚之，及崑崙度曲，西樓出一女郎，抱樂器，亦彈此曲，移在楓香調中，妙絶入神。崑崙驚駭，請以為師。女郎遂更衣出，乃裝（當作莊）嚴寺段師善本也。翌日，德宗召之，加奬異。帝乃令崑崙彈一曲，段師曰：「本領何雜，兼帶邪聲。」崑崙驚曰：「段師，神人也。」德宗令授崑崙，段師奏曰：「且請崑崙不近樂器十數年，忘其本領，然後可教。」詔許之，後果窮段師之藝。（同前）

七五九　迓鼓：宋儒語録：今之古文如舞迓鼓，人多不解為何語。按元人樂府有《村里迓鼓》之名，宋人《樂苑》有衙鼓格圖，官衙嚴鼓之節也。衙訛為迓，曲名《村里迓鼓》者，以村里而效官衙，其衣裝聲節必多可笑者，以是名之。《語録》云：如舞迓鼓者，謂無古人之學而效古人之言，如村人學官衙鼓節也。（同前書卷四十六）

七六〇　同能不如獨勝：孫立（當作位）畫水，張南本畫火，吴道玄畫，楊繪塑，陳簡齋詩，辛稼軒詞，同能不如獨勝也。○太白見崔顥《黄鶴樓》詩，去而賦《金陵鳳皇臺》。（同前書卷四十八）

七六一　楊補之：楊補之，子雲之後，自蜀而移家清江，善畫梅，秦檜求之，竟不與也。有《逃禪老人詞》一卷，余嘗題其畫梅譜一詩云：「逃禪老人楊補之，清江世業錦江移。承家不愧草玄後，藝苑豈獨梅花師。神交早與逋仙素，清節不受檜賊緇。請看麝煤鼠尾外，更有玉珮瓊琚詞。」（同前書卷四

十九）

七六二 劉須溪：廬陵劉辰翁會孟，號須溪，於唐人諸詩及宋蘇、黄而下，俱有批評，《三子口義》、《世説新語》、《史漢異同》皆然，士林服其賞鑒之精，而不知其節行之高也。余見元人張孟浩贈須溪詩云：「首陽餓夫甘一死，叩馬何曾罪辛巳。淵明頭上漉酒巾，義熙以後為全人。」蓋宋亡之後，須溪竟不出也，與伯夷、陶潛何異哉？同時合志者，如閩中之謝皋羽、徽州之胡餘學、慈谿之黄東發、峨眉之家鉉翁，自以中國遺人，不屈犬羊，不知其幾，宋朝待士之效深矣。附須溪丁酉元夕《寶鼎現》詞云：「紅粧春騎，踏月花影，干（當作竿）旗穿市。望不盡、樓（脱『臺』字）歌舞，習（脱一『習』字）香塵蓮步底。簫聲斷、約綵鸞歸去，未怕金吾呵醉。甚輦路、喧闐且止，聽得念奴歌起。　父老猶記宣和，抱銅仙、清淚如水。還轉盼、沙河多麗。滉漾明光連邸第，簾影凍、散紅光成綺。月浸蒲萄十里，看往來、神仙才子，肯把菱花撲碎。　腸斷竹馬兒童，空見説、三千樂指。等多時，春不歸來，到春時欲睡。又説向、燈前擁髻，暗滴鮫珠墜。便當日、親見《霓裳》，天上人間夢裏。」此詞題云丁酉，蓋元成宗大德元年，亦淵明書甲子之意也。詞意凄婉，與麥秀歌何殊。〇尹濟翁壽須溪《風入松》詞云：「曾聞幾度説京華，愁壓帽簷斜。朝衣熨貼天香在，如今但、彈指蘭闍。不是柴桑心遠，等閒過了元嘉。　長生休説棗如瓜，壺日自無涯。河傾南紀明奎壁，長教見、壽氣成霞。但得重携溪上，年年人共梅花。」（同前）

七六三 戴石屏無行：戴石屏未遇時，流寓江西武寧，武寧富翁以女妻之。留三年，一日思歸，詢其所以，告以曾娶，妻以白其父，父怒，妻宛曲解之。盡以妝奩贈之，仍餞之以詞，自投江而死。其詞云：「惜多才，憐薄命，無計可留汝。揉碎花牋，仍寫斷腸句。道傍楊柳依依，千絲萬縷，抵不住一分愁緒。捉月盟言，不是夢中語。後回君若重來，不相忘處，把杯酒，澆奴墳土。」嗚呼！石屏可謂不仁不義之甚矣，既誑良人女為妻，三年興盡而棄之，又受其奩具，而甘視其死，俗有謔詞云：「孫飛虎好色，柳盜蹠貪財。」殆兼之矣。其為人如此，而台州猶祠於鄉賢，何哉？（同前書卷五十一）

七六四　趙師羿：趙師睪，字從善，號牆東，趙千里姪也。尹京有政聲，戮杭州姦僧，尤奇。嘗學犬吠以媚侂胄，其後韓侂胄敗，有贈之謔詞：「侍郎自號東牆，曾學犬吠村莊。今日不須摇尾，且尋土洞深藏。」睪即古擇字，觀其字曰從善，蓋取擇其善者而從之義也，俗士多訛其音。（同前）

七六五　防露之曲：《文賦》：「寤防露與桑間，又雖悲而不雅。」注引東方朔《七諫》，謂「楚客放而防露作」，此説謬矣。若指楚客，即為屈原，屈原忠諫放逐，其辭何得云不雅？防露與桑間為對，則為淫曲可知。謝莊《月賦》：「徘徊《房露》，惆悵《陽阿》。」注：「《房露》，古曲名。」「房」與「防」古字通，以「防露」對「陽阿」，又可證其非雅曲也。《拾翠集》引王彪之《竹賦》云：「上承霄而防露，下漏月而來風。庇清彈於幕下，影耀歌於帷中。」蓋楚人男女相悦之曲有《防露》、有《鷄鳴》，如今之《竹枝》。《東坡志林》亦云，然則《竹枝》之來亦古矣。《詩》云：「野有蔓草，零露漙兮。有美一人，清揚婉兮。邂逅相遇，適我願兮。」以此推之，《防露》之意可知。（同前書卷五十二）

七六六　草薰：佛經云：「奇草芳花，能逆風聞薰。」江淹《別賦》：「閨中風暖，陌上草薰。」正用佛經語。六一詞云:「草薰風暖摇征轡。」又用江淹語。今《草堂詞》改「薰」作「芳」,蓋未見《文選》者也。《弘明集》:地芝候月,天華逆風。(同前)

七六七　齊己詩:僧齊己詩:「重城不鎖夢,每夜自歸山。」宋人小詞:「重門不鎖夢,隨意繞天涯。」(同前書卷五十五)

七六八　檀暈:東坡梅詩:「鮫綃剪碎玉簪輕,檀暈粧成雪月明。肯伴老人春一醉,懸知欲落更多情。」王十朋集諸家註,皆不解檀暈之義,今為著之。宇文氏《粧臺記》:婦女畫眉有倒暈粧。《畫譜》有正暈牡丹、倒暈牡丹。古樂府有「暈眉攏髮」之句。元微之《與樂天書》:「近昵婦人暈澹眉,日綰約頭髻。」《畫譜》:七十二色有檀色,淺赭也,與婦女暈眉所謂紫沙冪酷似。《花間集》云「燒春醲美小檀霞」,又云「檀畫荔枝紅」,又云「鈿昏檀粉淚縱横」,又云「斜分八字淺檀蛾」,又云「背留檀印齒痕香」。坡詩又云「剩看新翻眉倒暈」,又云「倒暈連眉,秀嶺浮檀痕」,猶漢世婦女之玄的也,可以互證。(同前書卷五十六)

七六九　日驀:《南史》王晞詩:「日驀當歸去,魚鳥見留連。」俗本改「驀」作「暮」,淺矣,蓋蜀牛嶠詞曰「日驀天空波浪急」,正用晞語。(同前)

七七〇　雯華:金國仙人王予可詩詞多用「雯華」字,見《中州集》。元好問詩「剥裂雯華漬月秋」,又寶宫寺聯云:「七重寶樹圍金界,十色雯華擁畫粱。」〇雯,文也。又石文似雲亦曰雯華,《古三墳》書:「日雲赤曇,月雲素雯。」劉因《登寺閣》詩:「雯華寶樹忽當眼。」(同前)

七七一　《阿那》、《紇羅》曲名：李郢《上元日寄胡杭二從事詩》曰：「戀別山登憶水登，山光水焰百千層。謝公留賞山公喚，知入笙歌阿那明。」劉禹錫夔州《竹枝詞》云：「楚水巴山煙雨多，巴人能唱本鄉歌。今朝北客思歸去，回入紇羅披緑蘿。」《阿那》、《紇羅》，皆當時曲名。李郢詩言變梵唄爲艷歌，劉禹錫詩言翻南調爲北曲也。《阿那》皆叶上聲，《紇羅》皆叶平聲，此又隨方音而轉也。（同前）

七七二　凝音佞：《詩》：「膚如凝脂。」凝音佞，唐詩：「日照凝紅香。」白樂天詩：「落絮無風凝不飛。」又：「舞繁紅袖凝，歌切翠眉愁。」又：「舞急紅腰凝，歌遲翠黛低。」徐幹臣詞：「重省別時，淚漬羅巾猶凝。」張子野詞：「蓮臺香燭殘痕凝。」高賓王詞：「想蓴汀、水雲愁凝，閒蕙帳、猿鶴悲吟。」柳耆卿詞：「愛把歌喉當筵逞，遏天邊，亂雲愁凝。」今多作平音，失之音律，亦不協也。（同前書卷五十七）

七七三　闗山一點：杜詩「闗山同一點」，點字絶妙。東坡亦極愛之，作《洞仙歌》云：「一點明月窺人。」用其語也。《赤壁賦》云「山高月小」，用其意也。今書坊本改「點」作「照」，語意索然。且「闗山同一照」，小兒亦能之，何必杜公也？幸《草堂詩餘》註可證。（同前）

七七四　菩薩鬘：唐詞有《菩薩鬘》，不知其義。按小説：開九（當作元）中，南詔入貢，危髻金冠，瓔珞被體，故號菩薩鬘，因以製曲。佛經戒律云「香油塗身，華鬘被首」是也。白樂天《蠻子朝》詩曰「花鬘抖擻龍蛇動」是也。今曲名「鬘」作「蠻」，非也。（同前）

七七五　郝仙女廟詞：博陵縣有郝仙女廟，仙女，魏青龍中山人，年及笄，姿色姝麗，採蘋水中，蒼煙白霧，俄失其所在。母哀求水濵，願言一見。良久，異香襲人，隱約於波渚間，曰：「兒以靈氣托蹟綃宮陰主，是水府，世緣已斷，毋用悲悒。而今而後，使鄉梓田蠶歲宜，有感而通，乃為吾驗。」後人立廟焉。而有題《喜遷鶯》詞於壁云：「汀洲蘋滿，記翠籠采采，相將鄰媛。蒼渚煙生，金支光爛，人在霧綃鮫館。小鬟頓成雲散，羅襪凌波，不見翠鸞遠。但清溪如鏡，野花留靨。情睠，驚變現，身後神功，緣就吳蠶繭。漢女菱歌，湘妃瑶瑟，春動依雲層殿。彤車載花一色，醉盡碧桃清宴。故山晚，歎流年一笑，人間飛電。」(同前)

七七六 李冠詞：《草堂詩餘》：「朦朧澹月雲來去。」齊人李冠之詞，今傳其辭而隱其名矣。冠又有《六州歌頭》道劉，項事，慷慨悲壯，今亦不傳。(同前)

七七七 吳二娘：吳二娘，杭州名妓也，有《長相思》一詞云：「深花枝，淺花枝，深淺花枝相間時。花枝難似伊。巫山高，巫山低，莫雨瀟瀟郎不歸。空房獨守時。」白樂天詩：「吳娘莫雨瀟瀟曲，自别江南久不聞。」又：「夜舞吳娘袖，春歌蠻子詞。」自注：「吳二娘歌詞有『莫雨瀟瀟郎不歸』之句。」今《絶妙詞選》以此為白樂天詞，誤矣。吳二娘亦杜公之黄四娘也，聊表出之。(同前)

七七八 松下：古人詩句不知其用意用事，妄改一字，便不佳。孟蜀牛嶠《楊柳枝》詞：「吳王宫裏色偏深，一簇煙條萬縷金。不分錢唐蘇小小，引郎松下結同心。」按古樂府《小小歌》有云：「妾乘油壁車，郎乘青驄馬。何處結同心，西陵松栢下。」牛詩用此意詠柳而貶松，唐人所謂尊題格也。後人改「松下」作「枝下」，語意索然矣。(同前書卷五十八)

七七九　側寒：唐詩：「春寒側側掩重門。」王介甫：「側側輕寒剪剪風。」許弈小詞：「玉樓十二春寒側。」吕聖求詞：「寒側斜雨。」側寒字詞人相承用之，不知所出，大意側，不正也，側寒字甚新，特拈出之。（同前）

七八〇　月黄昏：林和靖《梅》詩：「踈影横斜水清淺，暗香浮動月黄昏。」《葦航紀談》云：「黄昏」以對「清淺」，乃兩字，非一字也。「月黄昏」，謂夜深香動，月為之黄而昏，非謂人定時也。蓋晝午後，陰氣用事，花房斂藏，夜半後陽氣用事，而花敷蘂散香。凡花皆然，不獨梅也。坡詩：「只恐夜深花睡去，高燒銀燭照紅粧。」宋人梔子花詞：「惱人惟是夜深時。」是此理。余嘗有詩云：「曉屏殘夢暖香中，花氣薰人怯曉風。」亦與此意同，蓋物理然耳。（同前）

七八一　卵色天：唐詩：「殘霞蹙水魚鱗浪，薄日烘雲卵色天。」東坡詩：「笑把鴟夷一樽酒，相逢卵色五湖天。」正用其語。《花間》詞：「一方卵色楚南天。」註以卵為溯，非也，註東坡詩者亦改「卵色」為「柳色」，王龜齡亦不及此邪？（同前）

七八二　唐詩人鄭仲賢：余弟姚安太守朱庵愷，字用能，酒邊誦一絶句云：「亭亭畫舸繫春潭，只待行人酒半酣。不管煙波與風雨，載將離恨過江南。」兄以為何人詩？余曰：按《宋文鑑》則張文潛詩也。未庵取《草堂詩餘》周美成《尉遲杯》注云唐鄭仲賢詩。余因歎唐之詩人姓名隱而不傳者何限？或張文潛愛而書之，遂以為文潛之作耳。（同前）

七八三　舞妓着靴：舒元輿詠妓女從良詩曰：「湘江舞罷却成悲，便脱蠻靴出鳳幃。誰是蔡邕琴酒客，曹公懷舊嫁文姬。」可考唐世妓女舞飭也。按《説文》：鞮，四夷舞人所着履也。《周禮》有鞮鞻氏，亦是四夷之舞，今之樂部舞妝皆出四夷。唐人舞妓皆着靴，猶有此意。盧肇《柘枝舞賦》：「靴瑞錦以雲匝，袍蹙金而鴈歘。」樂府歌：「錦靴玉帶舞回雲。」杜牧之《贈妓詩》曰：「舞靴應任傍人看，笑臉還須待我開。」黄山谷贈伎詞云：「風流太守，能籠翠羽，宜醉金釵。且留取垂楊，掩映庭階。直待朱輪去後，便從伊、窄襪弓鞋。」則汴宋猶似唐制。至南渡後，妓女窄襪弓鞋如良人也，故當時有「蘇州頭，杭州脚」之諺云。鸞靴一本作鶯靴，盧肇賦一本云：「靴瑞錦以鸞匝，袍蹙金而鴈歘。」以「鸞」對「鴈」當是，併識於此。（同前書卷五十九）

七八四　晁詩：晁元忠詩：「安得龍湖潮，駕回安河水。水從樓前來，中有美人淚。人生高唐觀，有情何能已。」晏小山《留春令》云：「别浦高樓曾漫倚，對江南千里。樓下分流水聲中，有當日，憑高淚。」全用其語。（同前）

七八五　香毬金縷：白樂天詩：「《柘枝》隨畫鼓，《調笑》從香毬。」又云：「香毬趂拍迴環匝，花盞抛巡取次飛。」皆紀管絃酒席中事，但不知香毬何用。如今人詞中用金縷字，亦竟不知金縷於歌何關。（同前書卷六十）

七八六　屏風牒：梁蕭子雲上飛白書屏風十二牒，李白詩：「屏風九疊雲錦張。」牒即疊也。唐詩：「山屏六曲郎歸夜。」宋詞：「屏風疊疊開紅牙。」今改疊作曲，非。（同前）

七八七　靺鞨：靺鞨，國名，古肅慎地也。其地産寶石，大如巨栗，中國謂之靺鞨。文與可《朱櫻歌》

云：「金衣珎禽弄深樾，禁籞朱櫻斑若纈。上幸離宫促薦新，藤籃寶籠貂璫發。凝霞作丸珠尚軟，油露成津蜜初割。君王午坐鼓《猗蘭》，翡翠一盤紅靺鞨。」葛魯卿《西江月》詞云：「靺鞨斜紅帶柳，琉璃漲緑平橋。人間花月見新妖，不數江南蘇小。恨寄飛花蔌蔌，情隨流水迢迢。鯉魚風送木蘭橈，廻棹荒鷄報曉。」二公詩詞皆用靺鞨事，人罕知者，故詳疏之。（同前）

七八八　樂曲名解：《古今樂録》云：傖歌以一句為一解，中國以一章為一解。王僧虔啓曰：古曰章，今曰解。解有多少，當是先詩而後聲，詩叙事，聲成文，必使志盡於詩，音盡於曲。是以作詩有豐約，制解有多少。（又諸曲調皆有辭有聲，而大曲又有艶有趍，而亂辭者，其歌詩也。聲者，若羊吾夷、伊那何之類也。艶在曲之前，趍與亂在曲之後，亦猶吴聲西曲前有和、後有送也。慎按：艶在曲之前，與吴聲之和，若今之引子。趍與亂在曲之後，與吴聲之送，若今之尾聲。羊吾夷、伊那何皆辭之餘音嫋嫋，有聲無字，雖借字作譜而無義，若今之哩囉嗹唵吽也，知此，可以讀古樂府矣。（同前）

七八九　書貴舊本：觀樂生愛收古書，嘗言古書有一種古香可愛。余謂此言末矣，古書無訛字，轉刻轉訛，莫可考證。余於滇南，見故家收《唐詩紀事》抄本甚多，近見杭州刻本，則十分去其九矣。刻陶淵明集，遺《季札賛》。《草堂詩餘》舊本，書坊射利欲速售，減去九十餘首，兼多訛字，余抄為《拾遺辯誤》一卷。先太師收唐百家詩，皆全集，今蘇州刻則每本減去十之一。如張籍集本十二卷，今只三四卷，又傍取他人之作入之。王維詩，取王涯絶句一卷入之，詫於人曰：「此維之全集。」以圖速售。今王涯絶句一卷，在《三舍人集》之中，將誰欺乎？此其大關繫者。若一句一字之誤尤多，略舉數條，如王渙《李夫人歌》：「修嫮穠華銷歇盡。」「修嫮」訛作「德所」。武元衡詩：「劉琨坐嘯風清塞。」訛作「生苑」，琨在邊城，則「清塞」字為是，焉得有苑乎？杜牧詩：「長空澹澹没孤鴻。」今妄改作「孤鳥」，没，平仄亦拗矣。杜詩：「七月六日苦炎蒸。」俗本「蒸」作「熱」。「紛紛戲蝶過開幔」，俗本「開」作「閒」，不知子美父名閒，詩中無閒字。「邀歡上夜闕」，今俗本作「卜夜閒」。「曾閃朱旗北斗殷」，妄改「殷」作「閒」，成何文理？前人已辯之矣。劉巨濟收許渾詩：「湘潭雲盡莫煙出。」今俗本「煙」作「山」，亦是淺人妄改「湘水多煙」，唐詩「中流欲暮見湘煙」是也，煙字大勝山字。李義山詩：「瑶池宴罷留王母，金屋妝成貯阿嬌。」俗本作「玉桃偷得憐方朔」，直似小兒語耳。陸龜蒙《宮人斜詩》：「草着愁煙似不春。」俗本作「草樹如煙似不春」，尤謬。小詞如周美成：「愔愔坊曲人家。」坊曲，妓女所居，俗改「曲」作「陌」。張仲宗詞：「東風如許惡。」俗改「如許」作「妬花」，平仄亦失貼（一作粘）。孫夫人詞：「日邊消息空沉沉。」俗改「日」作「耳」。東坡：「玉如纖手嗅梅花。」俗改「玉如」作「玉奴」，其餘不可勝數也。書所以貴舊本者，可以訂訛，不獨古香可愛而已。（同前）

七九〇　賞梅懸燈：余少年與恒、忱二弟賞梅世耕莊，懸挂燈於梅枝上，賦詩云：「疎梅懸高燈，照此花下酌。只疑梅枝然，不覺燈花落。」王浚川見而賞之曰：「此奇事奇句，古今未有也。」近閲趙德莊《眼兒媚》詞云：「黄昏小宴到君家，梅粉試春華。暗香素蕋横枝，疎影月淡風斜。更燒紅燭枝頭挂，粉蠟鬭香奢。元宵近也，小園先試，火樹銀花。」（同前）

七九一　《烏鹽角》：曲名有《烏鹽角》，《江鄰幾襍志》云：始教坊家人市鹽，得一曲譜於子角中，翻

之，遂以名焉。戴石屏有《烏鹽角行》，元人《月泉吟社》詩：「山歌聒耳《烏鹽角》，村酒柔情玉練䄙。」（同前書卷六十一）

七九二　温泉石刻：又於臨潼驪山之温湯，見石刻元人一詞曰：「三郎年少客，風流夢、繡嶺蠱瑶環。漸浴酒發春，海棠睡暖。笑波生媚，荔子漿寒。況此際、曲江人不見，偃月事無端。羯鼓三聲，打開蜀道，《霓裳》一曲，舞破潼關。馬嵬西去路，愁來無會處，但淚滿關山。空有香囊遺恨，錦襪傳看。玉笛聲沉，樓頭月下，金釵信杳，天上人間。幾度秋風渭水，落葉長安。」再過之，石已磨為别刻矣。（同前）

七九三　《昔昔鹽》：梁樂府《夜夜曲》，或名《昔昔鹽》，「昔」即「夜」也。《列子》：「昔昔夢為君。」鹽亦曲之别名。（同前）

七九四　解紅：曲名有《解紅》者，今俗傳為吕洞賓作，見《物外清音》，其名未曉。近閲和凝集，有《解紅歌》云：「百戲罷，五音清，《解紅》一曲新教成。兩個瑶池小仙子，此時奪却《柘枝》名。」《樂書》云：「優童解紅舞，衣紫緋繡襦，銀帶花鳳冠。」蓋五代時人也，焉有吕洞賓在唐世預填此腔耶？（同前）

七九五　尤延之落梅、海棠二詞：尤延之《瑞鷓鴣》詞二首，一詠落梅，一詠海棠，皆絶妙。落梅詞云：「清溪西畔小橋東，落葉紛紛水映空。五夜客愁花片裏，一年春事角聲中。歌殘《玉樹》人何在，舞破《山香》曲未終。却憶孤山歸醉路，馬蹄香雪襯東風。」海棠詩（當作詞）云：「兩株芳蕋傍池陰,一笑嫣然抵萬金。烈火照林光灼灼,彤霞射水影沉沉。曉粧無力臙脂重,夜醉方酣酒暈深。定是格高難着句,不應工部總無心。」二首詠二花,句句見題,而風味脱灑,何羨唐人乎?(同前)

七九六 《玉樹曲》:「璧月夜,瓊樓春,蓮舌泠泠詞調新。當時學士盡豐禄,直諫犯顔無一人。」「歌未闋,歡未歇,晉王劍上粘腥血。君臣猶在醉鄉中,一面已無陳日月。」(同前)

七九七 薛沂叔守歲詞:薛泳,字沂叔,其守歲《青玉案》詞云:「一盤清夜江南果,喫果看書只清坐。一年心事,半生牢落,儘向今宵過。此身本是山中個,纔出山來便差錯。手種青松應長大,縛茅深處,抱琴歸去,又是明年那。」此詞雖俚俗,自是晚宋詞體。曹東畞、劉後村饒為之。那,乃個切,語助辭。《後漢書》:「公是韓伯休那。」注:那,語反聲。《集韻》作那,又作哪,又那與奈通。《東方朔傳》:「奈何乎陛下。」韓文:「奈何乎公言,無奈之何也。」杜詩:「杖藜不睡誰能那。」(同前)

七九八 《阿䪥廻》:太白詩:「羌笛横吹《阿䪥廻》。」番曲名,張祐集有《阿濫堆》,蓋飛禽名。明皇御玉笛采其聲,翻為曲子,即此也。番人無字,止以聲傳,故隨中國所書,人各不同耳,難以意求也。(同前)

七九九 楊柳索春饒:張小山《小桃紅》詞云:「一汀煙柳索春饒,添得楊花鬧。盼殺歸舟木蘭棹,水迢迢,畫樓明月空相照。今番瘦了,多情知道,寬褪翠裙腰。」「蔞蒿穿雪動,楊柳索春饒。」山谷詩也,此詞用之,今刻本不知,改「饒」為「愁」,不惟無韻,且無味矣。(同前)

八〇〇《小粱州》：賈逵曰：「粱米出於蜀漢，香美愈於諸粱，號曰竹根黄，粱州得名以此。」秦地之西，燉煌之間亦産粱米，土沃類蜀，故號小粱州，曲名有《小粱州》，為西音也。（同前）

八〇一《鷓鴣天》：唐鄭嵎詩：「春遊雞鹿塞，家在鷓鴣天。」詞名《鷓鴣天》本此。（同前）

八〇二煬帝曲名：《玉女行觴》、《神仙留客》，皆煬帝曲名。（同前）

八〇三牧庵詞：姚牧庵《醉高歌》詞云：「十年燕月歌聲，幾點吴霜鬢影。西風吹起鱸魚興，已在桑榆暮景。榮枯枕上三更，傀儡場中四并。人生幻化如泡影，幾個臨危自省。」牧庵，一代文章巨公，此詞高古，不減東坡、稼軒也。（同前）

八〇四《踏莎行》：韓翃詩：「踏莎行草過春谿。」詞名《踏莎行》本此。（同前）

八〇五朝天紫：朝天紫，本蜀牡丹花名，其色正紫，如金紫大夫之服色，故名。後以為曲名，今以「紫」作「子」，非也。見陸遊《牡丹譜》。（同前）

八〇六泥人嬌：俗謂柔言索物曰泥，乃計切，諺所謂軟纏也。杜子美詩：「忽忽窮愁泥殺人。」元微之《憶内》詩：「顧我無衣搜畫匣，泥他沽酒拔金釵。」《非煙傳》詩曰：「郎心應似琴心怨，脉脉春情更泥誰。」楊乘詩：「晝泥琴聲夜泥書。」元鄧文原《贈妓》詩：「銀燈影裏泥人嬌。」柳耆卿辭：「泥歡邀寵最難禁。」字又作記，《花間集》：「黄鶯嬌轉記芳妍。」又：「記得泥人微斂黛。」字又作妮。王通叟詩：「十三妮子緑牕中。」今山東目婢曰小妮子，其語亦古矣。（同前）

八〇七哀曼：晉鉦滔母孫氏《箜篌賦》曰：「樂操則寒條反榮，哀曼則晨華朝滅。」「曼」與「慢」通，

亦曲名，如《石州慢》、《聲聲慢》之類。（同前）

八〇八 《點絳唇》：江淹詠美人春遊詩：「白雪凝瓊貌，明珠點絳唇。」後世詞名本此。（同前）

八〇九 哨堡之哨當作箾：《説文》：箾，吹箫也，七肖切，與哨同音。《廣韻》：竹簫也。洛陽亭長所吹，今雲南屯戍之所防盜之處，名曰哨合。用此哨字，蓋吹箾以警守也。《宋史》：劉錡順昌之戰，折竹為嘂，如市井兒以為戲者，人持一為號，直犯金營，嘂與箾字異而義同。元詞：「穿雲響，一聲山哨。見風消數點村醪。」今俗云打哨子是也。（同前書卷六十三）

八一〇 慢字為樂曲名：陳后山詩：「吳吟未至慢，楚語不假些。」任淵注云：「慢，謂南朝慢體，如徐庾之作。」余謂此解是也，但未原其始。《樂記》云：宮商角徵羽，五者皆亂迭相陵，謂之慢。又曰：鄭衛之音，亂世之音也，比於慢矣。宋詞有《聲聲慢》、《石州慢》、《惜餘春慢》、《木蘭花慢》、《拜星月慢》、《瀟湘逢故人慢》，皆雜比成調，古謂之嘖曲。嘖與賾同，雜亂也。琴曲有名散，元曲有名犯，又曲終入破，義亦如此。（同前）

八一一 唉字音：《離騷》九章云：「乘鄂渚而反顧兮，欸秋冬之緒風。」《尸子》：「禹有進善之鼓，備訊唉也。」漢韋孟詩：「勤唉厥生。」《説文》：欸，訾也，亞改切，又焉開切。《史記》：「范增撞破玉斗，曰：唉。」《方言》云：「南楚嗗然曰唉。」《説文》：唉，譍也，烏開切。二字音義並同。如嘆與歎、欬與咳、嘯與歗，實一字耳。其語則皆楚語也。故元次山有《欸乃曲》，而柳詩亦用此二字，皆湘楚間語。柳文舊本作靄襖音，上字正協亞改之聲，韵書亦於皆韻收唉字，海韻收欸唉。二字其説與《説文》不異，但乃字讀如襖者，未有考耳。近世乃有倒讀之者，又皆寫款，則誤益甚矣。欵字從欠，與款字不同，然點畫甚相似，故多誤也。《楚辭注》及《朱文公文集》互發此義，今詳筆之。（同前書卷六十四）

八一二　靉靆字音：《説文》引詩：「僾而不見。」李登《聲類》云：僾音倚，僾俙，彷彿也。字一作靉靆，又作靉。古詞：「香靉雕盤。」僾俙之作靉靆，字從雲，猶奄忽之作颮颸，字從風。僾俙不明，莫如雲奄忽，迅速莫如風也。（同前）

八一三　楚騷、漢賦、晉字、唐詩、宋詞、元曲。（同前書卷六十五）

八一四　椒圖：龍生九子不成龍，各有所好，贔屓、鴟吻之類也。椒圖，其形似螺螄，性好閉，故立於門上。詞曲：「門迎駟馬車，户列八椒圖。」人皆不能曉，今觀椒圖之名，亦有出也。見《菽園雜記》。又按《尸子》云：「法螺蚌而閉户。」《後漢書·禮儀志》：「殷以水德王，故以螺著門户。」則椒圖之似螺形，信矣。（同前書卷六十七）

八一五　銀蒜：歐陽六一倣玉臺體詩：「銀蒜鈎簾宛地垂。」東坡《哨遍》詞：「睡起畫堂，銀蒜珠幙雲垂地。」蔣捷《白苧》詞：「早是東風作惡，旋安排、一雙銀蒜鎮羅幙。」銀蒜，蓋鑄銀為蒜形，以押簾也。元經世大典，親王納妃，公主下降，皆有銀蒜簾押幾百雙。（同前）

八一六　吹綸：《漢書》注：齊服官有吹綸方空之目。梁費昶詩：「金輝起遥步，紅彩發吹綸。」按吹綸不知何物，據詩意，想是婦女所執之物，如煖扇之類。沈約詩：「畫扇迎初暑，紅輪映早寒。」庾肩吾詩：「粉白映輪紅。」元歐陽玄詞：「十月都人供暖箑。」可以互證，梁簡文《柳》詩：「枝間通粉色，

葉裡映吹綸。」（同前）

八一七 車子釣：張志和《漁父曲》：「車子釣，橛頭船，樂在風波不用仙。」唐譚用之詩云：「碧玉蜉蝣迎客酒，黄金轂轆釣魚車。」又云：「翩翾鸞榼薫晴浦，轂轆魚車響釣船。」是其事也。《宋史》：「洞庭湖賊楊么四輪激水船，行如飛。」今失其制。（同前）

八一八 翰林撰致語：宋時御前内宴，翰苑撰致語，八節撰帖子，雖歐、蘇、曾、王、司馬、范鎮皆爲之。蓋張而不弛，文武不能，百日之蠟，一日之澤，聖人亦不之非也。成化中，黄編修仲昭、莊檢討昶不撰元宵詞，又上疏論列以去，以此得名。然自是而後，内外隔絶，每有文字，别開倖門。有文華門，仁智殿輩，每得美官，甚至蠹政害人，曷若仍舊之愈乎？愚謂於麗語中寓規諫意，如六一公：「玉輦經年不遊幸，上林花好莫爭開。君王念舊憐遺族，長使無權保厥家。」亦何不可？南唐李後主遊燕，潘佑制詞云：「樓上春寒山四面，桃李不須誇爛熳，已失了春風一半。」意謂外多敵國，而地日侵削也，後主爲之罷宴。填詞如此，何異諫書乎？工執藝事以諫，況翰苑本以文章諷諫乎？諸公毋乃未習聲律而託爲此乎？（同前書卷六十八）

八一九 黄眉黑粧：後周静帝令宫人黄眉黑粧，至唐猶然，觀唐人詩詞，如「蘂黄無限當山額」，又「額黄無限夕陽山」，又「學畫鴉黄半未成」，又「雅黄粉白車中出」，又「寫月圖黄罷」，其證也。然温飛卿詩有「豹尾車前趙飛燕，柳風吹散鬢間黄」之句，王荆公詩亦云「漢宫嬌額半塗黄」，事已起於漢，特未見所出耳。又《幽怪録》：神女智瓊額黄。（同前）

八二〇　弓足：《墨莊漫録》：考婦女弓足起於李後主。予按：樂府《雙行纏》，知其起於六朝。張禺山云：《史記》云臨淄女子彈絃躧屣，又云摇修袖，躡利履，意古已有之。再考《襄陽耆舊傳》云：盗發楚王冢，得宫人玉屐。張平子賦云：「金華之舄，動趾遺光。」又云：「履躡華英。」又云：「羅襪躡蹀而容與。」曹子建賦：「羅襪生塵。」焦仲卿妻詩：「足躡花文履。」繁欽詩：「何以釋憂愁，足下雙遠遊。」梁武帝《莫愁歌》：「足下絲履五文章。」卞蘭《美人賦》：「金蕖承華足。」陶潛賦：「願在絲而為履，附素足以周旋。」崔豹《古今注》：晉世履有鳳頭、重臺分稍之制。唐詩：「便脱鸞靴出翠帷。」又《麗情集》載章仇公鎮成都，有真珠之惑，或上詩以諷云：「神女初離碧玉階，彤雲猶擁牡丹鞋。應知子建憐羅襪，顧步褰衣拾墜釵。」李義山詩：「浣花牋紙桃花色，好好題詩詠玉鈎。」陶南村謂唐人題詠略不及之，蓋亦未之博考也。又：六朝樂府《雙行纏》其辭云：「新羅綉行纏，足趺如春妍。他人不言好，獨我知可憐。」唐杜牧詩云：「鈿尺裁量減四分，碧琉璃滑裹春雲。五陵年少欺他醉，笑把花前出畫裙。」段成式詩云：「醉袂幾侵魚子纈，彯纓長戛鳳皇釵。知君欲作閑情賦，應願將身脱錦鞋。」《花間集》詞云：「慢移弓底綉羅鞋。」則此飾不始於五代也明矣，或謂起於妲己，亦非。（同前）

八二一　等身書：宋賈黄中幼日聰悟過人，父師取書與其身相等，令讀之，謂之等身書。張子野詞：「等身金，誰能（脱『得』字）意，買此好光景。」（同前）

八二二　鬧裝：京師有鬧裝帶，其名始於唐，白樂天詩：「貴主冠浮動，親王帶鬧裝。」薛田詩：「九

包綰就佳人髻，三鬧裝成子弟韉。」詞曲有「角帶鬧黄鞓」，今作「傲黄鞓」，非也。（同前書卷六十九）

八二三　緑紋螺紅粱醖：煬帝在揚州遊鷄臺，恍惚與陳後主遇，以緑紋螺酌紅粱醖共飲，請張麗華舞《玉樹後庭花》一曲，此白日見鬼也。（同前）

八二四　《六么》：古之六博，即今骰子也。晉謝艾傳：梟者，邀也，六博得邀者勝，是知梟即骰子之么也。曲名有《六么序》，義取六博之采。（同前書卷七十一）

八二五　粘天：庾闡《揚都賦》：「濤聲動地，浪勢粘天。」本自奇語。昌黎祖之曰：「洞庭漫汗，粘天無壁。」張祜詩：「草色粘天鶗鴂恨。」黄山谷：「遠水粘天吞釣舟。」秦少游小詞：「山抹微雲，天粘衰草。」正用此字為奇，今俗本作「天連」，非矣。（同前書卷七十二）

八二六　王鍇藏書：前蜀王氏朝，偽相王鍇字鱣祥，家藏書數千卷，一一皆親札，并寫藏經，每趨朝於白藤擔子内寫書，書法尤謹，至後蜀孟昶，又立石經於成都，宋世書傳蜀本最善，以此五代僭偽諸君，惟吴、蜀二主有文學，然李昇不過作小詞、工畫竹而已。孟昶乃表章《五經》，纂集《本草》，有功於經學矣。今之《戒石銘》亦昶之所作，又作《書林韻會》，宋儒黄公紹《韻會舉要》實祖之，然博洽不及也，故以《舉要》為名，余及見之於京師，惜未假抄也。（同前）

八二七　茸母孟婆：宋徽宗在北虜，清明日詩曰：「茸母初生認禁煙，茸母，草名，北地寒食茸母生。無家對景倍凄然。帝城春色誰為主，遥指鄉關涕淚連。」又戲作小詞云：「孟婆，孟婆，你做些方便，吹個船兒倒轉。」孟婆，宋汴京勾欄語，謂風也。茸母，孟婆，正是的對。（同前）

八二八　渾脱舞：唐宋務光諫疏云：「比見坊邑相率為渾脱隊，駿馬胡服，名曰蘇莫遮渾脱隊，」即所謂公孫大娘渾脱舞也，蘇莫遮，胡帽，今曲名有之。（同前）

八二九　鍾離權：仙家稱鍾離先生者，唐人鍾離權也。與吕喦同時，韓澗泉選唐詩絶句，卷末有鍾離一首，可證也。近世俗人稱漢鍾離，蓋因杜子美《元日》詩有「近聞韋氏妹，遠在漢鍾離」流傳之誤，遂傳會以鍾離權為漢將鍾離昧矣，可發一笑。說神仙者，大率多欺世誑愚，如世傳《沁園春》及《解紅》二詞為吕洞賓作。按《沁園春》詞，宋駙馬王晉卿初製此腔，解紅兒則五代和凝歌童，凝為製《解紅》一曲，初止五句，見陳氏《樂書》，後乃衍為《解紅兒幔（當作慢）》，焉有吕洞賓在唐預知其腔而填為此曲乎？元俞琰又註《沁園春》，琰雖博學，亦惑於長生之說而隨俗耳。琰子仲温序其父《陰符經》，云先君七十而逝，由此言之，琰之篤好養生，壽止於此。世有村夫目不識《參同契》一字，而年踰百歲，又何必勞心於不可知之術哉？達人君子，可以意悟。（同前書卷七十三）

八三〇　真丹：王半山和俞秀老禪思詞曰：「茫然不肯住林間，有處即追攀。將他死語圖度，怎得離真丹。」漿水價，匹如閑。也須還。何如直截，踢倒軍持，贏取溈山。」此詞意勸秀老純歸於禪，住山不出遊也。真丹，即震旦也；軍持，取水瓶也，行脚之具。「踢倒軍持」，勸其勿事行脚也。溈山和尚欲謀住山，曰：「此山名骨山，和尚是肉人，骨肉不相離。」言人不當離山也，皆用佛書語。漿水價，也須還，則用《列子》五漿先饋事。（同前）

八三一　孟婆：俗謂風曰孟婆，蔣捷詞云：「春雨如絲，繡出花枝紅裊，怎禁他孟婆合皂。」宋徽宗詞云：「孟婆好做些方便，吹個船兒倒轉。」江南七月間有大風，甚於舶䑲，野人相傳以為孟婆發怒。按北齊李騊駼聘陳，問陸士秀江南有孟婆是何神也，士秀曰：「《山海經》：帝之女遊於江中，出入必以風雨自隨，以帝女，故曰孟婆，猶郊祀志以地神為泰媼。」此言雖鄙俚，亦有自來矣。（同前書卷七十四）

八三二 雲名：雲狀有若犬、若馬、若白鵠、若衆車，有其狀若懸釜而赤，其名曰雲旍《吕氏春秋·明理篇》。韓雲如布，趙雲如牛，楚雲如日，宋雲如車，魯雲如馬，衛雲如天（當作犬），周雲如輪，秦雲如行人。一作佳人，一作美人。魏雲如鼠，齊雲如絡，越雲如龍，蜀雲如囷兵書。冬至初陽，雲出箕，如樹之狀。○立春少陽，雲出房如積水。○春分正陽，雲出軫如白鵠。一作鶴，謝朓詩「鶴雲旦起」。穀雨，太陽雲出，張如車蓋。○立夏，初陰雲出，嘴如赤珠一本作赤如繒。夏至，少陰雲出參，如水波。○寒露，正陰雲出井，如冠纓。○霜降，太陰雲出鬼，上如羊，下如蟠石。《易通卦驗》：八節占雲。吹雲，陳思王有《吹雲贊》，言雲如吹綸絮也。妬羅雲，雲如羅，《華嚴經》。妙鬘雲，雲如美人髮，《華嚴經》。樓閣雲，同上，虞邵庵《畫蘭》詩：「手攬華鬘結，化為樓閣雲。」蕭雲，《宋書·瑞符志》，見前注。蘭雲，《南齊書》：日於蘭雲，中薄半暈。雕雲，《符瑞志》：雕雲自成五色，儀鳳暗合八音。又云：雕雲素靈，發祥漢氏。散髻雲，《漢五行志》：有雲如焱，風散髮髻，如亂髮也。粉雲，蔣捷詞：「粉雲天末起。」鱗雲，山谷詞：「練靄鱗雲。」涼雲，李賀詩：「雨過飛涼雲。」覆車雲，京房《易占》云：「黃雲如覆車，為大豐。」矞雲，《太玄》：矞雲紫蜺，旁圍日雲。三色為矞。赤繒雲，《緯書》：立秋濁陰雲出，如赤繒。蒼雲，《春秋》：文曜鈎云：楚有蒼雲如霓，圍軫七璠中，有荷斧之人何軫而躋。庾信《哀江南賦》：蒼雲則重為軫。皂雲東方朔《占雨候》，含峰雲唐太宗詩，泄雲，《蜀都賦》：窮岫泄雲，日月恒翳。杜詩：泄雲行清曉。油雲《孟子》，山雲草莽，水雲魚鱗，旱雲煙火，涔雲波水《吕覽》。寶光雲，元好問詩：兜羅綿界寶光雲。涔雲，雨雲也。（同前）

八三三　屯雲：中山王文木賦：「奔電屯雲，薄霧濃雰。」皆形容木之文理也。杜詩：「屯雲對古城。」實用其字。李易安九日詞：「薄霧濃雰愁永晝。」今俗本改「雰」作「雲」。（同前）

八三四　荔枝：白樂天《荔枝圖》曰：荔枝生巴峽間，形狀團團如帷蓋，葉如桂冬青，花如橘，春榮實如丹，夏熟朵如蒲桃，核如琴軫，殼如紅繒，膜如紫綃，瓤肉潔白如冰雪，漿液甘酸如醴酪，大略如彼，其實過之。如離本枝，一日色變，二日香變，三日味變，四五日外香色味盡去也。此文可歌可詠，可圖可畫。歐陽公詠荔枝詞曰「絳紗囊裹水晶丸」，亦妙。（同前書卷七十九）

八三五　虞美人草：《賈氏談録》云：褒斜谷中有虞美人草，狀如鷄冠，花葉相對。《益州草木記》云：雅州名山縣出虞美人草，唱《虞美人》曲，應拍而舞。《酉陽雜俎》云：舞草出雅州、益州。《方物圖贊》：虞作娱。唐人舊曲云：「帳中草草軍情變，月下旌旗亂。攬衣推枕愴離情，遠風吹下楚歌聲，正三更。　烏騅欲上重相顧，艷態花無主。手中蓮鍔凛秋霜，九泉歸去是仙鄉，恨茫茫。」宋黄載萬和云：「世間離恨何時了，不為英雄少。楚歌聲起霸圖休，野葛荒葵老。　吴城暮，玉貌知何處。至今芳草解婆娑，只有當時魂魄未消磨。」（同前）

八三六　紫梨：左思《蜀都賦》有「紫梨津潤」之語，注不言其狀。按蜀有梨樹花，以秋日其花紅色。

唐李遵有《進紫梨表》，元王秋澗有秋日詠紅梨花詞可證。（同前書卷八十）

八三七 四海亭：花名有海字者，皆從海外來，海棠、海榴是也。海紅花即山茶也，海桐花即七里香也。亡友陸子淵欲以四花名為四詞，然不知海紅花即山茶也。（同前）

八三八 《阿濫堆》：驪山多飛禽，名阿濫堆，明皇御玉笛采其聲，翻為曲子名焉，左右皆傳唱之。尉遲偓《中朝故事》。（同前）

八三九 桐花鳳畫扇：李德裕《畫桐花鳳扇賦序》云：「成都夾岷江，磯岸多植紫桐，每至春暮，有靈禽，五色，小於玄鳥，來集桐花，以飲朝露。及花落，則煙飛雨散，不知其所往。有名工繪於素扇，余戲作小賦書其上，其略曰：繢兹鳥於琭篚，動凉風於羅薦。發長袂之清香，掩短歌之孤囀。」愚按此則川扇之始也，今川扇一種以青紙為地，畫人物花鳥於上，此其遺製乎？劉績《霏雪録》云即東坡詞所謂「緑毛么鳳」，俗名倒掛者。唐僧隱巒詩：「五色毛衣比鳳雛，深叢花裏只如無。美人買得偏憐惜，移向金釵重幾銖。」又劉言史有《題蜀客楊生江亭》云：「垂絲蜀客涕沾衣，歲盡長沙未得歸。腸斷錦城風日好，可憐桐鳥出花飛。」李之儀有《阮郎歸》一詞詠倒掛云：「朱屢玉羽下蓬萊，佳時近早梅。探花情味久安排，枝頭開未開。　魂欲斷，恨難裁，香心休見猜。果知何遜是仙才，何妨如夢來。」自注云：此鳥以十二月來，一名收香倒掛，又名探花使，性極馴，好集美人釵上，宴客終席不去，人愛之，無所害，尤為異也。（同前）

八四〇 燕子打海青：海東青，鷹之鷙猛者也，燕子之弱，能剪之，獵者知其事，元歐陽玄詞：「鷹房

持獵回車駕，却道海青逢燕怕。」（同前）

八四一　《八聲甘州》增：「冰輪懸鏡，漸離滄海，飛上瑶京。金波不定，徧大地霜凝冰净。千江有水千江映，萬里無雲萬里明。是誰將瓊樓玉宇修成。」《重頭》：「奈高處不勝清冷，想素娥應悔誤餌長生。青天碧海，夜夜怎禁孤另。仙家難免别離苦，靈藥難醫寂寞情。有誰將蟾宫閨怨，傳下青冥。」《賺》：「圓缺陰晴，總是人間天上情。偏厮稱清樽翠斝，歌窈窕，舞輕盈。吹簫弄玉翩翩下，解珮飛瓊，嫋嫋迎娉婷。從頭細數風流處，百般堪聽。」《解三醒》：「愛春月朦朧花影，有千金一刻難並。柳稍（即梢字，下同）才上天街静，又蚤人約黄昏。照樓臺，歌管聲，偏細映，院落秋千夜轉深。穿芳徑，真個是惱人春色，好夢難成。」《油葫蘆》：「愛夏月雲頭金餅，對蓮池紅粧臨鏡。夜遊銀燭何須秉，暗墻頭，自照流螢。」《解三醒》：「愛秋月四時偏勝，到中秋分外精瑩。清輝香霧佳人興，蛩才鬧，鵲又驚。銀盤綵樣，蓮花白金粟香浮，桂子清寒光映。真個是玲瓏七寶，表裏通明。」《油葫蘆》：「愛冬月梅稍清耿，與馮夷六花争勝。玉圓瓊屑交相映，唤詩人瑶臺夢醒。」《解三醒》：「秦樓月與簫聲並冷，緱山月共笙韻雙清。西江月酹曹瞞恨，牛渚月汎袁宏興。梁園月緑苔生閣芳塵静，長安月練搗秋風萬户砧。人間鏡，最堪憐，曉行殘月，茅店鷄聲。」《油葫蘆》：「娥池月妖嬈倍增，羅浮月夢裏參横。瑶臺月舞青鸞影，海棠月高燭燒銀。」《解三醒》：「初生月娥眉淡匀，將曉月弓彎西嶺。上絃月差匣露些兒鏡，暈花月擁祥雲。南浦月彩雲夢斷歌蘇小，廣寒月一曲霓裳舞太真。重思省，總不如西廂待月，成就鶯鶯。」《油葫蘆》：「梨花月溶溶滿庭，楊柳月低照樓心蹁躚舞影。桃花月底香肩並，梧桐月犬吠金鈴。」《解三醒》：「是恁的萬般情景，筭都是月明粧成。月如無恨常圓滿，却不似世人輕。今人不見當時月，今月曾經照古人。心無盡，怎能勾把嫦娥喚醒，問個分明。」《尾聲》：「月團圓，人歡慶。廣寒塵世一般情，但願常把金樽和月飲。」近有人作月詞，聲調粗叶，而句多疵複。酒邊為倚歌而易之，滇中多傳唱者，聞之知音，其不咲老翁真個似童兒乎？漫録於此，為一噱之資云。（同前書卷八十一）

八四二 《答李中麓》（謝少南）：辱新詞，快歌朗詠，灑然如出埃壒、遊廣庭。又戚然悲歎世網，吁嚱！樊籠也。（《古今翰苑瓊琚》卷七）

劉大昌詞話

劉大昌，字泰之，別號珥江，成都（今四川）人。嘉靖戊子舉人。性恬淡高潔，不樂仕進。引避不出，日惟詩賦自娱，絶迹公府。常與楊慎倡和錦城，大見稱賞。慎著作多所訂正。此據日本内閣文庫藏明嘉靖珥江書屋校刻《辭品》録跋文一則。

一

《辭品後序》：《辭品》者，升庵太史公所著也。人列其辭，辭取其粹，侈或連章，約僅一句。上起南北六朝，以至於唐，下逮五季、宋、元，以迄於近，可謂之博抑且精焉。蓋自漢、魏以還，江左而下，未窺六甲，先製五言，人人自謂握靈蛇之珠，家家自謂抱荆山之玉，於是乎鍾嶸《詩品》出焉。勿欺數行尺牘，即表三種人身。右軍、大令父子争能，仲寶、宋宗君臣角勝，於是乎庾肩吾《書品》出焉。草堂謫仙之蔓辭，百代曲調之祖；蘭苑樊川之麗什，一時風流之宗。以至《金荃》、《花間》、《遏雲》、《白雪》，纍纍珠貫，靡靡瑶翻。必参以伍而定於一，始統其宗而會之元，於是乎太史公《辭品》出焉。然鍾氏以三品品詩，顛倒實夥；庾郎以九品品字，銖兩亦移；升庵兹編，拔其孔翠，莯其蕭稂，既流例不形，俾臨文自見。先民有作，彼時而此時；今吾於人，誰毁而誰譽。不特表汲古脩綆之深沉，又以著洪鐘待叩之藴藉。薄言觀者，其垂意焉。嘉靖辛亥仲春二月，珥江劉大昌序。（《辭品》）

周遜詞話

周遜，字昌言，號五津居士，成都（今四川）人。嘉靖丙辰進士，以疾居家。後徵為刑部主事，累官雲南參議，辭歸。清操勁節，為時推重。所著有《五津詩集》。此據日本内閣文庫藏明嘉靖珥江書屋校刻《辭品》録序文一則。

一

《刻詞品序》：聲音之道，愚未之有攷也。近得升庵翁所著《詞品》，三月（一作日）讀之，未嘗釋手。微求其端，大較詞人之體，多屬揣摩不置，思致神遇，然率於人情之所必不免者以敷言，又必有妙才巧思以將之，然後足以盡屬辭之藴。故夫詞成而讀之，使人恍若身遇其事、怵然興感者，神品也；意思流通、無所乖逆者，妙品也；能品不與焉。宛麗成章，非詞也。是故山林之詞清以激，感遇之詞淒以哀，閨閣之詞悅以解，登覽之詞悲以壯，諷喻之詞宛以切。之數者，人之情也。屬辭者，皆當有以體之。夫然後足以得人之性情，而起人之詠嘆。不然，則補織牽合，以求倫其辭，成其數，風斯乎下矣。然何以知之？詩之有風，猶今之有詞也。語曰動物謂之風，由是以知不動物非風也，不感人非詞也。翁為當代詞宗，平日游藝之作，若長短句，若《填詞選格》，若《詞林萬選》，若《百琲明珠》，與今《詞品》，可謂妙絶古今矣。愚雖未能悉讀諸集，山林之詞大率清以激也，不然，則舒以適也。閨閣之詞大率悅以解也，不然，則和以節也，他可類見矣。然猶未承面命，姑記於此，以俟取正於他日。嘉靖甲寅仲秋朔日，成都後學周遜序。（《辭品》）

李濂詞話

李濂（一四八八——一五六六），字川父，號嵩渚山人，祥符（今河南）人。正德八年鄉試第一，次年成進士。授沔陽知州，遷寧波同知，擢山西僉事。嘉靖五年以大計免歸。少負俊才，時從俠少年聯騎出城，搏獸射雉。酒酣，悲歌慨然，慕信陵君、侯生之為人。既罷歸，益肆力於學，遂以古文名於時。里居四十餘年，著述甚富，有《祥符先賢傳》和《嵩渚集》一百卷，又詞集《乙巳春遊稿》，文集、詞集均存。又有批點《稼軒長短句》。此據南京圖書館藏明歷城王昭校刊本《稼軒長短句》和《四庫全書存目叢書》影印明嘉靖間刻本《嵩渚文集》，以及《三怡堂叢書》本《汴京遺蹟志》録詞話三百九則。

一　《批點稼軒長短句序》：稼軒辛忠敏公幼安，歷城人也，少與黨懷英同師蔡伯堅，筮仕決以蓍，懷英得坎，因留事金。稼軒得離，遂浩然南歸。紹興末，屢立戰功。嘗作《九議》暨《美芹十論》上之，皆切中時務，累官兵部侍郎、樞密都承旨。晚年解印綬歸，僑寓鉛山之期思。帯湖瓢泉，渚煙溪月，稼軒吟嘯於其間，亦樂矣哉。余家藏《稼軒長短句》十二卷，蓋信州舊本也，視長沙本為多。序曰：稼軒有逸才，長於填詞。生平與朱晦庵、陳同父、洪景盧、劉改之輩相友善，晦庵《答稼軒啟》有曰：「經綸事業，股肱王室之心；遊戲文章，膾炙士林之口。」劉改之氣雄一世，其寄稼軒詞有曰：「古豈無人，可以似吾稼軒者誰？」後半餘年，邯鄲張埜過其墓，而以詞酹之曰：「嶺頭一片青山，可能埋得凌雲氣？」又曰：「謾人間、留得陽春白雪，千載無人繼。」觀同時之所推獎，異代之所追慕，則稼軒人品之豪、詞調之美，概可見已。晦庵之没也，時黨禁方嚴，稼軒獨為文哭之，卒之曰：「家無餘財，僅遺平生著述數帙而已，烏乎！賢哉！」長短句凡五百六十八闋，余歸甲多暇，稍加評點，間于登臺步壟之餘，負耒荷鋤之夕，輒歌數闋，神爽暢越，蓋超然不覺塵思之解脱也。惜乎世鮮刻本，開封貳郡歷城王侯讀而愛之，曰：「予忝為稼軒鄉後進，請壽諸梓。」顧惠一言，以為觀者先。余聊摭稼軒之取重於當時後世者如此，其中妙思警句，則評附本篇云。嘉靖丙申春二月，嵩渚山人李濂川父書于碧雲精舍。（《稼軒長短句》）

二　《哨遍》「蝸角鬥争」：達人大觀意思，全出《莊子》，下篇同。（下篇指「一壑自專」）（同前書卷一）

三　《哨遍》「池上主人」：非有得於《莊子》者，弗能為此詞，奇哉！奇哉！（同前）

四　《六州歌頭》「晨來問疾」：亦是奇作。（同前）

五　《蘭陵王》「一丘壑」：惟高逸之士，乃有此趣。（同前）

六　《蘭陵王》「恨之極」：異事奇作。（同前）

七　《賀新郎》「雲卧衣裳冷」：起用杜句，甚佳，末亦稱。（同前）

八　《賀新郎》「高閣臨江渚」：隱括妙絶。（同前）

九　《賀新郎》「鳳尾龍香撥」：寫出哀思。（同前）

一〇　《賀新郎》「柳暗凌波路」：不減前篇。（同前）

一一　《賀新郎》「翠浪吞平野」：此老富於才情，故自此以下諸篇皆未易及。（同前）

一二　《賀新郎》「緑樹聽鵜鴂」：開口便佳。（同前）

一三　《賀新郎》「拄杖重來約」：此老是何等才氣，肆口用之。　又夾批：「平」字甚好。（同前）

一四　《賀新郎》「聽我三章約」：妙作。　又夾批：狂生故態，自是如此。（聽我三章約，有談功、談名者舞，談經深酌。作賦相如親滌器，識字子雲投閣。）（同前）

一五　《賀新郎》「甚矣吾衰矣」：名下果無虚士，健羡，健羡。　又夾批：全無蹈襲（我見青山數句）。　又夾批：風流跌宕，誰能道此語耶？（不恨古人吾不見，恨古人不見吾狂耳，知我者，二三子。）（同前）

一六　《賀新郎》「肘後俄生柳」：起用莊語。（同前）

一七 《賀新郎》「濮上看垂釣」：善舊事。（同前）

一八 《賀新郎》「逸氣軒眉宇」：意氣崢嶸，非瑣瑣者。（同前）

一九 《念奴嬌》「野塘花落」：妙絶古今。（同前書卷二）

二〇 《念奴嬌》「晚風吹雨」：佳。又夾批：謂和靖。遥想處士風流，鶴隨人去，已作飛僊客。（同前）

二一 《念奴嬌》「兔園舊賞」：亦佳。（同前）

二二 《念奴嬌》「近來何處」：超逸之才。（同前）

二三 《念奴嬌》「少年横槊」：詠物甚佳。（同前）

二四 《念奴嬌》「風狂雨横」：末更佳。又夾批：可悲。（揩拭老來詩句眼，要看拍堤春水。月下憑肩，花邊繫馬，此興今休矣。溪南酒賤，光陰只在彈指。）（同前）

二五 《念奴嬌》「疏疏淡淡」：婉約。（同前）

二六 《念奴嬌》「是誰調護」：清絶語。（同前）

二七 《沁園春》「三徑初成」：絶妙好辭。（同前）

二八 《沁園春》「佇立瀟湘」：高作。（同前）

二九 《沁園春》「有美人兮」：此一代必傳之作。（同前）

三〇 《沁園春》「我醉狂吟」：亦是奇作。（同前）

三一　《沁園春》「有酒忘杯」：旁批：奇句。（有酒忘杯，有筆忘詩，弄溪奈何。看從横斗轉，龍蛇起陸，崩騰决去，雪練傾河。）（同前）

三二　《沁園春》「杯汝來前」：煞有奇語。（同前）

三三　《沁園春》「杯汝知乎」：亦奇。（同前）

三四　《沁園春》「我見君來」：夾批：用杜語。（豈有文章，謾勞車馬，待喚青芻白飯來。君非我、任功名意氣，莫恁徘徊。）（同前）

三五　《水調歌頭》「落日塞塵起」：以下二闋俱見雄豪之氣。（另一詞：「落日古城角」）　又夾批：有感慨。（今老矣，搔白首，過揚州。倦游欲去江上，手種橘千頭。）（同前書卷三）

三六　《水調歌頭》「落日古城角」：夾批：起得突兀。（上片首句）（同前）

三七　《水調歌頭》「我飲不須勸」：前章佳勝，老手筆，自是驚人。（同前）

三八　《水調歌頭》「帶湖吾甚愛」：絶妙好辭，説出盟字意盡。（同前）

三九　《水調歌頭》「白日射金闕」：有諷湯意。（同前）

四〇　《水調歌頭》「萬事到白髮」：佳作。（同前）

四一　《水調歌頭》「酒罷却勿起」：煞有奇氣。（同前）

四二　《水調歌頭》「寒食不小住」：佳。（同前）

四三　《水調歌頭》「文字覷天巧」：跌宕。（同前）

四四　《水調歌頭》「頭白齒牙缺」：如此解嘲，令人絶倒。（同前）

四五　《水調歌頭》「長恨複長恨」：意匠經營，全無痕跡。（同前）

四六　《水調歌頭》「木末翠樓出」：佳。（同前）

四七　《水調歌頭》「四座且勿語」：悽惋之音。（同前）

四八　《水調歌頭》「歲歲有黄菊」：平妥。（同前）

四九　《水調歌頭》「我志在寥闊」：奇作。（同前）

五〇　《水調歌頭》「萬事幾時足」：通篇佳勝。（同前）

五一　《水調歌頭》「高馬勿捶面」：亦佳。（同前）

五二　《玉蝴蝶》：「貴賤偶然」：旁批：化腐臭為神奇。（同前）

五三　《滿江紅》「鵬翼垂空」：佳作。（同前書卷四）

五四　《滿江紅》「快上西樓」：多悟語。（同前）

五五　《滿江紅》「點火櫻桃」：以下三闋並寫盡春歸情興，可謂富於才藻者矣。（另二詞：「可恨東君」、「家住江南」。）（同前）

五六　《滿江紅》「落日蒼茫」：穩暢。（同前）

五七　《滿江紅》「笳鼓歸來」：二闋皆壯烈可誦。（另一詞「漢水東流」。）（同前）

五八　《滿江紅》「過眼溪山」：以下四闋俱佳，可以傳矣。（另三詞：「敲碎離愁」、「倦客新豐」、「風

卷庭梧」。)(同前)

五九 《滿江紅》「直節堂堂」：佳。(同前)

六〇 《滿江紅》「照影溪梅」：亦佳。(同前)

六一 《滿江紅》「天與文章」：醞藉。(同前)

六二 《滿江紅》「瘴雨蠻煙」：妙絶。(同前)

六三 《滿江紅》「蜀道登天」：壯哉。(同前)

六四 《滿江紅》「笑拍洪崖」：奇思翩翩。(同前)

六五 《滿江紅》「曲几團蒲」：佳甚。(同前)

六六 《滿江紅》「莫折荼蘼」：亦佳。(同前)

六七 《滿江紅》「絶代佳人」：縱横遊戲，無不中度，美哉，詞也。(同前)

六八 《滿江紅》「宿酒醒時」：信手拈來，頭頭是道。(同前)

六九 《滿江紅》「幾個輕鷗」：妙。(同前)

七〇 《滿江紅》「半山佳句」：奇哉。(同前)

七一 《滿江紅》「我對君侯」：壽詞如此者絶少。(同前)

七二 《滿江紅》「老子平生」：佳。(同前)

七三 《滿江紅》「兩峽嶄岩」：落筆使奇。(同前)

七四 《木蘭花》「漢中開漢業」：佳。（同前）

七五 《木蘭花》「老來情味減」：亦佳。（同前）

七六 《木蘭花》「舊時樓上客」：亦佳。（同前）

七七 《木蘭花》「路傍人怪問」：結更妙。（同前）

七八 《水龍吟》「楚天千里清秋」：婉約。（同前書卷五）

七九 《水龍吟》「倚欄看碧成朱」：有佳句。（同前）

八〇 《水龍吟》「普陁大士虛空」：奇作。（同前）

八一 《水龍吟》「稼軒何必長貧」：善用古語。（同前）

八二 《水龍吟》「被公驚倒瓢泉」：妙妙。（同前）

八三 《水龍吟》「聽兮清珮瓊瑶」；奇作。（同前）

八四 《水龍吟》「舉頭西北浮雲」：佳甚。（同前）

八五 《水龍吟》「昔時曾有佳人」：奇妙之詞。（同前）

八六 《水龍吟》「老來曾識淵明」：佳。（同前）

八七 《摸魚兒》「更能消幾番風雨」：絶佳。（同前）

八八 《摸魚兒》「望飛來半天鷗鷺」：亦佳。（同前）

八九 《永遇樂》「怪底寒梅」：有思致。（同前）

九〇 《永遇樂》「千古江山」：無限感慨悲涼之意，而詞足以發之，妙妙。（同前）

九一 《歸朝歡》「山下千林花太俗」：含蓄不盡。（同前）

九二 《歸朝歡》「萬里康成西走蜀」：佳。（同前）

九三 《歸朝歡》「我笑共工緣底怒」：亦佳。（同前）

九四 《一枝花》「千丈擎天手」：于此見辛君胸次非淺淺者。（同前）

九五 《喜遷鶯》「暑風涼月」：妙絶。（同前）

九六 《瑞鶴仙》「黄金堆到斗」：奇而穩，非老於文學者弗能。（同前）

九七 《瑞鶴仙》「雁霜寒透幕」：不勝清婉。（同前）

九八 《瑞鶴仙》「片帆何太急」：佳。（同前）

九九 《聲聲慢》「東南形勝」：絶妙。（同前）

一〇〇 《聲聲慢》「停雲靄靄」：古今奇作。（同前）

一〇一 《八聲甘州》「把江山好處付公來」：綽有風致。（同前書卷六）

一〇二 《八聲甘州》「故將軍飲罷夜歸來」：必奇士，乃有奇作。（同前）

一〇三 《雨中花慢》「舊雨常來」：起結處見老手。（同前）

一〇四 《雨中花慢》「馬上三年」：更佳。（同前）

一〇五 《漢宫春》「春已歸來」：佳。（同前）

一〇六《漢宫春》「行李溪頭」：絶妙。（同前）

一〇七《漢宫春》「秦望山頭」：悲歌慷慨。（同前）

一〇八《漢宫春》「亭上秋風」：佳。（同前）

一〇九《漢宫春》「心似孤僧」：此老每到和章，便出奇語，誦之令人灑然。（同前）

一一〇《滿庭芳》「傾國無媒」：古今絶唱。（同前）

一一一《滿庭芳》「急管哀弦」：以下三闋皆佳。（另二詞：「柳外尋春」、「西崦斜陽」。）（同前）

一一二《六么令》「酒群花隊」：善用故事，殊不覺痕跡。（同前）

一一三《洞仙歌》「松關桂嶺」：佳。（同前）

一一四《洞仙歌》「婆娑欲舞」：亦佳。（同前）

一一五《洞仙歌》「舊交貧賤」：亦佳。（同前）

一一六《驀山溪》「小橋流水」：有佳趣。（同前）

一一七《驀山溪》「飯疏飲水」：善戲謔兮，此老之謂也。（同前）

一一八《最高樓》「長安道」：説盡四時行樂，可想見風流醉態。（同前）

一一九《最高樓》「西園買」：佳甚。（同前）

一二〇《最高樓》「相思苦」：佳哉！曲也。（同前）

一二一《最高樓》「金閨老」：金篇妙甚，須景盧，可當此曲。（同前）

一二二 《最高樓》「君聽取」：佳哉！曲也。（同前）

一二三 《最高樓》「花知否」：此老賦此調，無一首不佳者。（同前）

一二四 《最高樓》「吾衰矣」：妙絶。（同前）

一二五 《上西平》「九衢中」：詠雪如此，可以傳矣。（同前）

一二六 《新荷葉》「人已歸來」：佳。（同前書卷七）

一二七 《新荷葉》「種豆南山」：絶妙。（同前）

一二八 《新荷葉》「物盛還衰」：感時慨物，俯仰今古。（同前）

一二九 《新荷葉》「曲水流觴」：隱括《蘭亭記》成章。（同前）

一三〇 《御街行》「闌干四面山無數」：閨情麗語。（同前）

一三一 《御街行》「山城甲子冥冥雨」：旁批：起語佳。（上片首句）（同前）

一三二 《祝英台近》「寶釵分」：翩翩麗藻。（同前）

一三三 《祝英台近》「水縱横」：百年嘉話，風流足傳。（同前）

一三四 《婆羅門語》「落花時節」：此以下一韻四闋，皆平妥可歌。（另三詞：「緑陰啼鳥」、「龍泉佳處」、「不堪䴗鴂」。） 夾批：有情語。（争如不見，纔相見，便有别離時。千里月，兩地相思。）（同前）

一三五 《婆羅門語》「落星萬點」：佳。（同前）

一三六 《千年調》「左手把青霓」：奇奇怪怪，且有古意。（同前）

一三七 《粉蝶兒》「昨日春如十三女兒學繡」：不勝春思，莫使愁人聽之。（同前）

一三八 《千秋歲》「塞垣秋草」：氣象好。（同前）

一三九 《江神子》「剩雲殘日弄陰晴」：一時勝興，遂得佳曲。二闋當日風流猶可想見。（另一詞：「梨花著雨晚來晴」。）（同前）

一四〇 《江神子》「玉簫聲遠憶驂鸞」：以下二詞並有風致。（另一詞：「寶釵飛鳳鬢驚鸞」。）（同前）

一四一 《江神子》「梅梅柳柳鬬纖穠」：風情如許。（同前）

一四二 《江神子》「一川松竹任横斜」：寫出平生心事。（同前）

一四三 《江神子》「簟鋪湘竹帳籠紗」：因聞蟬蛙而戲作此，風流謔浪，可喜可喜。（同前）

一四四 《江神子》「兩輪屋角走如梭」：達者識見自别，吾欲書此詞於座右，以稼軒為異代知己也。（同前）

一四五 《江神子》「五雲高處望西清」：旁批：用韻非。（上片首句）（同前）

一四六 《青玉案》「東風夜放花千樹」：絶妙。（同前）

一四七 《感皇恩》「桉上數編書」：千載高情，宛然在目。夾批：哀思無窮。（江河流日夜，何時了。）（同前）

一四八《行香子》「好雨當春」：旁批：用韻非。（上片首句）（同前）

一四九《行香子》「少日嘗聞」：亦佳。（同前）

一五〇《行香子》「雲岫如簪」：用險韻，構思奇。（同前）

一五一《一剪梅》「獨立蒼茫醉不歸」：妙絶。（同前）

一五二《一剪梅》「憶對中秋丹桂叢」：佳。（同前）

一五三《踏莎行》「夜月樓臺」：後半篇更佳。（同前）

一五四《踏莎行》「弄影闌干」：以此詞賦此花，可謂兩不相負矣，良尉（當作慰）清賞。（同前）

一五五《踏莎行》「吾道悠悠」：妙絶。（同前）

一五六《定風波》「昨夜山翁倒載歸」：醉翁狂態，猶可想見。（同前書卷八）

一五七《定風波》「聽我尊前醉後歌」：佳甚。（同前）

一五八《定風波》「少日猶堪話別離」：亦佳。（同前）

一五九《定風波》「莫望中州歎黍離」：有感愴。（同前）

一六〇《定風波》「百紫千紅過了春」：有情語。（同前）

一六一《破陣子》「擲地劉郎玉門」：風流慷慨。（同前）

一六二《破陣子》「醉裏挑燈看劍」：以此詞寄贈同甫，稱其為人。（同前）

一六三《臨江仙》「老去惜花心已懶」：佳作，佳作。「疏影」、「暗香」之句不得專美矣。（同前）

一六四　《臨江仙》「莫向空山吹玉笛」：佳。（同前）

一六五　《臨江仙》「鍾鼎山林都是夢」：亦佳。（同前）

一六六　《臨江仙》「小靨人憐都惡瘦」：以下二闋皆麗語，若意有所屬而云。（另一詞：「逗曉鶯啼聲昵昵」。）（同前）

一六七　《臨江仙》「風雨吹春寒食近」：佳。（同前）

一六八　《臨江仙》「住世都知菩薩行」：妥如是。（同前）

一六九　《臨江仙》「記取年年為壽客」：以下三首，皆一時乘興而作，並妙。（另二詞：「春色饒君白髮了」、「金谷無煙宫樹緑」。）（同前）

一七〇　《臨江仙》「手種門前烏桕樹」：如此壽詞，古今絶少。（同前）

一七一　《臨江仙》「手撚黄花無意緒」：全篇已佳，末二句尤妙，古人未曾道。（同前）

一七二　《臨江仙》「一自酒情詩興懶」：一時妙作，百年佳話。（同前）

一七三　《臨江仙》「夜雨南堂新瓦響」：草草拈出，無不佳妙。（同前）

一七四　《臨江仙》「鼓子花開春爛漫」：老子興復不淺。（同前）

一七五　《臨江仙》「老去渾身無著處」：差勝前篇。（前篇指：「只恐牡丹留不住」。）（同前）

一七六　《臨江仙》「偶向停雲堂上坐」：老作，自是平妥。（同前）

一七七　《蝶戀花》「老去怕尋年少伴」：起語一句便戚然動人，佳作，佳作。（同前）

一七八　《蝶戀花》「淚眼送君傾似雨」：佳。（同前）

一七九　《蝶戀花》「小小年華才月半」：老子乃爾多情，可笑，可笑。（同前）

一八〇　《蝶戀花》「莫向樓頭聽漏點」：佳。（同前）

一八一　《蝶戀花》「燕語鶯啼人乍遠」：亦佳。（同前）

一八二　《蝶戀花》「九畹芳菲蘭佩好」：煞有奇句。（同前）

一八三　《南鄉子》「隔户語春鶯」：佳作。（同前）

一八四　《南鄉子》「欹枕鱅聲邊」：夢中事，夢中語。（同前）

一八五　《南鄉子》「何處望神州」：佳甚，佳甚。（同前）

一八六　《鷓鴣天》「聚散怱怱不偶然」：佳作。（同前書卷九）

一八七　《鷓鴣天》「晚日寒鴉一片愁」：情有所屬，非代人賦也。（同前）

一八八　《鷓鴣天》「陌上柔葉破嫩牙」：以下三闋皆佳。（另二詞：「撲面征塵去路遥」、「唱徹陽關淚未干」。）（同前）

一八九　《鷓鴣天》「枕簟溪堂冷欲秋」：以下五闋皆天然流出，不事雕刻，老手，老手。（另四詞：「指點齋尊特地開」、「著意尋春懶便回」、「翠木千尋上薜蘿」、「困不成眠奈夜何」。）（同前）

一九〇　《鷓鴣天》「夢斷京華故倦遊」：疊字硬。（同前）

一九一　《鷓鴣天》「趁得東風汗漫遊」：麗語。（同前）

一九二 《鷓鴣天》「莫上扁舟向剡溪」：妙句，正在頷聯。（同前）

一九三 《鷓鴣天》「戲馬台前秋雁飛」：佳。（同前）

一九四 《鷓鴣天》「有甚閒愁可皺眉」：尤勝前篇。（同前）

一九五 《鷓鴣天》「一夜清霜變鬢絲」：此篇當别是一題。（同前）

一九六 《鷓鴣天》「莫避春陰上馬遲」：佳。（同前）

一九七 《鷓鴣天》「木落山高一夜霜」：妙甚。（同前）

一九八 《鷓鴣天》「句裏春風正剪裁」：佳作。（同前）

一九九 《鷓鴣天》「掩鼻人間臭腐場」：佳作。（同前）

二〇〇 《鷓鴣天》「翰墨諸公久擅場」：結句可悲。（同前）

二〇一 《鷓鴣天》「自古高人最可嗟」：佳。（同前）

二〇二 《鷓鴣天》「病繞梅花酒不空」：詠梅二闋並有風致。（同前）

二〇三 《鷓鴣天》「出處從來自不齊」：結句，比也。（同前）

二〇四 《鷓鴣天》「晚歲躬耕不怨貧」：佳甚。（同前）

二〇五 《鷓鴣天》「髮底青青無限春」：此篇當别是一題。（同前）

二〇六 《鷓鴣天》「老退何曾説著官」：結句佳。（同前）

二〇七 《鷓鴣天》「綠鬢都無白髮侵」：失韻。（同前）

二〇八 《鷓鴣天》「泉上長吟我獨清」：佳，但結韻未穩。（同前）

二〇九 《鷓鴣天》「不向長安路上行」：額聯妙。（同前）

二一〇 《鷓鴣天》「老病那堪歲月侵」：佳甚，末句可笑。（同前）

二一一 《鷓鴣天》「壯歲旌旗擁萬夫」：老驥伏櫪之志，奚啻千里邪？（同前）

二一二 《鷓鴣天》「占斷雕欄只一株」：佳。（同前）

二一三 《鷓鴣天》「翠蓋牙籤幾百株」：亦佳。（同前）

二一四 《鷓鴣天》「莫殢春光花下游」：佳。（同前）

二一五 《鷓鴣天》「誰共春光管日華」：佳。（同前）

二一六 《鷓鴣天》「歎息頻年廩未高」：亦佳。（同前）

二一七 《鷓鴣天》「秋水長廊水石間」：絶佳。（同前）

二一八 《瑞鷓鴣》「聲名少日畏人知」：妙。（同前）

二一九 《瑞鷓鴣》「膠膠擾擾幾時休」：妥而暢。（同前）

二二〇 《瑞鷓鴣》「江頭日日打頭風」：佳。（同前）

二二一 《瑞鷓鴣》「期思溪上日千回」：亦佳。（同前）

二二二 《玉樓春》「往年巃嵸堂前路」：穩帖。（同前書卷十）

二二三 《玉樓春》「少年才把笙歌盞」：即使白傅作，亦不過如此。（同前）

二二四　《玉樓春》「狂歌擊碎村醪盞」：煞有奇氣。（同前）

二二五　《玉樓春》「君如九醞台粘盞」：愈和愈奇。（同前）

二二六　《玉樓春》「山行日日妨風雨」：佳。（同前）

二二七　《玉樓春》「人間反覆成雲雨」：佳。（同前）

二二八　《玉樓春》「何人半夜推山去」：奇作。（同前）

二二九　《玉樓春》「青山不曾乘雲去」：此以下五闋俱婉約可喜。（另四詞：「無心雲自來還去」、「瘦筇倦作登高去」、「風前欲勸春光住」、「三三兩兩誰家娘」。）（同前）

二三〇　《玉樓春》「悠悠莫向文山去」：佳。（同前）

二三一　《玉樓春》「有無一理誰差別」：有思致，亦可笑。（同前）

二三二　《玉樓春》「江頭一帶斜陽樹」：開口便別。（同前）

二三三　《鵲橋仙》「朱顏暈酒」：佳。（同前）

二三四　《鵲橋仙》「小窗風雨」：佳。（同前）

二三五　《鵲橋仙》「豸冠風采」：亦佳。（同前）

二三六　《鵲橋仙》「松岡避暑」：草草成奇。（同前）

二三七　《鵲橋仙》「少年風月」：絕佳。（同前）

二三八　《西江月》「貪數明朝重九」：佳。（同前）

二三九 《西江月》「勝欲讀書已懶」：意中語。（同前）

二四〇 《西江月》「金粟如來出世」：清新。（同前）

二四一 《西江月》「醉裏且貪歡笑」：清狂老子，好作奇怪語。（同前）

二四二 《西江月》「萬事雲煙忽過」：曠達。（同前）

二四三 《朝中措》「年年團扇怨秋風」：佳。（同前）

二四四 《清平樂》「茅簷低小」：佳。（同前）

二四五 《清平樂》「繞床饑鼠」：更佳。（同前）

二四六 《清平樂》「此身長健」：有俠氣。（同前）

二四七 《好事近》「綵勝鬬華燈」：佳。（同前）

二四八 《好事近》「雲氣上林梢」：亦佳。（同前）

二四九 《菩薩蠻》「青山欲共高人語」：妙絶。（同前書卷十一）

二五〇 《菩薩蠻》「錦書誰寄相思語」：亦妙。（同前）

二五一 《菩薩蠻》「鬱孤臺下清江水」：膾炙今古。（同前）

二五二 《菩薩蠻》「無情最是江頭柳」：佳。（同前）

二五三 《卜算子》「欲行且起行」：識盡世情，方有此語。（同前）

二五四 《卜算子》「盜蹠儻名丘」：奇古之作。（同前）

二五五 《卜算子》「一以我為牛」：佳。（同前）

二五六 《卜算子》「夜雨醉瓜廬」：以下三闋皆佳。（另二詞：「珠玉作泥沙」、「漢代李將軍」。）（同前）

二五七 《醜奴兒》「晚來雲淡秋光薄」：佳。（同前）

二五八 《醜奴兒》「煙蕪露麥荒池柳」：亦佳。（同前）

二五九 《浣溪沙》「未到山前騎馬回」：不勝感愴。（同前）

二六〇 《浣溪沙》「細聽春山杜宇啼」：佳。（同前）

二六一 《浣溪沙》「北隴田高踏水頻」：亦佳。（同前）

二六二 《浣溪沙》「花向今朝粉面勻」：更佳。（同前）

二六三 《浣溪沙》「這裏裁詩話別離」：別懷婉調。（同前）

二六四 《浣溪沙》「百世孤芳肯自媒」：佳。（同前）

二六五 《浣溪沙》「記得瓢泉快活時」：奇絕。（同前）

二六六 《浣溪沙》「總把平生入醉鄉」：妙思。（同前）

二六七 《虞美人》「群花泣盡朝來露」：佳。（同前）

二六八 《虞美人》「翠屏羅幕遮前後」，亦佳。（同前）

二六九 《虞美人》「當年得意如芳草」：善詠物。（同前）

二七〇《浪淘沙》「身世酒杯中」：老筆。（同前）

二七一《浪淘沙》「不肯過江東」：妙絕。（同前）

二七二《減字木蘭花》「僧窗夜雨」：佳。（同前）

二七三《減字木蘭花》「昨朝官告」：亦佳。（同前）

二七四《減字木蘭花》「盈盈淚眼」：此老狂態，不覺自露。（同前）

二七五《南歌子》「世事從頭減」：無窮感慨。（同前書卷十二）

二七六《南歌子》「玄入參同契」：絶妙好辭。（同前）

二七七《南歌子》「散髮披襟處」：有風致。（同前）

二七八《錦帳春》「春色難留」：佳。（同前）

二七九《太常引》「一輪秋影轉金波」：末翻杜句，更佳。（同前）

二八〇《太常引》「君王著意履聲間」：頌而不諛。（同前）

二八一《太常引》「仙機似欲織纖羅」：奇絶。（同前）

二八二《東坡引》「玉纖彈舊怨」：以下三闋皆麗曲也，可以想見此老之風流矣。（另二詞：「君如梁上燕」、「花梢紅未足」。）（同前）

二八三《戀繡衾》「夜長偏冷添被兒」：讀罷，令人捧腹絶倒。（同前）

二八四《杏花天》「病來自是於春懶」：麗而婉。（同前）

二八五　《唐河傳》「春水」：此老善作麗語。(同前)

二八六　《醉花陰》「黄花謾説年年好」：佳。(同前)

二八七　《惜分飛》「翡翠樓前芳草路」：多情語。(同前)

二八八　《柳梢青》「姚魏名流」：雅調。(同前)

二八九　《柳梢青・三山歸途代白鷗見嘲》「白鳥相迎」：題目已自奇，而詞又奇。(同前)

二九〇　《點絳唇》「身後虚名」：妙妙。(同前)

二九一　《生查子》「昨宵醉裏行」：佳。(同前)

二九二　《生查子》「去年燕子來」：結語更佳。(同前)

二九三　《生查子》「溪邊照影行」：不食煙火食，乃有此語。(同前)

二九四　《生查子》「高人千丈崖」：辛君志操，於兹見之。(同前)

二九五　《生查子》「漫天春雪來」：二闋皆佳。(另一詞：「梅子褪花時」。)(同前)

二九六　《生查子》「悠悠萬世功」：善叙禹功。(同前)

二九七　《阮郎歸》「山前燈火欲黄昏」：佳。(同前)

二九八　《昭君怨》「長記瀟湘秋晚」：妙作。(同前)

二九九　《昭君怨》「夜雨剪殘春韭」：悽楚。(同前)

三〇〇　《烏夜啼》「江頭醉倒山公」：以下二闋並妙。(同前)

三〇一　《烏夜啼》「晚花露葉風條」：更妙。（同前）

三〇二　《一絡索》「羞見鑒鸞孤却」：此老善作麗語。（同前）

三〇三　《憶王孫》「登山臨水送將歸」：絶妙。（同前）

三〇四　《碧雲清嘯序》：余嘗閲《花間》、《尊前》、《金荃》、《漱玉》、《清真》、《聊復》、《稼軒》、《古山》等集，皆詞曲也。昔人謂之詩餘，又謂之長短句。蓋其體昉于唐，而李太白氏寔為之倡，今所傳《憶秦娥》、《菩薩蠻》二曲，乃倚聲填詞之祖也。嗣有温飛卿、皇甫松輩亦稱妙絶，人並膾炙焉。逮宋盛時，歐陽永叔、蘇子瞻、黄魯直、秦少游、晏同叔、張子野諸子咸富填腔之作，要之以醖藉婉約者為入格，故陳無已評子瞻詞高才健筆，雖極天下之工，然終非本色。以其豪氣太露也，而子瞻獨稱少游為今之詞手，豈非取其醖藉婉約爾邪？程子曰：古人之詩如今之歌曲，當是時，金、元度曲未出，所謂歌曲，正指填詞耳。而范文正、朱文公諸大儒亦嘗有作，一洗香奩粉澤之陋，超然自得於筆墨蹊徑之外，使人讀之，有瀟灑出塵之想，洋洋乎邑哉！竊觀近世以文章名家者，多弗究心於此，若曰吾不屑為也，豈其然乎？惟誠意伯劉公伯温平生所作幾三百首，神藻絢爛，光溢簡帙。蓋自伯温之後，寥寥百餘年間，有作者不過數首而已，豈非引商刻羽之調填腔寔難而陽春白雪之音屬和自寡邪？余幼嗜聲律，喜誦古人雅曲，撫景觸事，潦草效顰，寫興適情，游戲翰墨，陶陶然而樂也。耕鋤之暇，積稾漸多，爰命童史輯録，藏之篋笥，漫題其簡首，曰《碧雲清嘯》。碧雲者，余小子山居之堂名也；清嘯，其自放云。（《嵩渚文集》卷五十六）

三〇五 《乙巳春遊稾序》：余少厭塵囂，雅尚丘壑。然家本大梁，苦無山水間，嘗閲嶽圖海經，洞函嶠録，輒嗒然坐忘，意馳神往。蚤歲宦游四方，每遇佳山水，必掉鞅以遊。探奇窮幽，竟日忘倦，乃若京師之西山，襄陽之鹿門，湖南之大别、洞庭，京口之金、焦，吴門之虎丘，無錫之惠山，杭州之西湖，會稽之雲門、天姥、若耶、剡谿，四明之天童、雪竇、阿育王山，台、温之赤城、鴈蕩，河東之底柱、龍門，罔不遂眺覽之願焉。嘉靖丙戌免歸，時年三十有八，杜門掃軌，不復遠遊，蓋逾二十年于兹矣。乙巳暮春，喧陽載和，覺獵心之復萌，適婚嫁之甫畢，乃策杖渡河，駕言西邁，入王屋，躡天壇，觀濟源池，裴徊于龍潭、盤谷之間，弔古懷賢，殊有情興，還經寧邑，過山陽，問竹林遺蹟，遂入六真山，尋列僊丹竈，迆邐至百家巖、駝峰嶺、石門潭，暫憩共城之百泉書院。爰陟蘇門山絶頂，訪孫登嘯臺、邵子安樂窩，觴詠于泉上之涌金亭，留連數日，興盡而返，樂哉！斯遊良足慰吾平生也已。往返僅二十日，得遊記十二首，雜文三首，五七言雜體詩五十九首，詩餘長短句十首，合為一帙，寘之几案，時一展閲，恍若身在巖瀑間。雲翾霞蔚，猿鳥亂啼，清賞既足，而吟嘯以歸也。昔宗少文好遊名山，西走荆巫，南登衡岳，晚歸江陵，歎曰：「吾老矣，諸山恐難徧歷，惟澄懷觀道，卧以遊之。」凡所經履，悉圖之于室，謂人曰：「撫琴動操，欲令衆山皆響。」抑余之輯是稾也，其諸少文圖山于室之意乎？稾凡五卷，祕不以示人。明年丙午秋，巡撫大中丞池陽柯公枉駕敝廬，偶見之客堂，躍然喜曰：「廣志抒抱遊之大義，疾誦一過，心骨灑然，是不可不鋟梓以傳。」乃屬開封太守桂林白侯刻之郡齋，余固辭焉而未能也。姑漫為之序，以諗諸同好者。（同前書卷五十八）

三〇六《讀梅溪文集》：梅溪先生王忠文公前集二十卷，後集二十九卷，廷試策一卷，奏議四卷，天順間祥符劉公謙為温州守，刻之郡齋。公之學粹然，一出于正，詩文平澹典則，不為浮華靡艷之詞，而尤留心吏事。故所至有惠政，人皆思之。紹興二十七年，公奉廷對，片晷數萬言，切中時弊，高宗親擢第一，欲試以民事，僉判紹興府。自後歷官侍從、臺諫，出知饒、夔、湖、泉四郡，入為太子詹事，以龍圖閣學士致仕。惜當時用之，不盡其才也。初公以制策甲天下，或議其未必精於政事，然自為郡佐以至守牧，廉恕公平，簡允詳練，雖案牒填委，必一一繙閱，審核至當乃已，民咸立祠堂以事之。子朱子序其文集，謂其稟乎天者，純乎陽德剛明之氣，是以其心光明正大，疏暢洞達，如青天白日，而見于文章事業者，一皆如此，誠哉！是言也。朱子又取前輩五君子以儷公，曰：諸葛忠武侯、杜工部、顏尚書、韓文公、范文正公，人不以為過。蓋五君子皆有文有行，所謂純乎陽德剛明之氣如青天白日者，公與五君子而為伍，可以無怍色已。然則士立于一世，欲以文自命者，可不植德勵行，以為昌其文之地邪？嗚呼！有本者如是。在吾人，當自勉爾。（同前書卷七十一）

三〇七《讀中州集》：《中州集》，自甲至癸凡十卷，而樂府附焉。遺山先生北渡後，留滯聊城，杜門簡出，日以纂述為事。念金源氏立國百餘年以來，詩人為多，兵燹散亡，什不存一，先生乃網羅遺逸，蒐訪百至，卒掇拾于干戈擾攘之餘，總萃成書，題之曰《中州集》。厥後元人修《金史》，多采用之，使無是集，不獨《金史》無所據而修，而諸賢之作亦湮滅無傳矣。先生嘗自題是集之後五絶句，其末曰：「平世何曾有稗官，亂來史筆亦燒殘。百年遺稾天留在，抱向空山掩淚看。」嘻！可悲已。弘治丙辰刻于西安府，亦沁水李公瀚意也。有郡守華容嚴永濬序。（同前書卷七十二）

三〇八 遇僊樓，在南薰門裏街西，有異僧之事。趙秉文作《滿庭芳》詞以紀之。（《汴京遺蹟志》卷八「宮室·樓」）

三〇九 宣和初，收復燕山，以歸金民來居京師者，其俗有《臻蓬蓬》歌，每扣鼓，和臻蓬蓬之音為節，而舞人皆喜聞其音而効之，其歌曰：「臻蓬蓬，外頭花花裏頭空。但看明年春二月，滿城不見主人翁。」本金讖，故京師不禁，然卒有靖康之變。（同前書卷十三「雜志二·宋四京·靖康之變」）

宋孟清輯詞話

宋孟清，萊陽（今山東）人。弘治間任漢中府儒學訓導。輯《詩學體要類編》三卷，自序云：「詩之所難知者，體；而最難知者，要也。知其體而不知其要，則聲律無所諧，而所言者泛泛矣。知其要而或出於體，雖律嚴語奇，亦非所謂佳作也，故兼得要而得之者為難，而學者亦嘗病焉。弘治癸亥，拙承乏訓漢中，講習之暇，諸士子以詩學之要請拙，授以《修辭衡鑑》及諸名賢詩話。既而初學苦其浩瀚，難於檢閱，故不揣陋劣，採摭古今詩學嘉言於前，復次以諸家體制，原其始而綴其要。」編成此書，便於初學。此據《四庫全書存目叢書》影印明弘治刻本録詞話五則。

一　奪胎換骨：奪胎者，因人之意，觸類而長之，雖不盡為因襲，又能不至於轉易，蓋亦大同而小異耳。《冷齋夜話》云：規模其意形容之，謂之奪胎。換骨者，意同而語異也。《冷齋》云：不易其意而造其語，謂之換骨。朱皞（當作皐）逢年云：「今人皆拆洗詩耳，何奪胎換骨之有？」《詩憲》《冷齋夜話》：如鄭谷《十月菊》：「自緣今日人心別，未必秋香一夜衰。」此意甚佳，而病在氣不長。曾子固曰：詩當使人一覽，語盡而意有餘，荆公《菊》詩云：「千花百卉凋零後，始見閑人把一枝。」東坡云：「休休，明日黄花蝶也愁。」又如太白詩云「鳥飛不盡暮天碧」，又云「青天盡處没孤鴻」，然其病如前所論。山谷詩云：「不知眼界潤多少，白鳥去盡青天回。」此皆換骨法也。顧況詩云：「一别二十年，人堪幾回别。」荆公：「一日君家把酒杯，六年波浪與塵埃。不知烏石岡頭路，到老相尋得幾回。」樂天詩曰：「臨風杪秋樹，對酒長年人。醉貌如霜葉，雖紅不是春。」東坡云：「兒童誤喜朱顔在，一笑那知是酒紅。」此皆奪胎之法也。《古今詩話》（《詩學體要類編》卷一）

二　《竹枝詞》體：《竹枝詞》，本夜郎之音，依聲製詞，實起劉夢得。辭若鄙陋，而發情止義，則有風人騷子之遺意。楊鐵崖《竹枝詞》（劉夢得）：楊柳青青江水平，聞郎江上唱歌聲。東邊日出西邊雨，道是無晴還有晴。（同前書卷二）

三　香奩體：唐人用此體言閨閣之情，乃艷詞也，與玉臺體相似。今人倣之者雖多，要之發乎情、止乎禮義者少。今取元王德璉《踏莎行》、楊（脱「維」字，下同）禎七言絶為例。　金盆沐髮《踏莎行》（王德璉）：「寶鑑凝膏，温泉流膩，璚纖一把青絲墜。冰膚淺漬麝煤春，花香石髓和雲洗。玉女峰前，咸池月底，臨風輕把犀梳梳理。陽臺行雨乍歸來，羅巾猶帶消（當作瀟）湘水。」月奩勻面：「冰鑑懸秋，璚腮凝素，鉛華夜搗長生兔。玉容自擬比姮娥，粧成又恐姮娥妬。」花影涵空，蟾光籠霧，芙蓉一朵溥清露。年年只在廣寒宮，今宵鸞影驚相遇。」染甲（楊禎）：「夜搗守中（一作宮）金鳳蕋，十尖盡換紅鵶觜。閑來一曲鼓瑶琴，數點桃花泛流水。」理繡：「揀得金針出象筒，鴛鴦雙劍扇羅中。却嗔昨夜貍奴惡，抓亂金牀五色絨。」（同前）

四　調體：調乃古樂府之再變也，近世所謂大曲，若蘇東坡之《念奴嬌》、張子野之《天仙子》、柳耆老（當作卿）之《雨霖鈴》之類是也。凡聲音格調各應律吕，故分六宫十二調。詞貴清新婉麗，樂而不淫，假喻達事，發乎情而止乎禮義也。（同前）

五　《念奴嬌·赤壁懷古》（蘇東坡）：「大江東去，浪淘盡、千古風流人物。故壘西邊，人道是、三國周郎赤壁。亂石穿空，驚濤拍岸，捲起千堆雪。江山如畫，一時多少豪傑。　遥想公瑾當年，小喬初嫁了，雄姿英發。羽扇綸巾，談笑間、檣艣灰飛煙滅。故國神遊，多情應笑我，早生華髪。人生如夢，一樽還酹江月。」苕溪漁隱云：東坡赤壁詞語意高妙，真今古絶唱。（同前）

薛蕙詞話

薛蕙（一四八九—一五四一），字君采，學者稱西原先生，亳州（今安徽）人。正德甲戌登進士，授刑部主事，諫武宗南巡，受廷杖，陞考功司郎中。所著有《西原遺書》、《考功集》、《約言》、《西原集解》、《大寧齋日録》、《五經雜録》、《老子集解》等。此據《四庫全書存目叢書》影印明嘉靖四十二年王廷刻本《西原先生遺書》録詞話一則。

一 《賀州守詞》有引：易象飛龍，視大人之利見；詩歌采菽，樂君子之來朝。屬漢京元會之期，適虞廷考績之歲。即膺顯陟，以寵異能。恭惟某官：從容以和，疏達而信。生屈子之國，擅登高能賦之才；遊魯公之門，藴學道愛人之志。甫登官簿，遂領郡符。仍選擇於劇州，蓋銓材之已審；果操決若素宦，何應務之有餘。持重而無所紛更，近實而不為表襮。上甘泉之計，際元日之三朝；謁承明之廬，聽鈞天之九奏。山公啓事，特加歎息之辭；漢帝璽書，數拜頻繁之賜。某等跡叨僚寀，喜倍輿人。既無助於賢勞，方庶幾於善禱。敢陳樂府，用侑祖筵。「金鞍盈路，千騎朝天去。閶闔曉開凝碧樹，正在彤雲深處。　帝京絶勝蓬壺，烟花繚繞黄圖。携取上林春色，歸來放滿譙都。」（《西原先生遺書》「附録」）

黄佐詞話

黄佐（一四九〇—一五六六），字才伯，香山（今廣東）人。幼穎悟，一覽成誦，弱冠舉正德庚午鄉試第一，庚辰登進士，選庶吉士，授翰林編修。出爲江西僉事，改補廣西僉事，提督學校。除中允，轉侍讀，掌南院事，出爲南京國子祭酒，擢少詹事兼侍讀學士，致仕歸。編著有《禮樂典》、《翰林志》、《廣州人物傳》、《嘉靖廣西通志》、《南雍志》、《泰泉集》、《詩經通解》、《六藝流别》、《庸言》等。《庸言》十二卷，爲其致仕後講學語録，分學道、修德、求仁、游藝、制禮、審樂、政教、事業、著述、象數、天地、聖賢十二類。此據《續修四庫全書》影印明嘉靖三十一年刻本録詞話一則。又據《四庫全書存目叢書》影印明嘉靖二十年張志選刻崇禎十一年徐邦式重修本徐問《山堂萃稿》録評詞一則。

一　問燕樂登歌三終，間歌三終，合樂三終。蔡元定謂二十八調譜，以合、四、一、上、勾、尺、工、凡、六、五，何與？曰：楚詞四上競氣極聲，變已有之矣。今俗樂本十六調，宫羽倡，則商羽和，餘乃唐所增也。詞曲各陳其情，唱之則有抑揚，即「詩言志，歌永言」也。和以樂器，依歌聲清濁高下以律齊之，如作宫調則衆音皆以合為節，徵調以尺，亦然，即「聲依永，律和聲」也。但俗樂絲竹間促而聲高，聽者情躁而心邪，古樂金聲玉振，間遼而聲緩，聽者平和而善心生，雖不同而實相近，故曰今之樂由古之樂也。（《庸言》卷六）

二　《踏莎行·早春》：「金谷芳菲，紅樓錦步，豪華宿昔今何處。百年容易過風花，只有山川宛如故。　淑景良辰，雲江碧樹，會情却有天然趣。殷勤屬付野亭春，莫教虚擲鶯花去。」黄佐云：通篇清潤可歌。（《山堂萃稿》卷一「詞話」）

游潛詞話

游潛，字用之，豐城（今江西）人。弘治辛酉舉人，官兩江總督，南賓州知州。所著有《夢蕉詩話》、《博物志補》。《夢蕉詩話》二卷，所論諸詩，明人居其大半，或借以自攄不平。此據《四庫全書存目叢書》影印清康熙修補《夢蕉三種》本録詞話一則。

一

方孝孺過子陵釣臺長短句一章云：「正人須正己，治國先齊家。如何廢郭后，寵此陰麗華。糟糠之妻尚如此，貧賤之交安足擬。羊裘老子早見幾，獨向桐江釣煙水。」直於子陵心上說出來，向使當時少為富貴所餌，未必其能終也，特羊裘不免微有形跡。（《夢蕉詩話》卷上）

胡侍詞話

胡侍（一四九二—一五五三），字奉之，號濛溪，咸寧（今陝西西安）人。正德丁丑進士，官至鴻臚寺少卿。坐議大禮，謫潞州府同知。著《墅談》、《真珠船》等。《真珠船》八卷，有嘉靖戊申自序，云王徽之言觀書每得一義如得一真珠船，故名。書中雜採經史故事及小説家言，然徵引拉雜，又喜談怪異果報之説。《墅談》六卷，皆辨證古籍，兼及時事，徵採龐雜。此據《四庫全書存目叢書》影印明刻本《真珠船》和影印明嘉靖間刻本《墅談》録詞話九則。

一　南北音：周官：鞮鞻氏掌四夷之樂與其聲歌，東方曰韎，南方曰任，西方曰株離，北方曰禁。《文心雕龍》云：塗山歌於候人，始為南音。有娀謡乎飛燕，始為北聲。夏甲歎於東陽，東音以發。

殷鼛思於西河，西音以興。是四方皆有音也。今歌曲但統為南北二音，如《伊州》、《凉州》、《甘州》、《渭州》，本是西音，今並以為北曲。由是觀之，則《擊壤》、《康衢》、《卿雲》、《南風》、《白雲》、《黃澤》之類，詩之篇什，漢之樂府，下逮關、鄭、白、馬之撰，雖詞有雅、鄭，並北音也。若南音，則孺子、接輿、越人、紫玉、吴歈楚艷，以及今之戲文，皆是。然三百篇無南音，《周南》、《召南》，皆北方也。（《真珠船》卷三）

二　北曲：北曲不但《擊壤》等歌，及詩三百為是。後魏樂府有北歌，隋有北庭、伊州，唐開元中，歌工長孫元忠之祖嘗授北歌於侯將軍貴昌，至若隋煬帝《望江南》，李太白、温庭筠《菩薩蠻》，蘇子瞻《念奴嬌》、《行香子》、《南鄉子》，秦少游《憶王孫》、俞國寶《風入松》，並是北曲，固可按而歌也。世謂始於金之董解元，非是。北曲音調大都舒雅宏壯，真能令人手舞足蹈，一倡三歎。若南曲，則悽婉嫵媚，令人不歡，直顧長康所謂老婢聲耳，故今奏之朝廷郊廟者，純用北曲，不用南曲。（同前）

三　元曲：元曲如《中原音韻》、《陽春白雪》、《太平樂府》、《天機餘錦》等集，《范張雞黍》、《王粲登樓》、《三氣張飛》、《趙禮讓肥》、《單刀會》、《敬德不伏老》、《蘇子瞻貶黃州》等傳奇，率音調悠圓，氣魄宏壯，後雖有作，鮮之與京矣。蓋當時臺省元臣、郡邑正官及雄要之職，盡其國人為之。中州人每每沉抑下僚，志不獲展，如關漢卿，乃太醫院尹。馬致遠，江浙行省務官。宫大用，鈞臺山長。鄭德輝，杭州路吏。張小山，首領官。其他屈在簿書，老於布素者，尚多有之。於是以其有用之才而一寓之

乎聲歌之末，以紓其怫鬱感慨之懷，蓋所謂不得其平而鳴焉者也。（同前書卷四）

四　《望江南》：《望江南》，隋煬帝已作此曲，凡八首。詞調甚新麗，唐以來屬南吕宫，今入大石調。一名《夢江南》，一名《憶江南》，一名《江南好》，一名《歸塞北》，一名《謝秋娘》，《樂府雜録》以為李衛公為亡妓謝秋娘始撰，非也。又陶隱居亦有《望江南》，恐是僞作。（《野談》卷一）

五　紅牙拍板：黄魯直《醉落魄》詞云：「紅牙板歇，韶聲斷、《六么》初徹。」《吹劍續録》云：「柳郎中詞，只好十七八女兒執紅牙拍板唱『楊柳外，曉風殘月。』」世多不曉紅牙之説，按《嶺表録異記》云：「潮循州多野象，牙小而紅，最堪為笏。」當是用此為拍板爾，宋朝又有紅象牙管。（同前）

六　唐明皇幸驪山：杜牧《華清宫》詩：「長安回望繡成堆，山頂千門次第開。一騎紅塵妃子笑，無人知是荔支來。」《遯齋閑覽》云：據《唐紀》，明皇以十月幸驪山，至春即還宫，是未嘗六月在驪山也。然荔支盛暑方熟，詞意雖美，而失事實。余按《雍録》云：觀風殿有複道，可以潛通大明。則微行間出，亦不必正在十月。此猶意度之説。及觀陳鴻《東城老父傳》云：玄宗元會與清明節，率皆在驪山。每至，是日萬樂具舉，六宫畢從，是其出幸驪山果不必於十月為有據矣。又陳鴻《長恨傳》云：天寶十年，避暑驪山宫。《愛日齋藁抄》云：天寶十四年六月一日，貴妃生日，幸華清宫，于長生殿奏新曲，會南海進荔支，因名《荔支香》。《唐書·禮樂志》、《碧雞漫志》、《楊妃外傳》所載，皆與《愛日齋》之説略同，則明皇果嘗於荔支熟時幸驪山，又為有據矣。杜牧又有《華清宫》長篇云：「塵埃羯鼓索，片段荔支香。」倘非事實，豈容再言？　歐陽永叔詞亦云：「一從魂散馬嵬（當作嵬）間，只有紅塵

無驛使，滿眼驪山。」永叔修《唐史》者，詠唐事，當不誤也。（同前書卷三）

七　雪詞：宋文及翁作《百字令》詠雪云：「没巴没鼻，霎時間、做出漫天漫地。不問高低，并上下，平白都教一例。鼓弄滕六，招邀巽二，只恁施威勢。識他不破，至今道是祥瑞　最是鵝鴨池邊，三更半夜，誤了吳元濟。東郭先生都不管，挨上門兒穩睡。一夜東風，三竿紅日，萬事隨流水。東皇笑道，山河元是我底。」蓋譏賈似道之打量也。《錢唐遺事》以為陳藏一作，詞名《念奴嬌》。宣德間凝□子有《天净紗》云：「無端巽二聲喧，堪嗟滕六奪槐，青帝在東郊駐輦。道從他施展，終須還我春暄。」成化間，王舜耕有《落梅風》云：「紛紛下，穰穰飛。白占了許多田地。凍餓殺普天下黎民，都是你，怎做得國家祥瑞。」二詞語意皆踵文及翁，並有所刺，深得比興之體。（同前書卷四）

八　詠妓行第詞：宋人有詠妓行七詞云：「元是竹林舊伴侶去，人日偶相遇。笑盧仝狂怪嘗茶，問子建詩成幾步，憶去年乞巧同懽，把琴絃細細說與傷你。愛攬四么三，生下丑男二女。小石調遍地花也。」又有《河傳》詠妓行四者云：「雙花對植，似黄封和了，龍香難敵四和香。悶抱琵琶，試把么絃輕輾。筭行家，總認得四行家。朱窩戲捻骰兒擲，朱窩四隻，骰子賭名。惟有燒盆貢采偏難覓。四隻滿江紅，名燒盆貢采。常把那月字横書。謝三娘，全不識。」俗云謝三娘不識四字、罪字頭。又有詠妓崔念四《踏青遊》云：「識箇人人，恰止二年懽會。似賭賽，六隻渾四。向巫山，重重去。如魚水，兩情美。同倚畫樓十二，倚了又還重倚。兩日不來，時時在人心裏。擬問卜，常占歸計。拚三八清齋，望永同鴛被。驀然被人驚覺，夢也有頭無尾。」（同前）

九　厠上作文讀書：左思作《三都賦》，搆思十稔，門庭藩溷，皆著紙筆。遇得一句，即疏之。錢若水坐則（當作厠）讀經史，卧讀小説，上厠讀小詞。宋（脱「子」字）京走厠，必挾書，遠近聞其諷誦。歐陽修云思索文字，多在三上，謂馬上，枕上，厠上。四公固皆勤學，但溷厠褻穢，暫輟可也。（同前）

蘇祐詞話

蘇祐（一四九二—一五七一），字允吉，一字舜澤，號穀原，濮州（今山東）人。嘉靖丙戌進士，除吴縣知縣，再知東鹿，徵授監察御史，出為江西提學副使，遷山西參政，陞大理少卿，以僉都御史撫保定，以副都御史撫山西，入為刑部侍郎，尋以兵部左侍郎總督宣大，進兵部尚書，削籍，尋復官。所著有《穀原文草》、《穀原詩集》、《雲中事紀》、《三關紀要》、《法家裒集》、《三巡集》、《逌旃瑣言》等。《逌旃瑣言》二卷，是書雜記碎事，多鄙猥之談。此據《四庫全書存目叢書》影印明嘉靖間刻本《逌旃瑣言》録詞話九則。

一

「打起黄鶯兒，莫教枝上啼。啼時驚妾夢，不得到遼西。」説者謂有風人之旨。嘗記《清江引》

詞：「誰家女，妖嬈十六七。見一對蝴蝶戲，香肩靠粉墻，玉指彈珠淚。喚丫鬟，趕他去別處飛。」其不盡之意，視「不分桃花紅勝錦，生憎柳絮白於綿」反淺直矣。（《適旃瑣言》卷上）

二　《中原音韻》載元馬致遠《夜行船》詞，亟稱其得入派三聲之妙，亦有人疑「天教富，莫太奢」悖上下句及時行樂之意，蓋解莫為無不得。其説又改「太」為「憚」，苟知莫為不肯，則東籬之心慰矣。（同前）

三　驛壁人多題詠，若「天不生仲尼，萬古如長夜」，誰能厭之？顧慢言長話多可厭笑，有人題一詞云：「東來的寫在墻兒上，西來的寫在墻兒上，南來的寫在墻兒上，北來的寫在墻兒上。兀的不氣殺人也麽歌，兀的不惱殺人也麽歌，我也寫在墻兒上。」殊風騷可喜，調蓋亦《叨叨令》也。（同前）

四　「提學來十字街頭，無秀才，提學去。蒲城群彦皆沉醉，青樓花暎東坡巾，紅燈夜照《西廂記》。」長短句云云，乃吾郡憲使澤山桑公口號，諷示門生子弟也。提學出巡，積學待問者固多，其恃聰明遊懶者，見蒸熱賣三五日内經書，翻閲數次，果常如此，又何五車之不盡涉獵為博雅人耶？（同前）

五　詞與詩不同，《玉堂餘興》咏詞云：「詞家三昧，妙理難傳下。詩壇登畫品，出文筌。」可謂登彼岸矣。（同前書卷下）

六　詩而騷，騷而賦，賦而樂府，樂府而詞，詞而小令。南北曲分，聲韻之變，隨時化遷，要之，達於比興，千古如新。王實甫《西廂記》，《會真詩》演義也；高則誠《琵琶記》，蔡中郎別傳也。南北詞曲之祖，它有作者，莫能尚矣。（同前）

七 詠詞有善謔而不虐者，其詠瘧云：「冷將來，一似冰凌上坐。熱將來，一似蒸籠内卧。顫將來，顫的牙關錯。疼將來，疼的天靈破。兀的不害殺人也麽哥，似這等寒來暑往，人難過。」意在末句，曲有務頭，如此尚審聽之。（同前）

八 《易》曰：「先甲三日，後甲三日。」先甲三日為辛，辛者，新也。後甲三日為丁，丁者，可也。又曰：「先庚三日，後庚三日。」先庚三日為丁，丁者，可也。後庚三日為癸，癸者，揆也。庚在西南，月哉生明，故利西南。甲在東北，月全晦體，故不利東北。術家以西南為人門，東北為鬼户，仙詞云：「煉庚甲要生龍虎」，不易言也。（同前）

九 「博浪沙輪鎚太早，鴻門會定計才高。扶持的漢業興，却纔把韓讎報。將一箇重担兒擋與蕭曹，只恐怕，嫚駡君王難解交，因此先生趨了。」右調《沉醉東風》，王渼陂所作也，殆有感歟？不惟得詞家三昧，亦可謂之詞史也。九原可作子房，亦當心服頤解。（同前）

陸粲詞話

陸粲（一四九四—一五五一），字子餘，一字浚明，號貞山，長洲（今江蘇蘇州）人。嘉靖丙戌進士，由翰林改授工科給事中，上書論時政，下詔獄廷杖。謫都勻驛丞，稍遷江西永新縣知縣，尋乞終養致仕。所著有《陸子餘集》、《遺集》、《煙霞山房書尺》、《左傳附注》、《庚巳編》等。此據影印文淵閣《四庫全書》本《陸子餘集》録詞話一則。

一

《天池山人陸子玄墓誌銘》：天池山人陸子玄者，吾弟也，名灼，更名采，世吴人。吴之西境有山曰天池，蓋道書所稱可以度世者也，君意慕之，因自謂山人云。……於文喜稱六代詩，初規摹盛唐，晚宗謝康樂，造語往往似之。居閒弄筆游戲，為近體樂府，若啁笑率然之作，亦醞藉可喜。獨好習國朝故實，所至延訪勤切，率多聞人所未聞者。（節録自《陸子餘集》卷三）

陳九川詞話

陳九川（一四九四—一五六二），字惟濬，號竹亭，臨川（今江西）人。正德甲戌進士，授太常博士。嘉靖初為禮部主客司郎中，復以事謫戍，放還，居明水山，遂易號明水。著有《明水文集》。此據《四庫全書存目叢書》影印清鈔本《明水陳先生文集》録詞話一則。

一

《送王南臯別駕考蹟詞》有引：伏以半刺承流，宜英儒之羽翼；三期報政，上仙履于星辰。郡采休風，國懸殊典。恭惟大別駕南臯王大人先生：淮海軼才，台輔偉器。刺經擿藻，夙賓天府之賢；湛道淳英，壯淑江門之教。薄奉端寮之檄，別乘載道之車。授佩刀以基台衡，依屏星而照臨汝。威儀可則，政事有經。志在作人，善則歸長。百姓囿鳶魚之化，一身懸雲漢之章。髦士向風，孰勞頌鄭校之不毁；齊民安堵，雅宜歌魯頖之維新。紹董子於故都，章陸氏于兹土。風聲既樹，教思無窮。雨被章縫，實繘收于井渫；春敷童冠，長諷詠于棠陰。兹儋逐牛車，將更奏陽城之最；而霜飛驥足，不少借龐統之才。干旌出祖於東郊，車服將庸於北闕。輿情莫寫，轍卧徒殷。何以餞之，競盃酌麻源之水；我之懷矣，尚口流峴首之碑。輒綴荒詞，敢賡仁贈。詞曰：「四山横黛，正日甃文昌，雲飛華蓋。驥駕開逵，龍光照乘，風卷仙郎征旆。江流柳外清陰，鶴帶花前空翠。誰知道，今乳燕流鶯，共鳴遺愛。　英邁，休浪流，野史民風，彝鼎還堪載。□韓駒蟠，扶摇翼馭，紫微天路方秦。夏木尊罍影重，離亭絲管聲碎。思君還，搔首處、霽月玉峰高，風神如繪。」右調《喜遷鶯》。（《明水陳先生文集》卷五）

楊成玉輯詞話

楊成玉，閩（今福建）人。知揚州府，程敏政《篁墩文集》有《寄揚州楊成玉太守鮑粟之同知》、《賦瓊花時與楊成玉太守鮑粟之同知飲無雙亭作》等。編《詩話》十卷，馮忠弘治庚戌《重刊詩話引》云閩楊成玉守揚州時，嘗刻《詩話》一卷，謂其初得詩話寫本，日三復玩味，而詩學益進，乃不欲自秘其美，命工鋟梓。其書列宋人詩話如劉攽、歐陽修、司馬光、陳師道、吕居仁、周紫芝、許顗、張表臣、葉夢得、陳巖肖凡十家。此據《四庫全書存目叢書》影印明弘治三年馮忠揚州刻本録詞話二十三則。

一　晏元獻尤喜江南馮延巳歌詞，其所自作亦不減延巳。樂府《木蘭花》皆七言詩，有云「重頭歌詠好『雲破月來花弄影』。」韓吏部集有李習之兩句云：「前之自灼灼，此去信悠悠。」若無可取。鄭州掘一石，刻刺史李翱詩曰：「縣君愛塼渠，遶水恣行游。鄙性樂山野，掘地便池溝。兩岸植芳草，中間漾清流。所向既不同，塼甃名自修。從他後人見，景趣誰為幽？」王深父編次入習之集，此別一李翺爾，而習之不能詩也。吏部讀皇甫湜詩亦譏其掎摭糞壤，梅聖俞謂尹師魯以古文名而不能詩。（《詩話》卷一「劉攽貢父詩話」）

二　古人多歌舞飲酒，唐太宗每舞，屬群臣，長沙王亦小，舉袖曰：「國小，不足以回旋。」張燕公詩云：「醉後歡更好，全勝未醉時。動容皆是舞，出語總成詩。」白云：「要須回舞袖，拂盡五松山。醉後涼風起，吹人舞袖環。」今時舞者必欲曲盡奇妙，又耻效樂工，藝益不復如古人常舞矣。古人重歌詩，自隋（當作隋）以前南北舊曲頗似古，如《公莫舞》、《丁都護》，亦自簡澹，唐來是等曲又不復入聽矣。近世樂府為繁聲加重疊，謂之纏聲，促數尤甚，固不容一唱三歎也。胡先生許太學諸生鼓琴吹簫，及以方響代編磬，所奏唯《采蘋》、《鹿鳴》數章而已，故稍曼延，傍邇鄭、衛聲，或問之，曰：「無他，纏聲，直《鹿鳴》、《采蘋》爾。」（同前）

三　王建《霓裳詞》云：「弟子部一作『歌』中留一色，聽風聽水作《霓裳》。」一有「羽衣」二字曲，今教坊尚能作其聲，其舞則廢而不傳矣。人間又有《望瀛洲》、《獻仙音》二曲，云此其遺聲也。《霓裳曲》，前世傳記論説頗詳，不知「聽風聽水」為何事也？白樂天有《霓裳歌》甚詳，亦無「風水」之説，第記之或有遺亡四字一作「必有知」者爾。（同前書卷二「六一居士詩話」）

四　寇萊公詩才思融遠，年十九進士及第，初知巴東縣，有詩云：「野水無人渡，孤舟盡日橫。」又嘗為《江南春》云：「波渺渺，柳依依。孤村芳草遠，斜日杏花飛。江南春已盡，離腸斷，蘋滿汀洲人未歸。」為人膾炙。（同前書卷三「司馬温公詩話」）

五　吴越後王來朝，太祖為置宴，出内妓彈琵琶，王獻詞曰：「金鳳欲飛遭掣搦，情脉脉，看取玉樓雲雨（脱「隔」字）。」太祖起，拊其背曰：「誓不殺錢王。」（同前書卷四「後山居士詩話」）

六　武（一本後有「才」字）人出慶（一本後有「壽」字）宫，色最後庭，裕陵得之。會教坊獻新聲，為作詞，號《瑶臺第一層》。（同前）

七　尚書郎張先善著詞，有云「雲破月來花弄影」、「簾幕卷花影」、「墮輕絮無影」，世稱誦云張三影。王介甫謂「雲破月來花弄影」不如李冠「朦朧澹月雲來去」也。冠，齊人，為《六州歌頭》道劉、項事，慷慨雄偉，劉濳，大俠也，喜誦之。（同前）

八　往時青幕之子婦，妓也，善為詩詞，同府以詞挑之，妓答曰：「清詞麗句，永叔、子瞻曾獨步；似恁文章，寫得出來當甚强？」（同前）

九　黄詞云：「斷送一生唯有，破除萬事無過。」蓋韓詩有云「斷送一生唯有酒」、「破除萬事無過酒」，才去一字，遂為切對，而語益峻。又云：「杯行到手更留殘，不道月明人散。」謂思想離别之憂，則不得不盡，而俗士改為「留連」，遂使兩句相失，正如論詩云「一方明月可中庭」，「可」不如

「滿」也。(同前)

一〇　退之以文為詩，子瞻以詩為詞，如教坊雷大使之舞，雖極天下之工，要非本色。今代詞手，唯秦七黃九爾，唐諸人不迨也。(同前)

一一　柳三變遊東都南北二巷，作新樂府，骪骳從俗，天下詠之，遂傳禁中。仁宗頗好其詞，每對，必使侍從歌之再三。三變聞之，作宮詞號《醉蓬萊》，因內官達後宮，且求其助。仁宗聞而覺之，自是不復歌其詞矣。會改京官，乃以無行黜之，後改名永，仕至屯田員外郎。(同前)

一二　世語云蘇明允不能詩，歐陽永叔不能賦，曾子開(一本作「固」，又一本後有「短於韻語，黃魯直短於散語，蘇子瞻詞如詩」三句)、秦少游詩如詞。韓詩如《秋懷》、《別元協律》、《南溪始泛》，皆佳作也。(同前)

一三　杭妓胡楚、龍靚皆有詩名，胡云：「不見當時丁令威，年年處處是相思。若將此恨同芳草，却恐青青有盡時。」張子野老於杭，多為官妓作詞，而不及靚。靚獻詩云：「天與群芳十樣葩，獨分顏色不堪誇。牡丹芍藥人題徧，自分身如鼓子花。」野於是為作詞也。(同前)

一四　蘇公居潁，春夜對月，王夫人曰：「春月可喜，秋月使人愁耳。」公謂前未及也，遂作詞曰：「不似秋光，只與離人照斷腸。」老杜云「秋月解傷神」，語簡而益工也。(同前)

一五　王游(當作斿)，平甫之子，嘗云：「今語例襲陳言，但能轉移爾。世稱秦詞『愁如海』為新奇，不如李國主已云『問君能有幾多愁，恰似一江春水向東流』，但以『江』為『海』爾。」(同前)

一六　賀方回嘗作《青玉案》詞，有「梅子黄時雨」之句，人皆服其工，士大夫謂之賀梅子。郭功父有《示耿天隲》一詩，王荆公嘗為書之其尾云：「廟前古木藏訓狐，豪氣英風亦何有？」方回晚倅姑孰，與功父遊甚歡，方回寡髮，功父指其髻謂曰：「此真賀梅子也。」方回乃捋其鬚曰：「君可謂郭訓狐。」功父髯而鬍，故有是語。（同前書卷六「竹坡老人詩話」）

一七　大梁羅叔共為余言：「頃在建康士人家，見王荆公親寫小詞一紙，其家藏之甚珍。其詞云：『留春不住，費盡鶯兒語。滿地殘紅宫錦污，昨夜南園風雨。　小憐初上琵琶，曉來思繞天涯。不肯畫堂朱户，東風自在楊花。』荆公平生不作是語，而有此，何也？」儀真沈彦述謂余言：「荆公詩如『繁緑萬枝紅一點，動人春色不須多』、『春色惱人眠不得，月移花影上闌干』等篇，皆平父詩，非荆公詩也。」沈乃元龍家壻，故嘗見之耳。叔共所見，必非平父詞也。（同前）

一八　「冰肌玉骨清無汗，水殿風來暗香滿。繡簾一點月窺人，欹枕釵横雲鬢亂。　起來庭户悄無聲，時見疎星渡河漢。屈指西風幾時來，不道流年暗中換。」世傳此詩為花蘂夫人作，東坡嘗用此詩作《洞仙歌》曲，或謂東坡託花蘂以自解耳，不可不知也。（同前）

一九　白樂天《長恨歌》云：「玉容寂寞淚闌干，梨花一枝春帶雨。」人皆喜其工，而不知其氣韻之近俗也。東坡作送人小詞云：「故將别語調佳人，要看梨花枝上雨。」雖用樂天語，而别有一種風味，非點鐵成黄金手，不能為此也。（同前）

二〇　馮均州為余言：頃年平江府雍熙寺每深夜月明，有婦人歌小詞於廊廡間者，就之，不見。其詞云：「滿目江山憶舊遊，汀洲花草弄春柔，長亭艤住木蘭舟。好夢易隨流水去，芳心猶逐曉雲愁，行人莫上望京樓。」客有聞而録之者，姑蘇士子慕容嵓卿見而驚曰：「君何從得此詞？」客語之故，嵓卿悲笑（一作歎）久之，曰：「此余亡妻之詞，無知之者。」明日視之，乃其妻旅櫬所在。（同前）

二一　大梁景德寺峨眉院壁間有呂洞賓題字，寺僧相傳，以謂頃時有蜀僧號峨眉道者，戒律甚嚴，不下席者二十年。一日，有布衣青裘昂然一偉人，求與語良久，期以明年是日復相見於此，願少見待也。明年是日，日方午，道者沐浴，端坐而逝。至暮，偉人果來，問：「道者安在？」曰：「亡矣。」偉人歎息良久，忽復不見。明日書數語於堂壁間絶高處，其語云：「落日斜，西風冷。幽人今夜來不來，教人立盡梧桐影。」字畫飛動，如翔鸞舞鳳，非世間筆也。宣和間，余遊京師，猶及見之。（同前）

二二　「燕燕于飛，差池其羽。之子于歸，遠送於野。瞻望弗及，泣涕如雨。」此辭可泣鬼神矣。張子野長短句云：「眼力不知人，遠上溪橋去。」東坡《送子由》詩云：「登高回首坡隴隔，惟見烏帽出復没。」皆遠紹其意。（同前書卷七「許彦周詩話」）

二三　晁無咎在崇寧間次李承之長短句曰：「射虎山邊尋舊迹，騎鯨海上追前約。便與江湖永相忘，還堪樂。」不獨用事的確，其指意高古，深悲而善怨似《離騷》，故特録之。（同前）

謝榛詞話

謝榛（一四九五—一五七五），字茂秦，臨清（今山東）人。刻意為歌詩，有聞於時。西游彰德，趙康王賓禮之。嘉靖間遊京師，脱昌黎盧柟於獄，朝士多其誼。時李攀龍、王世貞等結社燕市，榛以布衣為之長，稱五子。秦、晉諸王争延致之，河南北皆稱謝榛先生。所著有《謝茂秦詩》、《四溟山人集》、《詩家直説》。此據臺灣偉文圖書出版社有限公司出版《明代論著叢刊》第一輯影印明萬曆刻本《四溟山人全集》録詞話二則。

一　唐人歌詩，如唱曲子，可以協絲簧、諧音節。晚唐格卑，聲調猶在。及宋柳耆卿、周美成輩出，能為一代新聲，詩與詞為二物，是以宋詩不入絃歌也。（《四溟山人全集》卷二十一「詩家直説」）

二　蓋嘉運所製樂府曰《胡渭州》、《雙帶子》、《蓋羅縫》、《水鼓子》，此皆絶句，述邊戍行旅之懷，與題全無干涉，或被之管絃，調法不同。今之詞名類此，前論「燒火燒野田」諸作，恐亦此意邪？（同前）

周復俊詞話

周復俊（一四九六——一五七四），字子籲，號木涇子，太倉州（今江蘇崑山）人。嘉靖壬辰進士，授工部主事，仕至南京太僕寺卿。編著有《六梅館集》、《東吴名賢記》、《涇林集》、《全蜀藝文志》、《玉峰詩纂》、《涇林雜記》、《涇林續記》等。此據《續修四庫全書》影印明刻本《涇林雜記》和影印文淵閣《四庫全書》本《全蜀藝文志》録詞話二則。

一

唐江（當作「唐人江為」）詩：「竹影横斜水清淺，桂香浮動月黄昏。」宋林和靖易以「暗香」、「疏影」，變作梅詩，便覺融化，景象迥别，然和靖梅詩亦止一二句膾炙人口，餘不足觀也。（《涇林雜記》卷二）

二　唐人長短句，宋人謂之填詞，實詩之餘也，今所行《草堂詩餘》是也。或問詩餘何以繫於草堂也，曰：按梁簡文帝《草堂傳》云：汝南周顒昔經在蜀，以蜀草堂寺林壑可懷，乃於鍾山雷次宗學館立寺，因名草堂，亦號山茨。謂草為茨，亦述蜀語地名，别有蠶茨，是其旁證也。李太白客遊於外，有懷故鄉，故以草堂名其詩集，詩餘之繫於草堂，指太白也。太白作二詞，為百代詞曲之祖，則今之填詞，非草堂之詩餘而何？仿此選蜀志之詞，以太白二闋為首云。（《全蜀藝文志》卷二十五「詩餘」）

萬表詞話

萬表（一四九八—一五五六），字民望，號鹿園，又稱九沙山人，定遠人。世襲寧波衛指揮僉事。登正德庚辰武會試，歷浙江把總署都指揮僉事、南京錦衣衛、僉書廣西副總兵、南京中軍都督府僉書。著有《灼艾集》、《玩鹿亭集》、《九沙草堂雜言》、《海寇議》等。《灼艾集》八卷，分正、續、餘、別四集，每集各分上下卷，採輯唐宋以來説部，每書祇載一二條或四五條，略似曾慥《類説》。此據《續修四庫全書》影印明萬曆二十九年萬邦孚刻本《灼艾集》和《四庫全書存目叢書》影印明萬曆萬邦孚刻本《玩鹿亭稿》録詞話二則。

一 《齊東埜語》：韓忠武王以元樞就第，絶口不言兵，自號清凉居士。時乘小騾放浪西湖泉石間。

至香林園，蘇仲虎尚書方宴客，王徑造之，賓客歡甚，盡醉而歸。明日，王餉以羊羔，且手書一詞以遺之。《臨江僊》云：「冬日青山瀟灑静，春來山暖花濃。少年衰老與花同。世間名利客，富貴與貧窮。榮華不是長生藥，清閒不是死門風。勸君識取主人翁。單方只一味，盡在不言中。」王生長兵間，初未能書，晚歲忽若有悟，能作字及小詞，詩詞皆有見趣，信乎非常之才也。（《灼艾集》卷一）

二 《陶真集》引：《陶真集》者，陶夫天所付我之真也。世習巧僞，喪此真者多矣，而賢者亦或行不著，習不察，約縛於名教，執逐於見聞，作意於行誼，而未得其真焉，非如手足痿痺不仁者乎？故曰鮮能知味也。曲本近俚，而聽聞之頃，使人或喜或悲，或歎或忿，或舞或泣，各得其性情之正，所謂吾天真者。時一著之，其三百篇之遺意也哉！因名之曰《陶真集》云，蓋欲人聞聲而知所返本也。或曰：淫詞麗曲，蕩人心志，集中不宜並傳。余曰：孔子删詩書，而淫詩猶存，豈無謂耶？是惟可與達者言耳。外此，亦有聞而為樂為病之不同者，蓋自取之也。若夫窮途逆旅，撥悶解懷，則一時對治之劑。而飽食煖衣，逸居無教，淫玩於此，則如水益深，如火益熱，其為病，病可勝言哉？於曲奚咎焉？凡曲若干首，彙為二帙，其目凡七：曰景，曰情，曰行，曰慶，曰隱，曰咏，曰附，各以其類分云。（《玩鹿亭稿》卷三）

張羽詞話

張羽，字鳳舉，一字子儀，號東田，泰興（今江蘇）人，一作崑山（今江蘇）人。弘治丙辰進士，由淳安知縣擢御史，彈劾中貴，疏論時事甚剴切，巡按雲南，後守保定，以母病乞歸。官至河南左布政使。此據影印文淵閣《四庫全書》本《東田遺稿》録詞話四則。

一　《贈黄北山》：書工如畫畫如詩，王掾當年固不癡。昨日里中歌舞伴，人前解唱北山詞。（《東田遺稿》卷上）

二　《喜張處士枉過次韻答意》：詩客春殘病未興，白頭漫興秖如曾。江蘺彌望空憐晚，甸麥緣貧稍藉登。閒伴海鷗浮浪蕩，醉過隣叟對鬅鬙。幽情更愛玄真子，《漁父詞》工和未能。（同前）

三《壽沐國公詞》：今年冬十月廿三日，玉岡先生逢其初度者，適三十年。而予萬里來滇，得稱觴致詞為壽，亦一勝會也。顧聚合不可常，而玉岡仁静，宜老壽。後三十年，予東西南北，未可期也。而年年生日，縱令一歌此詞，公庶幾憮然興懷，猶如東田之在座耳。詞之調為《金菊對芙蓉》：「黄綴庭槐，碧收營柳，朝來畫戟霜凝。更煙霏瑞腦，日麗雕甍。華階鶴舞南飛曲，降阿母、青鳥低鳴。又何須用，金貂換酒，銀甲彈箏。　相共祝取長生，記當年此日，光岳鍾靈。喜干戈將印，不負蜚英。舊家燕子歸來慣，見滇海、萬里波澄。羣仙道是，人間元老，天上長庚。」(同前)

四《送朱思齋詞并序》代作：伏以國家惟用賢以養民，守令必親下而獲上。雖豪傑之士，不待人興；顧公輔之階，亦由譽召。恭惟寅長朱老先生大人閣下：天才挺異，人望歸隆。世承折檻之風，夙纘考亭之緒。蜚英兩制，伯仲聯芳。出宰一麾，江淮媲美。下車伊始，游刃有餘。崇儒儲歌鹿之需，閔農切書蝗之警。均田之議方劇，而持志益堅；行水之智既殫，而成功永賴。防危則重投石，超距之賞；化俗則嚴珥筆，教訟之刑。誠信下孚，聲華上達。冰檗之操，允出臺評；夏楚之施，奚嫌輿議。某等叨居僚貳，與有榮光。睹薦剡之屢騰，知徵車之孔邇。久陪宴笑，忻聞三月之謡；宿荷栟幪，懼失二天之庇。敬裁鄙製，用作後徵。詞之調為《喜遷鶯》：「琴堂新霽，正凉入薰絃，潛消殘暑。帝日中天，郎星分野，望極碧穹如洗。蒲境謳歌，滿路潘縣，春風桃李。相看取，問東君，政績前賢傳裏。　剛喜應秖是，栢府嚴霜，解作花封雨。竹馬迎來，花驄催發，江郭放教容與。屈指瓜時易，即棠樹、垂陰曾幾。頻向説，繡衣行部，争留好語。」(同前)

薛甲詞話

薛甲（一四九八—一五七二），字應登，號畏齋，江陰（今江蘇）人。嘉靖己丑進士，官兵科給事中。因忤言，謫官，後歷四川兵備僉事，官至江西按察副使。有《畏齋薛先生藝文類稿》、《易象大旨》、《四書正義》、《心學淵源録》、《緒言》、《心傳書院講義》等。此據《續修四庫全書》影印明隆慶刻本《畏齋薛先生藝文類稿》及《續集》録詞話二則。

一 《桂枝香》并序，贈耿兵憲忠齋調官山西：伏以滔滔江漢壯猷，仰閫外之元戎；屹屹藩宣貞吉，藉師中之長子。恩隆推轂，寄重干城。允兹文武之材，寔繫邦家之望。恭惟某官執事：詩書世澤，閥閲家聲。難為弟，難為兄，文彩華邦，一榜挺同胞之彦；越内服，越外服，勳名窺□，九重深當子之思。爰開府于吴中，用□威于海上。島夷不靖，怒螳蜋之臂以抗車輪；皇旅載揚，築鯨鯢之□以為京觀。蹺兹澤國，甫沐深仁。赫爾王章，忽頒新命。採宿望于遼陽之野，信南征北伐之皆宜；陪會推于薦剡之中，知出將入相之非遠。琴書南國，欲借寇以無由；鎮鑰北門，諒非準而不可。聊陳短闋，用賛永言。詞曰：「海不揚波，正氛梫全消，京觀新築。千艘樓船似盡，翠帆簇簇。東南列徼仰長城，席未煖、又臨西北。公業如山，八恩如海，願公百禄。　憶昨宵、清言屏燭。領遼左嘉猷，醒人心目。天為我明開泰，降神惟嶽。大丈夫志在經綸，更説恁、天涯海曲。看取四夷，咸賴一人，膺受多福。」（《畏齋薛先生藝文類稿》卷十四）

二　《贈邑侯杜慎齊築楊舍城成帳詞并調》：伏以崇墉屹屹，經綸資攬轡之賢；江漢滔滔，寧輯藉憑河之彦。惟兹楊舍，實古暨陽。沿革相乘，歷漢唐而逮宋；誰何有賴，控吴越以臨楊。歲久禁疎，時平釁作。請立衛，請立縣，曾憂突曲之薪；謂可有，謂可無，徒築道傍之舍。遂致彼倭之長噬，竟成此邑之深瘡。時危而英俊生，水潰而隄防立。將成大計，必有偉人。恭惟我邑侯杜父母先生大人：家承詩禮之傳，業擅幽燕之秀。金臺勸駕，全收鷲嶺。天香玉陛，傳臚早占上林；春色分符，聞喜仁試牛刀。移署澄江，賢推霜簡。瘝痌在念，已深撫字之勞；衣袽興懷，更切安攘之計。遂截江而作界，爰畫地以為城。訏謀仰契于臺端，長策遥飛于閫外。雲開萬雉，魂消海島之鯨鯢；營列千貔，氣壯天朝之鎖鑰。兵革消而春農試，群黎深尸祝之□；詩書盛而禮樂行，多士沐菁莪之化。聊陳短調，用助絃歌。

「築新城，巀嶪萬仞臨滄溟。恩波滉漾光藩屏，領取扶桑日明。鯨鯢遠遁妖氛平，天顔喜，指日來徵。百年遺愛長江清。」右調《謁金門》（同前書續集卷一）

潘恩詞話

潘恩(一四九六—一五八二),字子仁,號湛川,又號笠江,上海人。嘉靖癸未進士,爲均州知州。歷遷浙江參政,按部海鹽,巡撫河南,累擢南京工部尚書、左都御史,致仕,卒謚恭定。著有《笠江集》、《笠江近稿》。此據《四庫全書存目叢書》影印明嘉靖至萬曆間刻本《潘笠江先生集》録詞話一則。

一

《壽奚月松序》:俞子國華來,言奚月松之善也,謂里中耆老莫並焉。月松外樸中愿,築室龍浦之濵,植松于庭,居常婆娑其下,或竟日不捨去。清宵月朗,素魄横柯,則詠歌長嘯,情致幽遠,號月松。君云:余未嘗與月松交,交其子德良,德良,淳謹和厚人也,以明經著聲庠校中。蓋積學待沽者，詎非若翁之教然邪？國華又曰：今年秋七月，惟月松君壽七十之辰，邑諸人士與德良友善者，咸欲稱觴為月松君壽。賦詩成什，因屬序於余。余聞謙虚者益，侈滿無終。華飾易凋，堅貞則久。天道人事一焉爾矣。不觀之月乎？望朔之迭運也，晦明之交嬗也，循環而無端方，具晦也，三日魄生，七日而弦，又七日而望。圓景凝輝，周徧區宇，殆其盈也，虧斯繼之，是非虚者益而滿則損邪？又不觀之草木乎？桃李春華，未幾消歇。梧桐早發，望秋先零，惟松柏之有心也。歷冰雪而愈妍，貫四時而不改，是非堅貞者久華飾易獨邪？夫海上萬家之邑，闤闠之夫，粥良雜苦，率以□利相高，馳心紛華之域，而力争刀錐之末者衆矣，其泰焉者，則又日事愔淫，擊鮮飲醇，彈絲吹竹，綺麗輿馬之飾眩耀，見聞越禮，亡度極矣，余竊閔焉。月松君市隱而松游，乃獨能異流俗，處羣而不亂，邇利而不貪，居約而不溷，其迹遇泰而不侈於情，其盈虚之理得之於月，貞堅之守得之於松，若是而有不享其壽者乎？《易》曰：「視履考祥，其旋元吉。」君子之行已也，進而知返，高而能下，則所履者善矣。是以自天祐之吉無不利，月松君自兹伊始，益慎厥終，則其膺難老之慶，裕昌後之福，永荷天錫之休，以貽桑榆之光，寵者安有既哉？初度之晨，冠裳駢集，綺席高張，詩篇聯軸，文采爛如也。酒行被之聲歌，引宫汎徵，律吕相宣，洋洋其盈耳乎？爾時賔主盡驩，樂將闋，亂以古詩合詞，而進曰：「樂只君子，遐不眉壽。」如月之恒，如松之茂。（《潘笠江先生集》卷七）

陳如綸詞話

陳如綸（一四九九—一五五二），字德宣，號午江，别號二餘，太倉（今江蘇）人。嘉靖壬辰進士，令侯官，擢刑部主事，歷官江西按察、福建布政，乞歸。著有《冰玉堂稿》、《蘭舟漫稿》、《遊閩稿》、《二餘詞》、《四書易講議》等。此據《四庫全書存目叢書》影印明萬曆間刻本《冰玉堂綴逸稿》附《二餘詞》録自序一則。

一

《二餘詞》：吾州里諸君子行敦道義，藝崇風雅。凡燕集過從，以詞倡酬。或用韻，或限韻，恒循擊鉢刻燭故事，而相角不相下，騷壇稱盛焉。予從諸君子後，其詞成必予，及予必和，予詞成，必及諸君子，必和予。兹輯予詞，得若干闋，固惟率其意興所詣者耳。若夫諧歌協音，鍊句鍛字，夫我則不暇。嘉靖庚戌春三月，二餘居士書於紫蓉精舍中。（《二餘詞》）

鄭曉詞話

鄭曉（一四九九—一五六六），字窒甫，號淡泉，海鹽（今浙江）人。嘉靖癸未進士，博洽多聞，尤諳典故。授職方主事，以争大禮廷杖，調吏部。歷兵部侍郎，總督漕運，有破倭功，累擢刑部尚書，遷吏部，又改刑部。時嚴嵩勢益熾，為所扼，志不盡行，尋落職，卒。隆慶初特贈太子太保，謚端簡。所著有《鄭端簡公集》、《端簡公奏疏》、《淮揚奏稿》、《吾學編》、《禹貢圖説》、《徵吾録》等。此據《四庫全書存目叢書》影印明萬曆二十八年鄭心材刻本《端簡鄭公文集》録詞話二則。

一

《賀提督漕運總兵鎮遠侯平溪顧公簡授總督京營戎政帳詞并序》：竊以京師為四方之極，貴居重而馭輕。元帥領九伐之權，實安內而攘外。遴選難於克稱，倚任尚於能專。若非文武兼資，名實並著。即使登壇而授鉞，豈能制閫而運籌？洪惟我朝，始焉分五軍以隸五府，既而合三營以肄團營。會豐亨豫大之時，昧濟蹇利屯之計。師律遂廢，凱績無聞。伏惟我皇上勇智天錫，聖武日昭。煥乎鼎新，毅然革故。謂書重世臣之選，盟府可傳；謂詩壯元老之猷，簡書具在。聿求長子，爰得丈人。恭惟門下弓冶箕裘，閑家無悔。山河礪帶，與國咸休。先武毅公奮跡江都，長驅粵徼。開國之勳庸既懋，靖難之翊戴尤勤。漢室通侯，周家列爵，淵源有自，奕葉相傳。襄愍清慎，肅恭榮靖。明慈允懿，逮至門下。承鴻貽燕翼之謀，展鷹揚豹變之略。廉明本之孝友，宏達濟以端方。綰鑰留都，布東鼇之惠；推轂嶺表，紓南顧之憂。督漕者三，一肩行李；入朝者七，兩袖清風。豈惟保障於江淮，抑亦儀刑於寮寀。舟車所至，每懷汲汲之私；倉庾既盈，甫奏陳陳之粟。適承咨命，遂拜俞音。上將騰耀，式睹九天之象緯；星軺夙駕，竟廻三月之樓船。聖明拊髀之思，公卿連茹之義，胥得之矣。牙璋玉節，行看劍珮之光；鳳闕龍城，坐擁金湯之固。籌策足媲元凱，忠順不亞汾陽。徵泮水之章，見魯侯之無。忝列祖考漢滸之雅，知穆公之克稱英孫。赫赫厥聲而濯濯厥靈，內參廟算；穆穆在上而明明在下，外靖邊塵。蓋自是高宗無慮甲冑之起戎，而重華不患蠻夷之滑夏矣。某等或寅恭朝夕，念切金蘭；或符璽後先，誼同衣鉢。攀留無計，傾遡徒勤。謹獻鄙言，爰申微悃。詞曰：

「貔貅萬隊，桓桓敵王愾。共羨元戎，白髮丹心，九重簡在。從此轅門台府，將相和調，一匡宇內。何須讓，平勃蕭曹，勳名等輩。　降魄呼韓塞，笞凶憨，中行輩。看軍令分明，閃朱旗、總天地風雲

槩。柳營到處春耕，金城晏然秋塞。吉夢協熊羆，宗祊還百代。」右調《帝臺春》(《端簡鄭公文集》卷四)

二《送沈龍山詞并序》：伏以有過必改，聖王休復之仁；無言不讐，君子孫肩之節。方陽德之雲蒸，適善類之茅拔。豈謂一人進退，今是而昨非；寔惟四海聽觀，大來而小往。恭惟龍山沈先生：豈弟肅明，温恭粹恪。文章重於金石，行藝潔於珪璋。不吐剛而茹柔，義形于色；匪澄清而撓濁，性根于心。漸鴻翼于西南，附龍光于咫尺。清寺展廟廊之禮，鬼神享之；黄門歷文武之科，鳳凰鳴矣。十旬九疏，雲中經略尤奇；一表千言，婺源情狀畢露。大奸距脱，遠甸鸞棲。政不拙於催科，心更勞於撫字。唐羅漢卓，孰云非百里之才；蜀錦梁璆，信乎稱十朋之器。勿傳江滸之命，切睠海濵之民。傾遡何如，攀留不可。伏願益勵丹心，愈堅素節。或隊諸淵加諸膝也，夷險何尤；誰先之咷後之笑焉，義命無隕。仁聲已著而應務貴精，曠度既醇而藏機尚密。勿以藩垣而遺宫闕之念，勿以樽俎而忘軍旅之圖。登台鼎之司，必開賢路；享輿餐之奉，必隱民情。允惟社稷之臣，寧徒温飽之計。蕪詞有盡，厚望無窮。詞曰：「桃花岸岸春水生，江流折折春潮平。樓船送君發簫鼓，一尊酒，萬里情。　莫負天王此聖明。繞繞薇垣紫氣横，挈壺夜夜奏天閎。孤臣收拔真非偶，懲嬴豕，薦茅蕢。由來吾道利艱貞。」(同前)

汪循詞話

汪循，字進之，休寧(今安徽)人。登弘治丙辰進士，為永嘉知縣，正德初通判順天府，時劉瑾擅權，勢傾中外，罷歸。著《汪仁峰先生文集》、《帝祖萬年金鏡録》。此據《四庫全書存目叢書》影印清康熙間刻本《汪仁峰先生文集》録詞話三則。

一

《聲文會選序》：古人之於詩，本於言志而已矣。而其為教，能變化氣質，涵養德性，優游厭飫，咏歎淫泆，使自得之，可以移風易俗，而與《易》、《書》、《禮》、《春秋》同一載道垂世之經也。其流之弊，至於後世大儒而反闢為閑言，斥為害道，何哉？非詩之罪，學詩者之罪也。非學詩者之罪，選詩者之罪也。孔子所删以為經者，三百篇之詩也。經者，常也，常則不可變也。後之學者一變而為騷，再變而爲選，三變而爲律。變之中有古體，有近體，又有所謂偷春諸體。體之中有五言，有七言，又有所謂排律襍言。於言之中又有法焉，一家之中則有詩法，一詩之中則有句法，一句之中則有字法，法之外又有曰接項、續腰、充股之類，别而謂之格焉。格之外又有曰盛唐、中唐、晚唐，統而謂之音焉。詩至於唐而變極矣，三百篇詩，非無變，變風、變雅是也，非後人所謂變。非無體，風雅頌是也，非後人所謂體。非無格，賦比興是也，非後人所謂格。詩言志，歌永言，聲依永，律和聲，此古人作詩之法也，夫豈後世之所謂法乎？古人之詩被之聲歌，薦之郊廟，得無音乎？温厚和平而已矣，非後世之所謂音也。甚至煆一字之奇，煉一言之巧，通篇花容月露，而素理茫然。識者厭之，遂以詩爲天下一種無用之物，又其甚至於嚼破真淳，斵喪元氣，其弊流於自戕，其生甚至傾人之邦，亡人之國者有矣，然則何取於詩也哉？是故宋儒以爲閑言絶之，而不作元儒斥之，爲害道者有由也。然則謂詩莫盛於唐者，其實莫衰於唐者也。自是一變而爲宋，再變而爲元。宋矯晚唐之弊，而乏雋永和平之音；元救宋議論直遂之偏，而不免艷麗尖新之巧。善乎！我少師西涯李公嘗謂宋詩如文，元詩如詞，真名言也。明德隆興，一掃胡元之陋，積百餘年，德化深厚，以至成化、弘治中，舘閣山林傑出如公、如定山莊公、白沙陳公一時詩賢之作，可謂直排盛唐而薄風雅也矣，嗚呼！詩道至於我朝，其中興乎？謝疊山有言，幽不足以動天地、感鬼神，明不足以厚人倫、移風俗，删後真無詩矣。噫！删後其果真無詩乎？詩法壞之，選者失之，信有如愚前所陳者。雖謂之無詩，焉可也？然天理民彝出於天地之本然者，不可一日無。而人之言根於心而發乎性情之自然者，不容遏。至人不遷於世變，詩法不壞於作家，删後未始真無詩也，使後世知詩者之選詩，惟本乎性情之正而不拘於格局之偏，取則乎？雋永和平之音而不嗜乎煅煉尖新之巧，則其中善惡美刺莫不皆可以為教，苟由此而上求乎三百篇之旨，雖不中，不遠矣。曾謂後代之詩出於陶、謝、陳、宋、李、杜、蘇、黄，時髦世儒之口者，反不足以厠三代閭閻細民咳唾之末者乎？然則何患無詩？惟患後世無删詩者之如孔子耳。鄉先朱子嘗注意於此，擬有所采訂而未遑，謝疊山繼有所為，而不傳於世。詩之為教，幾乎泯矣！吾邑儒生程廷殷，蚤有志於詩學，從蘇詩人沈啟南游，得其説，乃師朱子之意，掇經史所載，諸大家所作，與夫各家之所選者，参互去取，各以類從。上自唐虞以及國朝，釐為五編，總為若干卷，名之曰《聲文會選》，間携以造仁峰求印正，某曰：咨！詩不難於作，而難於選。詩教不明，選詩者之害之也久矣。從前選者無累數十家，人人殊，人人莫不自以為得矣，作不旋踵，而議者繼之。以王荆公選唐詩，不免後人有言，矧其他乎？然則當其任者，非知道而得性情之正者不能也。今廷殷起數十家之後，一旦欲澄其滓而還其真，汰其萬而萃於一，使千數百年之詩一一就於條貫之中，而不失古人垂世立教之旨者，不亦難乎？廷殷其勉之。某老矣，無能為役，謹疏詩之所以為教，與夫作者之弊、選詩之法，為之序以歸之，使自擇焉。廷殷，其慎之，母陷鮑老之窠臼中，乃可嘉也。（《汪仁峰先生文集》卷九）

二　《水南稿序》：言，心之聲也；詩，言之精也；詞，詩之餘也。故曰詩言志。又曰有德者必有言。孔門之高弟，顏淵、閔子騫，善言德行；宰我、子貢，善為説辭；冉有、子路之政事，子游、子夏之文學，類於言得之。朱子亦謂以文辭而知諸葛武侯、杜工部、顔文忠公、韓文公、范文正公，五公之為君子，其言曰天地之理。凡陽必剛，剛必明，明則易知；凡陰必柔，柔必暗，暗則難測。故聖人作《易》，以陽為君子，陰為小人。其光明正大，疎暢洞達，如青天白日，如高山大川，如雷霆之為威，雨露之為澤，如龍虎之為猛，麟鳳之為祥，磊磊落落，無纖芥可疑者，必君子也。其依阿淟涊，回互隱伏，糾結如蛇蚓，瑣細如蟣虱，如鬼蜮狐蠱，如盗賊詛視閃倏狡獪不可方物者，必小人也。君子小人之極既定於內，則形於言談舉止，無不可見，而况於事業文章之燦然者哉！故於五公者文辭詩句，下至字畫之微，蓋可以望之而得其為人，信不誣矣！予以是求之今人，如吾邑侯德清陳君聲伯者，其亦庶幾乎此焉。君蚤以清才博學登甲第，儲育翰林，尋拜刑科給事中，正色立朝，言論侃侃，切中時弊，竟以是謫佐六安。起令吾休，下車之明日，即捕假千户某持僞檄中傷富民者，下獄，并舉舊侵漁不法事數端，悉中以法，四境肅然，豪猾側目，重足惴惴焉，不敢肆期月之間。雷厲風飛，令行禁止，雖古之號神君健令者不多讓也。平居無所嗜好，惟喜於詩詞，心志趣嚮於兹洩焉。質直條暢，藴籍瀏亮，如其為人，不為浮靡陳腐之習脱，日肆筆，渾然天成，然其格高調古，出入變化，俊偉磊落，雖古之詩人詞客争擅其場者，亦不多讓也。苟非其所禀於天者，純乎陽德剛明之氣，皦乎正大光明之心，而見於事業文章者，曷克臻於此邪？用是，君之必為君子，蓋不待朱子而後可知也矣。聞湖俗人性敏柔而慧，而君剛者，是蓋豪傑之士不性其土而變其俗者歟？雖然，周子有曰：君子乾乾不息於誠，然必懲忿窒，欲遷善改過，而後至乾之用其善，是損益之大莫是過，聖人之旨深哉！竊嘗疑之，君子既能乾乾不息於誠，又奚俟夫懲窒遷改之功邪？周子之意，得非以剛極？雖自治為有功，然非中和之德損者，損過而就中耳。天下之害無不由末之勝也，峻宇雕墻，本於宮室，酒池肉林，本於飲食，淫酷殘忍，本於刑罰，窮兵黷武，本於征討，末流之遠，則為害矣。本者，天理也；末者，人欲也。損之義，損人欲以復天理而已。復天理，即所謂遷善，而益之義亦著焉。合三卦之用，而後剛柔適中，陰陽合德，是則聖人也何有於君子哉？彼五君子者能知此義，充養變化，至於自然，則為三代以上人物不難矣！周子此言，其喫緊為人之意何其至哉！君性嚴重，慎許可，然好賢下士，不肖如某者濫辱與進，獲觀制作之美，又不鄙夷，屬予一言，予服君天分不凡，年力方鋭，如負重寶於途，未之歸宿，故不以今所至者阿為諛悦，可以遠大者期望之如此云。（同前書卷十）

三《壺天秋月記》：隱君子葉君孟奇結别墅數楹於居之前，鏝甓為垣，高數仞，中廣數畝，伐石布地，内甃半畝為池，石闌其上，泉自中湧出，清瑩澄徹，如玉壺然。庚戌中秋，予自南雍歸，與之夜酌於此。時秋雨新霽，輕風徐來，天高氣清，纖翳不留，皓月當空，千里一碧，天光月影，徘徊於一鑑之中。予因以壺天秋月名之。孟奇舉酒相屬，歌東坡之詞以侑觴。酒酣歡甚，執盞告予曰：自太極判兩儀而有天，三光凝而有月，發生萬物而有人，人更物變，幾千百年於今矣。而天與月故無恙也，往古來今，不知於此夜得此樂者曾幾何人，而寥寥百千載之間，獨發於東坡之口，東坡真人豪也。不知東坡昔時之樂孰加於今日之樂乎？某曰：東坡之詞，悲耳，非樂也。孟軻氏謂君子有三樂，而王天下不與存焉。蓋人之所樂，其本也；植於天，其具也；全於己，而其用也。油然歡然，心廣體胖，不因感而生，不隨伏而竭，不因物而存，不隨跡而亡，故大舜之樂不變於袗衣鼓琴，仲尼之樂不改於曲肱。愠見富貴貧賤，患難易於前，而吾心之樂固自如也。夫天至秋而氣爽故高，水至秋而潦盡故清，月至秋之中，天高水净，故益明，具此三者，景之極美者也。凡物之極美者，人心極好之樂，其好之在此者，忘其憂之在彼者，歌舞歡呼，痛飲達旦，人之情固有豪放駿逸而不可禦者矣。然吾所以自樂者，未能恃之而不變，而徒以觸於物者而為吾之歡欣悦懌焉。則覩物興思，對景感慨，樂且未央，而吾心之憂已寂寂然交戰於中矣。子瞻固風流人豪也，然其為樂也，殆非負其俊才逸氣、睥睨一世而以文章葩藻競為風晨月夕之樂者乎？况此詞兼懷子由也，辭意悽惋，不亦悲乎？孟奇有親在堂，兄弟無睽離之苦，其樂已得之於天者矣。苟能勉其在己者，而學為舜為仲尼焉。雖不及之，而以我之自得者，時挹天光月色於一壺之中，則子瞻之樂不是尚也。予既以《語》、《孟》奇酒闌徹俎，用書以為壺天秋月記。（同前書卷十一）

劉節詞話

劉節，字介夫，南安（今江西）人。弘治乙丑進士，授兵部主事。劉瑾竊政，謫尹宿松，陞廣德知州，累官四川提學僉事，福建、浙江布政使，擢副都御史，巡撫山東，總督江淮漕運，晉刑部侍郎。卒年八十。輯著有《梅國集》、《寶制堂録》、《廣文選》、《周詩遺軌》、《春秋列傳》、《兩漢七朝文藪》、《聲律發蒙》等。今存有《梅國前集》，為明刻本，已殘缺，見《四庫全書存目叢書》影印本，此據以録詞話四則。

一

《西江月·讀東坡詞》：妙曲篇篇可愛，新詞句句堪歌。風流争羨老東坡，三昧詩餘勘破。《減字木蘭》何少，括聲《哨遍》偏多。含宫嚼徵羽商和，藝苑幾人能過。（《梅國前集》卷十二）

二《西江月·讀六一詞》：作賦漢推揚賈，撰詞唐擅温皇。宋人藻翰重歐陽，山谷東坡皆讓。班固馬遷史傳，昌黎子厚文章。古今評亦有低昂，莫畫葫蘆依樣。（同前）

三《攀留歌頌引》：郡守梧岡先生陳公，擢長蘆都運使，吾郡士攀留不能止，情激於中鳴焉。為述，為頌，為詩，為歌，為曲，各發其感公懷公之誠，公之德政在吾郡者不一而足，咸於諸作見之，可以觀，可以興矣。公治裝行囊，無長物，惟圖書數卷。輕舟東下，民留履於麗譙之樓，寄詠於表賢之祠，樹碑於郡門之西之亭，與諸歌頌並傳也。於戲！賢哉！吾郡自宋以來賢守，祠祀志傳歷歷可考，我國朝郡守于趙、侯、林志列名宦未易盡述，如金公伯玉、張公汝弼，治行固優，詞翰尤著，吾民思之不忘，梧岡先生兼二公之美並傳焉。第不知當時二公之去有如是歌頌攀留否也？庸書於首，以俟徵云。（同前書卷三十二）

四《名公詞翰跋》：右名公詞翰一卷，圖一幅，柬一帖，詞一闋，詩二章，題語一通，隸書八言，大書二言，蓋宰相丘瓊臺、高士陳白沙、憲副邵二泉、史撰涂東窗、郡守張東海并其子給諫諸公遺於海峰、澹庵與夫克承者也。梅峰克承大父素厚瓊臺公，觀諸柬語詞意，曲折稱頌，可見其為人矣。畫史郭仁弘貌圖補之，殆得其大意。與澹庵嗣梅峰甫屬愛於東海者最久，故以白沙寄詩界之，而更作凡近高明之書，皆以廣厥志也。給諫寄詩之意悉諸跋語，固不待贅。所謂愛親之愛者，其然邪？涂太史知險之，云乃感夫獻生利濤之流，而澹庵獨能謝往夷國，特書，不靳以示華表之□□一泉公題□則當視學至南安時索秀□□□□□□郡守盧別溪以克承進，因閱詩卷，灑然一□之味深至，公豈□與人者哉？克承有感乎是，并集成卷，諷言紀其實。於戲！鄧氏之有是也，三世之美具矣！何言哉？況群公位隆望重當一時者，片言短札，人争寶之不異也，又何假重予言？予特述詞翰所由集之故，為後人告，俾□卷者熟玩而深思之，慕之，企之，勉之，繼之，勿替引之，庶得予引而不發之意，不然，孔孟之言，至今猶有棄而不習者，而況於此乎。（同前）

張時徹著輯詞話

張時徹（一五〇〇—一五七七），字維静，號東山，鄞縣（今浙江）人。二十舉於鄉，嘉靖癸未進士，歷官南曹郎，以副使督學江西，備兵臨清，歷官至南兵部尚書。著有《善行録》、《攝生衆妙方》、《急救良方》、《芝園定集》、《芝園外集》、《芝園别集》，編纂《皇明文範》、《寧波府志》、《定海縣志》等。此據《續修四庫全書》影印明嘉靖刻本《芝園外集》和《四庫全書存目叢書》影印明萬曆間刻本《皇明文範》録詞話九則。

一 詩之諸體，皆本於三百篇，但語有多寡，句有短長，非可以一體目之也。後人因之，而支流多矣。四言古詩始于漢之韋、孟，五言古詩始于漢之蘇、李，七言古詩始于漢武之《栢梁》，七言律詩始于唐太宗之送來濟尚書。五言絶句，唐人效六朝《子夜歌》等作而為之。六言，王摩詰效顧、陸而為之。七言絶句，唐人踵六朝而為之。長短句，唐人踵甯戚《南山》與《薤露》等歌而為之。漢魏及唐歌詠雜興，本其命篇之義曰篇，因其立辭之意曰辭，體如行書曰行，述事本末曰引，悲如蛩螿曰吟，委曲盡情曰曲，放情長言曰歌，言通俚俗曰謡，感而發言曰嘆，憤而不怒曰怨。要之，皆六義之餘也。詩餘，律詩之衰也。律詩，古詩之衰也。古詩，三百篇之衰也。（《芝園外集》卷二十四）

二　《安寧太守吴密齋帳詞》（楊慎）：剖竹分圻規，五百里為之甸；坐棠錫壤良，二千石難其人。未届報政之期，早聞旌賢之喜。信如合節，諒比置郵。恭惟某官：美志月將，韶容霞舉。早襲弓裘之業，克成堂構之基。人文郁郁乎周科，儒行彬彬乎魯服。行有枝葉，藝出菁華。驗飾篚於脂膏，别利器於盤錯。游刃三州之域，馳轓五長之鄉。稟木鐸於孔門，以德報怨；授竹刑於鄭相，惟寬服民。行李蕭條，不待再臨。初放鶴廎階肅括，豈緣重贈始懸魚。政譽聞於憲臺，褒詞形之板命。薦其從仕攸始，表其初政孔嘉。辨樟奚俟乎七年，偃草已匝於朞月。擬和遷鶯之詠，行歸振鷺之班。爰製蕪辭，載歌華宴。「青雲垂上即專城，三郡錫嘉名。玉樹風前瀟灑，冰壺月底清清。碧鷄金馬，朱轓皂蓋，翠管銀甖。蔽芾休歌舊詠，兩岐試聽新聲。」（《皇明文範》卷十四）

三　《沐上公生子晬帳詞》（楊慎）：墜靈人杰，鍾金碧之精英；開國承家，屬珪璋之特達。是曰宗公之胄子，蔚為上將之元孫。欝葱氣洽於全滇，懽忭曷勝於闔閲。恭惟征南太傅宗公鈞座：天球在序，夜玉連城。多男始賦於螽斯，繁祉新諧於燕喜。既鏘鳴而八鳳，爰鼎趾以占羲。寔生白澤之祥，惟茲週晬之辰，廼首百齡之肇。時貞發育，節届中和。雲擁一蚪，咸賀充閭之慶；星飛五老，共聆英物之聲。惟茲週晬之辰，廼首百齡之肇。琱戈金印，左挈右提。玉果犀錢，前輝後耀。請獻神仙之祝，用代賔作之歌。「彩燕睇華屋，兆朱門、欝葱佳氣，鵲聲相續。繡帳琱弧懸網户，元是天朝錫鶝。正春仲、光韶景淑。共道充閭千載慶，箇姓名、先在神仙籙。真英物，何須卜。　玉簪珠履賔階蹙，拜魯侯、燕喜壽祉，文裀暢轂。急管繁絃休聒耳，只奏南山一曲。好記取、紱麟天鹿。挈印提戈，似向花前，勸醽杯中緑。斟北斗，為三祝。」（同前）

四《入覲旌賢帳詞》（蘇祐）：伏以九重肆覲，爰昭顯比之文；萬國來同，顒示大觀之興。賢能並甄於衡鑑，車服用章；慈惠溥施於臣隣，功歌式叙。恭惟郡伯立吾先生執事：茂承家學，允胤世祊。受授一經，門閥久稱乎科第；服勤三事，郡邑薦著夫聲華。周經載孝友之詩，實維玄裔；漢制列功臣之表，遠振洪宗。能文恥事乎彫蟲，才長躍驥；遊藝兼通乎貫虱，技小屠龍。心悦孫吴，初有横渠之志；期追卓魯，載臨忠定之鄉。政簡刑清，文經武緯。雙旌五馬，化日麗乎行春；一鶴三鱣，清風賡乎肆夏。民之父母，赤子孔懷；郡之蔡著，紫樞允陟。羹梅興詠，願躋乎調鼎之階；剡竹騰輝，交薦於乘軺之使。才已見之歷試，道實兆於可行。具載之褒美之辭，適遘夫利賓之會。征車至止，卧轍欝留。龍旂將覲於殿庭，驪唱轉憐夫道路。一麾願寇君之借，望庶慰焉；三刀惓召父之淹，惠云渥矣。柳亭餞酒，東風已拂於河橋；楓陛傳書，北闕擬隆乎貺賚。爰歌俚語，式協群情。諒有采於風謡，殊媿塵於電矚。詞曰：「幾年不上長安道，又陪奉、鵷鸞箧。萬里東風先自到，鳳樓晴靄，龍池春草。盡是烟花繞。紅雲冉冉東華曉，拜舞瞻天表。日上鑪薰碧篆裊。黄麻徵霸，甘棠思召。首應旌賢詔。」右調《青玉案》。（同前）

五 《賀江陰王尹築城禦寇障詞有序時劉七寇城》（洪貫）：伏以守國在險，周人急朔方之城；有備無虞，大易示衣袽之戒。吉人雖得乎天相，而美成端在於人為。恭惟某官：秀鍾英睿之資，學抱濟時之策。著藍袍而榮宴曲江之杏；錫銀綬而出栽潘縣之桃。固知龎統非百里之才，暫借寇恂為一方之寄。智有以炳乎前兆，謀足以揆乎幾先。知楚國之無外患，有漢水以為之地。料儂蠻之能入寇，以邕管之無其峙。專一已之獨斷，却衆議之紛然。乃相原隰，而築之登登；爰度江堧，而鑿之戢戢。匪不日而成功，僅三月而報政。不必範金為之墉也，其高自足以固；不必燂湯為之沼也，其深自不可踰。成此百雉之雄，豈慮群蟻之集。方湟中之工，未成乎落；適江上之警，已徹于前。三狐之蘖既張，六月之師孔棘。彼停舟而破膽，我鳴鼓而先聲。有隙可乘，俟時即發。賊窺垣而驅去復來，士攖堞而再捷乃厲。螳螂怒鼓臂於譙門，竟成虀粉；鼫鼠欲穴身於複壁，立見摧殘。則夫昔之勞也，乃為今之樂焉。是以神明之號連城，父母之歌盈野。顧此輿人之頌，寔為周道之碑。賢聲既上達乎憲臺，聿來旌綵；褒書將超聞於當宁，用注金屏。某喜盛事之躬逢，愧揄揚之莫暨。敬撰蕪詞，用伸情悃。詞曰：「海宇清平，一朝無故驚鋒鏑。回首處、烟塵滿地，鷹鸇南北。藩屏先幾雄控禦，逋逃肆蘖窮遐僻。渺長江、天塹遶城流，誰為敵。　皇赫怒，詔誅逆。神旅降，君協力。倏狐巢鼠穴，掃成陳迹。日月更無妖眚翳，乾坤頓放東南白。信激揚、元自有臺評，標殊績。」右調《滿江紅》。「早黄甲蜚英，牛刀小試，花縣馳聲。知先時有備，欲保衛民。生須設險，在承平。動蕘蕘版築，民趨事，唾手功成。雄障一方天塹，百雉金城。塗豕跳踉躑躅，羽書傳警，黎庶交驚。扃鐍堅嚴，甲兵精厲，霎時殲殄奔傾。四郊無事，功成後、名重臺評。綵帛旌書榮被，載道懽迎。」右調《春從天上來》。（同前）

六 《賀楚王受册詞》（陳束）：伏以大君開國，展親之典攸隆；宗子惟城，纂德之基斯懋。龍光丕冒，駿業惟新。伏遇楚王殿下：亮允篤誠，聰明叡哲。學隆三善，氣備四時。體斧藻之明徽，秉琢磨之粹質。令聞令望，如珪如璋。金聲夙振于青闈，玉版乍頒于彤闕。景命有僕，歷日惟良。饋九牢以迓賓，賛三命而受服。率禮不越，備物有容。龍輿夐以當陽，虹旆儵其颺日。儀宣簡策，樂合笙鏞。繼軌惟賢，邁彼剪桐之命；主器在長，有加履璧之年。瑞繞非烟，懽騰披霧。龍祚占其彌固，麟趾所以興歌。凡在外區，率同中慶。忝在下位，敢揚末聲。詞曰《千秋歲》：「運啟靈長，皇都景命將。徽圖寶册爛霞光，聲歌徵上部，冠履集周行。懽忭處，提封百萬戴新王。况景屬青陽，化國日方長。膺寶籙，進璚觴。鶯啼繡户暖，花發錦宫香。春好也，千秋此日樂無央。」（同前）

七 《賀郡侯葉公膺召幛詞》（侯一元）：伏以電雷中正，大人成畫一之勳；重巽光華，明主錫庚三之命。惟海隅日出，桁楊自以不冤；肆勾枸星虛，槐棘由茲其選。釋[illegible]櫨而建隆棟，清穆翬飛；去枳棘而儀高梧，朝陽鳳律。和璧辨而升廟，斑舟渾以登仙。恭惟郡侯葉先生：秀毓南州，江水讓淵源之學；名高上國，齊山争氣節之雄。文華邁迹於石林，衡水賡歌於光化。青袍筮仕，丹筆明刑。持兹不害之文，坐致平亭之理。吏人糜沸，而無擾烹鮮；簿牒絲棼，而靡停游刃。霈甘霖於海上，仁蘇匹婦之寃；辨兩日於水中，明並神君之察。法垂峭澗，嚴憲吏之守文；笑比黄河，體大臣之釋滯。化蒼鷹於鸞鳳，來烏鵲於狴犴。是用治届無刑，功臻止辟。幽明無憾，寧聞梧皁之聲；小大以情，何假桐囚之驗。刖人樹德，睦者咸歌。廼者獄訟餘閒，篆符屢攝。材優坐嘯，德捷置郵。下邑仰一槩之平，琴臺倚簫臺而雲奏；隣壤借重河之潤，福宿隨婺宿而宵輝。左有右宜，士仰裳華之德；春生秋落，民親棠樹之榮。頌聲溢而上聞，徵書褒為首舉。予違汝弼，鳳池承虚左之恩；公歸我悲，鴻渚結居東之戀。感啬夫之流愛，願遮使者之車；顧屬吏而恐傷，敢馱何祇之馬。抒情絃筈，效轡驪駒。詞曰《三學士》：「白鹿城邊江正秋，望烟濤、好去仙舟。一天霖雨隨龍節，萬里風雲入鳳樓。藐東嘉，何殊故國，回首是并州。三年名氏覆金甌，况艱虞、正屬先憂。禁中頗牧紓籌策，池上夔龍拜冕旒。任天寒，八荒多士，同庇洛陽裘。」(同前)

八

《賀郡伯龔公述職幃詞》(侯一元)：伏以振鷺充朝，玉帛總萬方之會；飛鴻遵渚，衮衣深九罭之思。職茂清慎，勤無忝當官三事；名先黄卓，魯有光漢室諸賢。為主分憂，早報營丘之績；得人共理，真酬當寧之心。恭惟鴻洲明公：學貫天人，才推命世。道通文武，身際明時。源濬章江，南斗耀干霄之氣；泒分濮水，山東膺出相之符。甲第馳聲，丁年奏使。狴獄早清於鐵甕，烏臺高峙於金陵。白簡霜寒，曾摧五鹿；朱幡春暖，遍育群黎。變斥鹵為桑田，化鷹鸇為鸞鳳。正身範物，等夏日以為威；推心置人，快披雲之先覩。疑網解愚民之觸，禮羅宏賢士之收。片善不遺，吐哺時需於白屋；

孤忠自許，夢思長繞於彤墀。護千里於金甌，調豐年之玉燭。隨行甘雨，真霑徐土之車；奉揚仁風，何假東陽之扇。擊疆宗如拔薙，示深恥於鞭蒲。政舉先時，心懷後樂。麥岐蜀郡，三春勸相之時；棠滿召南，五馬經過之地。訟無留聽，庭有餘閒。解愠南風，琴撫虞庭之韻；殷憂七月，詩陳豳俗之艱。藝苑堂高，都門紙貴。詞兼三謝，夢回春草之塘；染妙二王，墨遍鴈池之水。正樂民間按堵，俄驚海上揚波。慷卉服之雕題，未修禹貢；哀潢池之赤子，自外堯仁。厲氣乘城先守，得禦戎之策；勞心保障後夫，周顯比之功。折衝尊俎之間，行師枕席之上。郊生戎馬，逝將遠縱於華山；佩解春牛，不覺相安於渤海。曲全令長，荷馮翊之憐才；妙選功曹，成汝南之畫諾。紀綱法度，先觀朞月之成；增秩賜金，行應公卿之選。介圭特達，遵群后之四朝；錫馬騈蕃，羡康侯之三接。向長安而西笑，遥知魏闕之思；望并州是故鄉，早返細侯之駕。驪駒暫祖，竹馬期迎。爰括頌聲，用申離唱。詞曰《臨江仙》：「白鹿城頭霜月曉，朱轓春轉皇州。攀轅人吏莫須愁，淮陽方待卧，河内借君留。獨秉一麾來作守，千年王謝風流。江湖廊廟總先憂，蒼生如借問，前席好為籌。」(同前)

九《柳釜山副憲陝右幛詞》(鄭若庸)：二星騰輝，言崇時臬之遷；六轡載馳，懋著為邦之績。來暮方驩於上郡，去思誠劇乎下僚。戀别徒勤，酬知莫展。敬惟：珩璜重器，杞梓珍材。奕世青緗，抽芳華於江國；承家丹轂，采譽聞於天朝。攬風雲月露而成文，欲搴旗於屈宋；本道德性命以為學，希入室之顔曾。亟遵投射之升，遂首執珪之選。備一命之使，崇班已軼乎鵷鸞；借方寸之階，清望自騰乎麟鳳。暨分曹於土會，克展采於雲司。寅恭策九府之勳，忠悃繼六箴之獻。試望之於馮翊，用寄股肱；命次公於潁川，將傒台鉉。存視民猶子之愛，務處官如家之勤。介不欺于四知，度能超於五詠。發倉指廩，阻饑無委壑之憂；築堰成城，昏墊免為魚之嘆。田野治而稼穡雲被，學校興而禮讓風行。花村絶犬吠之驚，薇省有鶴鳴之和。臨事每責人以易，身更其難；論功則推人於先，自居其後。六事屢孚於閱歲，九遷爰始於兹辰。憲臺看金節之光，兵鎮重寶書之寵。朱衣擁騶，載揚閫虎之威；繡服乘軺，允厲霄鸞之薦。歷覽將期於善俗，糾繩一振其頹綱。舒慘兼施，春滿孟門之野；威愛允濟，澤深洛水之流。聽西人破膽之謡，慰北闕撫髀之嘆。俯慙塵冗，仰荷鈞陶。煦若春風，嘘指之仁宛在；化如時雨，沾濡之德常新。誠結思于輪轅，第攖情于郊候。聊申菲餞，庸綴蕪詞：「牙幢裊裊清風起，春色雙輪底。河朔黎民，秦關赤子，心殊悲喜。　他年鈞軸應堪擬，此地留無計。膏澤一方，袴襦萬井，甘棠千里。」右調寄《賀聖朝》。（同前）

來汝賢詞話

來汝賢（一五〇一——一五三六），字子禹，一作子與，蕭山（今浙江）人。嘉靖壬辰進士，授奉新令，調丹陽，官至禮部主事。著《菲泉先生存稿》八卷，此據《四庫全書存目叢書》影印明萬曆十四年姜寶刻崇禎七年何汝敷重修本録詞話二則。

一

《洪西淙先生入覲幛辭》：翟采西麾，禮重大衡之選；龍旂東顧，心懸皇芾之旋。惠我不遐，綏子有喜。恭惟：訇考景鍾，間從元吕。教先蒙發，學裁俊士之游；道郁晉明，譽錫康侯之節。精涵德照，妙徹化裁。水豹文鱗，斥揜群於海弋；岐黄朱味，連彙載於雲車。寵受士林，樂胥民俗。詞曰：「聲名籍，全浙並熕石畫。奕奕星旂天水碧，海内文章伯。甘雨思公真迫，竹馬兒童江驛。

素心傳寄從龍客，似我公清白。」右調《謁金門》（《菲泉先生存稿》卷三）

二

《孔東原先生考績幛辭》：元會丕殷，簡崇龍鳳之集；大觀有造，變成虎豹之文。水鑑不私，天功何有。恭惟：神懋家學，祥開國華。皇雅不群，瞻起南山之節；峐聲於赫，蜚傳東魯之流。錯舄載光，黼黻比象。南方朱鳥，乘照接於魁繁；北海□□，仰變從於風化。公歸有譽，士造不愆。詞曰：「秋雨霽，極目卿雲天際。煩公俄頃裁成計，光動蟾宫桂。　英雄秋雨揚勵，濟濟文章名世。淛河東望思嘉惠，蚤振王祥地。」右調《謁金門》。（同前）

倪宗正詞話

倪宗正，字本端，餘姚(今浙江)人。弘治乙丑進士，正德中由翰林出知太倉州，官兵部武選司員外郎，時嘗以言事廷杖，終於南雄府知府。嘉靖中賜祭葬，贈學士，謚文忠。所著有《豐富集》、《突兀稿》、《觀海集》、《太倉稿》、《小野集》。此據《四庫全書存目叢書》影印清康熙四十九年倪繼宗清暉樓刻本《倪小野先生全集》録詞話一則。

一

《贈劉蓮幕監運南都詞》有序：惟執事發跡閩邦，究心理學。從王事而練達之既久，離天曹而簡拔之居先。新傾除書，恭參民牧。方止揚塵之轍，少試解愠之琴。設施之初，而閭閻瞻之有慶；承接之際，而司府稱之曰能。蓋愷悌温良之容，如玉出於璞；而果敢裁決之氣，如刃發於硎。故賢者必勞，才而見用。事關國計，而舳艫有泛涉之勞；財係民膏，而斗斛有虧損之慮。惟爾克勤，乃能有濟。立心之本，不悖陽城。政拙之仁，竣事之終。必湊倪寬，賦盈之最。詞曰：「姚江新署蓮花幕，明月挂高梧。賢臺慰遣柏臺符，三江千里道，監運上南都。游轜飛蓋黃花候，覽觀五伯雄圖。争先受賞獎司徒，五雲瞻望處，指日返雙鳧。」右調《臨江仙》。（《倪小野先生全集》）

文嘉詞話

文嘉（一五〇一——一五八三），字休承，號文水，長洲（今江蘇蘇州）人。徵明之子，和州學正。並能詩，工書畫篆刻。所著有《和州集》、《三吴水利圖》。此據影印文淵閣《四庫全書》本文徵明《甫田集》録詞話一則。

一

《先君行略》：公諱璧，字徵明，後以字行，更字徵仲，以世本衡山人，號衡山居士，學者稱為衡山先生云。……公平生雅慕元趙文敏公，每事多師之，論者以公博學，詩詞文章書畫雖與趙同，而出處純正，若或過之。（節録自《甫田集》卷三十六附録）

袁袠詞話

袁袠（一五〇二—一五四七），字永之，號胥臺，吴縣（今江蘇）人。嘉靖丙戌進士，選庶吉士，改兵部主事。歷廣西提學僉事。其學精深宏博，群經子史無所不窺。所著有《袁永之集》、《禮部集》、《胥臺集》、《世緯》、《皇明獻實》、《吴中先賢傳》等。此據《四庫全書存目叢書》影印明萬曆十二年衡藩刻本《衡藩重刻胥臺先生集》録詞話一則。

一

《江南春詞序》：江南隩壤，吴會名都。揚州表於夏紀，藪澤夸於周籍。江海溝瀆，既多沃溉；岡巒墳衍，寔繁生殖。賦貢雄于九服，貨財流于五方。儒賢卓傑，敦言公絃誦之教；禮俗豈弟，襲季子揖遜之節。風流論議，則矜高王、謝；辭章篇翰，則因循張、陸。美風洋洋，難殫述矣。加以皇圖晏寧，户版蕃滋，閭閻櫛比，構宇綺錯。既庶既富，頗涉華奢。服食技藝，奇巧焜燿。遨遊舞雩，駢闐充溢。歲無虚月，時無間日。令節嘉辰，往來相屬。春陽百戲，驩賞九旬。履端獻壽，秉簡迎祥。剪綵鏤金，互遺夸勝。燃燈張樂，競賽紫姑。是以水涘山隅，聯輿並鷁。楊園花墅，累榭駢筵。閶闔天門，塵囂衢市。虎丘靈界，踵接巖阿。童冠成行，娼姬侍列。娱心騁目，惑情蕩意。雖乖雅化，亦徵繁會矣。有元倪隱君者，高潔成性，文采有章，家本江南，綴《江南春》詞二首，頗叙樂土之懷，兼感黍離之嘆。韻旨清遠，寔為雅製。我吴先輩追和厥辭，或述宴游，或標風壤；或抒己志，或賦閨情。迭奏金聲，積盈緗素。衺也無文，亦嘗尾續，并邀同志，抽演緒餘。蓋曰猶賢乎已云爾。（《衡藩重刻胥臺先生集》卷十四）

李開先詞話

李開先（一五〇二—一五六八），字伯華，號中麓，章邱（今山東）人。嘉靖己丑進士，授户部主事，提督四夷館少卿，累陞太常少卿。能詩文，善填詞，與唐順之、趙時春等稱八才子。藏書畫極富，自負賞鑒。著有《中麓閒居集》、《四時行樂詩》、《中麓畫品》等。此據《續修四庫全書》影印明刻本《李中麓閒居集》録詞話二十九則。

一

《烟霞小稿序》：南北詞名同而音節字面變者多矣，惟《風入松》、《浪淘沙》，唐、宋迄今一也。有志古樂者於此求之，庶幾近之矣。嘗集《浪淘沙》兩卷，名以《古今歇指調》，復欲集《風入松》，未暇也。誒葬吾張宜人，後始為之。適蘇雪簑慕名相訪，舘於別院，朝夕歌者，此詞也；作者，亦此詞也。

有時豪興突發，雄飲大叫，醉舞狂吟，或放筆，或口占，食頃，即成十餘曲，不旬日，共得八十一焉。足九九之數，則停吟閣筆，更料理琴譜，傳授心學矣。觀其所作，俱天仙之語，物外之音，雖若奇崛變恠，未嘗不根據理道，陶養性情。未與之面者，即此可以想見丰神，懸知胷次矣。况其字書體格森嚴，筆勢遒勁，足為學書者之法程。吾門客李子理愛而刋之，并及其他作，捻之曰《烟霞小稿》云。刋成，而以序相託，遂以數語題諸其首，且笑而問之曰：「孫太白曾浼李崆峒，為之作傳，曰：『傳其人，如其人，可也。』如則拜手以謝，不然長揖而已矣。」前數語雖非全傳，止為述作詞之由耳，然亦能彷彿雪簑子之萬一者乎？（《李中麓閒居集》卷五）

二　《東村樂府序》：古來詩有會，固矣。詞惟富文堂一會爾，或有之，然余莫之前聞也。自辛丑夏罷歸田廬，優游詞會，每月相參。作主分題定韻，言志抒情，北曲南歌，長章小令，不兩年充然成帙。操健筆而擅詞場，人各有能矣。余獨以東村謝君為老作家，格古調平，音諧字妥，娛衆目而便歌喉，真藝林中之善鳴者也。年且長，而有行。人似訥而實豪，不惟會友重之，鄉人亦多賢之者。弟少溪廉訪使刻其詞以傳，親情也，而實公事也，義舉也。少溪嘗督學北畿，江浙鄉試或為監臨，或司牘校，素以文為職。詞亦文之一也，他文且傳，而况其兄耶？大抵賢則敬，敬則久者，人也。愛則傳，傳則遠者，文也。是刻可謂兼之矣。慨自龍溪喬僉憲捐館，雅會遂寢，幾欲復之，又以喪吾內人，不忍作樂事。散而復聚，知在何時？憶昔詞成之餘，相與吊古窮奇，登山臨水，一倡衆和，大笑長呼，出遊魚而驚秣馬，愁花鳥而走山靈，今恍如隔世事矣。即當訂約刻期，比之舊會加盛，使富文堂退然遠望

焉，是則余意也。謹因詞序而併及之。（同前）

三《醉鄉小稿序》：單詞謂之葉兒樂府，非若散套、雜劇可以敷演填湊，所以作者雖多，而能致其精者亦稀矣。元以詞名代，單詞致精者不過兩人耳，小山張久可（當作「可久」）、笙鶴翁喬夢符。喬有小套，然亦不多。查德卿而下，無足比數矣。予自辛丑引疾辭官歸，即主盟詞社，見其前作，俱是單詞，衆友以為只精此散套，雜劇無難事矣。每會，屬予出題，間涉小套，衆必請而更之，當時獨高筆峰年最熙妙，而詞有長進。罷會十年餘矣，其所作日積月累，日異而月不同，月積歲累，月異而歲不同。今刻《醉鄉小稿》，乃其所慎選約取者也。不酒而醉，居城而鄉，亦寓言也。譬諸明暢之舉業易於發科，平鋪之碁手亦能制勝，然而有玄關焉，有妙竅焉，有微權焉，又有真機圓法焉。五者言雖殊，其致精則一而已。不出乎座側眼前，而實超於意表言外，可得之心領神會，而不可求之。手示口傳筆峰之單詞，已登岸而非臨河竊嘆，既升堂而非宫墻外望者。罷會雖十餘年，適方壯盛也。致精自有餘力，過此以往，不日而化。謹拭目，跄足以竢之。（同前）

四《悼殤詞序》：嘉靖戊申冬十一月八日，得一子，雪簑與樂安郭尹適至，因以蘇郭名之。賦相清奇，吐聲洪亮，見者咸以為可世吾家。至庚戌閏六月，熱從内發，百方莫救，殤矣，時念又八日也。雖壯夫遭此，猶不免過傷，而況五十臨年者乎？四體交病，五内欲摧，詞以自解，因附於悼内之後，以見連年數奇，有時或得遂心云。謹安命以竢之。（同前）

五《中秋對月憶子警悟詞序》：蘇郭兒亡後次年二月十二日，復得一男，出於繼娶王氏，母子同一生辰。時張外翁年方九十，聞之，喜曰：「是兒不啻吾女出，婿年知命，吾年更加四十，若取乳名，非五十則九十爾。」從翁之賜，因而呼之曰九十云。張翁者，吾前娶妻父也。是兒生而身長面潤，耳大鼻隆，方口圓顱，修眉廣額，容顏姣好，聲氣宏充。縣主金攝山每顧，即索觀之，以為神采射人，兩目在相法更異常不可言。性好嬉遊，門前日有聚觀者，其稱許俱猶攝山也。在母身十二月始娩，又癍疹已生，吾意無復他虞。癸丑六月望日，方相向而笑，忽風動，不能作聲，聚醫環視，皆云急驚可救，且灸且藥，竟不復甦，月上而氣絶矣。吾今母服未除，父書無托，殘息難保，萬念皆灰，兩兒俱三歲，是兒更奇，吾年更長，其情不為更苦耶？至八月望夜，雲散月明，風清氣爽，正月前兒亡之時，舊愁頓作，老淚如迸。翻覆追惟，低廻嘆息，非福德俱薄，則享用過厚，不然，何以有此折罰也？適值吳海亭、孫夾谷各有慰書，一時併至，吳云：「向見公子英偉，喜必壽昌，豈意遽爾短折？雖不免動情，亦當善遣，勿過為苦懷，久知頤養有術，麒麟抱送，即接踵至矣。」孫云：「天使吾兄一至此極，終必加祐善人。時下不免慟徹肝腸，就使不祐，猶當順受，何至以身殉之？非竟爾癡耶？若只以原無自解，則心自坦然。倘緣此而致不測，則丘文莊、李文正不相笑於地下乎？兄之富貴十倍於弟，命厚福大，猶有蚤歲之厄。然則為之子者，乃當以小可之命哉？矧兄年尚未老，更且健於曩昔，只多納寵妾，按行古法，散遣僕隸，賣却遠田，減省延待，謝絶簡書，子當駢集，踰於弟數之多矣。」二君之言教愛不淺，感悟之餘，月下口占長詞一闋，以定月前痛傷，以圖日後生育。（同前）

六　《喬龍谿詞序》：邑人喬龍谿先生以僉事致仕後，即擅詞名遠邇，但稱其長於北詞，是豈知詞與先生者耶？周官鞮鞻氏掌四夷之樂歌，北方曰禁，南方曰任。有娀謡乎飛燕，肇起北聲；塗山歌於候人，始為南韻。北之音調舒放雄雅，南則悽婉優柔，均出於風土之自然，不可强而齊也。故云北人不歌，南人不曲，其實歌曲一也，特有舒放雄雅、悽婉優柔之分耳。吴歈楚些及套散戲文等，皆南也；康衢擊壤、卿雲南風、三百篇，下逮金元套散雜劇等，皆北也。北其本質也，故今朝廷郊廟樂章用北而不南，是其驗也。龍谿非惟能作，而且善謳南詞，時亦有之，但非其所好，以為非其所長，是豈知詞與先生者耶？如康對山每赴席，稍後座間，方唱南詞，或扮戲文，見其入即更之，其所刻《沜東樂府》，南詞亦參錯其間，以為止長於北，是豈知詞與對山者耶？龍谿殁已二十餘年，遍索其詞，纔得數分之一，欲為刻之，太少不成□，姑存之，略為一序於其前。在日曾許為之序，乃今以此副其托，其詞語老健，詞意新奇，見者不問名姓，知其為北人也。所存雖少，語云寧取碎金，勿取錠銀，况又有片玉顆珠出乎碎金之上者哉！（同前）

七　《張小山小令序》：《録鬼簿》謂：「人生斯世，但以已死為鬼。」而不知未死者亦鬼也。身後無聞，則又不若塊然之鬼為猶愈。《太和正音譜》評小山詞：「如瑶天笙鶴，既清且新，華而不艷，有不食煙火氣味。」又謂其「如披太華之天風，招蓬萊之海月」，若是，可稱詞中仙才矣。李太白為詩仙，非其同類耶？小山詞既為仙，迄今殆死而不鬼矣。世雖慕之，未有見其全詞者。予為之編選成帙，亦有一二删去者，存者皆如《録鬼》及《太和》二書所稱許。以其生平鮮套詞，因名之曰《小山小令》云。客有以《古劍歌》示予者，試猜為何代何如人，予應以似宋元間人，客曰：「是也，元人也。」予曰：「若是元人，絶似小山詞。」客乃大笑，以為不錯分毫，然亦有太白詩風骨。予謂其各有仙才，不信然耶？詩録於後，未知識者是否，姑記一時偶中之語如此。「將軍躍馬來南荒，腰間古劍白練光。鷺鷀塗香魑魅泣，寒芒熠熠勾陳蒼。」「龍髯高掛珠堂月，玉華曾拂樓蘭雪。為君盡斫奸臣頭，天狗三更下舐血。」此雖短歌，然而句奇味長。客退，恐其誑予，因點檢《續文章正宗》及《文翰類選大成》，果是小山作。小山名可久，以路吏轉首領，即所謂民務官，如今之税課局大使，夫以是人而居卑秩，宜其歌曲多不平之鳴。然亦不但小山，如關漢卿，乃太醫院尹；馬致遠，為江浙行省屬；鄭德輝，杭州小吏；宫大用，釣臺山長。其他屈在簿書，老於布素者，不可勝計。當時臺省元臣、郡邑正官及雄要之職，盡其國人為之，中州人每每沉抑下僚，志不獲展，此其説見於胡蠡溪所著《真珠船》，因序小山詞而節取之，以見元詞所由盛，元治所由衰也。（同前）

八《喬夢符小令序》：元以詞名代，而喬夢符其翹楚也。夢符名吉，號笙鶴翁，又號惺惺道人，以詞擅場於至正間。然以字行，無問遠近識不識，皆知有太原喬夢符。云夢符不但長於小令，而八雜劇、數十散套，可高出一世。予特取其小令刻之，與小山為偶。元之張、喬，其猶唐之李、杜乎？套詞又不忍輕去，間亦選而取之，附於其後。不改小令原名，以小令多而套詞少耳。評其詞者以為若天吴跨神鰲，噀沫於大洋，波濤洶湧，有截斷衆流之勢，此特言其雄健而已，要之未盡也。以予論之，蘊藉包含，風流調笑，種種出奇而不失之怪，多多益善而不失之繁，句句用俗而不失其為文，自謂可與之傳神，如夢符復生，當必首肯，未知覽者心服之歟？或目笑之歟？是未可定也。（同前）

九　《歌指調古今詞序》：唐、宋以詞專門名家，言簡意深者，唐也；宋則語俊而意足，在當時皆可歌詠，傳至今日，祇知愛其語意，自《浪淘沙》、《風入松》二詞外，無有能按其聲調者。余因雪簑有作，已摘集《風入松》詞矣。而《浪淘沙》則自天朝以及勝國搜羅成帙，不但唐、宋而已，名為《歌指調古今詞》，校而刻之，可由之歌詠唐、宋詞而追繹古樂府，雖三百篇當亦不遠矣。然《浣溪沙》、《浪淘沙》名意亦相似，而字格絕不同。至於《賣花聲》則句句不殊，無因扣作者名賢而問之，當細閱《詞學筌蹄》及南北詞選，冀或有得耳。（同前）

一〇　《塞上曲序》：軍中樂有短簫鐃歌，亦云鼓吹曲，乃黄帝、岐伯共作，用以建威揚德，風敵勸士，雖不以鐃歌鼓吹為名，而鐃歌鼓吹實昉於此，至漢始有其名矣。《周禮·大司樂》曰：「王師大獻，則令奏愷樂。」《司馬法》曰：「得意，則愷歌以示喜。」魏、晉則短簫鐃歌與横吹曲得，通名鼓吹。周宣帝革鼓吹為十五曲，皆戰陣之事。隋列鼓吹為四部，唐增為五部。魏、晉視鼓吹獨輕，牙門督將五校悉用之。宋、齊以後，則甚重之矣。其《出塞》、《入塞》、《塞上》、《塞下》等曲皆由此肇端，繼又變為《從軍行》、《苦哉行》、《遠征人》，俱軍旅苦辛之辭。《晉書·樂志》曰：「《出塞》、《入塞》，李延年所造。」又謂劉疇援笳而吹之，為《出塞》、《入塞》之聲。然《西京雜記》則言戚夫人善歌《出塞》、《入塞》、《望歸》之曲，是知高帝時已有之矣，而《塞上》、《塞下》則起於唐，而《塞上》獨多。王遵巖又以為七言四句樂府，惟中唐有風人之致。予曾兩使上谷西夏，其軍情苦樂，武備整廢，頗嘗觸於目而計於心，當時壯年便有鞭撻，四夷掃除，天下安事，一室之志，罷歸衰老，不勝慨嘆。值秋晴氣爽，筆札可親，遂作為《塞上曲》一百首，自許能悉事，宜極情狀，語似有背馳者。大抵泛言，各邊亦非一時，其實《塞下曲》及《出塞》、《入塞》、《從軍行》、《鼓吹》、《鐃歌》等悉舉之矣，但一事而數百言，或有一半句犯舊者，力不暇及，而才亦拘定，背馳無害，此則不免有媿耳。昔在馬上，愛唐詩數聯，及宋詞一詠，「縱有還鄉夢，猶聞出塞聲」、「塞花飄客淚，邊柳掛鄉愁」、「營柳和煙暮，關榆帶雪春」，詞則「將軍白髮征夫淚」云云，每高歌不休，聞者以為狂，今狂亦不能矣，況得如杜子美所謂「狂夫老更狂」耶？（同前）

一一　《思賢集序》：人之常情與同情，内亡無不悼者。人之真情與至情，内賢無不思者。遼國主於李才人之亡也，為之詩詞諸製，積成數卷，句工辭麗，調雅思深，自是王言有非文士墨客所可企及者，讀之似猶夫常情與同情，味之無非真情與至情云。以大國之力，淑女名姬宜無不可致者，何獨與一才人惓惓若是？以其賢不易得，是以思不忍置耳。書來，以一册見示，且云因鄙人四時悼内有作，然鄙人近又有悼内《同情集》，逐附來使請正，兼為數語，以慰其思，以表其賢，以叙其集曰：嘗考荆楚誌，楚有樊姬諫王射獵，不聽，姬乃不食鮮禽，王因感悟，卒成霸烈。石衞尉稱其蹈道履信，式瞻洪規。張曲江亦謂「惟餘賢媛隴，猶結後人思」。樊墓在龍山下九女塚前，正與今才人墓相望。渚宫章臺，鞠為荒草，而樊姬以賢，其墓獨存，才人將來亦若斯矣。可惜青年即散作巫山之雲，有如襄王之思自不能已，噫！斯集也，白雪陽春，調愈高而和愈寡。楚人故實，于今復見之矣。（同前）

一二　《謝龍盤回文詩序》：世人秖知有蘇若蘭織錦回文，而不知南國有一婦人所製鞶鑑，詞語藻麗，文字縈廻，句讀屈曲，音律諧和，可幾蘇作。見者兩尚之。或以為古來詩人無筭，何必專專珍崇女流？孔詩取興，不遺姜衛，江篇擬古，獨來班媛，况其高妙無窮？自是世間一種不可少者。效而為之者，有唐太宗御製圖，銘則有梁武簡文，頌則有呂真人、達磨禪師，是外又有王融、庾信、皮日休、陸龜蒙之詩，東坡、初寮、朱晦菴、黄山谷之詞。然蘇賴大周金輪皇帝及李公麟等為之註釋表揚，而婦人者得王勃、令狐楚，不至埋没。太宗圖以及銘頌詩詞亦皆桑世昌編集流傳。同邑龍盤謝先生，新親舊友也，兼且年家，素愛其回文詩，嘗欲為之一序，或有小助，如王勃、世昌輩，闡明作者之意，而指示覽者之端。惜無前賢筆陣識見，但就其一斑之見、一得之愚，略為數語，以置諸篇首，曰：詩有禁體，詩之變也，已以為難，况回文顛倒用韻、往返措辭？在他人，一律須用數日沉思，猶恐不穩不佳，龍盤則信口吐珠璣，應手成綵繡，逐歲應酬感興，無非此體裁，近又有側韻及長篇，尤為人之所難，其善書能文，更有出乎此者？將以回文成家，而且專門矣。是固見者所同信，龍盤其亦自信矣乎？（同前）

一三 《改定元賢傳奇序》：南宫劉進士濂嘗知杞縣事，課士策題，問：「漢文、唐詩、宋理學、元詞曲，不知以何者名吾明刻？」示其取卷題，曰《風教録》。夫漢唐詩文布滿天下，宋之理學諸書亦已沛然傳世，而元詞鮮有見之者。見者多尋常之作，胭粉之餘，如王實甫，在元人非其至者，《西廂記》在其平生所作亦非首出者，今雖婦人女子皆能舉其辭，非人生有幸不幸耶？選者如《二段錦》、《四段錦》、《十段錦》、《百段錦》、《千家錦》，美惡兼蓄，雜亂無章，其選小令及套詞者亦多類此。予嘗病焉，欲世之人得見元詞，并知元詞之所以得名也，乃盡發所藏千餘本，付之門人誠庵張自慎選取，止得五十種，力又不能全刻，就中又精選十六種，删繁歸約，改韻正音，調有不協，句有不穩，白有不切及太泛者，悉訂正之，且有代作者，因名其刻為《改定元賢傳奇》。泰泉黄詹事所謂以奇事為傳者是已，然又謂之行家，及雜劇昇平樂，今舍是三者，而獨名以傳奇，以其字面稍雅致云，竢有餘力，當再刻套及小令，然此猶細事也。如經學止知尊朱子，便舉業，勿論漢疏，雖宋儒之説悉置之不問，問之不知。每經止舉一家，如楊慈湖之《易》、林之奇之《書》，《詩》則王氏《總聞》，《春秋》則未訥《經筌》，及魏湜之《禮記集説》，多有高出朱註之上者。此外能發明經旨者，抑又不止四五十家。宋刻已古，抄册漸訛，再過百年，俱失傳矣。必須題請之後，有京板以及各書坊有鏤板，始可遍行天下，不然，則以拘拘背朱為嫌，而經術不幸，不減秦火矣。天朝興文崇本，將兼漢文、唐詩、宋理學、元詞曲，而悉有之，一長不得名吾明矣。敬因序刻傳奇，有所感而為是説云。（同前）

一四　《傍粧臺小令序》：閒居日長，頗有餘力，省稼灌園之外，六經訓解義有未安者，隨筆注之，竢研窮既久，各成一家之言。所嘗與談經者將走書乞正，不事詞曲，自在仕路已然矣。偶有西郡歌童投謁，戲擅南北科範，指點色色過人，因作《傍粧臺小令》一百，付之歌焉。起結句同而字異，雜以常言，援筆即成，七法不差，十九韻皆盡，每於簫鼓中按拍，絃索上發聲，中多悲忿之音，激烈之辭，似乎游心浮氣尚有存者。語云：「老驥伏櫪，志在千里。烈士暮年，壯心不已。」予豈若是哉！昔有食人之瓜者，瓜主漫猜而大詬之，其人曰：「凡竊人之物，見駡，則必面赤而慙，心驚而熱，有類乎病渴者，請探手試吾心與面，果有一於是耶？」予此曲雖若酒後耳熱，實則瓜竊而心凉也。寓言寄意，聽者幸

求諸言意之表，奚必俱實事哉？嗣後專志經術，詩文尚爾不為，況詞曲又詩文之餘耶？（同前書卷六）

一五 《南北插科詞序》：予少時綜理文翰之餘，頗究心金元詞曲，凡《中原》、《燕山》、《瓊林》、《務頭》四韻書，《太和正音》、《詞話》、《録鬼》、《十譜格》、《漁隱》、《太平》、《陽春白雪》、《詩酒餘音》、《二十四散套》，張久可、馬致遠、喬夢符、查德卿等八百三十二名家，《芙蓉》、《雙題》、《多月》、《倩女》等千七百五十餘雜劇，靡不辨其品類，識其當行，音調合否，字面生熟，舉目如辨素蒼，開口如數一二，甚至歌者纔一發聲，則按而止之，曰：「開端有誤，不必歌竟矣。」坐客無不屈伏。時或强綴一篇，雖中板拍，殊無定聲，以此鈎致虚名。然非有神解頓悟之妙，好之篤而久，是以知之真而作之不差耳。繼叨竊科第，厠名郎曹，徵逐流塵，兢兢了公務之不暇，于是棄置不為，今十年所矣。及歸林下，漸山屠太史遥以素册索書歌詞，豈過聽曲采妄謂瓦缶之間或可寓鍾律耶？披翻架閣，得舊作南北插科數闋，用以塞其請，且求教益，覽者若嚴以曲部，目以大方，則非予之敢知也。（同前）

一六 《市井艷詞序》：憂而詞哀，樂而詞褻，此今古同情也。正德初尚《山坡羊》，嘉靖初尚《鎖南枝》，一則商調，一則越調。商，傷也；越，悦也。時可考見矣。二詞譁於市井，雖兒女子初學言者亦知歌之，但淫艷褻狎不堪入耳。其聲則然矣，語意則直出肺肝，不加雕刻，俱男女相與之情，雖君臣友朋亦多有託此者，以其情尤足感人也。故風出謡口，真詩只在民間，三百篇太半采風者歸奏，予謂今古同情者，此也。嘗有一狂客浼予倣其體，以極一時謔笑，隨命筆，并改竄傳歌未當者，積成一百。

以三不應絃，令小僕合唱，市井聞之響應，真一未斷俗緣也。久而僕有去者，有忘者，予亦厭而忘之矣。客有老更狂者，堅請目其曲，聆其音，不得已，群僕入於一堂，各述所記憶者，終十之二三耳。晉川栗子又曾索去數十，未知與此同否？復命筆補完前數。孔子嘗欲放鄭聲，今之二詞可放，奚但鄭聲而已。雖然，放鄭聲，非放鄭詩也，是詞可資一時謔笑。而京韻東韻西路等韻則放之，不可不亟以雅易淫，是所望於今之典樂者。（同前）

一七　《市井艷詞後序》：《山坡羊》有二，一北一南；《鎖南枝》亦有二，有南無北。一北一南者，北簡而南繁，歌聲繁簡亦隨之。然而相類有南無北者，一則句短而碎，一則長短夾雜而歌聲夐然不同。二詞之大致如此。世之作者及歌者果能脗合乎？不也，所以詞不易作，亦不易歌。在童習飫聞者且如然矣，而況長章險韻高不結，低不噎者乎？但二詞頗壞人心，無之，則無以考見俗尚所謂懲創人之逸志正有須乎此耳。詞出，識者必訝其愈趨愈下，或者又以為愈出愈奇。予從而斷之曰，不過愈老愈放云。（同前）

一八　《市井艷詞又序》：詞出一時狂興，聊以應客侑觴，不意邑人有録之者，有欲刋之者，又有欲焚之者。録者播惡於人，刋者加災於木，二者已矣。焚之者，其愛我耶？其先有得乎我心耶？然録者百人而有九十人焉，刋者多半，焚者無幾，占三人而從二人，寡不敵衆，將必有録而刋之者，付之無心而已。嗚呼！嗜癡之癖，逐臭之夫，不惟古有之，居今亦有然者矣。李崆峒又謂《陽春》雄於寡和，《白紵》侈於衆歌，以予觀之，不其然乎？不其然乎？（同前）

一九　《市井艷詞又序》：學詩者，初則恐其不古，久則恐其不淡。學文者，初則恐其不奇，久則恐其不平。學書學詞者，初則恐其不勁不文，久則恐其不軟不俗。唐荆川之於詩，王南江之於文，方兩江之於書，予之於詞，其事異而理同，致百而慮一者乎？荆川始登仕籍，究心漢魏，繼則四子二張後，酷愛劉隨州，而晚唐亦多取焉。南江文非漢不目，其在留都寄聲云：「韓文乃爾佳。」予猶笑其拘乎爾，直至喜蘇學乃進。昨得閩中書：「僕之於文，出入乎曾、王之間，蘇氏兄弟猶以為過於豪而失之放，蓋已喜而又過之矣。」兩江近寄字數紙，渾融無亢硬之病，聞因朱射陂字軟為難之説，有以激成之耳。予詞散見者勿論，已行世者，辛卯春有《贈對山》，秋有《卧病江皋》，甲辰有南吕小令，《登壇》及《寶劍記》脱稿於丁未夏，皆俗以漸加而文隨俗遠。至於市井艷詞，鄙俚甚矣，而予安之，遠近傳之。米南宫嘗謂東坡：「世皆以某為狂，請質之。」東坡笑曰：「吾從衆。」予之狂於詞，其亦從衆者歟？然孟渭泉詩首陳後岡，而荆川貳焉，要之，薛西原、高蘇門、徐昌穀均不可少者。常樓居、吴皖山雖云小才，亦可附五子後。若論精當雄渾，無如皇甫少玄、百泉兩兄弟。近多稱孔文谷、喬三石不亞栗紫團，惜予林居，不多見其作。崔後渠自謂文無閒語，同已者，惟蘇門，李愚谷亦謂同者惟熊南沙，短崛精細，其長也；宏博則推趙浚谷，南江平正通達，尤為善鳴之士。書以蘇雪簑為冠，能大小，能剛柔，而方書則人人易識。陸儼山、文衡山、楊升庵、王子新、許龍石、翟青石、張雲谷、羅念庵、吕江峰、曹晴峰、張蒙溪、羅海嶽、馬竹湖叔姪俱可稱名筆。豐南禺集帖序似過刻，然實自況也。馬溪田之隸，林翔之之篆，此外予未之及見矣。但荆川不獨長於詩，南江不獨長於文，餘數子亦非偏長可目者。

予獨無他長，長於詞，歲久，愈長於俗。遠交王渼陂，近交袁西野，足以資而忘世，樂而忘老。三日不編詞則心煩，不聞樂則耳聾，不觀舞則目瞽。此康對山之託言，而予之實事也。況樂以詞合，舞與詞偕，詞非予之獨長，乃予之獨幸耳。艷詞已有兩跋，意猶不足，復侈言之，以見一時人文之盛。而予無他長，亦得厠名，曾與之遊，更為獨幸中之大幸云。（同前）

二十　《畫品又序》：胡胡山村寓，與中麓子隱居密邇，嘗過而觀所著《畫品》，以為國朝善畫者，雖責備不少假借，有片長亦不棄遺，但不詳其鄉貫字號及仕否，行業茫然，不知為何處人，亦不知為何如人。予意以為主於論畫而不暇於論人，如《春秋》之法不繫乎大夫者終始，人之而弗詳，因執書逐名扣之，予逐名應之，胡山遂筆之於册，止有數人未真者，以待查補，據此，不惟知畫，且從而知人矣。戴進，字文進，號静庵，錢塘人，不但工畫，制行亦復高潔。吴偉，字士英，號小仙，江夏人，以欽取授錦衣百户，性豪放，輕利重義，在富貴室，如受束縛，得脱則狂走長呼，内臣雖持重貨求畫，不得其片張半幅。陶成，字孟學，號雲湖，寶應人，領應天鄉薦，性資脱灑，不惟善畫，篆隸尤工。杜堇，字懼男，號檉居，丹徒人，博雅精敏，詩文字書久擅時名。吕紀，字廷振，四明人，錦衣指揮，德情端謹。夏昺，字仲昭，東吴人，累官太常寺卿，書畫詩文皆佳，求者踵至，能一一應之，可見其人。周臣，字舜臣，號東村，東吴人，詩亦有思致。蔣子成，江東人。唐寅，字伯虎，東吴人，舉弘治戊午鄉試第一，以會試事詿累終其身。李在，字以政，莆田人，以畫士欽取。沈周，字啓南，號石田，蘇州人，文學該洽，詩律清新，作字亦古拙可取。林良，字以善，廣東人，錦衣指揮，聲名初在吕紀之上，凡紀作，作多假書良名，後則不然矣。王田，字舜耕，單縣人，以知縣致政，善詼諧，信口爲詞，聳人聽聞。謝廷詢，或又以爲廷循，永嘉人，清慎有文。丁玉川，江右人。商喜，字惟吉。汪質，字孟文，號海雲，金陵人。鍾欽禮，號南越，山人。王世昌，號歷山，濟南人，與吴偉同時被徵。葉仲，葉正名葉澄，字元靜，號常山，世居京師，原東吴人。文璧，字徵明，因以字徵聘，遂定爲名，更字徵仲，號衡山，蘇州人，詩寫俱妙，小楷尤勝，少年即不受賻父千金，士林重之，官翰林待詔。夏芷，字廷芳，錢塘人。陳憲章，號如隱，會稽人。石鋭，字以明，錢塘人。張翬，太倉人。史廷直，號癡翁，江東人，性不受羈，赤脚騎牛，著道衣，腰繫黄絛。劉俊，字廷偉。袁璘，字廷器。張禄，號平山，古汴人。張合，字懋觀，號賁所，永昌人，舉進士，以吏部員外郎出歷藩參。謝時臣，字子忠，號樗山，蘇州人。沈仕，號青門，杭州人，性好遊覽，詩寫精絶，高出畫筆之上。鄔亭山，蘇州人。郭錫，字天賜，樂安人。揚戊生、陶仰山、劉後庄，吕思石，紀之曾孫。李本仁、范行甫、陳莫之，皆浙人。書畢，又扣目今誰爲第一，曰惟元靜。裝表誰爲第一，曰惟有王辰字子龍者，他非所知也。胡山子乃大駭曰：「日用緊要書，他人尚不能記，乃於一藝亦能悉舉其實若是，醫家言人之魂魄俱好者，方能善解而久記。中麓魂魄，其獨優者歟。」嗚呼！予惡敢當哉！聊述一時問答之言，附諸《畫品》之後云。（同前）

二一 《寶劍記序》改竄雪簑之作：《琵琶記》冠絶諸戲文，自勝國已遍傳宇内矣。作者乃陳留高則成，闔關謝客，極力苦心，歌詠則口吐涎沫不絶，按節拍則脚點樓板皆穿，積之歲月，然後出以示人，猶且神其事而侈其説，以二燭光合，遂名其樓爲瑞光云。予性頗嗜曲調，醉後狂歌，只覺《鴈魚錦》、

《梁州序》、《四朝元》本序及《甘州歌》等六七闋為可耳，餘皆懈鬆支漫，更用韻差池，甚有一詞四五韻者。是記則蒼老渾成，流麗款曲，人之異態隱情描寫殆盡。音韻諧和，言辭俊美，終篇一律，有難於去取者兼之。起引散説，詩句填詞，無不高妙者，足以寒奸雄之膽而堅善良之心。才思文學，當作古今絶倡。雖《琵琶記》遠避其鋒，下此者毋論也。但不知作者為誰，予遊東國，只聞歌之者多，而章丘尤甚，無亦章人為之耶？或曰坦窩始之，蘭谷繼之，山泉翁正之，中麓子成之也，然哉？非哉！聞其對客灑翰，如不經意，終兩越月而脱稿矣，固不待持久，亦不借燭光為之瑞應也。果爾，是則詞林之幸而中麓之不幸也。近見有貽中麓書者，其略曰：時從門下遊者，候問行藏，云多註疏古六經，或云多通賓客，歌舞酒奕以自頽放，而其所著者，間或雜引謔謔之詞，客或以此病之，然僕獨竊笑，客之陋者，又非所揣於賢者之深微也。天之生才，及才之在人，各有所適。夫既不得顯施，譬之千里之馬而困槽櫪之下，其志長在奮報也，不得不囓足而悲鳴。是以古之豪賢俊偉之士，往往有所托焉，以發其悲涕慷慨抑欝不平之衷，或隱於釣，或乞於市，或困於鼓刀，或歌或嘯，或擊筇，或喑啞，或醫卜，或詼諧，駁雜之數者，非其故為與時浮沉者歟？而其中之所持，則固溺於世之耳目，而非其所見與聞者矣。中麓復書曰：僕之踪跡，有時註書，有時摛文，有時對客調笑，聚童放歌，而編揑南北詞曲，則時時有之。士大夫獨聞其放，僕之得意處，正在乎是，所謂人不知之味更長也。觀此，則其無志於世可知也已。近因賢内之喪，嘆流影之似飛，悟生人之如寄，一切勞心事罷棄不為，小令且難見之矣，況乎文與經解及如《寶劍記》數萬言耶？嘗拉數友款，予搬演此戲，坐客無不泣下沾襟，恐其累吾道心，酒半而先逃。然猶為此言者，將以闡其微而表其素。有才如此，使之甘為溝中之斷，不亦深可惜耶？過此以往，將與之噓吸冲和，珍攝元液，以圖超出塵壒之外，而遨遊蓬閬之區，不猶賢於徵逐騷壇、墮落苦海耶？聞者若以為狂，則其狂滋甚矣。邑侯平岡恐是記失傳，託刻之，蓋政而兼文者也。誠心直道，以翰林清貴而出是官，勞心撫字，苦志辭章，不知身為遷客，宜其有是舉也。繼此刻者，當不啻《琵琶記》之多。古有一藝成名者，以是刻名出則成之上，較諸得志一時富貴，必不肯相博也。若是者，則又中麓之幸矣。（同前）

二二 《寶劍記後序》託姜松澗為之言：或有問乎松澗子者，世鮮知音，何以謂之知音也？曰：知填詞，知小令，知長套，知雜劇，知戲文，知院本，知北十法，知南九宫，知節拍指點，善作而能歌，総之曰知音。問者乃笑曰：若是者，不惟世鮮且無之矣。予曰：子不見中麓《寶劍記》耶？又不見其童輩搬演《寶劍記》耶？嗚呼！備之矣。園亭揭一對語云：「書藏古刻三千卷，歌擅新聲四十人。」有一老教師亦以一對褒之：「年幾七十歌猶壯，曲有三千調轉高。」久負詩山曲海之名，又與王渼陂、康對山二詞客相友善，壯年謝政，鎮日延賓。備是數者，謂之知音，蓋舉世絕無而僅有者也。問者更大笑絕倒，曰：有才如此，不宅心經術，童子不使之讀書、歌古詩，而乃編詞作戲，與平日所為大不相蒙，中麓將如斯已乎？盍勸之火其書而散其童？予曰：此乃所以為中麓也。古來以才自負者，若不得乘時柄用，非以樂事繫其心，往往發狂病死，今借此以坐消歲月，暗老豪傑，奚不可也？如不我然，當會中麓而問之，問又不之荅，遂書之，以竢知其心者。（同前）

二三　《西野春遊詞序》：詞與詩意同而體異：詩宜悠遠而有餘味，詞宜明白而不難知。以詞為詩，詩斯劣矣；以詩為詞，詞斯乖矣。其法備於《中原韻》，其人詳於《録鬼簿》，其略載於《正音譜》。至於《務頭》、《瓊林》、《燕山》等集，與夫《天機餘錦》、《陽春白雪》、《太平樂府》、《樂府群玉》、《群珠》等詞，是皆韻之通用，而詞之上選者也。傳奇、戲文雖分南北，套詞小令雖有短長，其微妙則一而已，悟入之功存乎作者之天資學力耳。然俱以金、元為準，猶之詩以唐為極也，何也？詞肇於金而盛於元，元不戍邊，賦税輕而衣食足，衣食足而歌詠作，樂於心而聲於口，長之為套，短之為令，傳奇、戲文於是乎侈而可準矣。穆玄庵謂不可以胡政而少之，亦天下之公言也。國初如劉東生、王子一、李直夫諸名家尚有金、元風格，迺後分而兩之。用本色者為詞人之詞，否則為文人之詞矣。自陳大聲正德丁卯年没後，惟有王渼陂為最。陳乃元詞之下者，而王乃文詞之高者也，可為等儕，有未易以軒輊者。若兼而有之，其元哉？其猶詩之唐而不可上者哉？予與西野先生為詞友，將四十年矣。知而守之，未敢輕以示人，恐聞者以為談之奇而負之妄也。明珠夜投，將按劍而視我矣。西野年愈長，詞益工，而論尤合。近作春遊一闋，語俊意長，俗雅俱備，聲中金石，色兼玄黄，真如遊上林而踏青郊，淑景春葩，歷歷在目。予愛而刻之，因併序詞之源流如此。或以為詞，小技也，君何宅心焉。嗟哉！是可薄視之而輕言之也。音多字少為南詞，音字相半為北詞，字多音少為院本。詩餘簡於院本，唐詩簡於詩餘，漢樂府視詩餘則又簡而質矣。三百篇皆中聲而無文，可被管絃者也。由南詞而北，由北而詩餘，由詩餘而唐詩，而漢樂府，而三百篇，古樂庶幾乎可興。故曰：今之樂猶古之樂也。嗚

乎！擴今詞之真傳，而復古樂之絶響，其在□文明之世乎？（同前）

二四《詩外微撒序》：《傍粧臺》百曲，中麓子歸田後出於一時口占，恐其久而忘記，筆之於書，又恐其久而散失，鋟之於梓。自愧草率，幸而偶投時好，和之者奚啻數百人？而渼陂王太史為最，刻之者奚啻數十處？而漳涯李太守為佳。蓋王隱鄠杜，擅秦聲而負重名；李官真定，得吴工而為善本。敦樸如馬谿田亦有和章，簡僻如舞陽縣亦有鏤板，他可知矣。雖然，古之白雪陽春，調愈高而和愈寡。今之時文講套，趨愈下而刻愈繁。予詞和刻皆多，不足為美。然韓昌黎，一代文宗也，《毛穎傳》見者笑之碑文，前刻未完，後毁繼之。予詞獨幸如此，謂非間有稀逢事哉！新樂賢王尚文樂善，宗藩中之出色者也，雅愛予詞，從而和且刻之，名為《詩外微撒》，音韻協和，字畫精好，衆作瞠乎其後，衆刻風乎斯下矣。予之詞傳而益遠，予之幸大而無窮。書成，敬致數言，聊為一謝云。（同前）

二五《趙浚谷詩文集序》：浚谷趙子詩文集刻傳久矣，尚未有序，序集非難而為，浚谷子序集則難耳。浚谷子年十四魁關中，十八大魁天下，入讀中秘書，出補武部，與諸名士講學為文，文學日益宏肆，而聞望驚耀人耳目。不得見其人，得見其集，則幸矣。雖集不可無序，而序豈可易為哉？邑人有薄宦平凉者，浚谷子每寄聲云：「詩文詞論俱未有序，在交遊知愛，莫有如中麓者，四序幸勿退託。」嗚呼！予以多疾，久欲不作勞心事，一序已難，而況四序耶？詞論姑待，先為一詩文總序貽之，曰：古之序者，多先序其人而後及其集，浚谷子初立朝，即不苟同於人，方西樵乃下士名相也，曾托霍渭厓促之一見，竟不肯往，抵掌笑談天下事，靡不切當。通達國體，識者謂可比之賈生。上書極論時政闕失，及不當獻瑞麥，亟宜却佞臣，雖下詔獄，而辭益辯，氣愈豪，識者又比之賈生少狂，能挫抑絳、灌。及放歸田里，無復用世心，尋以立皇儲推補編脩兼校書，同羅念庵、唐荊川復上書請朝東宮，觸迕聖怒，而一二執政素忌才者又短長於御前，予為之周旋其間，百計求解，天威稍霽，又同放歸田里。因北虜犯邊，用薦者言起領民兵，又自副使徑陞山西巡撫都御史。嘗謂閣部大臣曰：「不棄不肖，授以兵民，重任安内，易事耳。外將盡捕草寇耶？生擒俺嗐耶？」其言雖誇，其志則雄矣已。又以巡撫閒居，今將破格用人，會推兵部侍郎，雖未蒙欽點，起廢亦只在旦夕間耳。其官政詳略，田家苦樂，人事應酬，旅進旅退，無不形之詩文者。詩非徒作，文非浪言，詩有秦聲，文有漢骨，朴厚而近古，慨慷而尚義，此三秦風氣。浚谷子鍾山川之靈，而又充之以問學之久，幼則為脱羈天馬，長則為濟時人龍云。集凡十五卷，詩六卷，文九卷，續有作者，當續入之。（同前）

二六　《張小山小令後序》：予自遊鄉校讀書，或有餘力，則以學詞。詞獨愛張小山之作，以其超出塵俗，不但癯勁而已。當時苦於無書，止有楊朝英所集《太平樂府》及檢舊篋，又得《陽春白雪集》及《百一選曲》兩種。既登仕籍，書可廣求矣。然惟詞書難遇，以去元朝將二百年，抄本、刻本多散亡。洪武初年，親王之國，必以詞曲一千七百本賜之。對山高祖名汝楫者，曾為燕邸長史，全得其本，傳至對山，少有存者。人言憲廟好聽雜劇及散詞，搜羅海内詞本殆盡，又武宗亦好之，有進者，即蒙厚賞，如楊循吉、徐霖、陳符所進，不止數千本，今宜詞曲少。而小山者，更少也。京師積書家如李蒲汀、沈竹東，詞書成編者不過十餘部，其小山詞載在《樂府群珠》、《詩酒餘音》者僅有數十曲，他所更得《仙音妙選》、《樂府群玉》、《樂府新聲》則有助於小山多矣。可惜類詞有小山一卷，廖洞野取去，堅不復出，而普集元詞，在鄒平崔臨溪者，小山詞獨有一本，以負累逋逃，不知所之。今所編次，雖成上下二本，每樣曲終，鏤板不剔，空以待博學君子，詞山曲海，不惜寄示，必有以增其所未高而濬其所未深云。（同前）

二七 《喬夢符小令後序》：粵自軒轅制律一十七宫，今惟一十二宫，每宫又分章若干，多者百章，少者五六章，首黄鍾，次正宫、大小石二調，又次仙吕、中吕、南吕與雙調，而越調、商調、商角調、般涉調以次列於其後。今所選詞，顧以雙調先之，以宫内各章如《水仙子》、《折桂令》、《清江引》等俱係官樣曲子，天下所同歌且多，作者以其熟順易見易知為序，非敢變移音律、錯亂宫商也。（同前）

二八 《豫作鄉賔西野袁翁墓誌銘》：中麓子友于西野翁四十餘年矣，識面在正德末年，定交在嘉靖初年。因詞曲而識面，因契合而定交。西野翁長中麓子十五歲，中麓子嘗以兄事之，西野翁則以中麓子生乎吾後，其聞道也先乎吾，不敢以兄自居。蓋詞曲，乃西野翁倡之，而中麓子繼之，其了悟獨早，邑人悮謂在師友間，其實乃兄弟行，而西野翁則首功也，其情愛有出厚友之上者。西野翁脛股毒瘡積久，勢似難支，預囑為之誌銘。近世達人多不諱死，往往出生殯，先期為送終文。中麓子嘆流光之易如逝水，而傷老友之將即重泉也，不忍違其意，勉强作此應之。且念人有病，況者親友勸其造棺木衝厭多愈者，西野翁積德壽不止此，或遇良方平復，當為之慶八十而祝全福，今文亦不徒作，以竢他日納之墓中。墓在女郎山下，依其父兄。父諱弼，以賜進士歷官府同知；兄公冕，以鄉進士授官府通判，弟軒冕，亦賜進士，曾知河間府，獨遷葬山之東。一門除員外郎、郎中，蓋府堂三員俱備矣。西野翁姓袁，行在第四，初名衷，改名崇冕。居在城西，自號西野，鄉人或稱其前名，或稱其後名，而曰西野曰詞人袁四者，則無長少皆同也。祖原冀州人，移寓章丘，袁氏兩地俱有名，而在章則累世宦族也。母王氏，隨父之任陝西，生西野翁於龍口店，長而談吐猶是西音。父宦久而廉，罷歸，僅足度目前日。後或不能庇其諸子，臨終，又慮族有强者，必受凌侮。已而諸子能撑持門户，有出乎所慮之外者矣。西野翁少時為小賈，善度時宜，可以養贍其母，及娶王氏、繼娶張氏，皆勤儉，能相其夫。有室有家，雖無餘貲，然亦不至大窘。雖治生勤勞，猶有餘力為蹴鞠、棊酒、遊樂。差賦獨累以身任之，諸兄弟無一顧者，以其行高，且多相知，官不之苦，吏不敢欺。兩三次里正重役，談笑處之。詞友唐介死，哭之過哀，卧疾幾一年多，方服藥起。被人盜去五耕牛，獲之，憐其貧而釋之。隣有恃財力者，惡其不減價賣地，樹五十株苗二三畝，一夕遣人伐而剷之俱盡，西野翁略不介懷，惟云自有神鑒，徐竢天定耳，未久而財力者神天報之矣。不諂媚，不驕貪，可言則言，可行則行，無所顧避。至其通達世務，酌量人情，雖長老自以為弗如也。邑人多有倚兄弟官勢成家者，西野翁峭挺不少資藉，獨以賈且兼農，展約為豐，廣村田，置城第，衆推為鄉飲正賓，而尊高與鄉大夫等。雅善金元詞，自視高出一世，外客有携詞相訪者，中麓子默書可否於紙上，待西野翁品定，不但一字不差，雖百試亦不差矣。其作燈謎及知燈謎，亦自謂一世無出其右，中麓子編集古今謎多就而正之，中間取其所作不下十數條。子可畏，先亡。女長適王承安藩司吏，次適王采，子女俱張氏出。孫守成、大成、自成。扣其生成化丁未四月初五日，年今七十八，卒葬日以待他年填註。父嘗稱其有福，術士嘗稱其有壽，今果然矣。所著有《拾閒》、《野意》、《春遊詞》及《西野樂府》，見者争歌之，未見者力索之。中麓子嘗贊其為古之真隱與遺直，今之識事而知音無嫌於重出再及之，庶幾乎盡其為人之實云。銘曰：輪租膺庸，瞿瞿作急上之農；調雅句工，綽綽為詞人之宗。性剛有容，侃侃乃義士之雄；竭誠秉公，凛凛有父兄之風。將來葬與妻同，得非屹屹高三尺之封，而窅窅穿九泉之宫者耶？（同前書卷七）

二九《幸覽編跋》：是編刻成，西野翁乃以一册坐卧，與俱分送遠近相知，不下百册。即於是年脛瘡為害，飲食減而告終，臨終自嘆，所不忍舍者三事：西村沃美，無人看種；滿腹元詞，世未盡知；良友如中麓，不復會合。時則嘉靖丙寅十一月二十九日，享年八十，至次年隆慶丁卯十一月初十日，始克成葬。題其碣曰：「明詞人西野袁先生之墓。」（同前書卷十一）

周紹濂輯詞話

周紹濂，秀水（今浙江嘉興）人。約生於弘治間，歷經五朝。編著有《雪窗談異》。此據中華書局整理本《鴛渚志餘雪窗談異》録詞話三則。

一 《招提琴精記》：鄧州人金生，名鶴雲，美風調，樂琴書，為時輩所稱許。宋嘉熙間，薄游秀州，館一富家。其卧室貼近招提寺，夜聞隔墻有歌聲，乍遠乍近，或高或低。初雖疑之，自後無夜不聞，遂不以為意。一夕，月明風細，人静更深，不覺歌聲起自窗外。窺之，則一女子，約年十七八，風鬟露鬢，綽約多姿。料是主家妾媵，夜出私奔，不敢啓户，側耳聽其歌曰：「音音音，你負心。你真負心，孤負我到如今。記得當時，低低唱，淺淺斟，一曲值千金。如今寂寞古墻陰，秋風荒草白雲深，斷橋流水何處尋。凄凄切切，冷冷清清，教奴怎禁？」女子歌竟，敲户言曰：「聞君倜儻俊才，故冒禁以相就，今乃閉户不納，若效魯男子行耶？」鶴雲聞言，不能自抑，纔啓户，女子擁至榻前矣。鶴雲曰：「如此良夜，更會佳人，奈何燭滅樽虚，不能為一款曲也。」女子曰：「得抱衾裯，以薦枕席，期在歲月，何必泥於今宵，况醉翁之意不在酒乎？」乃解衣共入帳中，罄盡繾綣之樂。迨隔窗鷄唱，鄰寺鐘鳴，女子攬衣起曰：「奴回也。」鶴雲囑之再至。女子曰：「弗多言，管不教郎獨宿。」遂悄悄而去。次夜，鶴雲具酒殽以待，女子果迤逕而來，相與並坐。酣暢，女子仍歌昨夕之詞。鶴雲曰：「對新人不宜歌舊曲，逢樂地詎可道憂情？」因賡前韵而歌之曰：「音音音，知有心。知伊有心，勾引我到如今。最堪斯夕，燈前耦，花下斟，一笑勝千金。俄然雲雨弄春陰，玉山齊倒絳帷深，須知此樂更何尋。來徑月白，去會風清，興益難禁。」女子聞歌，起而謝曰：「君之斯咏，可謂轉舊為新，翻憂就樂也。」彼此歡情，頓濃於昨。自是，無夕不會，荏苒半載，鮮有知者。忽一夕，女子至而泣下。鶴雲怪問，始則隱忍，既則大慟，鶴雲慰之良久，乃收淚言曰：「奴本曹刺史之女，幸得仙術，優游洞天，但凡心未除，遭此謫降。感君夙契，久奉歡娱，詎料數盡今宵。君前程遠大，金陵之會，夾山之從，殆有日耳，幸惟善保始終。」雲亦不勝悽愴。至四鼓，贈女子以金。別去未幾，大雨翻盆，霹靂一聲，窗外古墻悉震傾矣。鶴雲神魄飄蕩，明日遂不復留此。二年後，富家築墻，於基下掘一石匣，獲琴與金，竟莫曉其故。時聞鶴雲宰金陵，念其好琴，使人携獻。鶴雲見琴光彩奪目，知非凡材，欣然受之，置於石床。遠而望之，則前女子；就而撫之，則依然琴也。方悟女子為琴精，且驚且喜。適有峽州之遷，鶴雲得重疾，臨死，命家人以琴從葬。琴精之言，胥驗之矣。人有定數，物可先知，豈不信哉！評曰：器久則物可怪，琴久則聲益佳，未聞以古琴為精也。鶴雲好之專，所以佳物自致，故聚會終宵，吟咏之外，於鶴雲無所祟也，豈非遇之幸乎？不然，何天雷震傾，而匣質依然完具。金陵復會，而夾山猶且相從，數耶？命耶？偶耶？記以精名，姑存其舊。（《鴛渚誌餘雪窗談異》帙上）

二　《朱氏遇仙傳》：嘉興府治東石獅巷，有朱姓者，年二十餘，訓蒙為業，狀貌雖陋，而風神自雅。隆慶春，一日道經南城下，花雨濛濛，柳風嫋嫋，展轉之間，神思恍惚，漸自海月樓西，竟迷去路。心正驚疑，忽有二女童施禮於前曰：「奉主母命，邀先生過山。」朱曰：「素昧識荆，得非邀之錯耶？」女童曰：「至當自知，幸弗多却。」朱與偕行，但見崇山峻嶺，路極崎嶇，夾道桃株，鳥音嘈雜，自念生長郡內，不意有此佳境。更進里許，入一洞門，遥望樓殿玲瓏，金玉照耀，兩度石橋，方抵其處。屏後出一仙娥，霞帔霓裳，降階而迎，登殿叙禮，引入内室坐定。女童進茶訖，朱纔問娥姓字。娥哂曰：「妾乃蓬萊宫中人也，邀君欲了夙世之緣，不煩駭問。」頃間開宴，酒殽羅致，娥與朱促席暢飲。因製《賀新郎》一詞，命女童歌以侑觴。其詞曰：「花柳繞春城，運神工，重樓疊宇，頃刻間成。緑水青山多宛轉，免教鶴怨猿驚。看來無異舊神京，慮只慮佳期不定。天從人願，邂逅多情，相引處，佩聲聲。

等閑回首遠蓬瀛，呼小玉，旋開錦宴，謾薦蘭羮。須信是瓊漿一飲，頓令百感俱生。且休道塵緣易盡，縱然雲收雨散，琵琶峽，依舊風月交明，此會果非輕。」酒闌夜静，娥薦枕席，曲盡魚水之樂。逮晨，朱謂娥曰：「僕承款愛，甚欲留連，但家君頗嚴，不歸，恐致深罪，願朝去暮來可也。」娥愀然曰：

「靈境難逢，佳期易失，妾因與君夙緣未了，故移洞府於人間，委仙姿於凡客耳，正議久交，何即請去？」朱唯而止。三日後，朱復懇歸，娥乃設宴正殿，舖陳飲饌，比昨愈奇且豐，勸朱酩酊。將徹時，出一錦軸，展於凈几，寫詩十絶以贈，各揮涕而別。仍命女童送朱出洞。忽風雨暴至，雲霧晦冥，咫尺莫辨，不覺失足墮於山下。須臾，天開雲朗，乃顛仆北城岑寂之處，宛若夢覺。歸述其事，父以少年放逸，迷宿花柳中，假此自掩耳，欲責之。朱不得已，出錦軸呈父。父見雲章燦爛，信非凡筆，怒始少釋。時求玩者甚衆，因録詩於後焉。其一：「三山窈窕許飛瓊，伴我來經幾萬程。好與清華公子會，不妨玄露謾相傾。」其二：「壺天移傍郡城壕，雲自飛揚鶴自巢。千載偶偕塵世願，碧桃花下共吹簫。」其三：「海外三山十二樓，弱流環繞不通舟。此身也解為雲雨，迢遞驂鸞檇李遊。」其四：「澗水沿杯出鳳臺，引將劉阮入山來。春懷何事難拘束，謾被東風吹得開。」其五：「海天漠漠彩鸞飄，争奈文簫有意邀。自分不殊花夜合，含香和露樂深宵。」其六：「莫道仙凡天一方，須知張碩有蘭香。春風嘗戀人間樂，底事無心問海棠。」其七：「百雉叙連一道開，為君翻作雨雲臺。高情彷彿襄王事，宋玉何如不賦來。」其八：「湖柳青青花滿枝，可憐分手艷陽時。離宫謾自添離思，料得封姨不我知。」其九：「陽臺後會已無期，眉上春雲不自知。那更靈官傳曉令，含情騎鵠强題詩。」其十：「驅山縮地迥塵寰，從此交情似不關。他日離愁何處慰，暫將三塔作三山。」後事竟息，軸亦尋失去，不知其為何祟也。此生尚存，猶能與人道其事云。評曰：欲之於人也，惟財色易溺，而色為尤最。以致怪惑妖邪，轍轍幻形駕孽，然又必於少年喜事之人，蓋欲盗其氣血之盛也。吾郡班白者嘗言府治中有狐媚，遇雨夜寒宵，則繞樵飛走，今不見多年矣。朱之所遇，殆其物歟？向非懇懇請歸，亦必泥中瘠矣。少年鑒此，慎毋以有遇為奇也。（同前書帙下）

三《大士誅邪記》：洪武間，鹽官會骸山中，有一老魅，緇服蒼顔，幅巾繩履，居嘗恂恂，詼謔則秀發如瀉。雖不事生業，而日能醉歌山麓間，歌畢長舞。或跳水，或緣枝，宛轉盤旋，驚魚飛燕，莫能過也。又且知書善詠，嘗與登游文士相賡和焉。山居熟識者雖以道人呼之，而心甚疑議，然卒莫能根究其實也。一日大醉，索酒肆中筆硯，題風花雪月四詞於石壁，閲者稱賞。後見墨蹟漸深，磨湟不能去，人又怪之。詞併録左：「風嫋嫋，風嫋嫋，冬嶺泣孤□（當作松），春郊摇弱草。□（當作收）雲□（當作月）色明，捲霧天光早。清秋暗送桂香來，極夏頻將炎氣掃。風嫋嫋，野花亂落令人老。」「花艷艷，花艷艷，妖嬈巧似粧，鎖碎渾如剪。露凝色更鮮，風送香嘗遠。一枝獨茂逞冰肌，萬朵争妍含醉臉。花艷艷，上林富貴真堪羡。」「雪飄飄，雪飄飄，翠玉封梅萼，青鹽壓竹梢。灑空飛絮浪，積檻聳銀橋。千山渾駭鋪鉛粉，萬木依稀掛素袍。雪飄飄，長途游子恨迢遥。」「月娟娟，月娟娟，乍缺鈎横野，方圓鏡掛天。斜移花影亂，低映水紋連。詩人舉盞搜佳句，美女推窗遲夜眠。月娟娟，清光千古照無偏。」離山里許，有大姓仇氏者，夫妻四十無嗣。乃刻慈悲大士像，供禮於家，朝夕香花，欲求如願。仍年於二月十九，則齋戒虔虔，躬往天竺而禱。如是者三越歲，果妊，得育一女孩。及週，名為夜珠，取掌上珠意也。時年十九，父母已六十餘矣，端慧多能，工容兼妙，夫妻望之甚重，必得佳婿，倚托殘年，故荏苒以待也。詎料為老魅所知，不求媒妁，自薦於其門。父母大怒，逐之使出。老魅從容不動曰：「吾丈誤矣，久聞選擇東床，不過為老計耳。僕能孝養吾丈於百歲前，禮祭吾丈於百歲後，是亦足以任所重矣，酬所託矣，此不為佳，何為作乎？」大姓復叱曰：「不思鷄鳳薰蕕，甚非偶類，而乃冒慚妄語，狎侮傷人，非病狂則喪心者，奚足與較？」復呼壯力，持杖逐之。老魅行且進曰：「今則去矣，後雖追悔，何門求見我哉？」大姓復指詈曰：「視汝罪骨已枯，棺塚待之方急，人形鬼質，求汝奚為？行將見汝為犬鴉所飽，則有之矣。」老魅掀髯長笑而退。越兩日，夜珠倚窗綉鞋，忽見巨蝶一雙飛至，紅翅黄身，翠鬚紫足，如流霞飛火，旋遶夜珠左右而不舍，似若採戀其香者。夜珠喜異，輕以袖羅撲之，撲不能得，笑呼女奴，徐相追逐，直至後園牡丹花側，二蝶漸大如鷹，扶挾夜珠從空踰垣飛去。女奴駭報大姓，大姓驚走號呼，莫可挽救。時夜珠雖心知墮術，而此身則無主也。履荊榛，踐險阻，方至巑岏山窟中，一洞甚小，僅可容頭。洞邊老魅拱立，伸把珠手，不覺轟然有聲，洞忽開裂，而身已進内，回視其門，則抱合不可啓矣。洞中寬敞如堂，人面猴形者二十餘，皆承應老魅所役，傍有一房精潔，頗類僧室，几窗間，且置筆硯書史，竹床石磴，擺列兩行。又有美婦閨鬟八九人，或坐或立。床前特設一席，無烹炙味，香花酒果而已。老魅因謂衆曰：「試與新人成禮。」遂牽珠衣。夜珠且恐且怒，却之甚嚴。老魅喝猴形者四五輩，揪按並坐。老魅喜，頻自行酒，頃之大醉。一婦一鬟，扶伴中床而寢。夜珠雖蹲踞磴下，苦不成寐。明起，老魅見珠悲泣，撫其肩慰之曰：「家園咫尺，勝會方新，何乃不趁少年，徒為自苦。若欲執迷，則石爛河枯，此中不可復出，不如從事之為得也。」夜珠聞言，觸壁欲盡，老魅私使衆美勸之。珠遂不食水菓，欲自餓死，奈處及旬，一毫無恙。因見老魅秋收田間稻花，貯之石櫃，日則炊花合餘，則玉粒滿釜。又能以水盛甕，用米一撮，仍將紙封其口，藏於松灰間。不間二三日，開封取吸，湛然香醪也。或天雨不出，則剪紙馬戲。有蝶者、鳳者、犬者、燕者、狐狸者、猿猱蛇鼠者，囑之使去，往某家取某物來，則刻銜至，用後復使還之。其桃梅榛栗等菓，日輪猴形者二人供辦，然皆帶葉懸枝，非貨殖市中物也。數者皆怪異，又不知何法。一日，老魅方出，衆美亦嘆息，謂珠曰：「吾輩豈山妖野偶乎？但今生不幸，為彼術致此中，撇父母，棄糟糠，雖朝暮憂思，竟成無益。所以忍耻偷生，譬作豕羊牛馬以自解耳。事勢如斯，爾吾力且何奈？不若稍寬一二，待命於天，苟彼罪惡有終，或可披雲再世。」言畢，各各淚下如雨。忽傳老魅至，俱掩拭而散。是夜珠遭攝之後，大姓思望雖殷，無所用力，但日夕於慈悲大士前，哭祝而已。一日，會駭嶺上忽旛竿直竪，竿末掛一物莫識。好事者，航梯而至其所，但見巑岏中，一洞甚大，婦女十餘人，倚卧不一，如醉迷之狀。其老猴數十，皆身首異處，泉血交流。竿上之物，則一骷髏高綴耳。好事者驚異，急報其令長官。令長差兵捕收勘，方知皆良家婦女，為妖所誤。出示召領間，而大姓喜躍奔探，女果在内。及視旛竿，上識天竺大士殿前木也，年月猶存。一旦徙至於此，非神力詎可能乎？因悟大姓感神之誠，同還者皆來拜謝，於是協資建廟山頂，奉像其中，香火不絶。其石壁書詞，又且拂滅如洗，人遂得知道人即老妖云。　評曰：　審老魅四作清麗，則幻於猴有年矣。苟能菓食水飲，嘯月眠雲，則洞中之日月，何其長耶？　顧乃淫欲自從，用妖術於不善，割人夫妻之情，離人母子之愛，天肯容乎？　而况大士又以慈悲為道者，肯不救乎？　世之貪不知足者，夫亦猴其心歟？　行亦有猴其禍也。噫！　可以止矣。（同前）

陳堯詞話

陳堯(一五〇二—一五七四),字敬甫,號梧岡,又號醒翁,南通州(今江蘇)人。嘉靖乙未進士,歷知台州,巡撫四川,官至刑部左侍郎。所著有《梧岡文集》、《梧岡詩集》、《梧岡續集》、《貴陽行紀》、《西巡録》、《大觀樓漫録》、《裒玉集》、《虚舟子》、《東園日録》等。此據《四庫全書存目叢書》影印清康熙五十一年陳世昶輯鈔本《梧岡文正續兩集合編》録詞話一則。

一

《横槎集序》:余少也鄙,嘗學文于鄉先生,乃鄉先生則教我曰:夫文,生于心者也。人藏其心,熾惡邪正不可得而見,率于文焉發之,是故仁者之詞温,廉者之詞潔,忠臣烈士之詞沉鬱而情激,媕婀傾險、乘時媚勢之夫其詞靡靡,不軌于道。昔漢董仲舒、公孫弘俱射策第一,然董生之言曰:

「人君正心，以正朝廷。」公孫丞相則曰：「人主和德于上。」惟其和，故不免曲學；惟其正，故能正誼明道，為一代儒宗。彼其人骨已朽矣，後之人即其殘編緒論，猶能窺其心術之隱，不然，此二言者何為獨出二人之口哉？故曰文生於心，余受而識之。及長，遨遊四方，見儒生學士所著書，未嘗不讀。已乃掩卷而評之，曰某也仁，某也廉，某也直，某也為忠臣烈士，某也否否。即其所料，百不失一。乃知曩時鄉先生教我者，至言哉！悟齋吳子弱冠以文名，既舉進士，司理松江，尋被選為給舍。時權奸竊柄，國紀大壞，居常自念，受職不言，則得罪于君，言之，則得禍于身。身與君孰重，吾將從其重者，遂上疏攻之。肅皇帝英明神聖，既不欲以小臣之言輒易大臣，姑存其體貌而聽其自決，又不欲以殺諫臣，以阻天下士大夫忠義之心，使在位者有所畏而不為。于是悟齋子得戍横州，從輕典也。悟齋子居横九年，日惟飲水食脱粟，暇則與門生野客訪嘉山水，觴詠為樂，蓋怡然忘其身之在遠，而見之者亦不知其為青瑣貴人也。故其詩冲澹清遠，自名一家，文則奇偉雄傑，曠視前古，要皆稱道術。論人才，紀述交游之事，以明其志之所存。且遠不忘君，得《離騷》之體，絶無遷臣逐客呌號不平之氣，讀其言可知也。謂之文生于心，非耶？悟齋子彙為七卷，請序于余，余惟士當平時立名砥行，高自標榜，鑿鑿可據。及臨利害，稍不當意，則寂寥悲苦之談，溢口而出，何其譾薄無度量哉！悟齋子雖處窮荒，能外形骸，薄勢利，以禮自衛，故發之言超卓如此。士有不識其面者，得其言誦之，亦可髣髴其為人。又有不得其言者，知其人，則知其言之炳烺如今無疑也，信乎文生于心也！昔秦少游在宋，見忤章蔡，編管横州，横人慕之，為搆海棠亭，至今不廢，與悟齋子事甚相類。其文采議論亦不相下，皆有氣節人也。顧秦之《淮海集》，談禪樂聲伎，而工於小詞，視悟齋子粹然一出于正，若不相及，今秦之集盛行于世，則斯集也，雖欲不傳，不可得已。悟齋子名時來，字惟修，浙江僊居人。隆慶初以薦復官，今為操江都御史，方以功名顯世，文學，其餘事云。（《梧岡文正續兩集合編》卷二）

胡松詞話

胡松（一五〇三—一五六六），字汝茂，號柏泉，滁州（今安徽）人。嘉靖己丑進士，知東平州，為禮部精膳司郎中，官至南京吏部尚書。贈太子少保，謚莊肅。所著有《胡莊肅公集》、《柏泉續集》、《唐宋元名表》、《莊肅公奏疏》、《督撫江西奏議》、《滁州志》。此據《四庫全書存目叢書》影印明萬曆十三年胡梗刻本《胡莊肅公文集》録詞話一則。

一

《滁志序》：敍曰：嘉靖丙申，余奉使過家，太守林子過余，問余郡志美惡，余曰：「余少檮昧，顓侗寡識，長學仕四方，未皇徧窺也。吾子為政久，其誦覽宜詳，願因竟義。」林子乃嘆曰：「嗟乎！夫志，古國史也。將以通性命之理，明古今之變，著勸監之則者也。是故古之人有行之。滁志繁猥穢濫，漏闕放失，其於詳疎，咸失厥中，又不續者，蓋五十年，敢以吾子輯而正之？」余謝非任，既取細讀之，良然不誣。乃輒不自揆，竊準丘明、仲豫之作，蒐羅古佚分散，類名，刪裁浮冗，參廣體要，勒成一家之言。夫自天地剖判，日月肇分，山川奠居，財用生殖。建國置邑，各因其時，侯守長令，緣制迭起，前哲遺獻，往往有之。禮樂政刑，率不相襲。故余為是編，唯順世代遠邇，載祀先後，不以科類區域相從，它諸不可離析，然後乃因附見焉。其事大抵采摭史傳，其文率會厥指刪潤之，其義則竊取古作者之志焉。夫世降道亡，化漓蓋弗。惟其本徒襲其名稱，以為古樂府之體，宜然也。甚至各出意見，郢書燕説，情與本題乖刺冒越，則樂曲盡化為詞譜矣。徐君茲編，其殆深有痛於斯乎？他日究觀郭茂倩、左克明兩君子所為，編次論集，號稱勤備，然皆莫能原本自始，篇為之釋，而尚論其世，乃今徐君論譔精矣，審矣，顧清商曲，若新曲歌辭，有如《子夜》、《前溪》、《後庭》、《玉樹》、《桃葉》、《碧玉》、《大堤》、《遊女》，至近代雜曲，大抵新聲豔語，罔裨風教殺機，那狄祇益亂亡，則君子蓋無取焉。君意豈以三百篇之什不廢鄭、衛桑濮之音乎？夫古詩三千篇，孔子裁而正之為三百篇，司馬子長氏則既明記著矣，彼後儒掇拾補綴之妄，而可襲沿耶？其謂懲創逸志，則信乎求其説而為之辭矣，此豈人之情也哉？今試從市肆聽四弦，聞冶曲，其心能自持節掩耳而逝者能幾何人？斯亦可無寘辨矣。無已，必欲兼載並紀，竊謂宜如詩風雅分正與變，自《安世》、《郊祀歌》而下，稍加詮擇，無論世代，其詞旨典則、音調古雅者列為古樂府，謂為正編，與世誦法。其餘俱寘變譜，若夫《子夜》《前溪》而下諸亡國淫靡湎蕩之什，並與刋削，或於烈燄，庶漸近古。孟子曰：「王之好樂甚，則齊其庶幾乎？今之樂猶古之樂也。」蓋謂此與？蓋謂此與？知我罪哉？其以斯言也已。（《胡莊肅公文集》卷一）

羅洪先詞話

羅洪先（一五〇四—一五六四），字達夫，吉水（今江西）人。舉嘉靖八年進士第一，授修撰，進春坊左贊善。事親孝父母，隆慶初贈光禄少卿，謚文莊。所著有《念庵文集》、《石蓮洞全集》、《廣輿地圖》。此據影印文淵閣《四庫全書》本《念庵文集》録詞話二則。

一

《與錢緒山論年譜》：兄下嶺過玉之期，友人皆能道之，淹留三四月便了。數十年欠事，回思向來悠悠，誰之咎歟？可賀可喜。但區區一無所知，徒以愚直不隱，吾兄委以筆削之權。竊念知舊彫喪，日月不待。而徐生遠來，强以相迫，而前此有請，已勞俯從。柏泉公又急入梓，勢不可緩。大約先生平生可法者多，亦容易下筆，不煩裝綴。遂以暇日奉命，尚俟再訂耳。昔象山先生學術，因朱門相軋,其《年譜》不滿人意,每見友人於門生推尊處,輒有厭心。故區區於執事鋪序處,不復留一字,只平平説去,令人自看,彼自有題評也。《年譜》大意欲明先生學術與事業之詳,故必根究的實,不敢稍加文飾,以取罪過。蓋先生學問已明,待人自入,安能為人汲汲促之始知哉? 只描寫用工,節次不失針線,將來自有具眼人,此萬世事,非一人之私也。荆川有言,萬世人眼毒,瞞得誰過? 真知言哉!　雙江公在閩,聞訃,為位哭,稱門生,皆親與區區言若此。蘇州事想是書石登刻,第二次事幸勿執,國裳非不知,其曾稱門生,與谷平師同。是時先生為提督,二公皆屬下,屬下稱門生,固宜,其後國裳不稱門生,自其後來實情與谷平師同,反覆集中,有《市舶時辭謝陽明公不赴召》一書、《代府縣學送公帳詞》三首,皆未稱師。……(節録自《念庵文集》卷四)

二《明故誥封奉政大夫刑部山東清吏司郎茫湖李公合葬墓志銘》:凡七試場屋不第,輒棄去,而微寓其意於詩,詩成,日吟詠以自適。歲時家庭宴會,或自度長短句,令童子倚音歌之,以代鼓吹,然亦不欲以是名家。筆墨散逸,今所存惟《饑豹穴遊》、《桑榆諸稿》十餘卷耳。其平生所欲為與其所必不為者,既以傳之於子與其家庭羣從,今衣冠滿門,勳名方甚顯赫,至於敦博之氣,孝謹之風,即其子與家庭羣從咸自推讓,以為不及,諸公卿數嘆賞矣。又拘於時,未有以其名薦者。故翁行事雖近古人,而竟以封君終其身。翁諱萬平,字惟衡,姓李氏。李氏自臨汝徙茫湖,在天福五年。(節録自同前書卷十五)

許穀詞話

許穀(一五〇四—一五八六),字仲詒,號石城,上元(今江蘇南京)人。嘉靖乙未會試第一,授户部主事,改禮部,轉吏部郎中,遷南太常少卿,謫浙江運副,起爲江西提學僉事,陞南尚寶卿致仕。著《二臺稿》、《歸田稿》、《省中稿》、《武林稿》等。此據《續修四庫全書》影印明嘉靖四十五年刻本《海浮山堂詩稿》録序文一則。

一 《山堂緝稿序》:余弱冠與鄉中諸子會文於青溪之上,適冶泉、芹泉二君自臨朐來,從其先大夫宦游留曹,知諸子可與並來溪上會焉,於是始識冶泉、芹泉二君。暨余謬列春曹,少洲君初授邑令,邂逅京邸,議論頗合,則又識少洲君。今余挂冠山中,海浮君由淶水令改教京口,言念通家,停車見訪，則又識海浮君。四君者，東方豪隽之士，皆翱翔藝林，有盛名當世者也。連枝競爽，三張見而减價；共被厚倫，即伯淮輩不足多矣。乃余譾陋，顧得周旋於四君之側，先後無忤，其麗澤之益可勝道哉？既而海浮別去，俄王、孟二文學持所刻《山堂緝稿》問序余。昔蓋嘗窺見一班，而今何幸得盡覩其全也。則嘆曰：美哉！先生之譔，旨深而詞爽，體峻而氣和，是可以傳矣，余將何言？竊嘗觀操觚之士，海内蓋彬彬然，動則凌駕漢、魏，自唐以下，不道乃模擬形象而不求諸性情，步趨節奏而不貫於理道。甚至事不稽於典章，語無關於政俗。即粲如霞綺，美若貫珠，識者嗤之，謂其雕刻，無補甚矣。著作之庭未可頓造，而名言之士宜不恒遘矣。先生少稟奇姿，早窮羣籍，所得既邃，加之切劘於伯仲之深，諳練於咨詢之久，於以充拓而增益之，厥覿益遠。以故宣之聲律，情致婉曲，節奏疏暢，庶幾風雅之音。布之文章，條理分明，幅尺宏闊，出入董、遷之矩，取才於古人，而標格甚正。證體於作者，而蹊徑全消，其妙若此。若乃談説、時政，如在掌上；區畫張弛，信可施行。絶無溢辭，允稱確論。此尤墨士騷人所短，而今皆兼之。然則先生蓋適用之全才，又不獨擅文林之長技而已。使其得位行志，其設施不大有可述者哉！余不工於鉛槧，乃於兹集竊有契焉，意大雅君子知言之奥，必有同余斯論者矣。洒余則又嘆長公有才無位，獨《陂門集》今且盛傳。次公大行蚤逝，有作未梓。觀察公柄用方顯，今文翰流布海内甚熾。至如先生位雖不稱，而文益有名，此則天運難同，人情多忌，良有然者。顧今海内識與不識，皆知有馮氏四賢，得其文而頌之，且争相傳羡不已。造化獨厚之意，生人極盛之業，夫孰有加於是乎？余因文學之請，既叙其雅製足傳，而且感於一門多賢，擅名天壤，因併及之，以寓景行之思云。先生樂府諸調别有刻，兹不序。嘉靖丙寅秋八月朔旦，賜進士出身、中順大夫、南京太常寺少卿、致仕前吏部文選郎中、江西按察僉事奉勅提督學校，石城許穀著。（《海浮山堂詩稿》）

葛守禮詞話

葛守禮(一五〇五—一五七八),字與立,號與川,德平(今山東)人。嘉靖己丑進士,授彰德推官,山西按察使,遷禮部郎中、户部尚書,官至左都御史。卒贈太子太保,謚端肅。著《葛端肅公文集》十卷,此據《四庫全書存目叢書》影印明萬曆間刻本録詞話一則。

一

《送中丞李公帳詞》有引:　伏以外臺弭節,崇班聯獨坐之司;中土分符,雅望稱疇咨之選。涣一人之簡命,增庶寀之光榮。恭惟石疊李老先生大人:　華嶽降神,金星孕秀。平原熊兆,渭水漁潛。踪三輔而氣五陵,學柱下而才韋曲。萬言倚馬,早誇無敵之能;一日登龍,罕聞有道之匹。志償題柱,年甫棄繻。大鵬運而蒿翟含羞,威鳳鳴而岐山改色。肆鸞刀之宰割,製美錦以求工。日永鳴琴，初試大賢於百里；風清攬轡，既屬執法於三臺。青囊導而正氣生，白筆簪而妖氛息。觀兵潁上，頓移佩犢之風；按事夷門，久著摇山之氣。福德有在，棠樹方啓。適膺九棘之華遷，允愜一年之願借。栢烏開府，寵命維新。騶簡載途，懿章率舊。宗藩戚里，益騰赤棒之榷；嶽麓河壖，應入青箱之譜。襜帷春啓深，仁覃被於南州；綮戟晨嚴明，畏遥傳於北地。快覩勒彝之績，式占横挺之賢。萬姓歡呼，百僚動色。某等久慙附驥，俄瞠若於逸塵；載喜遷鶯，願具瞻於喬木。恭疏短製，情見乎辭。「鮮雲流臬，正舜曆太開，堯蓂初發。驛騎飛馳，天章捷報，臺主新分龍節。專制干旄崇建，露冕襜帷高揭。最好是，既令行德布，家忺户悦。奇絶。看寶瑟，絃柱從前，輕駕就方輙。太室居安，洪河歛宴，八郡春臺登徹。都道關西夫子，紫氣東來未歇。應歲早，見保釐還畢，調元庸説。」

（《葛端肅公文集》卷七）

李詡詞話

李詡（一五〇五—一五九三），字厚德，自號戒庵老人，江陰（今江蘇）人。少為諸生，坎坷不第。所著有《世德堂吟稿》、《名山大川記》、《戒庵老人漫筆》等。《戒庵老人漫筆》八卷，所記聞見雜説，書中稱世宗為今上，而又載有萬曆初事，蓋隨時綴録，積久成編，非一時所撰集。其間多誌朝野典故及詩文瑣語。此據《續修四庫全書》影印明萬曆刻本《戒庵老人漫筆》録詞話四則。

一　金壇城外顧龍山，太祖高皇帝時，有于高五郎作亂，親征，曾駐蹕於此，今有御製詞刻石碑。

（《戒庵老人漫筆》卷一）

二天然對偶用經書句者，如「天維顯思，民亦勞止」……洪容齋謂：舊有「紅生白熟脚色，手紋寬焦薄脆」之屬，因觸類而索之。如「三川太守，四目老翁」、「相公公相子，人主主人公」、「泥肥禾尚瘦，晷短夜差長」、「斷送一生惟有，破除萬事無過」、「北斗七星三四點，南山萬壽十千年」、「迅雷風烈風雷雨，絶地天通天地人」、「筵上枇杷本是無聲之樂，草間蚱蜢還同不繫之舟」，皆絶工者。又有用《書》語兩句而證以俗諺者，如堯之子不肖，舜之子亦不肖，諺曰「外甥多似舅」；「吾力足以舉百鈞而不足以舉一羽」，諺曰「便重不便輕」之類是也。詩有屬對未能而他人代之者，如范曾云「歲暮天涯雨」，久而莫屬，劉郇伯曰：「何不對人生分外愁？」晏元獻曰「無可奈何花落去」，經年未嘗强對，王琪應聲曰：「似曾相識燕飛來。」中書出對曰：「水底月如天上月。」久未有對，楊文公以事至，應聲曰：「眼中人是面前人。」王丞相云：「馬子山騎山子馬。」久之，人對曰：「錢衡水盜水衡錢。」長吉「天若有情天亦老」，人以為奇絶無對，石曼卿曰：「月如無恨月長圓。」唐詩曰「二十四考中書令」，無對之者，或以問王平甫，平甫應聲曰：「八千萬户冠軍侯。」遼使「三光日月星」，東坡即對以「四詩風雅頌」。王荆公集句得「江州司馬青衫溼」，久未有對，一日問蔡天啓，天啓應聲曰：「何不對梨園弟子白髮新？」荆公大喜。古人詩有「風定花猶落」之句，謂無人能對，荆公以王籍詩中「鳥鳴山更幽」對之。又嘗云杜甫詩「當面輸心背面笑」可對其《結交行》「翻手為雲覆手雨」。東坡嘗手題云：「人言盧杞是姦邪，我覺魏徵真嫵媚。」又「槐花黄，舉子忙；促織鳴，懶婦驚。」《北夢瑣言》謂宣宗嘗有「金步摇」，未能對，求進士對之，温庭筠以「玉條脱」續之，帝賞焉。《真誥》「玉條脱」事在華陽第一篇中。

湯丞相戲出一語曰：「哀王孫而進食，豈望報乎？」洪容齋對曰：「為長者而折枝，非不能也。」又戲曰：「宰予晝寢，於予與何誅？」汪聖錫對曰：「子貢方人，夫我則不暇。」詩句中又如「公獨未知其趣耳，臣今時復一中之」、「天之未喪斯文也，我獨何為不豫哉」、「巧在彀中非爾力，風行水上自成文」、「鐘乳三千兩，金釵十二行」，多不可枚舉。（節録自同前書卷二）

三　湖廣鎮巡等官迎賀武宗大駕親征江西凱旋帳詞，是時余邑裕軒夏公從壽為參議，此其代筆者，存以見當年時事云爾。「伏以春生秋殺，妙闔闢於乾坤；雷厲風行，廓清夷於江漢。惟天討必加於有罪，肆王師豈出於無名？功在一人，歡騰萬口。茲蓋伏遇欽差總督軍務後軍都督府威武大將軍鎮國公朱：英資神授，駿德天成。廟算無遺，遠懾犬羊於徼外；王猷允塞，豈容狐鼠於域中。粵在洪都，建有寧府。聖祖重屏翰之計，茅土攸分；累朝敦親睦之仁，繼承不替。宜祖訓之永守，期宗社以同休。詎意茲邦，是生惡胤。乃宸濠者，夙稟兇暴，少有豺狼之聲；大肆烝淫，長為禽獸之行。攘奪良氓殆徧，賊殺善類孔多。招誘賊徒者不翅萬衆，陰謀不軌者殆將十年。罪貫已盈，反形漸具。諫臺交奏，宜加斧鉞之誅；聖德涵容，尚錫几杖之賜。方遣官而降敕，俾悔過以圖新。豈梟獍之惡已成，顧蜂蟻之忱何在。僞傳制檄，豈惟指斥乘輿；大興甲兵，直欲謀危社稷。遂殺巡撫，首據省城。南康九江，皆被乘虛襲破；民廬市肆，悉遭縱火焚燒。垂涎欲犯留都，染指已攻安慶。馳變告於一旦，法所不容；赫皇怒於九重，義所必討。敬告宗廟，肅將天威。即日臨朝以誓師，匪徒推轂而分閫。六飛親御，舉鞭指江以西；五位暫離，仗劍從天而下。周之皇父、休父，戒旅陳行；唐之英公，衞公，前驅後繼。六軍齊奮，增耀日之威靈；萬馬不嘶，聽如山之號令。先聲至而逆醜褫魂喪魄，義旗舉而元兇束手就擒。表天紀之，必正不撓；信王師之，有征無戰。有生大慰雲霓之望，無辜咸脱水火之中。荆棘不生，允藉班師節制；秋毫無犯，樂聞奏凱歡聲。邁成周之克定三監，政由冢宰；陋漢景之討平七國，兵屬條侯。元功顯勒於鼎鍾，示永世而萬古不泯；大駕早還於斧扆，敷文教而六合同春。某等慚扈從莫效犬馬之勞，詩歌《常武》；叩行在不勝葵藿之悃，祝擬華封。誠懽誠忭，稽首頓首。謹獻詞曰：『一統山河調玉燭，堯舜至仁先睦族。獨憐七國與三監，祇今猶蹈前車覆。赫然天怒肅，何須分閫還推轂。誓六師，一人自將，直指西江澳。披堅執鋭俱頗、牧，憑仗威靈如破竹。元兇就縛詔班師，大功獨建歸黄屋。凱歌賡法曲，懽騰億兆俱蒙福。競嵩呼，天長地久，永鎮綏荒服。』右調《歸朝歡》。」（同前書卷三）

四 正德丙寅年，唐六如為一狎客作水墨桃杏二枝在一扇頭，將伺暇作新詞題之，其人持去，為狂生大書詩句於前，六如見之，怒甚，取筆泚墨，淋灕一抹，詩畫盡墨。時楊五川儀年方十九，在側，就案以水筆洗滌新墨，狂生之跡幾滅，計不能盡去，乃因字删改良久，扇亦曝乾，遂填補成《長相思》一調云：「桃花紅，杏花紅，兩樣春光便不同。各自逞嬌容。　倚東風，笑東風，緑葉青枝共一叢。静愛碧煙籠。」六如甚加歎賞。（同前書卷六）

吴琉輯詞話

吴琉，字汝琇，長興（今浙江）人。少孤，穎異絶倫，而不習舉子業。不近聲利，隱蒙山五十餘年，窮獵經史百家，自號甘泉子。藏書數屋，建環山樓於董隖。鍵户冥搜，積十年不下，遂精皇極經世之學。武宗詔徵，至中途遄歸卒。所著有《環山樓集》、《皇極經世鈐解》、《三才廣記》、《玄玄集》、《天文要義》、《太乙統宗寶鑒》、《六壬金鑰匙》、《史類文編》。《三才廣記》今存本殘缺，此據《續修四庫全書》影印抄本録詞話十七則。

一　霖鈴曲：明皇既幸蜀，初入邪谷，霖雨彌旬，於棧道中聞鈴聲，與山相應。上悼念貴妃，因採其聲為《雨霖》曲。《淮南子》曰：董仲舒請雨，相用木魚。（《三才廣記》卷三十八「天道」）

二　羯鼓催花：明皇時，春景明媚，對曰：「對花時，豈可不與判論？」命取羯鼓自製曲，名《春光好》，面（當作回）顧柳杏皆發，笑曰：「此事不喚天（當作我）作天宫（當作公），可乎？」出《羯鼓録》。（同前書卷八十六「天道」）

三　廣陵觀燈：開元十八年正月望日，帝（脱「謂」字）葉仙師曰：「何術以觀之。」時（當作師）曰：「西（當作四）方之盛，此夕何處極麗？」對曰：「天下無踰於廣陵。」帝曰：「何術以觀之。」時（當作師）曰：「可。」俄而虹橋起於殿前，師奏橋成，旦（當作但）無回顧於一。帝步而上，帝，（脱「太」字）真及高麗寺（當作「力士」）、黄幡綽樂官數人從行。俄頃，已到廣陵寺觀，陳設之盛，燈火之光，照灼其殿。士女華麗，皆仰望，曰仙人現於五色雲中。帝大悦，師曰：「請勅令（當作伶）官奏《霓裳羽衣》一曲。」後數日，廣陵果奏云云。一説此曲是玄宗登三鄉驛望女几山所作，劉禹錫詩：「開元天子萬事足，惟惜當時光景促。三鄉驛上望仙山，歸作《霓裳舞衣》曲。」後數日，廣陵果奏雲中。《幽怪録》。（同前書卷八十七「天道」）

四　上巳賦詩：元祐中，秘閣上巳日集西池，王仲玉有詩，張文潛和最工：「翠浪有聲黄繖動，春風無力綵旌垂。」秦少游云：「簾幙千家錦繡垂。」仲玉笑曰：「又侍（當作待）入小石調也。」出王真（當作直）方時（當作「詩話」）。（同前書卷八十九「天道」）（同前）

五　書戒郎君：晏叔原，臨淄公晚子。監穎昌府許田鎮，手寫自作長短句上府帥韓少師，少師報書云：「得新詞盈□（當作卷），蓋才有餘而德不足者，願郎君捐有餘之才補不足之德，不勝門下老吏之望云。」一監鎮官敢於杯酒間自作長短（脱「句」字）示本道大帥，以大帥之嚴，猶盡門生忠於郎君之禮，在叔原為甚厚，在韓公為甚德也。出《聞見後録》。（同前書卷四百六十八「居官」）

六　郡僚詞人：東坡守錢塘，毛滂澤民為法曹，公以衆人遇之，秩滿辭去。是夕宴客，有妓歌别詞云：「今夜亂山深處，夢魂分付潮回去。」公問曰：「此何人所作？」答曰：「毛法曹製。」公語坐客曰：「郡僚有詞人而不及之，軾之罪也。」翌日折簡追還，留連彌日，澤民因此得名。出《四朝國史》。（同前書卷五百二十二「居官」）

七　歌上：聲音之道，常與政相為流通，故政治而俗康，則其歌和以雅；政荒而下怨，則其歌哀以思。是以夏政之衰，宫嬪萬人衣以文繡，食以粱肉，鼓噪晨歌，聞者悲酸，見者憂思。商政之敝，造靡靡之樂。感北里之聲，飲之長夜，人不堪命。迨周之末，魯以淫樂廢朝，晉以嗜音敗國，戰國苦兵，樂尤哀思。聞漸離之筑而沾襟，聆雍門之琴而潸涕繼之。秦皇殫財於鍾虡，漢武厭志於新聲。王莽樂成而哀厲，順帝聞禽而悲泣。為樂若此，其政可知矣。既而梁商興《薤露》之歌，朝臣為之飲淚，梁冀妻為啼粧愁眉，墮馬上飾，京師為之争効，以至《懊惱》歌於晉，《挽鐸》歌於宋，《楊畔》奏於齊，《後庭》奏於陳，爰及隋唐，新音變曲，傾動當世，或寫《傾杯》、《行天》之聲，或歌世俗謳謡之曲。徒取悦心志、為耳目之娱而已，無復止乎禮義之意也，可不大哀耶？（同前書卷九百四十八「樂歌」）

八　曲調上：古者造詩絃歌以合金石，故正聲疏質，長言雅臭，遺音雖謝，而三百篇之義存焉，是詩之與樂更為表裏者也。降周迄漢，聲詩湮没，雖有吴、楚、趙、代之謳，閭閻阡陌之謡，然具施於當世，猶有詩人《離騷》餘風。至於鼓吹雖（當作雜）詩詠歌戰陳之事，而古風遺調自是彫矣。由魏抵隋，上下數百年間，偏方互據，析為南北，郊廟之外，民謡雜出，非哀思淫靡之音，則離析怨曠之曲也。故江左雖衰，而章曲可傳聲，西曲是也。代北少文，而聲辭無述，代歌國伎是也。隋唐混一區宇，四方之音悉歸太樂，然制度不立，雜聲日滋。清樂盡於開元之初，十部忘於僖、昭之末。流及五季，惟讌樂飲曲存焉。聖朝承末流之弊，雅俗二部惟聲指相授，案文索譜，皆所亡逸，抑何甚歟？太宗初在藩邸作《宇宙荷皇恩》、《降聖萬年春》二曲，以述太祖德業之盛。逮其即位，悉收河東之地，造《平晉》、《普天》之樂。明年復作《萬國朝天樂》二曲，宴饗用焉。真宗祥符中，更造二曲以協鐘石，《朝天樂》為太和之舞，《平晉樂》為大定之舞，編之雅樂，以施郊廟焉。惟太宗洞曉音樂出自天性，造大小曲數百，以為宴私常御，優柔闡緩，真治世之音也，以薦郊廟，以和黔黎，豈不盛哉？臣竊嘗推後世音曲之變，其異有三：古者樂章或以諷諫，或導情性，情寫於聲，要非虛發。晉、宋而下，諸儒衒采，並擬樂府，作為華辭，本非協律，由是詩樂分為二塗，其間失傳謬述，去本逾遠，此一異也。古者樂曲辭句有常，或三言四言以制宜，或五言九言以投節，故含章締思，彬彬可述，辭少聲則虛，聲以足曲，如相和歌中有《伊夷》、《吾邪》之類為不少矣。唐末俗樂盛傳民間，然篇無定句，句無定字，又間以優雜荒豔之文、閭巷諧隱之事，非如《莫愁》、《子夜》尚得論次者也。故自唐而後止於五代百氏所記，但誌其名，無復記辭，以其意褻言慢，無取苟耳，此二異也。古者大曲咸有辭解，前豔後趨，多至百言。今之大曲以譜字記其聲，折慢疊既多，尾偏又促，不可以辭配焉，此三異也。聖朝樂府之盛，歌工樂吏多出市廛畎畝，規避大役，素不知樂者為之，至於曲調，抑又沿襲胡俗之舊，未純乎中正之雅，其欲聲調而四時和，奏發而萬類應，亦已難矣。誠革三異之失，去胡俗之調，一要宿乎雅頌之音，以寫太平，以昭極功，臣將見鳳儀獸舞，不特有虞氏之世矣。今樂府正宮十曲：一《一陽生》，二《玉摠寒》，三《念遂（當作邊）功》，四《玉如意》，五《瓊樹枝》，六《鸕鷀裘》，七《塞鴻飛》，八《漏下丁》，九《息鼙鼓》，十《勸流霞》。南呂宮十一曲：一《仙盤露》，二《水盤果》，三《芙蓉園》，四《林下風》，五《風雨調》，六《開月恍》，七《鳳來賓》，八《落梁塵》，九《望陽臺》，十《慶年豐》，十一《青驄馬》。中呂宮十三曲：一《上林春》，二《春波緑》，三《百花林》，四《壽無疆》，五《萬年春》，六《擊珊瑚》，七《柳垂緑》，八《醉紅樓》，九《折紅杏》，十《御園花》，十一《花下遊》，十二《遊春歸》，十三《千株柳》。仙呂宮九曲：一《折紅蘂》，二《鵲填河》，三《紫蘭香》，四《喜堯時》，五《倚（當作猗）蘭殿》，六《步瑶階》，七《千□（當作秋）樂》，八《百和香》，九《佩珊瑚》。黄鍾宮十二曲：一《菊□□（當作花杯）》，二《卒（當作翠）幙新》，三《四塞清》，四《滿簾霜》，五《畫屏風》，六《新（當作折）茱萸》，七《□□（當作望秋）雲》，八《花中鶴》，九《賜征袍》，十《望回戈》，十一《秋稼（脱成字）》，十二（後原缺，當作《汎金英》）。商宮九曲：一《喜順成》，二《安邊□（當作塞）》，三獵騎□□□□□（當作「還」，四《遊兔園》，五」）《濵（當作錦）步幛》，六《博山鑪》，七《暖寒杯》，八《璧紛紛》，九□□□（當作《待春來》）。□□□（當作「道調宮」）九曲：一《會夔龍》，二《□（當作汎）仙杯》，三□□□（當作《披雲襟》），四□□□□□□（當作「《孔雀扇》，五《百尺樓》」），六《金樽滿》，七《奏明慶（當作庭）》，八拾□□（當作「落花九」）《聲聲好》。越調八曲：一《翡翠帷》，二《玉照臺》，三《香旖旎》，四《紅樓夜》，五《朱頂鶴》，六《得賢臣》，七《蘭堂燭》，八壺冰》，二《卷珠箔》，三《隨風簾》，四《□（當作樹）青葱》，五《紫桂叢》，六《五色雲》，七《玉樓宴》，八《冬夜長》，五《金鸚鵡》，六《玉樓寒》，七《鳳戲鶵》，八《一爐香》，九《雲中鴈》。歇指角九曲：一《玉裘》，七《征馬嘶》，八《射飛鴈》，九《雪飄飖》。大石角九曲：一《紅爐火》，二《翠雲裘》，三《慶成功》，四《望蓬島》。高角九曲：一日《南郊》，二《帝道昌》，三《文風盛》，四《琥珀盃》，五《雪花飛》，六《皂貂燈》，二《九門開》，三《落梅香》，四《春水折》，五《萬年宴》，六《催花發》，七《降真香》，八《迎新春》，九《綺筵春》，五《登春臺》，六《紫桃花》，七《一株紅》，八《喜春雨》，九《汎春池》。雙角九曲：一《鳳樓車》，七《塞雲平》，八《秉燭遊》。小石角九曲：一《月宫春》，二《折仙枝》，三《春日□（當作遲）》，四潑）火雨》。大石調八曲：一《賀元正》，二《待花開》，三《採紅蘭》，四《出谷鶯》，五《遊月宫》，六《望回雨足》，三《畫鞦韆》，四《夾竹桃》，五《舉露桃》，六《燕初來》，七《踏青回》，八《抛繡毬》，九《澄（當作《鶴盤旋》，六《湛恩新》，七《聽秋蟬》，八《月中歸》，九《千家月高》。大石調九曲：一《花下宴》，二《甘佩》，十《導（當作遵）渚鴻》。歇指調九曲：一《榆塞清》，二《聽秋風》，三《紫玉簫》，四《碧池魚》，五二《紫絲囊》，三《留征騎》，四《塞鴻度》，五《回紇朝》，六《汀洲鴈》，七《風入松》，八《蓼花紅》，九《曳珠冠》，三《玉瑶盃》，四《辟塵犀》，五《喜新晴》，六《慶雲飛》，七《太平時》。小石調：一《滿庭香》，二《七寶樂》，十三《征戍回》，十四《一院香》，十五《一片雲》，十六《千萬年》。林鍾商十曲：一《秋採蘭》，雉》，六《柳如煙》，七《楊花飛》，八《王澤新》，九《玳瑁簪》，十《玉階曉》，十一《喜清和》，十二《人歡《金鏑流》。雙調十六曲：一《宴瓊林》，二《登龍舟》，三《汀洲緑》，四《登高樓》，五《麥瀧（當作隴）

《蘭堂燕》，九《千千歲》。越角九曲：一《望明河》，二《華池鷺》，三《贈香囊》，四《秋氣清》，五《照秋池》，六《曉風度》，七《靖邊塵》，八《聞新鴈》，九《吟風蟬》。林鍾角九曲：一《慶時康》，二《上林果》，三《畫簾垂》，四《水晶簟》，五《夏木繫（當作繁）》，六《暑氣清》，七《風中琴》，八《轉輕裾》，九《清風來》。仙吕調十五曲：一《喜清和》，二《芰荷新》，三《清世歡》，四《玉鈎欄》，五《金步摇》，六《金鑿落》，七《燕引鶵》，八《草芊芊》，九《步玉砌》，十《整華裾》，十一《海山青》，十二《旋絮緜》，十三《風中帆》，十四《青絲騎》，十五《喜聞聲》。南吕宫調七曲：一《春景麗》，二《牡丹開》，三《展芳茵》，四《紅桃露》，五《囀林鶯》，六《滿林花》，七《風飛花》。中吕調九曲：一《宴嘉賓》，二《會羣仙》，三《集百祥》，四《憑朱欄》，五《香煙細》，六《洞仙（當作「仙洞」）開》，七《上馬盃》，八《拂長袂》，九《羽觴飛》。高般涉調九曲：一《喜秋成》，二《戲馬臺》，三《汎（當作汎）秋菊》，四《三殿樂》，五《鴻（當作鵶）鵲杯》，六《玉芙蓉》，七《偃干戈》，八《聽秋砧》，九《秋雲飛》。般涉調十曲：一《玉樹花》，二《望星斗》，三《金錢花》，四《玉牕深》，五《萬民康》，六《瑶林風》，七《隨陽鴈》，八《倒金罍》，九《鴈來賓》，十《看秋月》。黄鍾羽七曲：一《宴鄒枚》，二《雲中樹》，三《燎金爐》，四《澗底松》，五《嶺頭梅》，六《玉爐香》，七《瑞雲飛》。平調十曲：一《萬國朝》，二《獻春盤》，三《魚上冰》，四《紅梅花》，五《洞中春》，六《春雪飛》，七《翻羅袖》，八《落梅花》，九《夜遊樂》，十《鬭春鷄》。因舊曲造新聲者凡五十八曲：《傾盃樂》二十八曲，正宫、南吕宫、道調宫、越調、南吕調、仙吕宫、高宫、小石調、高大石調、大石調、小石調、小石角、雙石角、高角、大石角、歇指角、林鍾角、高般涉調、黄鍾羽、平調、中吕宫、黄鍾宫、雙調、林鍾商、歇指調、仙呂調、中呂調、般涉調。《三臺》十三曲：正宮、南呂宮、道調宮、越調、南呂調、中呂宮、黄中（當作鍾）宫、雙調、林金滴（當作「鐘商」）、歇指調、仙呂調、中呂調、般涉調。《劒器》，中呂宮。《感皇花》，中呂宫。《□（當作朝）中惜（當作措）》，黄鍾宫。《推（當作攤）破□□（當作「抛毬」樂）》，雙調。《醉花間》，雙調。《小重山》，（當脱雙）調。□中□，林鍾商。《望行宫》，林鍾□□歌，歇指調。《月宫仙》，中呂調。戴□□□呂調。《菩薩蠻》、《瑞鷓鴣》，□□□。《望征人》，般□（當作涉）調。般涉詞（當作調）引□回般涉調，□□□般涉調。（同前書卷九百五十一「俗樂部」）

九　曲調：稗官廢而傳奇作，傳奇作而戲曲繼，金季元初，樂府猶宋詞之流，傳奇猶宋戲曲之變，世傳謂之雜劇。金章宗時董解元所編《西廂記》，世代未遠，尚罕有人能解之者，况今雜劇中曲調之冗乎？因取諸曲名分調類編，以備後來好事稽古者之一覽云。（節録自同前書卷九百五十一「俗樂部」）

一〇　近世所謂大曲：蘇小小《蝶戀花》，鄧千江《望海潮》，蘇東坡《念奴嬌》，辛稼軒《摸魚子》，晏叔原《鷓鴣天》，柳耆卿《雨霖鈴》，吴彦高《春草碧》，朱淑真《生查子》，蔡伯堅《石州慢》，張子野《天仙子》。（節録自同前「燕南芝庵先生唱論」）

一一　有一曲入數調者，如《啄木兒》、《女冠子》、《抛毬樂》、《鬬鵪鶉》、《黄鶯兒》、《金盞兒》之類是也。（節録自同前「燕南芝庵先生唱論」）

一二　凡唱曲有地所：東平唱《木蘭花慢》，大唱□（當作「大名唱」）《摸魚子》，南京唱《生查子》，彰德唱《木斛沙》，陝西唱《陽關三疊》、《黑漆弩》。（節録自同前「燕南芝庵先生唱論」）

一三　西凉：符（當作苻）氏之末，吕光、阻渠、蒙遜等據有凉州之西，故謂之西凉部樂。其器有編鐘、編磬、琵琶、五絃、竪箜篌、卧箜篌、箏、筑、笙、簫、竽、大小觱篥、竪笛、横吹腰鼓、齊鼓、檐鼓、銅鈸具，為一部，工二十七人，其歌謂之《凉州》，又謂之《新凉州》，皆入婆陀調中。西凉府都督郭知運等所進也，唐坐、立二部，惟慶善樂獨用西梁（當作凉），故明皇嘗命紅桃歌《凉州》，謂其詞貴妃所製，豈貴妃製之？知運進之邪？凉州進新曲，明皇命諸王於便殿觀之，曲終，諸王皆稱萬歲，獨寧王不賀，明皇詢其故，寧王曰：「夫曲者，始於宫，散於商，成於角、徵、羽，見此曲宫離而少徵，商亂而加暴。宫者，君也；商者，臣也。宫不勝則君體卑，商有餘則臣事僭，臣恐異日臣下有悖亂之事，陛下有播越之禍，兆於斯曲也。」洎禄山南犯，明皇西幸，始知寧王善音而胡音適以亂華也。（同前書卷九百五十二「樂歌・胡部」）

一四　天竺：天竺國在月氏東南數千（脱「里」字），亦謂之身毒國，其樂器有鳳首箜篌、琵琶、五絃、横笛、銅鼓、毛圓（當作員）鼓、都曇鼓、銅鈸具等九種為一部，工十八人。歌曲有《沙石疆》，舞曲有《朝天曲》，蓋自張重華據有凉州，重譯來貢男伎者也。其後國王子為沙門來遊，又傳其方音。漢安帝時，天竺獻伎，能自斷手足，刳腸胃，唐高宗惡其驚俗，勑西域關津不能入中國，亦一時英斷也。商調有《大朝天》、《小朝天》。（同前）

一五　疎勒：疎勒之樂，其器有竪箜篌、琵琶、五絃、横笛、簫、觱篥、荅臘鼓、腰鼓、羯鼓、提鼓、離（當作雞）婁鼓十種為一部，工十二人。歌曲有《兀利死讓》，樂舞曲有《遠服解》，曲有《鹽曲》，蓋起自後魏平馮氏通西域也。樂工人皂絲布白頭巾，袍錦衿襟，白絲布袴；舞文白襖錦袖，赤皮鞋，赤為帶；曲調有《昔昔鹽》、《三臺鹽》之類。（同前）

一六　胡曲調：樂有歌，歌有曲，曲有調。胡（當作故）宫調，胡名婆陁力調，又名道調，婆羅門曰阿修羅聲也。商調，胡名大乞食調，又名越調，又名雙調，婆羅門曰帝釋聲也。角調，胡名涉折調，又名阿謀調，婆羅門曰大辯天聲也。徵調，胡多名婆臘調，婆羅門曰那羅延天聲也。羽調，胡名般涉調，又名平調移風，婆羅門曰梵天聲也。變宫調，胡名阿謀（當作詭）調也。李唐樂府曲調有普光佛曲、彌勒佛曲、日光明佛曲、大威德佛曲、如來藏佛曲、藥師琉璃光佛曲、無威感德佛曲、龜兹佛曲，並入婆陁調也。釋迦牟尼佛曲、寶花步佛曲、觀法會佛曲、帝釋幢佛曲、妙花佛曲、無光意佛曲、阿彌陁佛曲、燒香佛曲、十地佛曲，並入乞食調也。大妙至極曲，解□□（當作「曲並」）入越調也。摩尼佛曲，入雙調也。蘇密七俱陁佛曲、日光騰佛曲，入商調也。邪勒佛曲，入徵調也。觀音佛曲、□□（當作「永寧」）佛曲、文德佛曲、婆羅樹佛曲，入羽調也。遷星佛曲，入般涉調也。提梵，入移風調也。（同前書卷九百五十三「樂歌・胡部」）

一七　九部樂：隋大業中，備作六代之樂，華夷交錯，其器千百，煬帝分為九部，以漢樂坐部為首，外以陳國樂舞《玉樹後庭花》也。西涼與清樂并龜兹、五天竺國之樂，並合佛曲、法曲也。安國、百濟、南蠻、東夷之樂，並合野音之曲，胡旋之舞也。《樂苑》又以清樂、西涼、龜兹、天竺、康國、疎勒、安國、高麗、禮畢爲九部，必當損益不同，始末異制，不可得而知也。觀開皇中顔之推上言：「今太常雅樂盡用胡聲，請憑梁國舊事考尋古曲。」高祖曰：「梁，亡國之音，奈何遣我用邪？」由此（筆者按：以下原缺，當作：「觀之，隋、唐之樂雖有雅、胡、俗三者之别，實不離胡聲也。歷代沿襲，其失如此，聖朝宜講制作，削去而釐正之，實萬世利也。」）（同前）

王尚絅詞話

王尚絅（?—一五三一），字錦夫，號蒼谷，郟縣（今河南）人。弘治壬戌進士，初授兵曹，調吏部。出為山西左參政，以母老疏請侍養。家居十九年，起四川參政，不赴，再起陝西，除山西參政，陞浙江右布政使，嘉靖十年卒於官。所著有《蒼谷全集》十二卷，此據《四庫未收書輯刊》影印清乾隆二十三年王純密刻本録詞話一則。

一

《瑶池壽詞卷後序》：瑶池壽詞，尚絅為祖母李太君九十壽者也。思惟太君罔極，嘗疏請終養歸，不俟報。既而得旨，宥許養，終九十有五，絅長恨終天矣。時惟二泉、柏齋諸君子各垂詞章，此卷所集，則為澶淵三王所作也，一龍湫子邃伯，一端溪子德徵，一玉溪子公濟，三子者同出澶淵，絅均辱麗澤之末，愧自不才，病廢山林，撫卷懷人，有風月冥會者焉。題如三子者，固希世之珍，在尚絅者，又傳家之寶也。迴憶年光，十易寒暑，太君亡恙，當百有二歲矣。嗚呼！恫哉！乃聞玉溪、龍湫會空同諸子於繁臺，則斯集也，庶乎有墨華涓滴之灑哉！稽首以俟。（《蒼谷全集》卷八）

楊南金詞話

楊南金，字本重，鄧川（今雲南）人。弘治己未進士，知泰和縣，擢御史，值劉瑾亂政，遂拂衣歸。嘉靖間詔起耆舊，授湖廣僉事，晉江西參議，以老歸，年八十卒。此據《續修四庫全書》影印明嘉靖刻本《升庵長短句》録序文一則。

一 《升庵長短句序》： 太史公謫居滇南，托興於酒邊，陶情於詞曲，傳咏於滇雲，而溢流於夷徼。昔人云：「喫井水處皆唱柳詞。」今也不喫井水處亦唱楊詞矣。吾聞君子之論曰：公辭賦似漢，詩律似唐，下至宋詞、元曲，文之末耳，亦不減秦七、黄九、東籬、小山，噫！一何多能哉！ 或曰：君子不必多能，王右軍之經濟以字掩，李伯時之詩文以畫掩，公之高文大作，毋乃為詞曲所掩乎？予答之曰：君子不必多能，為能未多，而求為君子者，言也；若夫能，已多矣，不必去其多能而後為君子也。猶女子言在德不在色，為嫫母，言可也，若夫莊姜，則柔荑凝脂，螓首蛾眉，固其自有也，奚必亂髮壞形而始為貞專哉？觀者以是求之。嘉靖丁酉正月望日，兩依居士楊南金序。（《升菴長短句》）

李璋詞話

李璋，字政虹，號病叟，海鹽（今浙江）人。弘治癸丑進士。著《嗜泉詩存》二卷，有正德四年璋自序。此據《四庫全書存目叢書》影印清乾隆二十八年刻本録序文一則。

一　自序：余見聞固陋，茫無知識。偶有所得，輒以五七字寫之，一時傳播，謬為當世賢喆所許。而及門士又多縱臾，遂付剞劂。既而悔之，其中疵字累句，不勝指摘。今夏養疴來鶴亭，取舊刻讀之，痛加刊削，存十之一，并及近作為二卷，雜著、詩餘為一卷，易其名曰《詩存》，匪敢謂有當於大雅，聊以此識歲月增長，功力進退，用自攷云。時正德四年六月二十六日，來鶴亭病叟李璋題。（《嗜泉詩存》）

鍾芳詞話

鍾芳，字仲實，崖州（今海南）人，改籍瓊山。正德戊辰進士，改庶吉士，授編修，尋謫寧國推官，遷漳州同知。入爲南京户部員外，轉吏部郎中，遷浙江提學副使。轉廣西參政，進江西布政使，擢南京太常寺卿，晉南兵部侍郎，改户部。請致仕，家居十餘年，名其居曰對齋，取對越之義。卒贈右都御史。所著有《筠溪家藏集》、《學易疑議》、《春秋集要》、《皇極經世圖讚》、《古今紀要》、《崖州志略》等。此據《四庫全書存目叢書》影印明嘉靖二十七年鍾允謙刻本《筠溪文集》録詞話八則。

一

《送太守陳高吾入覲》：執事韜義服和，持廉秉正。毓湖溪之秀，蚤著文名；拾青紫之榮，飽諳雅故。綰符南牧，吾皇之簡任方隆；攬轡旁巡，赤子之具瞻攸屬。惟茲漳郡，寔介潮封。山潜海泊，而動逞兇頑；原曌臯耘，而時憂旱暵。自侯涖政，各邑承風。健卒戒嚴，潜消逆豎。甘霖應禱，悉起仆禾。志尚昭文，野變傳經之俗；功崇舉墜，井通辟瘴之泉。祠葺兩賢，朱氏之傳有繼；學增雙祀，仲尼之道尤尊。郡志成而百代可稽，華表立而三俊斯顯。凡百施設，皆超等夷。茲卜辰良，將朝歲首。萬里際風雲之慶，千官聯䎡鳥之同。望閶闔以奏勞，擬岡陵而稱壽。渙頒車服，知帝眷之有加；臥滯輪轅，柰群情之孔棘。言其贅矣，歌以繫之：「曉吹飛輕幰，車未碾，若箇扳留人滿。萬聲齊諾，侯恩如海，漳流尚淺。秼祀英賢咸遍，風若草行斯偃。封圉內、仁漸義染，顥渤校來何忝。百辟如期，報政朝天此去，恰是三年。羽衞晨嚴，寶猊香裊，珮聲輕緩。咫尺龍顔重見，把年勞、從頭細檢。定應是、超遷去也，懋膺殊典。」右調《宴清都》。（《筠溪文集》卷三十）

二　又：伏以地據九龍，實閩南之盡處；符分半虎，得冀北之兼材。顥固脫囊，民如歸市。恭惟大邦伯陳先生執事：學能蓄德，道足匡時。早敚賢科，遂躋部署。静恬豈能附勢，自北移南；樂易却喜近民，由郎作守。憤寇戎之肆虐，兵振猰貐；憫黔愚之蒙辜，刑清狴犴。賦稅省繭絲之擾，耄倪醉桑柘之陰。既夷以寧，廼馴而化。異教斥而紫陽可想，鄉約行而藍田是師。民之戴父方深，侯乃覲君孔急。蓋三元獻歲，正萬國來賓。對揚展稽首之儀，明試採敷言之懿。虞歌載詠，驗屢省之有成；晉錫應蕃，喜攸征之多慶。永懷曷既，拙調宜宣：「標格端凝，金紫焜煌清晝。閭閻下、民康俗阜，弘文再振儒風舊。視篆三秋，六邑恩霑透。抱一片丹心，幔車北走。向彤庭、嵩呼萬壽。玉

屠蘇宴罷瑶墀，看物采重重，寵異經綸手。」右調《錦纏道》。（同前）

三　《贈黄后谿瓊守》諱瓚：維是戊戌之秋，霜氣始肅，天宇澄霽。我郡侯後溪黄公，榮期考最，諏吉、戒行，合郡縉紳儒耆挽留弗得。相與剪彩，致頌拜餞道左。惟公秀毓全閩，氣雄喬嶽。巍科拔萃，翹爾儒林；粉署累階，顒然邦牧。旱暵憂形於雲漢，精虔禱遍於山川。恩信有孚，郭并州歡迎竹騎；剸裁多暇，謝宣城時引風旌。重溟屢馘島夷，五指胥漸帝化。轅門森畫戟，武向、威嚴；燕寢凝清香，文宜易簡。昭哉厥服，允矣可懷。顧任周三載，忠戴九重。將獻績以遂歸，爰抒情而陳請。移文矢棘，連啓霜臺；去志星馳，莫施金柅。凉颸催絳旆，共憐畫鷁遄飛；杲日麗玄霄，齊看祥鸞高舉。敬陳俚唱，仰助清歡：「嶷嶷人龍，駕五馬朱轓，分符海角。隱恫民艱，政善反澆還樸。漫言賣劍買牛，看四境、禾桑沃若。運徽猷、俎豆官墻，養就群英騰躍。却訝三年報政，思便道丘園，携朋尋樂。但名在御屏薦剡，後先聯絡。遥知庾嶺霜清，鳳飛兩、又膺新擢。漸天逵，縻好爵。」右調《萬年歡》。（同前）

四　《送司訓吴壽仁甫》福建永安人：某官執事：斗山毓秀，閩海鍾英。學稔藏修，久淹經笥；志存匡濟，竟屈賢科。中心包和煦之仁，體貌有謙光之譽。存能養志，禪室是崇。死事盡思，吟編用輯。惟兹邊徼，實沮遐荒。道覩淵瀾，仰範模之來教；材儲梧檟，覩化育之有成。顧地偏而美玉誰知，調高而良工獨苦。泉石之懷既動，爵禄之好難縻。歌遏行雲，語笑稠而驊騮在駕；酒傾遠渚，冠裳散而蘭蕙流芳。暫柅仙輿，聽宣巴唱：「春雲簇騎，見海曲人還，心情如醉。桃萼凝丹，柳梯展黛，難寫這番離思。共傳妙質天成，堪比金精玉粹。攬俊彦，入甄陶，養就龍髻鳳臆。任滿眼紛華，金籯貽世，争似文章貴。歸袂翩翻，圖書爾爾，正是儒家風味。想舊日賔朋，挈壺相徯，山椒水涘。翠盈盈，亭榭鬱祥煙，重重樂地。」右調《喜遷鶯》。（同前）

五　《送鄭司訓》：某官執事：鄞江挺雋，壁水蜚聲。甘澹泊以無求，青氈自足；遠聲華而静處，白首何慙。振鐸五河，士類樂微言之頓析；揚舲漲海，遐陬欣彝教之隆興。蓋學貴立身，不須顯爵。道堪造士，喜際明時。科名雖匱於天荒，鼓鑄已儲乎國器。楚材出而卒資晉用，鵲巢成而終貽鳩居。顧桑榆之念彌深，而菽水之情轉切。蓋禄養本輕於色養，身榮不逮乎心榮。歸疏屢騰，懇情終遂。重溟歷險，祥風將畫鷁而遄飛；三徑榮思，雅興逐白雲而長往。我歌用發，君馬勿忙：「振鐸南溟波瀰瀰，闡微言、師俊乂。嗚橈又倩東風駛，摻手江亭，緑秾紅媚，何處維輕騎。梨花亂點玻瓈碎，只添得、幾倍離愁思。憐君宦況凌秋水，掛冠此去，聚首星堂，更作班衣戲。」右調《青玉案》。（同前）

六　《送王判府朝宗入課京師》：伏以平楚天連，表裏負江山之固；留都地近，東南為藩屏之區。旬宣固假乎英賢，參佐胥慎乎敦琢。恭惟别乘王君執事：秀毓四明，行兼三德。初紆花綬，已荷褒榮。再轉官階，總居京輔。幸閭閻之有慶，見職分之敬宜。兩税登秋，每勤撫字；三年報政，端合明楊。值桃李之方穠，結駼駟而千邁。民懍沛澤，咸仰遄歸。祖調無多，楚謡是代。詞曰：「清江脉脉，清酒餞征客。嗟君可人，元不減咱，故家風格。記得當年丞赤縣，見幾度、皇都春色。

倅陵陽，政浹三秋，恩覃六邑。　擊君楫，波流急。脱君舄，愁如織。看河朔風塵，到于今，竟不見、清平消息。君似驊騮休逸步，還望君來共襄力。只恐憐君材，擢君御繁劇。」右調《帝臺春》。（同前）

七　《送劉舉人赴春闈》：伏以地脉鍾靈，降生之祥非偶；天心佑德，感應之理必然。振古休論，於今可驗。惟我廷□劉進士：孕金躔玉壘之秀，抱碧梧翠竹之標。庭領異聞，家承世業。性與習而俱化，道合藝而交修。未十五，試文場，共訝後生可畏；浹三旬，登虎榜，誰云大器晚成。蓋積之久而養之深，故發之光而伸之大。况尊府太守，公政符葦易。忠並葵傾，撫字若陽城；寧寬無猛，綜理類陶侃，居逸以勞麟，出本以應時。鶴鳴固應有和睠，兹信邁夫豈居然？六十人什伍俱前，會須定霸；九萬里扶摇直上，便合冲天。敬瀝剪詞，載伸喬祝：「秀毓岷峨，看錦綺心胷，列宿森羅。學傳家訓，聲價相摩。談咲掇取巍科，便乘流東駛，遡宛水，暫艤征舸。捧壽觴，春酣堂背，再振鸞和。　驛路霜清曉騎，合三五良朋，樂思弘多。翹首宸京，采蘭重詠，輕衫起舞婆娑。桃花翻錦浪，把春風掌上摩挲。步玉墀、光涵曉佩，高挹鑾坡。」右調《春從天上來》。（同前）

八　又：彩鳳載離丹穴，固欲鳴時；潜龍一控行雲，會須澤物。藏修已富，超擢可期。進士學遡羲文，才兼董賈。仰荷父師之教，懋振蜚聲；早游翰墨之場，豐培茂實。羽一噴而氣愈厲，肱三折而術乃精。淬礪十年，遂膺舉首；翱翔萬里，果副初心。揚帆東下，慈幃胥慶。陸陽攬轡北馳，尊府欣逢上谷。望天顔而虎拜，自覺葵傾。皷筆陣而龍争，俄驚翹聳。杏粧春艷，正凍消蟄起之時；桂領天香，應人傑地靈之誦。聿陳鄙句，敬致榮期：「錦江巨擘，藹藹多奇特。父子一門，若比前脩，可方洵軾。瞬息飛黄天宇静，高折取、一枝寒碧。捲征裘，聚首皇都，歡生肘腋。香拍拍，叢梅逼。濃滴滴，春雲濕。正九陌人讙，看狀元，游覽遍、長安春色。孤音擬向朝陽吐，殘芳一任群兒拾。待薄暮歸來，燦一天奎壁。」右調《帝臺春》。（同前）

晁瑮等詞話

晁瑮（一五〇六？—一五四〇），字君石，號春陵，開州（今貴州開陽）人。嘉靖辛丑進士，授翰林修撰。尋遷檢討，專制誥，升洗馬，進國子監司業。未幾以疾卒於官。子東吴（一五三二—一五五四），字叔泰，嘉靖癸丑進士，改庶起士。讀書中秘，有文名，尤善摹古書法。父子二人好藏書，藏書處爲寶文堂，合編有《晁氏寶文堂書目》，書中載詞曲類著作頗多。此據書目文獻出版社出版《明代書目題跋叢刊》影印本録所載詞曲集。

一

《詩餘圖譜》。《詞林萬選》。《詞話總龜》。《名詞類編》。《東巡倡和詞》。《唐宋詞選》。《增廣箋注名賢草堂詩餘》宋刻。《江南春詞》。（節録自《晁氏寶文堂書目》「詩詞」）

二《梨雲寄傲》。《秋碧樂府》。《碧山樂府》。《詩餘圖譜》。《蘭谷新詞》。《盛世新聲》。《詞林摘豔》。《寫情集》一本。《樂府指迷》。《中州樂府集》。《草堂詩餘》。《桂州詞》。《蚓竅清娱》二本。《雲林清賞》。《太平樂府》。《滑稽餘韻》。《元遺山樂府》。《雙峰樂府》。《草堂詩餘》。張養浩《雲莊樂府》。《歸朝樂府》。《柳公樂章》。瞿宗吉《樂府遺音》。《稼軒長短句》。《周美成飼(當作詞)》。《樂歌》。《南澗詩餘》。《陶情樂府》。《汧東樂府後録》。《王西樓樂府》。《秋碧樂府》。《群英詩餘》。《南澗樂府》。《詩餘圖譜》三部。《中州樂府》。《松林暢懷詞》。《詞話總龜》。《浩歌》。《坦庵長短句》。《介庵趙寶文雅詞》。《介庵樂府》。《後村居士詩餘》。《秋江詞》。《詞學荃蹄》。《中麓樂府》。《誠齋樂府》。《葵軒詞》。《東材樂府》。《湛碧樂府》。《樂府補題》。《春泉樂府》。《碧山詩餘》。《碧山樂府》。《御制歌曲》。(節録自同前書「樂府」)

何良俊著輯詞話

何良俊（一五〇六—一五七三），字元郎，號柘湖居士，華亭（今上海）人。少篤學，二十年不下樓，與弟良傅並負俊才，當路知其名，以歲貢南京翰林院孔目。久之，意不樂，遂移疾歸。博綜羣籍，千言立就，所著有《清森閣集》、《柘湖集》、《何氏語林》、《四友齋叢説》。此據《續修四庫全書》影印明萬曆七年張仲頤刻本《四友齋叢説》、《四庫全書存目叢書》影印明嘉靖四十四年何氏香嚴精舍刻本《何翰林集》和影印文淵閣《四庫全書》本《何氏語林》録詞話三十九則。

一　吾松近日唯王西園最有勝韻，彷彿古人，余小時猶及見之。王以歲貢為太順訓導，其人黑瘦骨立，善書畫。亦足奔走人，每一入城，好事者争趨之，其舟次常滿。喜歌曲，曾教粧戲者數人，名丹桂者，亦有聲，其室中蓄侍姬三四人。昔年路北村為太守，時陞任去，余與王大參道甫、楊節推運之，蒙其賞識，求書畫贈行。此日西園留飯，有堂屋三楹，中間坐客，兩邊即寢室。中着侍姬，飯畢，作畫，其供筆硯圖書者，皆侍姬也。蓋有姜白石之風，今無復有此風流矣。（《四友齋叢説》卷十七「史十三」）

二　山谷文，如《趙安國字序》、《楊槩字序》二篇，似知道者，豈尋常求工於文詞者可得窺其藩籬哉？其他如《訓郭氏三子名字序》，又《王定國文集序》與《小山集序》、《宋完字序》、《忠州復古記》，皆奇作也。（同前書卷二十三「文一」）

三　黄山谷《跋劉賓客〈柳枝詞〉》云：劉賓客《柳枝詞》雖乏曹、劉、陸機、左思之豪壯，自為齊梁樂府之將領也。（同前書卷二十五「詩二」）

四　又云：劉夢得《竹枝》九首，蓋詩人中工道人意中事者，使白居易、張籍為之，未必能也。（同前）

五　楊升庵云：長安大市有兩街，街東有康崑崙琵琶，號為第一手，謂街西必無己敵也，遂登樓彈一曲新翻調《緑腰》。街西亦建一樓，東市大誚之。及崑崙度曲，西樓出一女郎抱樂器，亦彈此曲，移入楓香調中，妙絶入神。崑崙驚駭，請以為師，女郎遂更衣出，乃莊嚴寺段師善本也。翌日，德宗召之，大加獎異，争令崑崙彈一曲，段師曰：「本領何雜？兼帶邪聲。」崑崙驚曰：「段師，神人也。」德宗令授崑崙，段師奏曰：「且請崑崙不近樂器十數年，忘其本領，然後可教。」詔許之，後果窮段師之藝。

朱子答人論詩書曰：「來書謂漱六藝之芳潤，良是，但恐舊習不除，渣穢在胸，芳潤無由入耳。」近日有一雅謔可證此事，有一新進欲學詩，華容孫世其戲謂之曰：「君欲學詩，必須先服巴豆雷丸，下盡胸中程文策套，然後以《楚詞》、《文選》為泠粥補之，始可語詩也。」士林傳以為笑。（同前書卷二十六「詩三」）

六　韓持國立朝剛正，宋神宗謂之強項人也。然性喜聲樂，遇極暑，輒求避，屢徙，不如意，則卧一榻，使婢執板緩歌不絶聲，展轉徐聽，或頷首撫掌，與之相應，往往不復揮扇。（同前書卷三十三「娱老」）

七　趙子固清放不羈，好飲酒，醉則以髮濡酒歌古樂府，自執紅牙以節曲。（同前）

八　（白太傅）又云：每良辰美景，或雪朝月夕，好事者相過，必先為之拂酒罍。飲既酣，乃自援琴，操宫聲，弄《秋思》一遍。若興發，命家僮調法部，合奏《霓裳羽衣》一曲，若歡甚，又命小妓歌《楊柳枝》新詞十數章，放情自娱，酩酊而後已。（同前）

九　瑯琊秀惠清歌，常有出藍之聲，比得數新曲，恨未得親教當耳。鄂、渚亦有二三子可與娱，每至尊前，未嘗不懷英對也。山谷欲親自教當，想亦似深於律吕者。（同前）

一〇　東坡一帖云：「王十六秀才遺拍板一串，意余有歌人，不知其無也。然亦有用，陪傅大士唱《金剛經》耳。」字畫奇逸，如欲飛動。山谷作小楷，書其下曰：「此拍板以遺朝雲，使歌公所作《滿庭霜》，亦不惡也。」然朝雲今為惠州土矣。（同前）

一一　昔師曠吹律而知南風之不競，有人彈琴，見螳螂向鳴蟬，欲其得之也，蔡中郎聞其音而知有殺心。隋煬帝將幸江都，作翻調《安公子》曲，王令言知其不反。唐章懷太子作《寶慶曲》，李嗣真聞而知太子廢。古之審音者，其神妙如此。今世律法亡矣，余何能知之？蓋因小時喜聽曲，中年病廢，教童子習唱，遂能解其音調、知其節拍而已。魏文帝《善哉行》內云：「知音識曲，善為樂方，或庶幾焉耳。」兹以論詞曲之語附載於篇末。（同前書卷三十七「詞曲」）

一二　古樂之亡久矣，雖音律亦不傳，今所存者，惟詞曲，亦只是淫哇之聲，但不可廢耳。蓋當天地剖判之初，氣機一動，即有元聲。凡宣八風，鼓萬籟，皆是物也。故樂九變而天神降，地祇出，則亦豈細故哉？故曰：「聲音之道，與政通矣。」佛經亦曰：「以我所證，音聲為上。」今佛家梵唄，如念真言之類，必和其音者。蓋以和召和，用通靈氣也。正聲之亡，今已無可柰何，但詞家所謂九宮十二，則以統諸曲者，存之，以待審音者出，或者為告朔之餼羊歟？（同前）

一三　楊升庵曰：《南史》：蔡仲熊云：「五音本在中土，故氣韻調平。東南土氣偏詖，故不能感動木石。」斯誠公言也。近世北曲，雖鄭、衛之音，然猶古者，總章北里之韻，梨園教坊之調，是可證也。近日多尚海鹽南曲，士夫稟心房之精，從婉孌之習者，風靡如一。甚者，北土亦移而躭之，更數世後，北曲亦失傳矣。（同前）

一四　金元人呼北戲為雜劇，南戲為戲文。近代人雜劇以王實甫之《西廂記》、戲文以高則成之《琵琶記》為絶唱，大不然。夫詩變而為詞，詞變而為歌曲，則歌曲乃詩之流别。今二家之辭，即譬之李、杜，若謂李、杜之詩為不工，固不可，苟以為詩必以李、杜為極致，亦豈然哉？祖宗開國，尊崇儒術，士大夫恥留心辭曲，雜劇與舊戲文本皆不傳，世人不得盡見。雖教坊有能搬演者，然古調既不諧於俗耳，南人又不知北音，聽者既不喜，則習者亦漸少。而《西廂》、《琵琶記》傳刻偶多，世皆快睹，故其所知者獨此二家。余家所藏雜劇本幾三百種，舊戲文雖無刻本，然每見於詞家之書，乃知今元人之詞往往有出於二家之上者。蓋《西廂》全帶脂粉，《琵琶》專弄學問，其本色語少，蓋填詞須用本色語，方是作家。苟詩家獨取李、杜，則沈、宋、王、孟、韋、柳、元、白，將盡廢之耶？（同前）

一五　元人樂府稱馬東籬、鄭德輝、關漢卿、白仁甫為四大家，馬之辭老健而乏滋媚，關之辭激厲而少蘊藉，白頗簡淡，所欠者俊語，當以鄭為第一。鄭德輝雜劇，《太和正音譜》所載總十八本，然入絃索者，惟《傷梅香》、《倩女離魂》、《王粲登樓》三本。今教坊所唱率多時曲，此等雜劇古詞皆不傳習。三本中獨《傷梅香》頭一折《點絳唇》尚有人會唱，至第二折「驚飛幽鳥」，與《倩女離魂》內「人去陽臺」、《王粲登樓》內「塵滿征衣」，人久不聞，不知絃索中有此曲矣。（同前）

一六　大抵情辭易工，蓋人生於情，所謂愚夫愚婦可以與知者。觀十五《國風》，大半皆發於情，可以知矣。是以作者既易工，聞者亦易動聽。即《西廂記》與今所唱時曲，大率皆情詞也。至如《王粲登樓》第二折摹寫羈懷壯志，語多慷慨，而氣亦爽烈。至後《堯民歌十二月》托物寓意，尤為妙絶，是豈作調脂弄粉語者可得窺其堂廡哉？（同前）

一七　南都自徐髯仙後，惟金在衡鸞最為知音，善填詞。其嘲調小曲極妙，每誦一篇，令人絶倒。亦謂散套中無佳者，惟「萬種閑愁」最好，余細看之，獨「馬上抱雞三市鬪，袖中携劍五陵遊」二句差勝，乃用晚唐人羅隱詩也。其餘蕪淺，不足觀。（同前）

一八 老頓云：南曲中如「雨歇梅天」，《呂蒙正》內「紅粧豔質」，《王祥》內「夏日炎炎」，《殺狗》內「千紅百翠」，此等謂之慢詞，教坊不隸琵琶箏色，乃歌章色所肄習者。南京教坊歌章色久無人，此曲都不傳矣。（同前）

一九 余令老頓教《伯喈》二曲，渠云：《伯喈》曲某都唱得，但此等皆是後人依腔按字打將出來，正如善吹笛管者，聽人唱曲，依腔吹出，謂之唱調。然不按譜，終不入律，況絃索九宮之曲，或用滾絃花和大和釤絃，皆有定則。故新曲要度入亦易，若南九宮原不入調，間有之，只是小令。苟大套數既無定則可依，而以意彈出，如何得是？且笛管稍長短其聲，便可就板。絃索若多一彈，或少一彈，則𠆙板矣，其可率意為之哉？（同前）

二〇 曲至緊板，即古樂府所謂趨，趨者，促也。絃索中大和絃是慢板，至花和絃，則緊板矣。北曲中如中呂至《快活三》，臨了一句「放慢來」，接唱《朝天子》。正宮至《呆骨都》、雙調至《甜水令》、仙呂至《後庭花》、越調至《小桃紅》、商調至《梧葉兒》，皆大和，又是慢板矣，緊慢相錯，何等節奏。南曲如《錦堂月》後《僥僥令》、《念奴嬌》後《古輪臺》、《梁州序》後《節節高》，一緊而不復收矣。（同前）

二一 《唐雅序》：張子撰《唐雅》成，東海何良俊曰：余讀謝康樂擬魏太子鄴中集詩，蓋未嘗不傷之焉。夫世有辭章之士，苟得見知其主，上下齊契，君臣同聲，相與遊譚詠歌，雍容盛美，顧不謂顯榮哉！然好文之主不世出，難進之士，彼其於世又不屑屑也。遂有伏死巖穴、終身不得望帝王之門者，此其遇不遇何如也。世有如此者，可勝歎哉！可勝歎哉！誠使謝與七子比肩於建安之朝，則公幹、仲宣之亞匹，自偉長而下有不得爭騁而較疾矣。迺遂偃蹇下僚，終以狂佚取罪當世，故其言獨傷。宋玉、唐、景、鄒、枚、嚴、馬之主不文，漢武帝雄猜多忌，而以鄴中之娛為書籍未見，此其意不無少望也。今余攷鄴中諸作，自公讌贈荅之外，不少槩見，獨有唐君臣之盛視是有加焉。夫唐太宗當草昧之初，即好篇詠，海内風動，羣士嚮臻，是以俊彦在列，風雅盈朝，每朝章國典，錫爵寵行，節候和韶，物色妍冶，苟情有所屬，事足樂詠者，則君倡於上，臣和於下，雖以一事之微，而鋪張陳寫，曲盡其變，獵祕搜奇，窮綺極麗，顧盼而興風雲，唾咳則成珠玉。至景龍中，上官昭容以宫闈之媛，往往與朝士埒能。竇從一以將臣而時有屬綴蹈厲之音，初無間於彤管婉約之辭，亦不遺於武弁轉移之機，有符神宰陶鑄之功，無爽玄造，謂之曰盛，信不誣耳。使謝而得聞兹風，則其感歎當又何如耶？然世有謂詩者無益於治，天子在上，可無用詩？烏乎！兹豈然哉！夫詩之所從來遠矣，自《卿雲》、《賡載》之歌作於朝，康衢之謡興於野，詩道其濫觴乎？厥後世代遞變，流别漸繁，雖美刺雜陳，而風雅無别。至孔子删詩，始定著為風雅之名，詩序云：「以一國之事，繫一人之本，謂之風；言天下之事，形四方之風，謂之雅。」則雅之義，蓋兼風矣。古者天子在上，則在下之人苟有其情而不得言與言之而不能盡者，必託之詩以自陳於天子，故凡王政闕失，民俗吪亂，以至貧士失職，匹夫匹婦不得其所，一見之於詩。天子初不下堂，遂由此而覽知天下是非得失之故。是上以風化下，下以風刺上，上下之間但以微辭相感動，而精神流通雖最僻遠，若出一體，詩之為用，豈細故哉？　及王澤竭而雅亡，天子遂不用詩，士亦恥以辭章自進，由是天下之情始有壅而不通，而困窮之士愁苦怨嗟之聲作，夫愁苦怨嗟之所謂詩，則古《簡兮》、《考槃》之屬，君子以為衰世之徵，是豈詩之本然耶？　世之集唐詩者衆矣，率多里巷歌謡，要非詩之本。　張子特取唐君臣唱酬之作集而刻之，其亦有康樂之感也夫？　夫聆鈞天之奏者，塞耳不願巴渝之歌；　觀黼黻之文者，瞥目不願茹蘆之色。　自唐雅出，則諸集詩者可盡廢矣。　或者又以為唐初承陳、隋之習，詩歌靡曼，君子蓋無取焉。　夫陳、隋以偷安之君，競事淫侈，乃造為《玉樹後庭花》、《春江花月夜》等曲，輕綺浮艷，特委巷之下者耳，亦何足宣之廟堂、布之典訓，其風雅之罪人乎？　若唐太宗以英武之姿，雄略蓋世，卒能混一區宇，讋服戎蠻，故其詩有曰：「雪恥讎百王，除兇報千古。」又何壯耶！　至於所謂「庶幾保貞固，虚己厲求賢」，則禹湯之規也。「滅身資累惡，成名由積善」，則風愆之戒也。　其後玄宗雖頗驕盈，而餞贈守牧，拳拳子惠之言，《春臺望》有「還念中人罷百金」之辭，猶志存檢節，苟槩以陳、隋視之，不亦過乎？　且一時之臣如魏徵之詠漢書，則責難於興禮。　虞伯施之觀宮體，則弼違於雅正。　李景伯《迴波》之辭，秩秩初筵之儆。　李日知定昆之作，悠悠勞者之歌。　宋延清應制龍門，追思農扈。　魏知古從獵渭水，取類虞箴。　並辭託婉諷，義存忠鯁，即詩序云主文而譎諫，言之者無罪，聞之足以戒。　若此者，非耶？　苟得推是而廣之，亦三代之遺也。　世主因不用詩，遂以為詩不足用，烏乎，可無傷哉！　是編起自武德，迄於開元，通得詩二千餘篇，分二十六卷，自天寶以後則風格漸卑，其音亦多怨思矣，故削去不録。　張子撰述之精，世自有能

知之者，故弗論，乃相與論著其大者如此云。（《何翰林集》卷八）

二三 《草堂詩餘序》：顧子汝所刻《草堂詩餘》成，問序於東海何良俊，何良俊曰：夫詩餘者，古樂府之流別，而後世歌曲之濫觴也。爰自上古鴻荒之世，禮教未興，而樂音已具。蓋樂者，由人心生者也。方其淳和未散，下有元聲，則凡里巷歌謡之辭，不假繩削而自應。宫徵即成，周列國之風皆可被之管絃是也。迨周政迹熄，繼以彊秦暴悍，由是詩亡而樂闕。漢興，《郊祀》、《房中》之外，别有鐃歌辭，如《雉子班》、《朱鷺》、《芳樹》、《臨高臺》等篇，其他蘇、李雖創為五言，當時非無繼作者，然不聞領於樂官，則樂與詩分為二明矣。魏、晉以來，曹子建《怨歌行》七解為晉曲所奏。他如横吹、相和、平調、清調、清商、楚調諸曲，六朝並用之，陳、隋作者猶擬樂府歌辭，體物緣情，屬詠雖工，聲律乖矣。唐太宗以文教開國，又玄宗與寧王輩皆審音，海内清宴，歌曲繁興，一時如李太白《清平調》、王維《鬱輪袍》，及王昌齡、王之涣諸人略占小詞，率為伎人傳習，可謂極盛。迨天寶末，民多怨思，遂無復貞觀、開元之舊。宋初因李太白《憶秦娥》、《菩薩蠻》二辭以漸創製，至周待制領太晟樂府，比切聲調，十二律各有篇目，柳屯田加增至二百餘調，一時文士復相擬作，而詩餘為極盛。然作者既多，中間不無昧於音節。如蘇長公者，人猶以鐵綽版唱「大江東去」譏之，他復何言耶？由是詩餘復不行，而金、元人始為歌曲，蓋北人之曲，以九宫統之，九宫之外，别有道宫、高平、般涉三調，總二十二調。南人之歌亦有南九宫，然南歌或多與絲竹不叶，豈所謂土氣偏詖、鍾律不得調平者耶？總而覈之，則詩亡而後有樂府，樂府闕而後有詩餘，詩餘廢而後有歌曲，大抵創自盛朝，廢於叔世。元聲在，則為法省而易諧；人氣乖，則用法嚴而難叶。兹蓋其興革之大較也。然樂府以皦勁揚厲為工，詩餘以婉麗流暢為美，即《草堂詩餘》所載，如周清真、張子野、秦少游、鼂（當作晏）叔原諸人之作，柔情曼聲，摹寫殆盡，正辭家所謂當行，所謂本色者也。第恐曹、劉不肯為之耳，使曹、劉降格為之，又詎必能遠過之耶？是以後人即其舊詞，稍加檃栝，便成名曲，至今歌之，猶聳心動聽。嗚呼！是可不謂工哉？余家有宋人詩餘六十餘種，求其精絶者，要皆不出此編矣。顧子，上海名家，家富詩書，代傳禮樂。尊公東川先生博物洽聞，著稱朝列。諸子清修好學，綽有門風。故伯叔並以能書供奉清朝，仲季將漸以賢科起矣。是編乃其家藏宋刻本，比世所行本多七十餘調，是不可以不傳。今聖天子建中興之治，文章之盛，幾與兩漢同風，獨聲律之學，識者不無歉焉。然是編於聲律家其可少哉？他日天翊昌運，篤生異人，為聖天子制功成之樂，上探元聲，下採衆説，是編或有大裨焉。觀者勿謂其文句之工，但足以備歌曲之用，為賔燕之娱耳也。（同前）

二三　玄宗與太真妃賞花，命李龜年持余花牋賜李白，令進《清平樂》詞，白援筆立就，語詞妙麗，天下稱之。錢希白《南部新書》曰：李白，山東人，父任城尉，因家焉。少與魯中諸生孔巢父、韓沔、裴政、張叔明、陶沔隱於徂徠山，號竹溪六逸。天寶中，遊會稽，與吴筠隱剡中，筠徵赴闕，薦之於朝，與筠俱待詔翰林。（《何氏語林》卷九「文學第四下」）

二四　茅山元符宫有蘇養直像，自贊其上曰：「松風颼颼，瘦藤在手。唯此白叟，獨全於酒。」荃翁《貴耳集》曰：蘇庠，字養直。父伯固，從東坡遊。東坡「我夢扁舟遊震澤」之詞，為伯固作也。養直「屬玉雙飛水滿塘」

之句，亦見賞於坡，坡呼為吾家養直。（同前書卷十一「言志第五下」）

二五 王荆公初參大政，一日，因閱晏元獻小詞，荆公曰：「為宰相，何詎作詞？」平甫曰：「彼亦偶然自喜而為爾，顧其事業，亦不止此。」時吕惠卿為館職，亦在坐，遽曰：「為政必先放鄭聲，况自為之乎？」平甫正色曰：「放鄭聲，不若遠佞人。」吕大慚。《涑水記聞》曰：王安國常非其兄所為，官西京國子教授。任滿，至京，上以介甫故召，上殿時，人以為必除侍講，上問以其兄秉政，物論如何，對曰：「但恨聚斂太急，知人不明耳。」上默然不悦，由是别無恩命。安國嘗力諫其兄以天下恟恟，不樂新法，恐為家禍。介甫不聽，安國哭於影堂曰：「吾家滅門矣。」又責曾布以誤惑丞相，更變法令，布曰：「足下，人之子弟，朝廷變法，何預足下事？」安國勃然怒曰：「丞相，吾兄也，丞相之父，即吾父也。丞相殺身破家，僇及先人，發掘邱壠，豈得不預我事也？」（同前書卷十三「方正第六下」）

二六 中宗嘗宴侍臣，酒酣，後令各為《廻波詞》，衆皆為佞悦之語。時李景伯獨寓規諷，其詞曰：「廻波爾時酒巵，微臣職在箴規。侍飲既過三爵，諠譁切恐非儀。」中宗不悦，中書令蕭至忠稱之曰：「此真諫官。」（同前書卷十九「箴規第十一」）

二七 法秀師嘗語黄魯直曰：「公作豔歌小詞，可罷之。」魯直曰：「空中語耳，非殺非偷，不至坐此墮惡道。」師曰：「君以邪言蕩人摇心，使逾禮越禁，其罪豈止墮惡道而已？」魯直由此不作詞曲。《捫虱新話》曰：黄魯直初好作豔歌小詞，道人法秀謂其以筆墨誨淫，於我法中，當墜泥犂之獄。魯直自是不作。（同前）

二八　晏叔原著樂府，黄山谷為之序，父客韓宫師玉汝曰：「願郎君捐有餘之才，崇未至之德。」黄山谷《小山集序》曰：晏叔原，臨淄公之暮子也。《經籍考》曰：《小山集》，晏幾道叔原撰。其辭在名勝間，可追迫《花間》，高處或過之。（同前）

二九　蘇惠州以作詩下獄，自黄州再起，遍歷侍從，然其詩每為不知者咀味，以為有譏訕，遂出守錢塘。來别文潞公，公曰：「願君至杭少作詩，恐為不喜者誣謗。」再三言之，臨别，上馬，潞公笑曰：「若還興也，便有箋云。」時吴處厚取蔡安州詩作注，以上安州，遂遇禍，故潞公有箋云之戲。晏叔原著樂府，黄山谷為之序，父客韓宫師玉汝曰：「願郎君捐有余之才，崇未至之德。」黄山谷《小山集序》曰：晏叔原，臨淄公之暮子也。《經籍考》曰：《小山集》，晏幾道叔原撰，其辭在名勝間，可追迫《花間》，高處或過之。（同前）

三〇　張于湖知京口，王宣子代之。時多景樓落成，于湖為書樓扁，公庫送銀二百星為潤筆，于湖却之，但需紅羅百匹，於是大宴合樂，酒酣，于湖製詞，命諸伎合唱，甚歡，因以紅羅百匹賞之。《書史會要》曰：張孝祥，字安國，號于湖，歷陽烏江人。讀書過目不忘，下筆頃刻數千言。紹聖中廷對第一，官至顯謨殿直學士，篆書極工，大字亦佳。楊萬里謂安國書甚真而放。（同前書卷二十一「捷悟第十三」）

三一　南唐元宗嗣位之初，留心内寵，宴私擊鞠，略無虚日。常乘醉命樂工楊花飛奏《水調》詞，進酒，花飛唯歌「南朝天子好風流」一句，如是者數四，上悟，覆杯，大懌，厚賜金帛，以旌敢言。上曰：「使孫、陳二主得此一句，固不當有銜璧之辱。」翌日，罷諸歡宴，留心庶事，圖閩弔楚，幾致治平。（同前書卷二十三「自新第十九」）

三二　樂人王令言妙解音律，大業末，煬帝將幸江都，令言子當從。忽於户外彈胡琵琶，作翻調《安公子》曲，令言時卧室中，聞之大驚，蹶然而起，曰：「變，變。」急呼其子，問曰：「此曲興自早晚。」其子言頃來有之，令言歔欷流涕，謂其子曰：「汝慎無從行，帝必不返。」子問其故，令言曰：「此曲宮聲往而不返，宮者，君也，吾是以知之。」帝果於江都遇害。（同前）

三三　章懷太子嘗作《寶慶曲》，閱於太清觀，李嗣真謂道人劉槩輔儼曰：「宮不召商，君臣乖也；角與徵戾，父子疑也。死聲多且哀，若國家無事，太子任其咎。」俄而太子廢。（同前）

三四　客以按樂圖示王右丞，右丞徐曰：「此《霓裳》第三疊最初拍也。」客未然，引工按曲，乃信。（同前）

三五　涼州獻新曲，玄宗御便坐，召諸王觀，讓皇憲曰：「曲雖佳，然宮麗而不屬，商亂而暴，君卑逼下，臣僭犯上。發於忽微，形於音聲，播之詠歌，見於人事，臣恐一日有播遷之禍。」帝默然。及安史之亂，乃思憲審音。（同前）

三六　白尚書姬人樊素善歌，小蠻善舞，年既高邁，而小蠻方豐艷，因為《楊柳詞》以托意，曰：「一樹春風萬萬枝，嫩於金色軟於絲。永豐坊裡東南角，盡日無人屬阿誰。」及宣宗朝，國樂唱是詞，上問誰詞，永豐在何處，左右具以對，遂因東使命取永豐柳兩枝植於禁中。《摭言》曰：白樂天去世，大中皇帝以詩弔之曰：「綴玉聯珠六十年，誰教冥路作詩仙。浮雲不係名居易，造化無為字樂天。童子解吟《長恨》曲，胡兒能唱《琵琶》篇。文章已滿行人耳，一度思卿一愴然。」（同前書卷二十四「企羡第二十二」）

三七 蔡卞妻七夫人，是荆公女，頗知書，能詩詞。蔡每有國事，先謀之牀笫，然後宣於廟堂。時執政相語曰：「吾輩每日奉行者，皆其咳唾之餘也。」蔡拜右相，家宴張樂，伶人揚言曰：「右丞今日大拜，都是夫人裙帶。」中外傳以為笑。（同前書卷二十八「輕詆二十八」）

三八 文潞公以樞密直學士知成都，公年未四十。成都風俗喜行樂，公多燕集，有飛語至京師，御史何聖從因謁告歸，上遣伺察之。《東都事略》曰：何郯，字聖從，成都人。為御史，鯁切，無所避，為仁宗所知。何將至，潞公亦為之動。有幕客張少愚謂公曰：「聖從之來，無足念。」少愚與聖從同郡，因迎見於漢州，命酒設樂。有營妓善舞，聖從狎，問其姓，妓曰姓楊，聖從曰：「所謂楊臺柳者。」少愚即取妓項帕羅題詩，曰：「蜀國佳人號細腰，東臺御史惜妖嬈。從今喚作楊臺柳，舞盡春風萬萬條。」命其妓作《柳枝詞》歌之，聖從為之霑醉。後數日，聖從至成都，頗嚴重。一日潞公大作樂以燕聖從，迎其妓雜府妓中，歌少愚之詩以侑觴，聖從每為之醉。聖從還朝，潞公之謗乃息。《隱逸傳》曰：張俞，字少愚，益州郫人。雋偉有大志，屢舉不第，遂隱於家。文彦博治蜀，為置青城山白雲溪杜光庭故居以處之。（同前書卷二十九「假譎二十九」）

三九 張功甫是張循王諸孫，園池聲妓服玩之麗甲天下。嘗於南湖園作駕霄亭，於四古松間以巨鐵絙懸之空半，當風月清夜，與客梯登之，飄摇雲表。王簡卿侍郎嘗赴其牡丹會，云：衆賓既集，坐一虚堂，寂無所有。俄問左右，云：「香已發未？」荅云：「已發。」命卷簾，則異香自内出，郁然滿坐。

羣妓以酒肴絲竹次第而至，别有名姬十輩皆衣白，凡首飾衣領皆牡丹，首帶照殿紅一妓，執板奏歌侑觴。歌罷樂作，乃退。復垂簾，談論自如。良久，香起，卷簾如前，别十姬易服與花而出。大抵簪白花則衣紫，紫花則衣鵞黄，黄花則衣紅，如是十杯，衣與花凡十易。所謳者，皆前輩牡丹名詞。酒竟，歌樂無慮百數十人。列行送客，燭光香霧，歌吹雜作，客皆恍然如仙遊。《齊東野語》曰：張鎡，字功甫，循忠烈王諸孫。能詩，一時名士無不交遊。於誅韓有力，賞不滿意，又欲以故智去史，事泄，謫象臺而殂。（同前）

董穀詞話

董穀，字碩甫，自號碧里山樵，海鹽（今浙江）人。正德丙子舉人，嘉靖辛丑進士，官安義、漢陽二縣知縣，與大吏不合而歸。罷官後，耕於海上，安貧樂志。少遊陽明之門，陽明謂其習於舊説，故於吾言不無牴牾，不妨多問，為汝解惑，因筆其所聞者，為《碧里疑存》，又著《澉浦續志》、《碧里雜存》等。《碧里雜存》一卷，雜記瑣聞，此據《寶顔堂秘笈》本録詞話一則。

一　白沙詩讖：白沙陳公甫先生，當成化、弘治間，以道鳴於廣中，為嶺南夫子。時李士實憲廣東，常從先生讌游玉臺之下。他日，先生與世鄉閒談，兼東君虚一律存於詩集。蓋自先生歿後，以至正德己卯之變約三十年，而士實從逆，詩詞規諷，宛然若合符節，殆至誠前知耶？抑偶合也？其詩曰：「風光隨處可憐生，共把閒愁向酒傾。今日花非前日看，少年人到老年更。秦傾武穆憑張俊，蜀取劉璋病孔明。萬古此冤誰洗得，老夫無計挽滄溟。」「禮樂猶存魯兩生，至今聞者尚心傾。乾坤已正高皇統，制作還思霸業更。事機每向忙來錯，山色偏于雨後明。枕畔白雲閒一片，直從南斗跨東溟。」（《碧里雜存》）

王維楨詞話

王維楨（一五〇七—一五五五），字允寧，號槐野，華陰（今陝西）人。嘉靖乙未進士，選庶吉士，歷翰林侍讀，遷南國子祭酒。便道省母，會關中地大震，遂歿。讀書好經世略，備知關塞要害及守禦方略，著有《槐野存笥稿》。此據《續修四庫全書》影印明萬曆三十四年黄陛、王九叙刻本《槐野先生存笥稿》和《四庫禁燬書叢刊》影印明嘉靖間徐學禮刻本《王槐野先生存笥稿續集》録詞話三則。

一 《跋許石城所藏群公詞翰卷》：今在卷者，則皆吴中長老先生之作，往往皆有聲詞壇者也。彼其人骨朽矣，其言猶為石城君寶而藏之，乃知自剖判以來，未有不敝之軀，誠有不敝之語也。余，關以西人也，仕宦既二十歲矣，乃始行游江南，睹江南之川嶺生物及其士風，既歆然艷異之矣，乃復獲讀此卷，則大江者，固天所以界宇宙、限南北，令各不相能，非人為也。且無論他，即詞調亦兩之矣。總之，北尚風骨，南尚色澤。然人好南音者，則十夫而九也。（《槐野先生存笥稿》卷十六）

二　《壽薛渭野帳詞》并引：時維季春，和風放渭川之花柳；律當姑洗，遲日麗雍土之河山。世際昇平，域開仁壽。祈黄耇而尚齒，義重于古人；介眉壽以延年，情篤于今日。恭惟渭野先生執事：斯文正脉，天府奇才。問學宏深，髫年已擅名于文囿；器宇俊偉，弱冠遂震望于儒林。論文登顯科，三秦驚看行空之天馬；獻策取高第，四海争識絶代之人龍。花封小試牛刀，閭井仰嚴明之治；夏官大展驥足，貔貅歸統馭之方。自古直道難容，於今高才多妬。蓴鱸馳思，情懷鷗鷺之洲；琴鶴還關，夢斷麒麟之閣。陶情物外，適意林間。兹惟三月良辰，閬苑黄鶴傳玉笈；是謂六十初度，海屋仙人獻壽籌。玉液瓊漿，交梨火棗。綺筵開華屋，瑞氣絪緼；玉宇弄瑶箏，仙音嘹喨。衣冠濟楚，禮樂繽紛。貴戚如雲，高朋滿坐。真塵寰之羽客，請擬八百歲而為春；乃陸地之謫仙，願祝十二會以紀壽。此固人生之大快，作德之餘慶也。僕躬逢盛事，無任懽情。欲罄鋪張，必須音什。勉綴蕪詞，用祝華筵。詞曰：「春花鬭巧，正值春光好。東海上，來青鳥。今年桃更多，此會公須到。嘉慶也，從天祐得君壽考。　看珠圍翠繞，聽簫韶縹緲。襟懷濶，乾坤小。金尊飛座上，明月轉花稍。從今後，海田數變人難老。」右調《千秋歲》。（同前書卷十七）

三　《贈楊刺史帳詞》并引：伏以天子徵九牧之金以鑄鼎，義取安邦；大夫佩五侯之玉以分封，志存沿執報主。得郡苟愧于製錦，承恩終負于揮金。若此遭逢，可勝慶慰。恭惟大刺史彬庵先生執事：沿執戟之華胄，挺聯璧之上姿。系出鳳城，故聞四海九州之略；家隣虎觀，嘗窺三墳五典之微。問學淵源，神情秀朗。望之罔不退舍，見者倒其前徒。遂使冀北千金，價重燕臺之駿；圖南萬里，風高越海之鵬。卓爾儒林，蔚為國器。懷玉無勦于三獻，奪標真勝于五言。乃者吉協夢刀，榮分剖竹。英妙如終軍，而御才則慎；瑰奇如賈誼，而議事不疎。顧茲劇州，寔稱孔道。路通巴峽，甸接長安。非膺遊刃之才，寧奉解繩之旨。淮南無一事而晝卧，鈴閣常閒；河内緣萬畝而時廵，襜帷鎮捲。希心古烈，高擬華峰十丈之蓮；抗跡時流，清倂渭曲千尋之水。九江已見其度虎，三郡盡為之還珠。春省動兩岐之謡，夜作收五袴之譽。少年挾彈而潛亡他縣，不聞探囊；長老扶藜而遮拜中衢，願為立石。屈指計美，尤恐十失五之在兹；捫心嗟時，將無萬有一之難獲。適承臺獎，允副氓懷。抑揚進退之間，風俗教化所在。誠使赤車下召，當彰黄霸之能。玉璽加褒，乃表龔公之績；僕也墮身，闒輔濫鹵詞曹。由今人而觀古人，歎傷滿目；自結髮以至華髮，攬采彌襟。他人之賢，及肩而已；我君之政，居首哀然。踴躍實倍于常倫，品題難混于同日。情均拔薤，詞代歌棠。詞曰：「矯矯龍鱗，隨風雲盤轉，上通寥廓。帝念西州千家，萬井參錯。驅龍下界，為兹方、甘雨時落。到如今、桑麻徧野，處處人家歡樂。兒童群立華薄，待行春相迓，再四期約。只恐徵書一朝，頓下鸞閣。將玉人、天上歸去，吾曹寂寞。聊且把、酒漿奉壽，留取一錢贈却。」右調《漢宫春》。（同前，又載於《王槐野先生存笥稿續集》卷一）

沈錬詞話

沈錬（一五〇七—一五五七），字純甫，號青霞，會稽（今浙江）人。嘉靖十七年進士，除溧陽知縣，後官錦衣衛。性剛直，疾惡如讐。上疏劾嚴嵩十大罪，帝大怒，杖之數十。謫佃保安邊，人慕錬忠義，多遣子弟就學。錬惡嵩父子，縛草象李林甫、秦檜及嵩，令子弟攢射之。總督楊順巡按，路楷承嵩旨，誣錬與白蓮妖人閻浩等謀亂，遂棄市。隆慶初贈光禄少卿，天啟初謚忠愍。所著有《青霞山人稿》、《鳴劒集》、《塞垣尺牘》。此據影印文淵閣《四庫全書》本《青霞集》録詞話六則。

一

《送洪西淙先生入覲詞并序》：伏以玉珮朝天，萬里兢訾之報；朱書獻課，三年撫字之心。魏闕雲高，虛懷五馬；江湖夢邇，拜首雙旌。歲暮治行，雲霧動攀龍之想；征夫命駕，星辰見補衮之期。閶闔天開，萬象春回於玉簡；瀛洲日麗，單車暮集於金門。恭惟大人先生：道涵溟海，德粹珪璋。流仁成波，積異盈石。傷心赤子，文移閒架之錢；接袵青衿，化洽宫牆之詠。新詞振俗，誰誇北海之能；古藝徽猷，絶見南山之雅。幽巖之草木咸輝，陽春無盡；短巷之雞鳥盡舞，佛子重來。風謡滿野，雜史氏之陳詩；清白在朝，蚤太常之虛佇。銓衡報上上之試，幾日政成；草莽懷歲歲之私，一朝侯去。良辰吉日，拂衣於清白之泉；水遠山遥，發軔於西陵之渡。楚屏朝輟，秦望雲迷；魯酒夕傾，蓬萊月迴。山僧合掌，長留蘇子之衣；父老攜錢，莫挽劉公之袂。蓋别離其既遠，雖惆悵其何從。某等稷下諸生，彀中新士。含恩罔極，受教彌深。翁歸伏地，慚非文武之才；昌伯在朝，兼荷君師之德。屢數甄陶之典，意出瓊瑶；提攜啓廸之言，情深屺岵。巨鰲磐石，自知頂戴之難；丹鳳翔雲，漸覺瞻依之遠。無地迴車，遮留渤海；有山作餞，遠送荆州。積夜雪於行軒，何勝繾綣；列春風於祖帳，不盡遲迴。半生宦轍，須懷故物之憐；一夕師門，猶有長年之感。況茲遠贐，豈曰無言。薄展多私，總懷南金之贈；下情無任，少舒北土之思。酌樽罍於越水，惟以獻芹；企冠蓋於燕雲，永言傾藿。承筐意倒，織錦詞成。詞曰：「江上煙波曉，玉笛飛聲杳。霜花照水，錦帆開，珠珮繞。正長風千里，幾日長安道。看丹心無盡，直上芙蓉杪。　容易别三山，辭五老。不教空膹，白雲深，明月好。聽《陽關》一曲，苦願歸來早。恐帝鄉日近，駑劣相逢少。」（《青霞集》卷三「雜著」）

二　《送菊坡鄧先生致政還河南小詞并序》：竊以名高遯世，士林揚闔户之光；義重歸田，宦海曠鑿阫之度。豈不以人情薄於霜葉，遇炎燄而輒飄；俗慮淺於涔蹄，涉寸分而不察。好官須做，誰聞笑罵之聲；奇貨可居，費盡鑽研之力。自佞邪之竊據，致蒸庶之流離。兩府鬻官，三關騰價。認人作父，布兒無廉恥之心；賣國營私，檜賊是穿窬之類。百寮已半為其黨，多士或私附其風。我菊坡先生：識高海內，笑彼冰山；幾炳物先，恥聞銅臭。鐵石為姿，風霜作骨。辭官彭澤，堂堂乎烈士之操；罵賊睢陽，諤諤乎丈夫之氣。作歌詩以喻志，何減《離騷》？倡大義以登城，欲追巡遠。使奸諛之黨未死而魂先消，諂偽之徒欲言而容已赧。解組而山川失色，挂冠而日月潛光。知世道之興衰，係賢人之出處。羣臯鼓翼而鸞鳳藏，衆豻蹌踉而麒麟隱矣。某也托僑札之分，贈縞非難；拜巢許之風，望瓢知恨。一聲長嘯，難消許國之誠；萬里題詞，最重還鄉之節。名留跡去，曲短情長。詞曰：「世路悲涼，朱衣客、化為豺虎。心毒狠、輕財薄道，文章如土。權計潛將羽檄招，奸謀暗把衷情吐。大丈夫、名行重丘山，當如許。俺心事，生的古。他意思，由來苦。那有箇蕙蘭香，肯共邪蒿為伍。豪傑場中麾劍戟，英雄隊裏争旗鼓。謾行來、浩氣滿天壤，誰能侮。」右調《滿江紅》（同前）

三《贈牛總戎膺御史臺嘉獎歌詞一首并序》：竊以職事不分於文武，有道則崇；聲名靡間於公私，稱情斯美。譬之奇蘭樹圃，因風而香氣流；美玉在庭，映日而光輝發。物理非遠，人情則那。茲惟百川牛總戎：介胄名門，箕裘世緒。風骨挺奇於燕頷，藝材逞異於魚腸。説禮樂而敦詩書，有希郤縠之志；談孫吴而總韜略，無讓衞公之能。解劍從師，將明歲學；投醪養士，欲報國恩。嗟髀肉之復生，恨匈奴之未滅。枕戈待旦，何況聞雞；按劍橫秋，祇須躍馬。是以虎林服乂，烏臺知名。寵踰一字之褒，惠過千金之貺。光生逢掖，響應轅門。載道歡騰，專城耀色。羽商競奏，遥傳下里之歌；鼓吹横陳，早作中軍之凱。詞曰：「邊城畫角，風沙起、鐵騎千羣環列。壯士悲歌三爵後，慷慨徵聲激烈。紫閣情深，黄金分淺，誰敢輕臣節。赤心為國，當今幾箇豪傑。卮酒還勸將軍，男兒須不負，誓心忠潔。虎略龍韜，指揮間、便把邊塵消滅。鼓翻海霧，旗捲陰山雪。麒麟閣上，更看名字奇絶。」右調《念奴嬌》。（同前）

四《贈蔣元戎膺獎歌詞一首并序》：蓋聞軍法以先聲取勝，人才以振譽成功。譬諸雷鼓而六氣調，鐘鳴而九韻應，理固如此，人何不然？迺者蔣總戎：束髮入官，印符早佩。專城為將，鈐轄兼通。連弩雙開，人道射鵰之手；輕鏕獨發，自多探虎之心。所以德惠日新，令名風動。誓清斥堠，誰能知奉檄之懷？聲達當塗，安識非築壇之兆？吾黨相逢異數，念切同舟。田章以鐵籠得全，人心自附；仁貴以白衣威敵，國勢攸尊。所願仗劍持忠，散金結士。匈奴未滅，難攄許國之忠；邊塞獲寧，豈盡為臣之節？孟嘗榮顯，籍用諸賓；韓信威名，詢謀降卒。惟不忘乎赤子，是所望於將軍。詞曰：「太平人世，笙歌寶劍，都向煙花燼。羌戎接境，諸營按壘，還憂啟釁。我本書生，哀憐赤子，長歌氣盡。算男兒、忠義心腸，總是龍蛇窟，堪成陣。聞道將軍驍勇，脱兜鍪、千夫莫近。孫郎年少，種師警敏，一時聲震。要秉忠良，諳通韜略，奮身前進。待從頭、整頓三邊事了，掛封侯印。」右調《水龍吟》。（同前）

五《與長兒襄書》：聞南來倭寇消息不祥，吾每念祖父墳墓及宗族親友，往往傷心而泣下也。汝既在家，誠能建立議論，但導人心竭忠致孝，以成匡救之策，則我願足矣。汝等讀書，幼學壯行，樹功立業，正此時也。范仲淹做秀才時，即以天下事自任，况今南倭北敵，旱魃連年，天變人災，四方迭見，當此之時，不可為無事矣。汝等不能出一言、道一策以為朝廷國家，只知尋摘章句，雍容於禮度之間。嘗謂責任不在於我，因循歲月，時至而不為，事失而胥溺，則汝等平生之所學者更亦何益？南方風氣秀拔，豈無雄俊才傑之士耶？吾願汝親之敬之，其阿庸無識之徒，願汝疎之遠之，天降烈禍，殿廷灰燼，旬月之内，宫廠繼燒，此乃賊臣擅權肆惡，以致陰陽失節，而禍固起於朝廷土木大興，而害則延於百姓矣。宣大臣寮與敵通和，私相納賄，無復人理。吾以忠心耿鬱，每事必直言於當道，彼等亦稍畏縮，但廟堂之中，欺君之計通行，而鬻官之聲大震，不能不動汝父之憂耳。外「朱雲折檻」詞一闋寄汝視之。

六《答劉參將書》：日者行李過龍門，辱車從，枉惠勤篤，匆匆據鞍别去，不得一為致謝。感愧之私，耿耿至今。自後即有北路之警，傳言令弟率衆當先奮臂馳擊，彼遂遁走，僕聞而嘆之，真男子也，孰謂敵人猖獗而不可制乎？將軍有親兵，若此何慮？邊塵之不净，而勳業之不立耶？雖然，僕所嬰心，蚤夜不能釋。……僕自還至山中，每憶邊民之苦，時時為之嗚咽。彼中光景凄然，蕭條萬狀，黄沙連於漢壘，弱草入於窮荒。山無所産，地無所生，十里五里雖存堡落，人跡稀少，車馬斷絶，且穬騎成羣，隱伏道左，乘間而劫殺人民，伺隙而搶掠牛馬，經過公役，人人自危，此蓋宣大要衢，一旦若此，日侵月削，患害何如？不肖醉思而夢想，不能不深深憂而長嘆也。頃以使旋，謹附手狀，奉謝高情，并舒此悃愊。幸惟左右採其芻蕘，參以謀畫，試而為之，未必非勝中之一算，濟時之少助也。外馳去新詞四首，古劍一匣，希麾，頓之，不盡。（節録自同前書卷十一）

唐順之著輯詞話

唐順之(一五〇七—一五六〇),字應德,人稱荆川先生,武進(今江蘇)人。嘉靖八年會試第一,成進士,改庶吉士。調吏部主事,請朝太子,削藉歸。倭躪江南北,召為職方郎中,命往南畿浙江視師,擢右僉都御史。天啓初追謚襄文。所著有《荆川集》,又編著有《左氏始末》、《史纂左編》、《諸儒要語》、《諸儒文要》、《荆川武編》、《兵垣》、《荆川稗編》、《文編》、《明朝文選》等。《稗編》一書略仿宋章如愚《山堂考索》,薈萃羣言,區分類聚,大旨欲使萬事萬物畢貫通於一書,故鉅細兼陳,門目浩博。始之以六經,終之以六官。六經所不能盡,則條次以九流諸家之學術,為類二十有七。六官所不能盡,則賅括以歷代之史傳,為類二十有五。此據《四部叢刊》影印明萬曆刊本《唐荆川集文集》和影印文淵閣《四庫全書》本《稗編》録詞話十三則。

一　《送陸訓導序》：六籍之教之廢也久矣，而詩為最甚，何哉？六籍皆以文傳，而詩獨以聲傳也。昔者孔子患鄭、衛之聲亂於雅、頌，乖刺無所從正，乃周流四方，聞韶樂於齊，不知肉味，又得文王之操於萇弘，乃始默然自信，曰：「吾六十而耳順，然後反魯正樂，命太師歌《關雎》，而曰皦如也，繹如也，洋洋乎盈耳哉！」自是删詩，定其中聲，得三百篇，皆被之筦絃，而雅、頌各得其所。其於門人弟子亦往往教以詩歌，其尤有得者，聲若金石，而子貢聞聲歌所宜之説於師乙，則夫子樂而與之，曰：「賜也，可與言詩矣。」然則詩之為詩，不專以其文，以其聲也。自漢而下，詩之文徒在，而其聲盡亡。然其時樂師尚能譜《鹿鳴》、《伐檀》、《文王》、《騶虞》四詩，又不久而廢韓、毛諸家，號為專經，竭其力以争草木蟲魚，至問其音節不能解也。今三百篇具在，學官諸生誦習其文，與諸經同，然絶無有能繹而歌之者，而弦匏琴瑟諸器，因此遂不列於學官，其《鹿鳴》諸詩，則賓興、鄉飲酒，學官命弟子時一歌之，然有聲而不成調，噶噶然，若擊土鼓，然不知其於槁木貫珠之義安在乎？若是而欲以陶養性靈，風化邦國，人知其難也。然則詩之存者，其亦少矣，余少而受詩説於邑人陸文禎先生，嘗病不得其聲，而亦未暇請於先生也。今先生之弟文祥為海鹽訓導，文祥亦善説《詩》，以《詩》貢，為是官，是官蓋古司樂之遺，以六詩為教者，以其人之素善於詩而又當乎？以詩為教之官，竊以為發古六義之意，以長育人材而興起，菁莪之化，非習其文而兼通其聲則不可，此其責在文祥宜無所讓，故余推舉詩之興廢以為説。然余少時聞今之歌有越曲者，越人類能歌之，而尤著於海鹽之間，余亦不能辨其聲也。文祥之行也，其將能辨之耶？豈所謂詩之遺耶？抑亦浮艷要眇、繁音促節、悲而助欲者耶？南風柔而靡，近寶而民佚以宕，海鹽，故濵海之沃，而柔靡奢慢之俗也，豈其俗之發乎其音者固然耶？里謡巷謳，采詩者以觀風焉，其信然耶？夫古聲詩之義不傳，而艷詞麗曲譁於民間，此最教化者之所禁也。嘻！文祥其尚能以雅而易淫也哉？（《唐荆川集文集》卷十一）

二　《辯詩序不可廢·辯朱》（馬端臨）：或曰：文公之説，謂《春秋》所記無非亂臣賊子之事，蓋不如是，無以見當時事變之實而垂鑒於後世。故不得已而存之，所謂並行而不相悖也。愚以為未然，夫《春秋》，史也；詩文，辭也。史所以紀事，世之有治，不能無亂，則固不容存禹、湯而廢桀、紂，録文、武而棄幽、厲也。至於文辭，則其淫哇不經者，直為削之而已。而夫子猶存之，則必其意不出於此，而序者之説是也。夫後之詞人墨客跌蕩於禮法之外，如秦少游、晏叔原輩，作為樂府，備狹邪妖冶之趣，其詞采非不艷麗可喜也，而醇儒莊士深斥之，口不道其詞，家不畜其書，懼其為正心誠意之累也。而詩中若是者二十有四篇，夫子録之於經，又煩儒先為之訓釋，使後學誦其文，推其義，則《通書》、《西銘》必與小山詞選之屬兼看並讀，而後可以為學也。或又曰文公又嘗云：此等之人安於為惡，其於此等之詩，計其平日固已自其口出而無慚矣，又何待吾之鋪陳而後始知其如此？亦復畏吾之閔惜，而遂幡然遽有懲創之心耶？愚又以為不然，夫羞惡之心，人皆有之，而况淫泆之行？所謂不可對人言者，市井小人至不才也。今有與之語者，能道其宣淫之狀，指其行淫之地，則未有不面顔發赤且慙且諱者，未聞其揚言於人曰：「我能姦，我善淫也。」且夫人之為惡也，禁之使不得為，不若愧之，而使之自知其不可為此鋪張揄揚之中，所以為閔惜懲創之至也。夫子謂宰我曰：「汝安，則為之。」

夫豈真以居喪食稻衣錦為是乎？萬石君謂子慶曰：「內史貴人坐車中自如，固當。」夫豈真以不下車為是乎？而二人既聞是言也，卒為之羞愧改行，有甚於被誚讓者。蓋以非為是，而使之求吾言外之意，則自反而不勝其愧悔矣，此詩之訓也。（節録自《稗編》卷十「詩三」）

三 聲氣之感（沈括）：高郵人桑景舒，性知音，聽百物之聲，悉能占其災福，尤善樂律。舊傳有虞美人草，聞人作《虞美人》曲，則枝葉皆動，他曲不然。景舒試之，誠如所傳。乃詳其曲聲，曰皆吴音也。他日取琴，試用吴音製一曲，對草鼓之，枝葉亦動，乃謂之《虞美人操》，其聲調與《虞美人》曲全不相近，始末無一聲相似者，而草輒應之，與《虞美人》曲無異者，律法同管也。其知音臻妙如此。景舒，進士及第，終於州縣官。今《虞美人操》盛行於江湖間，人亦莫知其如何者為吴音。（同前書卷三十七「樂二」）

四 曲調：《柘枝》舊曲，遍數極多，如《羯鼓録》所謂《渾脱解》之類，今無復此遍。寇萊公好《柘枝》舞，會客，必舞《柘枝》，每舞，必盡日，時謂之柘枝顛。今鳳翔有一老尼，猶是萊公時《柘枝》妓，云當時《柘枝》尚有數十遍，今日所舞《柘枝》，比當時十不得二三。老尼尚能歌其曲，好事者往往傳之。古之善歌者有語，謂當使聲中無字，字中有聲，清濁高下如縈縷耳。字則有喉、唇、齒、舌等音不同，當使字字舉本，皆輕圓，悉融入聲中，令轉換處無磊塊，此謂聲中無字，古人謂之如貫珠，今謂之善過度是也。如宫聲字，而曲合用商聲，則能轉宫為商歌之，此字中有聲也。善歌者謂之內裹聲，不善歌者聲無抑揚，謂之念曲。聲無含韞，為（當作謂）之叫曲。（同前）

五　五音，宮、商、角為從聲，徵、羽為變聲。從謂律從律，呂從呂；變謂以律從呂，以呂從律。故從聲以配君、臣、民，尊卑有定，不可相踰。變聲以為事物，則或過於君聲無嫌，六律為君聲，則商、角皆以律應，徵、羽以呂應；六呂為君聲，則商、角皆以呂應，徵、羽以律應。加變徵，則從變之聲已瀆矣。隋柱國鄭譯始條具之，均展轉相生為八十四調，清濁混淆，紛亂無統，競為新聲。自後又為犯聲、側聲、正殺、寄殺、偏字、傍字、雙字、半字之法，從變之聲無復條理矣。外國之聲，前世自別為四夷樂，自唐天寶十三載，始詔法曲與胡部合奏，自此樂奏全失古法，以先王之樂為雅樂，前世新聲為清樂，合胡部者為宴樂。古詩皆詠之，然後以聲依詠以成曲，謂之協律。其志安和，則以安和之聲詠之；其志怨思，則以怨思之聲詠之。故治世之音安以樂，則詩與志、聲與曲莫不安且樂。亂世之音怨與怒，則詩與志、聲與曲莫不怨且怒，此所以審音而知政也。詩之外又有和聲，則所謂曲也。古樂府皆有聲有詞，連屬書之，如曰賀賀賀、何何何之類，皆和聲也。今管弦之中纏聲，亦其遺法也。唐人乃以詞填入曲中，不復用和聲，此格雖云自王涯始，然貞元、元和之間，為之者已多，亦有在涯之前者。又小曲有「咸陽沽酒寶釵空」之句，云是李白所製，然李白集中有《清平樂》詞四首，獨只是詩，而《花間集》所載「咸陽沽酒寶釵空」，乃云是張泌所為，莫知孰是也。今聲詞相從，唯里巷間歌謠及《陽關》、《擣練》之類稍類舊俗。然唐人填曲多詠其曲名，所以哀樂與聲尚相諧會，今人則不復知有聲矣，哀聲而歌樂詞，樂聲而歌怨詞，故語雖切而不能感動人情，由聲與意不相諧故也。（同前）

六　《樂府總序·論後世聲詩不傳》（鄭樵《樂略》）：古之達禮三：一曰燕，二曰享，三曰祀，所謂吉、凶、軍、賓、嘉，皆主此三者以成禮。古之達樂三：一曰風，二曰雅，三曰頌，所謂金、石、絲、竹、匏、土、革、木，皆主此三者以成樂。禮樂相須以為用，禮非樂不行，樂非禮不舉。自后夔以來，樂以詩為本，詩以聲為用，八音六律為之羽翼耳。仲尼編詩，為燕享祀之時用以歌，而非用以説義也。古之詩，今之詞曲也，若不能歌之，但能誦其文而説其義，可乎？不幸腐儒之説起，齊、魯、韓、毛四家各為序訓，而以説相高。漢朝又立之學官，以義理相受，遂使聲歌之音湮没無聞。然當漢之初，去三代未遠，雖經生學者不識詩，而太樂氏以聲歌肄業，往往仲尼三百篇，瞽史之徒例能歌也，奈義理之説日勝，則聲歌之學日微。東漢之末，禮樂蕭然，雖東觀石渠議論紛紜，無補於事。（節録自同前）

七 論樂府主聲：昨出《古詩考録》，自漢、魏以下迄於陳、隋，上下千有餘年，正聲微茫，雅韻廢絶，未有慨然致力於古學者。但所言樂家所採者為樂府，不為樂家所採者為古詩，遂合樂府、古詩為一通，以定作詩之法，不無疑焉。竊意古者樂府之説，樂家未必專取其辭，特以其聲之徐者為本，疾者為解，解者何？樂之將徹，聲必疾，猶今所謂闋也。《漢書》云樂家有制氏，以雅樂世世在大樂官，但能識其鏗鼓鏗鏘而已，不能言其義。此則豈無其辭乎？辭者，特聲之寓耳。故雖不究其義，獨存其聲也。漢初因秦雅人以制樂，《韶》為《文始》，《武》為《五行》。《房中》有《壽人》，《壽人》後易名《安世》，其辭十有九章，乃出於唐山夫人之手。《文始》《五行》，有聲無辭，後世又皆變名易服，以示不相沿襲，其聲實不全殊也。及武帝定郊祀，立樂府，舉司馬相如等數十人，作為詩賦，又採秦、楚、燕、代之謳，使李延年稍協律吕，以合八音之調，如以辭而已矣，何待協哉？必其聲與樂家牴牾者多。然孝惠二年，夏侯寬已為樂府令，則樂府之立，又未必始於武帝也，豈武帝之世特為新聲不用舊樂耶？自漢世古辭號為樂府，沈約《樂志》、王僧虔《技録》則具載其辭，後世已不能悉得其聲矣。漢、魏以降，大樂官一皆賤隸為之。魏三祖所作，及夫歌章古調率在江左，雖若淫哇綺靡，猶或從容閒雅，有士君子之風。隋文聽之，以為華夏正聲，當時所有者六十四曲，及《鞞》、《鐸》、《巾》、《拂》等四舞皆存。唐長安中，工伎漸缺，其能合於管絃，去吴音浸遠，議者謂宜取之吴人，使之傳習。開元以後，北方歌工僅能歌其一曲耳。時俗所知多西凉、龜兹樂，倘其辭之淪缺，未必止存一曲，豈其聲之散漫已久不可復知耶？奈何後世擬古之作曾不能倚其聲以造辭而徒欲以其辭勝？齊、梁之際，一切見之新辭，無復古意。至於唐世又以古體為今體，宫中樂《河滿子》，特五言而四句耳，豈果論其聲耶？他若《朱鷺》、《雉子班》等曲，古者以為標題下則皆述别事，今反形容二禽之美以為辭，果論其聲，則已不及乎漢世兒童巷陌之相和者矣，尚何以樂府為哉？傳有之，興於詩，立於禮，成於樂，蓋詩之與樂固為二事，詩以其辭言者也，樂府以其聲言者也。今則欲毁樂府而盡為古詩，以謂既不能歌，徒與古詩均耳，殆不可令樂府從此而遂廢也。（節録自同前）

八　古度曲之源：古之詩，今之詞曲也，若不能歌其詩，但能説其義，非詩之本義也。漢去三代未遠，仲尼三百篇，大樂氏例能歌之。厥後聲歌之樂日微，至曹魏時，惟杜夔傳古雅樂《鹿鳴》、《騶虞》、《伐檀》、《文王》四曲而已。魏太和中，左延年改《騶虞》、《伐檀》、《文王》三曲，更作聲節，惟因夔《鹿鳴》，全不改易，其一曰《於赫篇》，準《鹿鳴》聲；其二曰《巍巍篇》，準《騶虞》聲；其三曰《洋洋篇》，準

《文王》聲；其四復用《鹿鳴》，而除古《伐檀》。晉承魏氏之舊作，《祖宗篇》準《鹿鳴》，《於皇篇》準《於赫》，《邦國篇》準《洋洋》，《明明篇》準《巍巍》，其章句長短、聲節高下大略因乎詩之雅頌，雖其平仄未必盡同，而依詠之間自可諧協，故《儀禮經傳通解》載小雅、國風十二詩，譜黃鍾清宮、無射清商二調也。而晉《樂志》有杜夔笛二：其三尺二者，所以奏無射；二尺九者，所以奏黃鍾。乃知詩譜為夔舊物，未經延年所改也。先儒謂古雅四曲亡於魏、晉，由是觀之，其實未嘗亡耳。然所謂《鹿鳴》用黃鍾清宮，《關雎》用無射清商者，以二曲皆用黃鍾清宮起調畢曲，中間逗遛曲折不出乎一均七聲之外而已，非謂某句必用某律、某律必管某字而不可以移易也，古之度曲大概如此。隋、唐以降，鄭譯諸人以臆更作，使夫清廟之歌徒諧俚耳，高下混淆，紛亂無統，於雅頌之向微矣。獨大樂署所掌十七宮調，以不隸太常，故樂官得以世守之而不敢易，但撰辭長短不齊，各限以平仄，為一定之制。學士大夫有作，亦必循其制為之，謂之新樂府。推原其始，黃鍾宮諸曲當如《四牡》之於《鹿鳴》，無射清商諸曲當如《葛覃》之於《關雎》，起調畢曲之律同，其逗遛曲折不必盡同也。嘗以古辭求之，晉稽康有《風入松》之曲，唐僧皎然擬之為五言詩，今大樂雙調有《風入松》，乃首句七言，末句六言，與皎然之作全不相似，豈此曲可五言、亦可七言乎？李賀《申胡子觱篥歌》亦五言，當時工師尚能於席間裁為平調奏之，今人不能也。意者凡曲皆古詩，樂家以其起調畢曲之字偶用一調譜之，遂加襯字為曲，非先定其律而後撰其辭以輳合之，亦非謂此曲必入某調而不可易也。故中吕、雙調皆有《醉春風》，越調、中吕皆有《鬬鵪鶉》，正宮、仙吕皆有《端正好》，若是者不必徧舉，可見凡曲無一定之調，但一詩，而十

七宫調皆可更迭奏之矣。(同前書卷四十二)

九 大樂繁聲太多當删:假令黄鍾《醉花陰》本五句,并换頭止五十二字,起調當用黄清六,今樂家乃先用六、五、凡、工等為襯聲,然後用中吕上字起調,以律推之,乃是黄鍾清角,非黄鍾宫也。又加襯八十餘字,繁聲太多,音節太密,去古益遠矣。蓋始作此曲者,或四言,或五言七言,必有襯字以贊助之,通為五十二字,後人撰辭,併其襯字亦用辭填實,工師不知,於定腔五十二字外又加襯字,至八十餘,皆淫哇之聲也,必删去之,始為近古。(同前)

一〇 元稹《樂府古題序》:其略曰:《詩》訖於周,《離騷》訖於楚,是後詩之流為二十四名:賦、頌、銘、贊、文、誄、箴、詩、行、詠、吟、題、怨、嘆、章、篇、操、引、謡、謳、歌、曲、詞、調,皆詩人六義之餘,而作者之旨。由操而下八名皆起於郊祭,軍、賓、吉、凶,苦樂之際在,因聲以度詞,審調以節唱,句度長短之數,聲韻平上之差,莫不由之準度。而又區别其在琴瑟者為操、引,採民氓者為謳、謡,備曲度者總得謂之歌曲詞調,斯皆由樂以定詞,非選詞以配樂也。由詩而下九名皆屬事而作,雖題號不同,而悉謂之詩可也。後之審樂者往往采取其詞,度為歌曲,蓋選詞以配樂,非由樂以定詞也。今詳其意,由樂以定詞,謂依樂律之平仄高下以操,其詞有一定之制,不可增損移易也。選詞以配樂,謂撰詞既成,隨其平仄高下度為歌曲,亦可協於樂律,非有一定之制也。其説亦不然,蓋古人度曲,視其詞章首一字,隨意以何律譜之,初非謂此詞必屬某均某律而不可以他律易之也。如《鹿鳴》用黄鍾清起調畢曲,謂之正宫,則《四牡》至《南山有臺》皆可用正宫,其間逗遛曲折不必盡同,非謂句度之長短、音聲之高下悉欲比《鹿鳴》也。王荆公論樂曰：「先有詞，而後以律度爲曲，是聲依詠。若先定律，而後以詞填實之，則是詠依聲也。」張横渠亦曰：「古樂決非先定腔。」非深知樂者，焉能與於此？今之黄鍾《醉花陰》、中吕《粉蝶兒》之類，其句之長短，字之多寡，聲之平仄，悉按舊作，不敢毫髮移易，此正微之所謂「由樂以定詞，非選詞以配樂」者，失古人度曲之義遠矣。（同前）

一一 王弼黠巫之異：王弼，字良輔，秦州人。遊學延安北，遂爲龍沙宣尉司奏差。弼以剛正忤上官去，隱於醫。至正二年，黠巫王萬里與從子尚賢賣卜龍沙市，冬十一月，弼往謁焉。忿其語侵坐，折辱之，萬里恚甚，驅鬼物懼弼。弼夜坐讀《金縢》篇，忽聞窗外悲嘯聲，啟户視之，空庭月明，無有也。翼日晝，哭於門，且稱冤，弼召視鬼者厭之，弗能勝。弼乃視曰：「豈予藥殺爾邪？苟非予，當白爾冤。」鬼白：「兒閱人多，唯翁可託，故來訴翁，非有他也。翁若果白兒冤，宜集耆俊十人爲之徵。」弼曰：「可。」人既集，鬼曰：「兒，周氏女也，居豐州之黑河，父和卿，母張氏。生時月在庚，故小字爲月西。年十六，母疾，父召王萬里占之，因識其人。母死百有五日，當至元三年秋九月丙辰，父醉卧，兒樵未還，兒偶步墻陰，萬里以兒所生時日禁呪之，兒昏迷瞪視不能語。萬里負至柳林，反接於樹，先翦其髪，纏以綵線，次穴胷割心，少時暨眼舌耳鼻爪指之屬，粉而爲丸，納諸匏中。復束紙作人形以呪，劫制使爲奴。稍怠，舉針刺之，蹙額而長號。昨以翁見辱，乃遣報翁，兒心弗忍也，翁尚憐之，勿使卿冤九泉，兒誓與翁結爲父子，在坐諸父慎毋洩，洩則禍相及。」言訖，哭愈悲，弼與十人者皆灑涕。……自是三鬼留弼家，晝相隨行，夜同弼卧起，雖不見形，其聲琅然。弼因從容問曰：「衙門當有神，爾曷從入？」月西曰：「無之，但見繪像懸户上耳。」曰：「吾欲製象錢賜爾，何如？」曰：「無所用也。」曰：「爾之精氣能久存於世乎？」曰：「數至則散矣。」有二僧見弼，一華衣，一敝衣，服華衣者居右，月西曰：「爾為某惡行，萌某邪心，尚敢據人上乎？彼服雖敝，終為端人耳。」命易其位，僧失色起去。頑童善歌，遇弼飲，則唱《漢東山》及他樂府為壽。弼連以酒酹地，頑童輒醉，應對皆失倫，客戲以醢代之，頑童怒曰：「幾螫吾喉吻矣，何物小子，惡劇至此？」曉曉然，數其陰事不止，客慚而遁。月西尤號黠慧，時與弼諸子相謔，言辭多滑稽，諸子或理屈，向有聲處擊之，月西大笑曰：「鬼無形，兄何必然，徒見其不知也。」凡八閲月，始寂寂無聞。（節録自同前書卷六十五）

一二　近代詞曲，按《歌曲源流》云：自古音樂廢後，鄭衛夷狄之聲雜然並出，至唐開元、天寶中，薰然成俗，於時才士始依樂工按拍之聲，被之以辭，其句之長短各隨曲而度，於是古昔聲依永之理愈失矣。又按致堂胡先生曰：「近世歌曲以曲盡人情而得名，故文章豪放之士鮮不寓意於此，隨亦自掃其跡，曰此謔浪游戲而已。唐人為之者衆，至柳岐（當作耆）卿，乃掩衆製而盡其妙，篤好者以為不可復加。及眉山蘇氏出，一洗綺羅香澤之態，擺脱綢繆宛轉之度，使人登高望遠，舉首高歌，而逸懷浩氣超乎塵埃之表矣。」竊嘗因而思之，凡文辭之有韻者，皆可歌也。第時有升降，故言有雅俗，調有古今爾。昔在童穉時，獲侍先生長者，見其酒酣興發，多依腔填詞以歌之，歌畢，顧謂幼穉者曰：「此宋代慢詞也。」當時大儒皆所不廢，今間見《草堂詩餘》，自元世套數諸曲盛行，斯音日微矣。迨予既長，奔播南北，鄉邑前輩零落殆盡，所謂填詞慢調者今無復聞矣。好古之士於此亦可以觀世變之不一

云。(同前書卷七十三)

一三 《文章有體》(羅大經):楊東山嘗謂余曰:文章各有體,歐陽公所以為一代文章冠冕者,固以其温純雅正,藹然為仁人之言,粹然為治世之音,然亦以其事事合體故也。如作詩,便幾及李、杜;作碑銘記序,便不減韓退之;作《五代史記》,便與司馬子長並駕;作四六,便一洗崑體,圓活有理;致作《詩本義》,便能發明毛、鄭之所未到;作奏議,便庶幾陸宣公;雖游戲作小詞,亦無愧唐人《花間集》。蓋得文章之全者也。其次莫如東坡,然其詩如武庫矛戟已,不無利鈍,且未嘗作史,藉令作史,其淵然之光,蒼然之色,亦未必能及歐公也。曾子固之古雅,蘇老泉之雄健,固亦文章之傑,然皆不能作詩。山谷詩騷妙天下,而散文頗覺瑣碎局促。渡江以來,汪、孫、洪、周四六皆工,然皆不能作詩;其碑銘等又亦只是詞科程文手段,終乏古意。近時真景元亦然,但長於作奏疏;魏華甫奏疏亦佳,至作碑記,雖雄麗典實,大槩似一篇好策耳。又云:歐公文非特事事全體,且是和平深厚,得文章正氣。蓋讀他人好文章,如喫飯,八珍雖美而易厭,至於飯,一日不可無,一生喫不厭,蓋八珍乃奇味,飯乃正味也。(同前書卷七十五)

雷爕詞話

雷爕，號南谷，甌寧（今福建）人。正德末以貢士知平樂縣，嘉靖元年知荔浦縣。其間猺獞羣起，民無寧居，所在累石結砦，依險自固，并世業棄之，爕下令招撫，復業者免其賦，貧無牛種者官給之，流移漸復。編著有《奇見異聞筆坡叢脞》和《南谷詩話》。《南谷詩話》三卷，今存有抄本，藏日本静嘉堂文庫，此據以録詞話一則。

一

唐昭詩云：「安得有英雄，迎歸大内中。」志意衰索，不如唐太宗詩云：「昔乘匹馬去，今驅萬乘來。」其詞氣雄壯耳。正如孟東野詩云：「出門即有礙，誰謂天地寬。」局量褊狹，不如白樂天詩云「無事日月長，不羈天地濶」，其胸度廣達耳。觀此，詩家氣象，大有差殊，了然在目。（《南谷詩話》卷上）

毛鳳韶詞話

毛鳳韶，字瑞成，麻城（今湖北）人。正德辛未進士，知江浦縣，有善政，擢監察御史。巡按陝西、雲南，貪墨吏皆望風引退。尋謫嘉定州判官，歷陞推官同知，終雲南僉事。博學有文名，所著有《聚峰文集》、《浦江志略》。此據明末毛氏汲古閣刻《中州集》録跋文一則。

一

《中州樂府後序》：聲音之道與政通，固矣。然以三百篇考之，成周，治矣，而夫子不無删焉；鄭、衛，亂矣，而夫子或有取焉，何哉？則亦以天理之在人心不可變，而人之賢不肖不可必，故聖賢之所去取，唯其人不唯其時，唯其言不唯其人，唯其意不唯其言。《中州樂府》作于金人吴彦高輩，雖當衰亂之極，今味其辭意，變而不移，憫而不困，婉而不迫，達而不放，正而不隨，蓋古詩之餘響也。是故儼山陸公有取焉，亦孔子待鄭、衛之意。韶承命分校畢，敬識淺語，以俟公之教焉。嘉靖丙申九月庚辰，屬吏麻城毛鳳韶謹書。（《中州集》附《中州樂府》）

歸有光詞話

歸有光（一五〇七—一五七一），字熙甫，崑山（今江蘇）人。徙居嘉定，來學者常數百人。嘉靖乙丑進士。知長興縣，調順德通判，隆慶間為南京太僕寺丞，留掌内閣制敕房，欲盡觀中秘書，遽以病卒。所作有《太僕集》、《震川先生集》、《易經淵旨》、《三吴水利録》、《讀史纂言》，又編《諸子彙函》。此據《四部叢刊》影印清康熙癸丑刊本《震川先生全集》録詞話四則。

一

《太倉州守孫侯母太夫人壽詩序》：普安孫侯初為令右扶風，扶風人為生祠，立石頌其德，以最為太倉州守。時海上用兵，兵屯戍，絡繹其境，以萬數賦調，加廣歲仍饑饉，侯措畫有方，勞徠不倦，民甚德之，江以南數千里間，稱吏治之循良，獨曰孫侯，無與比者。侯始至之日，奉其母太夫人以俱，州人皆知太夫人之生辰。其日吏民大會，願為太夫人壽，平時侯自奉其身，不以絲毫煩民，獨於是無所讓取。其所為頌、禱、古文、詞、歌、詩者，悉受而庋置之，州人遂以為侯誠有愛於此也。逾年又當太夫人之生辰，其為古文辭歌詩益盛，吾聞侯之在州務為簡易廉静，於世俗之所侈大者，一切不以為意，顧獨以無用之虚詞煩州之人哉？侯蓋亦自喜其有庇於州之人，知州之人無所致其愛而不忍距逆其意，且以是為足以為太夫人榮也已。夫古之君子為民，上有父母之道，非以自尊奉厲威嚴，日從事於文書法令而已，其實如家人之相與饑寒疾苦，無所不知，而悉為之處，有患則與之同其戚，有喜則與之同其慶，其民之報之亦如是，豳之詩曰：「朋酒斯饗，曰殺羔羊。躋彼公堂，稱彼兕觥，萬壽無疆。」當此之時，上下之間可謂驩肰矣。今之為古文、詞、歌、詩者，固以見州人忠厚之至，而侯之不距逆其意，其於州之人尤有情也。故嘗以為國家設官具法令而已，而必選其人，夫以父母之道治其民，此豈法令之所及耶？蓋其意亦以此望之而已，若孫侯，豈非行古之道者哉？太學上舍王君某，太倉衛人，知好文學，懼後人之軼其詞，乃裒為卷，而俾余叙之。時嘉靖四十年六月某日。（《震川先生全集》卷十二）

二　《柳州計先生壽序》：吾鄉范文穆公稱湘南江山奇勝為天下第一，時公帥廣右，已而移鎮之蜀，有睠睠不忍去之意。而柳子厚刺柳州，乃作《囚山賦》，觀其辭，殆不能以一日居者。范公大帥，名位尊顯，其心誠樂於此。而子厚特以謫徙，久不得召，有悒欝無聊之志，宜其為言如是。然其於此邦之山水不薄矣。其序近治可遊者殆不下於桂山，而所謂靈山拔地，林立四野，自嶠南達於海上，可以想見韓子稱衡湘南為進士者皆以柳子為師，其承子厚指授為文悉有法度，由是言之，柳之山水不待子厚而顯，而其人才之出，自子厚始也。今天下文治休明，皇風遐被，楚、粵之間來任中朝者，柳州尤盛，又非若子厚之時之比。其為山川愈益增重，惜乎柳、范二公不及今見之也。柳州計君坤亨以乙榜進士來教崑山，學者嚮仰之餘，間從問其山水之奇勝，益信二公之言，至今若身履其地而獲觀遊焉。君父靖川先生以鄉進士調倅潮陽，未及上最，即掛冠歸其鄉。搆一亭，日吟咏其中，而孝友清節，為柳人所稱。余不知先生之亭於所謂東亭者何如，而想其憑空拒江、衆山横環、海霞島霧，倏忽萬變者如一日也。嘉靖癸亥孟冬，適先生降生之辰，進士君忽起嶺雲衡鴈之感，諸生某某為之遥致祝壽之詞，而求序於余，余文乏芬芳馨香之氣，萬里致之於子厚所適之地，不無媿云？（同前書卷十三）

三《周翁七十壽序》：周翁，予弟子建之内祖也。歲己亥，翁年七十，十月某日為其生辰，子建傳其舅之意，請予為序。翁之先自嘉定白鶴村徙居崑山之蔡婆渡，其族之貴者曰僉憲君，别居城中，人猶呼僉憲為渡船周家云。翁饒於貲，中更官府科徭，能勤苦自力，凡再殖其家。自上世高、曾以來，率不踰下壽，翁得年如此而未艾，非意之所望，此其子孫姻戚所以尤慶之深也。予為序之云爾。因與子建論以為壽者，人子之所欲得之於其親，不待形之言，而古之人無有以為文者，至於詩人祝頌之語，始曰眉壽、曰壽考、曰萬年、曰萬壽云者，亦因其德之所取而致。其愛慕無已之情，無有專以為壽之文者也。宋之季年，始以詩詞儷語相投贈，及今世更益以所謂序者，計其所述，不過謂其生於世幾年，而至累數百言不止，不知此何用者也？而壽者之家，其又必須此，不得不以為樂也，豈真有求於古之文哉？以是為古文而已矣。凡今世之務侈其名而不要於理，多此類。子建志乎古者，予是以及之，蓋予之序可無作，而予言不可廢也。（同前）

四《朱肖卿墓誌銘》：君世家安亭鎮，其地於崑山、嘉定兩屬，故君為嘉定人，亦為崑山人。安亭有二沈氏，昔時有沈元壽者，慕宋柳耆卿之為人，撰歌曲教僮奴為俳優，以此稱於邑人，即君之族。君之考曰朱翁，朱氏之外孫也，君以故亦冒姓，名曰朱傳，而字肖卿云。（同前書卷十九）

張之象輯詞話

張之象（一五〇七—一五八七），字玄超，一字月麓，號王屋山人，華亭（今上海）人。太學生，嘉靖中入貲授浙江按察司知事，以吏隱自命。歸益務著述，罕入城市。所著有《剪綃集》、《翔鴻集》、《聽鶯集》、《避暑集》、《題橋集》、《猗蘭集》、《擊轅集》、《佩劒集》、《林棲集》、《隱仙集》、《秀林集》、《新草集》，又編輯有《太史史例》、《楚騷綺語》、《彤管新編》、《古詩類苑》、《唐詩類苑》、《唐雅》、《詩苑繁英》等。《彤管新編》八卷，以世所傳《彤管集》篇帙未備，更為緝補，録自周迄元凡詩歌、銘頌、辭賦、贊誄等作七百餘篇，採掇繁富。此據《四庫全書存目叢書補編》録詞話一則。

一　唐梅妃：梅妃，姓江氏，名采蘋，莆田人。入宮為明皇所幸。性喜梅，所居闌檻，悉植數株，上榜曰梅亭。梅開，賦賞，至夜分，尚顧戀花下不能去，上戲名梅妃。會楊太真入侍，寵愛日奪，後遷於上陽東宮，妃益怨慕。帝每念之，時在花萼樓，有夷使貢珍珠者至，命封一斛，密賜妃，妃不受，以詩付使者曰：「為我進御前也。」上覽詩，悵然不樂，令樂府以新聲度之，號《一斛珠》，曲名蓋始於此。「桂葉雙眉久不描，殘粧和淚濕紅綃。長門盡日無梳洗，何必珍珠慰寂寥。」（《彤管新編》卷六）

王廷表詞話

王廷表，字民望，號鈍庵，臨安（今浙江杭州）人，僑居阿迷（今雲南）。正德甲戌進士，累官刑部郎中，改四川僉事，罷歸，里居三十餘，與楊慎倡和最多。有《鈍庵讀史》及《删後詩集》行世。此據《續修四庫全書》影印明嘉靖刻本《升庵長短句》録序文一則。

一 《長短句跋》：宋人無詩而有詞，論比興，則月下秦淮海，花前晏小山；較筋節，則妥帖坡老，排奡稼軒，所以擅場絶代也。至元人曲盛而詞又亡，本朝諸公於聲律不到心，故於詞曲未數數然也。高季迪之《扣舷》、劉伯温之《寫情》，號為琤琤矣。吾友升庵楊子，乃至音神解，奇藻天發，率意口占，警絶莫及。嘗語表曰：「李冠、張安國《六州歌頭》聲調雄遠，哀而不傷，于長短句中殊為雅麗，恨少有繼者。」乃援筆為吊諸葛詞，其妥帖排奡，可並蘇、辛而軋張、李矣。表嘗評楊子詞為本朝第一，而《六州歌頭》在升庵長短句中第一，楊子笑曰：「子豈欲為稼軒之岳珂乎？」因跋兹集，并附其語。嘉靖癸卯春正月望，臨安王廷表書。（《升庵長短句》）

吴大器詞話

吴大器，自稱越吴山人。里貫行蹟不詳。尊經閣文庫藏有明雨花齋刊巾箱本楊言編《詩餘便覽》，按楊言，字惟仁，鄞（今浙江）人。正德進士，嘉靖四年擢禮科給事中。考明有吴大器，仁和人，正德己卯舉人，疑為此人。此據尊經閣文庫藏《詩餘便覽》録序文一則。

一

《詩餘合選序》：歌詞有調，其來遠矣。自古昔樂府之音廢，而淫哇惉懘之聲作，雅道湮焉。李唐而下，百家並起，而彌盛於宋，然一時膾炙，蕩焉無紀，鮮有得其雋永之味者。吾鄉虚臺楊子擊而傷之，迺披閲詩餘，摘其調之有名、詞之尤艷者，各著一篇，凡八十有八首，彙為小帙，與韻字並梓以傳，收寘奚囊，庸便遊覽，識者韙之。嗟夫！梨園迭奏，玉樹初翻。詞之不競，乖亂久矣。三復楊子，寧不有感于斯文？越吴山人吴大器著。（《詩餘便覽》）

趙貞吉詞話

趙貞吉（一五〇八—一五七六），字孟静，號大洲，内江（今四川）人。嘉靖乙未進士，授編修，擢左諭德、監察御史，累遷至户部侍郎、禮部尚書、文淵閣大學士，尋乞休歸。卒贈少保，謚文肅。所著有《趙文肅公集》、《詩鈔》、《進講録》等。此據《四庫全書存目叢書》影印明萬曆十三年趙德仲刻本《趙文肅公文集》録詞話一則。

一

《長樂洞仙述壽阜山楊君》：予倦遊林卧二載，將以是夏復避暑于峨山。撫歌臺憇，問道之峰戒行。未遑間，與二三友人撰屨出城，坐長樂洞邊，瞰江流，俯青林，亦既樂矣。麓有麗崖，楊子之别廬往就焉。主人未來，諸子各繽紛和歌，子憑几卧聽之，俄而夢白丈人携二玉童至。丈人呼予曰：「子非卧遊峨山，適來暫經芝房者乎？來，與子談。俗傳陸君歌臺，即歌德之章，信乎？」曰：「然」。丈人曰：「此孟浪傳耳，别有陸仙歌，鳳音微妙，載紫虚譜，當以玉琴調之，俗所傳軒后問道又妄。子讀《秋水篇》，當自見。」予聽丈人説，惘然莫測意指也。玉童出洞簫吹之，覺于身心倏澄徹無礙，斷諸塵想。童乃戲予曰：「是時君五經安在乎？」丈人曰：「叱，無褻士。」丈人又占辭奏曲，似《步虚調》，丈人及玉童三人耳，洞簫外無别携器，然奏曲，衆音咸備也。聲琅琅入予竅，如撤珠玉盤中，晶晶泠泠，身滿空碧，顧予視丈人，則差肩二童者，卑小矣，調小歇，童曰：「此長樂洞仙之曲也。」語未竟，楊子走赴，客驚，予起，詢之，才片晌耳，音猶鳴在耳，不能與諸生共也，獨能數夢之狀如此。楊子喜，勃勃動色，曰：「明日，家君誕辰也。適率子婦稱觴，聞有客，急停觴，往候耳。家君近卜築於此，自號長樂洞主，君所夢之，其吾親壽之祥乎？」出越羅書其事，且求補作洞仙之詞，為觴祝藉手，予與諸子嘆異之約。明日，偕詣楊子城中之宅，抱琴度詞，洗斝為床，下之拜，皆如諾。（《趙文肅公文集》卷二十三）

許相卿詞話

許相卿，字伯台，號雲邨病翁，海寧（今浙江）人。正德十二年進士。世宗立，授兵科給事中，居一年，抗疏致仕歸。林居三十年，中外薦者十數，以禮科召，力辭，竟不起。著《許氏貽謀四則》，有嘉靖己酉序，所謂四則，即家則、學則、祠則、墓則。此據《續修四庫全書》影印明刊本録詞話二則。

一

尼媪、牙媒婆、唱詞婦、穢行隣婦，勿容入室。（《許氏貽謀四則》「家則・内則」）

二

藝可適情者，彈琴、習射、投壺、學算、歌詩，倦時則及之，不宜少近博奕、詞曲，諸凡無益鄙戲，《家則》中已歷言深戒之矣。（同前書「學則・游藝」）

王慎中詞話

王慎中（一五〇九—一五五九），字道師，一作道思，號江南，又號遵巖居士，晉江（今福建泉州）人。嘉靖丙戌進士，授户部主事，監兑通州。改禮曹，尋改吏部，以事謫。復擢禮部員外郎，督學山東，歷江西參議，河南參政，旋罷歸。益肆力文章，學者稱遵巖先生。著有《遵巖文集》、《遵巖子》、《遵巖文選》、《家居集》、《玩芳堂摘稿》等。此據《四庫全書存目叢書》影印明嘉靖二十九年蔡克廉刻本《玩芳堂摘稿》録詞話一則。

一　《碧梧軒詩序》：不得志於時，而寄於詩，以宣其怨忿，而道其不平之思。蓋多有其人矣，所謂不得志者，豈以賤貧之故也。材不足以用於世，而沮於賤貧，宜也，又何怨焉？才足以用於世，賤且貧焉，其怨也宜也。言之所寄，必出於不平，煙雲水石，蟲魚鳥獸，兹人之見者，皆可怒之。物寫而為詩，皆不樂之旨。是□□於中雖未宏，而亦其情之所不免歟？淮府儀□□□君士達蓋士之不得志者，予從其子博士榕得請其詩，讀之所謂《碧梧軒集》者也。君於詩獨冲融寬暇，而有和平之想，豈其狎於王門之貴富，漸染華靡，玩習宴偷，忘其所欲用於世者，而魁傑崛岩之氣，楺磨鑠革，至於化盡，無所復存其怨耶？將其安於力之不可冀、命之無所復為，放其志於事物之外以自釋，而平其心也。不得志於世者，於有可冀之中，猶萬有一焉，終不以為不可復為；輟其冀之之心，而涣然以釋也。今之婚於宗室之屬者，則絶其入仕之途，而欲有為於世者，非入仕則無所用其才，君所遇既若此矣，雖欲不放，焉以自釋？又可得乎？不得志而賤且貧焉，其跡足以自高，隱約枯槁，偃蹇以見奇，齟齬忤觸而洩越其芒角，其怨宜未甚，今見謂不得志而亦為名寵命數之所羈絡，入與庸庸者伍，而出無以自別於繁奢附倚者之徒，其為欝欝而不可以居，殆有甚於貧且賤，焉之所處？君亦何以自釋而能平也？嗟乎！今之託婚於宗室之家者，相娛以佚樂，競為綺豔膴腆，而患於不足狗馬子女之養，畢給而喜爾。君獨深沉寂寞，畜其氣，苦其思，以託於烟雲水石蟲魚鳥獸草木之間，極其陶冶雕鏤之力，與寒士争其尺寸，如思不及，是其心必大有所不釋於貴富之養，憤懣欝積，決焉而肆於此也。孰謂君之心果能涣然以平？而其詩詞雖不怒，蓋其怨之所存者尤深矣。予既觀其詩卒編，因序以發之，而以授博士君。博士以醇學篤行為鄉國善士，而困於有司，竟以一經教授，尤所謂不得志者。其天性獨至，得吾之文，必將泫然出涕，不能自勝，以為知其父之志者，莫予若也。讀《碧梧軒詩》者，觀於吾文，庶有以得李氏父子云。（《玩芳堂摘稿》卷一）

郭勛詞話

郭勛，濠人。郭英六世孫，襲封武定侯，正德中奉命鎮兩廣，嘉靖中督團營，兼領後府，以罪下獄死。輯有《三家世典》、《雍熙樂府》。此據《四部叢刊續編》影印嘉靖刻本《雍熙樂府》録序文一則。

一

《雍熙樂府序》：夫樂府之名起於漢，是後代有作者，體製漸嚴，至於今日獨益精，斯乃文詞之最工、聲律之大備也。其體製有十七宫調，曰仙吕調，曰南吕宫，曰中吕宫，曰黄鍾宫，曰正宫，曰道宫，曰大石，曰小石，曰高平，曰般涉，曰歇指，曰商角，曰雙調，曰商調，曰角調，曰宫調，曰越調，皆因天地自然之音定腔，命名各從其屬。一句之内不可亂下一字，一調之中不可混施一曲，自非高才博學妙解音律者，不能按腔填詞，使情明語暢，穩諧樂府，何者？蓋前人閱歷既多，腔譜已定，聲分平仄，字別陰陽，至精至備，本不可易，故於措詞之間，其字其音，一有出入，即非家法，弗愜人心，何以傳久遠、被絃管哉？故此為詞林之絶技、藝苑之至難也。文人才士往往難言之求，其究心精專，獨臻其妙者，代不數人而已。由是傳授既寡，樂教遂微。予生長中州，蚤入内禁，中和大樂時得見聞，又嘗接鴻儒，承論説，似若彷彿其影響者。比見舊刻彙輯國朝并金、元以來諸名公鉅卿佳詞妙曲、套數小令凡若干章，宫分調別，燦然具備，作非一手，調出一腔，信皆樂府之指南，先得我心之同然者也。竊自愛之，乃於直侍之餘，禮文政務之暇，或觀諸窗几，或命諸聲歌，臨風對月，把酒賞音，洋洋陶陶，久而忘倦。自惟際世雍熙，仰受隆恩，和平安樂，斯能樂此，爰鋟諸梓，用廣其傳。仍其舊名，曰《雍熙樂府》，雍熙云者，蓋采唐虞「時雍咸熙」之語，以昭盛世之治和也，且欲歌之聽之者，咸知聲樂之所自云。嘉靖丙寅歲中秋日，安肅春山謹識。（《雍熙樂府》）

顧磐詞話

顧磐，字子安，通州（今江蘇）人。九歲選入州學，十二歲高等食廩，正德癸酉舉人。藏書萬卷，詩文有氣骨。嘉靖庚寅曾草創《通州志》，有《海涯集》。此據《四庫全書存目叢書補編》影印明嘉靖刻本《海涯文集》録詞話十一則。

一《送松泉夏守擢貴州提學》：伏以鳳勅渙頒，布載覩超殊之典；豸冠震耀，往為髦俊之宗。方展賀私，遽承別感。恭惟某官：才華爽秀，德履貞純。早通籍於明庭，更吏户星輝之列；偶建麾於僻郡，疏東南黿黿之憂。萬户瘡痍，濯以清泠之勺；一時文物，彬然大治之族。古曰循良，今逢面目。正山川輕重之所繫，忽廟堂掄拔之惟賢。坐憲府而振文綱，先生自此升矣；駕仙軺而登祖道，吾儕何以堪之。滇貴□遥，尊酒或逢於夢寐；長安日近，鼎羮期染於芳新。敢陳下里之詞，竊附贈言之義。仰惟雅照，俯悉微衷。（《海涯文集》卷七「旗帳引」）

二《壽李千兵》：某稱德宇恢宏，風姿爽健。邊城呵護，曾滯報國之勤；林壑優游，蓋得引年之法。屬古稀之既届，欣瑞旦於重逢。腰佩虎符，人有舞班之列；頂垂鶴髪，天留不羽之仙。此真邦國之祥，合展松椿之祝。畫堂宴集，綺席香生。敢獻荒詞，薄申衆悃。（同前）

三《送陳貳守判承天》：某稱：容臺陰閥，胄監蜚英。家富詩書，敝屣脱浮雲之累；心存撫字，窮簷懷愛日之暄。績甫上於計書，階薦陟於通倅。自州而府，獨便天日之光；由海歷湖，益壯風雲之氣。當僕夫之夙駕，睠僚友之分情。倚席載歌，飛觴以别。（同前）

四《壽芹溪中丞六十》：伏以和氣融春，協嶽降甫申之會；德祥啓壽，正歲當甲子之周。事屬揄揚，歡均彼我。恭惟某稱：天才卓越，斗望高華。金閨榮際，四十年慎終惟始；繡節旬宣，千萬里視險如夷。星宿甲兵，聯耿光於胸次；冰霜雨露，懋成績於藩維。蓋一身萃淮海之英，肆八座列朝廷之輔。何平陽之裝未趣，而緑野之築遽成。眼底田園，依然舊物。杖頭風景，穆矣新詩。是誠闢平地以接三山，豈特邁生人而全五福。方兹瑞節，更切奇逢。偶表出塵，知益筭之期未艾；龍光在壁，顧懸弧之願斯償。某等參桑梓之均前，羡松筠之凋後。雖古無專美，再瞻司馬於耆英；然國有老成，尚幸伏波之矍鑠。倘東山非駐屐之所，則西人人迎衮之辰。惟良會之孔艱，冀高懷之允暢。爰翻小調，用侑華尊。（同前）

五《送高守調霸州》：某稱：衡岳人豪，瓊林士望。屬清世重親民之任，簡真才分南顧之憂。閭里隱情甫來，臨而悉究；經綸大手才半，展而有餘。撫字惟勞，愛深黔首。作成秉德，化洽青衿。鸞鳳集于棘林，方兹慶幸；鵷鶵遊于沙渚，遽表禎華。涣新命于廟朝，促榮移于畿郡。在官人之典，固所宜然；依慈母之懷，其誰能釋。驪駒在道，草木含悽。汨灑車塵，知莫遂寇公之借；功高鼎劑，庶再蒙黄相之恩。敢獻俚詞，仰干行色。（同前）

六《賀燕谷喬侯旌獎》：某官：學有淵源，器無涯涘。金閨通籍，才空冀北之群；鳥府馳聲，名應朝陽之律。固海國偶，煩於別駕。肆風裁懋，著於專城。令肅權符，萬户寂花陰之月；誠推犴狴，匹夫戴盆底之春。雖庖肆干將，秪為小試；而魚淵驪顆，共賞恒光。褒嘉甫出於監司，歡慶遂騰于州里。某等久叨洪庇，濫厠清流。稱兕薦忱，竊效豳人之祝；雕虫微技，敢慚下里之詞。伏冀高懷，俯垂雅照。（同前）

七　壽錢封君：某稱：望重鄉評，積延家慶。神遊悟逸，恒饒几舄之春；性本冲和，不假韋絃之佩。雖福履懋，膺乎天錫；而謙光允，蹈乎日新。似兹達人，胡不遐壽。維嘉平之瑞月，適初度之芳辰。九十封君，錦服輝揺于鐵杖；孫曾秀裔，班衣續舞于瓊筵。凡在知聞，孰非欣羡。某等絲聯忝誼，芹獻懷忱。樽泛江梅欲醉先春之暖，圖披海鶴宜歌永遇之祥。肆學步於纖才，尚納汙於雅聽。（同前）

八《送段守入覲》：某稱：性識剛明，襟懷夷曠。早登名於桂籍，遂□理於花封。才以練而益通，器逢堅而愈利。倅□南去，弘敷京口陽春；五馬東來，管領崇川風月。方斯民之凋弊，出大手以爬播。蒞任兩朞，告功萬緒。惠深黔首，閭閻仰愷悌之風；頌沸青衿，學校荷作成之賜。古稱循吏，今見明公。蓋有以侈海邦千載之逢，非止欲如河内一年之借者也。邇乃循期述職，載政趨朝。祖帳乍開，厭聽管絃之欲别；雙旌前導，已聞鼓角之催聲。帝座星辰，尋當接踵；征途霜月，已映清心。語光榮雖不冀於登仙，在事會或將至於留相。故攀轅父老，共唧莫挽之悲；騎竹兒童，請判再臨之日。皆允叨乎大庇，知仰罄其私忱。矧某等厠迹儒流，尤親德範。斯文誼重，豈徒為載酒之勤；仁者情真，敢竊附贈言之意。漫成歌語，用侑離觴。（同前）

九 《送吴侯致政》：某稱：久歷仕途，懋昭治績。□倚作海邦之庇，何聿興故里之思。萬户瘡痍，竟中違於洗濯；兩朞德政，徒尚具於規模。是雖地有神仙，達人雅尚；而民無父母，識者深憂。當祖帳之既陳，悵大賢之遐棄。崇俎載酒，薄言維畫鷁之舟；即席賡詞，聊以獻雕虫之技。伏祈電覽，俯鑒芹私。（同前）

一〇 《送陸判尹碭山》：某稱：德宇淵凝，才猷瞻達。早懋騰於大學，爰小試於監州。民瘼必親，匪曰職專。馬政官箴自飭，罔知事涉邊生。方擬報於績成，遽疏榮於遷次。黄堂風月，惟餘繾綣之情；花縣星辰，式迓昭回之政。雖宦途有倬，白日斯升；而吾土非公，青山誰重。春生棠樾，尚瞻露冕之行；泪灑車塵，莫逐攀轅之借。聊歌短引，庶寫微忱。（同前）

一一 《送董守入覲》：崧嶽地靈，廣川家學。鵬程歷海，聲華蜚九萬之顛；鳳彩流陽，禮樂涣三千之藻。就西臺而倅鍔，將游刃於盤根；奠南土以介符，迺烹鮮於慧爨。陽道州之治最，撫字惟勤；

張乖崖之政平，惠威兼布。林林黔首，含雨露以弘滋；濟濟青衿，齊斗山而峻仰。古稱循吏，今見明公。誠一朝曠絶之逢，豈衆口適諧之譽。故清朝盛典，雖嚴入覲之期；而僻國微私，良重睽違之誼。指長安於在望，悵逸駕之難淹。此日江山，若共沐風烟之慘；隔年旌節，尚遄乘草木之春。詞媿穆如，聽希莞爾。（同前）

趙時春詞話

趙時春（一五〇九—一五六七），字景仁，號浚谷，平凉（今甘肅）人。嘉靖五年進士第一，選庶吉士，歷兵部主事，起編修兼司經局校書，累擢僉都御史，巡撫山西，提督雁門諸關。時春慷慨負氣，善騎射，詩文豪肆。著有《趙浚谷集》。此據《四庫全書存目叢書》影印明萬曆八年周鑑刻本《浚谷先生集》録詞話五則。

一　《賀郡博王先生令嗣登第樂辭引》：蓋聞奎壁垂光，天啓文明之運；鯤鵬上躍，地列變化之機。是以聖王造士育才，神功妙於無語；哲父遺經垂訓，家聲振於有邦。乃若枝分桂林，庭列寶樹。明珠致之盈握，腰褭騁於階前。足不踰閾，而光照連城；晷不移影，而超躡千里。恭惟郡博先生：滄海遺珍，冀野屈足。發輝光於絶域，未伸瑚璉之需；藴詩禮於過庭，爰奮霖雨之澤。始對策於北闕，行馳譽於東觀。峥嶸豫章之材，奚慚梁棟；横衝斗牛之氣，豈讓龍淵。所謂興國之寶臣，自今焉始；起家之良嗣，夫復何辭。輒順輿情，以達預望。詞調《鳳棲梧》：「威鳳將雛欲飛去，奮翼青冥，直上三千里。聖皇重奏鈞韶美，吉人豈乏周王使。　祥光已兆來儀始，樓止鵷閣，雝喈宣聖治。看恩榮蟬聯紫泥，喜動業鱗比青史。」（《浚谷文集》卷二）

二　《送太僕方三桐致仕歸桐城叙》：余自山西督軍罷歸之春，同年進士三桐方君亦以前御史守泉府，久次稍遷，行太僕少卿，至平凉，蓋自丙戌至是凡二十有九載，君以廉靖惇德，當世横流，固非所好，而部符久不至，廼有論君稽緩者，君遂請老，得允，厥寀某請余言以贈之行。夫世變之相激久矣，從而靡者，命曰時人，未得為君子也。舉世以為是焉，而質諸道，非是也，君子從其非是者。舉世以為非焉，而質諸道，乃是也，君子從其為是者。時汶汶焉唯欲是者，情棼棼焉唯勢是狥，則君子惡乎從？曰：君子從其允於人情而協於天理者。夫道亦有時，有君子，則君子惡乎從？曰：君子從天，天不可知也。人又悖之，度其久而有定者從之，則天可得而知矣。天惡乎定乎？曰：定諸無欲，天唯無欲，故能久。人唯多欲，其勢暫相合而終相軋也。富與貴之交迸也，權與利之相競也，詐與術之相病也，榮辱生死之迭横也，故曰終不可久，而胡寧有定時之無定久矣。群操敗舸，逆風浪以奪驪龍之珠，凌蛟鱷之淵，取蝦鰤以恣饕餮，而不憂其擢檣覆舟也，君子以其昭昭而蒙昏昏，以其款款而辱嗃嗃，君子之不合於時，固也。遊神於無物之墟，宅身於至正之鄉，腐臭横逆之區，君子不斯須處也，欲固，無如君子，何矣？　而時亦且奈何，方君其有意於是乎？　余將與君歷首陽，濯潁水，陟箕山，釣嚴瀨，挹往哲之高芬，以抗斯世於軒堯虞周之匹，以尊吾君而振頹風。顧瞻淑、季、羿、浞、操、莽，殞元朽骨之墟，盍然憫悼，方滌之以清流，煦之以和風，使其遊魂清漠中，慚内悔變化于元凱十亂之徒，豈非久而有定之道，與君輾然而笑曰：「吾往矣。」遂輯其詞，以置諸行李。（同前卷八）

三《餞郭總督樂辭》：蓋聞唐堯在位七十餘載，屏共驩而進元凱；光武象侯三十二形，除新都以致中興。肆我聖皇甲子再肇之餘，大布滌蕩肅貞之政。陰慝掃翳，忠良彙征。故我大司馬一泉郭公：最分陝之勩勳，總留都之兵政。謹信守管鑰，如蕭鄴侯；小事代專征，纘徐魏國。移牙河渭之表，澄清江海之波；移鎮蟠桃之東，奉衍山陵之慶。文旌西啓室井，劒光東拂斗牛。召伯甘棠，於焉南蔭；周公革衮，復爾西悲。清油大僚，瞻仰興頌；黄毛倪叟，攀挽咨嗟。煙塵息驚者五秋，桑麻想綿於萬里。謂鳴珮必聞乎帝闕，益拯頳尾之氓；顧揚旍暫進于金陵，小憇牛首之署。謂余受庇帡幪，濫竽先達；同官汾晉，叨冐首僚。昔雖旅敷明揚，未稱盛美；今當採輯輿誦，奉陳祖筵。詞調《水仙子》：「雍凉仗鉞五經秋，文武兼資將相籌，塞烽穩定西戎侯。争長河、東渡口，喜一朝名覆金甌，領南朝江山明秀。拱北辰總統公侯，逐壽香仍拜宸旒。」（同前書卷十）

四《送高太守入覲序》：邊郡守之阨於述職者有三：胡寇、凶歲與事變而已矣。齊冠氏貞庵高府君守平凉之三年，境無烽燧。歲之凶者乃登，持兵以敚，讙譸以幻者乃息。來歲庚戌春正，將偕萬邦群辟，薦績于天子，先馳告于牧伯、監尹、卿士，僉曰允哉！　乃儼冠珮，纂群吏，勑于庶政，毋敢不虔，廉其附城，徵其所由，自有土之百執事，昭其臧否，毋敢不懼。張蓋脂轂，瞻北極以拱趨，翼如也，躩如也，期以對揚于明廷者，唯謹維是，上佐諸君，旅燕于郊，揚觶以告曰：維平凉北走朔方，不千里，粤自寇孛來盜河南，靡歲不有兵事。兹歲迺不知兵，維府君之休，比歲荒于霜，癀癘癘疾。仲秋之初，皚皚覆地，今孟冬之吉，寒雨尚零，禾盡登。維府君之休民，迺不艱于食，迺不力于暴，乃不轉殣于岐嵎。乃事上之貞，賦將克入，亦維府君之休，庶僚群有司於是乎有賴焉。以不罹于非疚，府君其有以籍手以稽首，獻于象魏之側矣。匪唯府君之休，寔我邦之休。遂徵其詞，合而寘諸行李。（《浚谷文集》卷九）

五　《壽傅憲長序》：坱乎軋太虛用之而莫禦者，能見而得之，可以趯乎物外。彼八百之彭、千齡之椿，億萬年後朽之質，皆物也。唯物終渝，世以嫣嫵為悦，嬰媗為工，饕佞為得，忮戾為强，愉賊為黶，淪汨莫或正之，唯吾彭原傅公能握其契，折衷其出入，不以彼易此。邈乎所如之不合，始自給諫謫縣吏，已復自校官遷省郎，遲迴迂避，垂三十載。乃貳廉車參藩，以陟憲使，時謂且大用，巧宦者沮之，公屣脱而歸北地。又踰年，年始登六十，寔嘉靖乙卯春。龍啓之晨，復其初度，余迺遥致詞以賀之，曰：「愉哉！君之歸也。」一氣播物，列千萬品，而人最貴分土又億鉅，而中原為華，華人之妍媸貴賤又億鉅，而師儒寬博為尊，師儒之富且貴者夥矣。能自持以正永，永弗渝，未老而歸，内無所愧。如吾彭原公者，不亦希乎？吾嘗試之矣，仡仡窮老而未之有，得速成早達，而浮沉以畢世者相望也，有如吾彭原公之樂者哉！其得也欣躍，其失也忿懥，唯物之狥，以忘其生耳，有如吾彭原公之達者哉！位軒兖而其塋弗奉抔土，禄萬鍾而其族弗識面目，昂藏陵王侯而足之弗衛，鬼之將餒者有矣，有如吾與彭原公，今者之安其所哉？丈夫懼身之弗正，位踰其才而莫克自立，不患世之不已，知而弗相謀也。公業已能此，則吾所謂坱乎軋太虚而莫禦者，公誠用之矣，夫何歉乎？吾無以助公而心誠好之，是故微詞以壽公，且將與達者共焉。（同前）

陸樹聲詞話

陸樹聲（一五〇九—一六〇五），字與吉，號平泉，華亭（今上海）人。嘉靖辛丑進士第一，選庶吉士，授編修，歷太常卿，掌南京祭酒事，神宗初累拜禮部尚書。端介恬雅，難進易退。告歸，卒年九十七，贈太子太保，謚文定。有《陸學士雜著》，為所著雜説，名《汲古叢語》、《適園雜著》、《陸學士題跋》、《耄餘雜識》、《禪林餘藻》、《陸氏家訓》、《善俗裨議》、《病榻寤言》、《清暑筆談》、《長水日抄》，為其門人子弟所合刊，其中亦有别本單行者。此據《四庫全書存目叢書》影印明萬曆間刻本《陸學士雜著十種》録詞話一則。

一《楊補之梅》：楊補之，字無咎，一號逃禪老人。書學歐陽率更，書體遒勁。間用書法寫梅入妙，詩詞亦儁永清逸，稱二絶。高宗朝，以不直秦檜，累徵不就。所居藏白堂，後自稱清夷長者。（《陸學士雜著十種》「題跋」卷上）

劉濂詞話

劉濂，字濬伯，人稱微山先生，南宫（今河北）人。正德十六年進士，由杞縣知縣擢監察御史。嘉靖時上疏極言嚴嵩貪詐不可用，疏入報，聞嵩竟相，濂遂謝病歸，杜門著書，旋卒。有《易象解》、《樂經元義》、《九代樂章》、《兵説》等。《九代樂章》二十三卷，取漢迄唐九代之詩，分門編次，大略以詩樂之義。此據《四庫全書存目叢書》影印明嘉靖二十九年刻本《九代樂章》録詞話八則。

一　九代雅頌其製猶多，四言雖失古道，不甚遠也，惟風為甚耳。蓋文人學子恃才緣性，任意放言，世道愈降，音製愈謬，直至於金、元南北近體詞曲而後已也。故選詩也，亦以風為難，或有體無聲，有

聲無體，聲體僅存，而辭意淫嫚，又多無謂，倀倀然將安所折衷哉？此知言之所以難也。（《九代樂章》卷一）

二 漢、魏、西晉是爲中原之曲，皆宫、商音，故詩樂多近雅近古。東晉而下是爲江左之曲，始有徵、羽音，故詩樂多近俗近淫，此古今詩樂之一入關節也。金、元近體樂府，北曲皆宫、商，南詞多徵、羽。北曲近雅，南詞近淫，亦此意耳。噫！微乎微乎。（同前）

三 《回波樂》中宗朝（李景伯）：景隆中，宴侍臣，酒酣，令各爲《回波樂》，多諂佞之詞，自邀榮位。次至諫議大夫李景伯，乃歌此詞，亦爲舞曲。《樂苑》曰商調曲，亦偶合耳，非真譏其爲商調也。「回波爾時卮酒，微臣職在箴規。侍宴既過三爵，諠譁竊恐失儀。」（同前書卷九）

四 《水調歌第一》：《樂苑》曰：《水調歌》商調曲也，其實角音曲耳。舊説音製始於煬帝，唐曲凡十一疊，前五疊爲歌，後六疊爲入破。（同前）

五 《渭城曲》（王維）：一曰《陽關曲》，本《送袁（當作元）二使安西》，後遂被之絃歌，又爲三疊唱之。維性閑音律，妙能琵琶，故曲調清遠，可入樂府者獨多。（同前）

六 《清平調》（李白）：《松窗録》曰：開元中，禁中重（當作種）木芍藥。會花繁開，帝曰：「賞名花，對妃子，焉用舊樂辭爲？」遂命李白作《清平調辭》三章，令梨園弟子略撫絲竹以促歌。帝自調玉笛以倚曲，召白，時白已醉，卧於酒肆，召入，以水灑面，即令秉筆，頃之成數十章。（同前）

七 《竹枝詞》：《竹枝》本出於巴渝，唐貞觀中劉禹錫在沅湘，以俚歌鄙陋，乃依騷人《九歌》作《竹枝新辭》九章，教里中兒歌之，由是盛於貞元、元和之間。禹錫曰：「《竹枝》，巴歈也，巴兒聯歌，吹短笛，擊鼓以赴節。歌者揚袂睢舞，其音協黄鐘羽，末如吴聲，含思宛轉，有淇濮之豔焉。」予觀《竹枝》皆角、商二音，所謂黄鍾羽者，律吕無是説也。夢得雖能詩，實不識音。（同前）

八　貞觀二年，祖孝孫製十二和之樂，取《禮記》云大樂與天地同和，實宗梁十二雅也。皇帝行及臨軒，奏《太和》；食舉飲酒，奏《休和》；受朝，奏《正和》；皇太子軒懸出入，奏《承和》；正至禮會登歌，奏《昭和》。此雅樂部也。張文收造内朝讌樂十部，後分為立、坐二部。坐者堂上，立者堂下也。太常工人選坐部無性識者退入立部，立部無性識者退入雅部，則所謂雅聲者可知矣。今存者，惟《太和》一首，其餘不可考矣。縱使可考，止《休和》、《正和》、《昭和》三詩，寂寥簡陋，不足備一代之典，得非雜之以内朝燕樂諸詩乎？太宗朝有《英雄樂》等曲，高宗朝有《慶善樂》等曲，玄宗朝有立部、坐部《夜半樂》、《慶善樂》、《破陣樂》、《伊州歌》、《凉州歌》、《太平樂》、《踏歌辭》等曲，其音製僅可為變風。張文收雖能擬之於讌樂，其實不知為變風也。並晉、宋、梁、隋以來之小雅餘響亦亡矣，孰謂唐有詩哉？（同前書卷十六）

蔣芝詞話

蔣芝，成都（今四川）人。正德己丑進士。此據《續修四庫全書》影印明萬曆二十七年謝天瑞刻本《詩餘圖譜》録序文一則。

一

《詩餘圖譜序》：文詞至宋，斯盛極矣。自歐陽公首倡於時，文人詞客彬彬輩出，眉山有蘇子瞻，豫章有黄魯直，臨川有王介甫，彭城有陳無己，高郵有秦少游，皆文詞宗工，諸家集可覩也。而秦之賦才特長於詞，故謂其以詞為詩，蓋秦之于詞，猶騷之屈、詩之杜，千載絶唱也。東坡嘗題其《踏莎行》云「萬人何贖」，山谷則曰：「少游醉卧古藤下，誰與愁眉唱一盃。」荆國則稱其清新婉麗，鮑、謝似之。後山乃謂今之詞手，惟有秦少游、黄山谷。誦羣公之論，即秦之長於詞，殆天賦也歟？當時傳播人間，雖遠方女子亦知膾炙，至有好而至死者，非鍼芥之感，何至爾爾？嗟夫！長淮大海，精華之氣，振古于兹。南湖張子，後少游而生者，其他同才之賦又同，雅好詞學，自得三昧，兹地靈之再洩也歟？嘗作《詩餘圖譜》六卷，嗟夫！秦之遺風流韻盡在是矣。譜法前具圖後系詞，燦若黑白，俾填詞之客索駿有象，射鵰有的，殆於詞學章章也。余素非知音，玩斯圖也，稽虛待實，無不盡意。若夫審陰陽之元聲，完平淡之大雅，一以上復依永之道，顧作者何如？兹張子志也。然則揚淮海之波，匯巫峽，引修江，浥吕梁，帶金陵而注之海，斯人之收功，吾將望洋也乎！成都百潭蔣芝書。

（《詩餘圖譜》）

吴仕詞話

吴仕，字克學，號頤山，宜興（今江蘇）人。正德甲戌進士，官至四川布政司參政。有《頤山私稿》十卷，此據《四庫全書存目叢書》影印嘉靖間刻本録詞話三則。

一

《謝邑侯丁先生減税功成障詞》并引：伏以耀古輝今，舉百年之曠典；均田省賦，騰萬户之歡聲。蓋國賦患於不均，而民情限於無訴。苟非至仁而有勇，寧免畏難而苟安。恭惟我邑侯丁先生大人執事：道具柔剛，學兼體用。毓靈山右，出宰江南。百里賢勞，實當民社之寄，五湖清遠，豈徒游息之資？乃恤民瘼，爰稽國賦。顧徵輸之額，獨倍他邦；泝積累之因，匪由今日。初守臣借税，緣以為常；仍計吏按圖，失求其實。雖閭里每形乎嘅歎，而官司實憚於更張。因循至今，凋弊益甚。

乃憫時而有感，遂具疏以上聞。尋下撫臣，審求其是；旁搜郡計，措置攸宜。省自耗餘，撥國賦而無損；起于痿痺，裨民生之已多。弊掃百年，歡傳萬口。黄童白叟，紛舞抃以相先；鳳紙鸞書，侈明揚之在邇。凡此成均之彦，沾被尤深；其諸保障之功，揄揚罔既。寓令荒墨，庸綴蕪詞。詞曰：「心事冰清，才華錦美，縣庭如水。百里民痍，一緘封事，宛轉聞官裏。九重神聖，惟新治理，飛下金雞一紙。謂江南、十州均賦，豈應低昂彼此。　一日功成，五湖恩被，竹帛安能盡紀。銅嶺峩峩，畫溪瀰瀰，應與相流峙。攷求圖記，二袁輝映，今得公為三矣。試看取、萬户歌聲，千秋廟祀。」右調《永遇樂》。（《頤山私稿》卷七）

二　《賀邑侯何太華受奬障詞》并引：伏以玉遇良工，始長連城之價；驥遭名御，乃呈千里之材。故名以類彰，而善由人舉。恭惟邑大夫先生：秀鍾關隴，名動區寰。奥學玄言，置卿雲於不齒；遒文麗藻，軼曹劉而過之。以道覺民，用儒飾吏。才無施而不可，治所至而有聲。白簡青驄，既登華近；朱輪華轂，暫屈承宣。令下而豪右若驚，政成而閭閻頌德。甘霖應禱，精悃達於重玄；佳麥呈祥，歌頌騰於四海。政無殘蠹，庭有餘閒。聿來豸史之褒，益著花封之理。旋聞薦草，已徹宸旒。會見徵書，有來郡國。聊申燕賀，謹綴蕪詞。詞曰：「君侯才調人間少，談笑已將公事了。桑麻交蔭野田秋，雞犬無聲山月曉。　眉端長帶廟堂憂，袖裏猶銜封事草。徵書聞説下金雞，愁殺溪童并野老。」右調《玉樓春》。（同前）

三　《送郡侯陳虚庵入覲障詞》并引：伏以藩方奏計，執玉帛以來同；聖主勵精，按輿圖而論賞。誰書上最，應被殊私。恭惟使君：學貫天人，行符金玉。神情高朗，獨鍾嶺海之靈；詞賦雄奇，大得江山之助。侯于南國，簡自内臺。惟以道而覺民，恒用儒而飾吏。祠開正學，聿增吾道之光；廩備公儲，大作斯民之庇。四民按堵，萬户如春。兹當入覲之秋，正屬攷成之日。清光獨對，晉日惟三；上考特書，漢庭無二。尚當留相，豈復分符？聊綴蕪詞，庸申燕賀：「細雨江天暮，看雙旌、向風摇曳，使君西去。騶馬騰騰光照地，遥指五雲深處。記昔年、曾陪鴛鷺。暫輟清班膺郡寄，玉麟符、天語丁寧付。謂南服，須卧護。　五湖徧把陽春布，籍成功、歸報天子，無庸南顧。聞説九重親記取，屬領内中幾務。柰蒼生、攀轅無計。一辨鷴斑頻為炷，祝使君、共保靈長祚。禆九州，均受祐。」右調《賀新郎》。（同前）

王立道詞話

王立道（一五一〇—一五四七），字懋中，號堯衢，無錫（今江蘇）人。嘉靖乙未進士，選庶吉士，官翰林院編修。所著有《具茨集》。此據影印文淵閣《四庫全書》本《具茨文集》録詞話一則。

一

伏以郎官出宰，承宣之寄斯隆；循吏樹聲，激揚之義攸在。國家令典，憲府微權。即墨之無毀言，匪求助於左右；中牟之多善政，第取信於兒童。恭審邑侯楓潭萬先生閤下：學泝淵源，行成軌範。步趨而窺道極，斧藻以為德華。生應地靈，登陳榻而嗣武；出為國寶，訏雷劍之重光。擢禮闈以蜚英，涖夏官而試政。方綴金閨之籍，旋膺墨綬之榮。一命焜煌，喜美錦之初製；百里盤錯，知遊刃之有餘。武城以學道愛人，太丘以平心率物。剛介之操，凛風裁於獨持；精明之才，擬水鑑而不爽。探丸戢虓，咸稱邑有神明；帶劍還農，此謂民之父母。惡如己病，清恐人知。隣境借威，遂弭鳴桴之警；掾曹束濕，用消刻木之姦。卓犖聲名，增高九華；雍容文物，作表百城。迺述短詞，奉揚美化。詞曰：「桃李三春風景，絃歌百里人家。鳴琴欲了日初斜，一官清似水，無事早休衙。天際舟横野渡，雨餘人種桑麻。使君美政總堪誇，恰如春有脚，行處滿城花。」右調《臨江仙》。（《具茨文集》卷六）

董份詞話

董份（一五一〇—一五九五），字用均，號潯陽山人，又號泌園，烏程（今浙江）人。嘉靖辛丑進士，選庶吉士，授編修，歷官禮部尚書、右侍郎兼翰林院學士。所著有《董學士泌園集》三十七卷，此據《四庫全書存目叢書》影印明萬曆間董嗣茂刻本録詞話一則。

一《奉贈大天卿章南周公北上帳詞》：伏以漢室寵卓異之政，每拔萃以超倫；周家重端揆之司，必陳殷而置輔。凡此天曹之特擢，總由宸極之殊恩。慶洽巖廊，懽騰寰宇。恭惟大天卿章南周公門下冠世之才，經邦之學。德如全璧，内温潤而外光輝；操若斷金，性堅剛而質精粹。惟此吴都之鉅邑，素稱天府之奥區。聯袵成帷，不數臨淄之殷盛；馳車擊轂，誰言齊國之浩穰。民喜夸奢，綺縞並争之名。已多凋瘵之實，猶襲繁華之名。名襲繁華，世路最叢于責備；實多凋瘵，閭閻曷副于徵輸。人皆視之以極難，公獨當之而甚易。顧旱潦之薦仍，乃荒菑之連值。志崇精白，昭宣儉約之風；道合冲玄，密運感通之造。塵滿萊蕪之甑，其趣轉高；井飲廣川之泉，其心不易。本自清標而作準，頓令澆俗以回淳。兒大夫治內史以寬和，反成課最；黄丞相導潁川以禮讓，凈弭訟争。且遠近咸服于神明，事何能隱；更上下悉推于愷悌，情豈忍欺。用使吏無舞，文人知樂業。棄刀錐而趨耒耜，釋犴狴而反田廬。禾黍茂登，鴻鴈之歌將起；萑蒲息警，鯨鯢之浪永消。諸臺察真易危以為安，乃轉否而為泰。單父之琴聲不輟，化理彌崇；武城之絃誦方興，升平有賴。諸臺察舉，謂為海内無雙；三殿傳宣，考居天下第一。恩頒綸綍，聖皇知人之哲已彰；任重銓衡，賢臣報主之忠彌切。五鳳銜晝而初下，雙鳧擁舄以高飛。越仙郎列宿之垣，依太宰文昌之位。懸冰壺于銀漢，將隨日月以同光；揭水鏡于瑶空，願普乾坤而並照。知三宅，籲三俊，以立政而賛于王；總六典，統六曹，爰秉公而佐其長。惟力持于國是，斯允協于淵衷。中朝仄席以待高賢，舊治已難于再借；闔邑攀轅而留遺愛，新詞聊展于羣情。詞曰：「天上春生，覩一朵紅雲，捧護瑶京。擁出丹詔，煥下青冥。專畀掌握銓衡。便題才三殿，預啓事、品隲羣英。賛皇心蕩蕩，王道平平。朝堂正清晝省，把寶鑑高懸，玉燭和凝。照耀文昌，昭回霄漢，參賛日月光明。滿三臺垣裏，諸星宿、接引同登。勒勳名，商家彝鼎，漢閣丹青。」右調《春從天上來》。（《董學士泌園集》卷二十）

馮惟敏詞話

馮惟敏（一五一一—一五九〇），字汝行，號海浮，臨朐（今山東）人。聰慧博學，詩文雅麗，尤善樂府。嘉靖丁酉登鄉薦，後為淶水令，改鎮江儒學教授，遷保定通判。有《海浮集》、《山堂輯稿》、《海浮山堂詞稿》、《擊築餘音》等。此據《續修四庫全書》影印明嘉靖四十五年刻《海浮山堂詞稿》和影印明嘉靖四十五年刻本《海浮山堂文稿》録詞話四則。

一

《山堂詞稿引》：山人與老農語，或共野客遊，不復及文字，亦不説詩。酒間以近調自寓，取足目前，意興而止。而好事者聞之，傳至名流鉅工，亦未始不粲然擊節之。壬戌春，余策穎段，出山中，遂浪迹風塵雲水間，每有知遇，尚論古文辭，亦或及此，輒徵稿不止，然稿不恒留。余弟往在秦州刻《詩紀》，以其美刻《石門樂府》，余今刻《山堂輯稿》於潤州，既迄工，乃別輯此卷刻之，亦惜其羡耳。第不欲以序厚作者，漫筆是語於簡端。丙寅閏月，海浮山人題。（《海浮山堂詞稿》）

二 《仙呂·點絳唇·李中麓歸田》序：《書》備五朝，簡贍可知。《易》更四聖，質文易睹。此非往牘少文，後聖寡要，推移不禦，惟世為然。昔也《盤庚》詁之愚民，《曲禮》行之鄉鄙；今也析句詁字，老儒困之，豈惟民哉！若夫文字之變，詩又甚焉。三百篇中，變居其二，既又變為騷，為五七言，為律，為今樂府。嗟呼！變極矣。詩由性出，存乎其人；聲與政通，繫諸其俗。古近遞降，如鱗次然，軒古輕今，不煩審辨。然而作者可以適性，聞者可以考俗。感發欝陶，激昂偷靡，其用一也。間出淫慝，古亦有之，放之而已。操觚之士騖心爾雅，樂府有作，力究兩京。得其文，逸其義；得其義，亡其聲。要之，文固未通釋也，即文義酷肖，不協鐘律，不足以為樂，即併得之，必今人弗聽也。亦何貴於導善滌邪者哉！夫楚音隕江東之涕，胡笳起漠北之思，易其地則不為動。世葉邈絕，又何啻此？孔子剛詩之後，被之管絃，要必審五方之音，各歸本調。後之誦者，一以江左聲協之，其能合乎《離騷》多，禮神之辭，漢、魏皆絃歌之曲，音響節奏，自出一機，繩以今韻，然且不可。律體既盛，始嚴沈法，雖云格力非古，而李唐樂歌即多近律，如太白《清平調》曲，及郭氏諸所收集是也。唐律大法固在，然其聲之舒疾高下不得而聞，且以「渭城」短律，婦人稚子知誦其句，至使文士興歌，人自為疊，琴師按譜，不一其聲，則他所依放例可知也。宋曲見於今者有辭無聲，其僅存者，一二而止。《漢志》曰：周衰，禮樂俱壞，樂尤微眇。後世之聲既非盡美，又奚傳焉？嗟乎！聲音之道，不在雅頌，而在今樂，有識病之，其機緘變易，關乎人理，亦氣運然與？故每域於本朝，不相流襲，豈直聲音文亦不逮？四言盡於三百，五言極於漢、魏，唐律、宋詞，各臻其工，模儗雖逼，定不及也。僕性嗜古，凡文章度數，遊心無礙，獨於正樂有夙憾焉。移風無自，寄興靡依，一有感發，莫能遂歌。微吟不絕，姑託近調。嘗見鴻筆大家，顧或為之，何也？予聞之今之樂猶古之樂也，又云古人之詩如今之歌曲。往竊疑之，乃孔子有志三代之英，又曰：「吾舍魯，何適矣？」固亦有不得已者。吾鄉中麓李公，博學正誼，予心慕之。都中邂逅，彼此塵鞅，未緣請益。頃抗疏歸田，娛情述作，紹作大雅，討論秘文，雜興所及，時涉新譜，其亦游戲翰墨故邪？抑定樂之無繇也？僕因得而聽之，意真味婉氣正聲平，借使達者屬耳，擊節賞音，里人聞之，亦足以發流通之妙，不在茲乎？秋夕共話，悉所未聞，偶論樂聲，深契予意。途次無聊，遂成俚闋如左。（《海浮山堂詞稿》卷一）

三《樂府南呂引》：淶邑蕞爾山谿之内，田野瘠陁，近山多石，瀕水則沙。民率惰業，五穀不蕃。然故為偏安易治之地，以山有茂林，園有嘉實，采而售之，寔佐地利。邇以庚辛之間，三歲大侵，五穀幾絕，民廼樵山伐園，負薪燔炭，致之京師，且有茹葉糗皮以救死者，然而徙者過半，死者半矣。山童地赭，民物蕭索之餘，余受命至邑，蓋為之憮然者凡數月也。招徠休息，既浹一年，方春發生，始勸民樹藝，墻下道左，無有棄壤，民油然從之，其弗化者弗詰。城門之外，官路達於四境，剷塹疊障，高深廣二衺，如干數。塹以内樹以楊柳，相距尋有尺，障之巔種以條枚，相距尺有咫。舊制拒馬河每歲繕橋梁以通貢薪運道，屆夏防漲，則撤而頒焉，供官吏私爨矣。余不可，曰：「盍儲之以預秋乎？」僉曰：「無能蓄也，浥腐之患，守舍之費，不如用之。」乃令程材陶甓完城堞，脩學舍，治廳行署，以次一新，蓋自數十年頹敝者得全焉。而執役力作，皆胥徒之在官者，民無一錢一力之擾，以土木之材，工作之費胥營之，官民弗與知也。然猶能餘故木以儲，秋役乃新橋，輸材者纔及半而止。余因召民至前，諭之曰：「材僅贍橋足矣，餘無庸為也。」即止之，則既輸者弗能平，其未至者姑令勿亟。及春，各輸一，栽以樹官路。再秋，則統躅木之半自足也。衆欣欣退。趍其穡事，春乃肩其裁而至，則令狥道路者樹如法，儼行列矣。父老語曰：前二十年，邑有路。宰者，仁人也。種樹近郊，欝欝成陰，頃為吾民茹其葉，糗其皮，薪蒸其條榦，無遺株，殆樹之，甾民之賴也。余獨自憾，不能慎脩，以樹謗繼之者，將以樹懲也。長養之難，翦伐者至矣，安能為路公二十年遺惠哉？雖然，翦伐之餘，萌孼之滋，苟有存者，安知千載後不喬木哉？使余信如謗者語，則吾民之子若孫，必相傳而指之曰：是先人之以一錢得於劉侯者，吾黨其世世守之，余名不彰且久哉。故不薄其名，不耻鄙事，又從而為之詞。詞見別稿。（《海浮山堂文稿》卷五）

四《賀王指揮君輔平盜帳詞并引》：伏以素商戒節，上帝所以宣威；黃鉞麾師，明王因之耀武。攘削奸宄，補雍熙之未融；保又生靈，佐聲教之弗暨。由兹戡亂，孰能去兵。我國家大啓洪基，仰稽玄象。諸邊巨鎮所以外禦不廷，列郡戎藩所以內威不軌。顧惟昇平日久，寇竊時滋。屬者小醜肆罪於潢池，有同豺虎；窮民罹毒於塗炭，無計桑麻。阨險負山，方尸居而作固；阻兵拒命，敢臂奮以憑陵。不有勇謀，曷勝匡濟。恭惟具官：家聲著代，世德在人。拜命中宸，職司外警。才猷傑特，允為將士之先；韜略縱横，寔副維藩之重。銅符寵授，玉帳雄開。撫長劍而白日寒，抗危旌而黄雲捲。我師奮發，勢無駐於建瓴；醜類摧崩，功有輕於拉朽。殆無遺孽，直殄兇渠。羽檄星馳，曾不留乎信宿；烏臺霜凛，廼亟意以褒揚。凡在邦人，舉稱快念。况兹寮屬，尤切懽悰。是用作此凱歌，宣之部曲。聊伸燕喜，略叙鴻勳。其詞曰：「寶劍横秋，長歌罷、壯心激烈。環海岱、塵飛四野，烽連三月。虎旅戰酣紅日退，馬蹄踏遍蒼山裂。看須臾滿地起畊桑，豺狼穴。　丈夫事，人臣節。酬國志，封侯業。且從兹小試，便收奇捷。澒洞千層炎海浪，蒼茫萬里天山雪。待英雄、赤手定要荒，垂名迹。」

右調《滿江紅》(同前)

汪應軫詞話

汪應軫，字子宿，號青湖，山陰（今浙江）人。正德丁丑進士，選庶吉士，武宗將南巡，以諫廷杖幾死，出知泗州府。世宗登極，召還給事中，官至江西提學僉事，丁外艱，歸卒。有《青湖文集》十四卷，此據《四庫全書存目叢書》影印清同治十一年廣州刻本《青湖先生文集》録詞話一則。

一

《贈南侯述職序》并詞：青湖子放舟湖水之曲，顧漁父汎然與鷗鳧上下，而問之曰：「漁可樂乎？」對曰：「無可樂，吾日與烟雲同出，夜與星露同歸，饑攻乎内，寒攻吾外，不得已而老於漁，何樂之有？然則誰為樂？曰得志則樂。誰為得志？為民上舉職為得志。」青湖子肅然而進之曰：「請言得志之樂?」漁人曰:「老人不離汀渚,不見朝廷,他官不及知,知吾郡太守樂耳。太守不躬細事,任職諸大夫,諸大夫未嘗覿其人,但聞其任之清戎,而尺藉明,不以生人走野莽,妻不别夫,子不别父。任之修閭,而游徼晏海戍不夜,紅黑白彈丸不壓里閈。任之均輸,而料量平,牛車背負繦屬,以實公囷,而民得食其什一。以上任之推鞫而獄訟理,强宗豪石請託不行,民寃都有控而不壓圜土。太守曰無事,方闢稽山書院,授生徒,夕入大觀堂,窮覽載籍,為文章職不自舉,舉之人志不奪於人,得之已,洋洋然,熙熙然,不亦樂哉?」語畢,晦其姓名,鼓棹而去。青湖子曰:吁!此必隱士也,樂而不自知忘之也,知太守之樂樂其樂也,其言得志則樂,微矣哉!蓋人生天地間,或躋華要,或處寂寞,顧其志向如耳。志得,則達由是,窮由是;不得夫志,則富貴貧賤皆戚也。言而不盡者,謂我也,將因以告夫太守洎諸大夫也。太守者,關中瑞泉南侯也,諸大夫則古燕靳君貳守也、淮陽陸君别駕也、□□高君節推也。侯為紹興,政惟總其大綱,諸大夫分理之,侯特可否其然不然。衆職既舉,功誰尸之?歸諸太守,太守不能辭也。嗚呼!自大道之隱,天下為私,世之為治者必欲功自己出,往往上行下職,心曰勞而政曰拙矣,其能得志而樂者幾何?吾於漁父乎有感,歸而紀其言,以告於太守,太守曰:「嘻,有是哉!」告於諸大夫,諸大夫皆曰:「敢不拜太守之嘉?」太守朝於京師,諸大夫請書此以贈。為書之,又取漁父之意而繫之以詞。詞曰:「雲明海石鏡湖開,人在越王臺。倚遍闌干,四圍屏障,何處是蓬萊。玉麟掩映朱轓去,天上幾時回。緑入汀洲,樵風正便,應共早春來。」右調《太常引》。(《青湖先生文集》卷二)

張綖詞話

張綖，字世文，一作世昌，號南湖居士，高郵（今江蘇）人。正德癸酉舉人，通判武昌，遷知光州。歸居南湖，著《南湖詩集》、《杜詩通》、《杜詩本義》、《詩餘圖譜》、《草堂詩餘别録》。此據上海圖書館藏明抄本《草堂詩餘别録》及其《後集》和《四庫全書存目叢書》影印明嘉靖三十二年張守中刻本《張南湖先生詩集》録詞話八十則。

一　歌詠以養性情，故聲歌之詞有不得而廢者。詩餘者，唐宋以來之慢調也。吴文節公於《文章辨體》亦有取焉，雖亦艷歌之聲，比之令曲，猶為古雅，故君子尚之。當時集本亦多，惟《草堂詩餘》流行於世，其間復猥雜不粹。今觀老先生硃筆點取，皆平和高麗之調，誠可則而可歌，復命愚生再校，輒

敢盡其愚見，因於各詞下漫註數語，略見去取之意，别為一録呈上，倘有可取，進教，幸甚。（《草堂詩餘别録》）

二　黄山谷《驀山溪》「鴛鴦翡翠」：原有點，今删。按山谷此詞語意高雅，誠為可録，但通篇所詠，皆少年風情之作。後段率用杜牧之湖州贈妓詩意，至「千里回首」，情極不薄矣，不可為訓，似宜删去。　又按山谷序晏叔原《小山詞集》云：「若乃少年美士，近知酒色之娱；苦節臞儒，晚悟裙裾之樂。鼓之舞之，使宴安鴆毒而不悔，是則叔原之罪哉！」今觀此詞，其去鼓舞鴆毒者幾何？大抵宋制許用官妓，故士夫多有此作，以通一時之興。雖東坡之詞，致堂稱其「一洗綺羅香澤之氣，擺脱調（當作綢）繆宛轉之態」，而其留連聲妓之作，亦復不少濫觴者，不特一秦少游也。本朝革去歌妓，復嚴為之禁，真得盛世嚴肅之體，養士人正大之習，過前代遠矣。但兩京各處猶設妓院，若悉除其籍，豈不為全美之事哉？（同前）

三　《魚游春水》「秦樓東風裏」：「雲山萬里」二句，意義不通，當是「萬重」，與前「鶯囀上林」方叶。（同前）

四　淮海《滿庭芳》「曉色雲開」：「曉色」舊譌為「晚兔」，此本作「晚色」，亦非。「古臺芳榭」乃「高臺芳榭」。「醽醁」原本作「金榼」，此出後人改良。「勝千年夢」當是「十年」，用「十年一覺揚州夢」之句，千年豈可屈指耶？（同前）

五　六一《浣溪沙》「小院閑窓」：原無點，今録。後段三句似佳，結語尤曲折婉約有味，若嫌巧細，詞

與詩體不同，正欲其精工，故謂秦淮海以詞為詩，嘗有「簾幕千家錦繡垂」之句，孫莘老見之，云又落小石調矣。（同前）

六　淮海《踏莎行》「霧失樓臺」：坡翁絶愛此詞尾兩句，自書於扇，云「少游已矣，雖萬人何贖？」釋天隱註《三體唐詩》，謂此二句實自「沅湘日夜東流去，不為愁人住少時」變化，然毛詩「毖彼泉水，亦流于淇」，已有此意，少游蓋出諸此。　又《王直方詩話》載黄山谷謂此詞「斜陽暮」意重，欲易之，未得其字，今郴誌遂作「斜陽度」，愚謂此亦何害，而病其重也。李太白詩「睠彼落日暮」，即「斜陽暮」也。劉禹錫「烏衣巷口夕陽斜」，杜工部「山木蒼蒼落日曛」，皆此意。別如韓文公《紀夢》詩「中有一人壯非少」，《石鼓歌》「安置妥帖平不頗」之類尤多，豈可亦謂之重耶？山谷嘗無此言，即誠出山谷，亦一時之言，未足為定論也。（同前）

七　《如夢令》「門外緑陰千頃」：此雖小令，妙絶今古，惜逸作者之名。（同前）

八　蘇東坡《西江月》「照野瀰瀰淺浪」：此詞亦無甚奇，要見古人風致如此耳。（同前）

九　荆公《漁家傲》「平岸小橋千嶂抱」：無點録。此詞寫景幽勝，筆力甚高，「敧眠似聽朝雞早」，言午枕敧眠聽鳥，如此閒逸，更似聽朝雞早乎，見於「却憶故人」以下三句，皆是聽朝鷄早者也。（同前）

一〇　元獻《玉樓春》「緑楊芳草長亭路」：此是詞家本色，「殘夢五更鐘」、「離愁三月雨」已佳，著「樓頭」、「花底」四字尤妙。（同前）

一一　王元澤《倦尋芳》「露晞向曉」：無點録。此荆公子王雱所作，雱自不為詞，有誥之者，援筆揮此，録之，以著其敏。雱嘗作《爾雅》，項平甫稱其足以名家，視揚子雲、許叔重無多遜也。乃知典樂道廢，雖有美質，終鮮成材。荆公哭雱詩有云：「一日鳳鳥去，千里梁木摧。」稱許不類，愚不知其何説也。（同前）

一二　李後主《浪淘沙》「簾外雨潺潺」：「羅衾不暖」，硃筆改作「不奈」，蓋以與下「寒」字意重，竊意「暖」字恐是用力活字，謂「羅衾」不能暖此五更之寒，如今人謂以湯温酒為暖酒，古詞「午窓睡起暖金卮」，《禮記》「煖之以日月」是也。（同前）

一三　李玉《賀新郎》「篆縷銷金鼎」：無點録。此詞如「月滿西樓，憑欄久，依舊歸期未定」，及「嘶騎不來，銀燭暗，枉教人立盡梧桐影，誰伴我，對鸞鏡」，頗似流麗高雅，寓意托懷，無嫌閨院。（同前）

一四　曾純甫《金人捧露盤》「記神京」：無點録。桀、紂之亡，不過沉湎冐（當作膚）色，此詞前叙神京繁華風俗，足以見宋亡之故矣，後段悲痛隽永，有黍離之風焉。（同前）

一五　陸務觀《水龍吟》「摩訶池上」：無點録。前段寫景亦精麗，後段「身在天涯，亂山孤壘，危樓飛觀」，甚高妙。「歎春來，只有楊花和恨，向東風滿」，亦佳句也。愚檢放翁《渭南集》，不見此詞，而「亂山孤壘」二句有見之詩句者，當是其作。又：詞中稱秦少游為名家，「一卧古籐，雅道寂寞。陸放翁初生時，母夢少游投胎，故名游而字觀（當作務觀）。今觀斯詞，宛然淮海家法也，豈曰鷹鳩之隔哉。（同前）

一六　陳同甫《水龍吟》「鬧花深處」：無點録。以龍川之豪，降而為此調，所謂能賦梅花，不獨宋廣

平。(同前)

一七　永叔《瑞鶴仙》「臉霞紅印枕」：「重省」以下三句既妙絶，「陽臺路遠」以下如行雲流水，略不覺其為韻語，正非毆(當作歐)公，無此妙，但歐集不録，豈子棐諱而去之耶？(同前)

一八　李世英《蝶戀花》「遥夜亭皐閒信步」無點録。張子野「雲破月來花弄影」為時膾炙，王荆公謂其不如李冠「朦朧淡月雲來去」，今觀張句纖巧，李句淡雅，誠為過之。又俱不如老杜「雲月遞微明」簡而妙也。此詞既為名公所賞，亦不可遺。(同前)

一九　東坡《蝶戀花》「花褪殘紅青杏小」：「燕子來時，緑水人家遶」二句高妙有奇趣，後段「牆裏」、「牆外」之句，無甚意思。(同前)

二〇　同叔《蝶戀花》「簾幙風輕雙語燕」：無點録。「薄雨濃雲」二句奇，結亦雋永。(同前)

二一　李易安《如夢令》「昨夜雨疎風驟」：韓偓詩云：「昨夜三更雨，今朝一陣寒。海棠花在否？側卧捲簾看。」此詞盡用其語點綴，結句尤為委曲精工，含蓄無窮之意焉，可謂女流藻思者矣。(同前)

二二　李易安《武陵春》「風住塵香花已盡」：有點删。易安名清照，尚書李格非之女，適宰相趙挺之子明誠，嘗集《金石録》千卷，比諸六一所集更倍之矣。所著有《漱玉集》，朱晦庵亦亟稱之，後改適人，頗不得意。此詞「物是人非事事休」，正詠其事，水東葉文莊謂李公不幸而有此婦，詞固不足録也。結句稍可誦，朱淑真「可憐禁載許多愁」祖之，豈女輩相傳心法耶？(同前)

二三　賀方回《青玉案》「淩波不過横塘路」：無點録。方回以此詞得名，號賀梅子，山谷云：「解道江南斷腸句，只今惟有賀方回。」（同前）

二四　張子野《天仙子》「水調數聲持酒聽」：無點録。説見李世英《蝶戀花》下。白樂天《三遊洞記》云：「雲破月出，光景含吐。」子野「雲破月來」之句，蓋出諸此。（同前）

二五　解方叔《永遇樂》「風暖鶯嬌」：無點録。造語精工，結語醖藉。（同前）

二六　山谷《水調歌頭》「瑶草一何碧」：語雖高古，恐非詞家本色。（同前）

二七　秦少游《風流子》「東風吹碧草」：有點删，通篇語太熟，稍近陳，結句雖有意致，亦是常語。（同前）

二八　賀方回《望湘人》「厭鶯聲到枕」：「非煙」當是「禁煙」，結句倒語法，「幸有歸來雙燕」，乃不解寄一字相思耶？（同前）

二九　李元膺《洞仙歌》「雪雲散盡放曉晴」：此詞盡用楊巨源「詩家清景在新春」及韓退之「最是一年春好處」詩意。（同前）

三〇　徐幹臣《二郎神》「悶來彈鵲」：「馬蹄難駐」，胡苕溪謂「駐」字改作「去」字，語意方佳，此淺見也，馬蹄所難去者，正以難駐耳。（同前）

三一　《浣溪紗》「青杏園林煮酒香」：有點删，只起句有興致，餘語常。（同前）

三二　馮延巳《謁金門》「風乍起」：無點録。語有古意，不甚著聲臭。（同前）

三三　《長相思》「紅滿枝」：無點録。語淡思深，故為可録。（同前）

三四　秦少游《八六子》「倚危亭」：語緩而意至，結句尤悠雅醞藉。朱淑真詩「欲將鬱結心頭事，付與黄鸝叫幾聲」，便不成語。（同前）

三五　《謁金門》「春雨足」：無點録。前段佳，後段亦雋永。（同前）

三六　晏叔原《生查子》「金鞍美少年」：雖少年語，盡有佳思俊逸，頗類太白。唐人有詩云：「侍女倚妝奩，故故驚人睡。那知本未眠，背面偷垂淚。懶卸鳳頭釵，羞入鴛鴦被。時復見殘燈，和煙墜金穗。」與此詞格相同，意致亦佳，未知孰勝也。（同前）

三七　東坡《阮郎歸》「緑槐高柳咽新蟬」和《賀新郎》「乳燕飛華屋」：有點删，二詞在坡非其至。（同前）

三八　謝無逸《千秋歲》「練花飄砌」：無點録。語意俊逸，具有餘韻。（同前）

三九　《鷓鴣天》「枕簟溪堂冷欲秋」：無點録。「紅蓮」、「白鳥」之句寫秋意，清雅不凡。（同前）

四〇　柳耆卿《傾盃樂》「禁苑花深」有點删。詞亦流暢，但稍似近穢，元宵詞佳者甚多，此可以削。（《草堂詩餘後集别録》）

四一　周美成《解語花》「風銷焰蠟」：無點録。來教謂《草堂》詞多取周美成諸公麗語，如詩尚晚唐，亦何貴也。信如尊諭。愚按：美成詞正為不能麗耳。夫麗者，豈有紈綺珠翠乎？不假鉛華而光彩射人，意態殊絶者，天下之麗也。故西施衣毛褐而國人稱美，秦蘭服敝襦而陶穀心醉。今美成多取古人綺語餖飣成篇，種種皆備，而飄灑之風，雋永之味，獨其所少，如富室女服餙雖盛，欠天然嫵媚耳。但其人長於音律，所作諧聲歌，叶絃管，無所沾滯，故為詞家所宗。先輩嘗稱其為詞人之甲乙者，以此也。獨元宵此詞不類諸作，「桂花流瓦纖雲散，耿耿素娥欲下」，語意奇；「衣裳淡雅，看楚女纖腰一把」，亦俊逸；「年光是也，惟只見舊情衰謝」，又感慨沉著。「瓦」字、「雅」字、「帕」字、「也」字，皆不覺用韻，誠佳作也。（同前）

四二　向伯恭《鷓鴣天》「紫禁烟花一萬重」：陳簡齋摘此詞一句作聯云「孤臣霜髮三千丈，紫禁烟花一萬重」，天然的對，結句云：「稍喜長沙向延閣，疲兵敢犯犬羊鋒。」蓋向公目繫宣和之盛，心切靖康之恥，此其所以憤（當作奮）不顧身者與。（同前）

四三　張材甫《燭影揺紅》「雙闕中天」：凡悲憤之詞，多發之激烈，少春容之意，此詞之悲，過於痛哭矣。而音調諧婉，結語含蓄，無窮言外之情，當與曾純甫《金人捧露盤》同看。二詞尾句皆以鴈言，豈以鴈能來往夷夏，暗用蘇子卿上林事乎？康順庵《詠鴿》詩云：「何如養取南來鴈，沙漠能傳二帝書。」（同前）

四四　吴大年《燭影揺紅》「梅雪初消」：有點删。説在柳耆卿《傾盃樂》詞。（同前）

四五　賀方回《臨江仙》「巧剪合歡羅勝子」：江文通「日暮碧雲合，美人殊未來」之句，亦即名世矣。秦淮海用作詞云「人不見，碧雲暮合空相對」，馮雲月用作詞云：「麗人何處，往事暮雲萬葉。」今觀馮句當勝秦，俱不如方回此詞「舊遊夢掛碧雲邊」更為出奇。（同前）

四六 謝無逸《玉樓春》「弄晴數點梨梢雨」：首二句甚佳，不落色界，通篇詞亦工緻，但後段與前語不類。懷悦《觀妓》詩：「舞回凉月欺楊柳，裝罷春風咲海棠。」正祖謝公，結語樂天「櫻桃」、「楊柳」之句，雖為遠祖，俗哉！（同前）

四七 僧仲殊《訴衷情》「湧金門外小瀛洲」：無點録。此詞温雅醞藉，佳品也，當取。（同前）

四八 石林《醉蓬萊》「問東風何事」：無點録。此詞多佳句，既起句亦好。（同前）

四九 後村《賀新郎》「思遠樓前路」：有點删。後村五日《賀新郎》有云：「把似而今醒到了，料當醉死差無苦，聊一咲，弔千古。」語甚高妙，其氣度頗似東坡，實自揚子雲反騷、賈長沙吊屈意來，此詞雖佳，亦可以不録矣。（同前）

五〇 宋謙父《賀新郎》「靈鵲橋初就」：此詞如「歲月不留人易老，萬事茫茫宇宙。但獨對西風搔首」，語亦高雅。若「休咲雙星經歲別，人到中年已後。雲雨夢，可曾常有」，則村夫子俚語耳。然通篇質實近情，有樂天之遺風，老年人謂之可以適興。（同前）

五一 東坡《水調歌頭》「明月幾時有」：「我欲乘風歸去，惟恐瓊樓玉宇，高處不勝寒。起舞弄清影，何似在人間」，蓋言居朝之憂，悄不如在外之瀟散也，與韓退之「天門九扇相當開，上界真人足官府。豈如散仙鞭笞鸞鳳，終日相追陪」同意。舊聞神廟見之，以為愛君，固然也，尚未究其意之所在耳。又：換頭「轉朱閣，低綺户，照無眠」，胡苕溪欲改「低」字作「窺」字，且云：「此字無改其詞，益佳。」愚謂此正未得坡翁語意耳，蓋三言用力處全在末句「照」字上，謂此月色轉朱閣、低綺户而照我無眠也,「綺户」深邃,非月之低不能照,正妙在「低」字,若改爲「窺」字,則與「照」同意,殊失本旨,略無意致矣。昔坡翁嘗論陶淵明「採菊東籬下,悠然見南山」,妙在「見」字,昭明改作「望」字,遂使一篇索然,謂其爲小兒强作解事,苕溪妄改坡字,得無似字之乎?(同前)

五二　石林《念奴嬌》「洞庭波冷」:無點録。詞氣鉄(當作跌)宕不可遺,且此調屬角音少平韻者。(同前)

五三　晁無咎《洞仙歌》「青烟冪處」:無點録。前段「永夜閑階卧桂影,露凉時,零亂多少寒螿」既已佳矣,後段「待都將許多明,付金樽,投曉共流霞傾盡。更携取胡牀上南樓,看玉做人間,素秋千頃」,尤爲高曠神爽。(同前)

五四　稼軒《金菊對芙蓉》「遠水生光」:有點删。「黄金」、「紅粉」之句,少年豪語,識趣未高。(同前)

五五　東坡《南鄉子》「霜降水痕收」和《西江月》「點點樓前細雨」:《南鄉子》尾句「休休,明日黄花蝶也愁」,翻案鄭谷詩句,而意殊衰颯。《西江月》尾句「酒闌不必看茱萸,俯仰人間今古」,翻案老杜詩句,則意度曠達,超越千古矣。(同前)

五六　陳瑩中《青玉案》「碧空黯淡同雲繞」:有點删。結句麤直,乏雋永之味。(同前)

五七　《憶秦娥》「雲垂幕」:無點録。此朱文公所作,見《朱子大全》,結句含蓄不盡之意,最得詞體。録之,不特以其大儒也。(同前)

五八　陳後主《秋霽》「虹影侵階」：律詩至唐沈、宋始有，後主更在唐前，所歌者「璧月夜夜滿，瓊樹朝朝新」，尚是古調，安得有此詞乎？此恐是後人擬作，更俟考，果是陳主之作，則「孤鶩高飛，落霞相映遠，狀水鄉秋色」，王子安《滕閣》序語亦出此乎？味「畫閣輕拋杳然，殊無些箇消息」及「衣帶頓寬猶阻隔」等句，非陳主語意，若李後主「故國不堪回首月明中」，追傷亡國，意自可見。（同前）

五九　東坡《念奴嬌》「大江東去」：赤壁周、曹之戰，千古英雄遺跡也。坡翁既作賦以吊曹公，復作此詞以吊周瑜。《賦》後云「自其變者而觀之，則天地曾不能一瞬；自其不變者而觀之，則物與我皆無盡也」，及此詞結句「人生如夢，一樽還酹江月」，其曠達之懷，直吞赤壁於胷中，不知區區周、曹為何物，不如是，何以為雄視千古乎？（同前）

六〇　吕居仁《滿江紅》「東吕（當作里）先生」：「昨夜岡頭新雨過，門前流水清如玉」，有逸趣。通篇詞俱冲淡高遠，太羹玄酒，别是一家滋味。（同前）

六一　東坡《哨遍》「為米折腰」：坡翁出獄後，憂患之餘，思致其樂，自和獄中春字韻詩云「餘年樂事最關身」，因以淵明《歸去來》詞按入《哨遍》，背負大瓢，行歌乞食田野中，回視曩時富貴，不啻春夢，趣不在詞也。後人不悟此意，將凡古人文詞俱櫽括為詞，如刻本《風雅遺音》，略無意致，殊為可厭。噫！效颦捧心，不類久矣。（同前）

六二　東坡《鷓鴣天》「西塞山邊白鷺飛」：此東坡詞，誤作魯直。試觀此詞，足知唐宋詩人之别，「西塞山邊白鷺飛，桃花流水鱖魚肥。青箬笠，緑蓑衣，斜風細雨不須歸」，此張玄真原詞，自是一家語。

「朝廷尚覓玄真子，何處而今更有詩」，「人間欲避風波險，一日風波十二時」，此東坡增之為調，又自是一家語。蓋張不著意，蘇太著意故也。（同前）

六三　東坡《滿庭芳》「香靉雕盤」：有點刪。乘興率意之作，若無思致，不録可也。（同前）

六四　秦少游《水龍吟》「小樓連苑横空」：有點刪。此淮海贈妓婁東玉之作，亦率易，無甚思致，惟「天還知道，和天也瘦」二句警異，亦自「天若有情天亦老」來。嘗聞有人誦此二句於程正叔前，正叔正色云：「天豈可褻？」夫詞人雖不可律以繩墨，而天不可褻，實正論也。若長吉感慨興廢，固自不妨。（同前）

六五　鹿虔扆《臨江仙》「金鎖重門荒苑静」：此詞寫感慨之意於醖藉之詞，謂之古作而意調諧和，謂之今詞而語意高古，愈味愈佳，允為詞式。（同前）

六六　韋莊《小重山》「一門（當作閉）昭陽春又春」：詞以寫情，情之所注，尤在初昏時，故詞家多言黄昏，今人稱誦趙德麟「斷送一生憔悴，只消幾箇黄昏」，此直纔豪子語耳，豈有餘味？若「安排腸斷到黄昏」，雖無餘味，而有趣，不如秦淮海「時節欲黄昏，無聊獨倚門」，語不迫而意至。王晉進（當作卿）：「海棠開後，燕子來時，黄昏庭院。」不說憔悴、腸斷、無聊等語，而意自含蓄，尤勝韋端己。此詞結句「凝情立宫殿，欲黄昏」，則又意淡而味淵永矣。又：陸務觀嘗恠晚唐諸人之詩纖麗委薾，千篇一律，而其詞獨精工高雅，非後人所及，以為此事之不可解者，然其故可知也。蓋唐人最長於詠清詩，則末流而失其真，詞乃初變而存其義，此所以非後人所及歟？（同前）

六七　秦少游《江城子》「西城楊柳弄春柔」：詞人佳句多是翻案古人語，如淮海此詞「便做春江都是淚，流不盡，許多愁」，可謂警句，雖用李密數隋檄語，亦自李後主「問君都有幾多愁，却似一江春水向東流」變化，名家如此類者不可枚舉，亦一法也。（同前）

六八　陳簡齋《臨江仙》「憶昔午橋橋上飲」：簡齋此詞豪放而不至於肆，醖藉而不流於弱，高古而不失於樸，感慨而不過於傷，其意度所在，如獨立千仞之岡，高視萬物之表，視區區弄粉吹朱之子微乎藐矣。惟趙松雪《浪淘沙》一詞頗為近之，今人罕見，附録於此：「今古幾齊州，華屋山丘。杖藜徐步立芳洲，無主桃花開又落，空使人愁。　沙上往來舟，萬事悠悠。春風曾見昔人遊，惟有石橋橋下水，依舊東流。」（同前）

六九　吴彦高《青玉案》「人生南北如岐路」：凡警悟之詞，只是以隱逸為高，此詞「坎至（當作止）流行隨所寓，玉堂金馬，竹籬茅舍，總是無心處」，所見極得聖賢素位而行，不願乎外之意，舜之飯糗茹草，若將終身，袗衣鼓琴，若固有之。守此家法，則於出處之際，復何累於身心？　噫！　此意如者希矣。（同前）

七〇　蘇東坡《八聲甘州》「有情風萬里捲潮來」：結句「西州路，不應回首，為我沾衣」，昔人謂坡作此語，疑若不祥，後歷十一載乃薨，世俗所謂成讖者，竟不足信。愚謂非也，凡言讖者，謂其無心而先見之者也，若坡翁此語自是有心為之，乃高人曠達之懷，不可以言讖。劉伶嘗荷鍤自隨，曰：「死便埋我。」豈真然耶？　公在海外示姪詩云「嗟予潦倒無歸日」，與韓文公藍關示姪湘詩云「好收吾骨瘴江邊」，皆若不祥，而二公竟生還無恙。賈誼《鵩賦》云：「野鳥入室，主人將去。」誼後自長沙遷梁傅，亦幾十載，哭梁王墜馬始卒。然則禍福在人，雖惡鳥之兆，亦不足信也。（同前）

七一　辛稼軒《水龍吟》「渡江天馬南來」：稼軒此詞為韓南澗壽，可謂高筆。嘗謂詞有二體：巧思者，貴精工；宏才者，尚豪放。人或不能兼，若幼安「羅帳燈昏，哽咽夢中語」、「怨春不語，算只有、殷勤畫簷蛛網，盡日惹飛絮」之類，綢繆情語，少游無以過。若「君莫舞，君不見玉環飛燕皆塵土」、「座中豪氣，看君一飲千古」及此詞之類，高懷跌宕，則又東坡之流亞也。（同前）

七二　《念奴嬌》「嗟來咄去」：詞體本欲精工醞藉，所謂「富麗如登金、張之堂，妖冶如攬嬙、施之祛」者，故以秦淮海、張子野諸公稱首，六一翁雖尚疎暢自然，而温雅富麗，猶夫（疑作失）體也。至東坡，以許大胷襟為之，遂不屑繩墨。後來諸老竟相效之，至多用也者之乎字樣，詞雖佳，亹亹殆若文字，如此詞之類，回視本體，迥在草昧洪荒之外矣。是知詞曲自是小技專門，不為高賢傍奪。（同前）

七三　陳後山（當為黄山谷）《西江月》「斷送一生惟有」：此詞用退之詩句作歇後語，絶妙。或恠之，以為雖奇，無此體，不知唐鄭五以此入相。唐彦謙詩：「耳聞明主提三尺，眼見愚民盗一坏（當作抔）。」古詩：「何以解憂，惟有杜康。」其來遠矣。（同前）

七四　張子野《生查子》「含羞整翠鬟」：此子野聽筝詞也，首二句寫意甚佳，「鴈柱」以下形容曲盡其妙。韓退之《聽穎師琴》云：「昵昵兒女語，恩怨相爾汝。劃然變軒昂，猛士赴敵場。浮雲柳絮無根蔕，天地濶遠隨飛揚。喧啾百鳥羣，忽見孤鳳凰。躋攀分寸不可上，失勢一落千丈强。」李頎《聽董大胡笳》：「空山百鳥散還合，萬里浮雲陰且晴。嘶酸雛鴈失羣夜，斷絶胡兒戀母聲。」「幽音變調忽飄灑，長風吹林雨墮瓦。迸泉颯颯飛木末，野鹿呦呦走堂下。」白樂天《琵琶行》：「嘈嘈切切錯雜彈，大珠小珠落玉盤。間關鶯語花底滑，幽咽泉聲水下灘。」「銀缾忽破水漿迸，鐵騎突出刀鎗鳴。」李義山《錦瑟》詩云：「莊生曉夢迷蝴蝶，望帝春心託杜鵑。滄海月明珠有淚，藍田日暖玉生煙。」劉長卿《聽笛》云：「静聽關山聞一叫，三湘月色悲猿嘯。又吹楊柳激繁音，千里春色傷人心。」古人於音樂各詣其妙如此，不然，何以見流水高山之賞音耶？類附於此。（同前）

七五　章質夫《水龍吟》「燕忙鶯懶芳殘」：質夫建功戎馬，亦人豪也。此詞詠柳花，形容曲盡，工於鉛槧之士萬不能及，東坡復書云：「柳花詞絶妙，使來者何以措詞？」然坡翁和閉字：「縈損柔腸，困酣嬌（當作嬌）眼，欲開還閉。」和水字：「春色三分，二分塵土，一分流水。」殆若禁體詩，然亦可謂絶妙矣，何謂無措詞乎？劉叔安：「前度桃花，去年人面，重門深閉。」雖不詠楊花，亦佳。（同前）

七六　林君復《點絳唇》「金谷年年」：張子野過和靖宅詩云：「湖山隱後家空在，煙雨詞亡草自青。」直以此詞槩其生平之作，《梅花》諸詩更不論也。子野長於調，故特惜之。（同前）

七七　東坡《卜算子》「缺月掛疎桐」：「揀盡寒枝不肯棲」，苕溪謂鴻鴈未嘗棲樹枝，欲改「寒枝」為「寒蘆」，大方家寓意之作，正不必如此論，「蘆」獨不可言「枝」耶？李太白《鳴鴈行》「一一啣蘆枝」是也，苕溪無益之辯類如此。（同前）

七八　岳武穆《小重山》「昨夜寒蛩不住鳴」：《精忠録》載岳武穆二詞，皆佳作，浙本《草堂》詞附録於後，然今人但盛傳《滿江紅》而遺《小重山》，「怒髮冲冠」之詞，固足以見忠憤激烈之氣，律依永之道，微似非體，不若《小重山》託物寓懷，悠然有餘味，得風人諷詠之義焉。（同前）

七九　《醉蓬萊》并致語，贈周履莊擢北工部：鷺鷥繡服，懋兩地之勤勞；鸞鵠泥緘，注九天之眷渥。甘棠留江漢之思，馨黍動神明之感。式觀鴻漸，佇見鵬摶。恭惟寅長履莊先生執事：學得家傳，才稱國器。瓊枝玉樹，允類丰標；鏡水稽山，實鍾靈秀。寒冰苦蘗，未足喻其清操；峭壁孤峰，詎能方其勁節。文章内蔚，争看起鳳騰蛟；德化潛孚，寧復佩牛帶犢。愷悌民之父母，精練世之著龜。早以清才，試牛刀於小邑；終然紫氣，騰龍劍於高霄。幾年撲撲乎風塵，此日飄飄然雲漢。蟠根錯節，别利器之寡儔；麯蘖鹽梅，等良臣而可待。玉三投而始售，金百鍊以愈精。蓋近民莫先乎平易，惟子實然；而大任必歷夫艱辛，於兹尤信。某等官同寮寀，誼篤第兄。南國同心，方效師師之美；東風回首，曷勝戀戀之情？契友道於芝蘭，寅恭素協；信人生兮萍梗，聚散何常？黄鶴樓高，酹江流而餞别；蒼龍闕逈，瞻雲樹以興懷。蕪詞聊代口碑，菲意尚祈心鑑。「艤舟春江渚，執手東風，依依難别。懊恨征夫，把驪駒歌徹。劍氣横空，此行何處，指五雲金闕。畫省香爐，粉闈青瑣，十分清絶。幾年江湖，高情醖釀，多少經綸，待君施設。想見委蛇，詠羔羊素節。玉燭春熙，金蓮夜静，做伊周功業。回首關山，相思千里，共看明月。」（《張南湖先生詩集》卷三）

八〇　《喜遷鶯》并致語贈梁寒泉擢東平守：仰邁種以恊中，疾乎風草；殫精勤於任外，久歷霜莨。眷兹悃愊之材，實我邦家之慶。金馬難留下國，兆見大行；玉麟遥授專城，道方小試。恭惟寅長寒泉執事：八閩秀氣，三楚聲華。靄靄圭璧之姿，堂堂鼎鉉之□。鸚洲佐郡，吞雲夢於胸中；犴獄明刑，判華衡於筆下。飛清霜於豸觸，矢白日於魚懸。弼五教惟重惟輕，足繼虞廷之允；成三德勿休勿畏，何慚周代之良。裁決糾紛，别蟠根之利器；哀矜冤眚，渡苦海以慈航。聲播縉紳，渥垂綸綍。念江漢南方之化，已懋高勳；惟詩書東土之邦，更勞暫治。屈賢者於外郡，雖匪輿情；觀聖人之遺風，諒其素願。想見蒲鞭之政，丕揚木鐸之音，魯國得師，争覩宣尼老杏；楚人失望，齊歌召伯甘棠。某等官同寮寀，誼篤弟兄。金石勤渠，領教言而未忘；瓊瑶重疊，懷令德以何酬。臨鷗渚而嘆萍波，醉指銀山之色；登鶴樓以瞻楓陛，飽聽玉笛之腔。正爾協心，遽堪分手。注江淮泗，隔一水以非遥；接壤幽燕，去五雲而漸近。鸞棲百里，行膺錫衮之褒；鵲起三台，終賛垂衣之治。未能借寇，徒切攀稽。歲晏長亭，惜歌驪而折柳，春濃上苑，期附驥以看花。詞曰：「驪歌江渚，正落日烟波，寒山凝紫。當轍褰裳，臨岐把袂，風葉蕭蕭亂舞。方羡化行南國，又報郡移東土。堪仰處，是霜裁老綍，冰操清苦。　争覩，見皎皎，玉樹臨風，喜氣盈眉宇。三木論囚，五花判事，籍籍遍傳荆楚。未展清才金馬，聊寄專城銅虎。共看取，赴雲龍盛會，薄施霖雨。」（同前）

朱承爵著輯詞話

朱承爵，字子儋，號舜城漫士，又號左庵、盤石山樵，江陰（今江蘇）人。能畫，好蓄書，嘗以愛妾換宋刻《漢書》。所著有《灼薪劇談》、《存餘堂詩話》。《灼薪劇談》朱氏小序云：正德癸酉臘月，大雪浹旬，與二三文士坐集瑞齋，擁爐夜話，賓主互答，次日追憶，録而成書。乃雜抄唐宋説部之文。此據《四庫全書存目叢書》影印明抄本《灼薪劇談》和影印明嘉靖刊《顧氏明朝四十家小説》本《存餘堂詩話》録詞話四則。

一　東坡初未識秦少游，少游知其將復過維揚，作坡筆語，題壁於山寺，東坡果不能辨，大驚。及見孫莘老，出少游詩詞數百篇，讀之，乃歎曰：「向書壁者，定此郎也。」（《灼薪劇談》卷上）

二 賈似道當國，士人陳藏一作雪詞譏之，詞曰：「没巴没鼻，霎時間、做出漫天漫地，不論高低。并上下、平地都教一例。鼓弄滕神，召邀巽二，一任張威勢。識他不破，只今道是祥瑞。　却是鵝鴨池邊，三更半夜，誤了吴元濟。東郭先生，都不管、關上前門穩睡。一夜東風，三竿煖日，萬事隨流水。東皇笑道，山河元是我底。」詞雖近鄙，而情實至。（同前）

三 東坡在玉堂，有幕士善謳，因問：「我詞比柳詞何如？」對曰：「柳郎中詞，只好十七八女孩兒執紅牙拍版唱『楊柳外，曉風殘月』；學士詞，須關西大漢執鐵版唱『大江東去』。」公為絶倒，聞者亦評其公。（同前）

四 詩詞雖同一機杼，而詞家意象亦或與詩略有不同。句欲敏，句欲捷，長篇須曲折三致意，而氣自流貫乃得。近讀宋人詠茶一詞云：「鳳舞團團餅，恨爾破，教孤令。愛渠體净，隻輪慢碾，玉塵光瑩。湯響松風，早減二分酒病。　味濃香永，醉鄉路，成佳境。恰如燈下，故人萬里，歸來對影。口不能言，心下快活自省。」其亦可謂妙於聲韻者也。（《存餘堂詩話》）

張天復詞話

張天復（一五一三—一五七三），字復亨，號内山，又號鏡波釣叟，山陰（今浙江紹興）人。嘉靖丁未進士，授禮部主事，陞雲南副使，官至太僕寺卿。著《皇輿考》、《鳴玉堂稿》等。此據《續修四庫全書》影印明萬曆八年陳文燭刻本《鳴玉堂稿》録詞話二則。

一　《送郡伯沈公入覲兼考最帳詞》：伏以一代雋髦，三吴鴻碩。遺言肆討，黌序有經笥之稱；姱行潔脩，鄉閭著德堂之望。乃飛步於紫庭，遂獻身於明主。初拜虞曹，章課盡飭材之績；繼官讞部，明清展平反之猷。天眷日殷，民牧斯寄。試望之於三輔，爰頒虎符；卧長孺於淮陽，夙臨鏡水。為郎譽問，已擅無雙；治郡功名，輒居第一。桑枝麥穗，聿興載途之謡；犬寂吏閒，早溢甘棠之詠。既陟明於三載，復借寇以一年。萬姓歡吟，百度釐肅。發奸摘伏，盡蠲三尺之苛；均賦平傜，咸渥一分之賜。申戎虣寇，百年海不揚波，甃閘隄湖，八邑水皆歸壑。竹箭罄會稽之美，功爰自我文翁；刀劍移勃海之風，化實繇茲龔遂。守三事畫如一日，嚴四知錢嘗再清。飲水鄧攸，庶儷冰霜之節；運甓陶侃，猶開風月之襟。地逢内史風流，民忻忻以相告；杯傳右軍瀟灑，泉涓涓而復流。曲水池邊，留得遺馨千載；浴沂亭上，坐來清嘯三秋。獻歲屆覲嶽之辰，先期飭秉圭之典。黄河冬雪，十月方深；滄海春風，五馬難再。還祖榮於將作，寧淹此日之旌旄；擢翁歸於扶風，行聽九重之綸綍。赤墀青瑣，方殷虚席之懷；白叟黄童，何堪卧車之戀。矧茲韎門武弁，久荷帡幪，欲效閭巷童謳，竊慚紈袴。敢代蕪詞，用陳祖道。「會稽太守來何暮，朝天又向錢塘渡。去去惟輕載石舟，年年空憶斑春樹。」

鳴鸞振玉大庭聽，懋績嘉謨楓陛陳。為語從容金馬客，青山還念舊遊人。（《鳴玉堂稿》卷八）

二 《賀督府石公陞户侍帳詞》：伏以簡隆宸綍，使華遠賁於三湘；寵重儒紳，朝序薦登於入座。殿雄區而授節，夙參祈父之尊；培國計以借籌，載貳大農之寄。匡時允賴，有位同瞻。恭惟閤下：洺水瓌材，清朝碩望。負鎮時之雅量，韜蹀俗之英姿。（筆者按：此句原在「閑范老」句後，當係錯簡，移此。）而胸中兵甲，閑范老之先機；而心上經綸，邁桑公之潛計。運甓陶侃，長懷分晷之勤；飲水鄧攸，何忝嚴霜之節。經笥奮翮，早飛步於紫庭；豸苑埋輪，輒生風於黄閣。朝識九齡之直，家承萬石之貽。既出牧於一麾，乃逾貞於百折。歷臬藩而甘棠載賦，撫邊圉而鎖鑰垂銘。遂日追風，足占百樂之駿；剸犀截鐵，信藉昆吾之鋒。綸眷聿申，輿言敦協。爰升華於留部，熕坐鎮於炎方。下車而雅俗還淳，攬轡而黠獠斂迹。節勞蠲役，户聞百耦之歌；約己裕民，室喜千鍾之貯。裒冗濫，頓令除額外之徵；黜浮華，奚翅徹騶前之樂。汰貪殘之將，而士伍來綏；翦拒逆之猺，而邇遐按堵。窮髮沐一分之賜，空除鮮三尺之苛。陌上成陰，桑間可咏。廼甃瞭臺於津隘，亦開坑塹於郊衢。用臨百粤之巔，爰扼三苗之吭。弛張默運，鯨鯢失跋浪之雄；駕馭多方，羆虎奮横戈之氣。遂使豺狐喙息，金柝無聲；永令蜂蠆潛形，雕弧不試。三年寢旅，何煩終軍之請纓；六月休師，無勞賈生於屬國。文武吉甫，肅儀憲於南荒；壺矢祭遵，挽風流於曠代。再疏異渥，趣近清光。還伏波於五溪，指星辰而直上；擢望之於三輔，踐台斗以窮躋。武庫多材，暫典殷邦之賦；國華延譽，行司商室之衡。某等久席末光，獲塵下寀。龍驤豹躍，永依日月之輝；鳳翥鵬翀，徒戀風雲之翼。祇奉官聯之守，莫陪賔賀之班。敢綴蕪詞，用陳祖帳。「丹心勁節，况命世才猷，明庭雋杰。豸冠繡斧輶車，歷盡炎風朔雪。巀嶪孤標千仞，砥柱中流百折。盡道是獨鶴引清琴，冰壺秋月。　掀揭，探囊中，惟餘耿耿，肯隨人明滅。稜稜風望，巖廊久重，特簡耆臣休休烈。翊佐鴻謨，早看鍾鼎齊夔卨。」「沅古苗州，控三邑險阨，百蠻上游。天假秉麾握鉞，坐操熊虎貔貅。鎮日輕裘緩帶，未須振旅揚矛。最好似摽扶桑銅柱，千載誰儔。　壯猷，這勛名，丹青焜耀，一徹宸旒。邦計司勞，通明召促，倪旄卧轍難留。政機入夢，還將江漢費綢繆。」右調《喜遷鶯》二闋。（同前）

李攀龍著輯詞話

李攀龍（一五一四—一五七〇），字于鱗，人稱滄溟先生，歷城（今山東）人。舉嘉靖進士，歷陝西提學副使。家居十年復出，累遷河南按察使，以母憂歸。好讀書，工詩文，高自標置，築白雪樓於鮑山華不注之間。與王世貞齊名，世稱王李，又與徐中行、宗臣、梁有譽、謝榛、吴國倫稱嘉隆七子。所著有《滄溟集》、《白雪樓詩集》，編著有《古今詩删》、《詩學事類》、《韻學事類》、《韻學淵海》、《唐詩選》、《詩文原始》。《唐詩選》七卷附《唐詩統論》二卷，題李攀龍選，王穉登閲，有《續修四庫全書》影印明閔氏刻朱墨套印本，按《四庫總目提要》著録有《唐詩選》七卷，云舊本題明李攀龍編，唐汝詢註，蔣一葵直解，與此不同。又於李攀龍編《古今詩删》云：「流俗所行，别有攀龍《唐詩選》，攀龍實無是書，乃明末坊賈割取詩删中唐詩加以評註，别立斯名。」今又存有《新刻李于麟先生批評注釋草堂詩餘雋》，亦恐是託名,參見後一家詞話。此據臺灣偉文圖書出版社有限公司出版《明代論著叢刊》第一輯影印明刊本《滄溟先生集》、《續修四庫全書》影印明閔氏刻朱墨套印本《唐詩統論》、《四庫全書存目叢書》影印明刻本《新刻詩學事類》録詞話二十五則。

一　霓裳舞:《逸史》:羅公遠中秋夜侍玄宗翫月,公遠乃取杖向空擲之,化為長橋,其色如銀。請帝登之,至大城闕,公遠曰:「此月宫也。」見僊女數百,素練寛裳,舞於廣庭,帝問曰:「此何曲名?」曰:「《霓裳羽衣曲》。」(《新刻詩學事類》卷一「天文門・月・中秋月」)

二　玉宇寒:東坡中秋歌,都下傳唱,内侍録呈,神宗讀至「瓊樓玉宇,高處不勝寒」,上曰:「蘇軾終是愛君。」量移汝州。(同前)

三　賞花時節:詩餘:「乍雨乍晴,已近賞花時節。」(同前書卷二「天文門・春晴」)

四　攬衣:古詞:「晝日移陰攬衣起。」(同前書卷三「時令門・春晝」)

五　梅蘂綻:古詞:「十月小春梅蘂綻。」(同前書卷四「時令門・孟冬」)

六　歌吹:古詞:「湧金門外小瀛洲,寒食更風流。紅船滿湖歌吹,花外有高樓。」(同前「節序門・寒食」)

七　九日遇雨:泥拍肚:宋朝重九日雨,康伯可在翰苑,奉勅撰詞,口占《望江南》一闋進:「重陽茱萸潤，黃菊濕滋滋。落帽日，風雨苦淒淒。戲馬臺前泥拍肚，龍山會金水平擠，直浸到東籬。孟嘉尋箬笠，休官陶令覓蓑衣，兩個一身泥。」（同前書卷四「節序門・重陽」）

八　煙波弄月：蘇養直詩：「屬玉雙飛水滿塘，菰蒲深處浴鴛鴦。白蘋滿棹歸來晚，愁看蘆花兩岸霜。扁舟係岸依林樾，蕭蕭兩鬢吹華髮。萬事不理醉復醒，常占煙波弄明月。」（同前書卷七「宮室門・漁家」）

九　翠雲裘：張于湖樂府：「臘後梅前別一般，梅花枯淡水仙寒，翠雲裘著紫霞冠。」（同前書卷八「百花門・瑞香花」）

一〇　巾蹙：坡詞：「石榴半吐紅巾蹙，（脱『待』字）浮花浪蕊都盡，伴君幽獨。」（同前書卷八「百花門・榴花」）

一一　三種：古詞：「紅是狀元，黃為榜眼，白（當脱『為』）探花郎。」謂之三種。（同前書卷九「花木門・桂花」）

一二　一點宮黃：辛稼軒詞：「大都一點宮黃，人間直愁芬芳。怕是秋天風露，放教世界都香。」（同前「花木門・月桂」）

一三　香浮乳酪：晏詞：「香浮乳酪玻璃盌，年年醉夷嘗新慣。何物比春風，歌唇一點紅。」（同前「百菓門・櫻桃」）

一四　點紅唇：晏詞：「何物比春風，歌唇一點紅。」（同前）

一五　十八娘：東坡詞：「輕紅釀白，雅稱佳人，纖手擘，骨細肌香，恰似當年十八娘。」注：十八娘，荔枝名。（同前「百菓門・荔枝」）

一六　新曲名：《楊妃外傳》：貴妃生日長生殿，新曲未有名，會南海進荔枝到，因名《荔枝香》。（同前）

一七　章臺：小説：韓翊詩：「章臺柳，章臺柳，往日依依今在否。縱有長條似舊垂，亦應攀折他人手。」柳氏答：「楊柳枝，芳菲節，可恨年年贈離别。一葉隨風忽報秋，縱使君來豈堪折。」（同前書卷十一「百木門・柳」）

一八　唐玄宗製曲：南卓《羯鼓録》：唐玄宗製《秋風高》一曲，每奏之，則清風徐來，木葉交墜。（同前「竹木門・木葉」）

一九　桃花流水：張志和：「西塞山前白鷺飛，桃花流水鯿（當作鱖）魚肥。　青蒻笠，緑簑衣，斜風細雨不須歸。」（同前書卷十五「人品門・漁父」）

二〇　緑衣：張志和詩：「西塞山前白鷺飛，桃花流水鱖魚肥。　青蒻笠，緑簑衣，斜風細雨不須歸。」（同前書卷十九「器用門・簑笠」）

二一　江上春雨：古詞：江上一犂春雨。（同前「器用門・犂鋤」）

二二　轉關濩索：坡詩：「轉關濩索動有神，雷輥空堂戰窻牖。」注：曲有《轉關六么》、《濩索梁州》，皆其名也。（同前書卷二十「音樂門・琵琶」）

二三 南來：古詞：「南來鴈向沙頭落。」（同前書卷二十二「飛禽門·鴈」）

二四 報謝茂秦書：不佞在告，杜門伏枕，三年於此矣。足下高誼，乃能一介存故人。所辱新刻，輒以檢列，即不必致致之。凡以為足下者，意則至矣，豈敢謂足下已老？勿厚望之，即示小詞，取韻亦不妥，能坐甘薄俗過我論詩不？（《滄溟先生集》卷二十八）

二五 作古詩先須辨體，無論兩漢難，至苦心模倣，時隔一塵。即為建安，不可墮落六朝一語；為三謝，縱極排麗，不可雜入唐音小詩。欲作王、韋長篇，欲作老杜，便應全用其體，第不可羊質虎皮，虎頭蛇尾。詞曲家非當家本色，雖麗語博學，無用，況此道乎？（《唐詩統論》）

《新刻李于麟先生批評注釋草堂詩餘雋》詞話

《新刻李于麟先生批評注釋草堂詩餘雋》四卷，卷端下題「古歙吴從先寧野甫匯編，公安袁宏道中郎甫增訂，仁和何偉然欲仙甫參校」，吴從先，字寧野，古歙（今安徽）人。行蹟不詳。崇禎時在世。所著有《小窗清紀》、《小窗自紀》、《别記》。李攀龍，字于鱗，其傳詳前。按國家圖書館藏萬曆乙卯自新齋余垣重梓本《新刻題評名賢詞話草堂詩餘》，凡六卷，卷端下題「濟南于鱗李攀龍補遺，四明眉公陳繼儒校正，書林泰垣余文傑繡梓」，評語與此不同。此據南京圖書館藏明師儉堂蕭少衢刻本《草堂詩餘雋》録詞話四百三十六則。

一　《草堂詩餘序》：詩三百篇，風雅頌，觭體□賦與觭調，大都太音中會，新聲未散。凡太史之所陳風，里巷之所歌謡，總蔽於一言者近是。緣而時歌播樂章，依詠和聲，不假繩削而宫徵自應，雖謂太和盈宇宙可也，未聞有所云《草堂詩餘》者也。詩餘名以《草堂》者，顧子汝所刻，而何良俊所叙者，良以姬轍轉東，王跡掃地，雅詩亡而雅樂幾不復作，降而嬴秦擊甕扣缶而歌烏烏者無問矣。迨卯金祚熾，秋風興詞，侈心過沛，又蘇、李著言，踵《雉子班》《朱鷺》《芳樹》《臨高臺》而創，然多詩自詩而樂自樂矣。六朝來，惟推七步成章，以為鼓吹。豈陳、隋之《曲江》《玉樹》乖聲律而□心志者□也。李唐嗣興，貞觀、開元間而下，如王維、王昌齡、王之渙略占小詞，進步大雅，既天寶來，李青蓮《憶秦娥》《菩薩蠻》諸調，又五言六七言之正宗，而五音十二律之變韻。周待制編之以名目，柳屯田復增以二百餘，一時彬彬，猗歟盛矣。趙宋而下，如蘇東坡、歐陽修、黄山谷、秦少游所著《西江月》《浣溪沙》《驀山溪》《風流子》擬之，王介甫之《漁家傲》、宋子京之《玉樓春》等章，尤為詩餘絶唱。金、元歌調，九宫之殊無可採，固其然也。我皇明隆興，二祖十宗，聖天子建中和之極，都人士家弦户誦，依稀太古希音云。邇來本寧李君評釋《唐詩雋》業已行世，未幾復有《明詩雋》出，自國朝諸名公錦心繡口之章，雅堪李唐繼響，垂之金石，頓新宇宙之見聞矣。兹吴寧野公更踵以《草堂詩餘雋》，余從而玩味其間，見其考古校正，編以四季景趣，注釋抉之，詩歌典核，而字句章法，評林詳細，煥然可以賞目，怡然可以賞心，盡可謂調叶陽春，詞工白雪，而遏雲繞梁之歌，《霓裳羽衣》之制，由於是乎正印。是編出吾知韻士家，耳目改觀，心神顒注，所以抽一言之精藴而衍三百之緒餘者，不但大有裨於古樂府，即以跨漢、唐、宋而留商、周之盛可也，寧直一歌曲之濫觴已已，是為叙。時己未仲冬，臨川毛伯

丘□□題於聽目軒齋頭。（《新刻李于麟先生批評注釋草堂詩餘雋》）

二　胡浩然《喜遷鶯》「譙門殘月」：先記節序，次述宴賞未歸，應時納祜有餘。　又：「烘雲」、「解凍」，語出天然，詞經百鍊。　又：「壓倒柳腰鶯舌」句，自是陽春白雪調。　又：詞雖曲折，意實聯翩，□□□立春景色，自是嬌鶯百囀。（同前書卷一「春景類」）

三　辛幼安《蝶戀花》「誰向椒盤簪綵勝」：上段記往春，下段卜來自，俱是元日裏争妍。　又：為花恨春，為春惜花，千敲百鍊。　又：雙雙布勢，疊疊遺調，真有舞蝶穿花之度。（同前）

四　賀方回《臨江仙》「巧剪合歡羅勝子」：先以立春故事鋪叙，後以人情客意結之，俱見體制妙處。　又：上用羅勝典實，下引文園病客，□典無方。　又：宜酒樂年，亦弓介眉壽意，而「鴈後」、「花前」語，又是羽化登仙景界矣。（同前）

五　毛澤民《玉樓春》「小園半夜東風轉」，一名《木蘭花》。上是迎朝陽景，下是惜韶華意。　又：有春風披拂、煙景萬頃之象。又：雲母果皺面，當令東君傾倒玉樓矣。（同前）

六　李漢老《小重山》「誰勸東風臘裏來」：先綵燕傍飛，後繡鞋踏青，剪裁成法。　又：立春日事，遊春日景描出，在在如畫。　又：色色麗，步步嬌，山靈寧不為之闊目。（同前）

七　京仲遠《漢宫春》「暖律初回」：上元前一日立春，上鞭春牛，下飲春酒。　又：「星移」、「月滿」，奪陽春矣。　又：春日醉人多，信然，信然。　又：詠此若飲醇醪，不覺令人自醉也。□漢宫傳蠟燭，長與君共卜夜，何如？（同前）

八　向伯恭《鷓鴣天》「紫禁烟花一萬重」：上寫上元景象，末寓感慨深意。　又：「轉斗」、「回龍」語，何等蒼老。　又：星毬萬點簇春紅，自是千金世界。（同前）

九　張林甫《燭影摇紅》「雙闕中天」：上述往事，下嘆來年，神情一呼一吸。　又：追叙侍宴陪遊，如一瞬幻夢，因而感時傷懷，點點聲聲，筆端吐□。　又：此撫景寫情，俱見其榮光易度，夢醒無幾，真畫出風前燭紅影在目。（同前）

一〇　劉叔安《慶春澤》「燈火烘春」：上段鋪叙上元景，下段轉入感慨情。　又：「烘春」、「浸月」，虚字傳靈。　又：殊惜春光易邁意。　又：起語巧奪化工，結意深入九泂，富麗典雅，俱見此詞。（同前）

一一　李漢老《女冠子》「帝城三五」：上是才子遊街，下是佳人陟遇，情景俱到。　又：緩步香風，感人魂似醉，真詩中畫、畫中詩也。　又：燈宵繁華，更詠出才子佳人兩兩輸情如傳口中語，語中□不盡春光争妍之態。（同前）

一二　柳耆卿《傾盃樂》「禁漏花深」：上寫「皇居」如閬苑，下「山呼」祀聖有居民共樂意。　又：語語皆是都門元宵，景色堪描。　又：謕紫都人士同樂，共訴聖壽無疆。　又：如少婦踏歌舞袖，聲調入雲，翩躚映月。（同前）

一三　吴大年《燭影摇紅》「梅雪初消」：上叙元宵樂事，下追述陪駕，有感慨。　又：寫上元景如千葩□樹，述往事傳柑□節，又似廣寒月闕中來。　又：鋪叙景色，追述榮光，恍似空中燭，灼燁

無方。（同前）

一四　丁仙現《絳都春》「融和又報」：上是無窮勝景，下是慶賞燈光。　又：千葩霽色，萬點春江，俱□此筆所裝飾。　又：燈光徹夜，勝賞未已，有一刻千金聲價。（同前）

一五　康伯可《瑞鶴仙》「瑞烟浮禁苑」：上是笙歌宴集，下是遊玩太平。　又：盡是銀花合而鐵樹開矣。　又：組織無痕，巧出天孫妙手。　又：神遊竟天舜陽之中。　又：雖家見月，能閒坐，何處愁燈不看，未堪為此詠畫圖。（同前）

一六　康伯可《寶鼎現》「夕陽西下暮靄紅」：先叙月夜花開，次千門燈火，末結出乘時行樂之意。　又：燈光月夜，花影百媚争春。　又：如暗塵隨馬，遊遍蓬壺苑矣。　又：且歌且舞，如醉巫山十二峰中。　又：芬芳襲人，如攜來滿袖香煙，遍紫陌遊人，伊誰不賞目薰心。（同前）

一七　康伯可《漢宫春》「雲海沉沉」：上半叙金吾不禁之夜，下半寫佳人歌舞之樂。　又：九枝燦爛，疑是元鼇駕山來。　又：擺柳腰，遏雲調，恨不通宵宴。　又：城光不夜，更奏出鈞天新聲，人人都在廣寒宫裏。（同前）

一八　周美成《解語花》「風銷焰蠟」：上是佳人遊玩，下是燈下相逢，一氣呵成。　又：笙歌簇擁，疑是玉女下陽臺相逢，不堪回首處，夢入天台路又遠。　又：才子佳人，一時勝會，千載奇逢，洵是解語花，傾國傾城聲價矣。（同前）

一九　胡浩然《傳言玉女》「一夜東風」：上是燈月交輝景，下是嬌羞寄好音。　又：燈火千門開

不夜。又：上元有逢，寄語阿誰？　又：安得玉女下銀河，聽不盡金玉爾音，莫教松梅夢裏過。（同前）

二〇　胡浩然《萬年歡》「燈月交光」：「郎醉目」、「人如玉」，詩中畫筆。　又：「心曲」飛，因轉思「鳳簫人」，亦樂小淫風化也。　又：如醉萬花春谷，一醒出煙霞世界，渾似秦樓吹入，不昧靈竅。（同前）

二一　吴子和《喜遷鶯》「銀蟾光彩」：上欲其再試燈霄，下欲其重尋燈景。　又：依舊試燈，是再慶元宵。　又：更期踏青，是春遊後會。　又：俱在正月閏上覓情景，似出谷嬌鶯，聲聲展轉。（同前）

二二　周美成《應天長》「條風布暖」：上半叙景色寥寂，下半與人世睽絶。　又：燕語梁間，客到社前，生意活潑。　又：「人家不相識」，有遺世獨立豐標。　又：不用介子推典實，但意俱不求名、不徼功，似有埋光剖彩之卓識，玩行（按：以下似有脱文）。（同前）

二三　周美成《瑣窗寒》「暗柳啼鴉」：上描旅思最無聊，下描酒興最無涯。　又：「愁雨灑空堦」，旅館哪堪此寂。　又：本作高陽酒徒，春光冷淡人矣。　又：寒窗獨坐，對此禁煙時光，呼盧浮白，寧多遜高陽生哉！（同前）

二四　僧仲殊《訴衷情》「湧金門外小瀛洲」：上段情興欲飛，下段時光可挹。　又：寒食調，獨此有不囿於俗。　又：衷情欲訴無人會，留午淡煙晴日動。（同前）

二五　謝無逸《玉樓春》「弄晴數點梨梢雨」：上借鳥以鳴仲春景，下借花以憐仲春情。　又：「破草」、「殘花」盡入化工，「桃嗔」、「柳妬」尤神妙矣。　又：從來無此一清語，堪出州叶，賞其佳調為快。（同前）

二六　万俟雅言《三臺》「見梨花初帶夜月」：上是季春景象，下是東作政務。　又：叙到游女戲鞦韆，不但向花生春。　又：描寫寒暖輕、陰晴半，收入「閶闔」、「傳宣」，最為步武。　又：鋪叙有條，如收拾天下春歸肺腑狀。（同前）

二七　劉叔安《絳都春》「和風乍扇」：上追憶歡賞既往，下眷念韶光易度。　又：引牡丹盡見春光富貴，至詠年少難買處，何等賞心。　又：人生行樂耳，須富何期？　此詩正得此意。（同前）

二八　劉叔安《水龍吟》「弄晴臺館」：上想去歲遊春景，下恐入夜懷春情。　又：「前度桃花」語，念情劉郎，意司馬多情，此中難解文君寄趣處。　又：語語傳情，色色布景，如入萬花春谷，令人應接不暇，佳甚，佳甚。（同前）

二九　趙德麟《蝶戀花》「欲減羅衣寒未去」：上借言淚雨紅杏，下借言不歸飛燕。　又：借春光悮佳期，隱見詞衷。　又：託杏寫興，託燕傳情，懷春幾許衷腸。（同前）

三〇　葉少藴《醉蓬萊》「問春風何事斷送繁紅」：上用《陽關》送別典，下引《蘭亭》修禊事。　又：更進一杯，聊勸故人。　又：酒冷詩成，何多遜逸少風。　又：「故人」隱與「《陽關》」照應，不忍別離之意溢於言外。（同前）

三一　馮偉壽《春雲怨》「春風惡劣」：上是傍花隨柳景象，下是撫古傷今情緒。　又：春暮奇葩，争妍百媚。　又：蘭亭勝會，而今安在哉？　又：□上巳景，思修禊人，無窮寄慨。（同前）

三二　秦少游《風流子》「東君吹碧草」：人倚欄干，夜不能寐。　又：時有盡，恨無休，自爾展轉百出。　又：觸景傷懷，言言生巧，不涉人間踵徑。

三三　李元膺《洞仙歌》「雪雲散盡放曉晴」：上是春光綴心上，下是春遊覓時光。　又：梅心映遠，一字一珠。　又：「春寒醉紅自暖」，得陽谷初回趣。　又：收春光於胸中宇宙，誠歌出洞裏僊矣。（同前）

三四　劉改之《水調歌頭》「春事能幾許」：上言春光易邁，下言恣飲高歌。　又：「怕春光先歸去」一肩（疑作扇）極盡洛陽矣。「坐談蠶（疑作風）月」、「恣眠芳草」，陽春寡和之調。　又：乘時賞勝，有秉燭夜遊之雅況。（同前）

三五　張東父《蓦山溪》「青梅如豆」：上携朋共踏春光，下夜飲共賞春暮。　又：「識面」、「論心」語，何處得來？　又：「脉脉」、「厭厭」，無限景趣。　又：春半景色都描盡筆端，而一段明媚佳趣，令人鼓舞無方。（同前）

三六　黄山谷《蓦山溪》「鴛鴦翡翠」：上叙早春花初發，下叙别春酒不空。　又：「春未透，花枝瘦」，寓意幽遠。　又：柳拆長亭，有更進一杯之繾綣。　又：有感而發，語中意味雋永，自是膾炙人口。（同前）

三七　王元澤《眼兒媚》「楊柳絲絲弄輕柔」：上是春光已半，下是相思有在。　又：未雨先雪，枝上梢頭，最醒語。　又：相思應上愁字，乃鍼門一綫，妙手。（同前）

三八　秦少游《眼兒媚》「樓上黄昏杏花寒」：上叙燕鴈鳴春景，下叙水山懷春情。　又：對景興思，一唱三歎。　又：畫出秋春山圖。　又：寫景□鳴，寫情如見，詞意兩到。（同前）

三九　宋子京《錦纏道》「燕子呢喃」：上是行看海棠雨，下是酒問杏花村。　又：經雨胭脂，春景如畫。　又：遊遍郊原春色來。　又：「尋芳酒問」總是業，寫遊春景象，如在錦綉叢中。（同前）

四〇　王介甫《漁家傲》「平岸小橋千嶂抱」：上是春風到草廬，下是鳥聲惟干夢。　又：惟有春風，不世情意。　又：一枕清夢，自謂羲皇上人。　又：語語描出漁家傲，真有乾坤一粟之胸襟。（同前）

四一　趙德麟《清平樂》「春風依舊」：上叙清明佳節，下承有追憶、夜不能寐意。　又：真寫出春風依舊景，「春色惱人眠不得」，差堪擬此。　又：對景傷春，至「斷送一生」語，最為悲切。（同前）

四二　李後主《阮郎歸》「東風吹水日銜山」：上寫其如醉如夢，下有黄昏獨坐之寂寞。　又：似天台僊女佇望歸期，神思為阮郎飄蕩。（同前）

四三　歐陽永叔《阮郎歸》「南園春半踏青時」：上踏青時春光可掬，下歸燕是託物比興。　又：「花露」、「烟低」，詩中畫景無過此。　又：得意語不在多，寄情語不在顯。（同前）

四四 秦少游《柳梢青》「岸草平沙」：上是覓春芳雅處，下是憶春桃幽情。　又：詠□春開花，而思尤在解語花矣。

四五 宋子京《玉樓春》「東城漸覺風光好」：上是風前描春色，下是花間泛酒杯。　又：「紅杏枝頭」洵一語，價值千金矣。　又：子野謂其獨擅詞壇，歐陽修相見之晚，於此信然，非語語矣。（同前）

四六 秦少游《千秋歲》「柳邊沙外」：上因春思人情已切，下因人惜春思轉狂。　又：□情。　又：故人在雲望，直令人愁腸海樣深。　又：人不見，今何在？種種是一日三秋之思。（同前）

四七 王元澤《倦尋芳》「露晞向曉」：上點出無限風光，下結憶故人，幽思有味。　又：棠錦榆錢，鳴鶯遊燕，落花流水，在在寫景，語語傳情。　又：此另是一種芳詞，誦之余香滿齒頰矣。（同前）

四八 阮逸女《魚遊春水》「秦樓東風裏」：「嫩草」、「媚柳」，聯錦心繡口之詞。　又：清句，還從「不見魚鴈書，關山萬里遠」意中脱出。　又：俱是流羽泛商之雅調，當令遊魚活潑水面。（同前）

四九 張子野《燕春臺》「麗日千門」：上叙士女探春宴會，下叙燈光歸院景色。　又：用五侯一典，盡見繁華家勢矣。　又：「猶有花工日影」，最是無限風光。　又：人間富貴家，擬作天上神府，玩此詞，如登春臺而泛張子槎矣。（同前）

五〇 秦少游《滿庭芳》「晚色雲開」：上叙景物繁華，下見人當及時行樂。　又：「鞦韆外」、「東風裏」，字工奇巧。　又：「疏煙淡月」，此時此情，還堪遠眺否？　又：就暗中描出春色，林巒清明，滴就遠處，描出春情，城郭隱如無。（同前）

五一　周美成《浣溪沙》「小院閒牕春色深」：上是託琴傳幽思，下是對花難遣情。　又：不明是閨中愁、宫中愁情景。　又：少婦深情，却被周君淺淺勘破。（同前）

五二　宋子京《玉漏遲》「杏花飄禁苑」：上叙禁苑中景色，下憶故人來時情。　又：新聲同鶯聲，展轉百媚。　又：憶故人情緒，一字堪一淚。　又：讀此如遊皇都春色裏，對故人卜歸期，敲落燈花，不動玉漏幾許。（同前）

五三　秦少游《憶王孫》「萋萋芳草憶王孫」：此段有杜宇聲、梨花雨，裝點百媚。　又：「不忍聞」、「深閉門」，便吐思憶衷情。　又：詞僅數語，意實多方，讀者自得之言外。（同前）

五四　周美成《浣溪沙》「水漲魚天拍柳橋」：上是傳春色已到，下是記日影將過。　又：「雲鳩拖雨」、「日影」、「花梢」，景在目前。　又：閒碾静看，亦適之如之，不逐紛華胸次。（同前）

五五　秦少游《如夢令》「門外緑陰千頃」：因鳥聲喚醒，步看花弄影，一意貫下。　又：幾語寫盡滿腔春意。　又：優遊自得，此境界還疑是夢中悟來。

五六　晏同叔《玉樓春》「緑楊芳草長亭路」：上是閨中相對景，下是閨中相思情。　又：「五更鐘」、「三更月」，兩入神。　又：相思無盡，直吐衷情矣。　又：春景春情，句句逼真，當傾倒白玉樓矣。（同前）

五七　阮逸女《花心動》「仙苑春濃小桃開」：上叙花香鳥語，下尤寫出獨坐黄昏景色。　又：春光麗，奈春愁不解何？　又：衷情對誰訴，只在夢中過。　又：詠花動處，句句香聞，阮逸亦曾抱閨怨，而欲作解語花也。（同前）

五八　周美成《渡江雲》「晴嵐低」：上是尋春佳際，下是對景傷春之懷。　又：春到山家，花香鳥語。　又：拜月燃燈，喜愁萬狀，亦描得活潑之趣。　又：豔麗輕巧，堪稱遶梁遏雲之調。（同前）

五九　聶冠卿《多麗》「想人生美景良辰堪惜」：用四美二難兼麗，不減唐王勃。　又：西施醉舞嬌無力，笑倚東風白玉牀。　又：才情富麗矣，其「露洗華桐」四句，又所謂玉中之蠟璧、珠中之夜光，觀者心賞目奪。（同前）

六〇　周美成《瑞龍吟》「章臺路」：前二段輕描春色，下一段追思往事，對景傷懷。　又：借景寫情，俱出有意。　又：猶記燕臺誰伴名園，必有所指，玩之有味。　又：有溶月淡風之度。　又：此詩負才抱志，不得於君，流落無聊，故託此以自況，讀者當領會詞表。（同前）

六一　秦少游《如夢令》「鶯嘴啄花紅溜」：中間僅僅數語，自有撫景傷懷無限處。　又：用字妍巧，寓意詠某。　又：聞笛懷人，恍似夢中得來句。（同前）

六二　秦少游《海棠春》「流鶯窗外啼聲巧」：上是半夢半醒時，下是問鶯問花景。　又：窗醒承睡未足來，何等脈絡。　又：流鶯喚醒睡海棠，解醒情景，恍在一盼中。（同前）

六三　柳耆卿《西江月》「鳳額繡簾高捲」：起語頗富麗，未結覺淡弱無味。（同前）　又：對此春光宜飲酒。　又：春日春光飲春酒，不宜虚度。（同前）

六四　胡浩然《春霽》「遲日融和乍雨歇」：上叙半寒半暖天氣好，下須飲酒狂歌逞英豪。　又：點綴春光，筆中造化。　又：睥睨一時，傍若無人之襟期。　又：吐詞豪放，縱情歌酒，此君胸中别具乾坤，如在春風沂水中來。（同前）

六五　解方叔《永遇樂》「風暖鶯嬌」：上聞管起興，其語婉。下對景懷人，其思切。　又：絃遂動，夢雲情，寧無錦衾角枕之想。　又：思舊歡，在何處？照應上□馬情。　又：「春風永巷閉娉婷，長使青樓誤得名」，是詩之謂與。（同前）

六六　史邦卿《沁園春》「做冷欺花」：上是雨阻人登臨佳興，下是夜静無人空閉門。　又：誤了風流佳約，而□真妒人哉！　又：「新緑」「落紅」，此時此景，那堪孤燈獨對。　又：語語淋灕，在在潤澤，讀此，將詩聲徹夜雨聲寒，非筆能興雲乎？（同前）

六七　周美成《大酺》「對宿煙收」：上是對雨孤寂之景，下是遊春懷人之思。　又：雨中添愁，只在無人處。　又：傷心傷目，多為行人未歸得。　又：自憐幽獨，又共誰秉燭，如常山蛇勢，首尾自相擊應。（同前）

六八　李元膺《洞僊歌》「廉纖細雨」：上一番雨添一番愁，下對景追思，點點欲滴狀。　又：愁情較雨意長。　又：思及得意年，還是愁在失意日。　又：助人愁悶，不管滴碎故鄉心。（同前）

六九 蘇子瞻《行香子》「北望平川」：上有登高遠眺之樂景，下有夕陽斜照之情懷。又：有雲生足下胸。誠是晚來景色如畫。又：詠出晚照清光，如披一畫圖在目。（同前）

七〇 賈子明《木蘭花令》「都城水緑嬉遊處」：上有三月有暮春景，下叙斜日難留有風味處。又：賈生只此賦，最見豐韻可人。又：寫出晚景，色色堪描。（同前）

七一 蘇東坡《西江月》「照野瀰瀰淺浪」：上言夜色微明可掬，下言月光清虛易度。又：夜光不寐，只為月色惱人處。又：春月還不如秋月，故詠夜光未甚爽朗。（同前）

七二 王通叟《慶清朝慢》「調雨為酥」：寫春景俱就眼，而遊興只詠意行樂。又：載酒尋芳，只恐春光虛裏過。又：有有無無，望秀色晴之陰踏春光。（同前）

七三 陸務觀《水龍吟》「摩訶池上追遊路」：上是占春勝遊景，下是惜春光易度。又：上下情景相生，遊賞中多少感慨。又：飛蓋争光，掩月拆鳳，俱極意模寫，色色如見。（同前）

七四 馬莊父《歸朝歡》「聽得提壺沽美酒」：上是問酒家以尋春，下是散黄金以結客。又：如問牧童，挹春芳景。又：風月胸懷，盡多裘馬意氣。又：光風霽月，如一傾千杯、一擲千金之人，胸中眼界，當另具一乾坤矣。（同前）

七五 秦少游《金明池》「瓊苑金池」：上指出雨中春意，下寫及時行樂，無限風光處。又：悵望何處，只在燕飛鶯舞中。又：金衣唱、玉山倒，樂也陶陶，不知人世更幾何？又：點綴春光如雨花錯落，至佳人才子共慶同春，猶令人神遊十二峰，為之玩不釋手。（同前）

七六　柳耆卿《玉蝴蝶》「漸覺東郊明媚」：上叙乍雨乍晴景色，下叙適來適去情懷。　又：冒雨盡歡，開宴共賞，更何多遜唐人風。　又：如登蓬萊絶顛叫呼，傾倒謝東山、孔北海，合而為一人矣。（同前）

七七　歐陽永叔《浣溪沙》「湖上朱橋響畫輪」：叙萬里雲天且醉且行景，上下融合。　又：「縈醉客」、「唤行人」，自是遊春圖。　又：寥寥數語，畫出春光，不盡其筆，望都緑矣。（同前）

七八　周美成《瑞鶴仙》「悄郊原帶郭行路永」：上是鶯唤求友意，下是不醉無歸意。　又：「流鶯勸我」，其荒物胸次乎？　又：半醉半醒，不盡以還陽春。　又：自斟自酌，獨往獨來，其莊漆園乎？　其邵堯叟乎？　其葛天無懷氏乎？（同前）

七九　黄山谷《水調歌頭》「瑶草一何碧」：上直入桃源深處，下欲尋謫僊為伴。　又：行行深處無人伴，與造化相遊衍景象。　又：謫僊何處，毋亦有懷坡老之心。（同前）

八〇　辛幼安《鷓鴣天》「著意尋春懶便回」：上是詩酒豪興，下有邂逅佳人之味。　又：輕施粉黛，不減虢國夫人。　又：詩翁酒客，更值懷春之女，此世界何等風光。（同前）

八一　劉改之《賀新郎》「睡覺啼鶯曉」：上叙西湖勝處，下望以才名應召，有老當益壯之意。　又：六橋楊柳，兩岸桃花，歌舞幾時休也。　又：自負李謫僊遇唐明皇，壯志那肯自灰。　又：身在江湖，志在廟堂，劉公一行詞堪當十上應制語矣。（同前）

八二　黄魯直《踏莎行》「臨水夭桃」：上有把酒忘愁之情，下有對花問天之語。　又：寫景可以

賞月，寫情可以賞心。又：人生有幾韶光美，擲盡金樽拚醉眠。（同前）

八三 秦少游《踏莎行》「霧失樓臺」：上言孤館春寒之旅況，下言音書難付江水流。又：春寂，而旅思更寂矣。有梅堪折，奈驛使不逢何？又：東坡最愛此詞，爲之稱賞無已。（同前）

八四 歐陽炯《玉樓春》「日照玉樓花似錦」：上是鶯聲破殘夢，下是更飲海棠花。又：夢魂却被黄鸝呼，亦是海棠睡，不足酣賞。又：曾向花間幾回醉，十千沽酒莫辭頻。（同前）

八五 葉道卿《鳳凰閣》「遍園林緑暗」：上言風雨送盡韶華，下言蕭索難遣黄昏。又：恨風雨向黄昏，傷懷縷之萬狀。又：傷春詞，堪與愁秋賦並寫寥寂。（同前）

八六 周美成《玲瓏四犯》「穠桃夭李」：上叙别後難逢意，下叙未蒙青眼語。又：别恐不得見，見又恐别，此景與語言。又：前説夢魂，後總芳心，春定有盡，而春思無盡。（同前）

八七 康伯可《憶秦娥》「春寂寞」：上是風落花殘景象，下是春寒服薄情思。又：畫種種春怨，便見種種憂思。又：詞淡而意濃，氣和而味雅，恍若素娥對語。（同前）

八八 俞克成《謁金門》「愁脈脈」：描出閨中少婦，神情自肖。又：有上翠樓眼界，懷春之女，吉士可誘。（同前）

八九 賀方回《望湘人》「厭鶯聲到枕」：上憶風前月下之歡，下祝飛鴈歸燕之信。又：風骨内含，鋒芒外隴，擲地當有金聲。又：追憶故人湘江尾，相思盡寄一口中。又：詞雖婉麗，意實展轉不盡，誦之隴之，如奏清廟朱絃，一唱三歎。（同前）

九〇　僧皎如晦《高陽臺》「紅入桃腮」：前段言春光易老，下言當及時行樂，勿為名利束縛。又：對此春光不行樂，徒入虛浮名利場。傷哉！傷哉！（同前）

又：埋怨王孫芳草處。又：愁秋賦却把來當傷春調。

九一　晁叔用《玉蝴蝶》「目斷江南」：上是送別情懷，下尤是幽思無限處。又：用湘浦、高唐、南陌、西廂，各有意趣。又：景中寫情，情中布景，對仗中整肅，詞調猶以法律勝者。（同前）

九二　俞克成《聲聲令》「簾移碎影」：上述庭院中景色，下對時感慨無方。又：「閒枕剩衾」，終難對人言，故夢魂亦莫追尋，何等惆悵。

九三　周美成《西平樂》「穉柳蘇晴」：前段綴景鋪詞，後段傷今思古。又：「事逐孤鴻」一□，堪為浮生一難。又：感事與懷，得王逸少賦《蘭亭》情思。（同前）

九四　謝無逸《江城子》「杏花村館酒旗風」：上相思不相見，下又是千里望嬋娟情況。又：西李、柳、秦並擅詩宗。（同前）又：引用東陵彭澤令，盡有思家逸趣。又：筆端縱横，詞調贍雅，自與王、方美人，那堪翹首。又：有月共一輪之思緒，語雋永。又：句句活潑，真似謝靈運「池塘春草」之妙。（同前）

九五　秦少游《鷓鴣天》「枕上流鶯和淚聞」：上是音信杳然意，下是深夜獨對景。又：「新痕間舊痕」，一字一血，然而句有言外無限深思。又：形容閨中愁怨，如少婦自吐肝膽語。（同前）

九六　蘇養直《倦尋芳》「獸鐶半掩」：上是落花暮春景，下是簾帳情深時。又：秦簫引得鳳雙

飛，那得人間有此。　又：「空帳」、「重簾」，形影私弔，堪憐。　又：引宫叩羽如秦鈞，無會人耳傾神舞。（同前）

九七　張子野《浣溪沙》「樓倚江邊百尺高」：上言期信來切，下言夜深人去。　又：有約不來，燈花敲盡，夢魂欲□故人邊，逼肖之。　又：「花片片」、「柳陰陰」，自是直春閨寂寞處。（同前）

九八　張子野《浣溪沙》「錦帳重重捲暮霞」：上歎其離家之苦，下歎其夢見之難。　又：日斜花殘，此景堪對難舍，惆悵萬狀。

九九　張子野《浣溪沙》「水滿池塘花滿枝」：上言巧鳥鳴芳，輕風送暖。下言夢人春深，棋消日永。　又：花鳥争春，俱付之夢中乎？悵悵悼之。　又：羨世景之華，歎世事之短，閨情也，實道情也。（同前）

一〇〇　周美成《滿江紅》「晝日移陰攬衣起」：上言其春月有懷而無言，下言其春夜無人而孤宿。　又：有敲落燈花之情況。　又：遠眺益增一惆悵。　又：詞意已出人頭地，而豐度又綽約可人。（同前書卷二「春景類」）

一〇一　何籀《菩薩蠻》「南園滿地堆輕絮」：上是春雨愁人景象，下是春夜惱人情思。　又：「杏花落香」，寫淚雨態。　又：「黄昏倚門」，真無聊語。　又：景物消調（疑作條），獨居幽思，發得悽慘萬狀，如閨中寄語。（同前）

一〇二　秦少游《桃源憶故人》「碧紗影弄東風曉」：憶故人，還為誤佳期也。　又：詞調清新，誦

之自膾炙人口，玩之又羈絆人情。（同前）

一〇三　李後主《浪淘沙》「簾外雨潺潺」：上叙旅客思鄉之遠，下叙別後會見甚難。　又：客夢果如此。　又：「天上人間」，不經人道語。　又：此詞乃思唐故國，着無限江山意，結意春去也，悲悼萬憂，為之淚不收久許。（同前）

一〇四　康伯可《應天長》「管絃繡陌」：上言暮春鶯花世界，下言深夜惆悵精神。　又：鶯舞花語，韶光入畫。　又：問花月誰主，真是相思千縷。　又：寫出春光已過，此時此景，實難為情，言之婉切，最肖婦人聲口，遂稱入彀。（同前）

一〇五　周美成《晝錦堂》「雨洗桃花」：恐雙燕笑人孤寂，何等悽楚。　又：別後惆悵，憶病酒態前無聊。　又：愁聞燕語之自入神，但簫管歌曲，乃妓館中事，恐於閨婦情緒未符。（同前）

一〇六　何籀《宴清都》「細草沿堦軟」：上是思人遠之深衷，下是吐迷戀之真態。　又：思甚邇，而人甚遠，無言淚珠，不盡情緒。　又：聯用四「遠」字，事奇。而寫相思不相思亦切。（同前）

一〇七　秦少游《阮郎歸》「春風吹雨遶殘枝」：上叙春雨落花之景，下叙遲歸殘棋之思。　又：以春花點春景，以春燕觸春情，情景逼真。　又：落花歸燕，俱是撫景傷情之語。（同前）

一〇八　寇平仲《踏莎行》「春色將闌」：上有所觸而景寂，下有所思而神馳。　又：雨中人静，春思自生。　又：無語魂銷，神情不覺飛躍。　又：江南草，樹上鶯，俱是愁人聲色。（同前）

一〇九　寇平仲《踏莎行》「小徑紅稀」：上言春光將盡之景色，下言閨中無聊之情懷。　又：深

語東風禁花舞，莫教深院人斷腸。　又：以緑戰紅酣、鳴鶯舞燕，點出三月春光，色色如畫。一段愁腸入夢，乃情遂景生。（同前）

一一〇　趙德麟《小重山》「樓上風和玉漏遲」：上是隨春光而有樂，下是觸景物而有思。　又：看清池，便見生意無方，即接以有所思而顰雙者，何等委婉。　又：妙在新妝翠樓之上，忽見楊柳，悔教覓侯之意，閨女大抵爾爾。（同前）

一一一　蘇養直《小重山》「西園風暖落花時」：上是春景將盡之天，下是春情有託之思。　又：飛燕□俱是見鳥思人。　又：一番景況，不在多言，即一、二語中□情緒千層。（同前）

一一二　何籀《點絳脣》「鶯踏花翻」：上是春閨中景色，下是閨婦春愁不盡處。　又：叙春光如描如畫，寫春情如怨如慕。　又：知音説與知音聽，不是知音莫與彈，如出婦女聲口，語語迫真。（同前）

一一三　康伯可《浪淘沙》「蹙損遠山眉」：上是夜長而愁亦長，下是花飛而魂亦飛。　又：恍似卓文君題《白頭吟》情緒。　又：春寒兮鳥啼兮，花落片飛兮，自是閨中幽思無盡處。（同前）

一一四　馮延巳《長相思》「紅滿枝」：上是春色惱人處，下是佳期未定是何時。　又：月移花影，何等春光，夢中多見，爭奈會晤之難逢。　又：玩此詞，字字珠璣，聲聲津出，相思之調短，而相思之情甚長。（同前）

一一五　趙德仁《醉春風》「陌上清明近」：上有不見魚鴈信之思，下是對月憶故人之意。　又：

悶人不歸，人□悶解。　又：恨月空照，月照恨來。　又：魚沉鴈杳，好把行人叫，永夜深愁，安當明月。（同前）

一一六　張子野《歸朝歡》「聲轉轆轤聞露井」：上叙春光不易得的，下是睹物傷神之詠。　又：寫出春光明媚，自是可人。　又：有情人，豈不如物之好合也。　又：閨中情殷，遇春更添許多情節。（同前）

一一七　馮延巳《謁金門》「風乍起」：上言水裏鴛鴦可掬，而下是思君不見空為喜。　又：觸鴛鴦而起思望遠意，何等綿延。　又：「千回覽鏡千回淚，一度憑欄一度愁」，亦是此意。（同前）

一一八　何籀《點絳脣》「春雨濛濛」：上有春色正濃之景，下欲見不得見之憾。　又：語委宛而情自迫切。　又：此詞怨形於口，最是婦人聲口，語簡而意自奢。

一一九　秦少游《浣溪沙》「青杏園林煮酒香」：上寫出春景在目，下描來閨情如見。　又：薄裳初試，有意味。　又：容光消瘦，真堪憐也。　又：眼前語致，口頭語，便是詩家絶妙詞。（同前）

一二〇　孫夫人《南鄉子》「曉日壓重簷」：上叙困人天氣最肖，下叙心不在女工，尤迫真。　又：懶梳洗，倒拈金鍼，神鬼已飛騰了。　又：心有所思，不專女工，詞真意切。（同前）

一二一　孫夫人《燭影摇紅》「乳燕穿簾」：上是宫中裝飾之盛，下是音信莫通為恨。　又：畫出佳人嬌媚態。　又：欲寄聲以速歸期，切哉！宛哉！　又：備道出閨中情思，誠紅燭高照，

女中才不減蔡文姬、謝道蘊矣。（同前）

一二二 徐幹臣《二郎神》「悶來彈鵲」：上有愁不可解之病，下有怨不得見之人。 又：因愁生病，愁多病轉多。 又：盡日倚欄杆，此時此情為誰訴？ 又：描出春愁種種，盡是病端。描來春閨寂寂，盡是愁府。（同前）

一二三 徐師川《卜算子》「胸中千種愁」：上觸於自得之時物，下結於不斷之衷腸。 又：春山重隔愁來路，最逼真。 又：來時何速去得遲，半在胸中半在眉。此詞堪與《古愁吟》共詠。（同前）

一二四 沈公述《念奴嬌》「杏花過雨」：上是逢春而思離別，下是觸物而期會晤。 又：正別後思及初別先，切真情語。 又：多情無可問，欲見難見，真愁腸百結。 又：縷縷俱是別後情，種種俱是思時語，言盡而意猶未盡。（同前）

一二五 秦少游《八六子》「倚危亭恨如芳草萋萋」：上憶別多情之語，下難會深思之情。 又：別後分時，憶來情多。 又：「花弄晚」、「雨籠晴」，又是一番景色一番愁。 又：全篇句句寫個愁意，句句未曾露個愁字，正合詩可以怨。（同前）

一二六 徐師川《畫堂春》「落紅鋪徑水平池」：上有惜春歸之短歎，下有懷幽恨之長愁。 又：春歸無奈，深情可擲。 誰知此恨，何等幽思。 又：寫出閨怨真情，俱在末語迫真。（同前）

一二七 趙德麟《錦堂春》「樓上縈簾弱絮」：上微露一段腸心事，下方盡吐其相思情。 又：春

争幾許，盡在相思夢中。　又：相思夢何如，重門鎖不住，最是逼真。（同前）

一二八　秦少游《畫堂春》「東風吹柳日初長」：上點綴春光最媚，下含蓄衷情無限。　又：句句寫景如畫。　又：言少而意甚多。　又：以奇才運奇調，堪稱奇章。（同前）

一二九　晏叔原《探春令》「緑楊枝上曉鶯啼」：上是鶯聲催曉夢，下明言相思心如醉。　又：亦是「打起黄鶯兒」意。　又：果為少年相思，明言何妨？　又：相思夢，睡不成，相思淚，拭不盡，種種俱是真情吐露，一字一衷腸矣。（同前）

一三〇　周美成《掃地花》「曉鶯翳日」：上是殷勤題紅葉意，下是狀愁度黄昏情。　又：如韓夫人把筆衷腸。　又：錯把黄金買詞賦，相如看是薄情人。　又：深宫中原無限幽思，到春來猶（疑作憂）愁添幾種。（同前）

一三一　辛幼安《念奴嬌》「野棠花落」：上言春去人在無限愁，下言舊恨新恨最難訴。　又：春光已盡，幽思動人。　又：重相見來，舊恨新恨都消。　又：如二八嬌娥阿娜百媚，令人一見，神醉魂飛，信是詞中第一色。（同前）

一三二　陳同甫《水龍吟》「鬧花深處」：上叙春光色色可人，下叙春恨綿綿難遣。　又：柳緑花紅，鶯啼燕舞，自是芳菲堪賞。　又：春深恨更深，争奈子規啼月猶為惱人。　又：春光如許，遊賞無方，但愁恨難消，不無觸物生情。（同前）

一三三　王晉卿《燭影摇紅》「香臉輕匀」：上是懶整宫妝意，下是愁添黄昏時。　又：玉輦不遊

幸，新妝付與誰？　又：不露相思調，愁語吟裏彈。　又：幾許深情，空在欲言不言之間。（同前）

一三四　趙德麟《蝶戀花》「捲絮風頭寒欲盡」：上是春酒添春恨，下是寸陰寄寸心。　又：「新酒」、「今春」二語，無限風情。　又：妙在寫情語，語不在多，而情更無窮。（同前）

一三五　晏叔原《生查子》「金鞍美少年」：上言春夜最是惱人，下言相思無從自解。　又：玉樓春寒夜，相思千秋下。刺心疏眉之詞。　又：春寒夜雨鞦韆下，自是閨中景，自是閨中情，種種可掬。（同前）

一三六　錢思公《玉樓春》「城上風光鶯語亂」：上因韶光易老生愁腸，下借芳樽傾倒解愁腸。　又：妙處俱在末，結句傳神。　又：倘無芳樽解愁腸，將愁腸與淚眼俱斷耶？（同前）

一三七　柳耆卿《鬭百花》「煦色韶光明媚」：上是無心於鬭草踏青，下是有情在深院黄昏。　又：以種種春光剔出種種春恨，高妙。　又：寫其尋芳無意，相思有在，幾堪惆悵。（同前）

一三八　秦處度《謁金門》「鴛鴦浦」：上在「一江花雨」中取景，下在「江村芳草」裏添愁。　又：二段鎔成一片，渾然無瑕，光彩妙妙。　又：「濃如野外連天草，飛似空中惹地絲。門掩落花春去後，窓涵明月酒醒時。」似此詞調。（同前）

一三九　韋端己《謁金門》「空相憶」：上言相思之情無由傳，下言斷魂只在春寂寂。　又：欲識嫦娥心中情，只在落花滿院。　又：如王母宴中，群仙舞山香一曲，花皆落，此調亦不人間多得

者。(同前)

一四〇　韋端己《謁金門》「春雨足」：上有雙玉羽之深恩，下有騁千里之遠神。　又：因春起恨，恨從春生。　又：有倚遍欄干無由消千里之恨，詞以達情之多，詞不多。(同前)

一四一　周美成《憶舊遊》「記愁橫淺黛」：上言夜景凄凉態，下言相見羞愧情。　又：魂消兩地，不盡風光之趣。　又：「為郎憔悴却羞郎」，亦羞相見之意。　又：前言「墜葉」、「寒螿」，點秋宵景況，何以謂之春恨？後段又有「新燕」、「東風」句，意者二段錯簡乎？不應乃爾。(同前)

一四二　李景元《帝臺春》「芳草碧色萋萋」：上自寫其逢春憶别，下直吐其▢情重會。　又：因暮春起遠别之思。　又：寫具擲之易而忘之難，何等婉切。　又：口角傳出相思調，盡是佳人幾回腸。(同前)

一四三　周美成《丹鳳吟》「迤邐春光」：上有如春光鬭麗意，下有借酒杯解愁思。　又：俱是寫景，遂覺色色如畫。　又：又是傳情，更覺思之如醉。　又：春詞有盡而春恨無盡，讀之盈盈堪掬，玩之色色可飡。(同前)

一四四　秦處度《卜筭子》「春透水波明」：上是樓在人何在之思，下是情濃酒不濃之味。　又：思「人在樓中」，政「情濃似酒」。　又：有凝妝上翠樓之景，更有教夫婿覓封侯之緒。(同前)

一四五　李景《浣溪沙》「手捲真珠上玉鈎」：上言落花無主之意，下言回首一方之思。　又：舒曲，春如夢，最有味。　又：解時情作至法字，何等含情。　又：寫出春事闌珊，最是惱人天

氣。（同前）

一四六　李景《浣溪沙》「風壓輕雲貼水飛」：上是惜郎病，深情最隱。下是假落花，知已難言。　又：「乍雨乍晴花自落，閑愁閑悶日偏長」二語，似可評此。（同前）　又：良多病，花自知情，有難顯言者。

一四七　李景《浣溪沙》「一曲新詞酒一盃」：上有酌酒狂歌之雅興，下有問花聽鳥之幽懷。　又：「花落去」、「燕歸來」，無限景趣。　又：只口頭幾語，令人把玩不盡。（同前）

一四八　張仲宗《蘭陵王》「捲珠箔」：上是酒後，見春光中是約後誤佳期。下是相思，乃夢中。　又：以可人春光為愁人意。　又：有約飄泊，與無約仝矣。　又：人生行樂耳，何須一著胸中。　又：此詞雖分三段，意實一貫。道及春光易度，果是人世夢中，安得多錯去？（同前）

一四九　周美成《漁家傲》「幾日輕陰寒惻惻」：上踏青而有故國之懷，下舉杯而有可人之勸。　又：收陽春於酒杯，何等胸次。　又：懷故鄉，勸故人，更借二八嬌娥，寧不令春恨消盡乎？（同前）

一五〇　晏叔原《如夢令》「樓外殘陽紅滿」：語如夢中語，情實醒來情，晏君斷腸詞也。　又：對景傷春，於此間盡見矣。　又：因陽春景色而思故人心情，人遠而思更遠矣。（同前）

一五一　賀方回《薄倖》「淡粧多態更滴滴」：上寫嬌羞無奈之態，下又狀出無賴狀如見。　又：如對嬌羞，百媚在眼前，「春濃酒暖，人間晝永」，洵是無聊賴情景。　又：凡閨情之詞，淡而不厭，

哀而不傷，此作當之。（同前）

一五二　易彥祥《蓦山溪》「海棠枝上」：前段見春光明媚，可以適情。後段乃乘時遊衍，歌舞之趣。　又：為雨中花，惜主深情。　又：有吴姬秦娥歌舞，十千沽酒莫辭頻。　又：最善鋪敘，最善點綴，詞中魁也。（同前）

一五三　魯仲逸《惜餘春慢》「弄月餘花」：上是傷春寄鶯燕，下是歸夢託水雲。　又：傷春暗彈淚，何等婉切。　又：夢入高唐，雲雨情濃。　又：描寫婦人幽思，筆舌道盡，亦風流人豪也。（同前）

一五四　李玉《賀新郎》「篆縷銷金鼎」：上有芳草生王孫之思，下又是銀瓶欲斷絶之意。又：厭厭之病，果是殢酒中來否？　梧桐影立盡，何等空佇無聊之至。　又：李君之詞雖不多見，然風流藴藉，盡於《賀新郎》一詞耳。（同前）

一五五　李易安《念奴嬌》「蕭條庭院」：上是心事難以言傳，下是新夢可以意會。　又：心事有萬千，豈征鴻可寄？　又：新夢不知夢何事，想是惜春情結。　又：心事託之新夢，言有寄而情無方，玩之，自有意味。（同前）

一五六　歐陽永叔《瑞鶴仙》「臉霞紅印枕」：上是觸物相思之切，下是怱夢待歸之殷。　又：思深而貌自瘦，不覺吐盡真腸。　又：陽臺夢幻，何時得盡，真意溢言外。　又：永叙（當作叔）此詞摹寫傷春之懷委婉清新，可以奏之絲竹，不減唐人風致。（同前）

一五七　歐陽永叔《浣溪沙》「雨過殘紅濕未飛」：上以蜂歸而人未歸意，下以憶春重以憶人心。又：惟真不歸，是以憶切。又：詞新意雅，大襲今人一套語，頓是出谷好音。（同前）

一五八　韋莊《小重山》「一閉昭陽春又春」：上是夢見□心情，下是空望夜意緒。又：卧思暗消魂，刺心語。又：「玉顏不及寒鴉色，猶帶昭陽日影來」所謂怨而不怒，最為得體者。又：惆悵向誰論，最堪憐。（同前）

一五九　李後主《玉樓春》「晚妝初了明肌雪」：上叙鳳輦出遊之景，下叙鸞輿歸肅之儀。又：霓裳歌切，的皇遊宮曲。又：清夜月，有不輕遊幸之意。又：此駕幸之詞，與宮人自叙不仝，况主上行樂處，可不識體。（同前）

一六〇　秦少游《蝶戀花》「鍾送黄昏鷄報曉」：説出一段大塊勞生，無非醒人及時行樂士。又：人因愁感，莫把光陰忙裏過。又：一包□□態物情，令人毛骨悚然，所謂信口説來，頭頭理會。（同前）

一六一　吴彦高《青衫濕》「南朝千古傷心地」：既已懷世事之可悲，復為思今日之奇遇。又：撫古思今，口誦心憐。又：此詞感舊而作，所云追舊馬，寄新情，最宜慘切。（同前）

一六二　曾純甫《金人捧露盤》「記神京」：上叙尋芳載酒之樂，下有觸目傷心之感。又：解貂换酒，當亦是長嘯蘇門者輩。又：三十六宫春似海，今日空餘，最有深味。又：此間最有感慨，而一片慕古心腸横溢毫楮。（同前）

一六三 周美成《石州慢》「寒水依痕」：上有所思而隔於遠，下有所晤而望之切。又：何事怕黄昏，口角傳春，有百媚情。又：春相逢，情只在枕前花前，何等婉切。又：「怕黄昏時節」「恰經年離別」，一語一心，百思百慨。（同前）

一六四 吴彦高《春從天上來》「海角飄零」：上叙其有鼓瑟絶藝，下述其有胡笳幽怨。又：引湘妃以證善鼓瑟典實，所託蔡文姬以自况，其使虜聞歌事？又：此詞誠有感舊，中所用典俱是身自歷涉，情景逼真。（同前）

一六五 李後主《蝶戀花》（當為《虞美人》）「春花秋月何時了」：上有思故國之深情，下有付流水之多愁。又：不堪回首處，便是愁多春少。又：「細雨夢回鷄塞遠，小樓吹徹玉笙寒」，猶為高妙。（同前）

一六六 張子野《青門引》「乍暖還輕冷」：上是病酒故態尚在，下是月明夜静深思。又：酒病中可當月送鞦韆。又：胸次超脱，啓口自是不凡。（同前）

一六七 俞克成《蝶戀花》「夢斷池塘驚乍曉」：上是托鳥音以起懷，下是借春色以思人。又：無纖毫有鳥聲驚新夢之憾。又：結語有竹林七賢風度。又：此樣詞調如駕輕車、就熟路，無纖毫窒礙，一氣滚來，妙，妙。（同前）

一六八 俞克成《蝶戀花》「海燕雙來歸畫棟」：上托海棠睡不足意，下寓打起黄鶯兒詞。又：可恨黄鶯驚了相思夢。又：不露一舊事，不吐一感，詞渾含流利，□借解語花為事。

堪心事。（同前）

一六九　歐陽永叔《青玉案》「一年春事都來幾」：上言景繁華而人憔悴，下言空相思不如實相見。又：暮春易過思情轉，曲盡情懷。又：春深景物繁華，最能動人情意，歐陽公備言之矣。（同前）

一七〇　歐陽永叔《浪淘沙》「把酒祝東風」：上憶舊同遊之處，下想來春同賞之人。又：過接處殊無穿鑿痕。又：意自「明年此會知誰健」中來。（同前）

一七一　周美成《夜飛鵲》「河橋送人處」：上是欲别不忍别之感，下是别後無限情緒。又：「驊騮」也，會歌驪意，可知傷别情多。又：酬酒極望，何等惆悵于一方。又：「愁莫愁兮生别離」，分手不堪回首處，此情訴與誰人知。（同前）

一七二　歐陽永叔《踏莎行》「候館梅殘」：上叙離愁如流水，下叙别望隔山遥。又：春水寫愁，春山騁望，極切極婉。又：淚滴如春水，情疊似春山，離别多懷憶，一度相思一度難。（同前）

一七三　周美成《浪淘沙慢》「晝陰重」：上叙别後音書斷，下叙旅邸景色奢。又：别後景，别後情，種種堪挹。又：寫出一番清麗，令人惕然。又：古人餞别，不以物，不以酒，獨以詩者何？良以物有盡而詩言無盡，酒有窮而詩味無窮，誦者宜領之言外。（同前）

一七四　蘇東坡《蝶戀花》「春事闌珊芳草歇」：上觸景生離愁之憾，下入夢起幽怨之思。又：落紅處，夢破心。又：扳語到。又：當鳥啼花落之時，自能動人離思之苦，况夢回月落，其

情猶所不堪者。(同前)

一七五　蘇子瞻《江城子》「天涯流落思無窮」：有不忍别之衷情。　又：相思淚流不到，最見逼真。　又：寫出傷别之情，懇切篤至。(同前)

一七六　秦少游《江城子》「西城楊柳弄春柔」：上憶離别時境界，下懷離别後情景。　又：只爲人不見，轉一番思。種種景，種種情，如怨如訴。　又：「碧野朱橋」，正是離别之處。「飛絮落花」，言其景。「春江」二句言其情也。(同前)

一七七　趙承之《念奴嬌》「舊遊何處」：上敍别來有遠隔意，下敍别後相思無限。　又：「醉倒春風」二語可賞以千金，「量減」、「雪添」，自是憔悴顔容。　又：全是寫景中寓情，景至而情亦至。(同前)

一七八　康伯可《喜遷鶯》「臘殘春早」：上敍帝誕下聖賢之身，下敍眉壽占歲華之久。　又：以古賢聖稱道。　又：介甫未免有附權過譽。　又：天日沉淪，安有旋轉之動？　又：此詞語意盡佳，惜皆媚竈之語，蓋爲檜相作耳，君子不可以言取人。(同前)

一七九　晁無咎《摸魚兒》「買陂塘」：上是尋丘尋壑之樂，下是不爲蝸名蠅利所制縛者。　又：山林之中，足以自樂。　又：舉蓋州勳名不易，性也自適。　又：晁無咎《摸魚兒》真能道急流勇退之意，真西山極愛賞之。(同前)

一八〇　周美成《玉樓春》「桃溪不作從容住」：上言再入天台尋仙侣，下言咫尺桃源路不又：有不識桃源路意況。又：二士桃洞何不登仙耶？又：仙源何從覓，想只在風後雨餘。

一八一 歐陽修《朝中措》「平山闌檻倚晴空」：上描堂前山色在目，下要及時飲酒行樂。又：叙天台景色，提出劉、阮事實，最切體制，堪東坡《點絳唇》詞共詠。（同前）又：一飲千鍾，可度楊柳春風。

一八二 蘇東坡《哨遍》「為米折腰」：上是辭中歸去來起意，下是辭中歸去來適情。又：萬事總成空，一生何須忙，感慨無方。（同前）又：轉换陶辭如出一人之口，妙，妙。又：志淵明之所志，可謂惟豪傑能識豪傑者。又：胸次磊落，雅慕淵明後歸去來辭，只此一調。（同前）

一八三 歐陽永叔《玉樓春》「妖冶風情天與措」：上叙歡娱因雞聲唤散，下叙懊恨與流水俱長。又：雞鳴則情不能久留，故用一愁下，別後恨自此生來。又：雞聲妬合，流水寄恨，殊是翠館紅樓中迷花戀酒之態。（同前）

一八四 周美成《虞美人》「落花已作風前舞」：上狀狂風落花之景，下寫杯酒攜手之情。又：落花飛舞意，杯酒更多情。又：清新典雅，興味無窮。（同前）

一八五 朱希真《念奴嬌》「別離情緒」：上有傷景傷情之歎，下有自炫自媒之情。又：別後風流，對誰為誰。又：誰識文君意，豈乏相如心。又：觸景傷情，雖是婦人本來事，但至有狂奔之念，則中籌之不可揚也。（同前）

一八六 周美成《蘇幕遮》「隴雲沉」：上叙春風催別情，下叙驪歌寫離恨。又：東風早，雖是遊

子出陽關時，奈雲雨羈情何？　又：詞鋒鑠利，筆力縱橫，才華當出沈、謝之右。（同前）

一八七　秦少游《水龍吟》「小樓連苑橫空」：上段是清明氣候，下段是懷人情思。　又：輕風微雨，寫出暮春景色，有見目而不見人之憾，問天無不知。　又：按景綴情，最有解味，謂筆能開花，信然，信然。（同前）

一八八　宋豐之《小重山》「花樣妖嬈柳樣柔」：上寫其一段嬌羞之態，下描其千般思念之情。又：窺人情緒，却被道破。　又：月非無情，人有不能為情。　又：風情雅致，曲盡佳人之態，末與留戀意，猶妙。（同前）

一八九　黄魯直《鷓鴣天》「西塞山邊白鷺飛」：上寄思鱖魚之美，下托言風波之險。　又：慮世路風波而思鱖魚，意自貫徹。　又：「江上往來人，盡愛鱸魚美。只看一葉舟，出没煙濤裏。」與此同盡漁家景趣。（同前）

一九〇　張仲宗《漁家傲》「釣笠披雲青嶂繞」：上言煙波景最可樂，下言名利韁最可憂。　又：引張志和一奴一婢為樂，何必城市添煩惱。　又：借漁家樂以警奔忙城市者最為可歎。（同前）

一九一　黄山谷《阮郎歸》「歌停檀板舞停鸞」：上詠茶味，清芬可掬。下詠茶懷，曠達無邊。又：□景論，烹茗經，殊盡契悟天真。　又：其烹茶有調度，其酌茶有風韻，即盧仝七碗當一口吸去。（同前）

一九二　黄魯直《浣溪沙》「堤上遊人逐畫船」：上是春遊之景最勝，下是傳杯之樂宜先。　又：

乘春行樂，萬事無如杯在手矣。　又：胸次別具乾坤，便是高人樂境。（同前）

一九三　黄山谷《西江月》「斷送一生惟有」：上是酒不可以不飲，下又是飲不可以不勸意。又：酒字藏在不言中，有味。勸字亦寓於意中，令人自釋。　又：飲酒懷，勸酒情，俱見於此詞。（同前）

一九四　史邦卿《雙雙燕》「過春社了」：上是紫燕尋舊壘語，下是雙飛觸人情緒。　又：入舊巢，相雕梁，燕子圖也。　又：日日凴欄，又是題外解意。　又：形容燕子棲簷入幙，輕飛巧語，掠水啣泥，其態度盡之矣。（同前）

一九五　柳耆卿《黄鶯兒》「園林晴晝春誰主」：上詠出新聲之巧，下詠乘風輕翔之度。　又：衣縷金衣誰如，種種典實。　又：「柳濃時」、「花深處」，曲盡春光。　又：鶯之鳴，今求其友聲，鶯之飛矣，相彼春陰，步步是鶯中事實，最見詠，非空為贊賞乃爾。（同前）

一九六　康伯可《滿江紅》「惱殺行人東風裏」：上是觸景有離別之思，下是遠途有歸去之望。又：「顛倒夢」、「朦朧月」，此景與誰言？　又：「不如歸去」，催人鳥語最難聽。　又：一喚千結，「杜鵑啼遍滿江紅，盡是離人眼中血」，此詞之謂也。（同前）

一九七　章質夫《水龍吟》「燕忙鶯懶芳殘」：上寫楊花有隨風之態，下望章臺有拆柳之思。又：詠柳絮隨風如畫景。　又：思□隔人遠，如泣如訴。　又：楊花散飛輕盈，乘風帶雨，滾地撲人，糝徑穿簾，輕薄悠揚之態，盡於詞内見之。（同前）

一九八　蘇東坡《水龍吟》「似花還似非花」：上是柳底鶯聲，驚起相思夢，下是春暮花殘，添來離别泪。　又：「啼時驚妾夢，不得到遼西。」　又：楊花點點垂風下，那堪離人泪眼看。　又：如虢國夫人不施粉黛，而一段天姿自是傾城。（同前）

一九九　周美成《水龍吟》「素肌應怯餘寒」：上言花容淚雨之態，下言花顔翻雪之姿。　又：亦是「雨打梨花深閉門」。　又：雪裏梨花聞玉容，凡花莫與比素。　又：「一枝帶雨冰肌冷，幾樹含風雪色嬌」，此詩可詠此詞。（同前）

二〇〇　周美成《蘭陵王》「柳陰直」：上折柳中亭意中分袂長途情，下追思往事淚。　又：絲絲能繫别離情，景真情切，咫尺天涯各一方，傷哉！　情也。　追思已往事，益添新淚痕。　又：一段懇切一段悲，是以眼前景寫心中事。（同前）

二〇一　林君復《點絳脣》「金谷年年」：上借落花以為芳草侶，下借離歌以為青草愁。　又：眼前草俱是心上，化工語。　又：窗草不除，自有一種生意在，玩之。（同前）

二〇二　辛幼安《摸魚兒》「更能消幾番風雨」：上是寫暮春於言外，下又是宫中春怨之詞。　又：「落紅無數」，真有惜春歸之意。　又：因春晚而傷舊事，誦之令人有感。　又：玉環、飛燕，美人已塵土，何等感慨。　又：就春晚追思，春華易度，一字差堪一淚。（同前）

二〇三　李易安《武陵春》「風住塵香花已盡」：上是追思往事而難言，下是添積新愁而莫訴。　又：未語先淚，此愁莫能載矣。　又：景物尚依舊，人情不似初，言之於邑，不覺淚下。（同前）

二〇四　辛幼安《祝英臺近》「寶釵分」：上有歸咎風雨催春意，下有春愁萬狀難解處。　又：點點飛紅，却悟鶯啼血。　又：愁來愁不去，只是傷春情多。　又：以心中愁懷歸於春，上極有風致，但王公不管人憔悴耳。（同前）

二〇五　康伯可《風入松》「一宵風雨送春歸」：上有怨風雨催春歸意，下有祈音信赴流水意。　又：思欲題紅葉，中心如怨如慕。　又：思其人而不得見，自怒焉如擣，情狀最爲慘切。（同前）

二〇六　周美成《如夢令》「池上春歸何處」：前一詞意致深遠，後一詞（指下一首）辭語壯麗。　又：五更風雨是夜不能寐處。（同前）

二〇七　周美成《如夢令》「花落鶯啼春暮」：難爲人語，自有可語之人在。　又：二詞（指上一首）俱有深情厚意，言有盡而味自無窮。（同前）

二〇八　李易安《如夢令》「昨夜雨疎風驟」：風雨另從睡裏度，肥瘦更問誰人知。　又：語新意雋，更有豐情。　又：寫出婦人聲口，可與朱淑真並擅詞篇。（同前）

二〇九　張仲宗《滿江紅》「春水連天桃花浪」：上言風帆飄泊之象，下言歸舟在望之思。　又：楚帆乘風助□短。　又：歸舟不到，正是悲人時節。　又：前後俱在舟帆上寫情景，想所思之人當是江湖浪客。（同前）

二一〇　晁無咎《滿江紅》「東武南城新堤固」：上是留春之意緒無方，下是吊古之感慨不盡。　又：春色留三，立春，暮景也。　又：追及蘭亭修禊往事，無限興嗟。　又：因春暮懷及王逸

少諸賢燕集，洵一時之盛會，而今安在哉？（同前）

二一一　賀方回《青玉案》「凌波不過横塘路」：上念及暮春已去景，下想到首夏方來時。　又：懷春之情不可令人知。　又：無人知處，正在懷春之時。　又：送春歸，迎夏至，種種多情，真是人莫測。（同前）

二一二　賀方回《柳梢青》「子規啼血」：上借春暮奇花以送春，下托寸腸風月以鳴愁。　又：杜鵑啼血為春歸。　又：不干風月，愁腸可掬。　又：當鳥啼花落春歸之候，高人對此，寧不動懷？（同前）

二一三　賀方回《點絳脣》「紅杏飄香柳含烟」：上是黄昏獨坐景，下是芳草馳思處。　又：雨打梨花深閉門。　又：再入天台路不通。　又：寫出坐黄昏，望芳草，千嬌百媚，自有傾國傾城之態。（同前）

二一四　李易安《怨王孫》「夢斷漏悄」：風掃殘紅，何等空寂。　又：一結無限情恨，猶有意味。　又：寫情與景，俱形容春暮時光，詞意俱到。（同前）

二一五　李易安《怨王孫》「帝里春晚」：上言鴈信無能遠傳，下言月皎空照閒階。（同前）

二一六　李易安《浣溪沙》「樓上晴天碧四垂」：上是愁看草色碧，下是怕聽鳥聲喧。　又：九十春光去矣，何以為情？　又：草色連天□，鳥聲送春歸。是九十春將盡，安得不感時興思？（同前）

二一七 温飛卿《玉樓春》「家臨長信往來道」：上言春光正奢之景，下言春色易衰之情。 又：流蘇帳暖，嬌鳥猶睡，但惜春容易老耳。 又：飛卿作此曉春曲，殊有富貴佳致，誦者當自玩之詞表。（同前）

二一八 晁無咎《臨江仙》「緑暗汀洲三月暮」：上叙春水夕陽多情景，下寫楚峽揚州深心神。 又：寫暮春景，寓傷春情，何等渾融。 又：鋪叙春暮情景，不但在落花茂葉具之，至末「行雲」二句，更含蓄有情。（同前）

二一九 李世英《蝶戀花》「遥夜亭皋閒信步」：上言景物依稀如見，下言人心憔悴難堪。 又：雲破月來花弄影，相思相見何處人。 又：就暮春景色上寫出懷思萬狀，正是情隨景馳。（同前）

二二〇 蘇子瞻《蝶戀花》「花褪殘紅青杏小」：上叙燕子芳草生意，下探佳人笑語動人。 又：種種春來生意，總不如嬌羞一笑值千金。 又：杏花結子春深後，誰能多情又復來。（同前）

二二一 晏同叔《蝶戀花》「簾幙風輕雙語燕」：上叙心事傷春不自見，下擬歸期早晚未可知。 又：傷春情緒為之計歸期，最堪寫出真情。 又：上曰未見，下曰未知，無非模寫春懷種種處。（同前）

二二二 歐陽永叔《蝶戀花》「庭院深深深幾許」：上騁望不堪極目處，下留春無限傷心淚。 又：首句疊用三個「深」字最新奇。 又：問花留春，真是計無少施。（同前） 又：寫出當年游冶真，後段形容暮春光景殆盡。（同前）

二二三　葉道卿《賀聖朝》「滿斟緑醑留君住」：上籌度春光多寡，下期待會晤歲月。又：春光無幾，在人及時行樂耳。

二二四　僧皎如晦《卜算子》「有意送春歸」：上有留春不忍送歸意，下有悲春如桃花淚雨情。又：悲春多淚，借桃花以狀人。又：詞是送春，意實留春，是之謂意在詞表。（同前）

二二五　張子野《天仙子》「水調數聲持酒聽」：上是送春即期春回，下是春闌夜静深情。又：說到臨鏡傷景情最深。又：此詞只在弄影上，膾炙人口。又：張三影詩名傳千古，觀此詞，真可天仙子，非人間凡吻可輕擬也。（同前）

二二六　周美成《法曲獻仙音》「蟬咽凉柯」：上言首夏困人景物，中言畫眉人去，下言致思感慨之極。又：寫初夏景，真是困人天氣。又：望夫不在，故以畫眉懷想。又：月下花前，寄情處，政堪惆悵。又：景物在首夏處，描出如見，而一段感慨思致，宛然可掬。（同前書卷三「夏景類」）

二二七　葉夢得《賀新郎》「睡起流鶯語」：上叙夏氣初到時候，下叙懷人百結念頭。又：「寶扇重尋」二句，便見和風布暖。又：「萬里雲帆」，又是思邇而人甚遠。又：即首夏寫出一篇心事，令人讀之，不覺塵鞅頓釋，而詞華飄逸，槎（當作差）是造鳳樓手。（同前）

二二八　王和甫《瀟湘逢故人慢》「薰風微動」：上言夏日清風入夢，下言慶賞夏光意。又：首夏薰風道出，如在座中。又：新荷青梅，俱四月節，景用恰當。又：字字俱在夏之初上着

神，誦之不覺風生兩腋。（同前）

二二九　康伯可《大聖樂》「千朵奇峰」：上叙首夏景色繁華，下叙素位樂天志趣。　又：步步是赤帝初臨風趣。　又：如康衢擊壤老人，不識不知景象。　又：又如彭澤採菊，詩翁不愧不怍襟期。　又：寫出夏光端不減春光之奢，欣言游夏，亦不遜游春之興，且有及時行樂、帝鄉非吾願之趣。（同前）

二三〇　蘇東坡《阮郎歸》「緑槐高柳咽新蟬」：上有虞聖撫琴之度，下有周子臨池之風。　又：棋聲驚午夢，素手弄新荷。　又：景中寫情，情在筆先，景猶楮上，色色如畫。（同前）

二三一　曾純甫《阮郎歸》「柳陰庭館」：上言燕子蹴水之忙，下言燕子歸梁之態。　又：詠出燕子于飛之態，戲水上梁，在之堪賞。　又：言言點景，有敲金戛玉之聲，且全篇俱借燕寓情。（同前）

二三二　蔣子雲《小重山》「花過園林清蔭濃」：上寫出新夏景象逼真，下吐來對月懷思最宛。　又：竹兮荷兮，夏光堪賞，其如玉人不在何？　又：落擘翻風，景象固佳，對月飲酒，神情誰遣？（同前）

二三三　蔣子雲《好事近》（當作《齊天樂》）「疏疏幾點黄梅雨」：上綴端陽佳節景象，下抒汨羅吊忠情懷。　又：包金泛玉誰之從，端午綴景生情。　又：此要極古吊靈，乃云休對景勝，讀《離騷》是反言以見意。　又：叙端午典實，詞周意匝。下是深吊屈原忠憤意，隱詞□，為得風人口

吻。（同前）

二三四　吴子和《喜遷鶯》「梅霖初歇」：上是端午風俗之詞，下是畫艇競渡之樂。又：鋪畫端午景節繁華。又：龍舟奪得錦歸之詠。又：備道端午景物之奪龍舟鬭勝，無非錦心繡口，色色争妍。（同前）

二三五　蘇子瞻《南柯子》「山與歌眉斂」：曲寫時事，中叙歌聲唱徹山雲，令人耳順。又：起句「歌眉斂」、「翠眼流」，便見卓絶。又：採蓮歌當《離騷》賦，響徹水瀨。又：蘇公之詞，非寫景物而已，且引古人以涉時事，遠見近聞皆到，豈淺衷薄識者所能道耶？（同前）

二三六　劉方叔《賀新郎》「翠葆摇新竹」：上備紀端午日盛事，下吊古忠魂情景。又：種種是記事之典實。又：寥寥是吊古之情極。又：紀端午事最詳，而吊古風味頓殊先輩，可謂詞賦之最工者。（同前）

二三七　劉潛夫《賀新郎》「深院榴花吐」：上是游人觀競度事，下是後人吊往古心。又：雨急花舞，自是眼前勝概。又：懷古人之死為可惜，無限情傷。又：寫景難，寫情不易，寫情景猶難之難。（同前）

二三八　劉潛夫《賀新郎》「思遠樓前路」：上是繫相思於一絲之中，下是吊忠魂於千載之下。又：見荷思人，頓憶蓮花似六郎。又：一尊吊千古，亦是醒眼看醉人。又：意濃而复濃於詞，體妍而并妍於度，撫景傷懷，寸衷千古。（同前）

二三九 歐陽永叔《臨江仙》「池外輕雷池上雨」：上叙首夏清和之景，下叙宫中華麗之槳。又：雨聲花聲，景色入眸。又：枕傍釵痕，情思悠遠。又：此詞寫四月夏光，而以閨情點綴，最堪玩賞。（同前）

二四〇 謝無逸《千秋歲》「楝花飄砌」：上是困人天氣懶琴書，下是賞夏時光頻歌舞。又：自長日以至深松，倦詩倦書，式歌式舞。又：俱寫夏日光景，而一段幽情不言而已，隱隱趺趺。（同前）

二四一 周美成《隔浦蓮》「新篁摇動翠葆」：井井是寫夏日景象，種種是描夏日情懷。又：此景是青草池塘處處蛙。又：不減江左風流。又：備紀夏中景色，至譚醉夢境，自謂羲皇上人，更何遜謝桓偉人。（同前）

二四二 柳耆卿《訴衷情近》「景闌晝永」：上叙夏日山水佳處，下叙爽氣情懷難遣。又：清和爽氣，安得不動懷人之思？又：夏光好，山山水水覺清和，嗟我懷人，隔斷雲草，對景傷情，詞意俱到。（同前）

二四三 周美成《側犯》「暮霞霽雨」：上是仿古人秉燭夜遊之興，下是見胡姬纏頭醉酒之風。又：賞夏不減賞春之興。又：酒壚胡姬，可當卓文君否？又：將景中點古人故事照應得好，有平中之奇，人之爽心奪目。（同前）

二四四 周美成《憶王孫》「風蒲獵獵小池塘」：寫出夏日清幽景，描來婦人感傷情。又：寥寥

數語，種種幽情。　又：只「針線慵拈」一語，道出婦人無限傷情。（同前）

二四五　周美成《浣溪沙》「日射欹紅蠟蒂香」：上言夏日炎炎困人象，下言幽思隱隱對誰談。又：如浣紗女吐衷情。　又：夏天風日在□困人，况在長亭無事，自爾思生百種。（同前）

二四六　周美成《浣溪沙》「翠葆參差竹徑成」：上是新荷出池之象，下是殘日弄晴之景。　又：「水摇」、「柳梢」二語堪稱絶唱。　又：竹園翠蓋，荷跳明珠，燕舞春風，魚吹細浪，美景可人，宛然在目。（同前）

二四七　劉巨濟《夏初臨》「泛水新荷」：上是布景在夏日之中，下是寄懷在月夜之表。　又：鶯學篁橋入塘，化工筆也。　又：月照西廊，此景對誰言？　又：胸次與造物相遊衍，故布景寫懷，俱有活潑之趣。（同前）

二四八　王逐客《雨中花》「百尺清泉聲陸續」：上言簾幙欹枕之態，下言曲欄待月之思。　又：如細雨潤花，有色色争妍之態。　又：不用浮瓜沉李之事，而有塵外凉思，非觸熱者之所知也。（同前）

二四九　柳耆卿《過澗歇》「淮楚曠望極千里」：上言夏日有可畏之勢，下言風月可吞納之懷。又：因避炎而有乘凉之興，亦是豪放不羈處。　又：當夏日之可畏，而有散發披襟、吟風弄月之懷，傑出塵寰者。（同前）

二五〇　周美成《塞翁吟》「暗葉啼風雨」：上是景寫深夏之奢，下是書寄長恨之慘。　又：「帶結

寬」、「鏡中銷」，俱寫出不盡愁恨，筆舌難轉。　又：對景興懷，屢欲寄聲傳情，描出一段相思隱情，一字一血。（同前）

二五一　周美成《滿庭芳》「風老鶯雛」：上言人景俱寂之象，下言憔悴難遣之懷。　又：起二語煉字全在「老」、「肥」處吐景。　又：萬種愁情醉裏消，此詞解到此。　又：出口成詞，平平鋪叙，自有一種閑雅，不當以凡品目之。（同前）

二五二　劉巨濟《聲聲慢》「梅黄金重」：上有一局消永日之棋，下有半榻伴明月之懷。　又：「金重」、「絲輕」自是入畫，更於夏日思山中之樂。　又：永晝長夜之思，豈其神遊廣寒宫語也？

又：勘破世界如浮雲，而徜徉於松蘿泉石之間，自謂羲皇上人。（同前）

二五三　柳耆卿《女冠子》「淡烟飄薄」：上是夏日炎烈之景，下是山陰暢飲之懷。　又：寫出炎氣迫人，宜其邀友納凉。　又：「懶摇白玉扇，裸袒青林中。脱巾掛石壁，浮瓜灑松風」，亦可謂得避暑之趣者。（同前）

二五四　柳耆卿《女冠子》「火雲初布」：首叙長夏美景可人，次懷往昔佳期不再。　又：黄鸝語、紫燕飛、芰荷吐，情人不在共賞，安得不動情緒？　又：因美景而懷佳期，誠所謂景觸情傷，詞不盡意矣。（同前）

二五五　劉巨濟《清平樂》「深沉玉宇枕簟清」：上叙永日遲眠之實景，下期遠客速歸之虚情。

又：午夢醒來，伊人胡不歸？　又：布盡長夏昕夕之景，如坐薰風中静觀趣。（同前）

二五六　柳耆卿《夏雲峰》「宴堂深軒檻」：上是托絲以消永日，下是傾杯以暢達懷。　又：何以消此長夏，托琴、樽以自暢，可也。　又：此詞以夏日消閑宴樂，發揮胸中清興，醉舞狂歌，無拘無束之意。（同前）

二五七　周美成《過秦樓》「水浴清蟾」：上是月明夜静景無聊，下是佳人才子思無盡。　又：此時此景，對誰語也？此引江淹、荀倩，有才子戀佳人之懷想。　又：此俱是嗟我懷人，睹月夜，益起思念，雖曰夏景，其實乃春懷情况也。（同前）

二五八　蘇東坡《賀新郎》「乳燕飛華屋」：上是午夢難成之抑鬱，下是新花共賞之襟期。　又：敲門唤起瑶臺夢，惱人，惱人。　又：邀朋酌酒，新枝最堪愛惜。　又：坡公此詞冠絶今古，苕溪之論誠矣。楊湜謂其為風流太守，豈虚語哉？但其以「賀新郎」當改為「新凉」更迫真。（同前）

二五九　趙文鼎《賀新郎》「晝永重簾捲」：上叙時光清幽景象，下叙夢魂層轉情懷。　又：恨在蜂蝶不來，流鶯空囀，何等幽思。　又：一枕千里，夢裏神遊十二峰矣。　又：一氣呵成，如傾河渎之水，五音叶出，如奏鈞天之樂。點景寫懷，曲盡其妙矣。（同前）

二六〇　僧仲殊《念奴嬌》「故園避暑」：上撫景適情，得其自然之趣。下追古感今，托其有懷之思。　又：篩金漱玉，便可長嘯天地間，而凉生兩腋。　又：好景長蕭索，托意幽深，讀者宜玩之詞外。　又：一觴一詠，高興更高於河朔，且歌且舞，幽思猶幽於陽臺。（同前）

二六一　僧仲殊《新荷葉》「雨過回塘」：上言有泛舟豔波之嬌羞，下言有聞笛倚樓之情况。

又：紅粉相間，自是二八傾人處。　又：郎心妝影，寫出如新荷映水。　又：「日照新妝水底明，風飄香袖空中舉」，堪與此詞共描出採蓮嬌羞態。（同前）

二六二　張安國《滿江紅》「斗帳高眠」：上狀雨滴愁心景如畫，下思鳥觸春情夢裏過。　又：點點滴入愁人心，聲聲塞滿愁人耳。　又：上寫雨情，此模雨景，情景俱見逼真。　又：從來詠雨詞亦不少，惟此雨帶愁來，愁隨雨飛情懷，最見淋漓。（同前）

二六三　蘇子瞻《洞仙歌》「冰肌玉骨」：上言見月有不寐之懷，下言卜夜有撫時之歎。　又：月窺人處，自是眠不得時。　又：隨問隨答，冷之風情，最堪摸覓。　又：有翩翩羽化之調，毫不染人間煙塵氣，坡仙之名，殊非虛附。（同前）

二六四　李知幾《臨江仙》「煙柳疎疎人悄悄」：上是笛入閨中之夜，下是月移庭中之人。　又：夜静有人吹玉笛。　又：月明無犬吠花村。　又：夜闌人寂，月下聞笙，獨居幽思，於是為切，此詞真得之矣。（同前）

二六五　周美成《柳梢青》「有箇人人」：上有如花傾國之美貌，下有竊玉偷香之深情。　又：借妃嬪，妖嬌色傾人。　又：香消月冷，終是高唐説。　又：以解語之花神注巫山，自是一字千金。（同前）

二六六　蘇東坡《滿庭芳》「香靉雕盤」：上模其舞有餘思，下嘘其墜釵，又有深愛。　又：以美人侑觴，有平原雅況。　又：墜釵作樂，曾何減淳于生高懷。　又：種種風流情緒，且織成一

篇詞曲，字字句句見之真，如佳人歌舞於目中。（同前）

二六七　蘇子瞻《憶秦娥》「香馥馥」：一段見詞新而意婉，非有所思，而胡為乃爾？　又：有人如玉，安得不起相思耶？　又：此詞直寫衷曲，種種俱是相思情，言言俱吐相思調，誦之神酣。（同前）

二六八　周美成《意難忘》「衣染鶯黄」：上是深夜對月之懷，下是愁腸惱人之態。　又：恍是月移花影上欄杆。　又：不是知音，孰與彈？　又：形容佳人態度風情極其工杇，且曲中律，詞令上品。（同前）

二六九　周美成《解連環》「怨懷難託」：上言燕樓中舊時事，下言書淚落今生人。　又：用張建（脱「封」字）盼盼事情，最切最當。　又：結拚花酒句意新詞健。　又：形容閨婦衷情有無限懷古傷今處，至末猶見詞語壯麗，體度豔冶。（同前）

二七〇　黄魯直《憶秦娥》「花深深」：上是折柳以結同心之雅，下是登樓以望歸期之殷。　又：葉有同心之好，胡得同心之人？　又：不期其歸來。　又：以閨中之語描閨中之情，宛若自出乎閨婦之口。（同前）

二七一　孫夫人《風中柳》「銷減芳容」：上期歸來訴衷情，下期歸早憶衰顏。　又：怕傷郎，又悲鏡中人老，何等婉切。　又：「不為傍人羞不起，為郎憔悴却羞郎」，可為此評。（同前）

二七二　周美成《風流子》「新緑小池塘」：上叙出愁對時光之情，下叙出空為佇竢之狀。　又：

「未歌先咽」二語最慘。　又：相思不得相見，恨當何極？　又：因愁而罷歌酒，縱有待月偷香之想，其如天各一方何？（同前）

二七三　和凝《小重山》「春入神京萬木芳」：上叙花香鳥語芳晨，下叙對雨閉門幽怨。　又：花正香時，却恨激雨洗去，造物妬人哉！　又：詞只五十餘字，而宫闈之怨盡涵其中，大家作手也。（同前）

二七四　周美成《西河》「佳麗地」：上段是與金陵勝概所在，下段是撫古傷今不盡情。　又：點綴金陵事實，還有王者氣否？　又：「舊時王謝堂前燕，飛入尋常百姓家。」　又：情隨事遷，感慨繫之矣。向之所忻羨，俯仰之間，已為陳跡，猶不能不以之興懷。（同前）

二七五　陳去非《臨江仙》「憶昔午橋橋上飲」：上是花間聞笛有感，下是古往今來深慨。　又：「流月去無聲」語入神。　又：「百年渾似夢，曷不委身任去留？」　又：「天地無情吾輩老，江山有限古人休」，亦吊古傷今之意。（同前）

二七六　周美成《尉遲盃》「隋堤路」：上是别來寒重而恨更重，下是客中夜長而思尤長。　又：滿船離恨載不歸。　又：更深人静，此景對誰言？　又：無限離恨，兼以如歲之夜，益增寂寂無語之情懷。（同前）

二七七　蘇東坡《虞美人》「波深（當作聲）拍枕長淮曉」：上是離恨蒲船載不起，下是離愁對酒淚更多。　又：以虚景寫實情，便憶離愁種種處。　又：離情無限，故淚多於酒，與「離愁漸遠漸無

窮，迢迢不斷如春水」全意。（同前）

二七八　寇平仲《陽關引》「塞草烟光闊」：上是未别先有後會之期，下是既别復有隔天之想。　又：有「西出陽關無故人」意。　又：《陽關曲》從來送别者無一不用其意，平仲此詞名曰《陽關引》，堪稱雙絶。（同前）

又：有折柳中亭之深情。

二七九　蘇東坡《八聲甘州》「有情風萬里捲潮來」：上自鳴其老來之機，下同訂以締好雅志。　又：坡公之文，獨抒機括，超超垂册，而詩詞亦瀟灑出塵，俱有仙風道骨隱在言中。（同前）

又：世既與妝相忘，獨有於古友誼可盟耳。

二八〇　宋謙父《蓦山溪》「壺山居士」：上是素位中乾坤自小，下是自得時今古兩忘。　又：「未老」句道出一生心性。　又：好客之極，兼覺有忘機高趣。　又：貧可安也，道可樂也，朋可來也，不知可不愠也，自是超超玄箸。（同前）

二八一　辛幼安《水龍吟》「渡江天馬南來」：上期以萬里封侯之志，下望以決勝廟堂之猷。　又：擬以裴度、李德裕、謝安為壽，是祝其出將入相之略。

又：能經文，豈不能緯武乎？

又：公又吟云：「萬事雲煙忽過，一身蒲柳先衰，而今何事最相宜，宜醉宜遊宜睡。」詞意極超脱。（同前）

二八二　蘇東坡《滿庭芳》「蝸角虚名」：上言分足而無事奔忙，下言識高而不心争競。　又：「百年渾是醉」，還是夢醒語。　又：千鐘一曲，世事不著一點矣。　又：細嚼此詞，胸次廣大，識

見高明，居易俟命，而不役於蝸名蠅利間矣，誠是出迷入悟。（同前）

二八三 陳瑩中《青玉案》「碧空黯淡同雲繞」：上言浮世不足當一吟，下言窮達初似別兩途。又：有外一化齊之胸次。又：證入大道，故胸中不染一塵，而筆下自吐出玄妙。又：世情自變，吾性自定。（同前）

二八四 黄魯直《醉落魄》「紅牙板歇韶聲斷」：上欲掃雪烹茶之意，下欲煮茗解醒之思。又：其詠茶風味悠長，與玉川子之歌仝意。又：「静坐欲烹橋上雪，請君共試社前春。」亦與醉茶篇共詠，不減盧生佳趣。（同前）

二八五 黄魯直《品令》「鳳舞團團餅」：上言其可減酒中之病，下言其可省心下之言。又：「湯響松風」，解醒妙劑。又：醉鄉成佳境，何等惺惺趣。又：陸羽曾著《茶經》二篇，因見鄙於李季卿，更著《毁茶論》，玩黄生《品令》，猶早醒而不寐矣。（同前）

二八六 晏叔原《鷓鴣天》「綵袖慇勤捧玉鍾」：上言歌舞以盡酒懷，下是相逢猶恐非真。又：「舞低」、「歌盡」、「相逢」、「夢中」，何等迫真。又：獨抒心得，不襲人口吻，趙氏品叔原，於此詞窺見矣。（同前）

二八七 張子野《生查子》「含羞整翠鬟」：上言得意春鶯語可人，下言黄昏芭蕉兩情惱人。又：以鶯聲擬箏聲，□□在飛□暮雨中，此景描得迫切。（同前）

二八八 柳耆卿《望海潮》「東南形勝」：上言錢塘江萬馬浪，下言小西湖千騎遊。又：蘇公堤

有桂子桃花，層層滚浪。　又：浙江潮，乃伍子胥忠憤以激，至今觀者猶及見其神靈不泯。（同前）

二八九　黄山谷《瑞鶴仙》「環滁皆山也」：上叙醉翁亭中之景趣，下叙醉翁亭中之宴樂。　又：醉翁之稱醉翁意不在酒。　又：人不知太守之所樂。　又：俱《醉翁亭記》脱出，可謂剪裁極工處。（同前）

二九〇　蘇子瞻《水調歌頭》「落日繡簾捲」：先狀亭中山色遠照，後指亭中風氣爽人。　又：「有無中」，形容山態最盡。　又：「一點」、「千里」模寫何等迫切。　又：亭以「快哉」名，乃就山色風光之佳趣，寫其披襟適情，真是羲皇上人。（同前）

二九一　秦少游《鵲橋仙》「纖雲弄巧」：上是雖憐天上佳期少，下是還勝人間歡會多。　又：相逢勝人間，會心之語。　又：兩情不在朝暮，破格之談。　又：七夕歌以雙星會少别多為恨，獨少游此詞謂「兩情若是久長」二句，化陳腐，最能絶醒人心目。（同前）

二九二　謝勉仲《鵲橋仙》「鈎簾借月」：上是銀河一渡今宵會，下是鵲橋一别西風歸。　又：問今宵豈是人間會晤？　又：寄語烏鵲，為醒世語。　又：借天上有情語，儆人間薄倖人，又是題外生意。（同前）

二九三　柳耆卿《二郎神》「炎光初謝過」：上有感於銀河會合處，下有思於回廊歡娱年。　又：自憐天上佳期少，更恨人間巧態多。　又：今夜歡娱問誰在？　又：「人間鈿合三山隔，飛上

靈槎一水通」，天上可通，人間難合，又是一番遠思新語。（同前）

二九四 宋謙父《賀新郎》「靈鵲橋初就」：上鬭柳州乞巧作文之謬，下跡道人隨分飲酒之懷。　又：美景良辰，不宜虛度。　又：駁柳州乞巧文，乃破世俗機關，而以杯酒自適，可謂葛天無懷，宋君品從可知矣。（同前）

又：七歲月易度，弄巧不幾成拙乎？

二九五 謝幼槃《醉蓬萊》「望晴峰染黛」：上是停杯問月之懷，下是劇飲狂歌之趣。　又：清光對誰，景况共摟，暢飲襟期。　又：「此夜若無月，一年虛度秋」，又「殷勤莫負今宵賞，一落西山又隔年」，此確言也。（同前）

二九六 蘇東坡《念奴嬌》「憑高眺遠」：上叙江山在望中勝景，下叙風月入杯中襟期。　又：望中煙樹如畫，誠詩中畫語也。　又：邀月乘風，乾坤不知上下矣。　又：胸次悠然，有吐納江山，酣酌風月之懷，翩翩然羽化登仙境界。（同前）

二九七 葉少藴《念奴嬌》「洞庭波冷」：上是酌酒豪興之奢，下是對月風情之適。　又：「鼉怒龍吟」，酒狂故態。　又：嫦娥笑我倒清尊。　又：詠出十五夜月清光可愛，猶古今人共賞者。（同前）

二九八 晁無咎《洞仙歌》「青烟冪處」：上神遊藍橋之路，下恨納南樓之秋。　又：京遠，藍橋近迫。　又：玉作人間秋，神光至此。　又：此詞布盡秋光，前後照態如織錦然，真天孫手也。（同前）

二九九　東坡《水調歌頭》「明月幾時有」：上是問月弄月之懷，下是別情離情之慘。　又：用「不勝寒」最切坡公實事。　又：安得長久共嬋娟，無限寄慨。　又：此詞都下傳唱，内侍録呈，神宗獨吟「瓊樓玉宇不勝寒」，上曰：「蘇軾終是愛君。」僅移汝州。（同前）

三〇〇　辛幼安《金菊對芙蓉》「遠水生光」：上言菊金吐東籬，下言芙蓉綴錦堂。　又：「生光」、「聳翠」，真是詩中畫。　又：金印比斗下，志豈在小？　又：菊妝晚景，實吐花當此，而追念擁紅粉以稱情極誠，豪放不羈聲。（同前）

三〇一　韓无咎《水調歌頭》「今日我重九」：上言逢重九而登高遠眺，下言酌茱萸而對景徘徊。　又：振衣千仞上，一樽傾倒醉蓬萊。　又：此詞古雅豪邁，誦之，頓覺爽朗，蓋不羈之才，有養之士也。（同前）

三〇二　蘇東坡《南鄉子》「霜降水痕收」：上是用破帽以當落帽，下是引送秋以期送酒。　又：不樂重九時漳，番然另闢一洞天。　又：語中如破帽戀頭，清樽送秋，俱是翻案法，最是脱俗。（同前）

三〇三　蘇東坡《西江月》「點點樓前細雨」：上就今日而思凄涼景，下就人間而歎俯仰情。　又：當年今日，照來今古，字有脈。　又：「冷風凍雨又重九，泛菊囊萸自一觴」，可為此評。（同前）

三〇四　黄山谷《鷓鴣天》「黄菊枝頭破曉寒」：上是銜杯對菊雅況，下是盡歡飲酒情懷。　又：

風前笛，醉裹衣，景色凝眸。　又：身健加餐，冷眼看他世上人。　又：將名利關頭勘破無遺，而種種見道名言溢於楮上。（同前）

三〇五　僧仲殊《南柯子》「十里青山遠潮平」：上是思遊子在天涯之遠，下是憶往來酌人家之酒。　又：凄凉景色，還憶得沽酒人家。　又：追思遠人，追憶往事，委婉真切，堪當一悲秋賦。（同前）

三〇六　陳（一作李）後主《秋霽》「紅雨發侵堦」：上狀秋愁同秋景以共織，下寫風情非風流不得知。　又：「落霞孤鶩齊飛，秋水長天一色。」　又：宋玉《悲秋》，方解秋中之悲。　又：「霽色曉融珠露白，清虹晚照練江澄」，可為此評。（同前）

三〇七　范希文《御街行》「紛紛墜葉飄香砌」：上是孤夜而懷人千里，下是孤眠而對酒萬愁。　又：月光如晝，洞深於酒，情景兩到。　又：「來時何速去何遲，半在胸中半在眉。門掩落花春在後，宵涵明月酒醒時。」亦此意。（同前）

三〇八　柳耆卿《爪茉莉》「每到秋來」：上言秋景最令人悲，下言深院更難為寐。　又：石人下淚，何等悲愁。　又：夢裹相逢，更添不寐之懊恨。　又：構意宏深，措詞剴切，堪與周、秦、歐黃諸公並驅詞林矣。（同前）

三〇九　柳耆卿《十二時》「晚晴初淡烟籠月」：首憂不成寐，次夢又成空，未期繼見，情尤嚴。　又：詞分三段，意原一徹，而秋夜情種種感慨不盡。　又：寫出秋夜凄凉景色，夢醒時，思及雲雨

重諧，何等真切！（同前）

三一〇　柳耆卿《戚氏》「晚秋天一霎微雨」：首叙悲秋情緒，次問夜幽思，末勘破名利關頭，更透。　又：永夜那堪獨寐？　又：超出世網，語之見道名言。

又：引採玉典故精切。

又：「點點不離楊柳外，聲聲只在芭蕉裏」也，不管滴破故鄉心，愁人耳。（同前）

三一一　黄山谷《念奴嬌》「斷紅（當作虹）霽雨」：前段叙月色微明之色，後段述平生風騷之懷。

又：遠望嫦娥，一天如碧。　又：臨風曲吹，霜竹萬籟俱鳴。　又：山谷乃風流人豪，才思天啟，故其出口成文，有不期工而工者，豈若今人弄粉調脂如舞訝鼓流乎？（同前）

三一二　范雲（當作元）卿《念奴嬌》「玉樓絳氣」：上段言天上月光之瑩徹，下段言人間宴賞之歡娛。　又：清光月色，萬里長空，渾如眼前一圖畫。　又：豪貴之家，文墨之士，開晏共賞，種種賞心處。

三一三　朱希真《念奴嬌》「插天翠柳」：上一段有月到天心之景象，下一段有月冷人心之情懷。　又：飛空碧琉璃，可虛負清光耶？　故東府侯、青藜客飛觴醉月，自是可人。（同前）

又：海光天影，非真愛月者不能詠此。　又：「洗盡凡心」，又悟到處處皆圓上去。　又：「皎皎金波天際流，一輪碾破碧空秋」，此貞明之象，萬古不磨語，可為此印證。（同前）

三一四　范元卿《念奴嬌》「尋常三五」：上有庾公登樓之雅興，下有陶公醉月之胸襟。　又：琉璃千頃碧，銀漢寂無聲。　又：烏鵲南飛，自是月朗星稀之景況。　又：筆吐靈機，紙上生芝，非胸中慧月台徹，安得有此？（同前）

三一五　李漢老《念奴嬌》「素光練净」：前段是登樓望月，後段是舉杯邀月。又：似水生銀，分明模寫逼真。又：月夜聞笛，有一種清況。又：「一更山吐月，玉鏡浸波瀾。正似西湘上，傍舍門外看。水氣横江濶，香務(當作霧)入樓寒。」坡老詩，可評此詞。(同前)

三一六　姚孝寧《念奴嬌》「素娥睡起」：上是月下寒生兩腋之態，下是尊前新傾千斛之才。又：萬里青天碾玉輪。又：狂影對明月，詩思正徘徊。又：其追憶蘭亭勝會，有王逸少風度，又其舉杯邀月，有李白問青天佳句矣。(同前)

三一七　韓子蒼《念奴嬌》「海天向晚」：上言雨後月色最為可人，下言酒中新興更為勝人。又：海天清徹，讓桂花一味馨芳。又：酒可以邀月，詩可以詠月，情興兩到矣。又：酒懷詩興，種種争奢。(同前)

三一八　柳耆卿《醉蓬萊》「漸亭臯葉下」：前詠秋來水天一色之景，後詠觀風月雙清之懷。又：「無塵」、「有露」，語出天然之巧。又：「聲脆」、「波翻」，亦花，描景迫真。布宫殿庭階之景，並月白風清之良，慨古傷今，極有風致，惜其奏呈不稱旨，亦天也。(同前書卷四「秋景類」)

三一九　趙元鎮《滿江紅》「慘結秋陰」：上是望中極目無際處，下是愁裏開榻强排情。又：山色有無中，不知空眼幾穿。又：惟酒可以忘憂，洵是無極之愁。又：描出思望之情，婉然在目，而一段愁腸不飲先醉，曲盡離緒，千腸畢吐。(同前)

三二〇　魯逸仲《畫錦堂》「風悲畫角」：上是旅思凄凉之景況，下是故鄉懷望之神情。又：旅

邸凄，其最爲抑鬱無聊。又：梅花夢，真是相思萬點。又：非躬涉客途冷落中，安得寫凄楚如許？（同前）

三二一　張宗瑞《桂枝香》「梧桐雨細」：上言因秋而起憔悴之心，下言見月而懷無寐之歎。又：一分憔悴，片語片心。又：淡月照人，自是眠不得情況。又：秋宵旅邸，凄其動遊子故土之思，亦本然事，此詞遂爲傳情乃爾。（同前）

三二二　周美成《桂枝香》（當爲《蝶戀花》）「月皎驚烏棲不定」：前段是曉起朦朧之態，後段是臨行繾綣之懷。又：不足景狀如活。又：「露寒人遠」，思之又思，意溢詞端。又：先曰紅棉冷，後曰鴛鴦冷，俱用二字收□一節，意深一節，語不見。（同前）

三二三　周美成《蕙蘭芳引》「寒瑩晚空點青鏡」：上恍惚而心有所思，下寂寞而夜難爲寐。又：意得之拂牆花影動來。又：夜長人獨，直吐真情。又：此詞俊逸如常山率然首尾相應，佳作，佳作。（同前）

三二四　黄叔暘《長相思》「天悠悠」：上有登樓聞笛之情思，下有題箋寄愁之惆悵。又：聞笛傳在在情緒。又：字字是秋懷，誠詞短而意甚長。（同前）

三二五　辛幼安《鷓鴣天》「枕簟溪堂冷欲秋」：上寫花鳥入秋之景，下寫丘壑忘情之心。又：逢怨寄愁，自是懶上樓的情景。又：「欹枕静聞庭葉落，倚節閑看白雲飛」，亦是此意，玩者當自得言外。（同前）

三二六　張文潛《風流子》「亭皐木葉下」：上言秋光色色可人，下言秋懷種種莫訴。　又：「庾腸」、「潘鬢」，新而巧處，有情無語。又巧而新處。　又：從來與秋懷□亦多矣，獨此詞湧之意疊疊，誠所云下筆倒浸之浹矣。（同前）

三二七　周美成《霜葉飛》「露迷衰草」：上見月長增故人之思，下聽風俗添故人之淚。　又：月下有懷，風趣悠然。　又：流不盡相思淚，故人情深矣。　又：拜月之深情，有吟風之雅度，意隨筆到，滚滚不竭。（同前）

三二八　周美成《華胥引》「川源澄映」：前段寫秋景清曠可人，後段述幽閨寂寞愁人。　又：有醒起看紅日狀。　又：剪燈花，豈有約不來？　又：自晨起以至夜闌時，是有所思處。（同前）

三二九　范希文《漁家傲》「塞下秋來風景異」：上寫其在邊之景象，下述其守邊之心神。　又：塞下曲，胡中笳，亦如此迫切。　又：曲盡秋塞之情，誦之令人興悲。（同前）

三三〇　李太白《憶秦娥》「簫聲咽」：上有秦樓皓月之夢想，下有古道斜陽之心思。　又：思憶中有追概，情緒法律清楚。　又：語語是憶秦娥，意味宛切迫真，堪為百代詞調之宗。（同前）

三三一　温庭筠《更漏子》「玉鑪煙」：上言長夜有所思而景寂，下言秋雨有所觸而情深。　又：長夜寂寂，那堪雨徹夜寒。　又：夜永衾寒，雨聲滴碎鄉心矣，恍然一更漏子。（同前）

三三二　柳耆卿《玉蝴蝶》「望處雨收雲斷」：上段為故人不在而傷情，下段對斜陽立盡而騁望。

又：思入煙水茫茫處，則暮天歸航，安得不斷腸？　又：發幽思於律吕之中，運巧思於斧鑿之外，正而平，和而雅，比諸刻琢精巧者頓殊。（同前）

三三三　高賓王《玉蝴蝶》「唤起一襟凉思」：上有旅邸寂寞之幽懷，下有隱士蓴鱸之奇想。　又：無端幽恨，總在客中斛。　又：悠然起江東之思、華亭之歎。　又：寫出金風變律、玉露雕秋景况，酷肖《悲秋賦》，况客中對客，益復無聊耶？宜其猿啼鶴唳煙林，具思詩中畫也。（同前）

三三四　李後主《浣溪沙》「菡萏香銷翠葉殘」：上是不堪獨對西風之意，下是正宜自倚曲檻之思。　又：人隨秋老，秋到人愁。　又：思逐思生，句從思得，正少之許差勝多之許。（同前）

三三五　王介甫《千秋歲引》「别館寒砧」：上有吟清風、弄明月之想，下有赴紅樓、醉翠館之懷。　又：楚王披襟，庾公卜夜，亦此瀟脱。　又：倘得蘭花入夢，何須浮名虚情？　又：不着一愁語，而寂寂景色，隱隱在目，洵一幅秋光圖，最堪把玩。（同前）

三三六　周美成《解蹀躞》「候館丹楓」：上是獨抱孤衾對月眠，下是暗拭淚珠待月歸。　又：寒月伴孤眠，此景為誰説？淚珠如雨，此愁那能常去？　又：秋中景，客中情寫出，為眼中詩畫，至眠月待雁，一段無聊旅况，尤堪於邑。（同前）

三三七　秦少游《滿庭芳》「碧水澄秋」：上因觀景物而起故人之思，下對黄菊而添往事之愁。　又：待月迎風，情懷如訴。　又：酒堪破愁，真愁非酒能破。　又：托意高遠，措詞瀟脱，而一種秋愁，都為故人展轉，誦者當領之言先。（同前）

三三八　周美成《氐州第一》「波落寒汀」：上寫出春光明媚堪酌，下吐出秋懷展轉相思。　又：翻鴉破雁，語出天孫，巧媚可人。　又：座上琴，機中錦，此時夢難成，其何能繾？　又：先叙景物易老，情懷莫繾，繼述卓氏聽琴、蘇氏織錦，乃知夜夢不成，亦有巫山神女朝暮雲雨之思，玩之，玩之。（同前）

三三九　周美成《宴清都》「地僻無鐘鼓」：上引古以寫鴈信之沉李，下對鏡以歎顔容之老邁。　又：有「不見魚鴈信，關山萬里遠」之思。　又：撫鏡傷顔，有鬢生兩毛之慨歎。　又：因夜長難度，遂添庾信之愁，直抱江淹之恨，此時此情，韶光易度，霜鬢易斑，撫景生歎，無如此痛切，無如此宛轉。（同前）

三四〇　李後主《長相思》「一重山」：因隔山水而起各天之思，為對楓菊而思後人之歸。　又：「楓葉丹」、「風月閑」，愁在辭表。

三四一　周美成《塞垣春》「春色分平野」：周美成塞春春造。　又：怨從思中生，思長而怨不露，是長於詩者。（同前）　又：叙秋景，而種種情逐景生，都為□人悃愫。　又：别其人而即其人，思其人，即欲見其人，言言委婉，語語親切，佳哉！　雋哉！（同前）

三四二　周美成《風流子》「楓林凋晚葉」：上是秋色秋聲解人耳目，下是相思相見告天心情。　又：砧杵回殘夢，綺羅起餘怨，此景此情，堪與誰知？　問天已已。　又：以愁景而動愁思，則觸目悃心，真是風流欲訴無人會，留與情風明月知。（同前）

三四三　康伯可《金菊對芙蓉》「梧葉飄黃」：上有誤佳期之惆悵，下有泣黃昏之情懷。　又：因金風而起故人之思。　又：逢花月益切相思之苦。　又：相思相見知何日，此景此情為誰言？詩可以怨，於此信矣。（同前）

三四四　周美成《四園竹》「浮雲護月未放滿」：上是竚立庭柯風光好之景，下是腸斷蕭娘音信稀之情。　又：雲抱月來，庭柯弄影，不見蕭娘信，難以為情。　又：月移花影，風入襟期，信已絶，夢又稀。長夜孤燈，寧不蕭娘展轉不寐乎？（同前）

三四五　孫巨源《河滿子》「悵望浮生秋怨」：上是砧杵入耳，下是風雨傷情。　又：夜闌疏砧，語談趣雋。　又：無風自舞，不雨長陰，語不經人道。　又：從初別上神思，以數別後情緒，葉舞空陰，却在在是惆悵情，最為有味。（同前）

三四六　周美成《慶春宫》「雲接平岡」：上是秋聲入耳憶別離之情，下是秋色凝眸思期約之語。　又：用一片秋聲應上啼鴉驅雁。　又：密約在耳，而佳期莫赴，寧能自已。　又：為故人而心猿意馬，馳絆無方，况期約勤渠，自爾觸景傷情。（同前）

三四七　周美成《拜星月慢》「夜色催更」：上相遇間恍如瓊玉生光，下相思處渾如溪山隔斷。　又：寫出庭院之遇，宛若秋娘在目。　又：瑶臺眷戀，盡是相思不絶處。　又：叙其邂逅之際，一見顔色，令人春風滿面，雲雨興思，又為溪山阻隔，寫情在逼切。（同前）

三四八　柳耆卿《碧芙蓉》「夜雨滴空堦」：上述秋夜孤眠之景難度，下憶深閨舊歡之情最深。　又：蛩聲燈花，照徹孤眠，如此良宵何？　又：别後思歌笑於難再，洵一刻值千金矣。　又：秋老夜闌，展轉不寐，追憶流霞共酌，此情難再，佳人寧我怪哉！（同前）

三四九　李後主《醜奴兒令》「轆轤金井梧桐晚」：上秋愁不絶渾如雨，下情思欲訴寄與鱗。　又：寫景寫情，詞簡意切。　又：觀其愁情欲寄處，自是一字一唳（疑作淚）。（同前）

三五〇　秦少游《搗練子》「心耿耿」：秋夜寂寂，秋閨隱隱，最堪懷人。　又：淚隨心生，凄其之景，已見至夜深無語，則幽思之情更切矣。（同前）

三五一　汪彦章《小重山》「月下潮生紅蓼汀」：上寫流螢亂星之秋景，下思梧桐聽雨之閨情。　又：水月一色，螢星錯落，此時若同聽雨，何恨之有？　又：秋夜之景，深閨之情，都被筆端點破。（同前）

三五二　秦少游《菩薩蠻》「蛩聲泣露驚秋枕」：上獨卧之恨與更共長，下不成之眠隨燈自照。　又：惟其恨長，是以眠為不成。　又：點綴處最見鍼門一綫，洵是天孫妙手。（同前）

三五三　秦少游《菩薩蠻》「金風蔌蔌驚黄葉」：上葉飄鴉飛，觸月而傷懷。下雁韻砧聲，入耳而起恨。　又：色色入愁，聲聲致憾。　又：如風聲、雁聲、砧聲，俱是動秋閨之思。（同前）

三五四　汪彦章《點絳脣》「高柳蟬嘶」：前有凝妝上翠樓之眼界，後有聞笛倚欄杆之情懷。　又：凝望湖山，而倚畫樓同人者何在，宜為興思至再。　又：樓上之見之聞聞，較之閨中之見之聞聞，自是另一番景色，自是另一番情思。（同前）

三五五　鹿虔扆《臨江仙》「金鏁重門荒苑静」：上宫中寂甚，只聞聲入耳。下堂前改屢，因見露氣傷心。　又：因重門深鎖，頓起故人之悲，何等傷懷。　又：不作宫中富麗景，只在亡國上傷情，最好，語在「煙月不知」並「泣香紅」數言。（同前）

三五六　辛幼安《沁園春》「三逕初成」：上言其思歸有位高身危之慮，下言其樂隱有急流勇退之懷。　又：學古人退休，有知幾鴻舉之高。　又：泉石自娱，惟恐不得遂其願。　又：有當友古人之志，超然利禄之表，遠禍深，故見幾早，非徒煙露痼癖者流。（同前）

三五七　吕居仁《沁園春》「東里先生」：上有知止不殆，引流水以喻身世；下是撫古自歎，抱獨醉以含獨醒。　又：如遊裴晉公緑野堂中，身世都忘。　又：此等襟懷，有萬事無如杯在手矣。

又：觀其門前任流水，萬事付酒甌，真于閒中今古可擘，醉裏乾坤可破，非見道忘勢者□手。（同前）

三五八　柳耆卿《雨霖鈴》「寒蟬凄切」：上有臨别不忍别之深情，下有欲見不得見之雅慕。

又：一别各天，神情飛馳。　又：此夕何處，清光對誰。　又：千里煙波，惜别之情已騁，千種風情，期見之願又賒，真所謂善傳神者。（同前）

三五九　李易安《一剪梅》「紅藕香殘玉簟秋」：上有雁來雁去之□望，下有愁眉愁心之深思。

又：多情不隨雁字去，空教一種上眉頭。　又：惟錦書雁字不得將情傳去，所以一種相思眉頭心頭之難消。（同前）

三六〇　李易安《鳳皇臺上憶吹簫》「香冷金猊」：上衷情難訴而頓減容顔，下繾綣莫留而信添愁緒。又：非病酒，不悲秋，都為苦别瘦，水無情於人，人却有情於水。又：寫其一腔憶别心神，而新瘦新愁，真如秦女樓頭，聲聲有和鳴之奏。（同前）

三六一 鄭中卿《鳳皇臺上憶吹簫》「嗟來咄去」：上有入胡走越，驅馳最久；上（當作下）是稱觴舞袖，歲月自娱。又：勘見著衫人，語平而巧。又：彩可戲，而浮名浮利始置之分外。

又：歎生平奔逐，征衣無時休息。今且换班衣為舞，却有自壽語。（同前）

三六二 朱希真《西江月》「世事短如春夢」：上有居家俟命之識見，下無行險僥倖之心情。

又：既知委運自天，固宜其及時行樂也。又：此樂天知命之言，可為昏夜乞哀，以求富貴利達者戒。（同前）

三六三 王介甫《桂枝香》「登臨送目」：上描寫金陵山水，恍似畫圖。下嗟詠六朝榮辱，渾如新曲。又：江似練，峰如簇，目前景色，在在堪描。又：懷舊事，傷新聲，無限寄慨。

又：曾讀許仲晦詩，結云：「英雄一去豪華盡，惟有青山似洛中。」何等詠歎。（同前）

三六四 沈公述《望海潮》「山光凝翠」：首叙并州之形勝，色色凝眸。次追往哲之風流，字字中肯。又：龍中走胸中，甲兵藏腹内。又：贊美先賢，有羈留繾綣之衷情。又：叙景色入畫，追英豪入神，奇正迭出，□是陣法，其杜將軍之武庫乎？（同前）

三六五 朱希真《秋霽》「壬戌之秋」：上泛舟而簫聲，可乘風弄月。下傳杯而枕籍，惟慨魏傷吴。

又：秋水長天一色矣，惟有清風明月不用錢。又：不滿百餘言，而一篇《赤壁賦》詞旨備悉，洵

能削煩就簡，而得片言居要法。（同前）

三六六 晁無咎《八州甘聲》「謂東坡未老賦歸來」：上有解玉帶鎮山門之度，下有酌茱萸登峰頂之懷。又：一笑千秋，真坡公勘破浮塵矣。又：醉翁之意不在酒，在乎吹帽淋衫而已。又：用坡公賦歸來，即以僧老木蘭承接，用歐陽倚平山，即以登臨落帽照應，且詞可謂古雅而意精切，擬之於歐、蘇，可謂學步邯鄲。（同前）

三六七 辛幼安《念奴嬌》「晚風吹雨」：上叙西湖景，傍花隨柳以酌酒。下追處士家，駕鶴騰雲以興懷。又：有海闊天高之襟期。又：有羽化登仙之風度。又：玩此詞，殊似五斗解醒，先生筆，亦似遺世獨立，先生文，觀者當玩之言表。（同前）

三六八 張于湖《念奴嬌》「洞庭青草」：上會心處，有水天一色之證悟。下暢飲時，有物我兩忘之機關。又：望月光處，此景難以時人言。又：不但形骸可破，即乾坤不知下上矣。又：言洞庭水光與心鏡相似，澄徹廣大，至於「萬象為賓客」句更奇絶。（同前）

三六九 白居易《長相思》「汴水流」：上以流水擬流情之尤遠逝，下以明月喻明懷之更高飛。又：逝者如斯，耿耿不寐。又：情與流水共長，心目（疑作與）明月並皎，取之數語，却覺意味深遠。（同前）

三七〇 万俟雅言《長相思》「短長亭」：上言樓外雨意轉秋信，下言雲中雁聲慘人心。又：雨解雁聲，旅客最先聞。又：寫景寫情，即宋玉《愁賦》當不過此。（同前）

三七一　林外《洞仙歌》「飛梁壓水」：上俯仰古今，覺人生之易老。下隱逸洞門，謝世事於不知。又：歎宇宙無限變遷，何等參透。又：有避世之思，而風塵毫不染著。又：□評詩□云：「虹光映檻根金電，煙氣浮空擁玉龍」語，氣象軒昂，真有藐乾坤於一粟而身世都空矣。（同前）

三七二　劉改之《唐多令》「蘆葉滿汀洲」：上重遊鶴樓，下慨江山之如故。而人物非昔，有不盡嗟歎。又：「繫舟未穩」、「舊江山、都是新愁」，讀之下淚。又：因黃鶴樓再遊而追憶故人不在，遂舉目有江山之感，詞意何等悽愴。（同前）

三七三　范希文《蘇幙遮》「碧雲天」：上托芳草以懷芳卿，下是夢裏相尋，酒中相思，無限深情。又：秋水長天一色景，明月杯獨舉，更動相思。又：「斜陽」、「芳草」最入鄉魂旅思，觀其對月傷懷，捨杯拭淚，安得言？言痛切乃爾。（同前）

三七四　沈會宗《天仙子》「景物因人成勝槩」：上有風月之襟期一塵不染，下有山水之逍遥萬象俱忘。又：「衫未解，心行快」，何等自得。又：車馬是閑世界，誰人有此解。又：惟塵埃不入眼界□風月山水，胸中別具一乾坤，而車馬自隘矣。（同前）

三七五　張子野《滿江紅》「紅蓼花繁」：先垂鈎弄笛，棹破水中天。次高卧微醒，不覺乾坤上下矣。又：「一絲牽動一潭星」，驚人語也。又：眠風而醉月，漁家樂，洵不可諼。又：值秋宵之景，駕一葉扁舟於鳥渚鷗汀之中，瀟灑脱塵，有囂囂然自得之意。（同前）

三七六　謝無逸《漁家傲》「秋水無痕清見底」：上秋水泛舟，是煙波中釣叟。下新酒卧篢，是江湖裏散人。　又：觀真「柳條帶雨」直釣，自歎志豈在魚哉？　又：不獨陸龜蒙、張志和當合為一人，即姜子牙之釣璜，嚴子陵之桐□，殊天之轍。（同前）

三七七　黄魯直《浣溪沙》「新婦磯頭眉黛愁」：上寫鷩餌魚深逝之微意，下寫遇風舟還蓬之深思。　又：孟浪於磯頭浦口，見幾於斜風細雨。　又：用月沉鈎，見香餌。用船轉頭，見險途。（同前）

三七八　蘇東坡《水龍吟》「楚山修竹如雲」：上詠凌雲之材未遇知己，下詠聞鈞天之聲堪破俗情。　又：不遇中郎，桓伊終非林下朽株。　又：以二人嬌羞，弄出《梁州》、《霓裳》之調，文君自覺霜天曉矣。　又：初言笛之材難識，繼言笛之聲易度，引緑珠聲調，迴出人間音響，正為使君消俗瘴矣。（同前）

三七九　僧仲殊《金菊對芙蓉》「花則一名」：上是景布三秋，香飄十里。下是才子賦詩，姮娥品第。　又：點綴秋光，宛然一幅畫圖。　又：攀桂問嫦娥，自是少年登科。　又：點綴秋光，恍若菊吐東籬、映水芙蓉，一段神情又在廣寒宫對語來。（同前）

三八〇　僧仲殊《念奴嬌》「水楓葉下」：先模新荷出水嬌姿堪挹，後寫暗香度人芳心轉豔。　又：嬌春掩晝，寫景如活。　又：妝媚臉芳心，恍是廣寒女。　又：散清香、浮小葉，帶雨乘風，張蓋製衣之句並見，此詞一意翻成，自得標格。（同前）

三八一　蘇子瞻《卜算子》「缺月掛疎桐」：上以鴻影與人影俱寂起，下有時舉時集無人省到。

又：鴻舉縹渺，寒枝莫棲，見幾之審。　又：聞鳥蓋能色舉翔集，此吴江泠鴻，何異山果雌雉，人可不如鳥乎？（同前）

三八二　晏叔原《蝶戀花》「庭院碧苔紅葉徧」：上有目遇之而成色的景象，下有耳得之而為聲的風情。　又：黄菊近重陽之時，一聞蘆管聲，秋怨種種生矣。　又：寫出水天一色，頓覺秋光侵眸，至胡笳入聽，又令人聲聲欲斷，悲喜隨情轉，於秋何尤。（同前）

三八三　周美成《紅林檎近》「風雪驚初霽」：前擬霜雪入寒之景象，後泛杯盤共賞之襟期。　又：「纔喜」、「可惜」，俱在虚字傳情。　又：放杯看梅，有品題小春之意。　又：冬初景須以「青女傳霜信」、「小春梅蘂綻」等語為至，此以風雪泠言似太早。（同前書卷四「冬景類」）

三八四　柳耆卿《望梅》「小寒時節」：上描寫梅光酷肖鬭雪精神處，下桃李争芳總不如「和羹大用」。　又：隱影小人，難以匹君子意。　又：此言雪□有三分白，却輸梅一段香，而桃紅李白又不若調羹真味，其品隲梅花處，端不減林和靖評章。（同前）

三八五　周美成《南鄉子》「晨色動粧樓」：上清光之景卷簾納於胸中，下慵懶之懷對鏡生於眉上。　又：「開簾風不定，春山滿鏡愁」語，自獨到。　又：叙出曙色如見，而一種懶梳妝之情況，吐盡筆端，堪玩堪掬。（同前）

三八六　秦少游《滿庭芳》「山抹微雲」：上惜别時有懷舊事之情思，下相思處有望高城之精神。　又：回首處，科湯遠眺，情何殷也。　又：傷情處，黄昏獨坐，情難繾矣。　又：少游叙舊事，

有「寒鴉流水」之語，已令人賞目賞心，至下「襟袖啼痕」，只為秦樓薄倖，情思迫切，坡公最愛此詞。（同前）

三八七　賀方回《浣溪沙》「鷰外紅銷一縷霞」：上以楊柳梅花鋪叙晚來景，下以繡户紗窗點綴寒冬裏。　又：棲鴉、折梅，却信東風入户窗。　又：冬日景，只聊聊數語，摹寫幾無賸旨，洵名家筆也。（同前）

三八八　秦少游《南鄉子》「萬籟寂無聲」：上寫素月深夜高懸之景，下托塞宫孤梅為友之懷。　又：霜華伴月，自是夜静寂，托梅寫出相思處，念茲在茲。　又：叙冬夜之景，在胸中流出，以梅花為故人，便見不孤。（同前）

三八九　林少瞻《少年遊》「霽霞初散」：上言曉月殘星都被鳥聲啼出，下言青山流水還為馬蹄踏來。　又：描畫出曉行風景，宛如親身經歷。　又：寫出少年風情，入山逕攀翠，十里一溪，恍若目親到。（同前）

三九〇　柳耆卿《白苧》「繡簾垂畫堂」：上詠白雪飛空，片片同瓊瑶一色。下詠芳梅勸飲，早早報春色十分。　又：雪花綻，玉真迷，却鈎臺歸路。　又：花神報訊，還更斟袁安杯，任傾倒無□。　又：將梅雪以擬冬景，果若梅須讓雪一分白，雪却輸梅一段香，有卧雪之首者，又不乏評梅之情，最堪滿酌，共賞年華。（同前）

三九一　六一居士《漁家傲》「十月小春梅蘂綻」：上小陽天氣温和，正負長睡。下初冬風聲凉冽，差堪遠玩。　又：紅爐暖閣，美人貪睡，隆冬景也，但風吹雁字，似秋矣。　又：貪睡煖簾不卷，只是初冬寒氣迫人耳，又寫出小春江空，在在可畫。（同前）

三九二　黄叔暘《菩薩蠻》「南山未解松梢雪」：上有三清可人之景色，下歎光陰易度，寓及時行樂之意。　又：松稍雪、梅秋月，此景對誰言？　又：松耶？梅耶？月耶？堪稱三友，而一般清意味，料得少人知。（同前）

三九三　康伯可《滿庭芳》「霜幕風簾」：上有傳杯焚香凝妝之情趣，下有詠歌燃燈掃榻之幽情。　又：不加粉黛，自有秀色可餐處。　又：高歌暢飲，不醉不休。　又：飲酒高歌，卜晝而繼之以卜夜，而末段有寒衾獨抱之景趣，描寫逼真。（同前）

三九四　王充《天香》「霜瓦鴛鴦」：上有雲情雨意與雪共商量，下有羅衣金樽伴我同笑語。　又：霜冷風侵氊帳，宜盡瑞雪水之草，最祥意象。　又：鴛鴦瓦上，翡翠簾中，不任歌酒，何以道窮冬恁好耶？　讀者宜自得神情。（同前）

三九五　周美成《早梅芳》「花竹深房櫳」：上冬夜□光，一夢驚魂天已曉。下寒風促别，數語縈懷路又通。　又：淚為誰多，意為誰盡，愁眉遠覽又為誰，回頭幾千年。　又：羅袖拭淚，鶯聲囀意，而風披露洗□又别是一種新聲，不傍人口角。（同前）

三九六　周美成《滿路花》「金花落燼燈」：上是别玉人後情緒有托，下是入長夜來繾綣莫訴。　又：燈殘有焰，雲盛無聲，欹枕寒窗，而一種愁緒，惟無可説。（同前）

三九七　万俟雅言《梅花引》「曉風酸」：上歎客路艱難，下遊前村，登西樓，有遥望家山之意。　又：以客中人寫客中景，叙客中情，言言逼真。又：寒梅破雪，寒溪破月，開人未嘗開之口。（同前）

三九八　周美成《少年遊》「并刀如水」：上言錦幄獸煙在家之樂，下言問更策馬行路之難。又：狀出風霜中途飄飄行人逸，情景悗愴。　又：《行路難》，隆冬而行路猶難，寫景寫情，在在傳神。（同前）

三九九　秦少游《桃源憶故人》「碧紗影弄東風曉」：上有深夜獨眠之心思，下有新夢難成之景象。　又：不解衣而睡，夢又不成，聲聲惱殺人。　又：形容冬夜景色惱人，夢寐不成，其憶故人之情，亦展轉反側矣。（同前）

四〇〇　徐昌圖《木蘭花令》「沈檀烟起盤紅霧」：惟有雲風，故聽得天外鳴聲，夜夜擁寒衾，自與梅花同瘦。　又：品梅詠雪典實，最切冬景，至相思無夢，神情尤覺聊聊。　又：以梅粧柳絮點冬景，可謂善形容者，「旋炙銀笙」，見寒之極處，「酒病對寒冰」，又何寂寞也。（同前）

四〇一　六一居士《憶王孫》「同雲風掃雪初晴」：上用漢宫謝女以點綴景色，下用鸞舞鳳語以描寫情思。　又：愁聽鴻聲，夢不成景。　又：意味深長，而一段冬夜景形容殆盡。（同前）

四〇二　秦少游《如夢令》「冬夜月明如水」：水月一色，而寒燈破夢之景，只將坐以待旦而已。又：長夜不寐，寧無所思？　又：風寒侵夜枕，霜凍怯晨征。（同前）

四〇三 汪彦章《點絳唇》「新月娟娟」：上是當幽夜而有願見之思，下是當隆寒而有共飲之慕。又：山銜斗，君知否，此語又一腔別調。又：望見於梅花影裏，期歸於亂鴉後，真切，真切。（同前）

四〇四 曹元龍《驀山溪》「洗粧真態」：上擬佳人之度如梅花之清雅，下擬梅花之態如佳人之冷淡。又：清香暗度黄昏，此情實難為言，花為雨瘦，花不自知。又：白玉為膚冰為魂，耿耿獨與參黄昏，其國色天香，方之佳人幽趣何如？（同前）

四〇五 朱希真《孤鸞》「天然標格」：上詠紅白交映，先報春信。下有調羹之志，只恐聲落塵埃。又：東風初到，梅信先傳。又：難寄難横，和羹鼎鼐之才也。又：「苦被東風著意催，初無心事占春魁。年年為報南枝信，不許群芳作伴開。」（同前）

四〇六 朱希真《絳都春》「寒陰漸曉」：上言梅花有鬬雪綴玉之精神，下言梅花有籠用横窓之芳姿。又：早梅妍媚，雪玉比潔。又：更看影弄黄昏處，尤堪把玩。又：自其初開時芳姿莫比，至疏影斜照，猶見巧媚，恍似一梅圖。（同前）

四〇七 秦少游《望海潮》「梅英疏淡」：上言遨遊廣野，春色入山家。下言沉酣旅舍，歸心隨流水。又：借桃李綴梅花，風光百媚。又：停杯騁望，有無限歸思隱躍言先。又：自梅英吐年華説到春色亂分處，兼以華燈飛蓋酒旌，一寓目，盡是旅客增怨，安得不歸思如流耶？（同前）

四〇八　蘇子瞻《西江月》「玉骨那愁瘴霧」：前段叙梅有天上仙翁之骨氣，後段品梅有世外佳人之丰姿。又：起二語對仗□□。又：素質淡妝，更色色傾人。又：「玉骨」、「冰肌」，何須「粉涴」、「唇紅」？若教解語，應傾國，任是無情亦動人。（同前）

四〇九　朱希真《念奴嬌》「見梅驚笑」：上言潔白芬芳，有凌霜傲雲之節。下言調和風味，在淒風涼月之懷。又：以裁桃種杏，形出觀梅。又：驛使未逢，調羹誰托？種種寓意。又：問紅塵久客，無人攀折，俱是托言君子獨立之操不為小人所混仝意。（同前）

四一〇　周美成《玉燭新》「溪源新臘後」：上品紅梅，有疏影度窗之神思，而下寄語嶺客，有清聲映水之景界。又：漏春心，亦宜在黄昏時候。又：賦多才，向故人吹著梅花，樹樹生矣。又：「衆芳振落獨鮮妍，占斷風情向小園。疏影梅斜水清淺，暗香浮動月黄昏。」當與此並傳。（同前）

四一一　周美成《花犯》「粉墻低」：上觀梅而追憶舊想之景色無方，下思人而遠望長江之夢寐□隔。又：露痕輕綴，雪中高樹，寫景逼真。又：疏梅淺水弄黄昏，正是故人馳神處。

又：機軸圓轉，組織無痕，一片錦心繡口，端不減天孫妙手，宜占花魁矣。（同前）

四一二　晁叔用《漢宫春》「瀟灑江梅」：上言壓雪欺風佳期見歸雁，下言微雲淡月孤芳勝玉堂。

又：風梅不見故人之思。又：思故人托思梅花之詠。又：此詞詠梅不讓「暗香」、「疏影」之句，所謂湘妃瑟、秦女簫，自是動人音律。（同前）

四一三　劉方叔《天香》「漠漠江皐」：上言松竹之操不與梅花鬬芳妝，下言梅花之才堪與松竹較手段。又：動詩興，不入相思，真情操哉！　又：待和羹以展盡底藴，何等抱負。　又：品題梅花處，見其不獨與君子竹、大夫松全一清風雅節，而和羹手段，尤□百花之魁。（同前）

四一四　柳耆卿《望遠行》「長空降瑞」：上言雪花飛空之景，色色堪描。下言夜與乘舟之時，在在生色。　又：「亂飄」、「密灑」，晚江景色畫圖也。　又：瑶臺瓊樹，形容端不減謝蕙連。　又：詠瓊屑飄飄，差似柳絮隨風，而雪中景，景中人，人中夜，興盡為寫破，至一段雪光與月光交映處，猶覺無方，景色俱呈眼前。（同前）

四一五　周美成《紅林檎近》「高柳春纔軟」：上梅前綴香有凝妝弄簧之趣，下客中遣興有歠酒賦詩之懷。　又：「那堪」、「故遣」正在虚字傳神。　又：騷客評章，更為雪花增價。　又：三分雪白，一段梅香，十分春意矣。不吟時酌酒，寧不俗了人乎？（同前）

四一六　周美成《女冠子》「同雲密布」：前寫瓊屑飛空開筵以共賞，後描旅邸無伴見梅而目斜。　又：「撒梨」似勝「撒鹽」，而「舞玉」終不若「舞絮」。　又：「想」字，「斜」字虚活，「雁聲」、「梅影」又是實景。　又：曉樹故開花意思，夜窗添起月精神，此之語，可想像此詞景趣。（同前）

四一七　康伯可《醜奴兒令》「馮夷剪碎澄溪練」：上借梅花柳花以詠雪中景，下卜山陰月陰以待雪中人。　又：彩華生春，端不減山陰夜興矣。　又：有澄如練佳句，亦興至而然、興盡而止者也。（同前）

四一八　孫夫人《清平樂》「悠悠颺颺」：上是詠雪在梅竹上尋聲響，下是玩雪在香爐裏襲形容。　又：雪之聲可聽，雪之景可玩，聊聊數語盈耳，而且盈目。　又：飛雪之態為此對，形容已盡。（同前）

四一九　張安國《憶秦娥》「雲垂幕」：上言雪花飛舞如瓊玖鸞鵠騰空，下言征車迷塞望楚溪碧湘在月。　又：天花錯落，有籃關不前景象。　又：千林滿空，路迷迷路語，妝點極佳。（同前）

四二〇　張安國《念奴嬌》「朔風吹雨」：上是寒雪中一咲，破炎熱之態。下在孫客中一醉，解凄切之懷。　又：凍合寒侵，筆花如夢。　又：踏月持杯，身世都空。　又：因雪而興詠，吟吐心事，「家在楚尾吴頭」以下數句，身安心樂，何有於顧盼哉！（同前）

四二一　柳耆卿《玉女摇仙佩》「飛瓊伴侶」：前段以仙姬喻佳人，見天香國色之難覯。後段以古人方才子，見男才女貌之相宜。　又：以名花比名女，一笑傾城而無情，亦是動人矣。　又：郎才女貌從來難見，非作合自天，安得全心之語？　又：詠佳麗都冶，恍似解語之花，况得仙郎，才堪倚馬，兩相配合，允宜結，矢心無日，金石不踰，然非緣定自天，人間安得有此？（同前）

四二二　張子野《醉落魄》「雲輕柳弱」：上言天香國色迥出人間女子，下言破桃落梅恍似天上神仙。　又：貌與花月争嬌，而聲聲落梅花，何有哉？　又：秀色賞目，清聲賞耳，即解語之花、引鳳之簫，更何多遜神姿哉！（同前）

四二三　孫巨源《菩薩蠻》「樓頭尚有三通鼓」：上言别時馬覊琵琶之曲，下言别後夜冷玉堂之

情。又：琵琶曲，牽馬上郎即玉堂，誰仝小夜？　又：忍别在心，故在在不勝觸目之歎。（同前）

四二四　周美成《遶佛閣》「暗塵四斂」：上言孤館中獨迎花氣之芬芳，下言倦客裏未逢故友之情緒。　又：夜永寂寂，盼望欲奢。　又：客中景蕭索，有夜訪之思。　又：「夏之日，冬之夜，獨居幽思」，於是為切，况寓旅邸，其凄凉猶所謂難堪者乎？（同前）

四二五　周美成《南鄉子》「生怕倚闌干」：上倚欄而望，追憶舊時之山水；下拆梅而看，摸擬今日之霜月。　又：觸於目，即感於心而形於口，有（當作幽）懷種種，耿耿不寐，旅愁寧有涯哉？（同前）

四二六　朱希真《滿路花》「簾烘淚雨乾」：上是日高睡猶未起之情，下是夜深愁不成寐之景。又：淚雨愁城，却只為仝卧人忘了我。　又：寫出同卧不可忘的種種風情，却似滿路落花無人掃，有□賞到。（同前）

四二七　康伯可《江城梅花引》「娟娟霜月冷侵門」：上怕黄昏，强對芳樽。下睡不穩，瘦却幾分。又：看將斷魂字承接，描出閨情，如怨如慕。　又：句句是閨中之情，惟「斷魂」與「睡不穩」句，見情傷極矣。為花憔悴，是自喻之辭。（同前）

四二八　李太白《菩薩蠻》「平林漠漠煙如織」：上想高樓傷心如煙織，下計歸程佇望似鳥飛。又：寒心傷心，長亭短亭，巧若調簧。　又：寫出少婦新愁，有「悔教夫壻覓封侯」意。（同前）

四二九　蘇子瞻《念奴嬌》「大江東去」：上追勝跡於當年，揮毫成畫；下付舊事於流水，醉月攜樽。　又：「穿空」、「拍岸」，描寫入畫，而「一時豪傑」，感慨寄於言外矣。　又：借周瑜、諸葛競雄，總付之一夢中了，最見迫切。　又：千古人物，竟成一時豪傑，信人生如夢，不舉杯邀月，枉了百年虛過。（同前）

四三〇　宋謙甫《賀新郎》「步自雪堂」：隱括東坡之詞而得其情景，宛如身處之事，而寄其毫端。　又：舉杯酌月，對影成三。　又：江山非故，不知人世幾遷移。　又：詞中不過百餘字，曲盡賦中之意，堪為善描情寫景，不在字句爭奇。（同前）

四三一　辛幼安《千秋歲》「塞垣秋草」：上奉平安壽，更老於梅花。下轉乾坤榮，還看乎鳳詔。　又：樽俎英雄，隱為令公千載不朽勛名而發。　又：祝壽之詞，人皆以松鶴立意，此以郭汾陽富貴壽考結之，猶新巧可佳。（同前）

四三二　辛幼安《賀新郎》「瑞氣籠清曉」：上是仙女下人間，笙歌簇擁；下是才郎遊天人，金玉映曜。　又：望之若胡然而天，胡然而帝一段，配合酷肖，仙即神女。　又：形容匹偶如玉樹瓊枝，自是人間少有，至偕老處，果完於天。（同前）

四三三　胡浩然《滿庭芳》「瀟灑佳人」：上擬郎才女貌兩兩佳配之妙，下祝男多嬌貴在在迎休之期。　又：形容殆為迫真。　又：祝贊極真滿志。　又：其模寫處似畫，其祈頌處近誇，其亦未起俗表之聲口矣。（同前）

四三四 胡浩然《送我入門來》「荼壘安扉」：前寒隨夜去，有迎新送故之詞；後春逐人增，有撫古傷今意。 又：這是七影高逋、王謹除夕中詩話，點綴景色，恍似天吴綺鳳。 又：似極祝贊，又似極感慨，其述古人處，在在有味。 又：其迎春送臘，俱不出除夕詩中意，至稱古人富貴福壽之美滿，寓無窮旨趣。（同前）

四三五 胡浩然《東風齊著力》「殘臘收寒」：上送臘盛筵，且看金爐沉沉；下入春生意，莫辭玉觥泛泛。 又：笙簧沸，仙娃列□，此滿泛玉觥，自是春色無方處。 又：爐香藹處，盡是仙娃芳味，把酒問梅花，春色滿園關不住矣。（同前）

四三六 朱希真《鷓鴣天》「檢盡歷頭冬又殘」：上醉來有扶林登仙之雅興，下閑裏有紙帳梅花之天真。 又：「家家酒」、「處處山」、「醉夢間」，□。 又：「幾許家山遊未遍，老來世味醉夢間」，信口説來，頭頭是道，悟後語也。（同前）

《新刻題評名賢詞話草堂詩餘》詞話

《新刻題評名賢詞話草堂詩餘》六卷，卷端下題「濟南于鱗李攀龍補遺，四明眉公陳繼儒校正，書林泰垣余文傑繡梓」，此據國家圖書館藏萬曆乙卯自新齋余垣重梓本録詞話三百七十則。

一　胡浩然《喜遷鶯》「譙門殘月」：雙溪老人云：浩然此詞先記節叙，次叙述宴賞未歸，應時納祐，尤有歸宿。（《新刻題評名賢詞話草堂詩餘》卷一）

二　賀方回《臨江仙》「巧剪合歡羅勝子」：首以罗勝子、釵頭、綵燕就，為立春日之故事，而不以景物鋪叙，又是一家文法，後以人情客意結之。（同前）

三　李漢老《小重山》「誰勸東風臘裏來」：《青帝賦》：震宫初動，木德惟行，龍女戒旦，鳳歷司春。綵燕，立春日用，青鞋，遊春日用之點綴，可矣。（同前）

四　向伯恭《鷓鴣天》「紫禁烟花一萬重」：此詞富麗，寫盡上元景象，末寓感慨之意。（同前）

五　張林甫《燭影摇紅》「雙闕中天」：此見燈燭管絃之盛，光陰迅速如夢，追及往事，寧不傷懷？（同前）

六　劉叔安《慶春澤》「燈火烘春」：此詞鋪叙景物極富麗。（同前）

七　李漢老《女冠子》「帝城三五」：「吴臺今古繁華地，偏愛元宵燈火戲。春前臘夜未開晴，已向街頭作燈市。」（同前）

八　康伯可《寶鼎現》「夕陽西下暮靄紅」：春回璧月華燈夜，人在蓬壺閬苑中。　又：古詞云：「御樓烟煖，對鰲山綵結。簫鼓向晚，鳳輦初回宫闕。千門燈火，九街風月。」（同前）

九　康伯可《漢宫春》「雲海沉沉」：此言美女歌舞之狀。　又：花庵詞客云：此詞伯可在慈寧殿元宵被旨作。（同前）

一〇　周美成《解語花》「風銷焰蠟」：燈月交輝，佳人歌舞，才子遊玩，亦一時之勝。　又：用蘇味道「暗塵隨馬去，明月逐人來」，詞意高古。（同前）

一一　胡浩然《傳言玉女》「一夜東風」：「笙歌聲拂長春地，星月光回不夜天」，可為此評。（同前）

一二　胡浩然《萬年歡》「燈月交光」：以上元日燈燭之景，因見才子佳人遊樂，以動蕩其心，而形於

其曲。(同前)

一三 周美成《瑣窗寒》「暗柳啼鴉」:引宫詞切當。(同前)

一四 謝無逸《玉樓春》「弄晴數點梨梢雨」:天時人事,俱見此事,露桃嗔、風柳妬,尤新奇有味。(同前)

一五 趙德麟《蝶戀花》「欲減羅衣寒未去」:布景生情,至於啼痕,方見人子思親意。又:善安排,詞中絶律。(同前)

一六 葉少藴《醉蓬萊》「問春風何事斷送繁紅」:不忍别春之意溢於言外。又:曲水流觴,引山陰蘭亭樂事。(同前)

一七 秦少游《風流子》「東君吹碧草」:觸景傷懷,言言新巧,不步人間溪徑,詞令上品也。(同前)

一八 李元膺《洞仙歌》「雪雲散盡放曉晴」:此公借天地物襟收盡江南春色矣。(同前)

一九 劉改之《水調歌頭》「春事能幾許」:此言春光易邁,人生幾何?恣飲高歌,良有以也。(同前)

二〇 張東父《驀山溪》「青梅如豆」:摹寫春半之景宛在目中,而詞藻爛然,人人快睹。(同前)

二一 黄山谷《驀山溪》「鴛鴦翡翠」:山谷此詞有感而作,兜鴦翡翠,言其止則相偶,飛則為雙,性馴故也。(同前)

二二 王元澤《眼兒媚》「楊柳絲絲弄輕柔」:新奇高妙,善於詞曲者。(同前)

二三　秦少游《眼兒媚》「樓上黄昏杏花寒」：對春景寥落而有所思，故作此詞。（同前）

二四　王介甫《漁家傲》「平岸小橋千嶂抱」：玉林詞選與浪齋日記評之確矣，余又何言？（同前）

二五　趙德麟《清平樂》「春風」：對景傷春，而言「斷送一生」，最為悲切。（同前）

二六　李後主《阮郎歸》「東風吹水日銜山」：李後主著作頗多，而此尤為傑出者。（同前）

二七　秦少游《柳梢青》「岸草平沙」：對景物而思故人有如此者。（同前）

二八　宋子京《玉樓春》「東城漸覺風光好」：詞中「緑楊」、「紅杏」二句，果擅騷壇，子野稱之不虚也。（同前）

二九　秦少游《千秋歲》「柳邊沙外」：此搜紅拾翠之詞，誦者莫不嘖嘖，餘香留齒頰矣。（同前）

三〇　王元澤《倦尋芳》「露晞向曉」：此以棠錦榆錢，嬌鶯倦燕點出無限風光，又以落花流水動幽思結之，何等有味。（同前）

三一　阮逸女《魚遊春水》「秦樓東風裏」：唐人詞調，嚼徵含宫，泛商流羽，為大雅元音，非今之險句聱牙以為工者比。　又：新詞摘取其中秀句為題，若此者最多。（「鳳簫」句）（同前）

三二　張子野《燕春臺》「麗日千門」：春景之繁華，人間之富貴，俱見此詞。（同前）

三三　秦少游《滿庭芳》「晚色雲開」：述晴春景物繁麗，見人須及時行樂也。　又：金轡紅纓，言其華也。（同前）

三四　周美成《浣溪沙》「小院閒牕春色深」：寫出貴婦心情，在此數語。（同前）

三五　宋子京《玉漏遲》「杏花飄禁苑」：此詞意在禁苑中所作，方有此語，非郊野之景色。（同前）

三六　秦少游《憶王孫》「萋萋芳草憶王孫」：「梨花」，院名，故有「空閉門」之説。（同前）

三七　周美成《浣溪沙》「水漲魚天拍柳橋」：初春景物繁麗，自是可人。（同前）

三八　秦少游《如夢令》「門外緑陰千頃」：據所見所聞，而春意滿腔矣，《陽春曲》詞云：「門掩映，人寂静，風弄一枝花影。」（同前）

三九　晏同叔《玉樓春》「緑楊芳草長亭路」：此亦春閨之情，謂非婦人語，可乎？傳正所答叔原是也。（同前）

四〇　阮逸女《花心動》「仙苑春濃小桃開」：按景修詞，無限恨寄之於楮上矣。又：次段委婉有味。　又：花庵詞客云：阮逸女工於文詞，惟此曲傳於世。（同前）

四一　周美成《渡江雲》「晴嵐低」：對景傷春之懷見於次段。（同前）

四二　周美成《瑞龍吟》「章臺路」：唐人作宫詞，或賦事，或抒怨，或寓風刺。或其人負才抱志，不得於君，流落無聊，故託以自況耳。　又：追思往事，對景傷懷，不得不然者。（同前）

四三　秦少游《如夢令》「鶯嘴啄花紅溜」：點景修詞，如「溜」字、「皺」、「透」字，俱新巧。（同前）

四四　柳耆卿《西江月》「鳳額繡簾高捲」：此詞啓語亦頗是富麗，末結殊覺淡弱無味矣。（同前）

四五　秦少游《海棠春》「流鶯窓外啼聲巧」：古詩：「半欲天明半未明，醉聞花氣睡聞鶯。」亦此意也。（同前）

四六 韋莊《謁金門》「春雨促」倚遍欄杆，無由消千里之思為恨耳。（同前）

四七 胡浩然《春霽》「遲日融和乍雨歇」：此能收天下春歸之肺腑者，不然，何其吐辭宏大典雅乃爾？（同前書卷二）

四八 解方叔《永遇樂》「風暖鶯嬌」：首二句最新雅。又：「春風永巷閉娉婷，長使青樓悞得名。」（同前）

四九 史邦卿《沁園春》「做冷欺花」：浥殘柳絮香綿薄，瘦損梨花玉骨寒。又：春雨懨懨，阻人登臨之興有如此者。又：此詞一本作《綺羅香》，未知孰是？後再改正。（同前）

五〇 周美成《大酺》「對宿煙收」：鋪叙春雨之景象，意思極到。又：許敬宗云：「春雨如膏」，行人惡其泥濘，亦此意（下片）。（同前）

五一 李元膺《洞僊歌》「廉纖細雨」：此以春雨厭厭為助人愁悶，似也，較之不管滴碎故鄉心、愁人耳，詞意尤勝。（同前）

五二 蘇子瞻《行香子》「北望平川」：形容晚景，宛如畫圖在目中，詞令上品也。（同前）

五三 蘇東坡《西江月》「照野瀰瀰淺浪」：此坡老春夜休息於橋詞，又是别夜風味，與諸作不同。（同前）

五四 王通叟《慶清朝慢》「調雨為酥」：方春之景，紅紫芳菲，不可虚度，直須載酒踏青，以握月擔風為樂也。（同前）

五五　馬莊父《歸朝歡》「聽得提壺沽美酒」：古人胸懷如光風霽月，故能及時游衍，不屑屑於利禄如此。（同前）

五六　秦少游《金明池》「瓊苑金池」：春光九十今過半，於花鳥見之。又：東君謂青帝恐不能常為主，須及時行樂，可也。（同前）

五七　歐陽永叔《浣溪沙》「湖上朱橋響畫輪」：融景賦詩，古人胸次，何等活潑潑地。（同前）

五八　周美成《瑞鶴仙》「悄郊原帶郭行路永」：點景入畫，令人賞心奪目。（同前）

五九　黄山谷《水調歌頭》「瑶草一何碧」：山谷老胸次悠然，真與造化同遊衍，故其發為辭華，俊逸清新乃爾。（同前）

六〇　辛幼安《鷓鴣天》「著意尋春懶便回」：詞淺意深，可謂素位而行，不役役於非望之福者。（同前）

六一　劉改之《賀新郎》「睡覺啼鶯曉」：此詞綴拾許多故事，見西湖之勝甲於天下，歌舞無休，坡老作守，酣遊於此，人嘲之曰：「十里荷花了公事。」或云：「非是公事湖中了，聞説官閑事也無。」（同前）

六二　黄魯直《踏莎行》「臨水天桃」：「人生有幾韶光美，倒盡金樽拚醉眠」，正此意。又：山谷老嘗書其詞遺祝有道，亦心賞之也。（同前）

六三　歐陽炯《玉樓春》「日照玉樓花似錦」：如此詞，所謂美景良辰、賞心樂事，四美具矣。（同前）

六四 葉道卿《鳳凰閣》「遍園林緑暗」：因天時而傷人事，是作得之。（同前）

六五 周美成《玲瓏四犯》「穠桃夭李」：周君滿腔子都是春意，故能吐詞寫景至此。（同前）

六六 方（當作康）伯可《憶秦娥》「春寂寞」：風落花殘，春寒服薄，閨閤憂思有不堪處者。（同前）

六七 俞克成《謁金門》「愁脈脈」：善描寫閨婦形狀者。（同前）

六八 賀方回《望湘人》「厭鶯聲到枕」：此等詞章，優柔婉麗，意味無窮，風骨内含，精芒外隱，如清廟朱絃，一唱三歎。（同前）

六九 僧皎如晦《高陽臺》「紅入桃腮」：前段見春光之易老，次段言春遊之可樂，不知尋樂，而役役於虚名薄利，則戚耳。（同前）

七〇 周美成《西平樂》「穉柳蘇晴」：前段綴景鋪詞，後段傷今思古。縱横變化，曲中宫商，用之詞華，可與王、李、柳、秦並驅中原矣。（同前）

七一 謝無逸《江城子》「杏花村館酒旗風」：此詞清新典雅，膾炙人口。（同前）

七二 秦少游《鷓鴣天》「枕上流鶯和淚聞」：此詞叙春閨之怨最為委婉。（同前）

七三 蘇養直《倦尋芳》「獸鐶半掩」：三月鶯花，最是閑情，夜對銀釭，形影相吊，甚有不堪者。（同前）

七四 張子野《浣溪沙》「樓倚江邊百尺高」：張三影詞洞徹閨怨，方能摹寫到此。（同前）

七五 周美成《滿江紅》「晝日移陰攬衣起」：鑄意宏深，脩詞奇婉，所謂氣靡屈、賈壘，目空曹、劉墻

者。（同前）

七六　何籕《菩薩蠻》「南園滿地堆輕絮」：暮春景物消條，獨居幽思，於是為切。（同前）

七七　秦少游《桃源憶故人》「碧紗影弄東風曉」：此等詞調，清新俊逸，誦之自爽人口。（同前）

七八　李後主《浪淘沙》「簾外雨潺潺」：因思故國，而情詞最悽惋。（同前）

七九　康伯可《應天長》「管絃繡陌」：鶯花三月，春光已過三之二矣。此時此夜，有難為情者。

又：與之詞善體貼婦人聲吻。（同前）

八〇　周美成《晝錦堂》「雨洗桃花」：花褪絮殘新燕語，春事闌珊矣。　又：「短歌」、「新曲」雖是綺麗，似非閨情，乃妓館中事耳。（同前）

八一　何籕《宴清都》「細草沿堦軟」：創用四個「遠」字，何等奇巧。（同前）

八二　秦少游《阮郎歸》「春風吹雨遶殘枝」：以春風雨晴布景，宛如時光在目者，棋應劫句，見有所思而遲之也。（同前）

八三　寇平仲《踏莎行》「小徑紅稀」：此以緑戰紅酣、藏鶯飛燕點出三月景。（同前）

八四　佚名《阮郎歸》「西園風暖落花時」：花落鶯啼，自是一番愁況。（同前）

八五　何籕《點絳脣》「鶯踏花翻」：前布春閨之景，後寫閨中之情。善形容婦人聲氣。（同前）

八六　康伯可《浪淘沙》「蹙損遠山眉」：卓文君好畫遠山眉，故云春寒逼人。烏啼花落，閨中幽思無限。（同前）

八七　馮延巳《長相思》「紅滿枝」：值此春光滿目，而懷人會晤難期，不能不戚戚也。（同前）

八八　趙德仁《醉春風》「陌上清明近」：古詩云：「鬥鷄走狗當年事，惆悵臨風憶古人。」可為此評。（同前）

八九　張子野《歸朝歡》「聲轉轆轤聞露井」：此詞洞徹閨怨，瞭然在目。（同前）

九〇　馮延巳《謁金門》「風乍起」：「千回覽鏡千回淚，一度憑闌一度悲」，亦此意。（同前）

九一　何籀《點絳脣》「春雨濛濛」：詞氣委曲有味，可謂善體婦人口氣者。（同前）

九二　秦少游《浣溪沙》「青杏園林煮酒香」：上寫出春景在目，下描來閨情如見。　又：薄裳初試，有意味。　又：容光消瘦，真堪憐也。　又：丘文莊云：「眼前語致口頭語，便是詩家絶妙詞。」誠然也。（同前）

九三　孫夫人《南鄉子》「曉日壓重簷」：詞意高妙，蓋顛之倒之，心有所思，而不專於女工也。（同前）

九四　孫夫人《燭影摇紅》「乳燕穿簾」：孫夫人此詞備道出閨中情思，且句句情切，不襲陳語，亦女中才子也。（同前）

九五　徐幹臣《二郎神》「悶來彈鵲」：摹寫春閨之怨，無踰此詞。　又：次段猶得婦人女子口氣。（同前）

九六　徐師川《卜算子》「胸中千種愁」：《古愁吟》：「來時何速去得遲，半在胸中半在眉。」與此同

意。（同前）

九七 沈公述《念奴嬌》「杏花過雨」：對此春光明媚，未見有别離之恨。又：睹物傷懷，亦本然事。（同前）

九八 秦少游《八六子》「倚危亭恨如芳草萋萋」：全篇寫怨，未曾露出一「怨」字，詞之上乘也。（同前）

九九 徐師川《畫堂春》「落紅鋪徑水平池」：描寫閨中春怨之思，黯然在目。（同前）

一〇〇 趙德麟《錦堂春》「樓上縈簾弱絮」：華麗其詞，悽惋其志。（同前）

一〇一 秦少游《畫堂春》「東風吹柳日初長」：少游敏思捷才，人謂其頃刻開花果爾。（同前）

一〇二 辛幼安《念奴嬌》「野棠花落」：時值清明，九十春光過了。（同前）

一〇三 陳同甫《水龍吟》「鬧花深處」：柳緑花紅，鶯啼燕語，春光自是可人。（同前）

一〇四 趙德麟《蝶戀花》「捲絮風頭寒欲盡」：前段因春之恨，後段人事之恨。（同前）

一〇五 晏叔原《生查子》「金鞍美少年」：春寒夜雨鞦韆下，自是閨中之恨。（同前）

一〇六 錢思公《玉樓春》「城上風光鶯語亂」：思公此詞極其凄惋，且惜韶光易老，朱顔暗换，要解愁腸，惟有芳鐏而已。（同前）

一〇七 柳耆卿《鬭百花》「煦色韶光明媚」：以春景華麗中剔出恨來，尤見高妙。（同前）

一〇八 周美成《憶舊遊》「記愁横淺黛」：前言「墜葉」、「寒螿」，點秋宵景況，何以謂之春恨？後段

又有「新燕」、「東風」句，意者二段錯簡乎？不應乃爾。（同前書卷三）

一〇九　李景元《帝臺春》「芳草碧色萋萋」：末掉數言，善形容婦人聲口。（同前）

一一〇　周美成《丹鳳吟》「迤邐春光」：春有盡而恨無盡，詞令中不多得者。（同前）

一一一　秦處度《卜算子》「春透水波明」：古今美女多於翠樓凝妝刺繡，故云。（同前）

一一二　李景《浣溪沙》「手捲真珠上玉鈎」：春事瓓珊，正是愁人處。又：舒曲，春如夢，最有味。改「如春夢」，則常矣。（同前）

一一三　李景《浣溪沙》「風壓輕雲貼水飛」：古詩云：「乍雨乍晴花自落，閑愁閑悶日偏長」，可以為此評。（同前）

一一四　李景《浣溪沙》「一曲新詞酒一盃」：「燕歸來」、「花落去」，雖出自口頭話，而意趣雋雅。（同前）

一一五　張仲宗《蘭陵王》「捲珠箔」：春光最可人，亦最愁人，細嚼此辭可見。又：繁華轉瞬如一夢耳，何必以區區得失交戰於胸中乎？（同前）

一一六　周美成《漁家傲》「幾日輕陰寒惻惻」：踏青而有故國之思，舉杯而有可人之勸，向恨春歸，而今消之耳。（同前）

一一七　晏叔原《如夢令》「樓外殘陽紅滿」：對景傷春，於此詞見之矣。（同前）

一一八　賀方回《薄倖》「淡粧多態更滴滴」：凡閨中之詞，在於淡而不厭，哀而不傷，於是作得之。

（同前）

一一九　易彦祥《蓦山溪》「海棠枝上」：前段見春光明媚，可以適情。後段乃乘時遊衍，而以歌舞以結之，善鋪叙。（同前）

一二〇　魯仲逸《惜餘春慢》「弄月餘花」：描寫婦人無限幽思，寄之筆舌，真風流人豪也。（同前）

一二一　李玉《賀新郎》「篆縷銷金鼎」：「素綆引銀瓶，銀瓶欲斷繩」，亦此意。（同前）

一二二　歐陽永叔《瑞鶴仙》「臉霞紅印枕」：永叔此詞模寫傷春之懷，委婉清新，可以奏之絲竹，不減唐人風致。

一二三　歐陽永叔《浣溪沙》「雨過殘紅濕未飛」：詩新意雅，不踐人間溪徑。（同前）　又：末掉意溢言外。（同前）

一二四　韋莊《小重山》「一閉昭陽春又春」：宫詞有「玉顔不及寒鴉色，猶帶昭陽日影來」，所謂怨而不怒，最為得體者。（同前）

一二五　李後主《玉樓春》「晚妝初了明肌雪」：人主叙宫中之樂事，自是親切，不與他詞同。（同前）

一二六　秦少游《蝶戀花》「鍾送黄昏鷄報曉」：用口頭話平平鋪叙，自有一種閑雅，包括世態人情殆盡。（同前）

一二七　吴彦高《青衫濕》「南朝千古傷心地」：懷往事之可悲，思今日之奇遇。（同前）

一二八　曾純甫《金人捧露盤》「記神京」：謝靈運每言良辰美景、賞心樂事四者難並，以故高人逸士尋芳載酒未嘗落後。（同前）

一二九　周美成《石州慢》「寒水依痕」：感時恨別，惆悵飄零，往事流年，盡見之矣。（同前）

一三〇　李後主《虞美人》「春花秋月何時了」：山谷羨後主此詞，荆公云，未若「細雨夢回鷄塞遠，小樓吹徹玉笙寒」，尤為高妙。（同前）

一三一　張子野《青門引》「乍暖還輕冷」：張三影胸次超脱，起口自是不凡。（同前）

一三二　俞克成《蝶戀花》「夢斷池塘驚乍曉」：此樣詞調如駕輕車、就熟路，無纖毫窒礙，一氣滚來，妙，妙。（同前）

一三三　俞克成《蝶戀花》「海燕雙來歸畫棟」：此亦有感而言，辭氣流利，足爽人口。（同前）

一三四　歐陽永叔《青玉案》「一年春事都來幾」：春深景物繁華，最能動人情意，歐陽公備言之矣。（同前）

一三五　歐陽永叔《浪淘沙》「把酒祝東風」：此二句與老杜「明年此會知誰健」意同。（同前）

一三六　歐陽永叔《踏莎行》「候館梅殘」：别調有云「便做一江春水都是淚，流不盡，許多情」意同。（同前）

一三七　周美成《浪淘沙慢》「晝陰重」：古人餞別，富者或以物，或以酒，然物有盡，而文之意無盡，酒有窮，而言之味無窮，故送別以贈言為尚。又：結句清麗，令人惕然。（同前）

一三八　蘇東坡《蝶戀花》「春事闌珊芳草歇」：當鳥啼花落之時，自能動人離思之苦，况夢回月落，其情尤所不堪者。（同前）

一三九　蘇子瞻《江城子》「天涯流落思無窮」：傷別之意，至矣盡矣。又：末掉二句尤妙。（同前）

一四〇　秦少游《江城子》「西城楊柳弄春柔」：「碧野朱橋」，正是離别之處。「飛絮落花」，言其景。「春江」二句，言其情也。又：但用柳，又用絮，似疊牀。（同前）

一四一　趙承之《念奴嬌》「舊遊何處」：引王儉故事。（同前）

一四二　康伯可《喜遷鶯》「臘殘春早」：按康與之此詞語盡佳，惜皆媚竈之語，蓋為檜相作耳。（同前）

一四三　晁無咎《摸魚兒》「買陂塘」：孫仲益曰：軒冕之榮，造物於人，不甚愛惜，一丘一壑，未嘗輕以與人。觀晁公此詞，亦得經丘尋壑之樂，而不為蝸名蠅利所制縛者。（同前）

一四四　周美成《玉樓春》「桃溪不作從容住」：作天台詞，以劉、阮事實入講最為得體。又：劉、阮必儀表非常可度世者，惜其求歸拙矣。（同前）

一四五　歐陽修《朝中措》「平山闌檻倚晴空」：「山色有無中」，寫景絶妙。（同前）

一四六　蘇東坡《哨遍》「為米折腰」：坡老心慕淵明，此詞故為之隱括，所謂惟豪傑而後識豪傑者也，胸次磊落如此，二公蓋有無入不自得者，曠世所稀見也。（同前）

一四七　歐陽永叔《玉樓春》「妖冶風情天與措」：雞即鳴，則東方白矣，雖有迷花戀酒之情，不能久留，故用一愁字，最巧。（同前）

一四八　周美成《虞美人》「落花已作風前舞」：前狀風，後寫情，清新典雅，其味無窮。（同前）

一四九　朱希真《念奴嬌》「別離情緒」：見景傷懷，亦貴婦本然事。（同前）

一五〇　周美成《蘇幕遮》「隴雲沉」：詞鋒銛利，筆力縱横，才華當出沈、謝之右。（同前）

一五一　秦少游《水龍吟》「小樓連苑横空」：少游才捷，人謂其頃刻開花，如此詞按景鋪叙，亦婉曲有餘味也。（同前）

一五二　宋豐之《小重山》「花樣妖嬈柳樣柔」：此詞風情雅致，曲盡佳人之態，末寓留戀意，猶妙。（同前）

一五三　張仲宗《漁家傲》「釣笠披雲青嶂繞」：末譬之更清婉流麗，妙甚。（筆者按：此為附録引苕溪之言天頭手批之語）（同前）

一五四　黄魯直《浣溪沙》「堤上遊人逐畫船」：高人胸次，超脱隨在，皆樂境，於此可見矣。（同前）

一五五　黄山谷《西江月》「斷送一生惟有」：本旨勸酒，而通篇不露本來面目，造鳳樓手也。（同前）

一五六　史邦卿《雙雙燕》「過春社了」：此詞形容燕子棲簷入幕，輕飛巧語，掠水銜泥，其態度盡之矣。（同前）

一五七　章質夫《水龍吟》「燕忙鶯懶芳殘」：此言楊花散亂輕盈，乘風帶雨，滚地撲人，糝徑穿簾，輕薄悠揚之態，盡於詞内見之。又：玉林詞話云：質夫「傍珠簾散漫」數語形容盡之矣。（同前）

一五八　蘇東坡《水龍吟》「似花還似非花」：古詩：「輕飛不假風，輕落不委地。撩亂惹晴空，發人

無限思。」可為此評。(同前)

一五九　周美成《水龍吟》「素肌應怯餘寒」：喻梨花清潔之姿，羣花無比，詩人所詠「一枝帶雨冰肌冷，幾樹冷風雪色新」之句，最為切當。(同前)

一六〇　周美成《蘭陵王》「柳陰直」：古人所謂「絲絲能係别離情」，正此意。　又：追思往事，維以不永懷。(同前)

一六一　林君復《點絳脣》「金谷年年」：昔周茂叔窗前草不除，與自家意思一般，見道之言也。(同前)

一六二　辛幼安《摸魚兒》「更能消幾番風雨」：留春之意，溢於言外。　又：因春晚而傷舊事，誦之令人有感。(同前)

一六三　李易安《武陵春》「風住塵香花已盡」：物是人非，覩物寧不傷感？(同前)

一六四　辛幼安《祝英臺近》「寶釵分」：此以心中怨懷歸於春上，極有風致，但天公不管人憔悴耳。

一六五　周美成《如夢令》「池上春歸何處」：二詞俱有意致。(同前)

一六六　周美成《如夢令》「花落鶯啼春暮」：詞語佳麗。(同前)

一六七　李易安《如夢令》「昨夜雨疎風驟」：李易安詞華可與朱淑真埒。(同前)

一六八　張仲宗《滿江紅》「春水連天桃花浪」：春事斕珊，自是愁人時節。(同前)

一六九　晁無咎《滿江紅》「東武南城新堤固」：三分春色，只留一分，非春暮而何？（同前）

一七〇　賀方回《青玉案》「凌波不過横塘路」：吴自沿江口沿淮築堤，謂之横塘，樓臺花木之盛，天下莫比。（同前）

一七一　賀方回《柳梢青》「子規啼血」：當鳥啼花落春歸之候，高人對此，寧不動懷？（同前）

一七二　賀方回《點絳脣》「紅杏飄香柳含烟」：暮春景物，最是愁人，此作得之矣。（同前）

一七三　李易安《怨王孫》「夢斷漏悄」：形容春暮，詞意俱到。又：結語有味。（同前）

一七四　李易安《浣溪沙》「樓上晴天碧四垂」：鳥啼花落，九十春光去矣。（同前）

一七五　温飛卿《玉樓春》「家臨長信往來道」：「車輕」、「帳暖」二句，有富貴態。（同前）

一七六　晁無咎《臨江仙》「緑暗汀洲三月暮」：鋪叙春暮之景，不但在落花茂葉見之，至「行雲」二句，更含蓄有情。（同前）

一七七　李世英《蝶戀花》「遥夜亭皐閒信步」：景物依稀，人心憔悴，盡於詞意中見之。（同前）

一七八　歐陽永叔《蝶戀花》「庭院深深深幾許」：首句疊用三個「深」字最深奇。又：後段形容暮春光景殆盡。（同前）

一七九　葉道卿《賀聖朝》「滿斟緑醑留君住」：春色止三分，而二分愁悶一分風雨，在人可及時行樂乎？（同前）

一八〇　僧皎如晦《卜算子》「有意送春歸」：送春之詞，惟此作樂爾至矣。（同前）

一八一　張子野《天仙子》「水調數聲持酒聽」：按張子野有作樂府詞，有三中三影，果奇拔，為騷壇絶倡，至今誦之，快耳賞心。（同前）

一八二　晏同叔《蝶戀花》「簾幙風輕雙語燕」：晏同叔乃叔原之父，皆擅才名，所謂有是父有是子也。（同前）

一八三　周美成《法曲獻仙音》「蟬咽涼柯」：前段以初夏景物有困人之意，後段則致思感歎之辭也。（同前書卷四）

一八四　葉夢得《賀新郎》「睡起流鶯語」：即初夏之景，寫出一篇心事，令人誦之，塵鞅頓釋。又：而詞華飄逸，造鳳樓手亦不過是也。（同前）

一八五　王和甫《瀟湘逢故人慢》「薰風微動」：即初夏之景，以識幽閑之趣。（同前）

一八六　康伯可《大聖樂》「千朵奇峰」：素位而行，不以功名富貴累其心者，而後能為此言。大順大化，於此可見。（同前）

一八七　蘇東坡《阮郎歸》「綠槐高柳咽新蟬」：新蟬小荷，皆初夏之景，但榴花在五月，而四月亦或有之，詞令上乘也。（同前）

一八八　曾純甫《阮郎歸》「柳陰庭館」：言言點景，有敲金戛玉聲。（同前）

一八九　蔣子雲《小重山》「花過園清蔭濃」：以竹初落擇，荷已翻風，描出初夏景象，何等精當。（同前）

一九〇　周邦彦《齊天樂》「疎疎幾點黄梅雨」：此又吊靈均之忠憤意。（「讀《離騷》」句）（同前）

一九一　劉方叔《賀新郎》「翠葆揺新竹」：懸艾泛蒲，浴蘭門草，係縷競渡，皆端午日事，至今從之。又：方叔之詞，非寫景物而已，且引古人以涉時事，遠見近聞皆到，豈淺衷薄識者所能道耶？又：撫景吊古，風味頓殊於先輩，可謂善詞賦者。（同前）

一九二　劉潛夫《賀新郎》「思遠樓前路」：歌些，楚哀聲也，至今競度用之，所以吊忠魂於千載之下矣。（同前）

一九三　歐陽永叔《臨江仙》「池外輕雷池上雨」：此以輕雷、時雨、荷花點出四月清和之景，又叙宫中華麗之可樂也。（同前）

一九四　謝無逸《千秋歲》「楝花飄砌」：此言獨處深閨，晝長人倦，觸目感心，自有不能釋然者。（同前）

一九五　周美成《隔浦蓮》「新篁揺動翠葆」：此以桓、謝自方。（同前）

一九六　柳耆卿《訴衷情近》「景闌晝永」：對首夏清和之景，嗟我懷人，自不能遐置也。（同前）

一九七　周美成《側犯》「暮霞霽雨」：將景中點古人故事照應得好，有平中之奇，人人爽心奪目。（同前）

一九八　周美成《憶王孫》「風蒲獵獵小池塘」：以「針線慵拈」，正見婦人傷景處，涵養有趣。（同前）

一九九　周美成《浣溪沙》「日射欹紅蠟蒂香」：長夏天氣，困人幽思，最切。（同前）

二〇〇　周美成《浣溪沙》「翠葆參差竹徑成」：竹團翠蓋，荷跳明珠，燕舞春風，魚吹細浪，美景可人，宛然在目睫矣。（同前）

二〇一　劉巨濟《夏初臨》「泛水新荷」：劉公胸次悠然，與造化同遊衍，故其吐詞乃能活潑潑地，布景寓懷，俱精到。（同前）

二〇二　王逐客《雨中花》「百尺清泉聲陸續」：《温叟詩話》云：余嘗觀此詞，不用浮瓜沉李之事而天然，有塵外凉思，其詞語非觸熱者之所知也。（同前）

二〇三　柳耆卿《過澗歇》「淮楚曠望極千里」：當夏日之可畏，而有散發披襟、吟風弄月之懷，傑出塵寰者。（同前）

二〇四　周美成《塞翁吟》「暗葉啼風雨」：對景興懷，寄之筆舌，而音律鏗鏘，不怕周郎顧者。（同前）

二〇五　周美成《滿庭芳》「風老鶯雛」：出口成詞，平平鋪叙，自有一種閑雅，不當以凡品目之。又：末掉數句尤脱塵。（同前）

二〇六　劉巨濟《聲聲令》「梅黄金重」：細嚼此詞，乃勘破浮雲世態，而徜徉於松蘿泉石之間者，高人也。（同前）

二〇七　柳耆卿《女冠子》「淡烟飄薄」：李詩：「懶摇白玉扇，裸袒青林中。脱巾掛石壁，浮瓜灑松風。」亦可謂得避暑之趣者。（同前）

二〇八 柳耆卿《女冠子》「火雲初布」：首叙長夏景物之可人，次懷往昔佳會之難再，言約意盡矣。（同前）

二〇九 劉巨濟《清平樂》「深沉玉宇枕簟清」：此詞布盡長夏昕夕之景。（同前）

二一〇 柳耆卿《夏雲峰》「宴堂深軒檻」：此詞以夏日消閑宴樂，發揮胸中清興，醉舞狂歌，無拘無束之意。（同前）

二一一 周美成《過秦樓》「水浴清蟾」：月明夜寂，自有一種清況。嗟我懷人，不能成寐，亦本然事。又：末結有味。（同前）

二一二 蘇東坡《賀新郎》「乳燕飛華屋」：坡公此詞冠絶今古，苕溪之論誠矣。楊湜謂其為風流太守，豈虛語哉？但其以「賀新郎」而改為「新凉」，乃係臆見，似未可從也。又：九我云：此苕溪之説是也。（同前）

二一三 趙文鼎《賀新郎》「晝永重簾捲」：此詞點景寓懷，一筆寫成，無少牽强，而曲中空（疑作宫）商，可入絲竹者也。（同前）

二一四 僧仲殊《念奴嬌》「故園避暑」：當茂林修竹之下，脱巾露頂，一觴一詠，撫景題詩，得其自然之樂，長嘯於天地間，何必會飲於河朔也？　又：後段追思古人之風，又生今人之感，托意幽深，見於詞外。（同前）

二一五 僧仲殊《新荷葉》「雨過回塘」：「若耶溪傍采蓮女，笑隔荷花共人語。日照新妝水底明，風

飄香袖空中舉。」亦此意。（同前）

二一六　張安國《滿江紅》「斗帳高眠」：古人詠雨云：「十年舊夢傷春老，一夜新愁逐雨來。」最為精當，與此旨同。（同前）

二一七　蘇子瞻《洞仙歌》「冰肌玉骨」：坡公，其食土炭者耶？何其吐露無煙火氣乃爾？（同前）

二一八　李知幾《臨江仙》「煙柳疎疎人悄悄」：夜闌人寂，月下聞笙，獨居幽思，於是為切，此詞真得之矣。（同前）

二一九　周美成《柳梢青》「有箇人人」：以海棠喻佳人，借楊貴妃事。（同前）

二二〇　蘇東坡《滿庭芳》「香靉雕盤」：種種風流情緒，且以當時諸公綺語織成一篇詞曲，字字句句見之真，如佳人歌舞於目中。（同前）

二二一　蘇子瞻《憶秦娥》「香馥馥」：詞意新婉，有所思而云然者。（同前）

二二二　周美成《意難忘》「衣染鶯黄」：此乃形容佳人態度風情，極其工杇，且曲中音律，詞令上品也。（同前）

二二三　周美成《解連環》「怨懷難託」：懷古傷今，言言雅練，若周君，可謂善形容閨中之情者。末段詞語健麗新奇。（同前）

二二四　黄魯直《憶秦娥》「花深深」：形容閨中之情最真切。（同前）

二二五　孫夫人《風中柳》「銷減芳容」：「不為傍人羞不起，為郎憔悴却羞郎」，可為此評。（同前）

二二六　周美成《風流子》「新緑小池塘」：情詞：「欲歌先咽，意冲冲，從此各西東。愁人怕對黄昏，窗兒外，疏雨滴梧桐，細思量，不如桃李，猶解嫁春風。」（同前）

二二七　和凝《小重山》「春入神京萬木芳」：詞祇五十餘字，而宫闈之怨盡涵其中，大家作也。（同前）

二二八　周美成《西河》「佳麗地」：《蘭亭記》云：「情隨事遷，感慨繫之矣。向之所忻羨，俯仰之間，已為陳跡。尤不能不以之興懷。」又：王、謝當以漁隱之議為是，更有烏衣巷作證耳。（同前）

二二九　陳去非《臨江仙》「憶昔午橋橋上飲」：古詩：「天地無情吾輩老，江山有限古人休」，亦吊古傷今意。（同前）

二三〇　周美成《尉遲盃》「隋堤路」：遠遊日離，近出日别，此詞備言離别之苦。（同前）

二三一　蘇東坡《虞美人》「波聲拍枕長淮曉」：離情無限，故淚多於酒，與「離愁漸遠漸無窮，迢迢不斷如春水」同意。（同前）

二三二　寇平仲《陽關引》「塞草烟光闊」：王右丞《陽關》絶句，古今人多用其語意，不特一平仲也。

二三三　蘇東坡《八聲甘州》「有情風萬里捲潮來」：坡公之詞輕清瀟灑，如蓮花出池，亭亭净植，無半點塵俗氣。（同前）

二三四　宋謙父《蓦山溪》「壺山居士」：如此安貧樂道，有無入而不自得之趣。（同前）

二二三五　辛幼安《水龍吟》「渡江天馬南來」：公理宗朝致政隱退，以家事付兒郎，作《西江月》詞云：「萬事雲煙忽過，一身蒲柳先衰。而今何事最相宜，宜醉宜遊宜睡。」詞意極超脱。（同前）

二二三六　蘇東坡《滿庭芳》「蝸角虚名」：細嚼此詞，而繹其義，自然胸次廣大，識見高明，居易俟命，而不役於蝸名蠅利間矣。（同前）

二二三七　陳瑩中《青玉案》「人生南北如歧路」：言言是道，不為塵網所束縛者，陳公人品可思矣。（同前）

二二三八　黄魯直《醉落魄》「紅牙板歇韶聲斷」：《六幺》，曲名也，此詞言茶之味美，於酒與玉川子之歌意同。（同前）

二二三九　晏叔原《鷓鴣天》「綵袖慇勤捧玉鍾」：雪浪齋言：晏叔原此詞「舞低楊柳樓心月，歌盡桃花扇底風」等語，不愧六朝宫殿體。（同前）

二二四〇　張子野《生查子》「含羞整翠鬟」：鶯語百囀，而彈箏似之，其工見矣。（同前）

二二四一　柳耆卿《望海潮》「東南形勝」：錢塘邑，今屬杭州，有西湖水、蘇公堤，桂子荷花，極其富麗，士大夫嘗遊樂品題其間。（同前）

二二四二　黄山谷《瑞鶴仙》「環滁皆山也」：此詞隱括《醉翁亭記》，並包無遺，妙，妙。（同前）

二二四三　蘇子瞻《水調歌頭》「落日繡簾捲」：坡老「山色有無中」句，本永叔説來，形容山態最妙。或以為永叔短視，甚謬，甚謬。（同前）

二四四　秦少游《鵲橋仙》「纖雲弄巧」：按：七夕歌以雙星會少别多為恨，獨少游此詞謂「兩情若是久長」二句，化陳腐，最能醒人心目。（同前書卷五）

二四五　謝勉仲《鵲橋仙》「鈎簾借月」：「鵲橋一别西風隔，天上人間總是愁」，可為此評。（同前）

二四六　宋謙父《賀新郎》「靈鵲橋初就」：次段言美景良辰，不宜虚度。（同前）

二四七　謝幼槃《醉蓬萊》「望晴峰染黛」：古詩「此夜若無月，一年虚度秋」，又「殷勤莫負今宵賞，一落西山又隔年」，此確言也。（同前）

二四八　蘇東坡《念奴嬌》「憑高眺遠」：坡公襟懷寥廓，與上下同流，故其詞吐清雅飄逸，至今誦之，令人翩翩然有羽化登仙之態。（同前）

二四九　晁無咎《洞仙歌》「青烟冪處」：此詞布盡秋光，前後照態如織錦然，真天孫手也。（同前）

二五〇　韓無咎《水調歌頭》「今日我重九」：此詞古雅豪邁，誦之，頓覺爽朗，蓋不羈之才，有養之士也。（同前）

二五一　蘇東坡《西江月》「點點樓前細雨」：「冷風凍雨又重九，泛菊囊萸自一觴」，可為此評。（同前）

二五二　黄山谷《鷓鴣天》「黄菊枝頭破曉寒」：此見道之言，勘破利名關頭者。（同前）

二五三　僧仲殊《南柯子》「十里青山遠潮平」：值秋景之凄凉，天涯遊子自是不堪。（同前）

二五四　陳後主《秋霽》「紅雨（當作虹影）侵堦」：「霽色曉融露珠白，清虹晚照練江澄」，可為此評。

（同前）

二五五　范希文《御街行》「紛紛墜葉飄香砌」：《古愁吟》：「來時何速去何遲，半在胸中半在眉。門掩落花春去後，窗涵明月酒醒時。」亦此意。（同前）

二五六　柳耆卿《爪茉莉》「每到秋來」：構意宏麗，措詞剴切，柳不在周、秦、歐、黄下也。（同前）

二五七　柳耆卿《十二時》「晚晴初淡烟籠月」：客舍本自凄凉，秋宵聞見，倍增感慨。又：親身經歷，故能道恁真切。（同前）

二五八　柳耆卿《戚氏》「晚秋天一霎微雨」：《秋雨吟》「點點不離楊柳外，聲聲只在芭蕉裏」也，不管滴破故鄉心，愁人耳。又：勘破名利關，故言頭頭是道。（同前）

二五九　黄山谷《念奴嬌》「斷虹霽雨」：山谷乃風流人豪，才思天啟，故其出口成文，有不期工而工者，豈若今人弄粉調脂如舞訝鼓流乎？（同前）

二六〇　范元卿《念奴嬌》「玉樓絳氣」：俗言月中有玉兔、金蟇、素娥、丹桂之説，甚謬。惟朱子云：「月中黑處，乃天地山河之影，其空處，海水影也。」斯言足以破千古之疑。（同前）

二六一　朱希真《念奴嬌》「插天翠柳」：古詩：「皎皎金波天際流，一輪碾破碧雲秋。」此貞明之象，萬古不磨也。（同前）

二六二　范元卿《念奴嬌》「尋常三五」：此公心鏡虚明，與秋月同其皎潔，故能吐露脱塵乃爾。（同前）

二六三　姚孝寧《念奴嬌》「素娥睡起」：「駕冰輪」句與「萬里青天碾玉輪」一意。又：「今夜對月」句本「狂歌對明月，詩思正徘徊」説來。（同前）

二六四　韓子蒼《念奴嬌》「海天向晚」：海天清徹，不讓「桂花清帶露，金氣冷於風」之句。又：勸興詩情，並見於此。（同前）

二六五　柳耆卿《醉蓬萊》「漸亭皋葉下」：詞因星見而作，布宫殿庭階之景，並月白風清之良，慨古傷今，極有風致，惜其奏呈不稱旨，亦天也。（同前）

二六六　趙元鎮《滿江紅》「慘結秋陰」：「征鴻」幾字，即望中之思。又：「修眉一抹有無中」，乃望之無際處。

二六七　魯逸仲《畫錦堂》「風悲畫角」：描出旅思凄凉，令人興起故鄉之想。又：故國梅花以下數句最有□味。（同前）

二六八　張宗瑞《桂枝香》「梧桐雨細」：秋宵旅邸，凄其動遊子故土之思，亦本然事。（同前）

二六九　周美成《桂枝香》（當為《蝶戀花》）「月皎驚烏棲不定」：首句本曹孟德月明烏飛説來。（同前）

二七〇　周美成《蕙蘭芳引》「寒瑩晚空點青鏡」：此詞俊逸如常山率然首尾相應，佳作，佳作。（同前）

二七一　黄叔暘《長相思》「天悠悠」：此詞只三十餘字，字字悲秋，大家作手。（同前）

二七二　辛幼安《鷓鴣天》「枕簟溪堂冷欲秋」：「欹枕静聞庭葉落，倚節閑看白雲飛」，亦是此意。（同前）

二七三　張文潛《風流子》「亭皐木葉下」：此見秋况之愁人。（同前）

二七四　周美成《霜葉飛》「露迷衰草」：詞意有月下之思而及故人耳，極有風度可愛。　又：自想玉匣哀絃以下，重增思致。（同前）

二七五　周美成《華胥引》「川源澄映」：前段寫秋景之清曠有可人處，後段述幽閨之寂寞見愁人處。（同前）

二七六　范希文《漁家傲》「塞下秋來風景異」：曲盡秋塞之情，誦之令人興悲。（同前）

二七七　李太白《憶秦娥》「簫聲咽」：花庵詞客云：太白此章為百代詞曲之祖。（同前）

二七八　温庭筠《更漏子》「玉鑪煙」：夜永衾寒，雨聲滴碎鄉心矣。（同前）

二七九　柳耆卿《玉蝴蝶》「望處雲收雨斷」：發幽思於律吕之中，運巧思於斧鑿之外，正而平，和而雅，比諸刻琢句意而求精麗者，豈不遠哉？（同前）

二八〇　高賓王《玉蝴蝶》「喚起一襟凉思」：描寫秋天景像，儼然一軸畫圖。（同前）

二八一　李後主《浣溪沙》「菡萏香銷翠葉殘」：布景生思，因思得句，可人處不在多言。（同前）

二八二　王介甫《千秋歲引》「別館寒砧」：觀此詞，説得秋光景物宛在目中，援古證今，不在愁思，意在言外。（同前）

二八三　周美成《解蹀躞》「候館丹楓」：秋景蕭條，兼之旅邸寂寞，天時人事有難於其為情者。（同前）

二八四　秦少游《滿庭芳》「碧水澄秋」：因觀景物而思故人，傷往事。又：詞調灑落，托意高遠，佳制也。（同前）

二八五　周美成《氐州第一》「波落寒汀」：點綴秋光，極為綺麗。又：末掉如風捲浮雲，包括殆盡。（同前）

二八六　周美成《宴清都》「地僻無鐘鼓」：此詞只平平鋪叙秋夜之景，而一種閑雅自不可及。又：援古人以自喻。（同前）

二八七　李後主《長相思》「一重山」：句句含愁字意，不露圭角，可謂善形容者。（同前）

二八八　周美成《塞垣春》「暮色分平野」：述深秋之情，寫悲秋之懷，婉曲有味。（同前）

二八九　周美成《風流子》「楓林凋晚葉」：歌聲秋色秋聲入耳觸目，多能動人愁思。（同前）

二九〇　康伯可《金菊對芙蓉》「梧葉飄黄」：描寫秋景，宛在目中，幽閨之怨，溢於言外。（同前）

二九一　周美成《西園竹》「浮雲護月未放滿」：有光風霽月之胸懷，有偎紅倚翠之態度，妙！妙！（同前）

二九二　孫巨源《河滿子》「悵望浮生秋怨」：秋色秋怨，盡自景物中生出來，且有傷今思古之義。次段歸諸人情上，尤有深味。（同前）

二九三　周美成《慶春宫》「雲接平岡」：詞因秋色凝眸、秋聲入耳，追憶故人别離情緒、幽期密約之意耳，何有於怨乎？（同前）

二九四　柳耆卿《碧芙蓉》「夜雨滴空堦」：寫素懷幽怨無出於此，「蛩聲」、「夜闌」，愈見怨意。（同前）

二九五　秦少游《搗練子》「心耿耿」：秋閨夜景，凄其幽思之情，更切。（同前）

二九六　汪彦章《小重山》「月下潮生紅蓼汀」：秋夜閨中之情，一筆發盡。（同前）

二九七　秦少遊《菩薩蠻》「蛩聲泣露驚秋枕」：點綴極精，可式，可式。（同前）

二九八　秦少遊《菩薩蠻》「金風蔌蔌驚黄葉」：聞風聲、雁聲，砧聲，足以動秋閨之思。（同前）

二九九　汪彦章《點絳脣》「高柳蟬嘶」：蟬嘶菱歌，所聞；晚雲山翠，所見。據閨中聞見，未免傷懷。（同前）

三〇〇　鹿虔扆《臨江仙》「金鏁重門荒苑静」：作宫詞，須用富麗之句，此亦似乎淡了。（同前）

三〇一　辛幼安《沁園春》「三逕初成」：老子曰：「知足不辱，知止不殆。」可為致政役閑者之評。（同前）

三〇二　吕居仁《沁園春》「東里先生」：非緑野閑人望（當作忘）却勢力者不能道。（同前）

三〇三　柳耆卿《雨霖鈴》「寒蟬凄切」：古人所云：「去去客千里，迢迢天一涯。」自有難乎其為情者。（同前）

三〇四　李易安《一剪梅》「紅藕香殘玉簟秋」：李易安有《漱玉集》，朱淑真有《彤管編》，並行於世，其詞體可方駕齊驅者。（同前）

三〇五　李易安《鳳皇臺上憶吹簫》「香冷金猊」：離愁無限。（同前）

三〇六　鄭中卿《鳳皇臺上憶吹簫》「嗟來咄去」：山谷詞：「造化小兒無定據，翻來覆去，倒横直豎，眼見皆如許。」可為此評。（同前）

三〇七　朱希真《西江月》「世事短如春夢」：此樂天知命之言，可為昏夜乞哀以求富貴利達者戒。（同前）

三〇八　沈公述《望海潮》「山光凝翠」：首叙并州之形勝，次追往哲之風流，賀詞又是一格。（同前）

三〇九　無名氏《秋霽》「壬戌之秋」：此詞僅百餘言，與坡老《前赤壁賦》包括殆盡，妙！妙！（同前）

三一〇　晁無咎《八州甘聲》「謂東坡未老賦歸來」：晁氏和東坡此詞，典雅俊逸，可謂善學邯鄲步者。（同前）

三一一　辛幼安《念奴嬌》「晚風吹雨」：此段（上片）寫西湖之景。又：次段述西湖處士林和靖放鶴出入為號，以盡詞意。（同前）

三一二　張于湖《念奴嬌》「洞庭青草」：此以秋景即事為詞意，言洞庭水光與心鏡相似，澄徹廣大，至於「萬象為賓客」句，更奇絶。（同前）

三一三　白居易《長相思》「汴水流」：樂天此等詞調最膾炙人口。（同前）

三一四　万俟雅言《長相思》「短長亭」：詞客極贊雅言之調矣，不必更評。（同前）

三一五　林外《洞仙歌》「飛梁壓水」：「虹光映檻摇金電，煙氣浮空擁玉龍」句，意何等冠冕宏大，可為此評。（同前）

三一六　劉改之《唐多令》「蘆葉滿汀洲」：劉公重遊武昌鶴樓，慨江山之如故，而人物非昔，故作此詞。（同前）

三一七　范希文《蘇幙遮》「碧雲天」：鄉魂旅思處以下數句，詞意宛切。（同前）

三一八　沈會宗《天仙子》「景物因人成勝槩」：觀苕溪所云：賈閣沈詞，昔時稱勝，今屬於彼，世事反復，古今同然有如此者。（同前）

三一九　張子野《滿江紅》「紅蓼花繁」：值秋宵之景，駕一葉扁舟於鳥渚鷗汀之中，瀟灑出塵，有囂囂然自得之意。（同前）

三二〇　謝無逸《漁家傲》「秋水無痕清見底」：古今藉魚而隱，如吕尚、嚴陵而下，陸龜蒙為江湖散人，張志和號煙波釣叟，皆得漁隱者。（同前）

三二一　僧仲殊《金菊對芙蓉》「花則一名」：正得古人香飄十里、景布三秋句意。（同前）

三二二　僧仲殊《念奴嬌》「水楓葉下」：散清香，浮小葉，帶雨乘風，張蓋製衣之句並見此詞，一意翻成，自得標格。（同前）

三二三　蘇子瞻《卜算子》「缺月掛疎桐」：山谷老評之當矣，又何贅焉？（同前）

三二四　晏叔原《蝶戀花》「庭院碧苔紅葉徧」：言秋景物，目寓之而成色，耳得之而為聲，可喜可悲，在人情何如耳。（同前）

三二五　柳耆卿《望梅》「小寒時節」：形容梅處，極其精鍊，大家手筆也。又：以桃李比小人，以梅花比君子。（同前書卷六）

三二六　周美成《南鄉子》「晨色動粧樓」：狀冬日之曉，即事書懷。（同前）

三二七　秦少游《滿庭芳》「山抹微雲」：蓬萊舊事，少遊之情思也，後又有「暗解」、「輕分」之句，東坡極喜此詞。（同前）

三二八　賀方回《浣溪沙》「鶯外紅銷一縷霞」：摹寫冬月晚景，妙入三昧。（同前）

三二九　秦少游《南鄉子》「萬籟寂無聲」：叙冬夜之景，在胸中流出，以梅花為故人，便見不孤。（同前）

三三〇　林少瞻《少年遊》「霽霞初散」：描畫出曉行風景，宛如親身經歷。（同前）

三三一　柳耆卿《白苧》「繡簾垂畫堂」：當此殘冬，雪白梅芳並作，十分春色矣。（同前）

三三二　黄叔暘《菩薩蠻》「南山未解松梢雪」：雪、梅、月之景，自是清雅可人。（同前）

三三三　康伯可《滿庭芳》「霜幕風簾」：引東坡詞云：「香霧噀人驚，半破清泉流。面恰初嘗，吴姬三日手猶香。」（同前）

三三四　王充《天香》「霜瓦鴛鴦」：古詩：「稜稜凍結鴛鴦瓦，凛凛寒侵翡翠衾。」可為此景評。（同前）

三三五　周美成《早梅芳》「花竹深房櫳」：發揮冬景，而感歎之意溢於言外。（同前）

三三六　周美成《滿路花》「金花落燼燈」：古詩：「燈殘偏有焰，雪盛却無聲。」似此景。又：「歌枕小方牀，寒宵故意長。」同其凄楚。（同前）

三三七　万俟雅言《梅花引》「曉風酸」：説兩客中事極當，即景喻人，兩得其旨。（同前）

三三八　周美成《少年遊》「并刀如水」：説盡冬景行路意思，輾轉有味。（同前）

三三九　秦少游《桃源憶故人》「玉樓深鎖多情種」：形容冬夜景色人情處極其工巧。（同前）

三四〇　徐昌圖《木蘭花令》「沈檀烟起盤紅霧」：以梅妝柳絮故事點冬景，可謂善形容者，「旋炙銀笙」，見寒之極處，「酒病對寒冰」，又何寂寞也。（同前）

三四一　秦少游《如夢令》「冬夜月明如水」：「風寒侵夜枕，霜凍怯晨征。」亦此意。（同前）

三四二　汪彦章《點絳唇》「新月娟娟」：此乃「月落烏啼霜滿天」景相。（同前）

三四三　朱希真《孤鸞》「天然標格」：古詩：「若被東風著意催，初無心事占春魁。年年為報南枝信，不許群芳作伴開。」可為此評。（同前）

三四四　朱希真《絳都春》「寒陰漸曉」：此等詞體如良金出冶，煅煉精神，良璧出璞，追琢温潤。（同前）

三四五　秦少游《望海潮》「梅英踈淡」：可人風味在此數語，古詩「若同桃李發，豈肯到山家」意同。（同前）

三四六　朱希真《念奴嬌》「見梅驚笑」：此言梅之潔白芬芳，凌雪傲霜，喻君子特立獨行，豈若小人班乎？（同前）

三四七　周美成《玉燭新》「溪源新臘後」：林逋詩：「衆芳摇落獨鮮妍，占斷風情向小園。疏影梅斜水清淺，暗香浮動月黄昏。」可為此評。（同前）

三四八　周美成《花犯》「粉墻低」：態隨意出，詞逐機生，天孫手織不是過也，昔人謂梅詞以此為冠，誠然也。（同前）

三四九　晁叔用《漢宫春》「瀟灑江梅」：此詞詠梅不讓《暗香》、《疏影》之句，所謂湖湘妃瑟、秦女簫，自是動人音律。（同前）

三五〇　柳耆卿《望遠行》「長空降瑞」：此以雪中之景，景中之人互言，詞令上乘也。（同前）

三五一　周美成《紅林檎近》「高柳春纔軟」：三分雪白，一段梅香，十分春意歸肺腑矣。古人對此吟詩酌酒，良有以也。（同前）

三五二　周美成《女冠子》「同雲密布」：此詞全以唐人詩句演成一篇，絶妙。　又：與「曉樹故開花意思，夜窗添起自精神」之句同其深邃。（同前）

三五三　康伯可《醜奴兒令》「馮夷剪碎澄溪練」：此備言雪景之可樂，而舉故人事以實之。（同前）

三五四　孫夫人《清平樂》「悠悠颺颺」：形容飛雪之態極到，且不露本來面目，妙手！妙手！（同前）

三五五　張安國《憶秦娥》「雲垂幕」：路迷迷路□指雪言。（同前）

三五六　張安國《念奴嬌》「朔風吹雨」：前段因雪而興吟詠，次段以血而吐心事，「家在楚尾吴頭」以下數句，身安心樂，何有於顧戀哉！（同前）

三五七　柳耆卿《玉女摇仙佩》「飛瓊伴侣」：前段以仙姬喻佳人，見天香國色之難覯。次段以古人方才子，見男才女貌之相宜。　又：此言人間夫婦作合自天，信非偶爾。（同前）

三五八　張子野《醉落魄》「雲輕柳弱」：生香真色，形容極美者也。　又：吹笛落梅之辨甚明，復齋見左矣。（同前）

三五九　孫巨源《菩薩蠻》「樓頭尚有三通鼓」：此見别離之苦隨在堪悲。（同前）

三六〇　周美成《遶佛閣》「暗塵四斂」：詩：「夏之日，冬之夜，獨居幽思。」於是為切，况寓旅邸，其凄凉，尤所難堪者乎？（同前）

三六一　周美成《南鄉子》「生怕倚闌干」：倚欄而望，則觸目感心，幽懷自種種也。（同前）

三六二　朱希真《滿路花》「簾烘淚雨乾」：摹寫風情，此詞頗為詳悉。（同前）

三六三　康伯可《江城梅花引》「娟娟霜月冷侵門」：句句是閨中之情，惟「斷魂」與「睡不穩」句，見情傷極矣。為花憔悴，是自喻之辭。（同前）

三六四　李太白《菩薩蠻》「平林漠漠煙如織」：太白此詞永為百代詞曲之祖。（同前）

三六五　蘇子瞻《念奴嬌》「大江東去」：王介甫詞：「六朝舊事隨流水，但寒烟、衰草凝緑。」亦此意。

又：情隨事遷，感（以下紙破）。（同前）

三六六　宋謙甫《賀新郎》「步自雪堂」：詞中不過百餘字，曲盡賦中之意。（同前）

三六七　辛幼安《千秋歲》「塞垣秋草」：祝壽之詞，人皆以松鶴立意，此以郭汾陽富貴壽考結之，猶新巧。（同前）

三六八　辛幼安《賀新郎》「瑞氣籠清曉」：詞調叶律，戛玉敲金。又：玉樹瓊枝相掩映，形容夫婦之美。（同前）

三六九　胡浩然《滿庭芳》「瀟灑佳人」：詞句鏗鏘，情意周匝，當吉筵歌出，令人賞心奪目。

又：頌詞無以復加矣。（同前）

三七〇　胡浩然《東風齊著力》「殘臘收寒」：賈育以王湮《除夜》詩「今歲今宵盡」云云，可為此評。（同前）

陸楫輯詞話

陸楫（一五一五—一五五二），字思豫，上海人。以廕入太學。著有《蒹葭堂集》。又於嘉靖甲辰輯成《古今説海》，輯録前代至明小説，分四部七家，所採凡一百三十五種，每種各自為帙而略有删節。又序云計一百四十二卷，然嘉靖刻本並未標明卷數。此據内閣文庫藏明嘉靖甲辰陸氏儼山書院刻配抄本録詞話六十四則。

一　後主諱煜，字重光，元宗弟五子也。幼而好古為文，有漢魏風。母兄冀為太子，性嚴忌。後主獨以典籍自娱，未嘗干預時政。冀卒，立為太子，元宗幸南都，後主監國於建鄴，臨事明允，甚得時譽。元宗崩，哀毁過禮。即位，立妃周氏為后，句容尉張佖上書言為理之要，詞甚激切，後主手詔慰諭，徵為監察御史。周后疾，後主朝夕臨視，藥非親嘗不進，衣不解帶者逾月，及殂，哀毁骨立，杖然後起。立后妹為后，王者婚禮，歷代少有。……初即位，中使趙希操自建鄴奉使江西，夜宿姑熟，中宵忽聞二人相語曰：「君自金陵來，新王何以為理？」一曰：「吾聞新王以仁孝為理。」又曰：「如是，則明王也。」久之，又聞一人曰：「然則水木之歲，當至汴梁。」希操心喜，以後主終得中原。果以乙亥歲國除，入天朝。後主妙於音律，樂曲有《念家山》，親演其聲為《念家山破》，識者知其不祥。至甲戌歲，有衞兵秦福自毁其鞋，跣足升正殿御座，論者以鞋者履也，履與李同，言李氏將敗此殿，為秦人所得也。秦、趙古同姓焉。後主酷好著述，雜説百篇行於代，時人以為可繼典論。江南大臣至中朝名最顯著者徐鉉字鼎臣，與弟鍇，同有大名於江左，方之士衡、士龍焉。鍇字楚金，先城陷而卒，著書甚多，謚為文。後主文集，鍇為之序，《新説》，又鉉為序。鉉著《質論》十餘篇，後主宸筆冠篇，儒者榮之。（節録自《古今説海》「説選五・偏記二」《江南别録》）

二　紅荳蔻花：叢生，葉瘦如碧蘆，春末發。初開花，先抽一幹，有大籜包之，籜解花見。一穗數十蕊，淡紅鮮妍，如桃杏花色。蕊重則下垂，如蒲萄，又如火齊瓔絡及剪綵鸞枝之狀，此花無實，不與草荳蔻同種。每蕊心有兩瓣相並，詞人托興曰「比目連理」云。（同前書「説選十四・偏記十一」范成大《桂海虞衡志》）

三　九代總管段功，初襲爵，為蒙化知府。至正十二年繼立，為總管。癸卯，明玉珍自楚入蜀據之，分兵四掠，號曰紅巾。明玉珍自將紅巾三萬攻雲南，梁王及憲司官皆奔，威楚諸部悉亂，功謀于員外楊淵海，淵海卦之，吉，乃進兵，至吕閣，敗紅巾于關灘江，殺獲千計。紅巾收合餘衂，再戰，復勝，殺段氏驍酋鐵萬户。紅巾屯古田寺，段氏夕潛，火其寺，紅巾軍亂死者什七八。又追至回磴關，大敗之，紅巾大呼之曰：「待明年來復仇。」時功在戰間，得玉珍母寄其子書云：「爾征南，務得之，不得輕還。軍少糧乏，我當添補。」楊淵海效其書跡易之，曰：「中國兵來急，爾宜早歸。」遂募能入紅軍營者，有小卒陳惠願行，玉珍得書，恐國中有變，又新失利，遂急收軍。功追之，至七星關，又勝之而還。紅巾既退，梁王深德段功，以女阿襤妻之，為之奏授雲南平章。功自是威望大著于西南。梁王曲意奉之，功戀戀不肯歸國。其大理夫人高氏寄樂府促之歸，其詞曰：「風捲殘雲，九霄冉冉逐。龍池無偶，水雲一片綠。寂寞倚屏幃，春雨紛紛促。蜀錦半牀閒，鴛鴦獨自宿。好語我將軍，只恐樂極生悲寃鬼哭。」功得書，乃歸。既而復往，其臣楊智、張希喬留之，不聽，既至善闡，梁人私語梁王曰：「段平章復來，有吞金馬嚥碧雞之心矣，盍早圖之？」梁王始啓疑於平章，密召阿襤主，命之曰：「親莫若父母，寶莫若社稷。功今志，不滅我不已，脱無彼，猶有他，平章不失富貴也，今付汝以孔雀膽一具，乘便可毒殪之。」主潸然不敢受命，夜寂人定，私語平章曰：「我父忌阿奴，願與阿奴西歸。」因出毒具示之，平章曰：「我有功爾家，我趾自蹶傷。爾父尚嘗為我裹之，爾何造言至此？」三諫之，終不聽。明日邀功東寺演梵，至通濟橋，馬逸，因令番將格殺之。阿襤主聞變，失聲哭曰：「昨暝燭下緦講與阿奴，雲南施宗、施秀煙花殞身，今日果然。阿奴雖死，奴不負信黄泉也。」欲自盡，梁王防衛者乃萬方。主愁憤，作詩曰：「吾家住在鴈門深，一片閒雲到滇海。心懸明月照青天，青天不語今三載。欲隨明月到蒼山，悮我一生路裏彩錦被名也。吐嚕吐嚕段阿奴，吐嚕，可惜也。施宗施秀同奴歹。歹，不好也。雲片波潾不見人，押不蘆花顔色改。押不蘆花，乃北方起死回生草名。肉屏獨坐細思量，肉，駱駝背也。西山鐵立霜瀟灑。鐵立，松林也。」平章從官員外楊淵海亦題詩粉壁，飲藥而卒，詩曰：「半紙功名百戰身，不堪今日總紅塵。死生自古皆由命，禍福于今豈怨人？蝴蝶夢殘滇海月，杜鵑啼破點蒼春。哀憐永訣雲南土，錦酒休教灑淚頻。」梁王哀淵海之古綣，意欲為己用，見詩，痛悼之，乃厚恤之，令隨平章櫬歸葬大理。（同前書「説選十九・偏記十六」楊慎《滇載記》）

四 張生：有張生者，家在汴州中牟縣東北赤城坂。以饑寒，一旦别妻子，遊河朔，五年方還。自河朔還汴州，晚出鄭州門，到板橋，已昏黑矣。乃下道取陂中逕路而歸，忽於草莽中見燈火熒煌，賓客五六人方宴飲次。生乃下驢以詣之，相去十餘步，見其妻亦在坐中，與賓客語笑方洽。生乃蔽形於白楊樹間以窺之，見有長鬚者持盃請措大夫人歌。生之妻，文學之家，幼習詩禮，甚有篇詠，欲不為唱，四座勤請，乃歌曰：「歎衰草，絡緯聲切切。良人一去不復還，今夕坐愁鬢如雪。」長鬚云：「勞歌一盃。」飲訖，酒至白面年少，復請歌，張妻曰：「一之謂甚，其可再乎？」長鬚持一籌筯云：「請置觥，有拒請歌者飲一鍾。歌舊詞中笑語，准此罰。」於是張妻又歌曰：「勸君酒，君莫辭。落花徒繞枝，流水無返期。莫侍（當作待）少年時，少年能幾時。」酒至紫衣者，復持盃請歌，張妻不悦，沉吟良久，乃歌曰：「怨空閨，秋日亦難暮。夫壻斷音書，遥天鴈空度。」酒至黑衣胡人，復請歌，張妻連唱三四曲，聲氣不續，沉吟未唱間，長鬚抛觥云：「不合推辭，乃酌一鍾。」張妻涕泣而飲，復唱送胡人酒，曰：

「切切夕風急，露滋庭草濕。良人去不回，焉知掩閨泣。」酒至緑衣少年，持盃曰：「夜已久，恐不得從容，即當睽索，無辭一曲，便望歌之。」又唱云：「螢火穿白楊，悲風入荒草。疑是夢中遊，愁迷故園道。」酒至張妻，長鬚歌以送之云：「花前始相見，花下又相送。何必言夢中，人生盡如夢。」酒至紫衣胡人，復請歌云：「須有艷意。」張妻低頭，未唱間，長鬚又拋一觥，於是張生怒捫足下，得一瓦擊之，中長鬚頭，再發一瓦，中妻額，闃然無所見。張君謂其妻已卒，慟哭，連夜而歸，及明，至門，家人驚喜，出迎張君，問其妻，婢僕曰：「娘子夜來頭痛。」張君入室，問妻病之由，曰：「昨夜夢草莽之處，有六七人，遍令飲酒，各請歌。孥凡歌六七曲，有長鬚者頻拋觥，方飲次，外有發瓦來，第二中孥額，因驚覺，乃頭痛。」張君因知昨夜所見，乃妻夢耳。（同前書「説淵三・別傳三」《夢遊録》）

五　李泌，字長源，趙郡中山人也。六代祖弼，唐太師；父承休，唐吴房令。休娶汝南周氏，初周氏尚幼，有異僧，僧伽從泗上來，見而奇之，且曰：「此女後當歸李氏，而生三子，其最小者，慎勿以紫衣衣之，當起家金紫，為帝王師。」及周氏既娠，凡三年方寢而生泌，生而髮至於眉，……及肅宗追思倓無罪，泌慮復及諸王，因事言曰：「昔高宗有子八，皇祖睿宗最幼，武后生者自為行第，故皇祖第四。長曰孝敬皇帝，監國而仁明，為武后所忌而鴆之；次曰雍王賢，為太子。中宗、睿宗常所不安，朝夕憂懼，雖父母之前無由敢言。乃作《黄臺瓜》詞，令樂人歌之，欲微悟父母之意，冀天皇天后聞。歌之曰：『種瓜黄臺下，瓜熟子離離。一摘使瓜好，再摘令瓜稀。三摘猶尚可，四摘抱蔓歸。』然太子竟亦流廢終，於黔州、建寧之事已一摘矣，慎無再摘。」肅宗曰：「先生忠於社稷，憂朕家事言，皆為國龜

鑑，豈可暫離朕耶？（節録自同前書「説淵二十二・別傳一十二」《鄴侯外傳》）

六　宣和初，收復燕山，以歸於朝金民來居。京師其俗有《臻蓬蓬》歌，每扣鼓，和臻蓬蓬之音為節，而舞人無不喜聞其聲而効之者，其歌曰：「臻蓬蓬，外頭花花裏頭空。但看明年正二月，滿城不見主人翁。」本虜讖，故京師不禁。然次年正月徽宗南幸，次年二聖北狩。又其伎有以數丈長竿繫椅於杪，伎者坐椅上，少頃，下投於小棘坑中，無偏頗之失，未投時念詩曰：「百尺竿頭望九州，前人田土後人收。後人收得休歡喜，更有收人在後頭。」此亦虜讖，而兆禍可恠。（同前書「説略二・雜記二」《宣政雜録》）

七　子瞻常自言平生有三不如人，謂着棋、吃酒、唱曲也，然三者亦何用如人。子瞻之詞雖工，而多不入腔，蓋以不能唱曲耳。（同前書「説略五・雜記五」《墨客揮犀》）

八　三山卓用，字稼翁，能賦馳聲，嘗作詞云：「丈夫隻手把吴鈎，欲斷萬人頭。因何鐵石，打成心性，却為花柔。　君看項籍并劉季，一怒使人愁。只因撞虞姬戚氏，豪傑都休。」其為人溺志可想。（同前書「説略八・雜記八」蔣子正［當作「正子」］《山房隨筆》）

九　探花王昂榜下擇壻，時作催妝詞云：「喜氣滿門闌光動，綺羅香陌。行（脱『到』字）紫薇花下，悟身非凡客。　不須脂粉污天真，嫌怕太紅白。留取黛眉淺處，共畫章臺春色。」（同前）

一〇　湘人陳詵登第，授岳陽教官，夜踰墻，與妓江柳狎，頗為人所知。時孟之經守岳，聞其故。一日，公燕江柳，不侍，呼至杖之，文其眉鬢間以「陳詵」二字，仍押隸辰州。妓之父母詣學宫咎詵，云自岳去辰八百里，且求資糧，且泣且悔，詵罄其所有及資衣物，得千緡，以六百贈柳，餘付監押吏卒，令善視，且以詞餞別云：「鬢邊一點似飛鴉，休把翠鈿遮。二年三載，千擱百就，今日天涯。楊花又逐東風去，隨分入人家。要不思量，除非酒醒，休照菱花。」柳將行，會陸雲西以荆湖制司幹官霑檄至岳，與陳有故，將至，陳先出迎，以情告陸，陸即取空名制幹劄填陳姓名，檄入制幙，既而並迎，陸入，即開宴，陸曰：「聞籍中有江柳者善謳，誰是也。」孟即呼至，柳花鈿隱眉間所文，飲間，陸越語孟曰：「能以柳見予否？」孟曰：「唯命。」陸笑曰：「君尚不能容一陳教，豈能與我？」孟因叙詵之過，陸歎慨，既而終席，陸呼柳，問其事，柳出詵送別詞，陸大嗟賞，而再登席，陸舉詞示孟，且誚之曰：「君試目此作，可謂不知人矣，今制司檄詵入幙，將若之何？」孟求解於陸，并召詵同宴。明日列薦詵，且除柳名，陸遂將詵如江陵，見之閫公秋壑，俾充幙僚。詵不獨洗一時之辱，且有倖進之喜，至今巴陵傳為佳話矣。（同前）

一一　馬光祖知京口，判姦婦云：「世間若無婦人，天下業風方静。」觀其尹京之日，不畏貴戚豪强，庭無留訟，頗得包孝肅公尹開封之規模。福王府訴民不還房廊屋錢，光祖判云：「晴則雞卵鴨卵，雨則盆滿鉢滿。福王若要屋錢，直待光祖任滿。」有士人逾牆偷人室女，事覺，到官勘，令當廳面試，光祖出《逾牆摟處子詩》，士人秉筆云：「花柳平生債，風流一段愁。逾牆乘興下，處子有心摟。謝砌應潛越，安（當作韓）香計暗偷。有情還愛欲，無語强嬌羞。不負秦樓約，安知漳獄囚。玉顏麗如此，何用讀書求？」光祖判云：「多情愛，還了半生花柳債。好箇檀郎，室女為妻也不妨。傑才高作，聊贈青蚨三百索。燭影揺紅，配取媒人是馬公。」犯姦之士，既免決罪，反因此以得佳偶，此光祖以禮待士也。（同前書「説略十一・雜記十一」《三朝野史》）

一二　謝希孟在臨安狎娼，陸氏象山責之曰：「士君子乃朝夕與賤娼女居，獨不愧於名教乎？」希孟敬謝，請後不敢。他日復為娼為鴛鴦樓，象山聞之，又以為言，曰：「非特建樓，且有記。」象山喜其文，不覺曰：「樓記云何？」即口占首句云：「自遜、抗、機、雲之死，而天地美（當作英）靈之氣不鍾於世之男子而鍾於婦人。」象山默然。希孟一日在娼所，忽起歸興，遂不告而行。娼追送江滸，泣涕戀戀，希孟毅然取領巾書一詞與之云：「雙槳浪花平，夾岸青山鎖。你自歸家我自歸，説着如何過。我斷不思量，你莫思量我。將你從前於我心，付與旁人呵。」希孟與鄉人陳伯益好相調戲，伯益面黑而狹多髯，希孟入其書室，見寫真掛壁上，題云：「伯益之面，大無兩指，髭髯不仁，侵擾乎其旁而不已，於是乎伯益之面所餘無幾。」此語喧傳，伯益病之而莫能報。希孟後避寧宗諱，改名直字古民，伯益於是以兩句咏其名：「炊餅擔頭挑取去，白衣鋪上喝將來。」聞者笑倒，伯益又嘗寫真，衣皁道服，躡僧鞵，希孟贊之曰：「禪鞵俗人鬚鬢，道服儒巾面皮。秋水長天一色，落霞孤鶩齊飛。」（同前書「説略十六・雜記十六」麗元英《談藪》）

一三　唐小説記紅葉事凡四：其一《本事詩》：顧況在洛乘間，與一二詩友遊苑中，流水上得大梧葉，題詩云：「一入深宫裏，年年不見春。聊題一片葉，寄與有情人。」況明日於上流亦題云：「愁見鶯啼柳絮飛，上陽宫女斷腸時。君恩不禁東流水，葉上題詩寄與誰？」後十餘日，有客來苑中，又於葉上得詩，以示況，曰：「一葉題詩出禁城，誰人酧和獨含情。自嗟不及波中葉，蕩漾乘春取次行。」又明皇代以楊妃、虢國寵盛，宫娥皆衰悴，不願備掖庭，嘗書落葉，隨御溝水流出，云：「舊寵悲秋扇，新恩寄早春。聊題一片葉，將寄接流人。」顧況聞而和之，既達聖聽，遣出禁内人不少，或有五使之號，況所和即前四句也。其二《雲溪友議》：盧渥舍人應舉之歲，偶臨御溝，見紅葉上有詩云：「流水何太急，深宫盡日閒。殷勤謝紅葉，好去到人間。」其三《北夢瑣言》：進士李茵嘗遊苑中，見紅葉自御溝出，上有題詩曰與盧渥詩同。其四《玉溪編事》：侯繼圖秋日於大慈寺倚闌樓上，忽木葉飄墜，上有詩曰：「拭翠斂愁蛾，為鬱心中事。搦筆下庭除，書作相思字。此字不書名，此字不書紙。書向秋葉上，願逐秋風起。天下有心人，盡解相思死。」余意前三則本只一事，而傳記者各異耳。劉斧《青瑣》中有《御溝流紅葉記》最為鄙妄，蓋竊取前説而易其名為于祐云。本朝詞人罕用此事，惟周清真樂府兩用之，《歸（當作掃）花遊》云：「信流去，想一葉怨題，今到何處？」《六醜》詠落花云：「飄流處，莫趁潮汐。恐斷水（當作紅），上有相思字，（脱「何由」二字）見得？」脱胎换骨之妙極矣。清真名邦彦，字美成，徽宗時為待制，提舉大晟樂府。（同前）

一四　太學服膺齋上舍鄭文，秀州人，其妻寄以《憶秦娥》云：「花深深，一勾羅襪行花陰。行花陰，閒將梅（當作柳）帶，細結同心。日邊消息空流淚，畫眉樓上愁登臨。愁登臨，海棠開後，望到如今。」此詞為同舍見者傳播，酒樓妓館皆歌之，以為歐陽永叔詞，非也。（同前書「説略二十一・雜記二十一」李有《古杭雜記》）

一五　婺州劉鼎臣赴省試，臨行，妻作詞，名《鷓鴣天》云：「金屋無人夜剪繒，寶釵翻過齒痕輕。臨行執手殷勤送，襯取蕭郎兩鬢青。　聽祝付，好看成，千金不抵此時情。明年宴罷瓊林晚，酒面微紅相映明。」（同前）

一六　易祓，字彦章，譚州人。以優校為前廊，久不歸。其妻作《一剪梅》詞寄云：「染淚修書寄彦章，貪做前廊，忘却回廊。功名成遂不還鄉，石做心腸，鐵做心腸。　紅日三竿懶畫粧，虚度韶光，瘦損容光。何日得成雙，羞對鴛鴦，懶對鴛鴦。」（同前）

一七　三山蕭軫登第，榜下娶再婚之婦，同舍張任國以《柳梢青》詞戲之曰：「掛起招牌，一聲喝采，舊店新開。熟事孩兒，家懷老子，畢竟招財。　當初合下安排，又不豪門買獃。自古道，正身替代，見任添差。」（同前）

一八　理宗朝，嘗欲舉行推回畆田之令，有言而未行，至賈似道當國，卒行之。有人作詩曰：「三分天下二分亡，猶把山川寸寸量。縱使一坵添一畆，也應不似舊封疆。」又有作《沁園春》詞云：「道過江南，泥墻粉壁，右具在前。述何縣何鄉里，住何人地，佃何人田。氣象蕭條，生靈憔悴，經界從來未必然。惟何甚，為官為己，不把人憐。　思量幾許山川，况土地分張又百年。四（當作西）蜀巉巖，雲迷鳥道，兩淮清野，日警狼煙。宰相弄權，姦人罔上，誰念干戈未息肩。掌大地，何須經理，萬取千焉。」（同前）

一九　蜀人文及翁登第後，期集遊西湖，一同年戲之曰：「西蜀有此景否？」及翁即席賦《賀新郎》

云：「一勺西湖水，渡江來（一本後有『百年歌舞』）、百年酣醉。回首洛陽花世界，烟渺黍離之地。更不復、新亭墮淚。簇樂紅粧摇畫舫，問中流擊楫何人是？千古恨，幾時洗？　余生自負澄清志，更有誰、雞（一本作『蟠』）溪未遇，傅巖未起？國事如今誰倚仗，衣帶一江而已。便都道、江神堪恃。借問孤山林處士，但掉頭笑指梅花蕊。天下事，可知矣。」（同前）

二〇　今樂府有《蘭陵王》，乃北齊文襄之子長恭，一名孝瓘，為蘭陵王。邙山之戰，長恭為中軍，率五百騎再入周軍，遂至金墉之下，被圍甚急，城上人弗識，長恭免胄示之面，乃下弩手救之，於是大捷，武士因歌謡之，為《蘭陵王入陣曲》是也。（同前書「説略二十五·雜記二十五」《碧湖雜記》）

二一　歐文忠任河南推官，親一妓。時先文僖罷政，為西京留守。梅聖俞、謝希深、尹師魯同在幕下，惜歐有才無行，共白于公，屢微諷而不之恤。一日，宴於後園，客集，而歐與妓俱不至，移時方來，在坐相視以目。公責妓云：「末至，何也？」妓云：「中暑，往凉堂睡著，覺失金釵，猶未見。」公曰：「若得歐推官一詞，當為償汝。」歐即席云：「柳外輕雷池上雨，雨聲滴碎荷聲。小樓西角斷虹明。闌干倚遍，待得月華生。　燕子飛來栖畫棟，玉鈎垂下簾旌。凉波不動簟紋平。水精雙枕，倚（當作傍）有墮釵横。」坐皆稱善，遂命妓滿酌償歐，而令公庫償釵，戒歐當少戢。不惟不恤，翻以為怨。後修《五代史》十國世家，痛毁吴越，又於《歸田録》中説文僖數事，皆非美談。從祖希白嘗戒子孫，毋勸人陰事，賢者為恩，不賢者為怨。歐後為人言其盗甥表，云：「喪厥夫而無託，攜孤女以來歸。」張氏此時年方七歲，内翰伯見而笑云：「年七歲，正是學簸錢時也。」歐詞云：「江南柳，葉小未成陰。人十四五，閒抱琵琶尋。堂上簸錢堂下走，恁時相見已留心，何況到如今。」歐知貢舉時，落第舉人作《醉蓬萊》詞以譏之，詞極醜詆，今不録。（同前書「説略二十六·雜記二十六」錢世昭《錢氏私誌》）

二二　粉牋書字不經久，近年作者殊鹵莽不精，不一二年，字畫已漫漶矣。康伯可謂向薌林出李重光金花牋手書長短句，歲久剥落，其辭不全，亦一證也。古人於藝必精到，尚復若此，矧鹵莽者乎？（同前書「説略三十·雜記三十」《霏雪録》）

二三　至元十三年丙子春正月十八日，淮安王伯顔以中書右丞相統兵入杭，宋謝、全兩后以下皆赴北，有王婉儀者題《滿江紅》於驛云：「太液芙蓉，渾不似、舊時顔色。曾記得、春風雨露，玉樓金闕。名播蘭簪妃后裏，暈潮蓮臉君王側。忽一朝、鼙鼓揭天來，繁華歇。龍虎散，風雲滅。千古恕，憑誰説。對山河百二，淚霑襟血。驛館夜驚塵土夢，寶車曉轉關山月。只姮娥、相顧肯從容，隨圓缺。」或云王昭儀下張瑶英所賦也。（同前書「説略三十一·雜記三十一」《東園友聞》）

二四　宋末岳州徐君寶之妻某氏被虜來杭，居韓蘄王府，自岳至杭，相從數千里，相與數月，虜欲犯之，屢以巧計得脱。一日，虜必欲强污之，度不可脱，乃謂曰：「俟吾祭亡夫，謝絶之，可事汝。」虜喜而然之。遂嚴妝，焚香祝畢，赴池水而死。將赴死之際，題《滿庭芳》一闋于於府壁，云：「漢上繁華，江南人物，尚遺宣政風流。緑窗朱户，十里爛銀鈎。一旦刀兵齊舉，旌旗擁、百萬貔貅。長驅入、歌臺舞榭，風捲落花愁。清平三百載，典章文物，掃地俱休。幸此身未北，猶客南州。破鑑徐郎何在？空惆悵、相見無由。從今後、夢魂千里，夜夜岳楊樓。」余至杭，聞徐子祥言之，徐正蘄王府鄰，尤（當作猶）及見其親書。後宣伯聚先生亦言，正與清風嶺同，所謂一時一事也。（同前）

二五　帝多泛東湖，因製湖上曲《望江南》八闋云：「湖上月，偏照列仙家。水浸寒光鋪枕簟，浪摇晴影走金蛇，偏稱泛靈槎。」「光景好，輕彩望中斜。清露冷侵銀兔影，西風吹落桂枝花，開宴思無涯。」「湖上柳，煙裏不勝摧。宿霧洗開明媚眼，東風摇弄好腰枝，煙雨更相宜。」「環曲岸，陰覆畫橋低。線拂行人春晚後，絮飛晴雪暖風時，幽意更依依。」「湖上雪，風急墮還多。輕片有時敲竹户，素華無韻入澄波，望外玉相磨。」「湖水遠，天地色相和。仰面莫思梁苑賦，朝來且聽玉人歌，不醉擬如何。」「湖上草，碧翠浪通津。修帶不為歌舞緩，濃鋪堪作醉人茵，無意襯香衾。」「晴霽後，顔色一般新。遊子不歸生滿地，佳人遠意寄青春，留咏卒難伸。」「湖上花，天水浸靈芽。淺蕊水邊匀玉粉，濃苞天外剪明霞，只在列仙家。」「開爛漫，插鬢若相遮。水殿春寒幽冷艷，玉軒晴照暖添華，清賞思何賒。」「湖上女，精選正輕盈。猶恨乍離金殿侶，相將盡是採蓮人，清唱謾頻頻。」「軒内好，嬉戲下龍津。玉管朱絃聞盡夜，踏青鬭草事青春，玉輦從羣真。」「湖上酒，終日助清歡。檀板輕聲銀甲緩，醅浮香米玉蛆寒，醉眼暗相看。」「春殿晚，仙艷奉盃盤。湖上風光真可愛，醉鄉天地就中寬，帝主正清安。」「湖上水，流遶禁園中。斜日煖摇清翠動，落花香暖衆紋紅，蘋末起清風。」「閒縱目，魚躍小蓮東。泛泛輕摇蘭棹穩，沉沉寒影上仙宫，遠意更重重。」帝常遊湖上，多令宫中美人歌唱此曲。（節録自同前書「説纂四・逸事四」《煬帝海山記》）

二六　有稱中興野人和東坡《念奴嬌》詞題吴江橋上，車駕巡師江表，過而覩之，詔物色其人，不復見矣。詞云：「炎精中否，歎人才委靡，都無英物。胡虜長驅三犯闕，誰作長城堅壁。萬國奔騰，兩宫幽陷，此恨何時雪。草廬三顧，豈無高卧賢傑。天心眷我中興，吾皇神武，踵曾孫周發。河嶽封疆俱効順，狂虜會須灰滅。翠羽南巡，扣閽無語，徒有衝冠髮。孤忠耿耿，劒鋒冷浸秋月。」《野史》（同前書「説纂七・散録一」廖瑩中《江行雜録》）

二七　李後主歸朝後，每懷故國，且念嬪妾散落，鬱鬱不自聊。嘗作長短句：「簾外雨潺潺，春意將闌。羅衾不奈五更寒。夢裏不知身是客，一晌貪歡。獨自莫憑闌，無限關山。别時容易見時難。流水落花春去也，天上人間。」意思悽惋，不久下世。《金玉詩話》（同前書「説纂八・散録二」趙葵《行營雜録》）

二八　人傳温公《西江月》詞，流播已久，今又得一首，名《錦堂春》云：「紅日遲遲，虚廓（當作廊）轉影，槐陰迤邐西斜。彩筆工夫難狀，晚景煙霞。蝶尚不知春去，漫繞幽砌尋花。奈猛風過後，縱有殘紅，飛向誰家。始知青鬢無價，歎飄零官路，荏苒年華。今日笙歌叢裏，特地咨嗟。席上青衫濕透，筭感舊、何止琵琶。怎不教人易老，多少離愁，散在天涯」（同前）

二九　李煜歸朝後，鬱鬱不樂，見於詞語。在賜第，七夕，命故妓作樂，聞於外，太宗怒。又傳「小樓昨夜又東風」，併坐之，遂被禍。龍衮《江南録》云：李國主小周后隨後主歸朝，封鄭國夫人，例隨命婦入宫，每一入，輒數日出，必大泣駡後主，聲聞于外，後主多婉轉避之。又韓玉汝家有李國主歸朝

後與金陵舊宮人書，云此中日夕只以眼淚洗面。《唫囈集》（同前書「説纂九・散録三」陸游《避暑漫抄》）

三〇　龜兹部：樂有觱篥、笛、拍板、四色鼓、揩羯鼓、雞樓鼓，戲有五常獅子，高丈餘，各衣五色，每一獅子有十二人，戴紅抹額，衣畫衣，執紅拂子，謂之獅子郎，舞《太平樂》曲，《破陣樂》曲亦屬此部，秦王所制，舞人皆衣畫甲，執旗旆。外藩鎮春冬犒軍，亦舞此曲，兼馬軍引入場，尤甚壯觀也。《萬斯年》曲是朱崖李太尉進，此曲名即《天仙子》是也。（同前書「説纂十三・雜纂一」段安節《樂府雜録》）

三一　舞工：舞者，樂之容也。有《大垂手》、《小垂手》，或象驚鴻，或如飛燕，婆娑舞態也，蔓延舞綴也。古之能者不可勝記，即有健舞、軟舞、字舞、花舞、馬舞。健舞曲有《稜大》、《阿連》、《柘枝》、《劒器》、《胡旋》、《胡騰》，軟舞曲有《凉州》、《緑腰》、《蘇合香》、《屈柘》、《團圓旋》、《甘州》等。字舞以舞人亞身於地，布成字也。花舞著緑衣，偃身合成花字也。馬舞者，櫳馬人著綵衣，執鞭於牀上，舞蹀躞，蹄皆應節奏也。開元中有公孫大娘，善舞劒器，僧懷素見之，草書遂長，蓋準其頓挫之勢也。（同前）

三二　琵琶：始自烏孫公主造，馬上彈之，有直項者、曲項者，便於急關中也。古曲有《陌上桑》，范曄、石崇、謝奕皆善此樂也。開元中，有賀懷智，其樂器以石為槽，鵾雞筋作絃，鐵撥彈之。貞元中有康崑崙，第一手，始遇長安大旱，詔移南市祈雨，及至天門街市，人廣較勝負，鬬聲樂，即街東有康崑崙琵琶最上，必謂街西無以敵也，遂令崑崙登綵樓彈一曲新翻羽調《録腰》。其街西亦建一樓，東市大誚之，及崑崙度曲，西市樓上出一女郎，抱樂器，先云：「我亦彈此曲，兼移在楓香調中。」及下撥，聲如雷，其妙入神。崑崙即驚駭，乃拜請為師。女郎遂更衣出見，乃僧也。蓋西市豪族厚賂莊嚴寺僧善本，姓段，以定東鄽之聲。翊日，德宗召入，令陳本藝，異常嘉獎，乃令教授崑崙，段奏曰：「且請崑崙彈一調。」及彈，師曰：「本領何雜，兼帶邪聲。」崑崙驚曰：「段師，神人也。臣小年初學藝時，偶於鄰舍女巫授一品絃調，後乃易數師，段師精鑒如此玄妙也。」段奏曰：「且遣崑崙不近樂器十年，使忘其本領，然後可教。」詔許之，後果盡段之藝。（同前）

三三 文宗朝，有内人鄭中丞善胡琴。中丞，即宫官也。内庫二琵琶，號大、小忽雷，鄭嘗彈小忽雷，偶以匙頭脱，送崇仁坊南趙家修理，大約造樂器悉在此坊，其中二趙家最妙。時有權相舊吏梁厚本，有别墅在昭應之西，正臨河岸垂鈎之際，忽見一物浮過，長五六尺許，上以錦綺纏之，令家僮接得就岸，即祕器也。及發開視之，乃一女郎，粧飾儼然，以羅領巾繫其頸，解其領巾，伺之口鼻有餘息，即移入室中將養，經旬乃能言，云是内弟子鄭中丞也，昨以忤旨，命内官縊殺，投于河中，錦綺，即弟子相贈爾。遂垂泣感謝，厚本即納為妻，因言其藝，及言所彈琵琶，今在南趙家。尋值訓、注之亂，人莫有知者，厚本賂樂匠，購得之。每至夜分，方敢輕彈。後遇良夜，飲於花下，酒酣，不覺朗彈數曲。洎有黄門放鷂子，過其門，私於墻外聽之，曰：「此鄭中丞琵琶聲也。」翊日，達上聽，文宗方追悔，至是驚喜，即命宣召，乃赦厚本罪，仍加錫賜焉。咸通中，即有米和，即嘉榮子也。申旋尤妙，復有王連兒也。前羽調《緑腰》注云：「本自樂工進曲，上令録其要者，今以為名，設言《緑腰》也。」（同前）

三四 《安公子》：隋煬帝遊江都，時有樂工笛中吹之，其父老廢，於卧内聞之，問曰：「何得此曲子？」對曰：「宮中新翻也。」父乃謂其子曰：「宮曰君，商曰臣，此曲宮聲，往而不返，大駕東巡，必不回矣，汝可託疾勿去也。」精鑒如此。（同前）

三五《夜半樂》：明皇自潞州入平内難，正夜半，斬長樂門關，領兵入宮，翦逆人，後撰此曲，名《還京樂》。（同前）

三六《雨霖鈴》：明皇自西蜀返，樂人張野狐所製。（同前）

三七《康老子》：康老子，即長安富家子，落魄不事生計，常與國樂游處，一旦家產蕩盡，偶一老嫗持舊錦褥貨鬻，乃以半千獲之，尋有波斯見，大驚，謂康曰：「何處得此？是冰蠶絲所織，若暑月陳於座，可致一室清凉。」即酬千萬，康得之，還，與國樂追歡，不經年復盡，尋卒。後樂人嗟惜之，遂製此曲，亦名《得至寶》。明皇初納太真妃，喜，謂後宮曰：「予得楊家女如得至寶也。」遂製曲，名《得寶子》。（同前）

三八《望江南》：始自朱崖李太尉鎮淛日，為亡妓謝秋娘所撰，本名《謝秋娘》，後改此名，亦曰《夢江南》。（同前）

三九《傾盃樂》：宣宗喜吹蘆管，自製此曲，初捻管，令俳兒辛骨䶉拍，不中，上瞋目瞠視，骨䶉憂懼，一日而殞。（同前）

四〇凡欲出戲，所司先進曲名，上以墨點者即舞，不點者即否，謂之進點。戲日，内伎出舞，教坊人惟得舞《伊州》、《五天重來疊》，不難（當作離）此兩曲，餘盡讓内人也。《垂手羅》、《回波樂》、《蘭陵王》、《春鶯半》、《社渠》、《借席》、《烏夜啼》之屬，謂之軟舞，《阿遼》、《柘枝》、《黄麞》、《拂林》、《大渭州》、《達摩》之屬，謂之健舞。（同前書「説纂十四・雜纂二」崔令欽《教坊記》）

四一 曲名：《獻天花》、《和風柳》、《美唐風》、《透碧空》、《巫山女》、《度春江》、《衆仙樂》、《大定樂》、《龍飛樂》、《慶雲樂》、《繞殿樂》、《泛舟樂》、《抛毬樂》、《清平樂》、《放鷹樂》、《夜半樂》、《破陣樂》、《還京樂》、《天下樂》、《同心樂》、《賀聖朝》、《奉聖樂》、《千秋樂》、《泛龍舟》、《泛玉池》、《春光好》、《迎春花》、《鳳樓春》、《負陽春》、《帝臺春》、《繞池春》、《滿園春》、《長命女》、《武媚娘》、《杜韋娘》、《柳青娘》、《楊柳枝》、《柳含煙》、《晉楊柳》、《倒垂柳》、《浣溪沙》、《浪淘沙》、《撒金沙》、《紗牕恨》、《金簑嶺》、《隔簾聽》、《恨無媒》、《望梅花》、《望江南》、《好郎君》、《想夫憐》、《别趙十》、《憶趙十》、《念家山》、《紅羅襖》、《烏夜啼》、《墻頭花》、《摘得新》、《北門西》、《煮羊頭》、《河瀆神》、《二郎神》、《醉鄉遊》、《醉花間》、《燈下見》、《醉思鄉》、《太邊郵》、《太白星》、《剪春羅》、《會佳賓》、《當庭月》、《思帝鄉》、《歸國遥》、《感皇恩》、《戀皇恩》、《皇帝感》、《戀情深》、《憶漢月》、《憶先皇》、《聖無憂》、《定風波》、《木蘭花》、《更漏長》、《菩薩蠻》、《破南蠻》、《八拍蠻》、《芳草洞》、《守陵宫》、《臨江仙》、《虞美人》、《映山紅》、《獻忠心》、《卧沙堆》、《怨黄沙》、《遐方怨》、《怨胡天》、《送征衣》、《送行人》、《望梅愁》、《阮郎迷》、《牧羊怨》、《掃市舞》、《鳳歸雲》、《羅裙帶》、《同心結》、《一捻鹽》、《阿也黄》、《劫家雞》、《绿頭鴨》、《下水船》、《留客住》、《離别難》、《喜長新》、《羌心怨》、《女王國》、《繚踏歌》、《天外聞》、《賀皇化》、《五雲仙》、《滿堂花》、《南天竺》、《定西番》、《荷葉杯》、《感庭秋》、《月遮樓》、《感恩多》、《長相思》、《西江月》、《拜新月》、《上行杯》、《團亂旋》、《喜春鶯》、《大獻壽》、《鵲踏枝》、《萬年歡》、《曲玉管》、《傾杯樂》、《謁金門》、《巫山一段雲》、《望月波羅門》、《後庭花》、《西河獅子》、《西河劒氣》、《怨陵三臺》、《儒士謁金門》、《武士朝金闕》、《摻工不下》、《麥秀兩岐》、《金雀兒》、《漟水吟》、《玉搔頭》、《鸚鵡杯》、《路逢花》、《初漏滿》、《相見歡》、《蘇幕遮》、《遊春苑》、《黄鍾樂》、《訴衷情》、《折紅蓮》、《征步郎》、《洞仙歌》、《太平樂》、《長慶樂》、《喜回鑾》、《漁父引》、《喜秋天》、《大郎神》、《胡渭州》、《夢江南》、《濮陽女》、《静戎煙》、《三臺》、《上韻》、《中韻》、《下韻》、《普恩光》、《戀情歡》、《楊下採桑》、《大酺樂》、《合羅縫》、《蘇合香》、《山鷓鴣》、《七星管》、《醉公子》、《朝天》、《木笪》、《看月宫》、《宫人怨》、《歎疆場》、《拂霓裳》、《駐征遊》、《泛濤溪》、《胡相問》、《廣陵散》、《帝歸京》、《喜還京》、《遊春夢》、《柘枝引》、《留諸錯》、《如意娘》、《黄羊兒》、《蘭陵王》、《小秦王》、《花黄發》、《大明樂》、《望遠行》、《思友人》、《唐四姐》、《放鶻樂》、《鎮西樂》、《金殿樂》、《南歌子》、《八拍子》、《魚歌子》、《七夕子》、《十拍子》、《措大子》、《風流子》、《吴吟子》、《生查子》、《胡醉子》、《山花子》、《水仙子》、《緑鈿子》、《金錢子》、《竹枝子》、《天仙子》、《赤棗子》、《千秋子》、《心事子》、《胡蝶子》、《沙磧子》、《酒泉子》、《迷神子》、《得蓬子》、《剉碓子》、《麻婆子》、《紅娘子》、《甘州子》、《歷刺子》、《鎮西子》、《北庭子》、《采蓮子》、《破陣子》、《劍器子》、《獅子》、《女冠子》、《仙鶴子》、《穆護子》、《贊普子》、《蕃將子》、《回戈子》、《帯竿子》、《摸魚子》、《南鄉子》、《大吕子》、《南浦子》、《撥棹子》、《河滿子》、《曹大子》、《引角子》、《隊踏子》、《水沽子》、《化生子》、《金娥子》、《拾麥子》、《多利子》、《毗砂子》、《上元子》、《西溪子》、《劍閣子》、《嵇琴子》、《莫壁子》、《胡攢子》、《唧唧子》、《甋花子》、《西國朝天》大曲名、《踏金蓮》、《緑腰》、《凉州》、《薄媚》、《賀聖樂》、《伊州》、《甘州》、《泛龍舟》、《采桑》、《千秋樂》、《霓裳》、《玉樹後庭花》、《伴侣》、《雨霖鈴》、《柘枝》、《胡僧破》、《平翻》、《相馳逼》、《吕太后》、《突厥三臺》、《大寶》、《一斗鹽》、《羊頭神》、《大姊》、《舞大姊》、《急月記》、《斷弓絃》、《碧霄吟》、《穿心蠻》、《羅步底》、《回波樂》、《千春樂》、《龜兹樂》、《醉渾脱》、《映山雞》、《昊破》、《四會子》、《安公子》、《舞春風》、《迎春風》、《看江波》、《寒鴈子》、《又中春》、《甋中秋》、《迎仙客》、《同心結》。（同前）

四二　《烏夜啼》：宋彭城王義康，衡陽王義季，弟（或作帝）囚之潯陽，後宥之，使未達，衡王家人扣二王所囚院，曰：「昨夜烏夜啼，官當有赦。」少頃使至，故有此曲，亦入琴操。（同前）

四三　《安公子》：隋大業末，煬帝幸揚州。樂人王令言以年老不去，其子從焉。其子在家彈琵琶，令言驚問：「此曲何名？」其子曰：「内裏新翻曲子，名《安公子》。」令言流涕悲愴，謂其子曰：「爾不須扈從，大駕必不回。」子問其故，令言曰：「此曲宫聲，往而不返，宫為君，吾是以知之。」（同前）

四四　梁園秀：姓劉氏，行第四，歌舞談謔，為當代稱首。喜親文墨，作字楷媚，間吟小詩，亦佳。所製樂府如《小梁州》、《青歌兒》、《紅衫兒》、《抝塼兒》、《寨兒令》等，世所共唱之。又善隱語。其夫從小喬，樂藝亦超絶云。（同前書「説篡十六・雜篡四」雪簑釣隱《青樓集》）

四五　張怡雲：能詩詞，善談笑，藝絶流輩，名重京師。趙松雪、商正叔、高房山皆為寫怡雲圖以贈，諸名公題詩殆遍。姚牧庵、閻静軒每於其家小酌，一日，過鍾樓街，遇史中丞，中丞下道，笑而問曰：

二一先生所往，可容侍行否？」姚云：「中丞上馬。」史於是屏騶從，速其歸，攜酒饌，因與造海子上之居，姚與閻呼曰：「怡雲，今日有佳客，此乃中丞史公子也，我輩當為爾作主人。」張便取酒，先壽史，且歌「雲間貴公子，玉骨秀橫秋」《水調歌》一闋，史甚喜。有頃，酒饌至，史取銀二定酹歌席，終，左右欲徹酒器皆金玉者，史云：「休將去，留待二先生來此受用。」其賞音有如此者。又嘗佐貴人樽俎，姚、閻二公在焉，姚偶言「暮秋時」三字，閻曰：「怡雲，續而歌之。」張應聲作《小婦孩兒》，且歌且續曰：「暮秋時，菊殘猶有傲霜枝，西風了却黄花事。」貴人曰：「且止。」遂不成章，張之才亦敏矣。（同前）

四六　解語花：姓劉氏，尤長於慢詞，廉野、雲招、盧疎齋、趙松雪飲於京城外之萬柳堂，劉左手持荷花，右手舉杯，歌《驟雨打新荷》曲，諸公喜甚，趙即席賦詩云：「萬柳堂前數畝池，平鋪雲錦蓋漣漪。主人自有滄洲趣，遊女仍歌白雪詞。手把荷花來勸酒，步隨芳草去尋詩。誰知咫尺京城外，便有無窮萬里思。」（同前）

四七　珠簾秀：姓朱氏，行第四，雜劇為當今獨步，駕頭、花旦、軟末泥等悉造其妙。胡紫山宣慰嘗以《沉醉東風》曲贈云：「錦織江邊翠竹，絨穿海上明珠。月淡時，風清處，都隔斷落紅塵土。一片閒情任春舒，挂盡朝雲暮雨。」馮海粟待制亦贈以《鷓鴣天》云：「憑倚東風遠映樓，流鶯窺面燕低頭。蝦鬚瘦影纖纖織，龜背香紋細細浮。　紅霧斂，彩雲收，海霞為帶月為鈎。夜來捲盡西山雨，不著人間半點愁。」蓋朱背微僂，馮故以簾鈎寓意。至今後輩以朱娘娘稱之者。（同前）

四八 趙真真、楊玉娥：善唱諸宫調，楊立齋見其謳張五牛、商正叔所編「雙漸小卿怨」，因作《鷓鴣天》、《哨遍》、《耍孩兒煞》以詠之，後曲多不録。今録前曲云：「煙柳風花錦作園，霜芽露葉玉裝船。誰知皓齒纖腰會，衹在輕衫短帽邊。　啼玉靨，咽冰絃，五牛身去更無傳。詞人老筆佳人口，再喚春風在眼前。」（同前）

四九 劉燕歌：善歌舞，齊參議還山東，劉賦《太常引》以餞，云：「故人别我出陽關，無計鎖雕鞍。今古别離難，兀誰畫、蛾眉遠山。　一尊别酒，一聲杜宇，寂寞又春殘。明月小樓閒第，一夜相思泪彈。」至今膾炙人口。（同前）

五〇 小娥秀：姓邳氏，世傳邳三姐是也。善小唱，能謾（當作曼）詞，張子友平章甚加愛賞，中朝名士贈以詩文盈軸焉。（同前）

五一 杜妙隆：金陵佳麗人也，盧疎齋欲見之，行李匆匆，不果所願，因題《踏沙行》於壁云：「雪暗山明，溪深花早，行人馬上詩成了。歸來聞説妙隆歌，金陵郤比蓬萊渺。　寶鏡慵窺，玉容空好，梁塵不動歌聲悄。無人知我此時情，春風一枕松牕曉。」（同前）

五二 宋六嫂：小字同壽。元遺山有贈觱栗工張觜兒詞，即其父也。宋與其夫合樂，妙入神品。蓋宋善謳，其夫能傳其父之藝。滕玉霄待制嘗賦《念奴嬌》以贈，云：「柳顰花困，把人間恩愛，尊前傾盡。何處飛來雙比翼，直是同聲相應。寒玉嘶風，香雲捲雪，一串驪珠引。元郎去後，有誰著意題品？　誰料濁羽清商，繁絃急管，猶自餘風韻。莫是紫鸞天上曲，兩兩玉童相並。白髮梨園，青

衫老傳，試與留連聽。可人何處？滿庭霜月清泠。」（同前）

五三　周人愛：京師旦色，姿藝並佳。其兒婦玉葉兒，元文苑嘗贈以《南吕·一枝花》曲。又有瑶池景，吕總管之妻也。賈島春，蕭子才之妻也。皆一時之拔萃者。王玉帶、馮六六、王榭燕、王庭燕、周獸頭，皆色藝兩絶。又有劉信香，因李侯寵之，名尤著焉。（同前）

五四　秦玉蓮、秦小蓮：善唱諸宫調，藝絶一時，後無繼之者。（同前）

五五　周喜歌：字悦卿。貌不甚揚，而體態温柔。趙松雪書「悦卿」二字，鮮于困學、衛山齋、都廉使公及諸名公皆贈以詞，至今其家寶藏之。（同前）

五六　王玉梅：善唱慢調，雜劇亦精致。身材短小，而聲韻清圓，故鍾繼先有「聲似磬圓，身如磬槌」之誚云。（同前）

五七　張玉蓮：人多呼為張四媽，舊曲其音不傳者，皆能尋腔依詞唱之。絲竹咸精，蒱博盡解，笑談亹亹，文雅彬彬。南北令詞，即席成賦，審音知律，時無比焉。往來其門率富貴公子，積家豐厚，喜延款士夫，復揮金如土，無少暫惜愛。林經歷嘗以側室置之，後再占樂籍。班彦功與之甚狎，班司儒秩滿北上，張作小詞《折桂令》贈之，末句云：「朝夕思君，泪點成班。」亦自可喜。又有一聯云：「側耳聽，門前過馬，和泪看、簾外飛花。」尤為膾炙人口。有女倩嬌、粉兒數人，皆藝殊絶，後以從良散去。余近年見之崑山，年餘六十矣，兩鬢如黧，容色尚潤，風流談謔，不減少年時也。（同前）

五八　李芝儀：維揚名妓也，工小唱，尤善慢詞。王繼學中丞甚愛之，贈以詩序，余記其一聯云：

「善和坊裏，驊騮搆出繡鞍來；錢塘江邊，燕子銜將春色去。」又有《塞鴻秋》四闋，至今歌館尤傳之。喬夢符亦贈以詩詞甚富。女童童，善雜劇，間來松江，後歸維揚；次女多嬌，尤聰慧，今留京口。（同前）

五九　金鶯兒：山東名姝也，美姿色，善談笑，搊箏合唱，鮮有其比。賈伯堅任山東僉憲，一見屬意焉，與之甚昵。後除西臺御史，不能忘情，作《醉高歌》、《紅繡鞋》曲以寄之，曰：「樂心兒，比目連枝。肯意兒，新婚燕爾。畫船開，抛閃的人，獨自遥望，關西店兒。黄河水，流不盡心事。中條山，隔不斷相思。常記得，夜深沉，人静悄自來時。來時節，三兩句話，去時節，一篇詩，記在人心窩兒裏，直到死。」由是臺端知之，被劾而去，至今山東以為美談。（同前）

六〇　一分兒：姓王氏，京師角妓也。歌舞絶倫，聰慧無比。一日，丁指揮會才人劉士昌、程繼善等於江鄉園小飲，王氏佐樽，時有小姬歌《菊花會》南吕曲云：「紅葉落，火龍褪甲。青松枯，怪蟒張牙。」丁曰：「此《沉醉東風》首句也，王氏可足成之。」王應聲曰：「紅葉落，火龍褪甲。青松枯，怪蟒張牙。可詠題，堪描畫，喜觥籌，席上交雜。荅剌蘇，頻斟入，禮厮麻。不醉呵，休扶上馬。」一座歎賞，由是聲價愈重焉。（同前）

六一　般般醜：姓馬，字素卿，善詞翰，達音律，馳名江湘間。時有劉廷信者，南臺御史劉廷翰之族弟，俗呼曰黑劉五，落魄不羈，工於笑談，天性聰慧，至於詞章，信口成句，而街市俚近之談，變用新奇，能道人所不能道者。與馬氏各相聞而未識，一日，相遇於道，偕行者曰：「二人請相見。」曰：「此劉五舍也，此即馬般般醜也。」見畢，劉熟視之，曰：「名不虛得。」馬氏含笑而去。自是往來甚密，所賦樂章極多，至今為人傳誦。（同前）

六二　劉婆惜：樂人李四之妻也。江右與楊春秀同時，頗通文墨，滑稽歌舞，迥出其流，時貴多重之。先與撫州常推官之子三舍者交好，苦其夫間阻。一日，偕宵遁，事覺，決杖。劉負愧，將之廣海居焉。道經贛州，時有全普庵撥里，字子仁，由禮部尚書，值天下多故，選用除贛州監郡。平昔守官清廉，文章政事，敭歷臺省。但未免躭於花酒，每日公餘，即與士夫酣歌賦詩，帽上常喜簪花，否則或果或葉，亦簪一枝。一日，劉之廣海，過贛，謁全公，全曰：「刑餘之婦，無足與也。」劉謂閽者曰：「妾欲之廣海，誓不復還。久聞尚書清譽，獲一見而逝，死無憾也。」全哀其志，而與進焉。時賓朋滿座，全帽上簪青梅一枝，行酒，全口占《清江引》曲云「青青子兒枝上結」，令賓朋續之，衆未有對者，劉斂衽進首曰：「能容妾一辭乎？」全曰：「可。」劉應聲曰：「青青子兒枝上結，引惹人攀折。其中全子仁，就裏滋味別，只為你酸，留意兒，難棄舍。」全大稱賞，由是顧寵無間，納為側室。後兵興，全死節，劉克守婦道，善終於家。（同前）

六三　孔千金：善撥阮，能慢詞，獨步於時。其兒婦王心奇善花旦，雜劇尤妙。（同前）

六四　李定奴：歌喉宛轉，善雜劇，勾闌中曾唱《八聲甘州》，喝采八聲。其夫帽兒王，雜劇亦妙，凡妓以墨點破其面者為花旦。（同前）

亢思謙詞話

亢思謙（一五一五—一五八〇），字子益，號水陽，臨汾（今山西）人。嘉靖甲午舉鄉試第一，丁未成進士，選翰林庶吉士，授編修。督河南學政，擢右參政，分守洛陽。擢陝西按察使、山東右布政使，遷四川左布政。所著有《玉堂集》、《中州巖耕集》、《慎修堂集》。此據《四庫未收書輯刊》影印明萬曆詹思虞刻本《慎修堂集》録詞話三則。

一

《賀郡侯張前溪薦留幛詞》有引：三載奏功，循吏答勤民之寄；一封薦士，臺臣攄為國之忠。留北上之旌旄，慰西方之繫戀。神人胥慶，遐邇奇逢。恭惟門下：德性昭融，道心淵静。賢其秀矣，文華擅班馬之場；明且哲兮，才美入周公之域。蜚聲弱冠，麟鳳呈上國之祥；奮迹清朝，騏驥騁康莊之野。廬江初試，而化溥祥刑；民部再遷，而操嚴苦節。分司薊北，四方仰出納之公；剖竹河東，萬姓沐清明之政。寬逋省費，而里閈咸蘇；弭盜防姦，而疆場寧宇。慈祥敷政，野成乳雉之風；冰蘗飭躬，梁著懸魚之蹟。片言可以折獄，一介不取諸人。執一實以御百，虛明無不燭；審五辭以聽兩，造民自不寃。理善烹鮮，而匹夫被澤；政釐張急，而庶績其凝。名上逮于九重，黎民怙恃；課奏成于三歲，旌旆戒途。一郡若狂，欲遂挽攸之願；衆心似渴，曷勝借寇之思。迺台臣察衆庶之公情，爰表薦成扳留之至計。同舟共濟，效忠赤于虞廷；一札十行，下絲綸于晉鄙。古今盛典，上下交孚。鼓萬彙以同風，囿羣生於冬日。欣欣相告，樂得小人之依；蕩蕩難名，永蒙君子之澤。某恭逢嘉會，曷罄揄揚。留一路之福星，已見羣心之愛戴；作千間之廣廈，尚回天下之歡顔。僭綴俚言，少伸祝頌。詞曰：「明公敷績彤庭去，蒼生借寇愁無助。戀朱輪，攀隼輿，忽天使留行抗疏。恩詔來宸御，循吏仍裨黎庶。四境懽傳喜語，億載垂嘉譽。」右調《應天長》。（《慎修堂集》卷十四）

二　《賀少冢宰張臨溪應召還朝幛詞》有引：紫泥特簡，撫綏功懋於中州；丹詔頻頒，掄選恩隆於北闕。竭賢勞而匪懈，時踰三秋；荷天眷之洊隆，寵承再命。文昌聽履，班先八座之崇；銓選持衡，任貳六卿之長。大人有造，善類交懽。聖主得賢，輿情胥暢。恭惟門下：道覺民先，智周物表。秉忠貞而報國，以文武而憲邦。瑣闥抗章，風采想聞於天下；省臺宣績，經綸素定於胸中。晉司憲紀於嚴廊，出布王章於河洛。精神鼓舞，遂易俗以移風；經濟昭宣，悉庇民而尊主。賞刑並設，罪功舉協乎勸懲；職業交修，名實莫眩乎綜覈。誕敷國澤，民安畎畝之居；肅振臺綱，吏凛冰淵之畏。頑冥屏息，疆宇戢寧。令出而衆志悉孚，法行而人心允服。雖玄機默運，如大造以難名；而嘉績外彰，有成功之可見。勳華上徹，宜五位之深知；寵渥駢加，豈羣工之易及。僉言久屬，渙號用頒。甫擢貳卿，理佣成於南國；旋躋首部，鑒流品於中朝。蓋冢司表率乎六曹，而銓部綱維乎萬化。聿求碩輔，俾秉洪鈞。辨論材賢，用升沉乎百職；延招俊乂，爰左右乎九重。寔惟一德格于皇天，是以重巽中乎帝命。植表儀於海宇，多士改觀；懸冰鏡於朝端，百生交慶。明良志合，光簡册於古前；忠信道亨，樹風聲於來祀。某叨塵屬秩，獲奉章程。巖右維新，方交馳乎頌祝；斗山望久，寔自幸乎依歸。願調商鼎之和，用普周行之慶。有懷雀躍，敬效蟲鳴。詞曰：「梁園時雨歇，正日轉棠陰，風生林樾。六合應清，萑葦息、一望桑麻色浡。報造東君，御祥飈、入扶日月。岳横雲，河流聲切，共願緩征車發。從前試數經綸，憶青瑣封章，江湖節鉞。狂瀾一筆，畏途九坂，臣勞祇竭。銓衡寄重，照汗簡、丹心華髮。願于今、圖上雲臺，功施天闕。」右調《玉燭新》（同前）

三《壽憲伯蹇文塘幛詞》有引：鴻鼇申錫，耆英啓壽節之祥；燕賀承懽，喆嗣展春和之慶。堅一心而報主，世篤忠貞；聚百順以娱親，家傳孝友。繼河汾之遺愛，羣黎疊詠乎甘棠；育潁汴以庭規，品彙庇陰于喬木。夫箕疇福五率，由一德之孚；而君子樂三首，重二親之順。自昔罕膺之盛美，乃今兼得於仁賢。恭惟門下：「道心鎮定，德性冲和。卓識與幾展也，萬夫之望；高摽特立偉然，一代之英。登庸早典乎戎機，明試久深乎國體。孤忠自許，期弘安攘之訏謨；直道而行，未究恢隆之大業。廻翔外服，淹抑午衢。隨地殫勞，愈勵匪躬之節；安貞履順，弘敷濟物之仁。恢恢理解乎艱繁，傳無滯節；亹亹撫摩乎疲瘠，民有頌聲。循良章焯於東方，譽命簡知于宸極。猗歟令子，並際明時。庭訓淵源，用經術潤飭吏事；嘉謀繼序，竭股肱服勞王家。龍節同持，風望冠一時之美；隼輿並駕，澄清净萬頃之波。世方期大作，以罄壯猷；公獨志卷懷，而明嘉遯。寧久躭乎組綬，遂致役乎形神。身未老而得閒，翔羽儀于雲路。心無營而自樂，植楷則於寰區。時屆仲陽，忻承初慶。融風方動乎江蒲，瑞色先浮乎苑柳。舉觴燕喜，今擬綽約之仙真；射矢兆祥，夙孕中和之正氣。月殷既望，天作佳辰。九十日而為春，淑景履舒長之半；億萬年而獻壽，對時綏禔福之全。宜伉儷以同榮，雝雝偕老；詒子孫以逢吉，濟濟呈奇。琥珀盃浮，同祝方增之筭；綵斑衣試，胥承滋至之庥。繁花迎遲日以舒妍，瑞鳥協懽聲而送曲。允嘉祥之駢集，寔作善之感通。昔魯國德明，爰賦者艾熾昌之頌；而益州化洽，是興和平宣布之歌。蓋仁恩世及於旄倪，廼誦讃聲騰於士庶。某河潤夙沾，每切依歸於南斗；冬暄茲被，愈深愛戴於中天。莫陪真率之英遊，心飛洛社；歆豔耆年之妙繪，目極睢圖。幸依德宇以帡幪，恍若光儀而諦奉。敬摛俚語，馳賀遐齡。詞曰：「春中候時，和景轉方長。惠風輕、鶯穿芳樹，呢喃燕語雕梁。喜華堂，玳簪珠履，慶仙翁、嘉誕迎祥。花甲纔過，精神龍馬，更羨齊眉有孟光。同清宴、兕觥胥上。遶膝盡珪璋，堯封內、四民遥祝，萬壽無疆。　羨盛年，仁聲憲績，卷懷都付仙郎。向鳳山、旋栽修竹，傍渝溪、小鑿方塘。時止幽人，頻來騷客，鷺聚鷗浮機共忘。　樂一川佳景，歲寒盟結永徜徉。還應光、恩來北闕，鸞誥輝煌。」右調《南山壽》（同前）

孫樓詞話

孫樓（一五一五—一五八三），字子虛，號百川，常熟（今江蘇）人。嘉靖丙午舉人，選湖州推官，乞歸，杜門校訂藏書萬卷。工古文詞，乞文者滿户，有《麗詞百韻》、《百川集》。此據《四庫全書存目叢書》影印明萬曆四十八年華滋蕃刻本《刻孫百川先生文集》録詞話五則。

一

《壽邑侯黄似磵先生悵詞》有序：蓋聞觀天之能者，專直殊其施；觀地之能者，翕闢異其軌。觀人之能者，體用協其妙。猗歟我人，成能天地。是故入而狥道，以尚其志；出而成務，以勤其官。九德咸備，上招之質萃焉；庶績惟熙，大同之治興焉。非天下之通儒，其孰能與於此？於維我似磵公黄父母老先生：八閩毓其秀，九曲孕其半。學承家範，書破五車；才擒國華，詞流三峽。方其研硃閉户，濡墨臨池。掇芳英於筌蹄，辨淳灕於糟粕。可使江都避席，河汾撤帷。斵輪之神解，舞劍之渾脱，胡以加焉繼焉。學優則仕，論定而宫。太白萬言，謝荷衣於綺里；仲舒三策，通桂籍於壛廊。稟金馬之鉅寸，屈銅龜而小試。於是拜專城，宰一方，攬右轡，擁前幢。伏櫪皐兮行人駃騠，棲枳棘兮鳴岡鳳鸞。琬才用違於百里，信長益善於多將。吾邑何幸，乃辱我公。夫常熟，吴之北户也，襟帶江海，則封守攸先。鄒魯東南，則文獻有在。錢穀歲百萬，訟獄日十千。加之以寇攘，目之以凶札。自非量能含垢，仁足宣化。才堪剸劇，操可範俗者，夫豈能調高瑟而不膠其柱，理亂繩而不棼其絲哉？我公之戾止也，利器甫施，樹無錯節。首刃所向，眼罕全牛。澤侔春露，潔並冬冰。荆玉不足喻其温，南金未足方其礪。朱書墨字，無間暑寒。戴星櫛風，罔息朝夕。民曰父母，咸興孔邇之歡；吏畏神明，遐躡不欺之治。寓撫字於催科，豈催科之無善？政假力役而救荒，胡救荒之無奇策？省刑則輕於蒲鞭，發奸則察於鈎距。乃積乃倉，國儲鮮慢藏之警；我彊我理，隣田解交争之紛。全吴賴以保障，他郡為之質成。以故門無謁賔，獄無滯囚，廨無猾胥，市無酗夫，田無碩鼠，野無吠尨，較厥治狀，可以四江東之三岑，五潁川之四長矣。于是碑在行人之口，聲在監司之耳。簡書以暢之，禮弊以旌之。萬户助春，四境生色。昔大夫即墨來譽三秋，晏子東阿受褒再試，較今於古，有過無不及焉。某竊惟脩己及物，其道一獲，上治民，其機神。我公幼而佔畢，匪章句爾也，以脩其有用之學。壯而視篆，匪薄書爾也，以出其有體之施。由本達枝，緣聲驗實。觀天地之能者，觀于公益徵矣。乃八月念有四日，為公懸弧之辰。夫以庇民之大德，乃屬少年之神君。凡我邑子，喜色相告，舉手加額，雖飲食而必祝。崩角稽首，爰承筐之。是將某等雖隸名于成均，時領誨於末座，何當默默，負此欣欣。於是樅箕範之福五，彙堯封之祝三，播之聲律，用代謳歌云爾，其詞曰：「宮桂飄香，井梧搖翠，一雙白鶴翩翩。朱衣白面，忽覩玉堂仙。本是黑頭卿相，吳民幸、暫借三年。尤堪羡，御屏名姓，已列舜瞳前。　四郊逢化日，夜無刁斗，晝有歌絃。況堂中人健，庭下兒賢。休論潘花陶柳，從頭數、宦績誰先。還須慮徵書促駕，飛舄五雲天。」（《刻孫百川先生文集》卷五）

二《跋楚館陽秋》：青樓曲多矣，悉花月妖敉，雨雲褻態，誨淫教偷，雖妍亦俚，好而知惡，百未一覩，信矣！尤物之溺人也。秋雨浹旬，門無小車採醉睡而下五十品目條申一詞，雖謔近於虐，亦所不諱，庶不襲騷人剩語，且附綴淫之義云爾。世有饕駝峰而嗜羊棗者，觀此當一捧腹也。登徒子題昔，陶元亮賦《閒情》，極閨房之褻而不害為孤節，宋廣平賦梅花，單婉娩之態而無傷於相動。故《玉臺》有詠，《香奩》有集，莫不膾炙於粉黛，好賞之士感有取焉。或曰豔歌麗詞，狎侮鄙瑣，取忌道家，當墮苦海，信斯言也。則鐵邃（當作篴）道人應入拔舌之獄，尚滯黑齒之邦矣。楊也渠首，予也脇從，議壁者猶或有差，而況染色外之色、言空中之言？滑稽為戲，又藝文之支流歟？即渡苦海，必攬慈航，駛登彼岸無惑也。予禱已久，安事懺悔？景子夏五又書。（同前）

三《跋〈戚氏·次韻柳耆卿秋夜韻〉和〈解連環·次周美成閨情韻〉》：戊午春，余意忽有所失。剔燈納悶，無以自解。檢詩餘，惟《戚氏》最稱長調，可以寓怨。而其名又類女郎，即揮毫賡之，抑鬱無聊情見乎詞。每悲歌擊節，涕輒無從。語云：「情之所鍾，正在我輩。」百年之内，所歡幾何？能無眷眷？不然，余亦雅知自束，而心豈易蕩若此？然發情止義，古之婦人亦能之，況予為丈夫者耶？復調《解連環》以志恨云。（同前書卷十二）

四《跋〈念奴嬌〉用東坡赤壁懷古韻》：《念奴嬌》，一名《百字令》，詞剛百字也。又名《大江東去》，又名《酹江月》，又名《赤壁詞》，則以坡老「赤壁懷古」首尾兩言得名。詞人賦此調者多矣，而坡老一章獨冠今古，後人屬而和者不少。余戊辰歲留滯燕都，旅愁間作，輒寄興一闋，共得八首，不使棄之，漫録備覽，情至當，後賡之，不知此後又積若干也。（同前）

五《跋閨序四詞〈蝶戀花〉次韻》：古之騷人覊客，率寫言於思婦，以洩其抑鬱，而十三國之風亦多取而不删，詎非以王事私情有不容偏廢者歟？閨序四詞，吾邑自海山豸史倡之，而嗣響滿家。變湖繆君終之，復彙為集。今披其詞，哀矣而不怨，思矣而不蕩，發情止義之教猶有存者，抑且絶脂飴之態，去粉澤之義，殆軼乎宮體之上矣，知音之士必有賞焉。（同前）

潘之恒著輯詞話

潘之恒，字景昇，歙縣（今安徽）人，僑寓金陵（今江蘇南京）。太學生，嘉靖間官中書舍人。所著有《蒹葭館集》、《冶城集》、《黍谷集》、《涉江草》、《東游集》、《金昌集》，總名曰《鸞嘯集》。又編有《黄海》、《亘史抄》、《名山注》、《涉江詩選》、《新安山水志》、《葉子譜》等。《亘史抄》，《明史·藝文志》、《千頃堂書目》作九十一卷，今存本有過百卷者。分内紀内篇、外紀外篇、雜紀雜篇。内紀内篇載忠孝節義、懿行名言之行，外紀外篇載豪傑奇偉、技術艷異、山川名勝之事，雜記雜篇載草木鳥獸、鬼怪瑣屑、恢諧隱僻之類，用列紀以類其事，篇以類其言。此據《四庫全書存目叢書》影印明刻本《亘史抄》録詞話十八則。

一《黛玉軒記》：張孟奇，惠州人。壬午舉春秋第一。善詞賦，尤善音律。每慨大雅不作久矣，東莞有登氏，以鼓琴鳴，然非寶琴不彈，嘗曰：「音生於指，器以發音，吾憾無其質爾。昭文之緒，何以終焉？」張故畜寶琴一，登撫之聲協，鸞鳳和鳴，歸謂其女曰：「汝慧性殊甚，誠淂聓如張郎以寶琴左右汝，吾技不患不傳，惜也齊大非吾偶矣。」女聞，夕不能寐，思見寶琴而無繇。媒適求聘，父曰：「吾為覓知音者而偃蹇。」其人私諸女，女謬曰：「吾父無他擇，惟囊寶琴者當之。」一日，媒造張館，咲述其事，張躍然曰：「豈在我耶？」遽出琴示媒，媒携之往。女見曰：「是真寶琴也，吾父有言，盍令來聘？」明日，張陳六禮於庭，張氏大詫曰：「是惡乎來？」媒曰：「昨納琴矣，今胡讓焉？」其父不省，以琴為禽，大噪，而訟於郡，郡公鞠媒，媒以實對，問：「琴安在？」「固在女室也。」父恚曰：「是安得以琴挑吾女而行私耶？」女質公庭，曰：「固無私也。父向語兒字寶琴者，故見寶琴暱之，何私張郎？」郡公曰：「此天合也。」遂令厚聘，三百其儀，復構黛玉軒居之。登氏亦媵以一琴，兩美始合，號曰霎成。是歲為丁酉，女年十八矣。其冬，張計偕，挾之北，乃習燕媪，衍《北雅》，克諧。無何，張選中秘，七月，請告省太夫人，還嶺南，仍居黛玉軒。而霎成以譜《北雅》成瘵。壬寅，張為母乞恩，還之，霎成扶疾從，至五羊城而卒，於是人琴俱亡，而《北雅》將淪喪矣。張至武林，乃序《北雅》行之，以志悼，其辭宛而哀，並載於後。序曰：「此涵虛子之《太和正音譜》也，名《北雅》，何曲則非雅？曲而文，且絃而歌之，中宮商焉，雖曲亦雅也。言北，以別南也。梓之何？寄悼也。何悼？爾軒之主人有侍兒焉，工鼓琴，而尤精於琵琶。生長深閨，僅從其父學，不能度曲，然井臼多暇，刺繡時慵，輒卿主人而前之，瑶琴文袱，長對衾裯，更喜搊彈，輒親曲項。石季倫之《陌上桑》，段善本之《楓香調》，偶一輪指，便令人作天人想。故或花前酣起，月下眠遲。又或坐擁氍毹，對燒榾柮。柔情綽態，婉爾清揚。於是薰籠斜倚，翠黛微低，呼彼檀槽，嬲兹藕臂。纖玉忽其若飄，璚軸促而頻轉，至其釧聲欲歇，一劃當心，餘羞掩以沾嬌，横波瞬而送憾，則兒女之態，此最堪憐，丈夫之情於焉。轉劇自咲，主人殊慙。白傅不能以眉邊螺子，飽吮彩毫，為重蓮一拈出耳。歲丁酉，主人携之燕中，燕中故多搊彈家，而主人落魄，苦於毾㲪。少年嗜欲，一旦都盡，惟於音樂故未能遣。時隣媪琵琶有能度曲，為諸王侯屏後師者，兒咲謂主人，兒父故辨此，獨以閨秀不宜作囀春鶯，遂舍不學。第古人房中之樂，歌絃並奏二南，亦以娱君子。君嘗言，絲不如竹，竹不如肉，試一習之乎？乃進媪隣，第本領既襍，兼帶邪聲，所歌之詞又多俚語，主人厭之，因博求諸古名家樂府小令，始得《太和正音譜》，畀隣媪習之，以授兒。兒故通翰墨，颎悟絶倫，一聞媪歌，輒能不煩數豆，無待繫脂，按譜求調，按調求絃，調不中譜，則有易音無易調，譜不中絃，則寧改絃無改譜。媪既明腔，兒尤識譜，四手如一，兩聲復諧。既鮮戾絃，亦微澁嗓。凡兩隃月，一聲不失。而是書之落者，綴誤者刊，即周郎復生，無煩顧矣。間或桃花扇動，竹葉尊開，巾扈欝金，齲呈皎雪，抗墜掩抑，頂疊闗轉，譬之香雲捲雪，寒玉嘶風，能使字中有聲，而聲中又能無字，纔一舉袂，便欲銷魂。蓋媪能以歌為兒師，兒能以絃而為師匠。譚歸不返，青技已窮，杜紗隆之粱塵不動，宋同壽之驪珠一串。自謂過之，乃復嫣然。請授剞劂，令後世賞音亦知黛玉軒有副校書者，非獨以色事人，不亦快乎？主人時方通籍，乃令兒典筆扎，無何，輒引疾歸，而兒亦且病矣。壬寅春，主人病間，移家還燕中，兒强輿病就道，甫至五羊，兒遂不起。傷哉！芳奩之餘粉尚棲，薰罏之舊烟頃滅。鵑勆脆折，鳳首摧殘。是書也，脂粉汙餘，忍飽青箱之蠹；槧鉛遺蹟，須歸彤管之林。禁兒手訂，乃一抄本。末簡所載《般涉調》者，故忘七章。及抵武林，得馮太史開之、徐司理茂吴兩先生者，故解音律，尤富縹緗，轉相參訂，以瞑兒目。嗟夫！才為妬物，情易損年。七尺男兒，尤不能免，兒之早隕，亦復何悲？獨惜同車携手，眼底蕭蕭，廻面覆床，耳邊歷歷。紫鳳之膠莫續，絳幕之術難尋。嗟薄命之紅顏，留空林之青塚。遺編雖抱，舊憾長緘，無益癡情，惟添話炳而已。」馮開之曰：「北詞大都出金元名筆，以聲調為主，而詞副之。本朝王渼陂初作北詞，舉似善唱者，曰：『詞則佳矣，謂音律何？』於是渼陂習唱三年，始以填詞顯。而一女子饒為之，不數月，而手與器相習，其頴慧過人，宜孟奇之鍾情也。雖然，佳人才子，遇合固難，保終尤難，非夭折於生前，則流落於身後。每讀『黄金散盡』、『春盡絮飛』句，尤可酸鼻。孟奇於此姬人者，豈可謂不幸哉！（《亘史抄》「外紀」卷四）

二　《七姬墓志弔詞》：張羽《權厝志》云：七姬皆良家，予事江浙行省左丞，滎陽潘公皆為側室，性皆柔慧，姿容皆端麗修潔，善女紅，剪製衣繡，經手皆精巧絶倫。事其主及夫人，皆能以禮，其群居，和而有序，皆不為怙寵忮美之行。公每聞閭閻間婦女能以節槩自立者，歸必為語其事，皆應曰：「彼亦人為耳。」公笑曰：「若果能耶？」及外難興，敵抵城，公日臨戰，一旦歸，召七姬謂曰：「我受國重寄，義不顧家，脱有不宿，誠若等宜自引决，毋為人耻也。」一姬跪而前曰：「主君遇妾厚，妾終無二心，請及君時死以報，毋令君疑也。」遂趨入室，以其帨自經，死於户，六人者亦皆相繼經死。公聞之，曰：「嘻！若遽死耶？」實至正丁未七月五日也。以世難弗克葬，乃斂其屍，焚之，以遺骸瘞於後圃，合為一冢。公還，顧其封，且泣曰：「是非若所安也，行營高敞地而遷焉。」時以日薄，故未暇為志。及踰月，始狀其事，屬羽將勒石，追瘞於冢側。嘗觀古之史氏所載，貞姬烈婦，能識節義，決死生而不顧者，恒曠世而一見。今乃於一家一日而得七人焉，吁！不奇矣哉！乃列其姓氏於石，而系之以銘：程氏，蜀郡人，年三十，生女一人，生奴。翟氏，廣陵人，年二十三。徐氏，黄岡人，年二十，生女一人，不惜。羅氏，濮州人；卞氏，海陵人，年俱齊。翟氏、彭氏，與卞氏同郡，年與徐氏同。段氏，大寧人，年十八，其先死者也。公名元紹，字仲昭，實宋魏王廷美之裔，其先以避禍易今姓。末復云銘曰：「生也同其天，死也同其時，而瘞又同。其封壤，樹蕭條，匪子之宫，尚卜高原，以求無窮。」楊用修《跋七姬帖》云：國朝真行書當以宋克為第一，所書《七姬帖》文，其冠絶也。然其事則可疑，七姬之死，蓋出於潘之逼之，謂不幸則可，非狥節也。平居則擾雜子女而漁聚之，一旦有變，恐樂他人之少年，而雉經之，潘之惡甚矣。宋克書，人多珍之，故其帖盛傳，適以播潘惡耳。元末士風類如此，上下荒淫，載胥及溺欲，不亡，得乎？余舊料其情若此，近觀高季迪弔七姬詞云：「倩嫦娥，呼天試問如何。向人間、生成尤物，等閒又把消磨。揉群花、亂飄塵土，毀聯璧、碎擲煙波。漫説無雙，傾城曾數，八人少箇六人多。一般樣，細腰裊裊，高髻峩峩。柰干戈、筵上艷曲，翻做帳中歌。忍教受、項纏素帛，渾忘記、臂結紅羅。翠被都閑，玉鈿盡落，魂遊應去馬嵬坡。誰能發、香囊解

看，怕肉尚温和。堪腸斷，空樓月落，廢院春過。」其事情信無疑矣。吁！可憐哉！（同前）

三　亘史云：傳稱子真者，即祝給諫所表閭高隱君湛也。少從王仲房山人，稱詩，旁及詞曲，皆得三昧，而絶句、樂府尤擅場。在金陵，交王曼容、郝大姝，有憐才聲。栁孫楚酒樓，莫愁湖上復前賢遺蹟。生平慷慨任俠，多類此。即不負周姬於病餘，其篤誼可想見矣！託興莫愁，而鍾情周氏，骯髒寥落之懷亦少表露，以洩其憤懣，諸詩已梓集中者，不録。録樂府二闋，風流餘韻，酷似仲房，維其有之故也。若莊元達之《琵琶行》，則有關於世道，豈游閒公子取適意於章句可擬哉？（同前書「外紀」卷八《周姬傳》）

四　宋時司馬槱才仲，初在洛下，晝寢，夢一美姝牽帷而歌曰：「妾本錢塘江上住，花落花開，不管流年度。燕子啣將春色去，紗窗幾陣黄梅雨。」才仲愛其詞，因詢曲名，云是《黄金縷》。後五年，才仲以蘇子瞻薦，應制舉中等，遂為錢塘幙官。為秦少章道其事，少章為續其後詞云：「斜插犀梳雲半吐，檀板輕敲，唱徹《黄金縷》。歌斷彩雲無覔處，夢回明月生南浦。」頃之，復夢美姝笑迎曰：「夙願諧矣。」遂與同寢，自是每夕必來，才仲為同寀譚之，咸曰：「公廨後有蘇小小墓，得無妖乎？」不逾年，而才仲得疾，所乘遊舫艤泊河塘，柁工遽見才仲携一麗人登舟，即前喏之，聲斷，火起舟尾，倉忙走報其衙，則才仲死，而家人已慟哭矣。（同前書「外紀」卷十一「蘇小小」）

五　《婁可傳》：婁可，金陵婁百户女也。年七歲，受游氏宕子聘，待年媵侍，携之嘉善。以囊金羞澀，没於樂籍，在劉家成，人稱劉可。身頎然而長，啟脣流盼，舉止合度，于毛詩、唐韻語、宋元詞曲，俱能成誦，遺響泠泠，娱耳蕩魄。客多溺之，為劉家屢致千金，聲大噪。可自念足以報劉，私擇壻，為脱身計。初與估客謀請嫁，不許；又與某孝廉善，請嫁，復不許。可歎曰：「癡嫗可，豪行；不可，以好結矣。」因與豪士計，馮大力而歸之薛生。居一年，不安其室。武林馬媪素有聲華，屬豪士，為蹇脩而出之。可語豪士：「人下難久居，吾藉膚寸雲以飛騰，涓滴水以變化，孰能維縶我哉？」歙之程長君挾雋姿美，遨遊，能為鍾情事。一見可，意得，為治千金奩儀，貯以金屋，謂可絶代人，非我匹也。每對之氣懾，可易而驕之，當應留都試，與可期畢試，相聚武林。偶他事促歸槐里，爽前約，可大愠，以為棄已，召金陵父母來，盡收其裝以去。程之朋侣相視，莫能禁，請父母留離詞，可曰：「求去者，我也，安足為父母累？」援筆題數百言，忼慷登舟行，遂滅其跡。亘史曰：劉氏半生游俠，卒從父母而歸之，正彼其負程君者，直為野合者耳。士懷宴安鴆毒，而不能自奮者，姬且醜之矣。程君，字孟博，吾黨俠士，故能縱而不問，此豈可與世俗淺近者論哉？（同前書「外紀」卷十二）

六 《張文傳》：張文，字增波，雲間人。年十五，同姊氏美若沅，游西子湖上，其神情湛若秋水，人以秋水呼之。鸞生棹經桂舟，日停午，有歌聲漂碧而度者，節以園檀，疏之淮革，余詫曰：「此非鬱金之韻也，胡為乎在桂舟耶？」雲將從鷁首招余觀之，則三張之粲者。方演《拜月》，惟文恣其尤，令舟中不波而蕩具區，公咲曰：「此足豔桑間濮上，而以張之洞庭，幾浣吾耳。」亟屏之，促鬱金軿，至頗怪。水容澄澹，羃歷桂舟者，經旬則為文神光所攝也。雲將云：「吾見豔姬多矣，未有得之若驚而失之若驚者。」遂易其字曰驚波。詰旦，張序甫邀集蘼蕪棚下，凡三日而不能去。其髮澤而光卷，若有餘也。其體若蘭蕙之遠襲而含苞也，其身輕揚欲飛而裾乘風不可留也，其情若有屬而未親凛乎，自防而不可狎也。謂西湖止水耳，不堪濯余襟之浪浪。聞新安江水清淺，盍泝而游之？直窮漸水源，不遇一人而還。還雲間，就泖谷，居窅然自隘，鄰之姚生邦憲，曠朗士也，載之汎震澤，而後羈紲之若釋，緼結之若舒，奮迅之若戢也。歸而病，浹辰枕姚生臂，靡于懷，若委蜕焉。骨柔頰暈，神氣揚揚，異香經歲不歇。姚生施帷宴寢，與之為冥遨，結蓮花庵以妥其魂。踰十年而情未倦，鸞生曰：「吾始見之湖上，隨波乘氣，若頡若頏，若滅若没，以為水仙之逸流耳。及其神光恍惚，幻現無常，殆龍女之弄珠游乎，仙音縹緲，侔于鈞天，可以吁雲，可以吸海耳。食者律之以肉，彼且嵗之，而可埒於鄭衛間哉！」張懋儀贈增波詩云：「湖邊三月花如雨，樓外雙飛鶴似雲。張緒風流隄上柳，與君那得不平分。」張序甫作《紀事》遺鸞生云：張增波為雲間名姬，年十五，偕姊輩來遊武陵，僑居西湖之曲。時余觴諸友于西泠，見群姝擁一騎至，則姬也。姬丰神都雅，濯濯如春月柽枝，摩其隔袖籠韝、和裾踏鐙之態，雖明君無羡矣。余同諸友訪之，見姬咲語香生，委宛間若有所屬，即其姊，亦殊色乎。視之黯然，已從馮、柴諸君演劇終夜，而姬不加拂拭，顔色皎然，曉窗曙色映之，愈見春姿曄曄也。馮太史品之曰：天真未琢，意態自如然矣。余嘗與姬飲舟中，風雨陡至，隄上水深尺許。余負姬數十武，姬不欲勞余，因自躡泥中，羅襦沾沫勿恤。已歸，而剪燭對談，不勝燕婉，乃謂余曰：「我生不辰，每欲一當知己為快，豈曰溺金夫鬪顔色也哉？雲間增波終當為情死耳！」余深領其言，嗣是，姬一日不晤，余則忽忽若失，而余亦以一晷為千秋一夕，姬拭泪向余曰：「兒夜來口占一詞，當為君歌之。」余曰：「善。」因歌云：「門掩梨花院，風折蘭芽淺。帳冷流螢度，人去鶯期遠。舊恨新愁，怕見雙雙燕。芳心不逐飛蓬轉，想到乍會旋離，泪添幾綫。天天，姤這姻緣。漫自把、絳蠟高燒，與君驪歌唱一遍。」歌罷，氣塞，不能出一語。余叩之急，始知渠嫗有去浙之意。余為欷歔久之，答歌一闋云：「月暗啼鵑怨，風掠楊花捲。渡口舟師急，樓上佳人戀。酒滿金卮，和泪深深勸。鴛鴦應咲歡情短，還怕他日津迷，無由再見。天天，盼殺這刀環。儂便把、萬斛離愁，都付雕梁雙語燕。」因問姬云：「卿今何之？」姬云：「當往新安，旋走吴江，兒歸松之日期，在隴梅破玉時耳。」語未竟，而家僮報余母病，錯愕而歸。即姬束裝時，曾不得執袂以送，而姬亦懼嫗之苛，不能延片晷以面，不侫嗟嗟腸斷，臨風幾不知有人世矣。時有知已往餞帷，以三指按脅間，曰：「為我致意此君，毋令兒身化石，幸甚。」不旬日，余值老母之變，倉皇不能通訊問。入秋，詢之，友人知姬自徽下吴江，余始走價申款，而得姬答言，則其望余之情若旱魃之企甘澍也。余因買舟北下，直抵姬室中，惟見銀鈎小字，題一聯于壁云：「武陵花落隨流水，前度漁郎來不來。」翰墨尚新，而人已他適。詢其姊，則曰：「文郎去時，實題此以憶君，顧兒輩云三郎來時，當令觀之。」問姬所歸，則孝廉姚邦憲也。姚為余内兄，亟往謁之，而姬已抱痾，未能一見。余方咄咄還武陵，而姬訃至矣。噫嘻！姬之去杭也，余視於離城之頃，而姬之適姚也，余探於染病之時，何豐于情而慳于遇，腸安得不斷？故姬能鍾情於余，而余不能以死報，非姬之負余，而余實負姬也。懸筆抒情，潸然泪落。（同前書「外紀」卷十四）

七 金鶯兒：金鶯兒，山東名姝也。美姿色，善談笑，搊箏合唱，鮮有其比。賈伯堅任山東僉憲，一見屬意焉，與之昵。其後除西臺御史，不能忘情，作《醉高歌》、《紅綉鞋》曲以寄之，曰：「樂心兒比目連枝，肯意兒新婚燕爾。畫船開，抛閃的人獨自遥望關西店兒，黄河水流不盡心事，中條山隔不斷相思。常記得夜深沉人静。悄自來時，來時節三兩句話，去時節一篇詩記在人心窩兒裏，直到死。」由是臺端知之，被劾而去，至今山東以為美談。（同前）

八　皇風：漢高祖《大風》一歌，帝王之盛槩也。武帝《秋風》一詞，詞人之高標也。若唐太宗、明皇、文宗等，皆以帝王兼詩人之致。我朝如太祖皇帝，真漢高祖之流乎？觀其《詠菊》曰：「百花發，我未發，我若發，都駭殺。要與西風戰一場，遍身披着黄金甲。」《詠雪竹》曰：「雪壓竹枝低，雖低不着泥。一朝紅日出，依舊與天齊。」凡若此類，所謂帝王之樂，不可强侔。宣廟之詩絶似漢武篇章，頗多，不能具述，即如《餞學士黄淮古風》有云：「十載相違不相見，霜髩蕭蕭秋滿面。」此二語何其清曠出塵，含無窮之味。懿文太子幼時《題半邊月》云：「誰將玉指甲，掐作青天痕。影落江湖裏，蛟龍不敢吞。」讖兆固云非吉，然首二語劈空遒出，豈是凡吻？建文皇帝晚歸京師，其詩云：「流落天涯四十秋，歸來不覺雪盈頭。乾坤有恨家何在，江漢無情水自流。長樂宫中雲影暗，昭陽殿裏雨聲愁。新蒲細柳年年緑，野老吞聲哭未休。」語語凄清，讀之使人欲淚。此其於天位固不終然，但以詩論，却是情景兩到，真詩人也。武廟微行，遇一婦人汲水，乃口占一詞云：「汲水上南坡，紅裙映碧波。雖然不似俺宫娥，野花偏豔目，村酒醉人多。」亦自風騷可喜，由斯以觀，賦性不群者，開口便能驚人，區區學宛，呻吟模擬，終不能逮。（同前書「外紀・雪濤小書・詩評三」）

九　朱希真：希真，小字秋娘，嫁為商人徐必用妻，能詩。警悟：「世事短如春夢，人情薄似秋雲。不須計較苦勞心，萬事元來有命。　幸遇三杯酒美，況逢一朵花新。片時歡笑且相親，明日陰晴未定。」警世：「日日深杯酒滿，朝朝小圃花開。自歌自舞自開懷，且喜無拘無礙。　青史幾番春夢，經（當作紅）塵多少奇才。不須計較與安排，領取而今是（當作見）在。」評云：讀其詞，達於義命，非復婦人所能道。（同前書「外紀・雪濤小書・閨秀詩評」）

一〇　嚴蘂：蘂，字幼芳，天臺營妓。唐太守仲友命賦紅白桃花，即調《如夢令》一闋：「道是梨花不是，道是杏花不是。白白與紅紅，別是東風情味。曾記，曾記，人在武陵微醉。」評云：都是眼前字，襯貼婉轉有致。（同前）

一一　翁客妓：妓歸翁客，因以名之，此其閨門調弄之詞也。「説盟説誓，説情説意，動便春愁滿紙。多應念得脱空經，是那箇先生教的。　不茶不飯，不言不語，一味供他憔悴。相思已是不曾閑，又那得工夫呪你。」評云：口頭語組織成詞，暢於衆耳，此詞家當行也。（同前）

一二　國朝有陳全者，金陵人，負俊才，性好煙花，持數千金，皆費於平康市。一日，浪遊，誤入禁地，為中貴所執，將畀巡城，全跪曰：「小人是陳全，祈公。」公見饒，中貴素聞全名，乃曰：「聞陳全善取笑，可作一字笑，能令我笑，方纔放你。」全曰：「屁。」中貴曰：「此何説？」全曰：「放也，由公公，不放也，由公公。」中貴笑不自制，因放之。又見妓洗浴，因全至，披紗裙避花陰下，全執之，妓曰：「陳先生善為詞，可就此境作一詞。」全遂口占曰：「蘭湯浴罷香肌濕，恰被蕭郎巧覷。偏嗔月色明，偷向花陰立。有情的，悄東風，把羅裙兒輕揭起。」其他詞類此者尚多。及全病革，將死，鴇子皆慰全，曰：「我家受公厚恩，待百歲後，儘力塋葬，仍為立碑。」全答曰：「好，好，這碑就交在身上。」蓋世名鴇子為龜，龜，載碑者也。（同前書「外紀·雪濤小書·諧史」）

一三　所引唐人詩句，或取之律，或取之歌行，或取之絶句。法有會意者，有即景者，有象形者，有紀數者，有諧聲者，有比色者，如六宮絲管為不同，異代風流為八單，取之意也。么二三為春，四五六為夏，取之景也。三為柳為鴈，五為梅為雲，取之形也。二為兩京，三為三月，取之數也。六為緑，取之聲也。四為紅，么為白，取之色也。大都合作者什之八九，可謂披沙揀金，往往見寶。即宋人詩詞有絶佳者，不敢溷入，恐大雅君子以為儒冠而胡服也。（同前書「雜篇」卷一「六博新例則」）

一四　韓鶴筭：韓夢雲，福清諸生也。嘉靖甲子，授經於邑之藍田，道過石湖山，見遺骸焉。哀而掩之，其夜宿於藍田書舍，忽聞異香滿室。頃之，一童子款扉投刺，曰：「娘子奉謁。」夢雲愕然，則麗人已立於燈下，斂衽而拜曰：「妾，藁里之纍也，委身草莽，二百年於兹矣。君子厚德，惠及骼胔，静言感念，啣結焉忘？偶作小圖，用申寸報。」遂出袖中彩障一軸以遺之，題曰「萬鳥啼春」，夢雲罄折拜受，因詢其家世，麗人曰：「妾，楚人也，姓王氏，名秋英。澹容，其別號也。父曰德育，元至正間以兵曹郎參軍入閩，妾從父之任，見執强寇。至石湖山，不忍受污，投崖而死。曩者車騎臨況，躡踵相從，此亦夙世因緣，非偶爾也。」因與夢雲共談，言如懸河。夢雲曰：「卿能詩乎？」曰：「惟先生命。」於是啓齒微吟，曰：「咄咄復咄咄，二百年來滯閩越。回頭往事付空華，淚逐西風寒刺骨。當時恨不早見幾，扁舟一葉隴襄歸。海上烽烟驀地起，一家骨肉隨流水。渺渺殘魂寄碧岑，花開花落古猶今。相逢此日無他物，贈爾平生一片心。」夢雲擊賞，久之，遂申伉儷之私，枕上作《滿江紅》一闋曰：「偶度銀河，霎時雲收雨歇。枉做了、叢莽溪頭，一場轟烈。江山風雨百年心，家國存亡千里月。媿今宵、勾引蔓藤，又添凄切。烟花恥，應難雪。雲雨債，何時滅。只為塵緣，把白瑜玷缺。高唐夢裏情如海，望帝山中淚成血。羞覩着、嫦娥長自在，瑤瑶闕。」比曉，飄然而去。自是數旦至，至則讐校經籍，揚搉古今，意灑如也。是歲之冬，夢雲歸自藍田，獨坐於其家之小樓，秋英遣向者童子遺之以詩，曰：「朔風振撼似瀟湘，滿樹歸雅噪夕陽。不見王孫停駟馬，惟聞收豎喚牛羊。荒山野水悲長夜，懶鬢疎容怯凍霜。漠漠陰雲愁黯黯，幾時相對一爐香。」夢雲乃以除夕設主於樓，薦以酒殽。其夜，秋英盛裝飾而至，與夢雲讌飲酒酣，憑夢雲肩，作《臨江仙》一闋，曰：「燈火滿城鳴爆竹，家家收拾殘年。春陽初轉動朱絃，金爐香幾縷，裊裊散輕烟。」又：「人事天時又一歲，迎春送臘開筵。多情盃酒更烹鮮，殷勤斟玉斝，相對淚潛然。」明年寒食，夢雲復携雞黍過秋英墳上，少頃，秋英至，設席藉草，謳唱相和，夢雲以巨觥酌秋英，曰：「今日之樂，千古一時，可無片詞以紀盛事？」於是秋英乃作《瀟湘逢故人慢》一闋，曰：「春光將暮，見嫩柳施烟，嬌花帶霧。頃刻間風雨，把堂上深恩，閨中遺事，鑽火留餳，都付却、落花飛絮。又何心、挈籃提壺，鬬草踏青載路。」又：「子規啼，蝴蝶舞。遍南北、山頭紙灰緑醑，奠一丘黄土。嗟海角飄零，湘雲凄楚。無主泉扃，也能得、有情雞黍。畫角聲、吹落梅花，又帶離愁歸去。」因謂夢雲曰：「妾懷君之子，今將免身矣。當産君家，食以生人乳少許，乃可育於人間也。」遂與夢雲並轡同歸，夢雲妻子皆安之。客有問及澹容前身者，以詩答之，曰：「地老天荒一化人，寒烟衰草度芳晨。冥冥渺渺無生死，豈有前身與後生。」其二「煢煢瘦魄濯寒流，偶為塵緣世外浮。莫道此生原不滅，生生滅滅一浮漚。」後月餘，産一丈夫子，時嘉靖乙丑年四月十八日也。夢雲妻聞之，大喜，遍覓人乳以食之，於是里人求觀者如堵矣。秋英乃謂夢雲曰：「神奇之事，愚者駭焉。兒育於君，恐招物議，妾當歸楚，寄兒於楚人。後十八年圖與相見，未晚也。」乃作留别詩曰：「兩年歡會夢魂中，聚散人間似轉蓬。歲月無情催去燕，關河有信寄來鴻。劒沉延浦光終合，瑟鼓湘靈調自工。他日扁舟尋舊約，夕陽疎影楚雲東。」遂將兒擘瓦升屋而去。迨至萬曆壬午，遺書夢雲，招之入楚，曰：「兒寄湘陰黄朱橋，今弱冠矣，君得無意乎？妾請為卿導之。」是年，夢雲不果行。明年乃行，自洪塘買舟，秋英已先至矣。與之同寢處，他人莫見也。及至湘陰，果有黄朱橋者，湘陰豪宗也。有三子，曰鶴算、鶴齡、鶴鳴，鶴算得之神女叩門授兒，忽不見，以白布裹兒也，而題以血書，曰：「血書尺帛裹呱兒拖送君家，好護持，乙丑之年辛巳月甲申日主丑初時閩生，楚長人，非幻，陽氣陰胎，事亦奇。莫道螟蛉，難似我恩深，還有報恩期。」末書：「十八年後，閩有韓夢雲來，此其子也。」及夢至，相視愕然。夢雲具道其詳，朱橋大駭，鶴筭持父哭，幾不自勝。是時鶴筭已婚易氏女，不能從父之閩，夢雲遂留飲數十日而别。秋英乃從夢雲入閩，閩士大夫及當道諸公往來玉融福清地名下，事求詩者踵相接也。萬曆癸未年，秋英謂夢雲曰：「妾以冥數得侍巾櫛，不自韜斂，籍籍人間，今者賔客如雲。答之，則事涉漏泄；不荅，咎且歸君。然亦塵緣已盡，吾將從此逝矣。」夢雲及妻子聞之，

驚愕，挽留，秋英竟揮涕而別。於是舉家皆號慟，為之舉喪，今遂寂然。（同前書「雜篇」卷一）

一五 叙曲：亘史曰：甚矣，吴音之微而婉，易以移情而動魄也。音尚清而忌重，尚亮而忌澀，尚潤而忌類，尚簡捷而忌漫衍，尚節奏而忌平鋪。有新腔而無定板，有緣聲而無轉字，有飛度而無稽留。魏良甫，其曲之正宗乎？張五雲，其大家乎？張小泉、朱美、黄問琴，其羽翼而接武者乎？長洲、崑山、太倉，中原音也，名曰崑腔，以長洲、太倉皆崑所分而旁出者也。無錫媚而繁，吴江柔而淆，上海勁而疎，三方者，猶或鄙之。而毘陵以北達於江，嘉禾以南濵於浙，皆踰淮之橘、入谷之鶯矣，遠而夷之勿論也。間有絲竹相和，徒令聽熒焉，適足混其真耳，知音無取也。善和者，其見賞溢於肉，其操獨也。秦之簫，許之管，馮之笙，張之三絃，其子以提琴鳴，傳於楊氏。如楊之搊阮、陸之搊箏、劉之琵琶，皆能和曲之微，而令悠長婉轉，以成頓挫也。然絲竹皆自為音，而不藉於倚和者也。至於吹蘆結篁，碎葉刓核，其細已甚，非雅流矣。而肉音如梁谿之陳，陽羡之潘，晉陵之褚、婁水之顧，雲間之倪、新安之羅，若吴，皆擅場一隅，而莫之能競，其技之專一故也。大都輕清寥亮，曲之本也。調不欲緩，緩令人怠；不欲急，急令人躁；不欲有餘，有餘則煩；不欲輭，輭則氣弱。吾嘗觀妓樂矣，靖江之陳二生也，湖口之蔣善擊鼓外也，而沈旦也，皆女班之師也。錫山、海虞之妖而冶也，其曼聲遶梁者鮮矣，而陳其最也，於曲品則班之下者也。彼孌童如金陵、金昌、婁江、越來、嘉禾、武林、慈谿，猶之乎中原之鄙而夷也，其音無以埒於中原，進於曩師，審矣。自鬱金堂之徵歌，借聽於客，湘簾風來，桂舟波激，音稍稍始振。其次則佳色亭雅集，奏技一聲而燭跋，再闋而雞號，幾合陰陽之和，盡東南之美，然而未至也。於時三青鳥集於三臺，畫屏張而翠帷褰矣。則雲間傾六朝之豔，而皖上與之頡頏。吴越之靡靡，以飛英聲，揄修袂且陳於亞旅間焉。嗚呼！盛哉！含意未申，餘響遽歇。銅雀臺何預人事，而聞者酸辛，雖石家金谷，琲貝充庭，而樓粉一墜，夜笛閴然，亦足悲也。嗟夫！梁伯龍、張伯起、吴允兆，皆審音者也。或云曲為情關，或云歌以當泣，或云聽可忘憂，於余無間然，則余猶幸以多聞入也。音絶矣，聽止矣，獲何遺恨之有？（同前書「雜篇」卷八）

一六　吴歌華亭宋新記：昔人以漸近自然荅絲肉之問，千古遂為名言。蓋東西南北之音，其聲皆協於齒牙脣舌，不則雖秦青合唱，難欺雅俗之耳，而况能雖附之於絲竹乎？自漢迄於六朝，中間《公莫》、《俞兒》曲，雖不勝叱，其置叱之處，乃諧聲之極也。近世樂理既失，俗工以牽合為奇，書史經傳皆被之管絃，影響依稀，轉相附和，假令不待協音而輒可入奏，則古之辈矣，堯羊直巫祟語矣。三代之音降，鬼神格天地西方之呪，致雲物，驅蛟龍，豈非至和之極能相感通乎？蓋非聲無以宣氣，非和無以會神，是以歌韶而鳳儀，審風而知國，固知樂之有裨於天人矣。唐初之詩，諸公以入唱為高，自宋代以調興，而歌詩之法廢。金、元以北九宫興，而歌調之法廢。元迄我朝，以南曲興，而北曲廢。譬之於禮，諸體猶羊，而歌音猶告朔也。廢告朔而供羊，不可為禮；廢歌音而存體，不可為樂。故詩廢歌，而唐人始獨擅詩矣；詞廢歌，而宋氏始獨擅調矣；北音廢歌，而金、元始獨擅北音矣。此固披卷自見，按世可推者也。吴歌自古絶唱，至今未亡，余少時頗聞其槩，會歷年奔走四方，乙未孟夏，返道姑胥，蒼頭七八輩皆善吴歌，因以酒誘之，迭歌五六百首，其叙事陳情，寓言布景，摘天地之短長，測風月之淺深。狀鳥奮而議魚潛，惜草明而商花吐。夢寐不能擬幻，鬼神無所伸靈。令帝王失尊於談笑古今，立息於須臾，皆文人騷士所嚙指斷鬚而不得者。乃女紅田畯以無心得之於口吻之間，豈非天地之元聲，匹夫匹婦所與能者乎？時手太白樂府，不覺墮地，以余之癖於論文，太白之善於奇句，乃奪於傖父之肉音，非至和之感人，則不肖之無識，太白之無才，必有所歸矣。余以為詩必高唱而始極其致，使起唐人而歌太白之詩，將無斥建武而墮建安乎？若夫南北之曲，一失宫商，便屬别調，斯真詞家之商李、騷壇之獄律，豈盛世之音哉？（同前）

一七 蘇舌師：蘇瞽，北京東院人，雙目無見，而舌根之慧，無所不通，長安貴人延請無虚日。其技面陳者十一，而背騁者十九，一所能也，九所絶也。彈絃唱詞曲，盡其情，此面陳之一也；閉之室，倚壁而聽之，忽若游茂林而百鳥啭音也，忽若閲大苑而牛馬嘶風也，忽若臨市廛而雞鳴犬吠、兒女啼號、猾豪争閧，輪蹄夾擊、雜沓奔馳，囂起氛上，若震一方而驚四座，此背騁之九也。客曰：「子技至此乎？子將以舌視乎？吾視子舌，知為秦之苗裔矣。」蘇瞽曰：「祖秦以舌連六國，此徒用舌者也，余則安能？吾之坐一室也，茫乎若無四隅，俯仰縱横，莫不以身傳而象之。浸假而鳴，群飛而翔，忽生萬翼；浸假而嘶，羣逸而奔，忽驟萬蹄。為官長，為邏卒，為踐更，為晝為夜，雜而成聲，吾聽之若一。吾執一而合喙，衆之聽之，遂以一而為萬矣。彼吹萬也，孰萬使之哉？吾所以用舌者，四體，舌也；五官，舌也；一毛一竅，皆舌也。吾不知有吾舌，亦不知有吾身，而後能成此伎也。成之以想者也，非舌慧也，通乎慧也。通乎慧者，舌不能為身殃，吾以舌養吾生耳。秦之舌存，適足以戕其生，吾

不為也。且吾甚樂乎，其無視也，令予有目，且得進乎技哉？」客曰：「善。」遂易瞽稱為舌師云。（同前）

一八　北曲：《泋東樂府序》云：世恒言詩情不似曲情多，非也。古曲與詩同，自樂府作，詩與曲始岐而二矣。其實詩之變也，宋、元以來益變益異，遂有南詞、北曲之分。然南詞主激越，其變也為流麗；北曲主慷慨，其變也為樸實。惟樸實，故聲有矩度而難借；惟流麗，故唱得宛轉而易調。此二者，詞曲之定分也。予自謝事山居，客有過予者，輒以酒殽聲伎隨之，往往因其聲以稽其譜，求能稍合作。始之意益尠，蓋沿襲之久，調以傳訛，而其辭文多出于樂工市人之手，音節既乖，假借斯謬，兹予有深惜焉。由是興之所及，亦輒有作，歲月既久，簡帙遂繁，乃命僮子録之，以存篋笥，題曰《泋東樂府》，復稍述二家為調之本於此，知音之士寧無感乎？（同前）

方弘静詞話

方弘静（一五一六—一六一一），字定之，號采山，歙（今安徽）人。嘉靖庚戌進士，歷東平知州、江西副使，萬歷初累擢南京户部右侍郎。沉厚篤實，居官介然有守，卒贈工部尚書。著有《素園存藁》、《千一録》。此據《續修四庫全書》影印明萬歷刻本《千一録》録詞話四則。

一　《鼓角》詩：「秋聲殷地發。」「聲」字重，當是「深」字。一本「聽」字，亦似未妥。韓無咎詞：「鼓角秋深悲壯。」（《千一録》卷九）

二　晁以道云：「初見東坡詞，知此老須過海。」蓋魑魅喜人過之意，可謂歌以當泣也。苕溪漁隱謂

近於幸禍忌長，謬矣。（同前）

三　「無可奈何花落去，似曾相識燕歸來」，真的對也。一窮年不得，一矢口而應，乃其遇合有默定者耶？昔人云：「覓句如掘得玉合子底，必有，蓋有精思之耳。」信然。（同前書卷十三）

四　孟後主昶之無道也，其辭何清麗哉！蘇長公《洞僊歌》多用其語，夫豈襲之？蓋珍嗜之至矣。彼一目重瞳子，造物者畀之非不厚也。工於藝而樂於亡，可鑒也。夫蘇子美，閩人也，爲賽神會，致興大獄，神何嘗福之哉？余里中賽神劇戲，所費甚鉅，男婦雜湊，大非美俗。賴崔使君聞余言，嚴禁之，今三十年矣，後之君子毋啓厲階而狗汙習哉！砥柱狂瀾，自吾輩分内事，此之靡靡，何云任重也。（同前書卷二十五）

蔡汝楠詞話

蔡汝楠（一五一六—一五六五），字子木，號白石，德清（今浙江）人。嘉靖壬辰舉進士，時年十八，授行人，尋進南京刑部員外郎，擢知歸德府，歷江西布政司，巡撫河南，終南京工部侍郎。著有《説經劄記》、《自知堂集》、《輿地略》、《白石詩説》。此據《四庫全書存目叢書》影印明嘉靖間刻本《自知堂集》録詞話二則。

一《鶴南飛詩册小叙》：《鶴南飛》詩詞若干首，湖郡諸生寫宋人調以壽郡侯潞南李先生者也。繇東坡先生常當作嘗守湖，至今湖人士賢之。先是寓黄，值初度，楚中李進士吹前曲赤壁山下，有穿雲裂石聲，聲聞於座，坡翁亟引而觴之，郡諸生王汝源等况先生之賢於坡翁，先生初度，各爲壽詞，况其曲於穿雲裂石之調？因門生錢憲、錢念，以告于汝楠，汝楠以諸君寄意超遠，非世俗致祝常調，欣然樂爲之叙。顧有審音之客辨於座曰：「東坡先生直詞忤世，羈跡江黄之間，所謂穿雲裂石詞不復傳，意其聲調清越激昂，振發其鬱沉，致樂乎壽考等，於楚風可以想像。乃若先生自列薦紳，即最名邑，稍貳大郡，列岳東南，循良之稱，洋溢澶汴蘇湖之間，遘遇昌時，會逢誕壽，作爲詩歌，以侈其盛。蓋雅什也，附之楚風，恐甚不類。」汝楠告之曰：「風謡激烈，雅詩冲容，其歸協之性情云爾。坡翁抱體國閔時之懷，難免於浮海涉江之困，至其儻蕩高雅，履險如夷，竟未始不反之恬愉。李先生方茂德音，數年刺郡，適島夷間發，七邑按堵，用脩攘綏定之勞，以處榮名。休暢之日，内無逸志，外無矜容。偲偲爲民，廉恪不替，抑何體國閔時獨似蘇公也？故忠愛，一也，激於違時而安於自處者，其聲詩或爲興嘆，然震而不愆，裕於享名而勞於理物者，其聲詩或爲忻誦，然喜而不溢，至願永其令名而增其錫祉，固無不同也。詩人詠信，處於國風之末，叙旬宣於大雅之終，安重之美，疆理之勤，孰謂風雅異情，先後殊致哉！由是觀之，先生之蹟誠異蘇公，而平生體愛之衷，邦人祈祝之意，固宜與蘇公並永賢譽。此汝楠所以樂爲之叙也。」客曰：「先生爲國宣勤，比於文忠，邦人壽公，無異宋代。吾子言之，人亦知之。至比樂醜類，異音同情。視今猶古，信所未聞，引諸生以獻言於先生，請遂從吾子之後。」於是翌日致詩，次第歌之，先生褰帷四顧，郡中會見。雨霽日上，山碧湖平，鶴天清遠，其視穿雲裂石，又不知何如也。（《自知堂集》卷十）

二　致楊升庵：業自束髮，即知誦先生之書，以爲舉業。誦辛未魁卷狀元策，以學古文，詩詞誦題，評《檀弓》，詩集、詩話、樂府、逸詩、韻經，以開聞見。誦《滇記》、《餘録》、《續録》、《談苑》，及先生諸集中有評近代白沙、定山之學與禪學、俗學之别，并論希夷之學非陳、非莊、非禪、非俗、非華山、非考亭，其間黝乎中藏，先生之學精且深矣。閒居夢寐，思睹先生丰神，頃停旆金沙，乃一逐隊相接而别，空肆嚼於屠門，何足以飽也？某又迫於北上，未緣繼請，謹遣書代問，并致年來下情。拙稿二帙，誤爲友梓行，敢獻塵覽，倘得賜批評數言，望外之幸也。（同前書卷二十）

朱睦㮮詞話

朱睦㮮（一五一七—一五八六），字灌甫，號西亭，别號東陂居士，周藩鎮平恭靖王四世孫。至性孝友，自幼端穎，徧謁名儒，受經學，悉通大義。於書無不窺，尤精於《易》、《春秋》，即第建萬卷堂，訪購圖籍，讐校精細。萬曆五年舉宗正，領宗學事。孜孜講説，雖寒暑不輟。卒年七十。所著有《陂上集》、《易學識遺》、《韻譜》、《史漢古字》、《春秋諸傳辨疑》、《革除逸史》、《五經考疑》、《異林》、《訓林》、《中州文獻志》、《謚苑》、《中州人物志》、《萬卷堂書目》等。此據書目文獻出版社出版《明代書目題跋叢刊》影印本《萬卷堂書目》録所載詞曲集。

一 《太平樂府》九卷，楊朝英。《樂府遺音》五卷，瞿佑。《雲莊樂府》一卷，張養浩。《桂洲樂府》一卷，夏言。《碧山樂府》二卷，王九思。《小山樂府》一卷，張□。（《萬卷堂書目》卷》一「樂」）

二 《花間集》十卷，趙崇祐（當作祚）。《稼軒長短句十二卷，辛棄疾。《詩餘圖譜》三卷，張綖。《草堂詩餘》四卷，顧從教（當作敬）。《豫章黃先生詞》一卷，黃庭堅。《雲林清賞詞》一卷，臨川侯老。《名儒草堂詩餘》二卷。（同前書卷四「雜文」）

戴冠詞話

戴冠，字仲鶡，信陽（今河南）人，一作吉水（今江西）人。正德戊辰進士，為户部主事。貶廣東驛丞，嘉靖中歷山東提學副使，以清介聞。所著有《邃谷集》。此據上海古籍出版社影印《明詞彙刊》本《邃谷詞》録詞話二則。

一 《跋〈菩薩蠻〉梅》「娟娟霜月侵肌冷」：始予得朱淑真《斷腸詞》于錢唐處士陳逸山，閲之，喜其清麗，哀而不傷。癸亥歲除之夕，因乘興，偏和之，且繫以詩，蓋欲益白朱氏之心，非與之較工拙也。已而攜之遊都下，以呈大復先生，閒有一二字爲所許者，比來漸覺玩物喪志，欲遂棄之，竊歎當時好事，故不忍焉。况歷今寒暑幾易，而所就莫加于前，抑又何也，乃題而藏之篋底，以懲曠廢。或者他日苟

有所進，亦得以正其謬盭云耳。弘治乙丑九月望後三日題。（《邃谷詞》）

二 《跋〈蝶戀花〉癸亥春作》「江邊夜雨催芳草」：右送春詞，予未喪母前一月之作也。時戲書之壁，見者或謂悲傷太過，爲予危之。予以一時寫情，未必有是。已而予母遘疾，竟至不起，遂爲詩讖，於乎！尚忍言哉！故録之，以示不忘。（同前）

秦鳴雷輯詞話

秦鳴雷（一五一八—一五九三），字子豫，號華峰，臨海（今浙江）人。嘉靖甲辰進士，授修撰，陞左諭德。歷國子監祭酒，禮部右侍郎。改吏部左侍郎，兼學士教習庶吉士，隆慶辛未陞南吏部尚書，乞休家居二十餘年。所著有《倚雲樓稿》及《談資》。《談資》三卷，有萬曆元年自序。其書采録古事，龎襍參錯。此據東洋文庫藏明刊本録詞話八則。

一

劉伯芻侍郎所居巷口有鬻餅者，早過户，必聞謳歌當壚，召與萬錢，令多其本，日取胡餅償之。後過其户，寂不聞聲，呼問曰：「何輟歌之遽乎？」曰：「本領既大，心計轉粗，不暇唱《渭城》矣。」（《談資》卷上）

二 隋煬帝遊江東（當作都），時有樂工笛中吹曲，其父老廢，於卧内聞之，問曰：「何得此曲？」子對曰：「宫中新翻也。」父乃謂曰：「宫曰君，商曰臣。此曲宫聲往而不返，大駕東巡必不回矣，汝勿去。」精鑒如此。（同前書卷中）

三 寇萊公鎮北門，有歌妓至庭，公獨酌，令歌數闋，贈之束綵。侍兒倩桃自内窺之，為詩呈公，云：「夜冷衣單手屢呵，幽憁軋軋（當作『軋軋』）度寒梭。臘天日短不盈尺，何以（當作似）妖姬一曲歌。」（同前）

四 范景仁少與柳耆卿同年，愛其才美。謝事後，親舊聞盛唱柳詞，歎曰：「仁宗四十二年太平，吾身為史官二十年，不能贊述，而耆卿能盡形容之。」（同前）

五 宋樞密文及翁嘗詠雪為《百字令》詞云：「没巴没臂（一作鼻），霎時間、做出漫天漫地，不問高低。併上下、平白都教一例。鼓弄滕六，招邀巽二，只恁施威勢。識他不破，至今道是祥瑞。最是鵝鴨池邊，三更半夜，誤了吴元濟。東郭先生，都不管、挨上門兒穩睡。一夜東風，三竿紅日，萬事隨流水。東皇笑道，山河元是我底。」蓋譏賈相打量也。（同前書卷下）

六 荆公為參知政事時，因閲晏元獻公小詞，笑曰：「為宰相而作豔詞，可乎？」公弟平父曰：「亦偶然耳。」吕惠卿為館職，在座，遽曰：「為政必放鄭聲，况自為之乎？」平父正色曰：「放鄭聲，不若遠佞人也。」吕大以為譏己，遂與平父相失。（同前）

七 東坡居士以丙辰中秋歡飲達旦，作《水調歌頭》詞，都下傳唱，神宗問及内侍，抄録進呈，帝讀至

「又恐瓊樓玉宇，高處不勝寒」，曰：「蘇軾終是愛君。」乃命量移汝州。（同前）

八　温庭筠才思艷敏，工於小賦，而士行玷缺，縉紳薄之。李義山謂曰：「近得一聯句云：『遠比趙（當作召）公，三十六年宰輔。』未得偶句。」温曰：「何不云：『近同郭令，二十四考中書。』」又宣宗愛《菩薩蠻》詞，丞相令狐綯假手庭筠密進之，戒其勿洩，而遽言於人，且云：「中書堂上坐將軍。」譏相國無學也。（同前）

任環詞話

任環（一五一九—一五五八），字應乾，號復庵，長治（今山西）人。嘉靖甲辰進士，歷知廣平、沙河、滑縣，遷蘇州同知，以禦倭功擢按察司僉事。累以破倭功擢右參政。所著有《山海漫談》。此據影印文淵閣《四庫全書》本《山海漫談》録詞話六則。

一

《上嘉定城隍》有序：大兵之後，加以亢陽，民不聊生，甚矣。環入邑，即禱神前，累日不應，豈誠之未至耶？將風雨之權，各有所司，雖神亦不得而專耶？或環之罪過深重，為天所厭，雖神力為之解而不獲所請耶？然環之罪，自當罪環，而固不當以之累民也。神之於此，俱有民社之責。今坐視其災，而不為之救，其與環之蠹政殃民者等耳。曾謂聰明正直如神，而顧肯如是哉？鄙誠見乎小

詞，願以轉聞天聽，早垂甘澤，以起彫殘。若環之罪過，自甘萬譴，神其聽之。（詩略）（《山海漫談》卷三）

二　《代謝二尹送張立庵入覲》有引：花封出宰，九重恩澤入人深；金闕朝天，三載勳猷稱治最。廟堂增重，黎庶交懽。恭惟台侯：秀孕秦川，粹鍾華嶽。經窮墳典，唐虞廷上得心傳；學有本源，關陝門中分正派。文藏八斗，氣吞五湖。步萬里之雲程，早扶鵬翮；破千層之桃浪，連奮龍頭。蓋將大授以留中，故先小試而補外。琴張百里，絃歌聆天黨之音；錦製一方，桃李動春風之色。魚懸白日，鶴舞蒼苔。心事凛於冰霜，政聲得之謳頌。剪除豺虎，小人大畏而改行；扶植芝蘭，君子得恃以無恐。名姓謡張君之為政，樂不可支；恨廉范之下車，來其何暮。上嘉下樂，實大聲宏。品題久重於臺章，名姓應留之御屏。時維三載，九重當入覲之期；節屆初陽，雙舄正北飛之際。閶闔大開乎宮殿，衣冠深拜乎冕旒。龍虎相從，地天交泰。想清夜之前席，應問蒼生；諒曲江之陳謨，定開金鑑。某等叨陪仙仗，猥辱恩知。壯此行之應寄調元，曷勝忭慰；念吾儕之難留久庇，殊切懷思。聊唱驪歌，以侑祖爵。詞曰：「山亭折柳携君手，離思濃如酒。一天人遠，霜寒雪凍，誰能禁否？　琴鶴蕭然，囊無餘物，奏草懷中有。此行看取，霖雨蒼生，功名白首。」右調《賀聖朝》（同前）

三　《代人壽岳翁八十冠帶》有引：骨本仙裁，誕惟岳降。壠雲耕斷，早年寄心事於丘園；溪水釣開，壯志傲烟霞於湖海。半塵不染，一葛無求。松石醉眠，竹枕悟醒浮世夢；山泉渴飲，桃花尋入洞天春。不争若老子之居周，大觀法莊生之處世。生涯風月，鷗友忘機。活計詩書，麟兒育種。識高養盛，身屈道光。蓋惟静極有常，是以仁人多福。維兹初度，已臻尚父之期；况沐殊恩，出自清朝之典。榮添海屋，喜溢桃花。桂子蘭孫，舞蹈階前。尋至樂，青衫鶴髮；綺羅筵，上飫天真。蓋誠福壽之兩全，而卜算之未可量者也。某恩沾半子，望乏乘龍。愧無雲石之聲，難賡鶴曲；敬効函關之獻，聊侑霞觴。詞曰：「堂開烟外，緑野輕寒退。清晝永，祥雲靄。春風蕩簫鼓，淑氣邀蓬海。更有那、青禽黄鶴憐相對。北闕恩頒賚，白首青袍帶。屈指處，誰能再。俊聲歸大老，眉壽齊華泰。準備著，安車穩上磻溪載。」右調《千秋歲》(同前)

四 《代謝二尹賀張立庵受獎》有引：「梟飛天黨，方看經濟之才；豸識人龍，已見旌揚之典。山川動色，僚庶增光。恭惟台侯：三秦間氣，一代偉儒。學扣唐虞之心，天人抱負；道傳關陝之脉，山斗文章。奪魁走馬於雍西，香分月窟；射策看花於冀北，春占皇洲。帶回金闕之恩光，布作山城之和氣。丹心懸白日，普照無私；冰節凛秋霜，半塵不染。鶴閒清晝，一簾草色弄庭前；琴鼓薰風，三月春光回谷口。諒龔、黄之盛美，難專於前；信伊、傅之奇勳，托基於此。惟其下安上信，是以寔大聲宏。名動烏臺，褒移霜檄。原君子之立政，本出無心；惟大人之觀風，事如有待。行看累薦，牛刀難屈於花封；佇見喬遷，豸斧終持於清代。某等叨隨文從，竊沐恩私。慶盛典之躬逢，聊裁頌曲；念攀留之難久，不盡思歌。詞曰：「關西人傑，有對日丹心，凌霜老節。鵬起秋風，龍騰春浪，早歲聲華奇絶。多少蒼生命脉，些子王章機訣。全仗賴，有脚陽春，無情冷鐵。堪悦，真箇是，民困方蘇，百里絃歌徹。子厚情思，九齡風致，才望齊賢並列。休羡名高豸府，更看聲流龍闕。有時節，鳳詔飛來，岩廊

調燮。」右調《喜遷鶯》（同前）

五 《代人賀周指揮稱號晉野》有引：天黨奇才，藩邦名佐。金章紫綬，早年承雨露之恩；鐵戟銅符，壯志負干城之望。博通諸史，嫻習六韜。胷中有數萬甲兵，武能弭亂；麾下看三千禮樂，文足經邦。內外藉以無虞，王朝因而大治。春閒虎帳，棋聲壺韻散餘清；風靜龍旄，擊玉敲金還自得。一時賢士，樂與交遊；三晉鄉評，翕然歸重。稱其德，則不忍及其名；敬其人，此所以加其號。命之晉野，允合輿情。播之聲華，將求寔行。蓋瞻太行則欲高其忠，望漳水則欲下其澤。稽唐虞之故址，景仰方深；覩千里之長封，屏藩在念。以至西北强侮，聞之可以知外防；閭閻窮愁，見之因以豫內備。凡此皆命名者之微意，而先生之所當深思者也。某等久辱深知，曷勝感仰。躬逢盛舉，聊奏聲歌。詞曰：「雪花飛入朱簾裡，錦堂一派笙歌委。瑞氣滿高筵，濃香送酒船。　晉野誰程號，聲華從此茂。顧名思義時，東君知未知。」右調《菩薩蠻》（同前）

六 《代諸生賀程近齋受奬》有引：鴻儒振鐸，喚醒千古之蒙；冢野傳經，綿衍吾道之緒。聲流畿輔，價重蘇湖。旌嘉交動乎霜臺，光彩倍增於芹泮。揚由實感，道與時行。恭惟台侯：名震越流，家傳伊派。十年螢雪，養成間出之才；萬里風雲，未會平生之志。成均卒業，豈曰深酧？獻序分官，竟雲小試。蓋上天有意於斯人，故東郡能來乎君子。春風滿座，門墻桃李屬吹噓；時雨一天，洙泗魚龍從變化。詩追元、白，文近歐、蘇。畫品精工，書神古拙。原君子之盛致，不在多能；而大人之旁通，尤勤小物。淤沱議水，去思與遺愛俱深；河朔校書，佳績共芳聲日起。邇承繡斧，兼下旌書。公本無心，事應以類。山川動而草木生輝，文教崇而薦紳有氣。誰云世態，偏寒鄭老之氈；畢竟人心，尚仰韓公之斗。某等宫墻外望成章，殊愧於斐然；典禮躬逢作頌，遽忘其率爾。聊成俚鄙，用代絃歌。詞曰：「秋月冰壺，纖埃俱絶，真個是風流人傑。看他八斗深藏，三江倒洩。論聲華、日星昭列。眼見得鳳口銜書，蒲輪動轍，要先生、那時正説。」右調《鳳凰閣》（同前）

曹大章詞話

曹大章（一五二一——一五七五），字一呈，又作一望，號含齋，金壇（今江蘇）人。嘉靖癸丑會試第一，殿試第二，授編修，後以廢疾罷官歸。敏於文，每於市囂處構腹稿，歸而伸紙疾書之。有《曹太史含齋先生文集》十六卷，此據《四庫全書存目叢書》影印明萬曆二十八年曹祖鶴刻增修本録詞話一則。又據上海古籍出版社影印明刊《續説郛》本《秦淮士女表》録序文一則。

一《賀劉漸齋獎勵幛詞》：伏以京口古稱雄拱，留畿而作鎮；洪都今毓秀際，盛世以生賢。五雲初拜，命於銅龍；百里乍歡，迎乎竹馬。治政遽成於朞月，褒書早下於廵臺。允占經國之才，預卜台垣之彦。恭惟即諫議漸齋老先生閣下：桂挺郄庭，玉生崑圃。鄉書魁選，風擅時名。制策條陳，高標甲第。向瓊林而錫宴，來赤縣以宣恩。玉立金相，久負廟堂之望；鸞翔鳳翥，暫淹枳棘之栖。鋒芒迥脱於囊居，器宇大成於家食。是以臨民立政，先端本而澄源；理劇治繁，善提綱而舉要。引經折獄，守法弗阿。按籍審差，越宿遂定。展經綸以濟世，體國如家；引恫瘝而在躬，愛民猶子。牛刀初試，絃歌倏已聞聲；鳧舄纔飛，土俗恍如素練。恪守官箴三事，頒行潢詔六條。匹休前史之循良，綽攬當代之譽望。澤沾甘雨，棠布濃陰。德溥陽春，苔開滿縣。宜其民懷茂宰，感孚祇覺已深。由來石動端公，旌奬奚容少緩。準擬剡藤之首薦，佇看喬木之高遷。青瑣烏臺，刻期已近；緑槐紫棘，跂足匪遥。莊生賦鵬運南溟，豈直萬里；萊公詠鵁舟横水，姑待一時。某通家幸附阮咸，久敦年誼；受賜實同河潤，近接隣封。當夫僚寀徵言，敢辭菲陋；因乎縉紳胥慶，聊效芹忱。填新調以代歌謡，獻蕪詞而祝台鼎。詞曰：「祥烏曉集門前戟，報喜事，臨前驛。飛騎爲傳霜府檄。數行褒語，盈筐采幣，特奬河陽客。雲霄縹緲雙鳧舄，常見朝朝謁文石。指日乘驄馳紫陌，手持色深，舜裳待補，久矣虚前席。」右調《青玉案》。（《曹太史含齋先生文集》卷十六）

二　女伎之興，其來尚矣。顧代有名姬，亦代有豔史，《漢上題衿記》、《湘皋解佩録》、《南部烟花録》、《廣陵花月志》諸書本雖不全，散見他卷，然或以標供奉，或以紀冶遊，或以載私奔，或以傳勝事。間一及此，不盡若人，迫于三里三曲之書，則獨爲女伎一家之乘矣。國初，女伎尚列樂官，縉紳大夫不廢歌宴，革除以後，屏禁最嚴，當時胭脂粉黛、翡翠鴛央，二十四樓分列秦淮之市，憾無有紀其盛者，其後遂毁所存獨六院而已，所豔獨舊院而已。曾見《金陵名姬分花譜》，自王寶奴以下凡若，而人各綴一詞，切而不雅。《十二釵女校書録》差强人意，未盡當家，餘子紛紛蛙鳴蟬噪，刻畫無鹽，唐突西子，殊爲可恨。頃余有事于此，將一洗輓近之陋，未得雅宗。偶見友人表《世説新語》，有觸于衷，引而爲此。客有難予：「表例創自龍門，繼自蘭臺，永作史家法程，皆中外侯王公卿將相之事，奈何降格于兹？是以金聲玉振之音奏桑間濮上之曲也。」余曰：「不，不。洙泗删詩，偏存鄭、衛，更生列女，下及淫夸。女有妍媸，即士有邪正也，既可史矣，何不可表乎？昔之爲傳者，亦史之一例，但所褒不免雷同，而所貶過于荼毒。今之所表才伎獨詳，多寡長短，彰彰較著。予者不得爲曲受者，不得而私情興。丰姿槩置不論，陰有衮鉞，盡屬某士一言，此作者之微權也。子瞻與少游論妓，定以情興爲上才，伎次之，丰姿爲下，兹亦其遺意乎？」客曰：「品以庶士而列以五科，何所取則？」余曰：「有之，袁彦伯作《名士傳》，以王、何諸子爲正始名，一稽（當作嵇）、阮諸子爲竹林名士，裴、樂、王、謝爲中朝名士，兹又其遺意也。」客首肯而退。（《秦淮士女表》）

徐渭著輯詞話

徐渭（一五二一——一五九三），字文清，後更字文長，號天池山人，晚號青藤，山陰（今浙江紹興）人。為諸生。天才超軼，工詩古文，有盛名。總督胡宗憲招致幕府，筦書記。渭知兵好奇計，宗憲平定倭寇，渭皆預謀。及宗憲下獄，遂發狂自廢，後坐事繫獄，得救免。遂恣游名山，歸鍵户，作書畫自給。著有《徐文長集》、《徐文長逸稿》、《徐文長佚草》、《筆玄要旨》、《文長自著畸譜》、《路史》、《南詞叙録》、《四聲猿》等。又有《刻徐文長先生秘集》十二卷，又名《天池秘集》，舊本題明徐渭編，武林孫一觀校。《四庫總目提要》謂蓋為孫一觀所輯，僞托徐渭。孫氏，錢塘（今浙江杭州）人，行蹟不詳，天啓間在世。孫氏序云是書所載，大都是借悲歌慷慨之句，以寫其牢騷豪邁之懷，名其篇曰秘集，間有秘集中所未及收，而秘集中所必不可少者，妄以己意增定一二。是書前六卷為總集，即韻萃（諸體詩）、調雋（詞）、籟叶（樂府歌行）、麗華（賦）、筆華（雜文）、誌林（傳）。後六卷為小説，即談芬、曠述、諧史、別紀、致品、清則。其中有夾語、尾評。此據《續修四庫全書》影印明刻袁宏道評點本《徐文長文集》和影印明天啓三年張維城刻本《徐文長逸稿》，以及影印天一閣藏清初息耕堂抄本《徐文長佚草》，《四庫全書存目叢書》影印明刻本《青藤山人路史》和影印明天啟刻本《刻徐文長先生秘集》録詞話三十四則。

一　李後主《搗練子》「雲鬢亂」：□雋。（春笋嬾為誰，和淚倚闌干。）（《刻徐文長先生秘集》卷二「調雋・小令」）

二　秦少游《如夢令》「門外緑陰千頃」：逸。（人静，人静，風弄一枝花影。）（同前）

三　蘇東坡《點絳唇》「獨倚胡牀」：貼句。（自從添箇，風月平分破。）（同前）

四　六一居士《浣溪沙》「雲曳香綿綵柱高」：嬌媚。（東素美人羞不打，却嫌裙幔褪纖腰，日斜深院影空摇。）（同前）

五　無名氏《菩薩蠻》「牡丹帶露真珠顆」：好形容。（檀郎故相惱，只道花枝好。一面發嬌嗔，碎挼花打人。）（同前）

六　秦少游《阮郎歸》「春風吹雨遶殘枝」：善描。（翻身整頓着殘棋，沉吟應劫遲。）（同前）

七　黃山谷《西江月》「斷送一生惟有」：特創語。（斷送一生惟有，破除萬事無過。）（同前）

八　黃叔暘《南鄉子》「萬籟寂無聲」：渙然。（香斷燈昏吟未穩，淒清，只有霜華伴月明。）（同前）

九　王元美《少年遊》「萬羣哀雁破蒼茫」：靈異。（欲將杯酒和情鬬，情至酒先降。）（同前）

一〇　楊用修《鵲橋仙》「冰盤薦巧」：極巧極雋。（嫦娥妬眼便西沉，又早倩、羲和催轡。）（同前）

一一　陳瑩中《青玉案》「碧空黯淡同雲繞」：奇快。（美人驚報，一夜青山老。）（同前書「中調」）

一二　文徵明《風入松》「秋來炎豔試宮粧」：極妙。（舊恨檀心暈，紫新嬌粉額塗黃。）（同前）

一三　李景元《帝臺春》「芳草碧色」：出人語。（拚則而今已拚了，忘則怎生便忘得。）（同前書「長調」）

一四　史邦卿《雙雙燕》「過春社了」：傳神。（又軟語商量不定）（同前）

一五　李後主《秋霽》「虹影侵堦」：善摹。（又聽得雲外數聲，新鴈正嘹嚦。）（同前）

一六　文徵明《滿江紅》「拂拭殘碑」：千古卓見。（豈不念中原蹙，豈不念徽欽辱。　念徽欽既返，此身何屬。千載休談南渡錯，當時自怕中原復。　笑區區一檜亦何能，逢其欲。）（同前）

一七　王元美《解語花》「中泠乍汲」：妙。（蘭芽玉蕊，勾引出、清風一縷。　顰翠蛾、斜捧金甌，暗送春山意）。（同前）

一八　許堯佐《柳氏傳》：天寶中，昌黎韓翃有詩名，性頗落托羈滯，貧甚。有李生者，與翃友善，家累千金，負氣愛才。其幸姬曰柳氏，豔絕一時，喜談謔，善謳詠，李生居之别第，與翃為宴歌之地，而館翊於其側。翊素知名，其所候問，皆當世之彦，柳氏自門窺之，謂其侍者曰：「韓夫子豈長貧賤者乎？」遂屬意焉。李生素重翊，無所恡惜。後知其意，乃具膳請翊，飲酒酣，李生曰：「柳夫人容色非常，韓秀才文章特異，欲以柳薦枕於韓君，可乎？」翊驚慄避席曰：「蒙君之恩，解衣輟食久之，豈宜奪所愛乎？」李堅請之，柳氏知其意誠，乃再拜，引衣接席。李坐生於客位，引滿極歡。李生又以資三十萬佐翊之費，翊悦柳氏之色，柳氏慕翊之才，兩情皆獲，喜可知也。明年，禮部侍郎楊度擢翊上第，屏居間歲，柳氏謂翊曰：「榮名及親，昔人所尚，豈宜以濯浣之賤稽採蘭之美乎？且用器資物足以佇君之來也。」翊於是省家於清池，歲餘乏食，鬻粧具以自給。天寶末，盗覆二京，士女奔駭，柳氏以艶獨異，且懼不免，乃翦髮毁形，寄跡法靈寺。是時侯希逸自平盧節度淄青，素藉翊名，請為書記。洎宣皇帝以神武返正，翊乃遣使間行求柳氏，以練囊盛麩金，而題之曰《章臺柳》：「章臺柳，昔日青青今在否？縱使長條似舊垂，也應攀折他人手。」柳氏捧金嗚咽，左右悽憫，答之曰：「楊柳枝，芳菲節，所恨年年贈離別。一葉隨風忽報秋，縱使君來豈堪折？」無何，有蕃將沙吒利者，初立功，竊知柳氏之色，劫以歸第，寵之專房。及希逸除左僕射，入覲，翊得從行，至京師，延佇柳氏所止，欽想不已。偶於龍首岡見蒼頭，以駮牛駕輜軿從兩女奴，翊偶隨之，自車中問曰：「得非韓員外乎？某乃柳氏也。」使女奴竊言失身沙吒利，阻同車者，請詰旦幸相待於道政里門，及期而往，以輕素結玉合，實以香膏自車中授之，曰：「當遂永訣，願寘誠念。」乃迴車，以手揮之，輕袖揺揺，香車轔轔，目斷意迷，失於魂魄，翊大不勝情。會淄青諸將合樂酒樓，使人請翊，翊彊應之，然意色皆喪，音韻悽咽。有虞候當許俊者，以材力自負，撫劍言曰：「必有故，願一效用。」翃不得已，具以告之，俊曰：「請足下數字，當力致之。」乃衣縵胡佩雙韃，從一騎，徑造沙吒利之第。候其出，行里餘，乃被衽執轡，犯關排闥，急趨而呼曰：「將軍中惡，使召夫人。」僕侍辟易，無敢仰視。遂升堂，出翃扎示柳氏，挾之跨鞍，馬逸塵斷，倏忽乃至，引裾而前，曰：「幸不辱命。」四座驚歎，柳氏與翃執手涕泣，相與罷酒。是時沙吒利恩寵殊等，翃、俊懼禍，乃詣希逸，希逸大驚，曰：「吾平生所難事，俊乃能爾乎？」遂獻狀曰：「檢校尚書金部員外郎兼御史韓翃久列參佐，累彰勳效，頃從鄉賦有妾柳氏，阻絶兇寇，依止名尼。今文明撫運，遐邇率化，將軍沙吒利兇恣撓法，憑恃微功，驅有志之妾於無為之政，臣部將兼御史中丞許俊，族本幽薊，雄心勇決，却奪柳氏，歸於韓翃，義切中抱，雖昭感激之誠，事不先聞，固乏訓齊之令。」尋有詔柳氏宜還韓翃，許俊賜錢二百萬，柳氏歸翃，翃後累遷至中書舍人。（筆者按末有評云：可□。）

（同前書卷六「誌林」）

一九　《李暮傳》：暮，開元中吹笛為第一部，近代無比。有故自教坊請假至越州，公私更醮，以觀其妙。時州客舉進士者十人，皆有資業，乃醵二千文同會鏡湖，欲邀李生湖上吹之，想其風韻，尤敬人神。以費多人少，遂相約，各召一客，會中有一人，以日晚方記得，不遑他請。其鄰居有獨孤生者，年老，久處田野，人事不知，茅屋數間，嘗呼為獨孤丈，至是，遂以應命到會所。澄波萬頃，景物皆奇，李生拂笛，漸移舟於湖心。時輕雲蒙籠，微風拂浪，波瀾陡起。李生捧笛，其聲始發之後，昏曀齊開，水木森然，髣髴如有鬼神之來。坐客皆更贊詠之，以為鈞天之樂不如也。獨孤生乃無一言，會者皆怒，李生為輕己，意甚忿之。良久，又靜思，作一曲，更加妙絶，無不賞駭，獨孤生又無言。鄰居召至者甚慚悔，白於衆曰：「獨孤村落幽處，城郭稀至，音樂之類率所不通。」會客同誚責之，獨孤生不答，但微笑而已。李生曰：「公如是，是輕薄為？復是好手？」獨孤生乃徐曰：「公安知僕不會也。」坐客皆為李生改容，謝之。獨孤曰：「公試吹《涼州》。」至曲終，獨孤生曰：「公亦甚能妙然聲調，雜夷樂，得無有龜兹之侣乎？」李生大駭，起拜曰：「丈人神絶，某亦不自知，本師實龜兹人也。」又曰：「第十三疊誤入《水調》，足下知之乎？」李生曰：「某頑蒙，實不覺。」獨孤生乃取吹之，李生更有一笛，拂拭以進，獨孤視之曰：「此都不堪，取執者粗通耳。」乃换之，曰：「此至《入破》必裂，得無悋惜否？」李生曰：「不敢。」遂吹，聲發入雲，四座震慄。李生蹙踖不敢動，至第十三疊，揭示謬誤之處，敬伏將拜。及《入破》，笛遂敗裂，不復終曲。李生再拜，衆皆帖息，乃散。明旦，李生并會客皆往候之，至則唯茅舍尚存，獨孤生不見矣。越人知者皆訪之，竟不知其所去。（筆者按末有評云：讀之，令人爽然自失。）（同前）

二〇　大通禪師操律高潔，人非齋沐，不敢登堂。東坡挾妓謁之，大通愠形於色，坡乃作《南柯子》一首，令妓齊唱之，大通亦為解頤。公曰：「今日參破老禪矣。」其詞云：「師唱誰家曲，宗風嗣阿誰。借君拍板與門槌，我也逢場作戲莫相疑。　溪女方偷眼，山僧莫眨眉。却愁彌勒下生遲，不見阿婆三五少年時。」（同前書卷七「談芬」）

二一　東坡在惠州，與朝雲閒坐，時青女初至，落木蕭蕭，悽然有悲秋之意。命朝雲把大白唱「花褪殘紅」，朝雲歌喉將轉，淚滿衣襟。公詰之，曰：「妾所不能歌，是『枝上柳綿吹又少，天涯何處無芳草』也。」公翻然大笑曰：「是我正悲秋，而汝又傷春矣。」（同前）

二二　丘瓊山過一寺，見四壁俱畫《西廂》，曰：「空門安得有此？」僧曰：「老僧從此悟禪。」丘問：「從何處悟？」對曰：「是『怎當他臨去秋波那一轉』。」丘笑而頷之。（同前）

二三　楊用修謫居滇，賦閨情詞云：「費長房縮不盡相思地，女媧氏補不完離恨天。别淚銅壺共滴，愁腸蘭焰同煎。愁和悶，經歲經年。」（同前）

二四　明皇與太真晏賞牡丹，召白作《清平調》三首，以被之管弦。時白已醉，乃以水斴面而見上，上曰：「朕欲卿作《清平調》，恐卿醉後，不能立就耳。」白對曰：「臣平日只須十酒，便成百篇，今態微醉，正足展薄技耳。」上命貴妃為之捧硯，三調一揮而就。上覽畢，贊嘆良久。復以美醞勞之，白連進二斗，醉仆在地，大呼曰：「臣酒中仙也，上帝差臣下界為陛下修文耳。」上顧謂貴妃曰：「此真狂學士也。」令力士翼之出，俾至午門外，白令力士脱足上靴，力士有難色，白揮拳而强之，力士不得已從焉，白唱詠以歸院。（同前書卷八「曠述」）

二五　宋張功甫鎡宴客牡丹會，衆賓既集，一虚堂中，寂無所有。俄問左右云：「香發未？」答云：「已發。」命卷簾，則異香自内出，鬱然滿坐。羣伎以酒殽絲竹次第而至，别有名姬數十輩，皆衣白，凡首飾衣領皆牡丹，首帶照殿紅，一妓執板奏歌侑觴，歌罷，樂作，乃退。復垂簾，談論自如。良久，香起，卷簾如前，别十姬易服與花而出。大抵簪白花則衣紫，紫花則衣鵝黄，黄花則衣紅，如是十杯，衣

與花凡十易。所謳者皆前輩牡丹名詞，酒竟，歌樂無慮百數十人。列行送客，燭光香霧，歌吹雜作，客皆恍然如仙遊。（同前）

二六　祝允明、唐寅、張靈皆誕節猖狂，嘗雨雪中作乞兒，鼓節唱《蓮花落》，得錢沽酒野寺中，曰：「此樂惜不令元、白知之。」又常披氅持籃，相與躋虎丘，為道人唱，有客吟頗澁，乃借筆疾書數韻，雲煙滿紙，翻然而逝。客蹤跡之，更不可得，遂疑其仙。（同前）

二七　祝允明常傅粉黛，從優伶間，度新聲。俠少年好慕之，多齎金遊，允明甚洽。海内索其文及書者接踵，或輦金幣至門，輒以疾辭不見。時醉伎館中掩之，雖累紙可得也。（同前）

二八　廣寒宫：明皇與申天師道士中秋夜遊月中，玉光中見大府，榜曰廣寒清虚之府。下視玉城嵯峨，若萬頃琉璃之田。尋步而前，覺翠色冷光，相射目眩。極寒而不可進，下見素娥十餘人，皓衣乘白鸞，笑舞於廣庭大桂樹下，音樂嘈雜。明皇歸編，因製《霓裳羽衣》舞曲。（同前書卷十「別紀」）

二九　《奉師季先生書》：前日承夫子賜書之後，即有長啓奉獻，付尊門云。待錢信去便，故尚未得達函丈，其中有不盡者，則以詩之興體起句，絶無意味。自古樂府亦已然，樂府蓋取民俗之謡，正與古國風一類，今之南北東西雖殊方，而婦女兒童、耕夫舟子塞曲征吟，市歌巷引，若所謂《竹枝詞》，無不皆然，此真天機自動，觸物發聲以啓其下段欲寫之情，默會亦自有妙處。決不可以意義説者，不知夫子以爲何如？　渭極欲恭詣函丈，以聞新解，兼得進其微愚。家事草草，遂絆此行，俟函丈脱稿後，或可得卒業也。不一。（《徐文長文集》卷十七）

三〇《壽中軍某侯帳詞》詞如蜀作：恭惟某官：名高勳胄，族著通都。冠冕將門，翹楚武弁。祖功宗德，創垂累世之基；霧集雲興，起翊真人之運。一身許國，百戰成功。始移節於越城，實維五宗之貴介；將比隆於漢爵，已列萬户之通侯。威名著而隍塹深，楨幹形而河山壯。紆黄拖紫，永堅及裔之盟；寫鐵圖金，僅亞剖符之等。木實則枝自茂，源深而流必長。蓋數傳至於君身，遂一朝登乎閫帥。鷹揚賦質，高懷每在風飈；猿臂呈奇，善射出乎天性。謂文武本無二道，以書劍不敵萬人。乃於結髮之年，益奮縣梁之志，篝燈夜案，下帷朝窓。取萬卷而畢開，期三冬於足用。博該杜預，名流武庫之芳；才過吕蒙，學併經生之業。尊師取友，好士推賢。期棘院以先驅，自超轅下；向泮宫而脱颖，早試囊中。徒以弓冶之良，所賴箕裘之繼。遂專軍旅之學，暫違俎豆之間。去携矢以校優，歸綰綬而視事。異人萍合，曾傳黄石兵符；越女花嬌，親授白猿劍術。利通九變，政協三軍。一勺投醪，片言挾纊。樓船挽粟，魚鱗集淮濟之濵；海緫横戈，蜃氣息滄溟之外。自襲俊猊之繡，繼提閩浙之戎。侍鈴閣者數人，運籌策於千里。過門必下，敬修鄉里之儀；折節爲恭，不改儒生之舊。干城良將，非孔伋其誰憐？首虜拘文，待馮唐而始釋。乃有諸藩開府，元老胡公。遠覽孫吴，長驅韓范。九重雷厲，親頒節鉞之權；一劒霜寒，坐控華夷之鎮。禮羅既設，冰鑑斯懸。收衆望於偶遺，集群策而畢舉。賢豪輻輳，俊乂林從。始得君如魚水之歡，竟付托以樞機之密。事無巨細，咸以相咨。衆所遲疑，每從其決。探丸斫吏，四方急羽檄之馳；借筯籌兵，一語静風塵之警。虎士環而左右，龍韜翼以卷舒。萬騎控弦，彀滿霜霄之月；百金七首，芒抽秋水之渠。北跨松陵，南連定海。狡免豈惟三窟，逋酋積以多年。所賴臂指相通，腹心是寄。同舟共濟，誰爲吴越之分；倍道兼程，竟授孫盧之首。取鯨鯢而釁鼓，翻鴈鶩以爲池。勞苦功高，裘輕帶緩。壺漿競載，莫傾士女之忱；保障仍資，益慶東南之福。庸知嘉誕，乃屬首春。錦筵麗以初陳，異香逸而不散。衙開江畔，梅芳弄曙色之天；樂作營中，鼓吹雜鐃歌之曲。塵生車騎，賔從如流。炬列簾櫳，光華似錦。醵金致幣，偏裨徵燕語以稱觴；染翰操觚，庸老羞壯夫於執戟。惟願績流燕石，名茂龍驤。垂白虎頭，漸應封侯之相；縣金鵲印，争看摇月之光。節序斯征，每當此日。戎機稍暇，莫放良辰。陪庾亮以登樓，誰言興淺；偕羊公而造峴，應與山傳。矍鑠漢翁，不忝據鞍之健；老成趙將，還期加飯之餐。言不盡情，歌以爲續。「將軍爲壽及青陽，江畔營開曉日光。瑞靄不收偏蔫麗，林花未着已含香。　墻東坐見青油幕，主帥笙歌借行樂。客稱百歲酒千觴，爲君更進鸕鷀杓。」（同前書卷三十）

三一《菩薩蠻》：觀音大士蓮座既爲風所壞，觀音自然站立，風無奈觀音何也。此戲謔三昧語爾。「蓮花骨子黄泥作，叶做。金邊粉瓣觀音座。　蓮性拔泥生，觀音不惹塵。　大風吹落果，蓮花没處躲。　語風莫賣乖，觀音站起來。」（《徐文長逸稿》卷二十四）

三二《爲商燕陽題劉雪湖畫》：劉雪湖一日筒致此幅，余見之，眉舞鬢動，秘夾枕間。商燕陽見之，便掠去，攫石登車，攀船墮水，古人顛貪無賴，燕陽何爲效之。既又勒余題叙數字，用爲券書，快其永業，真滑虜也。然予與燕陽約得此，須用名錦裝潢，安精舍中，便作奇香好茗，多調妙曲，往來用咏，觸聲聞發清音之義，獲此報者，庶幾小償。倘余至無此三物，即當大罵秦廷，持趙璧歸，不血濺王衣不止也。徐渭書于長安邸中。（《徐文長佚草》卷七）

三三 曲，《家義》、《儀禮》每曲揖。兵法，部曲。詩，心曲。安禄山曲隱常瘡，《中庸》致曲，常言隱曲。曲直，宛曲。又曲折處曰隅，牆屋折處曰隅。俗語曰黑角落曰角落，頭印曰四角，封書曰一角。曰屋漏，曰奥，曰隅坐，曰一隅，曰三隅，四方舉一曰某隅。舉其處之所在謂之曲折之折，舉其義，並是隱蔽及幽暗及宛轉，又微瑣之義。蓋曲與面對，如東面之面云面，則方正而大，如東與南連折處，則無多量矣，故稱大吏曰方面官，舉一方之面而言也。獸角至稍必尖而觸，曲亦稜角，故俗言牆屋之曲必曰角落頭。文書亦曰角者，以一封書不可言四角，故止取一角字言之。唱詞曰曲，曲，句也。《禮記》云歌者，句音勾中規，亦是貴宛曲，故曰。曲，兵之部曲。囲四角之兵並名曲，四面之兵並名部。其他心曲、致曲，及三隅反之隅，及不愧屋漏之漏，俱從心裡隱蔽處微細起念。省察克復之功，不得容留回護也。蓋凡隱藏諸人與物，不論面之内、面之外，在面則易見，在曲，雖外不易見。如今人避人者，彼人從東面追，則此人隱南面以窺，及彼將至南，則此人又可趨西曲以隱，故云雖外面之曲，亦可隱，人嘗閲諸北劇，黑角落作黑閣落，相沿誤也。蓋角當脚，音調則拗，閣順故也。又别本作黑閣老者，北人調落與老近，益誤。（《青藤山人路史》卷下）

三四 「大江東去」句，「浪淘盡」句，「人道是」句，「遥想」句，「公瑾當年」四字，應對「大江東去」句，「小喬初」三字對「浪淘盡」句，「多情應笑」四字對「驚濤拍岸」句，惟「遥想」二字是接過，不對，餘皆是字字對也。右詞當雄視千古，而或以爲用鋏綽板唱「大江東去」，此姤婦口也。用一字陰陽平仄而盡棄連城，可謂知音乎？溧陽司馬業刻此詞，云是魯直草。余觀之，極春蚓秋蛇之最惡者，而人多信之。新建公云：矮人亦復浪悲傷。（同前）

周弘祖詞話

周弘祖，麻城（今湖北）人。嘉靖己未進士，除吉安推官，徵授御史，尋遷福建提學副使。萬曆中屢遷南京光禄卿，坐朱衣謁陵免。編《古今書刻》二卷，上編載各直省所刻書籍，下編載各地石刻等。此據書目文獻出版社出版《明代書目題跋叢刊》影印本録所載詞曲集。

一 《花間集》，南直隸蘇州府。（《古今書刻》「上編」）

二 《草堂詩餘》，松江府，又徽州府，又揚州府，又臨江府，又建寧府書坊。（同前）

三 《詩余圖譜》，湖廣武昌府。（同前）

四　《雲莊樂府》，山東德州府。（**同前**）

五　《許西涯樂府》，陝西布政司。（**同前**）

六　《碧山樂府》，陝西右政司。（**同前**）

七　松江府，《草堂詩餘》。　臨江府，《草堂詩餘》。　福州府、書坊，《草堂詩餘》。（**節録自同前**）

桂華詞話

桂華，字子朴，安仁（今江西）人。正德癸酉舉人，天性孝友。有《古山先生集》二十卷行世。此據《四庫全書存目叢書》影印明刻本《古山先生文集》録詞話十一則。

一

《水調歌頭》贈薛尹入覲：「羡君三尺劍，佩之照人肝。幾十年前塵土，一旦露微端。請看巴東三峽，更有海南五嶺，午夜吐芒寒。南斗文星在，至今同巑岏。　千鬼吼，百潭沸，孤龍摶。忽然一場怪事，迸出與人看。清境從衡蛇虺，白晝跳梁狐鼠，赤子嘆凋殘。妖魔與劍氣，君行奈長安。」薛君初爲天台司訓，嘗校文東、廣西、蜀乘尹安仁，值鄰寇大作，而部使有入覲之檄，故書此。時先生病已十日，不飲食，泰豫齋見是詞曰：「非絶筆也。」已而疾果愈。（《古山先生文集》卷三）

二《春從天上來》賀董大參并序：伏以白虹貫日，早垂天戒於東南；紅帛帕頭，遂見人妖於鄞越。恭惟大參政董老先生：家庭師友，迄南楚之有聲；道學統宗，喜昭代之不墜。乃膺重寄，俾撫劇藩。爰率王師，弭節盜境。機智莫窺其微朕，重静不摇於群言。念不教爲棄民，圖先勝而後戰。待時斯動，梟獍奪魂。一舉成擒，貔虎生氣。人解顔而鬼雪恥，德及幽明；民不擾而師無傷，歡洽上下。飛章告慶，大饗勞功。陰霾破而暘谷垂光，殺氣藏而生意潛布。競芳尊環堂上之俊傑，共看聚德星於天端；出蕪詞獻階下之伶優，奚啻營青蠅於蚓竅。詞曰：「衡嶽鍾靈，見殊格高標，玉潔冰清。孤嶼絶島，月静潭澄。占斷南楚才名。想當時漢室，推儒術、應説董生。領雄藩，看幾年經略，何限老成。　還他奇謀巧思，更休論管籥，當是孔明。卧護一方，魂奪群虜，隱隱百里長城。正薰風、殿閣微凉，獻凱彤庭。一聲聲，老臣謀國，重啓昇平。」（同前）

三《醉春風》賀吴大參并序：伏以一氣鈞陶，各正其性命；萬物並育，保合于太和。王者不擇類而施恩，頑嚚乃植黨而悖化。傷聖人之仁，自取罪戾；殘善類之性，得不誅夷。恭惟大參政吴老先生：直節著於朝端，機敏發於天性。師友淵源之有自，真見定力以有謀。輿論攸歸，大任特畀。顧以江南名藩，屬有師命；俾爲諸侯之長，實得專征。憫無辜之見傷，憤凶妖之弗率。務王師是致而是附，屢諭以德言；念罪人不可以不得，乃奮厥威武。訓練素定，經理有條。卓哉孤蹈，超軼於前後；隱然長城，屏蔽於東南。呻唫永絶於閭閻，謳歌洋溢於里巷。華筵傑會，環列坐之英僚；景運重開，納生靈於壽域。願述村謡，以進芳巵。詞曰：「越水風塵没，狐狸嘷穴窟。誰云將帥是吾儒，咄咄咄。寒

起鋏衣，風生金鐸，威行軍律。　紫氣天端出，蔽野旌旗拂。英雄破敵有餘閑，汨汨汨。手挽天河，净洗兵甲，置農易卒。」（同前）

四　《玉燭新》賀參將并序：伏以陰陽不備，天無造化之功；文武並行，君以御世之道。恭惟戎府大將軍麾下：拳勇天授，機智神資。軍功蚤著，簡在於帝心；英武載揚，威行於絶域。萬姓焦嗸，苦蘖狐之竊發；九重震怒，授銅獸以俯臨。蒙縞纖以當强弩，何啻披離；轉巨石而加鳥卵，立見虀粉。天網高張，驅群梟而畢入；威弧所向，雖三窟其何逃？　洎班師振旅之餘，無失矢遺鏃之費。三軍胥慶，萬姓騰歡。妖氛盡滌，喜泰階之復平；大燕斯開，奉卮酒以爲壽。聊製俚語，用付歌工。詞曰：「城頭金鼓振，見百戰鐵衣，秋風碎盡。匣中抽出，黄金刃、血色沾來猶近。當年許國，提孤軍、搴旗斬訊。執俘虜，髑髏蹴踏，流脂漲殰蹂躪。　還看丈八蛇矛，與數騎揚戈，連鑣並進。岡巒隱隱。俄頃作、一聚寒灰冷燼。天空月暈，聽風送、凱歌溢陳。人齊道、頗牧才名，慳君風韻。」（同前。）（筆者按：詞中自「斬訊」以下原書缺頁，此據上海古籍出版社影印《明詞彙刊》本《古山詞》補。）（同前）

五　《歸朝歡》賀巡按御史：「漠漠風煙沙上柳，柳外行人齊拍手。旌旗一片出郊原，王師東下平群醜。鐵冠巖鷹獸，英風逸氣應天授。栢臺高，霜威凛凛，六月飛清晝。　神謀揮處如摧朽，窟穴狐狸同授首。日長屋角駐游絲，月明茅店沽清酒，春光動征袖。盡收民隱歸章奏，對龍顏，儻勞顧問，風物還如舊。」（同前）。（筆者按：詞題、詞序及詞上片開頭十八字，原書缺頁。此據上海古籍出版社影印《明詞彙刊》本《古山詞》補詞題和上片首十八字。）

六 《慶春澤》爲陳中丞賀帥府：伏以天狼夜動，皇天示戒於一方；穴鼠晝群，赤子呼寃於半紀。王師遂舉，天討斯行。恭惟師府：昭代元勳，先朝耆舊。身授神柄，手援天矛。顧指而人思捐軀，目□而士如挾纊。大功聿集，成算攸歸。天啓昌期，神資良弼。歡聲動於九地，頌書□於八紘。希世僅逢，孤蹈誰繼。輒開芳尊，願進小詞。聊述里巷之謡，詎當勳德之頌。詞曰：「殺氣驚沙，呼聲動地，江東半紀風塵。羽檄朝馳，虎符夜發親臣。彎弧應手天狼落，信老成、廟算如神。便班師、獻凱天廷，麟閣圖勳。　幾人得似經綸手，看新亭風景，如昔年春。往事經心，笑顔翻欲成顰。家家賣取黄金釧，買香醪、遥待征人。緑陰中、按轡停驂，不惜沾唇。」（同前）

七 《萬年歡》（筆者按：詞牌原缺，此據上海古籍出版社影印《明詞彙刊》本《古山詞》補）賀任方伯并序：伏以泰極生否繫於數，廢兵召寇存乎時。當百年之太平，致一方之小警。氣化有準，入事可推。恭惟大方伯任老先生：天韻脱俗，風華出塵。持重有謀，定力可倚。英聲藉藉，重内外臺官；政績班班，在吴楚人口。蠢兹凶狡，敢作難以干誅；仁矣我公，務脩文而耀德。舞干弗格，傳檄徵兵。豈所願哉？不得已也。蜂蠆竊發其辛螫，莖脆何足於鋤誅？雷霆之下，無不摧折；陽春之中，重遂生育。乃開大亨之饗，共推再造之勳。輒製小詞，庸志傑會。詞曰：「何處祥光，漸分成五色，開梟萬井。紫焰燭天，照破人間妖眚，遥對匡廬嵐影，更倒映、鄱湖千頃。分明是、天啓昌期，應有箇人管領。　乾坤重整，争看取、經綸手段，篆刻鍾鼎。緑鬢朱顔，一代人豪誰省。正薰風好景，芳尊倒、香消日永。大家聽、滿路凱歌，且喜東南無警。」（同前）

八　《永遇樂》爲任宗海賀總制并序：伏以陰伏於陽，泰乘於否。當極治而示戒，不虞見天心之仁愛；甫臨戎而罪人，斯得著國老之謀猷。恭惟制府先生臺下：威靈夙著，名論素崇。柱石兩朝，山斗一代。蠢爾昏嚚，呼召群醜。肆其狂狡，以干大刑。白晝狐嘯於一方，赤子魚喁於數郡。天子震怒以命討，重臣受鉞而視師。廟算定而將士受成，天矛揮而渠魁就執。五兵就弭，六沴全消。人處樂郊，天降和氣。里門夜開，慶生全於尊俎；居民旰起，遂飽食於饔飧。師旅凱還，黎元歡載。騎從飛塵於天末，郊迎結轍於道周。佇還柄用，方殷五位之思；無以公歸，行重東人之慕。英僚盛集，祖席高張。顧慙庸品，元非賛述之才；輒進小詞，用志清平之樂。詞曰：「日爍金戈，風傳鐵鼓，□□（按《明詞彙刊》本《古山詞》作『忽然』）大地齊裂。飛蓋結烟，摇旗出火，戰格排雲列。問誰操縱，兩朝元老，親受九重旄鉞。計群凶，命歸破竹，猶惜劒頭丹血。　鼎魚假息，穴蟻延喘，可笑爲謀大拙。草木染腥，川原流赤，氛祲全消滅。勳名何處，饒他竹帛金石，一齊休説。畫圖上、漁簑農笠，女提男挈。」（同前）

九　《千秋歲》代人賀壽并序：伏以四十里錦帳，浪誇石氏豪家，稽伊人今考之休安在；九十行帶索，謾説榮公能老，想當年藜藿之養何堪。福不必全，樂難取備。恭惟閣下：德門秀挺，華胄人豪。紫禁黄榜，列郡知富室之雄；白髪朱顔，一方推達尊之重。際太平之盛世，適華誕之佳辰。翠點晴嵐，三分春光正過一分；祥開壽域，千番甲子此是一番。珠履充門，衆星聚德。羽觴飛而瓊漿倒，何須却老之還丹；金薤垂而玉屑霏，共致長生之頌禱。某等累世婚姻，平生情誼。雕蟲末技，襪線短才。不有鄙詞，負兹盛集。顧慚俚語，蕪穢芳筵。詞曰：「景清人妙，兼得知應少。輕寒退，朱門悄。暗黄歸柳末，淺絳藏林杪。南極上，老人星夜呈祥耀。　劇飲當斜照，莫浪閑談笑。碧玉碎，鳳凰叫。請君洗雙耳，聽我歌新調。人長在，山林不換他廊廟。」（同前）

一〇　《水調歌頭》并序爲楊尹賀太守提師復九江作：伏以爰有衆庶，立之君師。是生聖人，予之神器，寰寓同歸於一統，薄海敢懷乎貳心？曾謂梟獍之嗥聲，能令蹄翼之解體。豈承平之既久，值氣數之太盈。故災青之竊乘，示天心之仁愛。不然，何聖天子御極十四載，撫臨億萬邦，窮髪皆屬爲王臣，厥心罔不在帝室。顧以派出天潢胄爵爲諸侯王，恃愛狎恩，憑威作慝，鄱湖風檣摇日，彭蠡舳艫蔽江。時則有若中丞某先生，以偏師而赴國難，義歸敵慨，不避專征。太守某先生，提一旅以協軍謀，事在勤王，豈辭艱險？惟諸郡之阨塞，最九江爲要，防萬一有失守之虞。群醜利順流之勢，兵推精練，將屬老成，此我使君所以獨軍一方而坐殲諸寇也。凱還歌裏，快聞盍郡之騰歡；飲至筵中，想見諸僚之迭舞。某猥以屬吏，辱與軍門。稱壽觴限於官守之未緣，頌功德志乃遭逢之非偶。不慚俚語，輒有蕪詞。詞曰：「不遇艱危日，誰識濟時才。英雄推倒一世，終古怨沉埋。只道睢陽罵賊，還看平原禦寇，人共嘆奇瑰。勳節當無事，何以見崔嵬。　使君是，金鐵冶，鑄成來。人間猰犬吠主，忍覩大倫乖。羅網高張一面，狡兔難蹤三窟，開壁納愚孩。飛報聞天子，南顧頓舒懷。」　先生初因楊尹之請作是詞，既乃聞其事皆虛傳也，爲之憮然。予不忍没先生綴詞之美，録之。（同前）

一一　吴興王通判舟泊安仁，投新詞求見，聊和往荅，至則行矣：「黄昏已恨上床遲，不是人間愛睡時。誤食鶻鳴遇烏喙，心中潰亂自家知。 自家知形骸，忘却是吾誰。衷腸欲訴提難起，眼中無與共心期。 天涯海角茫茫地，著不得孤衾一枕悲。譙樓上鼓一點催，寒風萩萩動床幃。 床幃悽冷思無聊，睡夢難成首重搔。 一自薄情人去後，身如霜葉自家焦。 自家焦，思量暮暮復朝朝。此生何日重能到，相隨不放漆投膠。 多應不念當初好，若肯來時怕路遥。 譙樓上鼓二點敲，酸風苦雨打林梢。 林梢孤鳥夜深翩，觸耳還令一惘然。 好似看蠶人病後，稠中自起自家眠。自家眠，腰肢禁許太憂煎。 早知今日翻成怨，當初何用結姻緣。 斷釵破鏡還存半，藏篋多年不忍看。譙樓上鼓三點添，此情羞語對人前。 人前，羞啓口，□□□□□照自傷。 知是疾藜叢莫近，將□纏惹自家當。 自家當，此生此痛慣曾嘗。 心□些箇愁難放，夢中風景也凄凉。 皇天不照虧心誑，日月星辰空有光。 譙樓上鼓四點忙，爲誰獨自守空房。 空房，飛夢夜迢迢。 直入千山萬水遥，一點寒燈留作伴，膏油添取自家熬。 自家熬，生身易盡恨難消。 溪山險似人情少，巧舌相欺利似刀。 負心薄倖誰知道，胡言背地把人敲。 譙樓上鼓五點交，夢回索鹿枉尋焦。 尋焦，□鹿大顛風。 人世還如一夢中，莫把閑愁苦皮□，郎君常保好顏容。」(同前)

張鳳翼詞話

張鳳翼（？—一六三六），字九苞，雁門（今山西代州）人。萬曆四十一年進士，授户部主事，歷廣寧兵備副使。天啟初起右參政，擢右僉都御史，巡撫遼東，加兵部右侍郎，進右都御史兼兵部右侍郎，總督薊遼。崇禎元年謝病去，三年起總督薊遼保定軍務，進太子少保、兵部尚書，世廕錦衣指揮僉事。九年九月朔卒。有《句注山房集》二十卷、《尺牘》七卷。此據《四庫禁燬書叢刊》影印明刻本録詞話十七則。

一

《賀陳磵雲計部晉學憲詞》並引：聖世崇文，五典重臨雍之治；賢關推轂，三蕃膺晉錫之榮。捧丹詔以提衡，詞林仰斗；攬青衿而入彀，吾黨披雲。恭唯〇〇：道德規模，文章冠冕。學湛千尋碧海，匯荆溪蕪浦以廻瀾；才崢萬仞丹崖，矗梅塢蘭山而聳秀。秋深桂苑，葳蕤分兩袖天香；春煖杏園，蓓蕾擷半空雲錦。六館人懷雅範，立螭頭儗入冰條；九圜帝壓邊籌，領雞舌遂司金部。書除雁塞三關，舞蹈以扶笻；旆指龍沙五路，懽呼而解辮。「莞東南之財賦，飛芻輓粟駢來；壯西北之儲胥，飽伍騰槽鼎盛。屯田蘇逋負，菑畬漸復于狐丘；鹽筴飾流通，乾没潛消于兔窟。凌陰贊化，赤熛回塞上之眚；周禮救荒，白骨起溝中之瘠。且也心存棫樸，興寄縹緗。執牛耳以訂盟，高懸赤幟；據虎皮而論道，大啓玄關。洵哉一代宗工，展矣百年名世。頃者爰升茂烈，載陟清銜。披日下之琅函，綸紛五色；轉雲間之玉麈，座擁千裾。矧兹左廣之區，寔係尉陀之地。九賢四德，雖移僊耳餘氛；百粤五溪，猶踵雕題故習。微公過化，曷爾昭明。粉署散黄離，喜見鋒摧五鹿；珠崖占紫氣，跂看瑞叶三鱣。師道立則善人多，聞俎豆人人孔孟；教化行而風俗美，見羹墻在在唐虞。此日蒞羊城，璀燦文星光絳帳；異時登鳳閣，瀌瀐霖雨潤蒼生。凡瞻範範模模，率企趨趨步步。不佞叨陪宸宇叩洪鍾，竊附鳴鯨；快覩喬遷依大厦，期隨賀燕。敢將下里，敬達中台。伏望麟角鳳毛，蚤集春官罦罳；碧桃紅杏，盡歸天子筠籠。蟬噪非工，鴻儀是祝。祠（當作詞）曰：「南國風雲氣合，西崑星斗芒寒。絲綸飛下含香署，多士慶彈冠。漸洽三千禮樂，行蕃百二河山。麒麟高處勳名重，鼎鼐列朝班。」右《錦堂春》。（《句注山房集》卷十）

二《賀劉静臺道尊晉方岳詞》並引：西臺總憲，張弛騰良翰之猷；北闕推恩，綸綍進維藩之任。金板平臨於紫塞，已昭細柳森嚴；琅函寵賁夫黄泥，佇待甘棠蔭庇。朱紱懋方來之祉，蒼生揚有俶之休。百辟其刑，萬邦是慶。恭惟○○：南宫碩彦，東魯真儒。歛荷野之晶英，偉矣山輝澤媚；接杏壇之脉絡，嵬然玉振金聲。才名山斗高懸，與泰山並秀；器度海天恢擴，將渤海俱澄。披繡虎以傳經，陋校讐於漢向。跨雕龍而掞藻，侈蕴籍於梁䚮。千言日記會真詮，授受遠宗白水；十策時陳孚廟略，淵源近祖青田。鵬路壯扶摇，萬斛秋香分月窟；龍門從變化，千層春浪破天池。擁皁舄以鳴琴，惠溥和風甘雨；峩豸冠而攬轡，威行烈日嚴霜。八座聯班，夜覆錦曉含香，雅望時高畫省；三關主計，馬騰槽士飽伍，豐功獨茂天倉。肅庶僚三尺明刑，彰瘅化行於嘉石；貞百度一廉司憲，激揚績著於中階。頃以固圉長材，提衡重地。碧幢離雁塞，潛回青海之寒；絳節指龍堆，忽度黄沙之煖。牙排玉帳，銀河色暗。旄頭羽讐，銅標銕壘。聲閑鼓角，緯武經文。敷大略可稱方叔，臨戎攘夷；安夏壯長城，擬是，令公作鎮。日者元勳有赫，帝眷攸歸。白登事業方新，勝算妙五兵之利；紫誥恩光特盛，崇階躋二品之尊。蓋以屏翰謨訏，匪明庸莫報；而旬宣責重，惟厚德能勝。芸械涣出殊榮。陟紫薇而列象芝檢，傳來異數；擁方岳以承休彈冠，喜晉蕃臺。建纛行，開幕府。人人舞蹈，在在謳吟。某仰止高山，鴻私向切。瞻依大厦，燕賀情深。敢拜手以颺言，謹攄衷而效祝。伏願衡齊七政，樞莞三台。蘭省擅黄麻，作帝股肱調玉鼎；楓墀綬赤舄，象天喉舌□金甌。將陶冶陰陽業，配耆龍召虎；範圍天地和，收瑞鳳祥麟。小引恭疏，荒詞敬附。詞曰：「雷夏祥開，天門運啓，貞元還會窮桑。河岳誕生名世，篕羽鵷行。瑞錦窩中珊玉佩，控花驄、千里飛霜。笑談處，輕裘緩帶，風清地鴈天狼。　焜煌，經緯望，隆朝寧，招懷伐滿旂常。且喜榮躋方岳，化被甘棠。佇看蟒服登臺鼎，好圖麟閣照縹緗。更

祝願，龍種鳳毛相繼，紫綬金章。」右《畫錦堂》（同前）

三《賀趙明宇道尊晉方岳詞》並引：三闕地重，綏懷允賴於龍韜；九陛恩深，寵渥用頒乎鳳詔。赤羽壯招摇之色，喜看細柳森嚴；紫垣高法象之躔，佇待甘棠蔭庇。朝臣結綬，野老扶筇。恭惟○○：靈孕三階，望隆八柱。苞天符地，祥呈渭水之龍；戴日披雲，瑞應岐山之鳳。南車推授受，文章價軼三蘇；西夏接淵源，兵甲威同一范。鵬程蚤奮，氣凌秋月之輝；鴈塔高題，名璨春霞之錦。蓋天生佐命，潛回五百貞元；故身荷主知，特佩三千禮樂。初握籌於畫省，燕臺卓異無雙；繼綰篆於黄堂，晉國循良第一。兵提北鄙，碧幢絳節肅牙旗；法執西臺，玉律金條清肺石。葱珩懸豸服，輕裘坐靖黄塵；鈴閣擁魚書，長劍横飛紫氣。况此渥洼故隩，寔爲沙漠孤墉。羌鏑流星，幾見桑田没緑；胡笳嘯月，頻驚斥堠煬紅。公頓轉旌旄，隨嚴鎖鑰。招携懷遠，河隍無牧馬之虞；緯武經文，斧座有非熊之望。且濬銀潢，增鐵障，愈深陰雨之謀；蒐白屋，課青衿，更布春風之化。屯田墾闢，荷陳因之盛者共仰營平；鹽法疏通，免飛輓之勞者咸歌仲父。緊偉伐獨，隆於觀察；遂崇階洊，進乎宣旬。冀野春融，良翰已騰申伯譽；堯都日煖，勞民行籍召公陰。此時方岳列清銜，薇省政敷榆塞；異日中丞開幕府，栢臺路近楓墀。凡在帡幪，率皆踴躍。某叨游至治，敬仰龍光。僭隸編氓，久沾鴻芘。借方塘之半畝，慶洽龜魚；瞻大厦之千間，懽同燕雀。敢忘固陋，用祝休嘉。伏願世掌絲綸，官居鼎鼐。象天喉舌，鳩司之統紀兼裁；作帝股肱，麟閣之丹青獨擅。行且璣衡手轉，扶二曜於常明；帷幄身參，佐一人於有道。恭疏小引，敬附荒言。詞曰：「扶輿西拓，喜名世挺生，經綸揮擢。九賦分曹，一麾領郡，隨處剖開盤錯。中甫望隆，臺省韓范，威傳沙漠。報政也，荷皇恩紫綬，金章融瀹。奇焯，蕃錫處，龍檢鳳函，華衮膺新爵。二品階崇，三台路近，榮遇洊加誰若。從此黄樞入筦，曳履平登魁杓。諝看取，作舟楫鹽梅，高標麟閣。」右《喜遷鶯》。（同前）

四《賀彭小石將軍督兵登萊詞》並引：鴈門嚴鎖鑰，師中高長子之籌；鳳闕涣絲綸，閫外重元戎之寄。練犀渠於渤澥，弩射潮低；綰龍節於夷嵎，麾行柱遠。五位臨軒而推轂，三關截鐙以留鞭。恭惟〇〇：帶礪名家，簪纓世胄。發祥濠水，箕裘遠續籛鏗；攬揆燕山，弧矢近承思永。握壯猷於馬服，五兵閑虎豹之韜；收勝算於鷹揚，一卜兆彪龍之夢。弓彎漢月，劈黄雲夜落旄頭；劍潑胡霜，掣紫電朝摧鼓角。郊闕提戍卒，六花氣讋風雲；幕府將奇兵，八陣機回天地。車臨古北，赤囊消黑水之氛；幟轉昌平，白羽靖黄花之砦。薊門森細柳，昂酋瞻太白魂摇；遼左奮長楊，倭虜望青山膽落。名高大樹，望重長城。尋移北地之旌幢，用作西陲之保障。霜前號令，平城鶴唳壯軍容；雨未綢繆，上舘馬栖閑戰士。推赤心而馭下，恩同挾纊投醪；勵素志以行邊，念切枕戈擊楫。開屯養士三千人，玉壘耕雲；築塞防胡十八隘，金湯斷地。蒞滹沱之涘，洗兵欲挽銀河；躡句注之峰，空幕期清鐵木。展矣護疆都尉，居然破虜將軍。兹者峻烈升聞，洪恩簡在。功收召虎，詧四方以告成；詔起非熊，懷萬邦而錫命。謂登萊重鎮，寔山海雄藩。野從箕尾而分，國本斟尋之舊。島夷出没鯨波滸，日月無光；海市浮沉蜃氣幻，乾坤失色。勑公仗鉞，知汾陽望布先聲；受命登壇，料武惠威行不殺。樓船到處，來白雉于周庭；笳鼓競時，集飛鴞於魯泮。允爾殿東南奉朔，寧渠邀西北歸琛。凡藉鴻猷，率懷燕喜。

不佞雲間瞻豹變，無能借箸以資籌；日下見鴻飛，有意扳轅而獻頌。伏願麒麟繪象，大書特書屢書不盡，煌煌鐘鼎垂休；鸞鷟傳芳，一世再世百世無疆，滚滚公侯濟美。聊因小引，敬附荒詞。詞曰：「鐵券平收，河山永、綿綿閥閱。酬壯志、六韜金版，誓吞胡蘖。黄石書傳三略遠，白猿劍授雙鋒絶。請長纓，萬里駕天風，清回泬。　渡遼海，鯨波折。臨鴈塞，狼烟撤。賁新銜都護，首分龍節。鈇鉞西來綸綍重，舳艫東下攙搶滅。看麒麟、高聳五雲邊，星辰列。」右調《滿江紅》。（同前）

五　《賀蕭荆山都督誕舉元胤詞》并引：龍韜恢玉帳，九關虎豹肅威稜；燕豫集金鈴，五夜熊羆徵吉夢。喜應蘭香馝馞，跱看寶樹葳蕤。瑞啓桑蓬，懽均蘿蔦。恭惟戲下：五軍大樹，九塞長城。帶礪承家，壯雄藩於二室；簪纓衍祚，綿奕葉於三川。胸中武庫，星羅凌白旄而振采；筆底文昌，露湛映黄石以生華。策射鄉闈，百發烏號碎柳；麾分幕府，一函紫炁迴蓮。守常山，雨浥畿南；遊上谷，風清漠北。七營練勇，貔貅萬隊倚青冥；五府决機，旌旆千屯摇赤羽。展矣明時召虎，洵哉聖世非羆也。兹者載錫之光，克昌厥後。幨帷茂祉，忻孚一索之占；莞簟鍾靈，會兆三多之祝。月明珠有色，寧云老蚌含胎；日煖玉生烟，可道白虹吐氣。三朝湯餅，争傳天上石麒麟；四座犀錢，共慶人間金鸑鷟。此日提戈取印，儗當跨釜之英；異時聳壑昂霄，定襲充閭之盛。是父是子，羡掌珠奕奕重光；難弟難兄，料頭玉稜稜繼起。　槖中金版，懸知百世續箕裘；閫外丹書，管領四方高鎖鑰。不佞葭莩係義，莫罄蛩鳴。瓜瓞颺休，何勝燕賀。薄言舉觞，醵陳秋水之詞；錯寫弄璋，滿擬青雲之器。伏願三槐纘序，五桂昌宗。羯末封胡，繞砌芝蘭蔓蔚；瑶環瑜珥，一門圭璧輝煌。將滚滚鳳毛，引絲綸於斗極；振振麟趾，收黼黻於雲臺。小引爰疏，荒詞用附。詞曰：「顥炁開清淑，映長空、太白星高，瑞流金屋。虎帳氤氳香漸滿，五色雲盤白鵠。報道是、桑蓬懸六。釋氏送來天上種，喜磽磽、丰骨崢頭玉。啼可試，神堪掬。食牛氣槩真奇矗，看他年、撞破烟樓，乘風馳逐。紫電清霜千里迅，豹略龍韜自煜。又說有、蘭馨桂馥。滚滚公侯相濟美，畫麒麟、閥滿檀欒竹。知奕世，據華轂。」右調《賀新郎》（同前）

六《賀滿汭田少府奏績膺封詞》並引：「雁山司筦籥，福星揚一路之輝；鳳沼渙絲綸，湛露渥三蕃之寵。燦龍文於錦軸，槐棘騰華；瞻虎拜於瑶階，松楸動色。章縫舞蹈，韐弁懽呼。恭惟○○：北斗崇標，西秦絶照。丹崖崒嵂，聳華岳以撐奇；黄度汪洋，匯汧流而擢秀。罥羅二酉，錦心横萬軸牙籤；筆埽三辰，墨汁染一天香霧。金盤承碧落，清摇百尺之蓮；玉樹拔瓊林，皎兠一班之笋。廼從薦鶚，遂用儀鴻。紫塞風高，別駕翩翾隨一鶴；黄堂日麗，簈篁璀璨照雙熊。鵾鵜初淬於燕都，全牛立解；騄駬方來於冀野，凡馬皆空。聚屯田萬竈飛紅，庚癸絶登山之警；防礦路千封轉緑，戊丁無入草之謡。行軒則兩袖清飈，三關並肅；署篆則一犁甘澍，四履俱濡。且也躬拮據于長城，雉堞壯連雲之險；布噢咻于遺孑，鵠形沾覆露之仁。蒞宫墻化洽青衿，人人孔孟；簡槽伍謀周白舄，在在孫吴。兹者三載報成，兩臺推最。民之莫矣，榆溪將麥隴皆平；帝曰都哉，芝檢及芸函再錫。鸞書紛五色松門，喜溢焚黄；象服焕三章彤管，榮生曳紫。身膺尺一，先收朱紱于堯封；手握魁三，佇捧紅雲於帝座。昭明有俶，褒逮何窮？不佞懷燕雀之私，心懸賀廈；任馬牛之走，勢阻登堂。敬陳草野微言，用導材官醵舉。哇鳴蟬噪，愧律吕之均調；虎嘯龜唫，祝風雲於會合。一言是引，八韻恭成。詞曰：「間世人龍，喜冰壺露湛，冰鑑天空。踏翻層霄，萬里叱御天風。朱幡皂蓋，擁旓篂、旆指河東。還羡是、西陲轉餉，福星高照蒼穹。　最好虞廷課最，任大書九載，獨懋羣工。堪嘉紫泥醓醇，花誥菁葱。玉麟銅虎，待相將、飛下瑶宫。從此便官居鼎鼐，鹽梅調燮無窮。」右《漢宫春》。（同前）

七　《賀盛躋崖老師奏績膺封詞》並引：五馬振青緺，久向日邊明黼黻；雙龍迴紫誥，俄驚天上賁絲綸。琅函瑞映三階，華衮榮彰五服。松楸動色，桃李沾輝。恭惟老師函丈下：金薤才華，瑶林品格。胷羅星斗，撑腸多二酉之藏；筆走雷霆，乂手勉五丁之氣。淮海程遥，萬里摶羊角以飛騰；燕臺價重，千金逐龍媒而展驥。初臨璧澤，長空來四座春風；再蒞琴堂，永夜對一簾秋月。廼從特簡，遂陟崇階。天子殿邦，徵九牧之金而鑄鼎；大夫宣化，佩五侯之玉以專城。維此臨清，夙稱劇地。商民襍處，紛於渤海之繩；水陸交衝，錯似朝歌之節。藉令鋒非八面，寧能斗視一州。老師半虎緿分，全牛立解。淮南畫卧，擁黄紬鈴閤常閒；河内時巡，拄皁蓋襜帷漫捲。熊轓到處，一犁甘雨隨車；鵰繡披時，兩袠清風拂案。嚴四知而潔已，庭有懸魚；總三善以宜民，野無哀雁。釐奸剔蠹，鬼神破膽避他方；保善旌賢，士女揚眉歌大德。芹宫舒化日，六齋漸滌蓬心；黍谷被陽春，四履咸回菜色。且堤分地紀，永消昏墊之虞；更藥拯天災，頓起膏盲之疾。幾見蝗飛緑野，時聞虎渡清流。兹者績奏三年，功高六計。民之莫矣，營四方以告成；帝曰都哉，懷萬邦而錫命。龍章鳳誥，寵逾七寶之床；芝檢芸械，香散五花之軸。百年桑梓啓玄扃，喜溢焚黄；一室蘋蘩照彤琯，芳流曳紫。此日王言渙汗，合幽顯以推恩；異時揆業崚嶒，盡華夷而造福。誠明良之盛事，亶光裕之榮遭也。某忝厠門墻，謬分衣鉢。借方塘半畝，慶洽龜魚；仰大厦千間，懽同燕雀。奈羈職守，莫展摳趨。敢陳下里之音，用賀中台之祉。緇衣又改，即看化普帡幪；朱紱方來，佇待官居鼎鼏。瞻依念切，歌咏情真。詞曰：「名世經綸，暫分絲製錦，先試南國。廉吏神君，又道照天明燭。花滿河陽似簇，真個芳馨堪掬。循良特簡宸衷，玉麟銅虎相促。　榮施未足虞書，考勛庸獨懋，介兹新福。日接三蕃，盡是衮衣朱禄。壠上松楸對緑，更芝檢、芸函騰馥。還看取、九棘三槐，燮元平攬樞軸。」右《萬年歡》。（同前）

八　《賀趙翀南大尹奏績兼壽詞》并引：赤縣分符，三載懋鳴琴之治；丹臺注籍，一元開繫紱之辰。當課書奏最於西藩，正壽曜躔輝於南極。鴻休未艾，燕豫何勝。恭惟：滄海含靈，泰山毓秀。龍昂邴首，振八距以騰祥；鳳翥謝毛，備九苞而絢采。學駕西山之富，五總資深；才蜚甲觀之奇，三都價重。雲摩鶻翮健，掠殘桂窟秋香；風送馬蹄輕，占斷杏園春色。蓋天生名世，宜從玉署升華；迺帝軫民岩，遂假銅章出牧。惟兹晉鄙，如彼周餘。墳首無生，幾見三星在罶；痌心有痛，常聞二月新絲。況稱繁劇之區，允藉神明之令。喜從樂霧，得覩卿雲。靈雨東來，百里花封轉潤；福星西耀，千年黍谷回春。甘棠垂覆壠之陰，野無哀雁；苦蘗勵凝冰之操，庭有懸魚。賦就一條鞭，汾水鷄豚不擾；政成十樣錦，行山襦袴重新。張膽鏡以燭奸，鬼神避食；横口碑其載德，草木知名。兹者績上蘭臺，姓題楓柱。周官計吏，歷三歲以告成；漢殿稽功，應六條而首善。行晉三階之位，先收五岳之圖。鳳曆頒春，正椒栢承禧夏正；龜齡介祉，更桑蓬斂福箕疇。玉室集豐徵仙籙，與緇衣並改；瑶函隆晉接海籌，將朱紱俱增。龍章遥載紫泥封，喜見皇恩有奕；鶴算洊登黄耇數，佇看胡考無窮。某怏覩陟明，懽同賀厦。恭逢攬揆，願切稱觥。敢將下里之詞，用祝中台之祜。伏祈青瞳住世，黄耳持衡。依列栢于薇垣，晉領鴛行鷺序；醉蟠桃于蕙圃，永怡鮐背駝顔。不盡蛩鳴，可勝雀躍。詞曰：「漢循良，離燕闕，下堯封。正一簾、明月横空。墻桑壠麥，帶烟含露菀菁葱。絃歌鼎沸，慶春澤、甘雨和風。羨三年虞廷簡，方召杜亮天工。况函關、紫氣溟濛。玄霜絳雪，夜來低護水晶籠。正朝人祝，千秋歲、接武夔龍。」右《金人捧露盤》。（同前）

九 《賀劉大尹膺薦帳詞》有引：赤縣播仁風，茂著翔鸞之績；皁囊霏湛露，重膺薦鶚之榮。茹茅連泰道升華，桃李向天街豫色。光分釁序，喜溢章縫。寅惟○○：金斗儲精，玉繩誕瑞。朱標崒嵂，聳衡岳以崢奇；黄度汪洋，瀉廬江而濯秀。萬言揮筆陣，披錦繡於三吴；千卷富詞壇，括珠璣於一酉。材高東箭一彎，成貫虱之能；價重南金百鍊，壯飛虹之選。詔明經而特起，應偉薦以哀登。六館論文，壓虎闈之玉笋；九重分秩，先雉野之銅符。衡水夜鳴琹，坐度一簾明月；繁山春命駕，行驅兩袖清風。種陶秫以資身，不必咤還厨菓；植潘花而導利，無煩拔去園葵。理縣如家，視民若子。下芹宫而課士，凌空白雪環橋；蒞桑畦以勸農，匝地黄雲覆壠。謂婦休蠶織，授之寒也，則户有機絲；謂吏恃狐城，階以亂焉，則庭無珥筆。心存筦庫，萬箱同櫺宇齊恢；念切宫墻，五鼎及榱題並焕。撫逃亡之屋，日高中澤集哀鴻；開簡練之場，霜冷邊城嘶戰馬。審情辭而聽訟理，豶牙肺石無寃；酌贏詘以均徭甦，犢鼻口碑有頌。其優於治劇，若庖丁握刃而立解全牛；其捷於超乘，如伯樂登閑而盡空凡馬。政成製錦，五絲堪補垂裳；賦就條鞭，九貢無虞脱版。季子路蒲稱三善，何以加諸；王元規清咏十奇，不是過矣。故輿人騰譽，豸史推賢。素剡遥馳，功著蘭臺之籍；丹扆下訪，名題楓陛之屏。此時百里宣猷，茂宰已旌明御史；異日三臺報最，循良還晉漢公卿。凡屬帡幪，率懷忻忭。不佞半生碌碌，厄閏歲之黄楊；遠念依依，偃盛時之朱草。識荆有願，幸從蔀屋披雲；報李無能，祇效康衢擊壤。敢藉師生之舉，用輸民子之情。使君業邁龔黄，大書莫罄；顧我才非元白，短韻何勝。伏祈尺五去天，蚤列鵷班鷺序；魁三運斗，常扶兔影烏輝。瀆聽高明，陳言下里。詞曰：「製錦才華，烹鮮手段，雙鳧到處生春。瑶林玉樹，丰韻總宜人。座擁蹁躚一鶴，泠泠見、秋月精神。滹沱遠，波迴匹練，流出個中仁。巡行看四野，墻桑壠麥，極目翻新。果然是循吏，瑞鳳祥麟。露草乍來鶚薦，功名懋，應有絲綸。重瞳簡，三階可待，曳履上星辰。右調《滿庭芳》。（同前）

一〇《壽吴中山七十雙健詞》並引：南極星高，耀龍光於大耋；西華日永，綿鶴算於中閨。瞓嘈十屋，籌添聲流玉笈；爛熳千秋，桃實色映金莖。丹㶁懸不老之名，青鳥報長生之術。臺萊襲祚，蘿蔦騰懽。恭惟〇〇：望重三階，聞隆八柱。胸繙大酉，傳奕葉於縹緗；筆掃長庚，散芬葩於箇筴。銀臺夜曉，捧紅雲身近蓬壺；緑野春長，咏白雪神怡菊塢。恭遇夫人：簪纓世族，閥閲名門。蕙馥蘭馨，宜著天桃之美；金和玉節，静符匪石之貞。推四德于坤，維惠孚樛木；萃三多於巽，質慶演桐枝。惟歷山先嬀水以升玄，中臺獨朗；斯渭涘佐岐陽而正位，内則咸熙。是以道備剛柔，一體叶家人之吉；而化行壬丙，百年收既濟之功也。緊此八月良辰，適值一人初度。蓂滋九葉，引萱花秀發葳蕤；桂滿一輪，照椿樹光浮蔆葤。青瞳射冕，依稀形合地僊；艾髮垂笄，彷彿神來天姥。於時木公蕭史，同輪火棗交梨；金母麻姑，共獻冰桃雪藕。綺筵張玳瑁，下五老於雲間；雅奏沸琅璈，邀九華於日表。斑斕遶膝，争稱萬壽之觴；錦軸充庭，並頌三徵之履。或承麻於紫府，或葆粹於青城。或颺曆過松喬，或賛班聯董許。蓋至人膺上壽，無須句漏之沙；淑德衍遐齡，不必姮娥之藥。龐眉鮐背，寧誇三守庚申；翟服鸞車，永占一元甲子。凡在乘龍之屬，同懷賀燕之私。迺繪新圖，以綏后禄。真傳太白，祝年年醉酒宜人；像列瑶池，祈歲歲行籌度世。某仰扶鳩於玉杖，莫罄瞻依；思放鴿於金籠，何勝舞抃。敢陳下里，用叩洪禧。伏願金書妙入黄寧，飽沆瀣之漿，而天長地久；玉女傳來真誥，擁襜褕之服，而月皎星輝。敬附荒詞，聊申華祝。詞曰：「雁山秋霽，五夜香風細。玉宇廓，瓊樓麗。老人光乍啓，婺女躔初曀。相符契，雕弧錦帨懸高第。　絳曆紛紜計，綵袖煸斕製。跨鳳女，乘龍壻。碧螺松液舉，銀鴨檀烟遞。齊祝願，遐齡共衍千秋歲。」右《千秋歲》。（同前）

一一　《壽范太師母七十詞》並引：九天開壽域，鴻芒躔婺女之墟；五福萃箕疇，鶴算領僊人之籍。度西池而襲吉，青鳥來賓；映南極以呈祥，白龍税駕。慶綿綦履，喜溢門墻。恭惟太師母：秀毓華宗，文徵顯胄。天孫月姊，秉靈異於大鈞；巽質恒貞，備柔嘉於内則。鳳鏘占五世，帨孚荇菜之求；鸞馭肅三周，車擁棠華之盛。職蘋蘩而展敬，湘釜無違；奉滫瀡以伸誠，盥匜有毖。杼機甘力作，勤操邠女之桑麻；絺綌念劬勞，儉載孟姝之荆布。從容挽鹿德，既厤于内官；靜好宜鳧業，更聞乎中饋。且儀嚴割彘，教篤和熊。搤臂腕以呼歸，剪髻鬟而佐客。是以書傳蘆荻，無殢一經；節耀洛濵，有光三釜。紫薇依鳳沼，黄麻日奉絲綸；青鎖綴鵷班，白簡霜飛黼黻。蘭斯馨，桂斯馥，看玉樹之菁葱；芝爲檢，芸爲函，撫金花之爛熳。紅雲捧勑，已膺福地三壬；絳雪延年，更占壺天六甲。維兹建戌，適值靈辰。堯階三葉蓂，滋[illegible]萱花而獻瑞，漢殿千秋桃，實聯菊蕚以敷芬。玳瑁筵開，露湛金盤浮沆瀣；琅璈樂奏，風高玉宇送斒斕。堦前迴愛日斑衣，堂上匝齊雲錦軸。想麻姑薦履，檠來碧乳怡顔；金母傳籌，報道青城駐世。駝顔鶴髮，攬玄祐于三庭；翟服魚軒，總純禧于二室。誠太母分甘之樂景，亦我師錫類之榮遭也。某等桃李向陽，松筠叩祉。天邊逢孔鑄，隨雨化以螢飛；斗下望潘輿，次嵩呼而雀躍。是用合二十四人之悃，祝百千萬歲之春。伏願天姥綏齡，坤元殿位。玉女傳來真誥入，黄寧海鶴同棲；宫羅剪出新褕迎，白貴山龍並耀。將魯侯燕喜，常依壽母融融；太任思齋，坐撫斯男穆穆。敢陳蟻舉，共祝鴻庥。詞曰：「慈幃深處，報道黄寧聚。南極拱，西華注。瑶臺月正輝，寶婺星初步。堪夸也，青瞳白髮玄霜護。座上琅璈度，膝下斒斕附。迎愛日，浮甘露。烏堂玉樹森，鸞册金花鍍。從此看，紫薇真誥年年賦。」右《千秋歲》。（同前）

一二《壽路太翁七十詞》並引：東山地迥，白雲留高卧之蹤；南極星熙，紫氣映長生之籙。曳鳩形于玉杖，雅稱鴻冥；伸鵠祝于金籠，偏宜鶴算。疇先五福，慶列三徵。恭惟〇〇：八柱參霄，六符應運。朱標壁立，聳恒岳以苞奇；黄度淵澄，匯瀛川而毓秀。探書窺大酉，撑腸滿貯星辰；掞藻跨長庚，舉手仰扶雲漢。迅鴻毛於鶚薦，萬里雄飛；收駿骨於燕臺，千金獨售。觀光槐市，賫函從六舘人文；載質楓宸，捧檄布九重德意。始也班聯十望，騶簇高佐郡之功；繼而夢叶三刀，虎節著專城之績。朱幡皂蓋，方看刺史行軒；白酒青山，忽戒倌人命駕。迺尋初服，用賦歸田。開三徑以怡神，綜一經而燕翼。松風蘿月，未輸泉石之盟；芝檢芸緘，世載泥金之寵。奉寒暄若司馬，棠棣情深；感風水於臯魚，蓼莪孝篤。且好行其德，常傾囷以活溝渠；更樂取諸人，每虚襟而延韋布。香山社裏，久推國老之尊；五嶽圖中，洊合真人之衆。茲者天綏后禄，帝與遐齡。序屬朱明，正莢草祥霏一葉；人登絳曆，適蟠桃瑞啓千秋。午橋添入海之籌，座上集木公金母；甲第萃如川之祐，階前紛桂子蘭孫。龍光隨大耋駢臻，鶴髪照上尊鼎盛。蓋五百年名世，將壽民壽物以無疆；故八千歲爲春，遂杖國杖朝而未艾。展也山中宰相，洵哉地上神仙。某等誼忝通家，情均戲綵。欣逢勝日，願切稱觥。敢將下里之言，用叩高堂之祉。南山日永，年年看瑶草琪花；北海霞明，歲歲見金莖玉露。蕪詞不腆，華祝維殷。詞曰：「中元夜曉，報道弧南皎。輝五嶽，明三島。雯分莊圃椿，瑞靄堯堦草。堪夸也，青瞳艾髪人難老。　天外琅璈嫋，膝下斒斕繞。迎愛日，風光好。朝傳崧岳歌，野效華封禱。從今後，千秋萬歲稱胡考。」右《千秋歲》。（同前）

一三　《壽楊同野六衮祠》並引：伏以卿月凌霄，映紫薇而吐瑞；壽星拱極，度析木以流輝。蟠桃欲實千秋，絳曆初登六袠。年稱多歷，福介維祺。恭惟〇〇：潞水涵靈，燕山毓秀。雀環啟祚，丕承四世之基；鱣座升華，克纘三公之續。文章有標格，不減大年；學問自淵源，寧誇子幼。對丹墀而摛藻，九天高玉笋之雲；綰墨綬以宜民，百里湛金莖之露。西曹平反陰森，叢棘回春；南國旬宣蔽芾，甘棠遍埜。頃袖經綸之手，遂尋泉石之盟。蘭澗柳塘，任夷猶于屐齒；蓮漿麥酒，供咲傲于齋頭。茲者序屬中秋，日臨初度。蓂堦兩葉，應堯曆以呈祥；花甲一週，屆孔年而稱順。蒼麟橫赤紱，久占大耋之祥；青鳥報丹書，爲衍長生之術。堂開緑野，留宰相于山中；人醉青田，識神仙于地上。名世當五百年間出，嶽降非凡；大椿歷八千歲常存，嵩呼未艾。萃華封之祝，兼多福與多男；延魯閟之章，更爾昌而爾大。疇先五福，祉見三徵。某等快覩生申，有懷放鴿。忻逢誕昴，欲效鳴蛩。醵將北海之罇，共上南山之誦。伏願靈承帝眷，保合天倪。彌劭彌高，已習文潞公之榮隱；如升如至，還同卓褒德之封侯。不裴巴言，可勝函禱。詞曰：「正金飈薦爽，玉露含滋，凉生商素。潞水燕山，報歲星初度。彩射南弧，光揺北斗，散氤氳香霧。壽域方開，壺天乍敞，海籌無數。　堪羡投簪，委蛇多暇，緑野怡神，丹臺得趣。沉醉蓬萊，賸有乘鸞路。管領瑶階，寶樹婆娑，看玄雲低護。洛水衣冠，香山圖畫，百年長聚。」右調《醉蓬萊》。（同前）

一四　《賀王霖宇舉胤詞》引：冰鑑懸空，九品官清于鷺序；金鈴入夢，一陽瑞叶夫熊占。當乾元用吉之時，適震素凝休之候。慶綿瓜瓞，喜溢枌揄。恭惟○○：參井含靈，峻漳毓秀。學窺大酉，七襄錦繡胸蟠；才駕長庚，三峽波濤筆瀉。溟海風斯下，趂六月以圖南；丹墀日未斜，絢五雲而拱北。烏棲署裏，獨觀萬化之源；凫舄班中，早振十奇之蹟。春風吹朐野，河花將壠麥齊蕃；化日被濰陽，馴雉及祥鸞並集。旋膺帝簡，持晉天曹。攬金鏡以程材，白璧玄珠歸朗照；敞冰壺而範世，丹崖青壁借寒輝。洵哉祇慎廉平，展也清通簡要。日者勳崇四善，不顯其光；祉受三多，克昌厥后。應燕蘭而錫祚，氤氳香滿幃帷；滋謝樹以流芳，薆薱榮敷莞簟。玉牙開手爪，光揺老蚌之胎；秋水湛精神，采奪流虹之色。駒生渥水，知龍骨之非凡；雛孕丹山，信鳳毛之有種。會三朝湯餅試啼，共識佳兒；指兩字之無摩頂，争誇令器。桑弧蓬矢，遥連紫電之華；芝草醴源，的係青箱之葉。此日挈來戈印，嶢嶢已見鬚眉；異時撞破烟樓，岳岳定峥頭角。蓋有是父，有是子，堂搆元因；而學爲箕，學爲裘，家聲自遠。可信仁人有後，詎云天道無知。某等快覩石麟，懽同賀雀。恭聞玉燕，喜效鳴蛩。敢將舉筯之詞，醻展弄璋之慶。喬高高，梓晉晉，會看俯仰重光；印若若，綬纍纍，更祝公侯濟美。聊陳子墨，用表寅丹。詞曰：「秀啟槐陰，芳傳桂籍，佳辰喜誕麟兒。羨掌珠的皪，頭玉岐嶷。精神湛徹涵秋水，争説道、送自宣尼。一聲啼罷，滿堂賔客，共識熊羆。真個汗血權奇，待昂霄聳壑，騰踏雲逵。看充閭衍慶，邁種綿禧。瑶環瑜珥相輝映，人人是、寶樹瓊芝。青箱世系，蟬聯昇祚，累葉重熙。」右《金菊對芙蓉》。（同前）

一五《壽都弘若太守帳詞》並引：伏以駿烈炳朱旛，久著三台雅望；鴻禧綿緑牒，新收五岳真圖。千齡高松栢之姿，萬井動蓬萊之誦。懸弧日永，酌斗春長。恭惟台臺：赤水神龍，紫霄威鳳。苞角亢而會粹，允稱天上星精；符嵩洛以疑神，亶是人間嶽秀。一經傳桂籍，聯祖孫父子之芳；累葉載芸函，荷金紫銀青之寵。蚤依獨座，洊綰霎旌。駕隼旟熊軾以專城，擁鶴傳龜囊而入境。周原六轡來遲，展也張君爲政。姓題楓陛，行看上宰升華；名勒丹臺，更喜長年住世。肆當建子，載值生申。時時聞太守行春；晉鄙十連，處處見小民安堵。蓋已詒十萬户之福，豈止高二千石之榮。洵哉叔度十五葉蓂肥，瑞應堯階之曆；三千年桃實，靈孚漢殿之饈。玳瑁敞華筵，萃群仙而介祉；瑯璈鏗雅奏，度廣樂以迓庥。如川至，如日升，何但幾週甲子；若天長，若地久，不須三守庚申。烏紗將白皙齊明，光揺羽袖；朱紱與青瞳並耀，彩射牙旗。凡分玉笈之輝，率抱金籠之悃。某澤沾河潤，望切岩瞻。千里絶塵，幸叨榮於驥尾；九逵用吉，尤慕采於鴻儀。忻逢皇攬之辰，敢後崧高之咏。是用恭從醵舉，肅上蕪章。祈君子萬年，爵一齒一德一；效野人三祝，多福多壽多男。不腆巴言，聊當禧頌。詞曰：「梅蕊盈堦，雪花當户，真個黄堂清曉。玄圃雲飛，青城霧歛，十二瑤樓縹緲。共報道、太乙星高，天南璀璨祥光繞。　更相傳、春臺壽域，阜康處、不羨玉京瑤島。海岳精神，待整頓、乾坤欲了。望重黄樞，料名覆、金甌應早。賦僊音一曲，用效華封三禱。　右《法曲獻僊音》（同前）

一六《賀王文石覃恩帳詞》有引：伏以龍韜安紫塞，十連推百辟之刑；鸞誥出彤廷，三錫重萬邦之命。福禄與師貞並吉，經綸將賁惠齊昌。將吏懽呼，軍民抃舞。恭惟〇〇：瑚璉粹品，黼黻閎才。滉瀁三川，匯涵珠之碧海；峻嶒二華，峥蘊玉之金山。筆花揺東璧西崑，禮樂三千在手；劍氣逼參旗井鉞，甲兵十萬蟠胸。繞摶雍水之鵬，即售燕臺之駿。芳傳蕊榜，祖孫誇一德相承；序衍常經，作述羡兩明獨氓。昭客瞻紫袖，含香署裏挹爐烟；建禮籍青綾，覆綿行□□玉佩。漁陽轉餉，貔貅炊萬竈之春；鴈砦提兵，鶺鸛當千營之陣。屬者夷氛不靖，征調殷煩；兼之虜款弗堅，要挾備至。途危局變，人多利於虞錞；□□□□，公獨恢乎游刃。誓偏師，率敝賦，東征之士馬□□；□武備，詰戎行，南牧之胡雛盡寢。且屯開大鹵百千秋，玉壘新安；障列長城十八隘，金湯所地。軍中韓范，□□之心膽俱輸；座上夔龍，帝借以股肱是弼。項以覃恩廣被，峧秩駢加。法星高映乎三階，卿月洊升于九鼎。彤弓玈矢，旌旄臨七命之章；玉檢金泥，綸綍涣五花之軸。封典率親而上，總被龍章；貤恩逮内以推，同施翟茀。邦家胥慶，夷夏均瞻。誠華衮之榮遭，堂廉之盛事也。某恭逢駿祉，孜孜喜效鳴蛙；快覩鴻休，躍躍忻同躍雀。敢附稱觥之舉，用申賀廈之忱。崧雅方宣，即未許皇夸博舌；羲暉在仰，豈能忘野藿傾心。不斐一言，聊當三祝。詞曰：「華岳參霄，河流亘軸，間氣千古盤磕。可羡篤生名世，奮翥揚吟。七策方調庚癸餐，五兵不試戊丁無。帝心簡，秉鉞擁旄，輕裘坐鎮西隅。還殊，金虎節，丹鳳詔，後先飛下皇都。從此三蕃日接，閥滿麟圖。柳城毳帳秋空馬，栢臺油幕夜棲烏。行看取，名覆金甌獨早，手握黄樞。」右調《晝錦堂》。（同前）

一七　《賀鄭宿海晉總協帳詞》：鴈門嚴鎖鑰，軍中高長子之籌；鳳闕渙絲綸，閫外重元戎之任。師貞襲吉，晉錫承蕃。恭惟○○：望重長城，名崇大樹。清霜紫電，羅武庫于胸中；黄石素書，玅陰符于掌上。勇具兼人之槩亶，稱猿臂將軍；相雄飛食之姿展，是虎頭都尉。箕裘綿世澤，映五花丹誥常新；帶礪振家聲，控十乘朱纓獨奮。枕戈繫楫，恒懷許國之忠；挾纊投醪，時溥卹軍之惠。統師千于薊鎮，縱横婣三道三官；操勝筭于常山，變化合五兵五教。滹沱壁壘，方揚赤羽之靈；勾注烽烟，頓覺黄塵之靖。兹者帝心特簡，人望攸歸。晉禆帥以扼三關，踞老營而防五路。營團細柳，振熊羆當道之威；士練長楊，壯虎豹在山之勢。旌于初出塞，懸知天北落旄頭；鐃吹一當關，轉見幕南空鼓角。獸袍新製，喜煌煌白澤盤胸；螭紐平分，看漸漸黄金繫肘。三單抃額，百辟皈心。某幸聯蘿蔦之榮，竊附芝蘭之味。魚書膺大命，此時快覩遷鶯；龍塞勒崇勛，異日還瞻繪像。有懷賀廈，莫罄扳轅。敢上巴言，用當祖道。詞曰：「長虹氣吐，羡豹略龍韜，後先繩武。鳴劍心雄，請纓志壯，真個追踪召虎。金版望隆，黄石玉帳，機傳玄女。談笑處，擁碧幢油幕，威宣胡虜。希覩。丹鳳詔，飛下層霄，受脤標旗鼓。紫塞千屯，黄沙萬里，從此烟銷樓櫓。虎幄舊勳重茂，麟閣新圖再數。還看取，事春農銷甲，兩階干羽。」右調《喜遷鶯》（同前）

王臬詞話

王臬，字汝陳，金壇（今江蘇）人。正德丁丑進士，初任兵部主事。嘉靖初歷南吏部郎，出知東昌府，累遷山東副使。所著有《遲庵先生集》八卷、《詩集》四卷，此據《四庫未收書輯刊》影印明刻本録詞話二則。

一 《題趙大尹獎勵彩障辭》：伏以桯李盡在公門，薦賢才固惟爲國；珍寶横於道側，快覩者宜所争先。恭惟賢侯趙大人：冰雪丰稜，英莖韵度。自蜚聲於右序，即策第於南宫。志藴經綸，小試鳴絃之手；材堪補衮，先呈製錦之能。曩在淮南，賢名籍甚。今來江左，德教沛然。跡所至而有聲，才無施而不可。是宜光登薦剡，章滿公車也。敬陳俚調，用助工歌。詞曰：「補天手段青雲器，暫屈花封聊小試。一琴一鶴舊家風，而今又有賢孫繼。事到無留滯，恢恢芒刃游餘地。晝堂深、簾垂晝永，蝴蝶上階記。蜚聲已向淮南起，天遣吾民均受庇。一泓清映玉壺寒，等閒不受纖塵翳。譽重山公啓，看徵書，佇當催上，弭筆登文陛。」右調《歸朝懽》。（《遲庵先生詩集》卷四）

二 《題鄧士魯獎勵彩障辭》：伏以陽道州直言斥外，宜太學之舉旛。汲淮陽雅志留中，固漢廷之虚寧。恭惟文溪鄧大人：英標凝峙，僊韵邃清。浩氣與劍閣争高，詞源並峽流俱下。爰自踐揚之始，每厪獻納之忠。論諫雖未及數百篇，開陳已深得第一義。風采聞於當世，膏澤下於斯民。兹焉暫屈哦松，益見後凋之操；行依温樹，佇聽前席之詢。豈州縣之聯所可久勞，諒公侯之後必復其始。薦章初上，輿頌交懽。聊抒衢巷之情，用贊工歌之末。詞曰：「曾是玉皇香案吏，紫禁幾年持橐侍。筆扛九鼎力回天，冰雪厲，松筠氣，一日直聲聞四裔。聖世憐才寧久棄，宣室方當思賈誼。煇煌薦剡自交馳，人共企，公無意，吟罷松陰風拂袂。」（同前）

邵經邦詞話

邵經邦（？—一五五八），字仲德，學者稱弘毅先生，仁和（今浙江）人。正德庚辰進士，授工部主事，進員外郎。嘉靖三年詔工部，歷刑部員外郎，以論劾張孚敬下獄，謫戍福建鎮海衛久之，三十七年卒於戍所。經邦以講學自任，嘗採古今論學語發明其旨為《弘道録》，又删掇諸史為《弘簡録》，所著詩文則别為《弘藝録》，又著有《學史會同》、《律詩指南》、《儷語指迷》。《弘藝録》三十二卷，有嘉靖四年乙酉自序，卷首為《藝苑玄機》一卷，凡七十三條，專明作詩之法。此據《四庫全書存目叢書》影印清康熙二十四年邵遠平刻本《弘藝録》録詞話三則。

一　詩有動人處，不必學士大夫。彼棄婦淫奔者流，如「習習谷風」，讀者莫不痛忿，後代棄婦詞，殆不如也。又如「氓之蚩蚩」，聞者莫不色動，後代艷曲情詩，殆不如也。不知當時作者何人所代，抑不知實有此事否？亦今之託諷者歟？（《弘藝録》「藝苑玄機」）

二　《草堂詩餘》註，只是將字面相像的轃上。（同前）

三　《海山遥祝詞》並序：荆郢古稱樞鍵喉襟之地，予甫筮入仕，獲遊於其間，問其山，曰左衡山，右巫峽，施黔引其前，金房遶其後，是故夫山而匪拳石之倫也。問其川，曰左洞庭，右岷江，湘潭匯其南，漢沔經其北，是故夫川而非一勺之源也。夫以山川之氣所蘊，必有大人興焉。崛奇磊瑰，隽偉而不羣者豈少哉！於是而問焉，則有今三湖公，又若子今侍御龍洲公。夫天無形，山所以穹其形；地無脈，水所以演其脈；人無表嗣，所以神其表。以予觀龍洲公之若人也。其宅心汪洋，渾瀚澄泓而無際；其居儀深潛沉粹，鄭重而不浮；其績學淵源，灝蕩精微而莫窮；其闢才長大，含商舒瀉而難盡。是故其心之廣者，其德基以皇；其儀之著者，其禮崇以範；其學之富者，其義單以規；其才之達者，其養純以和。是故所獲知於三湖公，曰樂道人善也，曰諱稱人惡也，曰忠可庸而信可覆也，孝可移而悌可弟也。曰守不可渝、毅不可奪也，進不可干、退不可緩也。若乃羲、農、周、孔之理比爻象象之數、經義治事之能，文辭雕琢之末，皆其素之所優。至於體驗之實，學作新之明，效樂天之至性，頤養之全功，尤其心之所獨得。乃今倍年耳順六十有六歲，康彊樂止，優游保艾，襲顯號之榮，彰薦繡之侈。而龍洲公方膺璽命，經營兩浙，方春介祉二月二日誕辰。登吴山之巔，挹海水之波。某小子從而拜手曰：維象孰爲大？維斗爲大，是以南極麗焉；水孰爲大？維海爲大，是以長江赴焉。觀山而不仰斗，無以爲具瞻之望；觀水而不涉海，無以興罔極之懷。公今巡斗野之墟，南極瞠乎其在上矣；瞪滄海之涯，長江儼然其在目矣。詩云：「酌彼兕觥，萬壽無疆。」某不敏，敬陳樂韻五闋，俾工歌之，以侑觴云。其詞曰：「仲春二月天氣晶，攀花走馬江邊行。豐茸濃縟麗景明，軼蕩揚厲威風生。深赬淺紺何蒨菁，蹶萬百茁饒華英。飛翔儀瑞禀性靈，獻拔來舞方在庭。」一闋「遠如霞光引彩文，近如黛色絢丹雲。吴峰越溪迥出羣，清絶妖妙彬鬱芬。左顧扶桑之佳氣，右瞻天目之氤氲。金樽離離不可以籌算，鸞鶴交唱而繽紛。」二闋「輶車蹁躚會如龍，行烏立鷹馬青葱。衡山之巔海水東，咮宫貝闕何寵嵸。偓人黄鶴時相從，安期一夕陵長風。投桃爲報色鮮紅，舉觴高會岳樓中，鈞天偓樂散青空。」三闋「繡衣再拜旭陽前，陽昇山海壽無邊。大松倚天八千尺，此日亦照八千年。中興王氣鍾湖南，箕疇禹錫五福駢。烏紗白髮人中偓，庭愉晝錦誇世賢。」四闋「楚吴突起千人豪，楚鄉吴宦夙相叨。風雨夜半雞聲嗷，對牀聯膝奉吟毫。千里登堂拜壽耄，昔賢敦契禮所褒。匪躬蹇蹇王臣勞，摛詞遥祝海山高。」五闋（《弘藝録》卷十六）

徐學謨詞話

徐學謨（一五二二—一五九三），字叔明，一字子言，號太室山人，嘉定（今上海）人。嘉靖庚戌進士，為職方主事。浮沉郎署者十年，出為荆州守。官至禮部尚書，加太子少保，乞歸。所著有《海隅集》、《春明稿》、《歸有園藁》、《沙布獄記》、《冰廳劄記》、《歸有園麈談》、《南宫奏稿》、《老子解》、《世廟識餘録》、《湖廣總志》等。此據《四庫全書存目叢書》影印明萬曆五年刻四十年徐元嘏重修本《海隅集·文編》録詞話一則。

一

《壽許明府序》：嘉靖丙寅歲陽月維閏念又二日，届我邑侯許公誕辰，維侯以閏生，至是復與閏會，蓋奇遘也。乃邑中諸士民咸侁侁來集，謀所以祝純嘏。侯曰：「噫！有是哉！古者既艾始壽，未艾而壽，非禮也。矧余不敏，敢以孱齡徼惠于人？」人請辭，時學博王君某、郭君某、蔡君某方率諸生徵詞爲壽，乃以侯之言來質徐子曰：仲尼删詩，存其三百篇以風世，其言壽者渢渢乎備矣，然率多以下頌上之詞。當其時，居民上者豈皆既壽而祝之哉？顧其德足以長年而永祉，則民爲咏歌之耳，南山之詩，不云乎「樂只君子，萬年無期」。夫壽命於天，至不可必，而南山君子獨期之以萬年，若是乎？其情之繆悠而無所據，而要其指則歸於樂易之德，可以基邦家而稱父母，長年永祉。于是乎，在斯民怙恃之，竭其所願而効之，君不至於萬年不已也，此聖人存詩之微意哉！自法令繁滋，理道缺然，史家每祖南山之指，爲循吏立傳。循之爲言，奉法循理也。而司馬氏尤諄諄於何必威嚴之説。夫吏挾其不御之權，有地數百里，安坐而制其命，斤斤然，豈不思所以求暴於民哉？顧其中無得於樂只之意，則情窘事迫，有不能厭民之心而鈎其一日之譽，矧曰萬年乎哉？若今許侯者，非古之遺愛歟！侯之爲邑，當東南用兵之後，斂額歲增，逋㪅旁午，賦急民窮，道殣相屬，他令或炫能矞異，以急近功，侯獨恂恂然，爲勞來拊循之政，即期會相督以身庇之。凡務民之暱者，靡遺餘力，烝烝然父母之愛也。以故，治未浹朞，仁風翔洽四境之内，願侯長年永祉，以丐其無窮之澤者。臆決唱聲，如出一口，矧兹介誕，固士民觴祝之期也。敢自後於南山，而侯顧以讓爲哉！然聞之士表于民，民徵于士，泮水之詩曰：「載色載笑，匪怒伊教。」又曰：「在泮飲酒，永錫難老。」夫魯侯僅能樂士于芹藻間，遂以匪怒之教，獲難老之頌，國人且千邁而從之焉。侯于人無所不愛，而士尤其所獨至者，若蠲徭緩責，中枉恤匱，無問疏戚，臨之粹然，章縫之遇，自昔所無，其所怙恃于父母者，又豈直飲酒色笑之微？則士之徵咏歌祝純嘏者，宜有倍于南山之感。邑之人有不樂爲之邁而從其所倡哉！三先生曰善，請以是復于侯，作壽序。（《海隅集·文編》卷七）